Gonzalo Giner

DIE FENSTER ZUM HIMMEL

Autor

Gonzalo Giner, 1962 in Madrid geboren, studierte Veterinärmedizin an der Universidad Complutense in Madrid und war als praktizierender Tierarzt tätig, bevor er mit dem Schreiben begann. »Die Fenster zum Himmel« ist sein vierter Roman.

Von Gonzalo Giner bereits erschienen

Der Heiler der Pferde · Der Reiter der Stille

GONZALO GINER

DIE FENSTER ZUM HIMMEL

HISTORISCHER ROMAN

Deutsch von
Sonja Hagemann

blanvalet

Die Originalausgabe erschien 2017 unter dem Titel
»Las Ventanas del Cielo« bei Planeta, Barcelona.

MIX
Papier aus verantwortungsvollen Quellen
FSC® C014496

Penguin Random House Verlagsgruppe FSC® N001967

1. Auflage
Taschenbuchausgabe 2021 bei Blanvalet,
einem Unternehmen der Penguin Random House Verlagsgruppe GmbH,
Neumarkter Straße 28, 81673 München

Redaktion: Kirsten Brandt
Umschlaggestaltung: www.buerosued.de
Umschlagmotiv: Luis Castaneda Inc. / Photolibrary / Getty Images
DN · Herstellung: er
Satz: GGP Media GmbH, Pößneck
Druck und Bindung: GGP Media GmbH, Pößneck
Printed in Germany
ISBN 978-3-7341-0951-5

www.blanvalet.de

Das Zitat von Albert Camus auf S. 9 wurde übersetzt von Sonja Hagemann.

Das Zitat von Hadewijch van Antwerpen auf S. 156 stammt aus »Hadewijch: Lieder: Originaltext, Kommentar, Übersetzung und Melodien«, zitiert nach Veerle Fraeters et al., übersetzt von Rita Schlusemann, Walter de Gruyter GmbH, Berlin/Boston, 2016.

Das Zitat von Theodor Herzl auf S. 215 stammt aus »AltNeuLand. Ein utopischer Roman«, Erstdruck Leipzig 1902, vollständige Neuausgabe, herausgegeben von Karl-Maria Guth, Zenodot Verlagsgesellschaft, Berlin 2015.

Das Zitat von Jacinto Benavente auf S. 429 wurde übersetzt von Sonja Hagemann.

Das Zitat von Víctor Nieto Alcaide auf S. 599 stammt aus »La vidriera española« und wurde übersetzt von Sonja Hagemann.

Das Zitat von Víctor Nieto Alcaide auf S. 859 wurde übersetzt von Sonja Hagemann.

Für diejenigen,
die im Leben nicht stets den Horizont
vor Augen haben.

Und für die Frau,
deren Fenster immer für meine Liebe offen stehen.
Dieses Buch widme ich Pilar.

Teil eins

DAS LICHT DES UNVERSTÄNDNISSES

Was ist ein Rebell? Ein Mann, der Nein sagt.

ALBERT CAMUS

1

Burgos, Königreich Kastilien, Mai 1474

Damián und Hugo waren beinahe wie Brüder: Sie waren im gleichen Alter und hießen beide de Covarrubias mit Nachnamen. Mehr hatten sie allerdings nicht gemein.

Damiáns Mutter war noch am Leben, Hugos nicht mehr.

Ersterer wusste mit seinen zwanzig Jahren genau, was er im Leben wollte, der andere nur, was er auf keinen Fall wollte. Wenn Damián Ja sagte, sagte Hugo Nein. Wenn der eine sich eilig um das Erfüllen einer Bitte bemühte, verlor sich der andere in Ausreden.

Vielleicht hatte ihr Vater ja deshalb schon lange Partei ergriffen. Das hatte er so zwar nie gesagt, aber es wurde langsam offensichtlich.

Don Fernando de Covarrubias war ein Mann vornehmer Abstammung und einer der wichtigsten Wollhändler Kastiliens. Außerdem war er seit sieben Jahren Vorsitzender der als Universidad de Mercaderes bekannten Kaufmannsgilde von Burgos, welche die Interessen einer erwählten Gruppe von Wollverkäufern vertrat und schützte. Trotzdem halfen in den letzten Jahren weder sein Name noch der gute Ruf, den er sich in der Branche erarbeitet hatte, gegen seine Müdigkeit und die wachsende Leere in seinen Truhen. Und deshalb durfte für ihn in diesem Jahr auf der Messe in Medina del Campo nicht alles einfach ablaufen wie immer. Er brauchte unbedingt neue Abnehmer für seine Wolle und musste gleichzeitig den Verlust alter Kunden verhindern. Zum Glück drängten sich während der fünfzigtägigen Messe auf den Straßen und Plätzen von Medina ja Hunderte potenzieller Käufer, von denen manche aus Flandern, andere aus Frankreich, England oder der Lombardei stammten. Die kastilische Stadt verwandelte sich in diesen Tagen in das Zentrum Europas, was den Handel mit Wolle, Stoffen, Kunsthandwerk, Gewürzen und Büchern und die Vergabe von Krediten anging.

Aber Don Fernando brauchte ja nicht nur mehr Umsatz und neue Kunden …

Die Glocken der Kathedrale von Burgos läuteten, als Don Fernando in seiner Familienresidenz direkt gegenüber dem prachtvollen Gotteshaus das Fenster schloss und seine beiden Söhne ansah. Jetzt war der Moment gekommen.

»Seit vierzig Jahren hatte ich nicht einen einzigen Ruhetag, weil ich mich dafür aufgerieben habe, unserem Namen den Platz zu sichern, den er auf dem Wollmarkt verdient. Und trotz der Verluste der jüngsten Zeit könnt ihr beide ja immer noch von den Einnahmen des Familiengeschäfts leben. Aber, meine Söhne, in meinem fortgeschrittenen Alter würde ich mich jetzt gerne mehr um meine Stiftungen kümmern und hoffentlich die Einrichtung der von mir geplanten Institutionen noch vor meinem Tod vollendet sehen. Und vor allem will ich endlich einmal zur Ruhe kommen. Darüber hinaus sind in unserem Geschäft Veränderungen nötig, einige sogar sehr dringend, und es müssen wichtige Entscheidungen getroffen werden.«

Sein Blick wanderte von einem Sohn zum anderen. Er holte einmal tief Luft, dann fuhr er fort: »Ich habe euch ein Zuhause gegeben, euch ernährt und euch eine hervorragende Erziehung geboten. Die besten Hauslehrer haben euch in

Geometrie, Mathematik und allgemeinen Wissenschaften unterwiesen. Nachdem ihr die Sprache Brügges gelernt habt, habe ich euch auch noch in der englischen Sprache unterrichten lassen. Wenn man bedenkt, dass ihr außerdem über grundlegende Kenntnisse des Französischen verfügt, dürfte euch der Handel in Nordeuropa keinerlei Schwierigkeiten bereiten. Ihr habt mich in den letzten drei Jahren zur Messe in Medina begleitet, um dort den Wechslern vorgestellt zu werden und zu lernen, wie man einen Handel abschließt. Bislang habe ich euch nicht darum gebeten, mir bei der Arbeit zur Hand zu gehen, weil ich eure Ausbildung nicht behindern wollte. Aber nun ist der Zeitpunkt für Veränderungen gekommen. Ihr verfügt jetzt über alle nötigen Kenntnisse, um die Leitung unseres Geschäfts zu übernehmen.«

»Dessen sind wir uns bewusst, und wir danken Euch dafür, Vater.« Damián schien im Namen beider zu sprechen, Hugo brachte jedoch sofort murmelnd seinen Protest zum Ausdruck.

Seine mürrische Reaktion störte Don Fernando zwar, er fuhr jedoch mit seiner Ansprache fort: »Allerdings seid ihr ja nun zu zweit, und es kann an Bord nur einen Steuermann geben. Die Firma braucht eine einzige Führungsperson, ihr tragt aber beide meinen Namen und habt in meinen Augen dasselbe Recht, mein Nachfolger zu werden. Und dort ist die Krux bei der Sache: Wer von euch hat es eher verdient?«

Don Fernando setzte sich an den Tisch, an dem er seine Briefe beantwortete, schloss das Rechnungsbuch und stieß einen schweren Seufzer aus. »Ich muss zugeben, dass ich hundertmal gezweifelt und darüber nachgegrübelt habe. Da es sich um einen schwerwiegenden Entschluss handelt, habe ich mir Folgendes überlegt: Wer sich auf diesen Stuhl setzen wird, muss dafür nicht nur ausreichend geschult sein, sondern muss es vor allem auch wirklich wollen …«

Mit bekümmertem Blick sah er zu Hugo hinüber und richtete die folgenden Worte vor allem an ihn: »Du hast nie großes Interesse am Familienunternehmen gezeigt, ganz im Gegenteil, aber ich werde dich trotzdem nicht ausschließen. Die Entscheidung liegt nun in eurer Hand. Was ich damit sagen will: Ihr müsst euch in einer Prüfung miteinander messen.«

Damián runzelte besorgt die Stirn. »Was für eine Prüfung meint Ihr denn, Vater?«

»Einen einfachen, aber entscheidenden Wettbewerb, für den ihr euch noch heute gemeinsam auf den Weg nach Medina del Campo machen werdet. Dort eingetroffen, werdet ihr auf der Messe gegeneinander antreten und versuchen, so viele neue Kunden wie möglich für uns zu gewinnen. Legt euch ins Zeug, wählt unter den Ausländern sorgfältig aus und überzeugt sie von der Hochwertigkeit unserer Merinowolle und von den strikten Kriterien, mit denen wir ihre Qualität auch in kommenden Jahren gewährleisten werden. Einigt euch mit ihnen bei Zahlungsart, Lieferbedingungen und -fristen auf das bei uns Übliche. Wie ihr die Menschen überzeugt, ist mir egal, solange ihr nur das Vertrauen alter Kunden wiederherstellt und das neuer dazugewinnt. Wer uns mehr – oder im Fall eines Gleichstands – wichtigere Kunden sichert, hat sich als am geeignetsten erwiesen, die Firma von nun an zu leiten.«

Um seine Worte zu unterstreichen, schlug Don Fernando mit der flachen Hand vernehmlich auf den Tisch. »Eine passendere Aufgabe als die, mit neuen Abnehmern unsere unmittelbare Zukunft zu sichern, kann ich euch wohl kaum stellen.«

Damián ballte die Hände zu Fäusten, biss sich auf die Unterlippe und schaute aus dem Augenwinkel abschätzig zu seinem Bruder hinüber. Offenbar sah er sich selbst bereits als

Sieger. Schon von klein auf hatte er das ehrgeizige Ziel verfolgt, in die Fußstapfen dieses Mannes zu treten, der nicht sein leiblicher Vater war. Und das würde niemand verhindern können.

Hugo hingegen starrte auf seine Schuhe und fühlte sich bereits als Verlierer.

2

Messe in Medina del Campo, Königreich Kastilien, Mai 1474

Der Brokat- und Posamentenstand flog durch die Luft, als ein junger Mann auf seiner Flucht vor zwei Bütteln dagegenprallte. Zuvor hatte er in einer anderen Straße bereits eine Bude mit Käse und Wurstwaren zu Fall gebracht, außerdem eine Wechselstation mit ihren Waagen, Rechnungsbüchern und Münzen, deren illustre Kunden unter Protestrufen am Boden gelandet waren.

Zehn Minuten zuvor hatten sich die beiden Büttel in einem der bekanntesten Gasthäuser der Stadt eingefunden, nachdem sie darüber informiert worden waren, dass sich dort eine Gruppe Jünglinge ganz unverschämt aufführte. Eine schöne Dame aus Brügge hatte sich beschwert, dass sie von einem dieser offensichtlich betrunkenen Kerle belästigt worden sei.

Der junge Mann hatte sich – offensichtlich angestachelt durch eine Wette mit seinen Kameraden – einfach ohne Erlaubnis an ihrem Tisch niedergelassen, hatte ihr, ehe sie sichs versah, einen Kuss auf die Lippen gedrückt und ihr in den Allerwertesten gekniffen.

Weil die Burschen alle wie von der Tarantel gestochen davongestoben waren, hatte man sich bei der Suche auf den von der jungen Dame genau beschriebenen Übeltäter beschränkt, auf den sich ja auch die Wut des Ehemanns richtete.

Die Büttel hatten sich zunächst in den angrenzenden Straßen und auf der Plaza Mayor nach ihm umgesehen, bis sie ihn schließlich vor der San-Antolín-Kirche entdeckt hatten.

Die Menschenmassen auf dem Platz und in den Gässchen ringsherum erschwerten die Flucht des Täters, allerdings auch die Verfolgungsjagd der Gerichtsdiener, die mit lauter Stimme die Hilfe der Umstehenden einforderten.

Der junge Mann rammte ein Maultier, verlor im Fall einen Schuh und rollte über den Boden. Dabei zerriss der Ärmel seines Hemdes, er hielt aber nicht inne, um seinen blutenden Arm zu untersuchen. Stattdessen kam er mühsam wieder auf die Füße, sammelte sich einen Moment und rannte dann die Calle de la Rúa in Richtung des Judenviertels und der Randbezirke weiter. Dort hatte er gute Freunde, bei denen er sich vielleicht verstecken könnte, oder er könnte zumindest im Gewirr der kleinen Gässchen untertauchen.

Allmählich wurden ihm die Beine schwer, und sein Kopf schien zu explodieren, immerhin hatte er sechs Karaffen Wein intus.

Als er sich jetzt umschaute, hatte er den Eindruck, einen Vorsprung gewonnen zu haben. Er holte Luft und wollte noch einmal an Tempo zulegen, um die Verfolger endgültig abzuschütteln, da versperrte ihm eine riesige Sau den Weg, die an einem Strick geführt wurde, und der junge Bursche rannte Tier und Besitzer über den Haufen. Er selbst flog über den Körper des Schweins hinweg, schlitterte dann am Boden noch ein paar Klafter weiter und prallte am Ende gegen ein Fass mit eingelegtem Hering. Das Fass bekam Risse, und eine klebrige, stinkende Flüssigkeit floss heraus und verteilte sich in Sekundenschnelle in seinem braunen Haar. Es war das Letzte, was Hugo de Covarrubias noch mitbekam, bevor er das Bewusstsein verlor.

Die ersten zwei Tage nach seiner Festnahme waren hart. Hugo machte der Kater zu schaffen, und die Kälte im Kerker hinter den Mauern der La-Mota-Festung kroch ihm in die Knochen. Außerdem musste er endlose Befragungen über sich ergehen lassen, bis er schließlich seinen Namen nannte.

Von diesem Moment an behandelte man ihn zwar etwas besser, die Warterei zog sich in der feuchten Zelle jedoch endlos in die Länge. Als einzige Zerstreuung konnte Hugo beobachten, wie das hereinfallende Licht im Laufe der Stunden den Boden entlangwanderte, und sich passende Rechtfertigungen für das Vorgefallene überlegen. Ein ordentliches Donnerwetter würde ihm aber wohl nicht erspart bleiben.

Am dritten Tag seiner Haft hörte er schließlich, wie der Riegel zurückgeschoben wurde, und Hugo blickte in das Ehrfurcht gebietende Gesicht seines Vaters.

»Hugo de Covarrubias! Ihr seid ein freier Mann!«, verkündete der Kerkermeister.

Hugo überschritt die Schwelle und begrüßte seinen Vater, ohne ihn anzusehen. Dann folgte er ihm einen unterirdischen Gang entlang und zwei enge Treppen hinauf, bis sie einen hell erleuchteten Hof erreichten, wo eine Kutsche auf sie wartete.

Darin nahmen sie einander gegenüber Platz.

»Wie du stinkst!«, wetterte Don Fernando.

Hugo erwiderte darauf lieber nichts.

Die Kutsche ruckelte das Kopfsteinpflaster der Wehranlage entlang. Erst außerhalb ihrer Mauern konnte sie auf einem besser befestigten Weg an Fahrt aufnehmen, und jetzt endete auch das unangenehme Schwanken. Von diesem Moment an hörte man im Inneren des Wagens nur die wiederholten schweren Seufzer und das eine oder andere trockene Husten von Don Fernando.

Hugo wusste, dass dieser angespannte Augenblick nicht ewig dauern würde. Ihm war aber auch klar, dass beim ersten Blickkontakt eine ebenso unangenehme Unterhaltung ihren Lauf nehmen würde, deshalb schaute er lieber zum Fenster hinaus.

So saßen die beiden etwa zwanzig Minuten schweigend da. Der eine betrachtete zerstreut die ersten draußen vorbeiziehenden Felder, der andere spielte an der metallenen Türklinke herum.

Schließlich kündigte Don Fernando mit langem Räuspern an, dass er nun etwas zu sagen hatte. »Weißt du überhaupt, wer diese Frau war, die du da belästigt hast?«

»Nein, Vater.«

»Sagt dir der Name Edgar Hossner etwas?« Don Fernandos Stimme wurde schärfer. »Tja, lass mich dir verraten, dass ihr Ehemann mein zweitbester Kunde in Brügge ist, oder vielmehr war. Letztes Jahr hat er uns vierhundert Sack Wolle abgekauft und uns dafür acht Millionen Maravedi gezahlt.«

Hugos grüne Augen wichen seinem anklagenden Blick nicht aus.

»Meine Aufgabe für euch bestand doch darin, Kunden für uns zu gewinnen … und nicht zu vergraulen!«

»Fragt Euch doch einmal, ob ich diese Aufgabe vielleicht gar nicht erfüllen wollte.«

Als er Don Fernandos bebende Nasenflügel bemerkte, rechnete der junge Mann mit dem Schlimmsten.

»Hugo!«, brüllte sein Vater aus vollem Halse. »Was zum Teufel ist denn nur mit dir los, Junge? Erklär es mir doch, weil ich es nun wirklich nicht begreifen kann. Schert dich das Ansehen unseres Namens wirklich so wenig, dass du ihn durch den Dreck ziehen musst, und zwar ausgerechnet vor den Augen unserer besten Kunden auf der Messe von Medina? Wenn ich wenigstens wüsste, was du sonst mit deinem

Leben anfangen willst … Aber selbst das kannst du mir ja nicht sagen!« Zornig schlug er gegen die Tür der Kutsche. »Was habe ich dir nur getan, dass du mich mit solcher Gleichgültigkeit strafst? Kannst du mir das verraten? Mal sehen, ob ich irgendwie begreifen kann, weshalb du immer genau das Gegenteil von dem tust, worum man dich gebeten hat … Was meinst du – ob es dir irgendwann auch einmal anders herum gelingt?«

Er rieb sich mit den Händen über die Knie und dachte bei sich, dass er schon viel zu lange Antworten auf diese Fragen suchte.

Hugo seufzte. Natürlich wusste er ganz genau, wie viel Schaden er mit seinem Benehmen anrichtete. Er fand aber auch, dass sein Vater ihn, sein Wesen und seine Denkweise einfach nicht verstand. Er hatte sich schon tausendmal nach dem Grund dafür gefragt und war immer zu demselben Schluss gekommen: dass sie einander einfach in nichts ähnelten. Hugo glich seiner Mutter, und zwar nicht nur äußerlich. Er hatte denselben Charakter, denselben Geschmack, war wie sie sensibel und verfügte über die gleiche besondere Gabe, die nur seine Mutter erkannt hatte und die nach ihrem Tod in Vergessenheit geraten war. Seit ihrem Ableben waren zwölf Jahre verstrichen, und Hugos Leben hatte sich verändert.

In seinem Inneren brodelten tausend Fragen, sein Vater erwartete jedoch Antworten von ihm. Würde Don Fernando jemals verstehen, dass der Ursprung des Problems seine eigene Haltung Hugo gegenüber war? Würde er Kritik an seiner Ehe mit einer Frau akzeptieren, die Hugo die Kindheit zur Hölle gemacht hatte?

Würde Don Fernando irgendwann einmal erkennen, dass diese Stiefmutter sich nur widerwillig und voller Abschätzigkeit um Hugo gekümmert und die beiden Brüder, die ja nur durch diese zweite Ehe zu Brüdern geworden waren, ungleich behandelt hatte?

Würde sein Vater je gegen seine Gemahlin und für Hugo Partei ergreifen, wie er es bisher nie getan hatte? Wann immer sich das sensible Gemüt seines Sohnes gezeigt hatte, hatte Don Fernando ihn bislang als schwach und nutzlos bezeichnet. Würde er jemals begreifen, dass er nie für Hugo da gewesen war, wenn ihn dieser am meisten gebraucht hätte?

»Vater, falls Ihr wirklich dazu bereit seid, mich anzuhören, dann will ich heute kein Blatt vor den Mund nehmen.« Hugo holte Luft und nahm all seinen Mut zusammen, um mit ungewohnter Eindringlichkeit zu sprechen. »Ich hasse es einfach, dass Ihr Entscheidungen für mich trefft.« Angesichts der verständnislosen Miene seines Vaters versuchte er, sich klarer auszudrücken: »Habt Ihr Euch auch nur ein einziges Mal die Mühe gemacht, mich nach meinen Wünschen zu fragen? Halt, antwortet jetzt nicht! Das tue ich schon für Euch: Nein, niemals! Ganz zu schweigen von diesem heimtückischen Weib, das Ihr zur Ehefrau genommen habt ...«

»Genug! Das muss ich mir nun wirklich nicht bieten ...«

»Vater! Ich flehe Euch an, hört mir doch wenigstens dieses eine Mal zu.« Hugo hatte es noch nie gewagt, Don Fernando ins Wort zu fallen, aber zuvor hatte er sich ja auch noch nie zu völliger Offenheit entschlossen. »Seit ihrem Einzug bei uns hat diese Frau nur ein Ziel, nämlich mich als Sohn herabzuwürdigen und Euch gegen mich aufzubringen.«

Hugo atmete tief durch und versuchte, sich zu beruhigen. »Ich kann gut verstehen, dass Ihr mich gern in den Wollhandel miteinbeziehen möchtet, schließlich ist er das Geschäft unserer Familie. Aber Ihr wisst ja gar nicht, was ich selbst will. Ich habe für Wolle nichts übrig und finde die Vorstellung, mit ihr meinen Lebensunterhalt zu bestreiten, abstoßend ...« Hugo wählte seine Worte nun wirklich nicht sorgfältig aus. »Und deshalb wollte ich bei Eurer Prüfung auch nicht mitmachen. Verlasst Euch da lieber auf Damián, damit werdet Ihr ihn glücklich machen, und Ihr beide werdet Euch wunderbar verstehen. Aber ich, ich tauge dazu nicht …« Hugo ließ den Kopf hängen. »Ich habe noch nicht entschieden, was ich mit meinem Leben anfangen will, und kann Euch versichern, dass ein Dasein mit solcher Ungewissheit nun wirklich nicht angenehm ist. Trotzdem weiß ich ganz genau, was ich *nicht* werden will.«

Jetzt hielt Don Fernando es nicht länger aus. Hugos plötzliches Geständnis passte so gar nicht zu dem Verhalten, das er eigentlich von seinem Sohn erwartete. Und er hatte genug davon. Er war Hugos Theater leid, hatte genug davon, alles Mögliche und Unmögliche zu tun, um einen anständigen Menschen aus ihm zu machen. Er hatte Hugos Ablehnung und die Diskussionen mit seiner Frau satt, bei denen er Hugo auch noch verteidigte, obwohl sein Sohn auf seine Argumente selten Taten folgen ließ. Und deshalb würden Worte jetzt nichts mehr an dem ändern, was Don Fernando beschlossen hatte, sobald er von dem Vorfall in Medina del Campo gehört hatte. Er hatte noch vor seinem Aufbruch nach Burgos alles dafür in die Wege geleitet.

»Zweifelsohne werde ich auf Damián zählen. Er hat mir ja auch als Einziger bewiesen, dass er es wert ist. Und nachdem ich mir diesen ganzen Unsinn von dir angehört habe, erscheinen mir meine Pläne für dich jetzt nur noch angebrachter. Du wirst nämlich mithelfen, ob es dir nun passt oder nicht. Gerade hast du mir ja selbst gestanden, dass du gar nicht sagen kannst, was du willst oder wofür du geeignet bist. Deshalb bleibt mir nichts anderes übrig, als weiterhin die Entscheidungen für dich zu treffen. Und meine erste Entscheidung besteht darin, dir die wahre Bedeutung des Wortes *Arbeit* zu vermitteln. Bisher habe ich dir das ja erspart.«

Wieder wurde Don Fernando laut: »Du wirst das Geschäft von der Pike auf lernen und dabei mit den niedrigsten Arbeiten beginnen. Zu Hause angekommen, wirst du dich darauf vorbereiten, unsere Wolle bei ihrer jährlichen Reise von der Wäscherei bis zum Hafen zu begleiten. Dann steigst du auf ein Schiff und fährst nach Brügge, wo du dich persönlich bei Edgar Hossner entschuldigst. Ob wir ihn so als Kunden halten können, weiß ich zwar nicht, aber nur auf diese Art und Weise kannst du die unentschuldbare Vernachlässigung deiner Pflichten der Firma gegenüber wiedergutmachen. So büßt du für die Freveltat, die du begangen, und die Schande, die du damit über unseren Namen gebracht hast.«

Don Fernando war sich durchaus bewusst, wie hart er hier mit seinem Sohn umsprang. Aber er hoffte, mit dieser Ansprache endlich bis zu ihm vorzudringen. Dafür waren die nächsten Worte aber wohl nicht die passendsten. Bevor er sie aussprach, holte er einmal tief Luft, sah Hugo in die Augen, biss die Zähne aufeinander und drückte den Rücken durch: »Hugo, du bist wirklich … ein Versager.«

Die grausamen Worte des Vaters hallten Hugo in den Ohren. Er war zutiefst gedemütigt. »Wenn Ihr so wenig von mir haltet, dann habt keine Angst. Ich werde jede Aufgabe erledigen, die Ihr mir auferlegt«, versprach er. »Mehr könnt Ihr von mir aber nicht erwarten …«

Hugo verstummte, saß in sich zusammengesunken da und ließ sich durch den Kopf gehen, was gerade passiert war. Zum ersten Mal in seinem Leben hatte er es gewagt, seine Gedanken, seine Gefühle und Zweifel deutlich zum Ausdruck zu bringen, hatte, in der Hoffnung auf Verständnis, seinem Vater sein Herz ausgeschüttet, aber leider vergebens. Er wusste natürlich selbst ganz genau, dass er sich bisher durch wenig mehr als seine ständige Widerrede hervorgetan hatte, während sich sein Bruder Damián stets als

Musterbeispiel eines Sohnes zeigte. Und an diesem Zustand schien Hugo auch nichts ändern zu können. Schließlich war er ja nichts weiter als ein Versager, wie man ihm gerade noch einmal bestätigt hatte.

Die Reise nach Burgos dauerte zwölf Stunden und kam ihnen unendlich vor.

Weil er so viel Zeit zur Verfügung hatte, ging Don Fernando im Kopf mehr als dreimal die Finanzen seines Unternehmens durch. In einem kleinen Büchlein notierte er stets die Vereinbarungen der aktuellen Verkaufssaison und verglich sie dann mit den Bestellungen, die auch wirklich aus Brügge eintrafen. Aber er musste auch dieses Mal bedrückt feststellen, dass die Zahlen einfach nicht übereinstimmten.

Deshalb seufzte er immer wieder schwer. Dann wieder galt sein Gram seinem Sohn, den er von ganzem Herzen liebte, obgleich er ihn schon lange nicht mehr verstand. Für Hugo würde er sich sogar die Hände abschlagen lassen, wenn er damit unter seiner Fassade undankbaren Verhaltens nur das Rohmaterial für einen guten Menschen zutage fördern würde. Denn der Zweifel, ob ein solcher wirklich in ihm steckte, nagte schon lange an Don Fernando.

Hugo hatte nur zwei Tage Zeit, um sich von seinen Bekannten zu verabschieden und sein Gepäck vorzubereiten; außerdem musste er sich eine heftige Standpauke von seiner Stiefmutter, Doña Urraca, anhören. Damiáns Mutter beschränkte sich nicht auf den Vorfall in Medina, sondern verurteilte sein ganzes Leben, das sie als erbärmlich und enttäuschend bezeichnete.

Wenigstens konnte Hugo noch seine beste Freundin Berenguela besuchen, die in der Nachbarschaft wohnte und Tochter eines anderen Händlers namens Don Sancho Ibáñez war. Ibáñez war noch nicht so lange im Wollgeschäft tätig und verfügte über weitaus weniger finanzielle Mittel als Don Fernando. Seine Tochter war der Mensch auf dieser Welt, der Hugo am nächsten stand, und kannte ihn ihrer Meinung nach vermutlich besser als er sich selbst. Sie waren beide zwanzig Jahre alt und zusammen aufgewachsen. Wie es nur zwei Kinder konnten, die bloß ein paar Schritte auseinander wohnten, hatten sie Flegeljahre, Spiele, Geheimnisse, Streitereien, Vertraulichkeiten und Ratschläge miteinander geteilt. Sie waren die Sprösslinge zweier Familien, deren Väter durch mehr als nur eine flüchtige Bekanntschaft miteinander verbunden waren.

Wegen all dieser Umstände fiel Hugo sein Abschiedsbesuch bei Berenguela furchtbar schwer. Es war für ihn der lieblichste, aber auch bitterste Moment. Er dachte daran, wie hart die Nachricht seine Freundin treffen würde, jedoch auch daran, was er hier zurücklassen musste. Schließlich würde er sechs oder sieben Monate unterwegs sein, das wusste er selbst noch nicht genau, und diese Vorstellung war ihm unerträglich.

Da er bei den Ibáñez' fast wie zu Hause war, betrat Hugo gegen Mittag Berenguelas Zimmer, ohne anzuklopfen oder von den Bediensteten angekündigt zu werden. Mit einem Buch und ihrer Katze Canelilla auf dem Schoß saß Berenguela am Erkerfenster. An diesem strahlend schönen Tag fiel das Licht in jede Ecke dieses Zimmers, in dem Hugo und sie einst zusammen Ritter und Prinzessin gespielt, von weit entfernten Ländern der Welt geträumt oder sich geschlagen, miteinander Tränen gelacht und einander alles erzählt hatten.

Berenguela schaute auf. Als sie Hugo entdeckte und zu strahlen begann, zauberte ihr fröhliches Lächeln die typischen Grübchen auf ihre Wangen. Sie blieb sitzen und ließ sich von Hugo zur Begrüßung auf die Stirn küssen, bemerkte aber schnell, wie finster sein Blick war.

»Kann ich davon ausgehen, dass du gekommen bist, um mir deine Version der Geschehnisse in Medina del Campo zu erzählen? Ich habe nämlich andere gehört, die ich kaum glauben kann!« Als sie zur Seite rückte, um Platz für ihn zu machen, protestierte die Katze miauend. »Aber jetzt sag mir doch erst einmal, was dich bedrückt.«

Hugo zögerte ein paar Sekunden. Beim Blick in ihre haselnussbraunen Augen fiel es ihm schwer, die richtigen Worte zu finden. Die Nachricht, die er zu verkünden hatte, würde sie schließlich ziemlich mitnehmen. Und wenn es einen einzigen Menschen auf dieser Welt gab, dem er nicht wehtun wollte, dann saß er hier neben ihm.

Deshalb seufzte Hugo, knetete seine Finger und rückte erst nach einer Weile mit der Wahrheit heraus: »Ich gehe morgen aus Burgos weg und weiß noch nicht, für wie lange.«

»Aber was sagst du da nur? Wo willst du denn hin?« Berenguela biss sich auf die Unterlippe. Diese Nachricht musste sie erst einmal verdauen.

»Mein Vater zwingt mich dazu, den Produktionsweg der Wolle bis nach Brügge zu begleiten, wo ich dann einige Zeit bleiben soll. Wie lange, kann ich leider nicht sagen. Mein Vater will mir damit endlich zeigen, was Arbeit bedeutet.«

»Aber … Aber … Das ist ja furchtbar«, murmelte Berenguela, die eine Spur blasser geworden war und feuchte Augen bekam. »Was soll ich denn nur ohne dich machen?«

Hugo strich ihr über die blonden Locken. »Ich weiß … Und es tut mir so leid, denn du bist schließlich die Einzige, der ich hier fehlen werde. Bei mir zu Hause werden sie sich eher über meine Abwesenheit freuen, da bin ich mir sicher. Leider kann ich es nicht ändern, weil sich mein Vater nicht von seinem Plan abbringen lässt. Dabei kannst du dir bestimmt vorstellen, wie wenig Lust ich darauf habe. Und am meisten bedauere ich, dass ich deshalb auf unbestimmte Zeit von dir getrennt sein werde …«

Jetzt konnte Berenguela sich nicht länger zusammenreißen und brach in Tränen aus. »Wem soll ich mich denn anvertrauen, bis du endlich wieder hier bist? Wer wird mich verstehen, wenn nur du das kannst?«, fragte sie schluchzend.

In ihrem Inneren brannte ein viel größerer Schmerz, als sie jetzt zum Ausdruck bringen konnte. Schon seit Langem sah sie in Hugo nämlich nicht mehr nur einen Freund, sondern liebte ihn von Herzen. So wie sie selbst herangewachsen war, war auch ihre Liebe von Jahr zu Jahr größer geworden, obgleich sie sie aus Furcht vor Zurückweisung stets versteckt hatte. Sie kannte Hugo gut und hatte nie den Eindruck gehabt, dass ihn etwas anderes als Freundschaft mit ihr verband. Deshalb hatte sie Angst, dass ihre tiefen Gefühle ihn verschrecken und fernhalten würden.

Jetzt versank sie in der Wärme seiner Umarmung, einer tröstenden Geste, die trotzdem wehtat. Dann lauschte sie seiner Schilderung des Vorfalls mit der Frau im Gasthof und konnte wieder einmal nicht verstehen, warum Hugo sich bloß derart gehen ließ. Aber sie biss sich auf die Zunge, immerhin wusste sie genau, dass er kein boshafter Mensch war. Der frühe Tod seiner Mutter hatte in ihm so viele Gefühle geweckt, die ihn manchmal zu für andere unverständlichen Handlungen trieben.

Berenguela rückte von Hugo ab, um ihm in die Augen zu sehen, und sehnte sich in diesem Moment so sehr danach, ihn zu küssen, dass sie die Fäuste ballen und die Fingernägel in ihrem Fleisch vergraben musste, um gegen den Impuls anzukämpfen. Stattdessen sagte sie bloß: »Hugo, bitte vergiss mich nie.«

»Wie sollte ich dich denn vergessen?«, antwortete er.

»Ich werde jeden Tag an dich denken. Und bis du wieder zurückkommst, werde ich dich hier in mir tragen.« Sie legte die Hand aufs Herz. »Du weißt doch, was das bedeutet, nicht wahr?«

Hugo antwortete nicht. Die Botschaft war angekommen, und er verwahrte sie tief in seinem Inneren. Dann ließ er den Blick aufmerksam, ohne Eile über Berenguelas Gesicht, ihre Augen und Wangen wandern. Am Ende drückte er ihr einen langen Kuss auf die Stirn, der von Herzen kam. Einen Kuss, der für sie leider nur von Freundschaft zeugte, einen Kuss zum Abschied, einem langen, schmerzhaften Abschied.

3

Pineda de la Sierra, Sierra de la Demanda, Juni 1474

Die sechs jungen Männer, die bis zur Hüfte im Fluss Arlanzón standen, um dort die gerade aus Cuéllar eingetroffenen Vliese zu waschen, spürten ihre Zehen kaum noch. Obwohl das Wasser in diesem milden Frühling nicht besonders kalt war, hatten ihre Beine nach drei Stunden jegliche Wärme abgegeben und liefen langsam blau an.

Unter den nassen Arbeitern befand sich auch Hugo de Covarrubias, der von Don Fernandos Verwalter und rechter Hand, Policarpo Ruiz, ständig überwacht wurde. Ruiz war ihm quasi zum Gefängniswärter geworden.

Hugos Vater pachtete jedes Jahr den Bereich rund um den Fluss unterhalb von Pineda de la Sierra, weil dort die Wasser kraftvoll flossen und man die Wolle am Ende auf einem angrenzenden Feld in der Sonne trocknen lassen konnte. Bis dahin fehlten jedoch noch viele Arbeitsgänge, die Hugo nun alle durchlaufen würde.

Mit einem langen Brett bewaffnet, bearbeitete er eine neue Fuhre Vlies, um den gröbsten Schmutz loszuwerden, und nieste wegen des Staubs, der von dem riesigen Berg der noch ungewaschenen trockenen Wolle am Ufer aufstieg. Je nach Windrichtung schwebte die graue Wolke daraus entweder aufs Dorf zu oder legte sich über diejenigen, die rund um den Fluss ihre Arbeit verrichteten.

Hugo hasste Wolle, und hier gab es davon genug, um sie

ihm für alle Ewigkeiten zu verleiden. Er warf einen flehentlichen Blick zu Policarpo Ruiz hinüber, der auf einem Baumstamm saß und ihn genau im Auge behielt. Zum fünften Mal an diesem Morgen wurde ihm jedoch mit einem Kopfschütteln eine kurze Pause verwehrt.

Hugo verfluchte sein Schicksal und stieß verbittert die Luft aus, fuhr jedoch mit seiner Arbeit fort.

Policarpo sprach derweil mit dem Sortierer Genaro, der die Vliese nach Qualität klassifizierte und den er schon seit vielen Jahren kannte.

»Ich verstehe ja immer noch nicht, warum du Don Fernandos Sohn mitgebracht hast. Was zum Teufel hat das zu bedeuten?« Beim Reden kratzte sich Genaro hektisch am Kopf, sodass sich eine schmutzige Kruste löste. Als er es bemerkte, fluchte er lautstark. »Deinetwegen müssen wir jetzt noch besser aufpassen.«

Genaro war so klein, dass viele ihn für einen Zwerg hielten, dennoch wagte sich ihm niemand zu widersetzen, wenn er seine Befehle brüllte. Er war ein grober Mann mit rauer Stimme und nervösem Temperament. Außerdem wurde Genaro von einem seltsamen Leiden geplagt: Etwa jede halbe Stunde verspürte er an irgendeiner Stelle seines Körpers starken Juckreiz. Er behauptete immer, dass es mit den Schafen und ihren Flöhen zu tun habe, war von dem Kribbeln allerdings so besessen, dass er sich auch ohne Kontakt zu diesen Tieren ständig kratzen musste.

»Das stimmt, wir dürfen nicht unachtsam werden.« Policarpo trat nach einem Steinchen. Dann bemerkte er ein Strohhälmchen auf seiner perfekten Seidenweste und zupfte es sofort weg. Er bot einen völlig anderen Anblick als sein Gesprächspartner. Policarpo sah sich selbst als Edelmann, er genoss Luxus und ein bequemes Leben, kleidete sich stets elegant. Obwohl er die vierzig bereits weit überschritten hatte, zog er durch seine schlanke Figur und sein attraktives Äußeres immer noch viele Frauen an, selbst weitaus jüngere. Jetzt drehte er sich zu einem heranrumpelnden Karren um, der für heute die letzten Säcke mit Wolle brachte.

»Seine Anwesenheit stört mich genauso wie dich, oder vielleicht noch mehr. Aber sein Vater ist mit seiner Geduld am Ende und weiß einfach nicht, was er sonst mit ihm machen soll. Mir hat er angetragen, ihn ordentlich schuften zu lassen und wegen seines Namens keinerlei Rücksicht auf ihn zu nehmen.«

Genaro rief einen seiner Helfer, um ihn zu fragen, ob die Tröge bereits mit heißem Wasser gefüllt worden seien. Nach dessen Bestätigung erhob sich Genaro ein wenig schwerfällig und forderte Policarpo auf, ihn doch zu begleiten. Als sie sich in Bewegung setzten, ging es wieder um Don Fernandos Sohn.

»Also, hier wird er nun wirklich genug zu tun haben.« Genaros offenes Lächeln stellte nur zwei Zähne zur Schau. »Bevor wir uns um unsere Angelegenheiten kümmern, spreche ich am besten mit dem obersten Bottichmeister, damit er weiß, was er mit dem Burschen anfangen und welche Aufgaben er ihm übertragen soll. Geh du doch rüber ins Lager und beginn schon mit der Abrechnung, ich komme gleich nach.«

Policarpo machte sich auf den Weg zum größten der Gebäude, aber nicht, ohne vorher noch einen letzten Blick zu Hugo hinüberzuwerfen.

Der schlug sich im Wasser mit einer enormen Masse nasser Wolle herum, die beinahe von der Strömung mitgerissen wurde.

Policarpo hörte das Klagen des jungen Mannes und die strengen Worte eines Vorarbeiters in seiner Nähe.

Don Fernandos Verwalter war schon seit über zwanzig

Jahren für die Familie tätig und kannte sich perfekt mit den Abläufen bei der Wollverarbeitung aus. Direkt nach dem Scheren wurde die Wolle eigener oder gepachteter Herden zusammen mit solcher, die von Viehzüchtern angekauft worden war, angeliefert und sortiert. Aber damit endete die Aufgabe von Policarpo Ruiz noch nicht, im Anschluss organisierte er nämlich den Transport der Vliese zu den Wollwäschereien wie dieser hier in Pineda de la Sierra, im Landkreis La Demanda. Er überwachte die Kennzeichnung der Säcke gemäß ihrer Qualität, mietete im Hafen Lagerräume an, bezahlte Steuern und Versicherungen und den Transport auf Schiffen bis zu ihrem Ziel, zumeist in Flandern.

Seine Arbeit als Repräsentant eines so wichtigen Händlers aus Burgos wie Don Fernando war erst dann zu Ende, wenn die Ware in den Lagerhäusern der Käufer in Brügge oder Antwerpen eintraf und er in der jeweiligen Stadt alle von der als Consulado bezeichneten Zweigstelle der Kaufmannsgilde festgelegten Formalitäten für diese Lieferung erfüllt hatte. Da der Erfolg des Geschäfts großteils von ihm abhing, wurde er von Don Fernando, der volles Vertrauen in ihn setzte, fürstlich bezahlt.

Beim Betreten des Gebäudes spürte Policarpo, wie kühl es darin durch die dicken Steinwände war. Das große Fenster unter dem Vordach stand offen, um das Auslüften der Ware zu erleichtern.

Im Inneren lag Wolle aus über dreihundert bereits sortierten Säcken zum Trocknen, die Hälfte von Don Fernando de Covarrubias, die andere Hälfte von Don Sancho Ibáñez, Berenguelas Vater.

Don Sancho gehörte einer neuen Generation von Händlern aus Burgos an, die in Brügge noch nicht sehr bekannt waren, und wollte sich in diesem schwierigen Geschäft gerne einen Namen machen.

Jetzt bestand Policarpos Aufgabe darin zu entscheiden, welche von den gerade eingetroffenen Säcken er für den Weitertransport nach Portugalete zu den bereits lagernden von de Covarrubias hinzufügte.

Er holte ein Rechnungsbüchlein und ein silbernes Döschen mit kleinem Tintenfass und Feder hervor, um sich die bereits zugeordneten zu notieren. Die als »Florete« bezeichnete exquisiteste Wolle stammte ausschließlich von Rücken, Hals und Rippen frei laufender Merinoschafe. Für die etwas weniger hochwertige »Reflorete« schor man Merinoschafe aus Gehegehaltung. Die mittelfeine Wolle der zweiten, dritten und vierten Qualitätskategorie stammte von weniger erlesenen Rassen, toten Tieren oder Fellen, die man Metzgern abgekauft hatte.

Don Fernando de Covarrubias hatte sich seinen guten Ruf und seinen einstigen großen Kundenstamm im Ausland vor Jahren dadurch erworben, dass er stets höchstpersönlich die besten Herden ausgesucht hatte. So hatte er sich vorzügliche Florete-Wolle sichern können und weniger als ein Zehntel der Ware als Reflorete aussortieren müssen. Wolle niedrigerer Qualitätsklassen hatte er gar nicht erst angeboten.

Im Laufe der Zeit hatte Policarpo seine Aufgaben übernommen und war dabei nach denselben Kriterien verfahren, um die gleichen Proportionen bei den Kategorien beizubehalten. Seit fünf Jahren hatte sich die Situation jedoch verschlechtert, und Don Fernando verkaufte mit jedem Jahr minderwertigere Wolle, das stand zumindest in den Geschäftsbüchern, die Policarpo ihm vorlegte.

In der Nähe des Lagerhauses, in einem größeren, aber niedrigeren Gebäude, befanden sich zwei riesige Steinbottiche von sieben oder acht Spannen Breite und fünf Spannen Tiefe. Hier wurde die Wolle zum zweiten Mal gewaschen, dieses Mal mit heißem Wasser.

Aus einem riesigen Kessel mit einem Fassungsvermögen von 600 Arroba wurden diese Bottiche mit beinahe kochendem Wasser gefüllt. Zunächst nutzte man es für die schmutzigsten Vliese, für die Wolle vom Schwanz und Hinterteil des Tieres, die natürlich die meisten Flecken hatte. Später wurden dann die besseren Vliese mit inzwischen lauwarmem Wasser gereinigt.

Zusammen mit fünf anderen Arbeitern stieg Hugo in den ersten Bottich. So durchgefroren, wie er nach der Arbeit im Fluss war, empfand er das bis zur Brust gehende heiße Wasser zunächst als angenehm. Schon bald wurde es ihm jedoch zur Qual, und sein Körper begann sich gegen die hohen Temperaturen aufzulehnen. Als Hugo dann bemerkte, dass die Leiter weggezogen wurde, mit der er hinabgestiegen war, geriet er in Panik. Laut schreiend, verlangte er, aus dem Wasser gelassen zu werden, und konnte nicht verstehen, wieso die anderen nicht protestierten.

»Mein Junge, je weniger du dich bewegst, desto besser erträgst du die Hitze. Jetzt sei schon still, du hast dich bald daran gewöhnt!«, mahnte einer der anderen.

»Werft die erste Fuhre Wolle runter!«, rief nun jemand, der als Bottichmeister bezeichnet wurde. Er sah Hugo an und erklärte ihm, welche Arbeitsschritte jetzt anstanden: »Von deinen vier Kameraden werden zwei die Wolle auflockern, die anderen beiden bewegen sie hin und her und trampeln darauf herum. Das ist auch deine Aufgabe, bring die Vliese im Wasser zum Rotieren. Sieh es dir zunächst gut an, bevor du dabei hilfst.«

Noch während er diese Worte aussprach, flog auch schon die erste Ladung in den Bottich, die vom Fluss bereits nass war. Weil Hugo die Erfahrung fehlte, wich er nicht wie die anderen Männer aus, wurde von einem riesigen Batzen triefender Wolle getroffen und unter Wasser gezogen. Er fürchtete schon, in der Gluthitze sterben zu müssen, als er sich durch die unförmige, gelblich weiße Masse nach oben zu kämpfen versuchte. Durch das Wedeln mit den Armen verhedderte er sich nur noch mehr in den Fasern und war drauf und dran zu ertrinken. Schließlich wurde er von zwei starken Armen an die Oberfläche gezogen und dort mit lautem Gelächter in Empfang genommen.

Hugo schlief seit zwei Tagen auf dem Boden eines Wagens, weil sich Policarpo geweigert hatte, ihm ein Zimmer im Gasthaus zu geben. Nachdem er sich den ganzen Morgen mit immer neuen Bergen schwerer, nasser Wolle herumgeschlagen hatte, hatte ihm das hier gerade noch gefehlt, und er war langsam am Ende seiner Kräfte.

»Schiebt die Leiter herunter, ich verschwinde hier nämlich!«, rief er nach oben. »In dieser Hölle halte ich es nicht eine Sekunde länger aus!«

Sein Wunsch wurde aber nicht erfüllt, stattdessen bekam er einen so heftigen Schlag gegen die linke Schläfe, dass seine Augenbraue aufplatzte.

Der strenge Blick des Bottichmeisters und seine geballten Fäuste gaben Hugo zu verstehen, dass es noch weitere Prügel setzen würde, wenn er sich nicht am Riemen riss. Allerdings blutete seine Augenbraue jetzt so heftig, dass sich das Wasser im Bottich zu verfärben begann. Deshalb bat der Meister schnell um einen Lappen, den sich Hugo auf die Wunde pressen konnte, um die Wolle zu schützen.

»Hier wird gearbeitet! Und wenn du nicht mitmachst, hast du auch keinen Anspruch auf deine Essensration.«

Hugo schluckte Stolz und Wut hinunter, beobachtete genau die Handgriffe seiner Kameraden und tat es ihnen dann gleich.

Nach einer Stunde wurde die gereinigte Wolle aus dem Wasser geholt und in riesige Körbe verfrachtet, die man auf durchlöcherte Bretter stellte. Dann begab sich ein Arbeiter in jeden Korb und traktierte die Wolle drei Stunden lang mit den Füßen, um sie aufzulockern und die Flüssigkeit herauszupressen.

Die lockersten Wollfetzen wurden aus dem Korb entnommen und zunächst auf eine Schräge aus Holzbrettern, dann aus Steinplatten gelegt.

Das Mittagessen war der einzige Moment des Tages, an dem Hugo kurz verschnaufen konnte, allerdings hatte er auch dafür nur eine halbe Stunde Zeit. Er tunkte das ihm zugeteilte Stück Brot in den Kichererbseneintopf und trank seine Viertelarroba schlechten Wein so emsig, als handele es sich um den erlesensten Rebensaft der Welt. Dabei dachte er bei sich, dass hier nicht die harte Arbeit das Schlimmste war, sondern ihr Zweck. Sein Vater lag falsch, wenn er glaubte, damit wirklich seine Einstellung ändern zu können. Das Schleppen und Waschen der Wolle, die endlosen Stunden der Plackerei ließen nur Hugos körperliche Kräfte schwinden, aber nicht seine Entschlossenheit, sich weit weg vom Familienunternehmen ein Auskommen zu suchen. Hier machte er sich zwar bis ins letzte Detail mit dem Wollgeschäft vertraut, aber er würde es nie lieben lernen.

Sie würden noch den ganzen Nachmittag und Abend, bis zum Einbruch der Dunkelheit um kurz vor neun, arbeiten.

Nachdem die Wolle auf Steinplatten vorgetrocknet war, wurde sie zusammengepackt und hinaus auf die Wiese gebracht, wo als »Viñas« bezeichnete kleine Haufen daraus gebildet wurden. Nach eineinhalb Stunden wurde die Wolle auf der ganzen Wiese verteilt und am nächsten Morgen gewendet. Das wiederholte man dann während der nächsten drei Tage – drei Sonnenaufgänge und dreimal Wenden, bis man das trockene Material zu Haufen von eineinhalb Arroba zusammenfügen konnte. Von diesem Moment an musste man die Wolle nur noch fest zusammenpressen, um sie dann in ein als »Marga« bekanntes großes Tuch zu packen, das zusammengenäht einen Sack von achteinhalb Arroba ergab. Vor dem Abtransport vermerkte man darauf mit Rötel den Namen des Besitzers und die Qualitätsklasse.

Hugo nahm sein Abendessen aus einem Stück Käse und Kuchen zum Nachtisch mit zu seinem Lager, wo er neben über hundert anderen Arbeitern die Nacht verbringen würde. Er hatte kaum fertig gegessen, da fielen ihm vor Müdigkeit auch schon die Augen zu.

Eine Stunde später verließen zwei Männer das Lagerhaus, in dem die Wollsäcke aufbewahrt wurden, einer von ihnen mit zehn Golddublonen in der Tasche. Der andere schob seine Stange Siegellack sorgfältig in ihre Hülle.

»Es war mir ein Vergnügen, mit dir Geschäfte zu machen«, sagte der Zwerg zum Abschied.

Policarpo Ruiz, de Covarrubias' Vertrauensmann, lächelte als Antwort bloß.

4

Auf dem Weg nach Portugalete, Biskaya, Juni 1474

Die Zunft der Fuhrleute von Burgos und Soria hatte das Monopol auf den Transport der Wolle von den Wäschereien des Königreichs Kastilien bis zu den Häfen von Transierra, Santander, Laredo und Castro Urdiales oder bis zu denen in der Biskaya.

Die Vereinigung stellte dafür fast achttausend Karren und beinahe zwanzigtausend Ochsen bereit. Unterwegs war die Wollkarawane allerdings nicht gern gesehen, weil sie von der Krone viele besondere Befugnisse erhalten hatte: Bei diesem Transport musste kein Wegezoll bezahlt werden, das Vieh durfte frei grasen, und es durfte für die Reparatur von Wagen so viel Holz wie nötig geschlagen werden. Dies und viele weitere Privilegien erzürnten die Bewohner in den Dörfern und Städten auf ihrem Weg.

Dieses Mal bestand die Wagenkolonne aus sechzig Karren und mehr als zweihundert Personen, die Don Fernandos Vertrauensmann angeheuert hatte.

Am letzten Tag im Juni spannte man bei Tagesanbruch die Ochsen ein und gab das Signal zum Aufbruch. Zusätzlich zu den einhundertzwanzig Ochsen, welche jetzt die Wagen zogen, wurden noch zehn zum Auswechseln mitgenommen, drei Pferde für die Aufseher, ein Dutzend Esel, drei Milchkühe und für die Fleischversorgung Rinder, die man unterwegs nach und nach schlachten würde.

Die letzten vier Wagen waren mit Werkzeug, Hafer und Johannisbrot für die Ochsen sowie all den Töpfen und Küchenutensilien beladen, die zum Verpflegen dieser großen Gruppe nötig waren.

Auf einem der mit immer fünf Säcken beladenen Wagen plauderte Hugo gegen zehn Uhr morgens mit einem Jüngling in seinem Alter. Vorn hielt der Kutscher die Zügel in der Hand. Er wurde von einem Stellmacher begleitet, der unterwegs zerbrochene Wagenteile reparieren oder austauschen sollte.

Abgesehen von diesen beiden Männern mit ihren klar umrissenen Aufgaben, gab es pro fünf Wagen jeweils einen Verantwortlichen für das Vieh, der unterwegs nach passenden Tränken und Weiden Ausschau hielt.

»Ich hätte ja nie gedacht, dass jede Faser des Körpers gleichzeitig schmerzen kann, egal wie ich mich hinsetze …«, stöhnte Hugo und streckte vorsichtig die Beine aus, um Krämpfe zu vermeiden.

Am Abend zuvor hatten sechzig junge Männer mit reiner Muskelkraft die Karren mit den dreihundert Säcken beladen, die es insgesamt auf mehr als zweitausendzweihundertfünfzig Arroba Gewicht brachten.

Jetzt waren die Wagen bereits seit vier Stunden unterwegs. Hugo hatte gehört, dass sie bis zum ersten Halt, bei dem die Tiere ein wenig verschnaufen könnten, noch eine weitere Stunde fahren würden.

»Das Schleppen der Säcke ist hart. Sie dann auf die Wagen zu hieven, wie ich gestern musste, aber erst recht. Das ist eine Aufgabe für echte Männer, nicht für Memmen! Ich heiße übrigens Bruno …«, schnaubte der junge Kerl an seiner Seite grimmig.

Hugo nahm ihm den Kommentar nicht übel. Dieser Bruno war vielleicht ein Großmaul, aber kein schlechter Kerl. Er hatte Hugo erzählt, dass er aus Pancorbo stammte, aus einem Ort, der zur Hermandad de Álava gehörte. Dort würden sie in zwei Tagen vorbeikommen, nachdem sie Burgos durchquert hatten.

Jetzt fuhren sie erst einmal einen weitläufigen Hügel hinunter, und da Hugo auf einem der letzten Wagen saß, erstreckte sich nun die ganze Kolonne vor ihm. Es wunderte ihn, wie lang sie war.

»Es wird gemunkelt, du wärst der Sohn vom Besitzer dieser ganzen Wolle …«, brummelte jetzt Bruno und schaute aus dem Augenwinkel zu ihm hinüber.

»Das stimmt, sie gehört tatsächlich meinem Vater.«

Bruno gefiel Hugos unverblümte Antwort, und da er selbst auch kein Blatt vor den Mund nahm, zögerte er nicht lange mit seiner nächsten Frage: »Bist du dann hier, um uns auszuspionieren?« Er biss die Zähne zusammen, und sein Blick wurde finster. »Wenn du mich schlechtmachst und ich deshalb meine Arbeit verliere, dann schlitze ich dich auf und zieh dir das Fell ab wie einem Kaninchen!«

Hugo erklärte ihm zwar nur mit knappen Worten, warum er an der Fahrt teilnahm, verriet dabei aber so viel, dass Bruno sich eine Vorstellung von seiner momentanen Situation machen konnte.

»Du Mistkerl … Da hattest du alles im Leben, musstest nie schwere Zeiten durchmachen und hast deine glorreiche Zukunft voller Luxus einfach zum Teufel gejagt!«

Mit diesem Ausruf, der Bruno ganz spontan entfahren war, hatte der junge Bursche nicht unrecht.

Hugo starrte zum Horizont hinüber. »Das mag stimmen, wahrscheinlich bin ich wirklich ein ziemlicher Mistkerl«, murmelte er bloß und vermied es, sich zu dem Thema weiter zu äußern.

»Allerdings«, schnaubte Bruno, der immer noch nicht fassen konnte, was er gerade gehört hatte. »Mein Vater hatte schon vor seinem dreißigsten Lebensjahr keine Haare und Zähne mehr, weil er eine Ehefrau und sechs Kinder versorgen musste und irgendwann seine Arbeit auf dem Land des Grafen verloren hat. Als der Älteste erinnere ich mich an diese Zeit vermutlich besser als meine Geschwister. Damals war ich acht Jahre alt, und ich weiß noch, dass meine Mutter eine Woche lang jeden Abend Suppe aus dem gleichen Schweineknochen gekocht hat. Als man uns schließlich aus dem Haus geworfen hat, mussten wir im Freien schlafen und haben draußen irgendwo Unterschlupf gesucht. Meine kleinen Geschwister hatten so großen Hunger, dass sie sich oft im Schweinestall mit den Tieren um das Futter geprügelt haben. Mein Vater hat nie wieder Arbeit gefunden, und das alles nur, weil er eines Tages den Grafen beleidigt hat. Ich war dabei, und diese Lektion werde ich mein Lebtag nicht vergessen. Mein Vater hat ihm nur eins vorgeworfen, ihm nämlich seine Freiheit geraubt zu haben.«

Hugo war nachdenklich geworden. »Wie alt warst du denn, als du angefangen hast zu arbeiten?«

»Das mit den Wagen mache ich erst seit zwei Jahren, vorher habe ich seit meinem zehnten Lebensjahr Schafställe ausgemistet, und bei meinen Brüdern war es genauso. Zu viert gelingt es uns jetzt halbwegs, unsere Familie durchzubringen, aber wir sind immer noch arm.«

Seine dunklen Augen durchbohrten Hugo und versuchten zu ergründen, welchen Eindruck seine Worte auf ihn machten. »Ich kann nicht einmal sagen, warum ich dir das überhaupt erzähle. Du weißt doch gar nicht, was Armut heißt.«

»Wenn Armut wirklich den Verlust der Freiheit bedeutet, wie es dein Vater gesagt hat, dann komme ich mir genauso arm vor wie ihr ...«, überlegte Hugo.

»Ja, das sind schon merkwürdige Umstände«, nickte Bruno. »Du arbeitest als Strafe, und ich, um dem Hunger zu entgehen, der wie eine Strafe ist. Dabei wollen wir doch beide nur eins: unsere Freiheit.«

Jetzt unterbrachen sie ihre Unterhaltung, weil sich Policarpo auf seinem Pferd näherte, um Hugo für die anstehende Pause des Trecks neue Anweisungen zu erteilen. Aber noch bevor er den Wagen der beiden erreicht hatte, war ein Knacken zu hören, unter einem der Karren brach ein Rad weg, und sein ganzer Inhalt ergoss sich auf die Wiese. Das Schlimmste daran war, dass einige der Säcke bis zu einem nahen Bach hinunterrollten. Der Verwalter bohrte dem Pferd die Hacken in die Seiten und eilte zur Unfallstelle hinüber.

Bruno sah ihm hinterher und verfluchte ihn innerlich. »Wie verstehst du dich eigentlich mit dem da?«

»Weder gut noch schlecht. Er befolgt die Befehle meines Vaters, und ich muss die seinen befolgen. Policarpo Ruiz arbeitet schon seit Urzeiten für meine Familie, trotzdem hatten wir nie viel Kontakt. Mein Vater vertraut ihm aber voll und ganz.«

Bruno wusste nicht recht, ob er dazu etwas sagen sollte. Seine neue Bekanntschaft war ihm sympathisch, Hugo schien ein Mann mit Überzeugungen zu sein und wirkte gar nicht wie das typische verwöhnte Muttersöhnchen.

Allerdings wollte Bruno seine Arbeit nicht dadurch aufs Spiel setzen, dass er Dinge erzählte, die man später gegen ihn verwenden könnte. Er betrachtete die Markierung des Sackes, auf dem er saß, und der anderen Säcke hier im Wagen – sie waren alle von zweitbester Qualität. Nun biss er sich auf die Lippe und überlegte, welche Worte er am besten wählen sollte, schließlich spuckte er es jedoch einfach aus: »Den solltest du besser im Auge behalten … trau ihm nicht über den Weg.«

Der Unfall des Wagens hielt die ganze Kolonne auf, deshalb nutzte man den Moment für die erste Pause des Tages. Die Ochsen wurden ausgespannt und auf eine Wiese geführt, wo sie drei Stunden lang nach Herzenslust grasen, ausruhen und wiederkäuen konnten. In der Zwischenzeit überprüften die Stellmacher die Wagen, reparierten oder ersetzten kaputte Teile und fetteten die Achsen.

Die drei Aufseher ritten vor, um im nächsten Ort bei den Behörden die Nachweise für ihre Privilegien vorzulegen, frischen Proviant zu kaufen und den Zustand von Wegen und Weiden zu überprüfen.

Hugo erfuhr, dass im Laufe des Tages noch ein zweiter Zwischenhalt eingelegt werden würde und dann ein dritter Halt am Abend, wenn sie die Wagen zu einem Kreis anordnen und mit den Ochsen in der Mitte die Nacht unter freiem Himmel verbringen würden.

Am ersten Abend rasteten sie in der Nähe des Örtchens Ibeas de Juarros, etwa eine halbe Tagesreise von Burgos entfernt. Nun probierte Hugo das traditionelle Essen dieser Fahrten, ein köstliches Gericht, das »Ajo carretero« genannt wurde: Es wurde wie ein Eintopf gekocht, dann wurden Fleisch und Suppe jedoch getrennt serviert. Während der Mahlzeit rund ums Lagerfeuer der Wagenburg genoss Hugo das Essen und die Kameradschaft zwischen Kutschern und Helfern, die Anekdoten erzählten, und den Abschluss des Abends mit Flötenmusik und Volksliedern.

Einige der Wagenführer waren mit der ganzen Familie unterwegs, und Hugo beobachtete, wie Bruno mit einem jungen Mädchen, der Tochter eines Kutschers, schäkerte. Er fragte sich, was in diesem Moment wohl seine gute Freundin Berenguela machte, die ganz in der Nähe war. Seit dem Abschied von ihr waren ja erst ein paar Wochen verstrichen, trotzdem fehlten ihm ihre Gesellschaft und die Unterhaltungen mit ihr.

Berenguela hörte zwei Männer in der Bibliothek des Hauses miteinander sprechen. Bei der einen Stimme handelte es sich um die ihres Vaters, und auch die andere kam ihr merkwürdig bekannt vor und weckte ihre Neugier. Also schlich sie durch den Flur, um an der Tür zur Bibliothek zu lauschen. Als sie die Ohren spitzte, strich ihr etwas um die Beine und jagte ihr einen gehörigen Schrecken ein. Es war Canelilla, die sofort verscheucht wurde, damit sie nicht verräterisch maunzte. Die Katze schien zu begreifen und verschwand den Flur entlang, sodass sich ihre Besitzerin wieder der Tür zuwenden konnte. Genau verstehen konnte Berenguela nicht, was da geredet wurde, ihr Herz machte jedoch einen Satz, weil die fremde Stimme ein wenig wie die von Hugo klang. Nun sagte ihr Vater etwas, was wie »Dann machen wir es so!« klang. Der andere Mann schlug vor, darauf anzustoßen. Nachdem zwei Gläser geklirrt hatten, sprach der unbekannte Besucher zu Berenguelas Verwunderung ihren Namen aus und bat darum, sie sehen zu dürfen. Schnell huschte sie zurück in den Salon, wo sie an einer Näharbeit gesessen hatte, und wartete dort mit klopfendem Herzen. Sie hörte Schritte. So langsam verstand sie gar nichts mehr. Berenguela hätte schwören können, dass die Stimme zu Hugo gehört hatte. Aber warum hätte der denn hier mit ihrem Vater sprechen sollen, statt Don Fernandos Auftrag zu erfüllen?

Sie versuchte, sich auf ihre Handarbeit zu konzentrieren, war jedoch so aufgeregt, dass der nächste Stich danebenging und sie sich in den Finger pikte. Als nun die Tür aufging und ihr Vater mit Damián de Covarrubias erschien, überkam sie eine düstere Vorahnung.

»Guten Abend, mein Kind. Schau mal, wer gekommen ist.«

Damián lächelte und kam zu ihr herüber, um ihr die Hand zu küssen. Hastig reichte Berenguela ihm die Hand, an der sie wegen ihres blutenden Fingers nicht gelutscht hatte. Sie begriff nicht, was Damián hier bei ihnen zu Hause wollte, erst recht nicht zu so später Stunde, und was er mit ihrem Vater beredet hatte.

»Hast du etwas von Hugo gehört?«, war die einzige Frage, die ihr in den Sinn kam.

»Was soll ich von dem schon hören?«, antwortete Damián barsch. »So wie ich ihn kenne, wird er wie in Medina die ganze Zeit nur herumjammern und fremde Damen belästigen.«

Berenguela runzelte die Stirn.

»Hör mir gut zu, mein Kind«, sagte jetzt ihr Vater. »Ich weiß nicht, ob du schon erfahren hast, dass Don Fernando die Leitung seiner Geschäfte von nun an in Damiáns Hände legen wird. Und Damián hat mich soeben um die Erlaubnis gebeten, dich in Zukunft regelmäßig besuchen zu dürfen. Da habe ich natürlich meine Zustimmung gegeben.«

Diese Enthüllung war schon schlimm genug, und dass Don Sancho seiner Tochter jetzt auch noch zuzwinkerte, machte es nicht besser.

Berenguela war sich bewusst, dass die meisten jungen Damen ihres Alters sich wohl nach solch einer Absichtserklärung verzehrt hätten. Schließlich war Damián von den beiden Brüdern der attraktivere und freundlichere. Mehr konnte man von einem Verehrer kaum erwarten, vor allem jetzt, wo Damián einem der größten Unternehmen von Burgos vorstand.

Aber sie kannte Damián und hatte sich nie zu ihm hingezogen gefühlt, dafür hatte Hugo ihr einfach zu viel über ihn erzählt, ihr von unehrenhaftem Verhalten berichtet.

»Vater«, sagte sie und vermied es dabei, Damián anzusehen, »ich weiß Euer Vertrauen in mich zwar zu schätzen, aber …«

»Kein Aber!« Don Sancho ließ sie gar nicht zu Wort kommen und wandte sich sofort wieder an den Besucher: »Damián, du kannst meine Tochter besuchen, wann immer du willst. Geht meinetwegen zusammen spazieren und lernt euch besser kennen. Willkommen in unserer Familie!«

Entsetzt starrte Berenguela ihren Vater an. Sobald Damián gegangen war, würde sie unbedingt mit ihm sprechen müssen.

Jetzt lächelte sie einfach nur höflich und ließ sich erneut die Hand küssen. Sie konnte nicht einmal die Einladung zu einem Ausritt an den Ufern des Arlanzón am nächsten Tag ablehnen. Damián sprach davon, ihr die Bauarbeiten an der Kartause Santa María de Miraflores zeigen zu wollen, aber sie hörte ihm gar nicht richtig zu.

»Ich hole dich morgen Nachmittag um vier Uhr hier ab.«

»Sie wird bereit sein«, kam Don Sancho Berenguela mit der Antwort zuvor.

Der junge Mann wirkte selig.

»Komm, ich bringe dich noch zur Tür«, sagte Don Sancho. Er hakte sich mit einer Vertrautheit bei seinem Gast unter, die seiner Tochter überhaupt nicht gefiel.

Als Berenguela allein zurückblieb, seufzte sie tief, weil sie genau wusste, in welcher Gefahr ihr armes Herz nun schwebte. Beim Gedanken an Hugo lief ihr zuerst eine Träne über die Wange, dann begann sie, haltlos zu schluchzen.

Canelilla spitzte die Ohren, kam zu ihr herüber und schenkte ihr ein mitleidvolles Schnurren.

5

Portugalete, Biskaya, Juli 1474

Der Hafen von Portugalete war nicht so groß wie der wichtige Umschlagplatz in Santander, gewann aber immer mehr an Bedeutung. Das lag zum Teil auch daran, dass das Lagern der Wolle hier günstiger war.

Sechs Tage nach dem Aufbruch in Pineda de la Sierra erreichte Hugo nun mit der Wollkarawane seines Vaters diesen Hafen.

Jetzt mussten dreihundert Säcke abgeladen werden. Hugo schuftete wie jeder andere auch und ruinierte sich dabei beinahe den Rücken, denn in der Hitze scheuerte das grobe Sackleinen über die nackte Haut und ließ sie feuerrot zurück. Dass er diesen beschwerlichen Teil der Reise der Wolle an der Seite seines neuen Freundes Bruno durchlebte, verband die beiden nur noch mehr miteinander.

Inzwischen war das Vertrauen zwischen ihnen so groß, dass Bruno am letzten Abend vor dem Eintreffen im Hafen alle Vorsicht über Bord geworfen und Hugo seinen Verdacht in Bezug auf Policarpo verraten hatte.

Jetzt wusste Hugo also, dass der Sortierer, »dieser Zwerg«, und Policarpo mehrmals im Lagerhaus der Wäscherei dabei beobachtet worden waren, wie sie bislang unmarkierte Säcke mit Wolle seines Vaters durch andere ersetzt hatten.

»Diese anderen stammten von einem gewissen Sancho Ibáñez«, hatte Bruno erklärt, ohne zu wissen, dass Hugo den

Erwähnten gut kannte. »Und es werden dabei ordentliche Summen bezahlt.«

Nach der Nachricht von diesem erbärmlichen Betrug hatte Hugo die ganze Nacht nicht geschlafen. Es war nämlich eine Sache, dass er sich nicht für das Wollgeschäft interessierte, aber eine ganz andere, dass sein Vater von dem Angestellten betrogen wurde, dem er am meisten vertraute. Und dann hatte auch noch Berenguelas Vater die Finger mit im Spiel, der Don Fernando gegenüber doch als Freund auftrat!

Policarpo war vom Hafen aus losgeritten, noch bevor alle Wagen entladen waren, um sich in der Stadt um den Wegezoll, die Bezahlung des Transports und die Hafensteuern zu kümmern. Für die Erledigung dieser Formalitäten, die vor dem Beladen des Frachtschiffes nötig waren, würde er zusätzlich zu seinem von Don Fernando gezahlten Wochenlohn noch eine Prämie von siebzehn Maravedi pro Sack bekommen. Am Transport der Wolle bis nach Portugalete verdiente Policarpo also insgesamt viertausendzweihundert Maravedi, gutes Geld im Vergleich zu den fünfzig, die die Helfer für ihre Arbeit bekamen.

Brunos Hinweis hatte Hugo auf die Fährte einer hässlichen Angelegenheit gebracht. Er brauchte jedoch Beweise, bevor er seinen Vater darüber informieren konnte, und er wusste nun wirklich nicht, wie er diese finden sollte.

Irgendwann musste auch Bruno aufbrechen, da er beim Beladen der jetzt leeren Wagen helfen würde: Man nutzte die Rückfahrt nach Burgos, um damit Trockenfisch und Eisenerzeugnisse zu transportieren.

Die beiden jungen Männer verabschiedeten sich mit aufmunternden Worten voneinander.

»Es tut mir leid, dass ich dich vorschnell verurteilt habe«, sagte Bruno. »Ich habe nicht viele Freunde, nur eine Handvoll, und würde dich gerne zu diesem Grüppchen zählen. Es wäre schön, wenn wir uns wiedersehen würden. Falls du irgendwann einmal nach Pancorbo kommst oder erneut bei so einem Wolltransport dabei bist, dann frag doch nach mir.«

Das versprach ihm Hugo und schüttelte ihm kräftig die Hand.

Danach döste er im Lagerhaus vor sich hin, bis am Spätnachmittag Policarpo wieder erschien.

Der Verwalter wies ihn ohne weitere Erklärungen an, ihm zu Fuß zu folgen, während er auf dem Weg zum Gasthaus, in dem sie die nächsten vier Nächte verbringen würden, die Straßen des Hafens entlangritt. Hugo beobachtete das lebhafte Treiben in dem kleinen Ort, der von Fischfang und Handel lebte.

Unterwegs begegneten sie mehreren Gruppen von Männern, die gerade von ihren Booten zurückkehrten. Einige trugen Körbe voll noch zappelnder Fische, andere feierten den gelungenen Fang mit einer Karaffe Wein.

Policarpo und Hugo kamen auch an einer Straße mit leichten Mädchen vorbei, einige in inniger Umarmung mit Männern, die hier und jetzt ihre Dienste in Anspruch nehmen wollten. Andere boten sich ohne Scheu mit halb offener Bluse den Passanten an.

Das Gasthaus Ugaleta schien mit seiner hervorragenden Lage direkt am Hauptkai des Hafens und der geschmackvollen Einrichtung die beste Unterkunft vor Ort zu sein. Der Besitzer grüßte Policarpo mit dem Überschwang dessen, der sich einem wichtigen Kunden gegenüber weiß. Dann versicherte er ihm, dass er wie immer das beste Zimmer im Haus bekommen werde und sein junger Begleiter das gleich daneben.

Hugo gefiel seine Kammer außerordentlich gut, denn eigentlich hatte er fast damit gerechnet, dass man ihn zu den Pferden in den Stall verbannte.

Die beiden Männer verabredeten sich für etwas später zum Abendessen im Speisesaal des Gasthofes.

Während des Essens ließ Policarpo Hugo kaum zu Wort kommen. Stattdessen erklärte er ihm ausführlich, was er am Nachmittag alles erledigt hatte. Er führte ebenfalls aus, was noch anstand, bis die Ware schließlich in den Lagerraum eines Schiffes gebracht werden konnte.

Auf diese Art und Weise erfuhr Hugo, dass die Preise für Transport und Versicherung sowie die restlichen Konditionen nicht verhandelbar waren. Die Bedingungen wurden einmal im Jahr von Vertretern der Universidad de Mercaderes in Burgos festgelegt und dann in den Häfen von Kantabrien und der Biskaya umgesetzt.

Hugo versuchte zuzuhören, zugleich drängte sich ihm aber die ganze Zeit der Gedanke an Policarpos womöglich unlautere Methoden auf. Er wusste nicht, wie er sich am besten verhalten sollte. Sollte er das Thema offen ansprechen oder lieber den Mund halten und eine Gelegenheit abwarten, Policarpo in flagranti zu ertappen?

Wie er durch Bruno erfahren hatte, bestand der Betrug darin, die Säcke mit der hochwertigsten Wolle – Florete aus Wanderweidewirtschaft – durch andere von geringerer Qualität zu ersetzen. Dies war von Vorteil für Berenguelas Vater, der nur wenig für drittklassige Wolle bezahlt hatte, durch den Tausch jedoch mehr Geld beim Weiterverkauf der Ware verlangen konnte. Hugo kalkulierte, dass er damit für jeden Sack über fünftausend Maravedi zusätzlich einnehmen würde, ein gewaltiges Vermögen, das sein eigener Vater dadurch verlor. Durch seine Freundschaft zu Berenguela kannte Hugo Don Sancho Ibáñez von Kindheit an, obwohl er selten mehr als ein paar Worte mit ihm gewechselt hatte. Aber er hatte ihn immer für einen Ehrenmann gehalten. Was hatte ihn nur dazu veranlasst, sich auf solche List und Tücke einzulassen?

Sobald Don Fernando davon erführe, würde mit Sicherheit die Hölle losbrechen. Aber wie sollte sein Sohn ihm überhaupt eine Nachricht zukommen lassen? Wenn Hugo Policarpos Anweisungen befolgte, würde er in ein paar Tagen nach Brügge aufbrechen. Und wer konnte schon sagen, wann er dann zurückkehren würde? Jedenfalls nicht so bald. Er musste daher entweder seinen Vater informieren, bevor er an Bord ging, oder irgendwie fliehen.

Hugo war völlig durcheinander und versuchte erst einmal, sich wieder auf seinen Tischgenossen zu konzentrieren. Policarpo sprach gerade über das Schiff, mit dem er reisen würde, und Hugo hörte eine Weile interessiert zu. Dann jedoch schweiften seine Gedanken erneut zu der Frage ab, wie er denn einen Brief verschicken sollte, wenn er noch nicht einmal Geld für einen Boten hatte.

Als schließlich der Nachtisch kam, verschlang Hugo ein riesiges Stück noch warmen Apfelkuchen. Policarpo schaffte nicht einmal die Hälfte von seinem, doch Hugo hatte nach der schweren körperlichen Arbeit am Morgen einen Bärenhunger.

Er kaute immer noch, als schließlich die Glocken eines nahen Kirchturms läuteten. Beim letzten Schlag erhob sich Policarpo und verabschiedete sich ohne weitere Umstände bis zum nächsten Morgen von ihm. Hugo folgte ihm schon bald. Er wollte eigentlich gleich zu seiner Kammer hinaufgehen, da beobachtete er, wie Policarpo am Eingang des Gasthofs jemanden begrüßte, und blieb stehen. Es war ziemlich dunkel, trotzdem kam Hugo die Silhouette des Mannes bekannt vor. Als die zwei nun zusammen das Gasthaus betraten, verbarg sich Hugo rasch. Er wollte unbedingt herausfinden, wer der Fremde war, daher wartete er, bis die Männer die Treppe zu den Schlafräumen hinaufgegangen und in Policarpos Zimmer verschwunden waren, dann folgte er ihnen, ging in sein Zimmer, machte die Tür hinter sich zu und presste das Ohr an die Wand zum Nebenraum. So konnte er zwar die Stimmen der beiden Männer hören, doch nicht gut genug, um ihre Worte zu verstehen. Um aber an Beweise zu gelangen, die er an seinen Vater weitergeben könnte, musste er unbedingt wissen, worum es bei dem Gespräch ging. Er überlegte einen Augenblick, öffnete dann mit äußerster Vorsicht die Balkontür, um bloß keinen Lärm zu machen, und sah links von sich den Balkon des Nebenzimmers. Einen Moment zögerte er. Die Entfernung war nicht zu verachten, und er befürchtete, bei einem Sprung in die Tiefe zu stürzen. Immerhin war die Straße unter ihm wenigstens menschenleer.

Hugo hielt sich an einem Vorsprung an der Wand fest und stieg auf das eiserne Geländer. Zu seinem Bedauern wurde nun offensichtlich, dass er auch mit einem langen Schritt das gegenüberliegende Geländer nicht erreichen könnte. Er musste also wirklich springen. Von Zweifeln geplagt, schaute er hinab und entdeckte direkt unter sich ein Paar auf der Straße. Der Balkon befand sich in nicht allzu großer Höhe, ein Sturz könnte jedoch gefährlich sein. Und falls ihn jemand bemerkte, würden vielleicht auch die beiden Männer im Nebenraum auf ihn aufmerksam.

Deshalb wartete er lieber ab, bis das Pärchen weitergezogen war, nahm dann all seinen Mut zusammen, holte tief Luft und stieß sich ab. Er landete zwar unsanft, aber innerhalb des Geländers. Hugo stieß erleichtert die Luft aus und warf einen Blick durchs Fenster ins Innere. Durch einen Spalt in der Gardine konnte er leider nur Policarpo, aber nicht den anderen Mann sehen. Er presste das Ohr an die Scheibe und hörte jetzt perfekt, was gesprochen wurde.

»Wie verabredet, musst du dich in Brügge mit diesem Mann in Verbindung setzen. Er wird Gerüchte über deinen Arbeitgeber in Umlauf bringen, über die schlechte Qualität seiner Wolle und sein betrügerisches Geschäftsgebaren. Viele werden sich daher noch in dieser Saison einen neuen Lieferanten suchen. Und dann erscheint im günstigsten Moment unser Verwalter in Brügge auf der Bildfläche, um ihnen ein Angebot zu machen.«

»Und wann bekomme ich mein Geld?«, hörte Hugo Policarpo fragen. Sein Tonfall zeugte von großer Vertrautheit mit seinem Gesprächspartner.

Wenn Hugo den anderen doch nur sehen könnte ... Er nahm das Ohr von der Scheibe und suchte nach einem besseren Blickwinkel, da bewegte sich der Unbekannte ein wenig und rückte nun endlich ins Gesichtsfeld. Jetzt war alles klar. Hugo kannte den Namen des Mannes nicht, hatte ihn aber schon mehr als ein Dutzend Mal bei Berenguela zu Hause gesehen – es handelte sich um den Verwalter von Don Sancho Ibáñez. Seine Anwesenheit hier, die Unterhaltung der beiden Männer und ihre Absprache bestätigten eindeutig Policarpos Unredlichkeit.

Jetzt sah Hugo, dass sich beide Männer erhoben, und beschloss, auf seinen eigenen Balkon zurückzukehren. Vorsichtig stieg er auf das Geländer, da schrie jemand laut: »Tut es nicht!«

Und dann ein zweiter: »Junger Mann, seid nicht so töricht, Euch in die Tiefe zu stürzen!«

Hugo entdeckte zwei Passanten, die zu ihm hochschauten. Mit ihren Rufen brachten sie ihn in große Gefahr, und nun hörte er auch noch ein Geräusch aus dem Inneren des Zimmers. Seine Panik wurde immer größer, als jemand den Riegel zurückschob. Wenn er auf dem Balkon verweilte, würden Policarpo und sein intriganter Kumpan ihn auf jeden Fall entdecken, und nichts konnte seine Anwesenheit hier rechtfertigen. Sie würden sofort wissen, dass er sie belauscht hatte, und damit brachte er sich in große Gefahr. Deshalb musste er jetzt umgehend zu seinem Zimmer hinüberspringen oder hinunter auf die Straße, wo er leicht entkommen könnte. Die Entscheidung, sich fallen zu lassen, traf er nur eine Sekunde, bevor Policarpo ihn am Hemdzipfel zu packen versuchte.

»Ich bringe dich um, du Schweinehund!«, hörte er ihn brüllen.

Hugo kam mit gebeugten Knien auf und kippte zur Seite, wobei er sich zum Glück nichts brach. Die Passanten, die ihn für einen Selbstmörder gehalten hatten, eilten herbei, um nach ihm zu sehen. Es gelang ihm jedoch, sie ohne große Erklärungen abzuschütteln und ins Innere des Städtchens zu laufen. Jetzt blieb ihm nur eine Chance, Policarpo und den anderen Verwalter, die ihn natürlich erkannt hatten, von seiner Fährte abzubringen, indem er sich irgendwo versteckte. Sonst würden sie ihn früher oder später ergreifen, und dann musste er um sein Leben fürchten, davon war er überzeugt. Doch sosehr er auch suchte, er fand keinen Unterschlupf.

Jetzt ertönten Stimmen. Offensichtlich hatte Policarpo mehrere Männer zusammengetrommelt, und Hugo hörte, wie er eine Belohnung von tausend Maravedi für seine Ergreifung aussetzte. Schlimmer konnte es wohl kaum werden!

Hugo lief schneller und konnte so einen Vorsprung vor seinen Verfolgern gewinnen. In unmittelbarer Nähe hörte er jetzt niemanden mehr. Ohne die Geschwindigkeit zu verringern, ließ Hugo irgendwann die letzten Häuser des Ortes hinter sich. Vor ihm lag ein dunkler Wald, in dem er hoffentlich sicher sein würde. Die tiefschwarze Nacht und der bedeckte Himmel halfen ihm zwar dabei, unentdeckt zu bleiben. Leider konnte er selbst zwischen den Bäumen aber auch wenig sehen und lief deshalb ein ums andere Mal gegen einen Ast oder stolperte über einen Stein. Trotzdem rannte er noch immer und fand sich etwa ein Dutzend Klafter weiter plötzlich mitten auf einem Weg wieder.

Als er in beide Richtungen schaute, entdeckte er zu seiner Linken einen sich entfernenden Wagen. Geduckt folgte er ihm und stellte fest, dass darauf Weizen geladen war. Er kletterte vom Fuhrmann unbemerkt so behutsam wie möglich hinauf und schob sich dann tief ins Getreide, bis nur noch Mund und Nase herausschauten.

Obwohl er sich in Sicherheit wähnte, steckte ihm die Angst vor seinen Verfolgern noch lange in den Knochen, und es dauerte eine Weile, bis sein Atem ruhiger wurde. Hugo wusste nicht, wohin dieser Wagen ihn bringen würde oder was er, am Ziel angekommen, tun sollte. Schließlich hatte er kein Geld und keine Möglichkeit, nach Burgos zurückzureisen. Aber er würde einen Weg finden, das schwor er sich. Er würde alles in seiner Macht Stehende tun, um heimzukehren. Sein Vater war ein rechtschaffener Mann und hatte es nicht verdient, so betrogen zu werden. Zum ersten Mal in seinem Leben hatte Hugo das Gefühl, dass sein Vater ihn brauchte.

In Portugalete stand Policarpo völlig verzweifelt vor dem Gasthof Ugaleta. Auch nach vierstündiger Suche hatte niemand Hugo gesehen, und damit standen sie nun vor einem schwerwiegenden Problem. Aber der Bursche konnte sich ja nicht in Luft aufgelöst haben, sie mussten ihn einfach finden! Wenn ihm die Flucht gelang und er Don Fernando über die Machenschaften seines Verwalters informieren würde, wäre das Policarpos sicheres Ende. Im besten Fall würde er im Gefängnis landen, möglich waren aber auch eine Verbannung oder sogar das Todesurteil.

Policarpo schickte vier Männer los, damit sie alle Schiffe im Hafen durchkämmten. Drei weitere bezahlte er fürstlich dafür, dass sie jeden fragten, ob vielleicht jemand in den letzten Stunden den Ort verlassen hatte, und wenn ja, mit welchem Transportmittel.

Während er auf Neuigkeiten wartete, starrte er derart aufgewühlt zur Mündung des Nervión hinüber, dass er die nächsten Worte seines Spießgesellen kaum mitbekam.

»Morgen früh stelle ich als Erstes einen Trupp mit einem Dutzend gut bewaffneter Männer zusammen, damit sie alle Wege nach Burgos abreiten«, sagte der Verwalter von Don Sancho Ibáñez. »Und ihr Auftrag wird klar sein: den Burschen beiseitezuschaffen. Es deutet ja alles darauf hin, dass er unser Gespräch belauscht und mich erkannt hat. Und dann wird er auf jeden Fall versuchen, seinen Vater zu erreichen.«

»Das sehe ich genauso, Ramiro: Hugo de Covarrubias muss sterben, und zwar schnell.«

6

Im Hafen von Bermeo, Biskaya, Juli 1474

Obgleich Hugo in seinem Versteck die Umgebung nicht sehen konnte, merkte er durch den unverkennbaren Geruch des Meeres schnell, dass sie eine Hafenstadt erreicht haben mussten.

Als der Wagen vor einer Bäckerei hielt, sprang er unbemerkt von der Ladefläche. Obwohl er eine Zeit lang hatte schlafen können, war sein Körper wie taub. Hugo bog an der ersten Straßenecke links ab und bewegte sich dann mit raschen Schritten bergab durch den Ort in Richtung Meer. Da er seit seinem Aufbruch in Portugalete keine Verfolger mehr gesehen hatte, wähnte er sich hier in Sicherheit. Allerdings hatte er keine Ahnung, wo er sich gerade befand und was er jetzt tun sollte, immerhin stand er ohne eine einzige Münze im Beutel da.

Er marschierte durch die Straßen dieser Stadt, deren Namen er nicht kannte, und staunte über die herrschaftlichen Gebäude. Bei achtundzwanzig angekommen, hörte er schließlich auf, die Wachttürme zu zählen, die er unterwegs entdeckte. Sie alle gehörten zu einer enormen Stadtmauer rund um den Ort.

Als Hugo am Ende den Hafen erreichte und die Vielzahl riesiger Schiffe darin sah, wurde ihm klar, dass er hier an einem wichtigen Knotenpunkt angelangt sein musste, viel größer als Bilbao oder Portugalete. Es lagen nämlich bestimmt fünfzig Schiffe unterschiedlichster Größe vor Anker, von Schaluppen bis zu großen Dreimastern.

Es war früher Morgen, und jetzt hörte er, wie sich von hinten lautes Stimmengewirr näherte.

Hugo drehte sich um und entdeckte eine Prozession von etwa zwanzig Männern, die sich auf das Zentrum des Ortes zubewegte. Da er nichts Besseres zu tun hatte, folgte er ihnen neugierig, ohne sie anzusprechen. Aber als ihm klar wurde, dass ihr Ziel eine rechteckige Kapelle war, hielt er inne. Er wandte sich an einen Mann mittleren Alters, kräftig wie eine Eiche und mit wirrem Haar, neben dem er die ganze Zeit hergegangen war.

»Entschuldigt, meine Frage mag Euch ungewöhnlich erscheinen. Aber könntet Ihr mir vielleicht sagen, in welchem Ort ich mich hier befinde und was es mit dieser Prozession auf sich hat?«

Verwundert musterte der Mann Hugo von oben bis unten. Er fragte sich einen Moment, ob dieser Fremde vielleicht verrückt war, aber so sah er gar nicht aus. Zunächst antwortete er in einer unverständlichen Sprache, angesichts von Hugos verwirrter Miene wechselte er jedoch ins Kastilische: »Das hier ist Bermeo, und wir von der Seefahrer- und Fischerzunft kommen wie jeden Mittwoch in der Santa-Marina-Kapelle zusammen. Und jetzt lass mich in Frieden, sonst komme ich noch zu spät!«

Hugo trat beiseite. Bevor der Mann sich entfernt hatte, fiel ihm jedoch noch etwas ein. »Ich suche Arbeit!«, rief er. »Könntet Ihr mir vielleicht helfen?«

Der Mann drehte sich zu ihm um, kniff die Augen zusammen und kratzte sich an der Nase, so als versuche er, die Fähigkeiten des Jünglings einzuschätzen. Schließlich antwortete er: »Find dich um elf Uhr im Hafen ein und such nach dem Boot von Unai.«

»Und wie erkenne ich diesen Unai?«

»Du sprichst gerade mit ihm.« Er wandte sich ab und betrat die Kapelle.

Hugo war mit dem Verlauf des Gesprächs zufrieden. Er schien Glück gehabt zu haben: Man würde ihm Arbeit geben, und mit seinem Lohn könnte er sich vielleicht bald genug zusammensparen, um nach Burgos, nach Hause, zurückzukehren.

Da ihm vor dem Treffen mit diesem Unai noch drei Stunden blieben, fing er an, ziellos durch den Ort zu streifen. Er drehte drei, vier Runden durch seine Straßen, bevor er ihn hinter sich ließ und in Richtung Westen an der Küste entlanglief. Irgendwann erreichte er eine beeindruckende felsige Bucht, von der aus man das Meer und in Richtung Osten eine Insel sah. Im Westen entdeckte Hugo eine merkwürdige Festung auf einem Felsvorsprung, der nur durch einen schmalen Streifen aus Stein mit dem Festland verbunden war.

Hugo wollte nachdenken, und dafür brauchte er Bewegung und frische Luft. Die Geschehnisse in Portugalete gingen ihm nicht mehr aus dem Kopf, und er hatte Angst, womöglich zu spät in Burgos einzutreffen. Sicher war Policarpo – dessen galoppierendes Ross er geradezu vor sich sah – schon dorthin unterwegs, um mit Don Fernando zu reden, bevor dieser aus Hugos Mund die Wahrheit erfuhr. Vermutlich würde er selbst es nicht rechtzeitig schaffen, dachte er, schließlich hatte er kein Pferd, kein Geld und höchstens einen halben Tag Vorsprung.

Irgendwann kehrte Hugo zum Hafen zurück und machte sich auf die Suche nach Unais Boot. Man erklärte ihm, dass es ganz am Ende des Kais lag. »Eine rote Pinasse«, sagte jemand. Leider kannte sich Hugo mit Wasserfahrzeugen nicht aus und musste unterwegs noch einmal fragen, bis er schließlich am Ende der Mole drei Boote derselben Farbe fand. Ein alter Fischer verriet ihm, dass das gesuchte das letzte war.

Dort fand Hugo den Mann vor, mit dem er am Morgen gesprochen hatte. Er stapelte gerade einige morsche Holzkisten aufeinander.

»Es ist elf Uhr, und hier bin ich, wie vereinbart!«, rief Hugo ihm zu.

Der Mann krempelte die Ärmel seines weißen Hemdes hoch, blickte zum Kai hinüber, nahm die Baskenmütze ab und spuckte über Bord, bevor er endlich den Mund aufmachte: »Was kannst du denn eigentlich, Junge?«

Hugo wusste nicht recht, was er darauf antworten sollte. Natürlich war die Frage angebracht, bis zu diesem Zeitpunkt hatte er sich darüber jedoch noch nie Gedanken gemacht. Er konnte ja nichts, das war der Schluss, zum dem er jetzt kam. Aber es wäre wohl keine gute Idee, dies so offen zu sagen. »Hm, ein bisschen von allem …«, brachte er daher irgendwann hervor.

Unai schnalzte mit der Zunge und zupfte an seinem langen Schnurrbart. Hugo verstand nicht, was er vor sich hin murmelte, es klang aber nicht gut.

Trotzdem schien er dem Fischer leidzutun.

»Na los, komm an Bord und nimm diese Seile. Du kannst die abgerissenen Haken ersetzen. Wenn du es bis zum Einbruch der Dunkelheit schaffst, zahle ich dir zehn Maravedi. Obwohl ich es mir ja nicht vorstellen kann …«

Das kam Hugo ziemlich wenig vor: Jeder Angestellte seines Vaters verdiente mehr. Damit würde er die Rückfahrt bis nach Hause wohl kaum bezahlen können, aber er protestierte nicht. Dann würde er sich am nächsten Tag eben etwas anderes suchen.

Hugo stieg eine hölzerne Leiter hinunter und ging über das Deck bis zu einem Haufen aufgewickelter Seile. Bevor er auch nur ein Wort sagen konnte, reichte Unai ihm eine dünne Knochennadel, eine Spule mit Leinengarn und eine Schachtel mit Haken. Der Fischer erklärte ihm, was zu tun war: »Mit diesen Seilen fischen wir Seekarpfen. Sie sind ziemlich lang, jedes fast zwanzig Klafter. Wie du siehst, hängen an jedem großen Seil mehrere kleine, an deren Ende sich ein Haken befinden sollte, insgesamt zwanzig Dutzend Haken pro Seil. Du gehst das Seil durch und nähst dort einen Haken an, wo er fehlt. Nähen kannst du doch wohl, oder?«

Hugo log, weil ihm die Wahrheit peinlich war, aber er hatte natürlich keine Ahnung. Das begriff Unai nach einem Blick auf Hugos Hände schnell, denn abgesehen von einem Schnitt hier und da, sahen sie aus wie die zarten Hände einer feinen Dame.

»Aus welchem Loch bist du denn gekrochen, du scheinst im Leben ja noch keinen Tag gearbeitet zu haben! Ich verliere hier gerade deinetwegen Zeit und so langsam auch meine Geduld. Ehrlich gesagt, überlege ich, dich zum Teufel zu jagen!«

»Nein, bitte, bestimmt lerne ich es schnell. Ich komme aus Burgos und …«

»Ach, ein Kastilier, und auch noch einer von der vornehmen Sorte«, knurrte Unai. »Bist du vielleicht Student, oder schlimmer noch, Priester? Dann würde ich dich mit einem Tritt in den Hintern aus meinem Boot befördern, hier wird nämlich gearbeitet!«

Hugo schüttelte den Kopf und erzählte dem Fischer jetzt hastig, was ihn hierhergeführt hatte. Unai war kein belesener Mann, hatte jedoch ein gutes Herz und glaubte ihm. Zwar hatte er nicht so genau verstanden, was sich da zwischen diesem jungen Mann und seinem Vater abgespielt hatte und warum er jetzt in Gefahr schwebte. Hugo erschien ihm allerdings ehrlich, und mehr brauchte er nicht zu wissen.

Deshalb zeigte er ihm jetzt, wie man mit Nadel und Faden umging und den passenden Knoten machte. Zum Schluss klopfte er Hugo so heftig auf den Rücken, dass dem Burschen die Luft wegblieb.

»Mein Junge, ein echter Mann kann alles schaffen, wenn er nur genug Kraft und Ausdauer aufbringt, das lass dir von Unai gesagt sein. Alles, was du hier siehst, habe ich mir selbst erarbeitet, mit Eiern in der Hose und meinen zwei Händen …«

Stolz ließ der den Blick über sein Boot wandern. »Denk einmal darüber nach«, sagte er noch, bevor er die Pinasse verließ.

Hugo saß unter dem wolkenlosen Himmel auf dem feuchten Deck, konzentrierte sich auf seine Aufgabe und konnte kaum fassen, was er gerade tat. Das hier würde die erste bezahlte Arbeit in seinem zwanzigjährigen Leben sein.

Während er nähte und nähte, beobachtete er verblüfft das rege Treiben im Hafen. Alle möglichen Wagen und Karren kamen an und fuhren wieder ab, hier wurde ein Boot be-, dort ein anderes entladen.

Besonders fiel ihm ein großes Schiff mit zwei Kastellen auf dem Hauptdeck auf, das bald abzulegen schien, weil Scharen von Männern mit Seesack und Truhe an Bord strömten. Hugo vertrieb sich die Zeit damit zu beobachten, wie unter der Leitung eines Hünen mit tiefschwarzen Locken und Bart ein ganzes Heer von jungen Burschen das Schiff belud. In seinen Frachtraum wanderten zwei Speckschwarten, Dutzende Mehlsäcke und mehr als zwanzig Weinfässer, dazu etliche Schläuche Öl. Wo mochten die nur hinfahren? Plötzlich eröffnete sich Hugo eine ganz neue Welt, die er sich vor nur einem Monat nicht einmal erträumt hätte.

Er wusste nicht, dass genau in diesem Augenblick vier Männer in vollem Tempo die Straße entlanggaloppierten, die

Portugalete mit Bilbao und dann dem Fischerdorf Bermeo verband. Die Reiter gingen der einzigen Spur nach, die sie noch nicht ausgeschlossen hatten. Auf einem der Pferde saß Policarpo, eine Hand am Zügel, die andere an der Scheide seines Schwertes, das er nur zu gern ziehen würde. Die restlichen Männer waren gedungene Häscher.

Als er am Spätnachmittag mehr als die Hälfte der Seile ausgebessert hatte, beobachtete Hugo, wie drei Schaluppen in den Hafen einliefen und einen riesigen Wal hinter sich herzogen. Er war verblüfft darüber, wie sie mit dem Tier im Schlepptau im Hafen rangierten und es schließlich mit einer Rampe und Kränen an Land brachten. Eine Truppe Arbeiter mit langen Messern fing an, dem Wal die Haut abzuziehen, während andere in großen Körben das darunterliegende Fett einsammelten. Damit waren gut hundert Männer beschäftigt, deshalb ging Hugo davon aus, dass es sich wohl um eine der Haupteinnahmequellen des Ortes handeln musste.

Etwas später kehrte Unai zurück. Als er schwankend an Deck trat, war auf den ersten Blick ersichtlich, dass er ordentlich gebechert hatte. Er taumelte gegen die Kisten, die er selbst am Morgen gestapelt hatte und die nun unter seinem Gewicht zerbarsten. Inmitten von Holzsplittern landete er dämlich grinsend auf dem Deck.

»Bist du … mit der A… Arbeit fertig?«, stammelte er mit schwerer Zunge.

»Es fehlt nur noch ein Seil, die anderen sechs könnt Ihr bereits überprüfen.« Hugo zeigte mit einem zerstochenen Finger darauf. Als Neuling mit Nadel und Faden hatte er sich gut dreißigmal gepikst.

Unai konnte sich nicht rühren und forderte ihn auf, ihm eins der Taue herüberzubringen. Dann ließ er es viel zu schnell durch die Finger gleiten und stieß ganze sechsmal einen Fluch aus, wenn sich ihm ein Haken ins Fleisch bohrte.

Er rülpste zwei-, dreimal geräuschvoll, schleuderte dann das überprüfte Seil in eine Ecke und machte es sich schließlich ohne ein weiteres Wort auf ein paar Decken bequem. Sekunden später ertönte aus seinem Mund erstaunlich tiefes Schnarchen.

Hugo machte mit seiner Arbeit weiter, bis er kurz vor Sonnenuntergang fertig war. In diesem Moment verspürte er plötzlich ein Stechen im Magen und musste daran denken, dass er ja seit der Mahlzeit im Gasthof am Vorabend nichts zu sich genommen hatte. Er schaute zu Unai rüber und rüttelte ihn dann unbarmherzig, um ihn zu wecken und seinen Lohn einzufordern. Es dauerte eine Weile, aber schließlich machte der Fischer die Augen auf, sammelte sich ein wenig und holte seinen Geldbeutel heraus, aus dem er die Münzen für Hugo abzählte.

»Du hast mich überrascht, Junge. Ich hätte nicht einen Maravedi darauf gewettet, dass du mit deiner Aufgabe rechtzeitig fertig wirst. Und deshalb hast du dir eine Belohnung verdient. Hier, statt der versprochenen zehn zahle ich dir fünfzehn Maravedi.«

Hugo nahm das Geld an sich und war verblüfft, wie rasch sich Unai wieder erholt hatte. Vermutlich hatte er im Schlaf den Alkohol schnell verdaut.

»Heute Morgen habe ich dir doch gesagt, dass ein Mann mit Entschlossenheit und Ausdauer alles erreichen kann, was er sich vornimmt. Und das hast du getan. Lass uns darauf in Xabiers Taverne anstoßen!«

Die Schenke roch nach einer Mischung aus Essen, Schweiß und vor allem Wein.

Nachdem er die Anwesenden gemustert hatte, setzte sich Hugo an einen langen Gemeinschaftstisch, an dem sich die Gäste an dicken Brocken Fleisch mit Soße und Käse in beachtlichen Portionen gütlich taten. Hugo machte große Augen. Unai bestellte beim Gastwirt dasselbe und einen Krug Wein, um ihnen das Warten zu versüßen. Der junge Mann lauschte derweil den Unterhaltungen links und rechts, verstand aber kein Wort, weil die komplizierte Sprache der Basken für ihn ein Buch mit sieben Siegeln war. Zum Glück wurde bald das Essen gebracht, auf das er sich wortlos stürzte. Endlich kam er wieder zu Kräften, und der Wein, der schlecht war, aber in Strömen floss, ließ seine Wangen glühen.

Als sie fast mit ihrer Mahlzeit fertig waren, ging die Tür auf, und zwei Männer traten ein. Da man hier nicht an den Anblick von Fremden gewöhnt war, und erst recht nicht zu so später Stunde, legte sich auf einen Schlag merkwürdiges Schweigen über die Anwesenden.

Hugo hatte in seiner dunklen Ecke plötzlich ein mulmiges Gefühl. Die beiden Männer sprachen kein Wort, begannen jedoch, die Gäste der Kneipe einen nach dem anderen zu mustern, so als suchten sie nach jemandem.

Als Unai seinen entsetzten Gesichtsausdruck bemerkte, fiel ihm wieder ein, was der junge Mann ihm zuvor erzählt hatte. Er ahnte die Gefahr und deutete mit dem Kinn zu Boden. »Los, nach unten, schnell«, drängte er, und Hugo gehorchte, ohne Zeit zu verlieren.

Von seinem Versteck unter dem Tisch aus konnte er mit klopfendem Herzen beobachten, wie sich die Stiefel der Neuankömmlinge näherten. In weniger als zwei Handbreit Entfernung drehten sie jedoch ab und marschierten in anderer Richtung weiter durch das Gasthaus, wobei sie an jedem Tisch mit Gästen stehen blieben.

»Suchen die nach dir?«, flüsterte Unai, ohne eine Antwort zu erwarten. »Ich werde versuchen, sie abzulenken, aber du musst hier schnell verschwinden. Am anderen Ende der Theke gibt es eine Hintertür, die auf eine Gasse hinausgeht. Renn auf mein Zeichen da rüber, lauf dann zum Hafen hinunter und versteck dich auf meinem Boot. Unter Deck gibt es einen kleinen Laderaum, in dem du dich verbergen kannst.«

Hugo hielt das für eine gute Idee.

Unai wartete einen Augenblick ab, in dem sich die Männer genau auf der gegenüberliegenden Seite des Lokals befanden, und schickte Hugo auf den Weg.

Während der junge Mann über den Fußboden krabbelte, hatte er den Blick starr auf die Hintertür gerichtet. Deshalb bemerkte er gar nicht, dass sich sein Retter im gleichen Moment erhoben hatte und auf die Fremden zuging. Er begrüßte sie überschwänglich und bestellte beim Wirt eine Runde Wein.

Durch diese Ablenkung konnte Hugo die Tür ohne Probleme erreichen und nahm im Freien sofort die Beine in die Hand.

Zunächst trug sich nichts Ungewöhnliches zu, doch drei Häuserblocks vom Hafen entfernt wurde er auf einem kleinen Platz von zwei Reitern entdeckt. In einem von ihnen erkannte Hugo Policarpo wieder. Von Panik erfüllt, bog der junge Mann in die nächstbeste Gasse ein, obwohl sie ihn von Unais Boot wegzuführen schien. Ihm blieb ja keine andere Wahl. Ganz in der Nähe hörte Hugo etwas weiter unten Hufe auf dem Pflaster klappern und entschied sich für einen besonders schmalen Durchgang, der für die Pferde seiner Verfolger zu eng sein würde.

Durch die Furcht, die ihn antrieb, bekam er wenigstens einen klaren Kopf. Als er in weniger als zwei Klafter Entfernung zwei gestapelte Fässer entdeckte, kalkulierte er die Entfernung des oberen bis zum Dach und beschloss, sein Glück zu versuchen. Mit zwei Sätzen hatte er das obere Fass erreicht, stieß sich ab und landete unbeobachtet auf dem Dach, wo er mit den Knien aufkam. Nach ein paar Sekunden linste er vorsichtig über den Rand und hörte die Männer reden.

»Er ist doch hier reingelaufen …«, sagte Policarpo. »Geh du außen herum und schneid ihm den Weg ab!«

Hugo schaute sich um und erkundete, welche Möglichkeiten sich ihm hier oben boten. Jenseits der Dächer entdeckte er ein Dutzend Masten und konnte so einschätzen, wie weit entfernt er sich vom Hafen befand.

Nun warf er noch einen schnellen Blick zu Policarpo hinunter, der zu Fuß durch die Gasse schritt.

Hugo richtete sich auf, wägte den Abstand zum nächsten Dach ab und trat ein paar Schritte zurück. Dann rannte er los und stieß sich mit aller Kraft ab. Auf dem gegenüberliegenden Dach erlangte er ohne Probleme das Gleichgewicht zurück und suchte das nächste Gebäude in Richtung Hafen. So sprang er von Dach zu Dach, bis ihm beim letzten die Entfernung doch zu groß erschien. Vorsichtig lugte Hugo zur Straße hinunter und überzeugte sich, dass sich dort unten niemand befand. Dann suchte er an der Hauswand nach irgendeinem Vorsprung, der ihm den Abstieg erleichtern würde, jedoch vergeblich. Da das Klappern von Hufen nur ein paar Häuserblocks entfernt zu hören war, musste er aber schnell eine Entscheidung treffen. Hugo hängte sich an die Regenrinne, ließ dann einfach los und landete unsanft am Boden. Stechender Schmerz durchfuhr den linken Knöchel, den er sich offenbar verdreht hatte, dennoch konnte sich Hugo den Luxus einer Pause jetzt nicht erlauben. Als er das Gebäude umrundet hatte, erkannte er, dass er sich direkt am Kai befand, und zwar genau an dem Ende, an dem auch Unais Pinasse lag. In der Hoffnung, das Boot noch rechtzeitig zu erreichen, rannte er unbemerkt los, hielt aber beim Geräusch galoppierender Pferde inne. Hugo sah sich nach einem Versteck um. Er konnte sich entweder in einen Hauseingang schieben oder sich hinter ein paar alten Säcken verbergen, was ihn aber beides nicht überzeugte. Und da kam ihm eine Lösung in den Sinn: Kaum dreißig Schritte von ihm entfernt hatte gerade das Schiff die Leinen losgemacht, dessen Beladen er am Nachmittag beobachtete hatte. Da sich niemand an Deck zu befinden schien, holte Hugo tief Luft, nahm all seinen Mut zusammen und rannte los. In weniger als einem Klafter Entfernung vom Ende des Kais war er sich plötzlich nicht mehr so sicher, ob er das Schiff auch erreichen würde. Aber er wollte es auf jeden Fall versuchen. Hugo stieß sich mit aller Kraft ab, streckte die Arme aus und erwischte gerade noch die Reling, an der er nun außen hing. Im Dunkel der Nacht konnten ihn die Männer, die jetzt auf die Mole ritten und nach ihm Ausschau hielten, nicht sehen.

Das Schiff fuhr mit den Segeln auf Halbmast zur Hafenausfahrt, angetrieben nur von einer schwachen Brise. Trotz der Schmerzen im Knöchel gelang es Hugo, an Deck zu krabbeln und das Achterkastell zu erklimmen. In nur zwanzig Handspannen Entfernung entdeckte er den Steuermann am Ruder, der ihn zum Glück nicht gehört hatte. Lautlos hob Hugo eine Plane an, schob ein paar Taue zur Seite und kroch darunter. Der Platz war begrenzt, und es roch nach verfaultem Fisch. Weil er in seiner Panik zu keuchen begonnen hatte, hielt er jetzt erst einmal die Luft an und versuchte sich zu beruhigen. Nach ein paar Minuten kam ihm ein Gedanke. Einerseits war er zwar erleichtert, Policarpo entwischt zu sein. Andererseits wusste er über dieses Schiff ja nur eins, dass es ihn nämlich mit jeder Sekunde weiter von Burgos entfernte.

In was für eine Situation hatte er sich da bloß gebracht?

7

An Bord der Santa Ana, auf hoher See, Juli 1474

Das Schiff mit dem Namen Santa Ana durchpflügte schon seit vielen Jahren die kalten Wasser des Nordatlantiks, genauso lange, wie auch sein Kapitän zur See fuhr, ein kräftiger Mann namens Obeko, der in den Bergen von Oiz geboren und groß geworden war. Als Sohn eines Hirten hatte er einst nach einer unglücklichen Liebe die kargen Weiden in den Bergen mit ihrem kalten Wind verlassen. Im Tal war er auf den Fluss Oka gestoßen und seinem Verlauf bis zur zauberhaften Mündung voller Sandbänke gefolgt, wo sich Fluss und Meer küssten. Die tiefen Wasser des Ozeans, der manchmal so einladend wirkte, manchmal dunkel und gefährlich, hatten auf Obeko eine derart unwiderstehliche Anziehungskraft ausgeübt, dass er für immer die Berge und jene Frau vergessen hatte, die ihn nicht liebte. Damals hatte er beschlossen, weder sie noch seine Heimat jemals wiederzusehen. Sein Herz schlug nämlich längst im Takt der Wellen, und das Meer hatte sich in ihn verliebt.

Die Santa Ana bestand aus noblem Holz der Eichenwälder von Artzubi und Eisen aus den Schmieden am Urremendi-Berg. Dieses Schiff mit drei Decks, vier Bombarden und Platz für bis zu achthundert Fässer im Frachtraum hatte schon so ferne Meere bereist, dass sie noch nicht einmal einen Namen hatten. Zwar hatte hier auch einmal ein anderer Kapitän das Sagen gehabt, niemand kannte die alte Dame aber so gut wie

Obeko. Seit Jahren führte er eine Besatzung aus sechsundsechzig Männern an, denen die Fischerei im Blut lag und deren Blick von ihrem entbehrungsreichen Leben zeugte.

Abgesehen von ihm selbst, waren an Bord sechsunddreißig Matrosen, zehn Marineunteroffiziere und genauso viele Schiffsjungen, vier Harpuniere, zwei Zimmermänner, ein Kalfaterer, ein Barbier, der als »Patron« bezeichnete Besitzer des Schiffes und sein Sklave.

Und dieser Sklave war es, der nach mehr als sechs Stunden auf See bei Tagesanbruch den Patron darüber informierte, dass unter einer Plane ein blinder Passagier gefunden worden war.

Zusammen mit dem Kapitän rannten Patron und Sklave zum Achterdeck hinüber.

Als sie dort eintrafen, blickte der junge Mann sie schweigend und in sich zusammengesunken an.

Der wutschnaubende Obeko fasste ihn mit nur einer Hand am Schlafittchen, zog ihn hoch und ließ ihn eine Handbreit über dem Boden in der Luft baumeln. »Darf man vielleicht erfahren, was zum Teufel du hier treibst?«

Hugo schnürte es die Kehle zu, und er wusste nicht, was er erwidern sollte. Schließlich waren die finsteren Blicke von mindestens einem Dutzend Männer auf ihn gerichtet. Am Ende konzentrierte er sich wieder auf den, der ihn da gepackt hatte. »Ich war …«

»Ich stimme dafür, ihn sofort über Bord zu werfen!«, unterbrach ihn ein Mann.

»Genau, Tasio!«, fiel ein anderer ein. »Es wäre ja nicht das erste Mal.«

»Ich bin derselben Meinung«, sagte Kapitän Obeko entschlossen. Der Platz an Bord war schließlich genau kalkuliert. Außerdem befanden sie sich noch nicht weit von der Küste entfernt, und das Jüngelchen hatte ja noch nicht einmal den Schneid, sich zu verteidigen. »Auf geht's«, sagte er und zerrte den blinden Passagier mit.

Jetzt machte Hugo, der um sein Leben fürchtete, endlich wieder den Mund auf: »Hört mich doch bitte einen Moment an … Ich kann nämlich nicht schwimmen. Und ich habe mich ja nur auf Euer Schiff gerettet, weil mich da im Hafen ein paar Männer …«

Während Obeko weiter auf den Bug zuhielt, ohne ihm Beachtung zu schenken, griff der Mann namens Tasio nach einer Boje und reichte sie Hugo. »Damit gehst du nicht unter. Wenn du dich in Richtung Osten hältst, erreichst du irgendwann die Küste.« Er deutete mit dem Finger in diese Richtung. »Wahrscheinlich brauchst du dafür einen halben Tag, aber sie läuft dir ja nicht weg …«

»Wenn Ihr mich nicht an Bord haben wollt, dann lasst mich doch im ersten Hafen zurück, den Ihr ansteuert«, bettelte Hugo verzweifelt. »Mein Vater ist ein Händler aus Burgos und wird Euch für diesen Gefallen großzügig entlohnen, das kann ich Euch versichern …«

Der Besitzer des Schiffes horchte auf und fand diesen Vorschlag perfekt. Obeko schüttelte jedoch den Kopf und hatte Hugo bereits über die Reling gehievt, wo der junge Mann verzweifelt mit den Beinen strampelte und aufs Schiff zurückzukrabbeln versuchte, was aber die Bärenkräfte des Kapitäns verhinderten. »Hier an Bord habe ich das Sagen, und ich habe nicht die geringste Lust, von unserer Route abzuweichen und in einem anderen Hafen als dem vorgesehenen anzulegen. Das hättest du dir besser überlegen sollen, bevor du an Bord gekommen bist, Bursche! Viel Glück!«

Obeko öffnete die Hand und ließ Hugo ins Meer fallen. Er ging unter und schluckte ordentlich Salzwasser, kam durch die Boje aber schnell zurück an die Oberfläche. An die unregelmäßige Kugel aus Kork geklammert, versuchte er, sich vom Schiff wegzubewegen. Beklommen beobachtete er, wie die Spanten der Santa Ana an ihm vorbeizogen. Ob es ihm wohl gelingen würde, eine ferne Küste zu erreichen, die er noch nicht einmal am Horizont erahnen konnte?

Das Schiff war fast komplett an ihm vorbeigefahren, da entdeckte Hugo auf einmal den Mann mit olivfarbener Haut und Turban, der ihn gefunden hatte. Er winkte und warf schließlich ein langes Tau hinunter.

Das Seil schlug ganz in Hugos Nähe auf, wurde jedoch vom Schiff mitgezogen, und Hugo befürchtete, dass es ihm entgehen würde.

Deshalb machte er einen Satz in Richtung des Taus, schlug wie ein Verrückter mit Händen und Füßen um sich und schluckte wieder Wasser. Zuletzt musste er sogar die Boje loslassen, um sich mit beiden Armen in Richtung des Schiffes zu werfen, aber er erwischte damit tatsächlich das Ende des Taus und wurde im Kielwasser mitgezogen.

Weiter oben im Achterkastell hörte Obeko irritiert Patron Orti zu. Erst die Sache mit dem blinden Passagier und jetzt auch noch diese Standpauke, das alles hielt ihn von wichtigeren Aufgaben ab. Unter anderem musste er sich die Seekarte und den neuen Portolan anschauen, der fast so viel gekostet hatte wie ein halbes Schiff, um einem sich nähernden Unwetter auszuweichen.

»Was für ein Dickkopf du bist, Obeko!«, knurrte Orti. »Du weißt doch so gut wie ich, wie schwierig es war, das Geld für diese Fahrt zusammenzubekommen. Mir bleiben mehr Schulden als Möglichkeiten, sie vielleicht zu begleichen. Und dann schlägst du einfach die Gelegenheit aus, vom Vater dieses jungen Mannes eine Entschädigung zu kassieren?«

»Vielleicht habt Ihr recht. Aber die Gelegenheit ist wohl verstrichen. Außerdem wisst Ihr ganz genau, dass ich auf meinen Schiffen keine blinden Passagiere dulde. Egal wie reich er auch ist, da mache ich keine Ausnahmen.« Er kraulte sich den dunklen Bart, schaute zum Horizont hinüber und erachtete diese Unterhaltung als beendet.

»Vielleicht ist es ja doch noch nicht zu spät …«, entgegnete der Patron lächelnd.

Beim Anblick seiner Miene ahnte Obeko plötzlich etwas und sah zum Achterschiff hinunter, wo Ortis Sklave Azerwan gerade an einem Tau zog. »Du Hundesohn …!«

Er rannte hinunter, wo der tropfnasse blinde Passagier bereits einen Fuß aufs Deck gestellt hatte und sich nun hinter dem Mauren verbarg, um nicht wieder über Bord geworfen zu werden.

Statt sich an den jungen Mann zu wenden, brüllte Kapitän Obeko aus vollem Hals zum Patron hinauf: »Orti, Ihr seid für den Kerl verantwortlich! Deshalb ist es jetzt auch Eure Aufgabe, ihn in weniger als einer Woche zum Schiffsjungen zu machen. Wie alle anderen an Bord auch muss er fischen lernen und bis zur Rückkehr arbeiten. Da findet Ihr schon irgendwas. Und du …« Jetzt drehte er sich zu Hugo um. »Du solltest diesem Mann dafür danken, dass er dir das Leben gerettet hat. Er hat dir eine zweite Chance gegeben. Vergiss aber nicht, dass es die letzte sein könnte, so wahr ich Obeko heiße.«

Er schnalzte mit der Zunge und wollte eigentlich verschwinden. Da kam ihm aber noch etwas in den Sinn, und er wandte sich mit einer letzten Warnung an Hugo: »Und geh mir besser aus dem Weg, damit ich nicht erneut auf die Idee komme, dich über Bord gehen zu lassen …«

»Danke, mein Herr«, antwortete Hugo zitternd und mit klappernden Zähnen. »Das werde ich tun.«

Sobald Obeko gegangen war, gab Orti den Auftrag an seinen Sklaven weiter: »Du hast es gehört: Mach in fünf Tagen einen Schiffsjungen aus ihm, und in zehn sollte er alle nötigen Fischereitechniken beherrschen.«

»Aber mein Herr, er hat doch von einer Woche gesprochen, nicht von fünf Tagen«, wandte Azerwan ein.

Die Stimme des Sklaven beeindruckte Hugo, weil sie so tief und samtig war.

»Ich habe dir doch gesagt, dass du mir nicht widersprechen sollst!« Drohend hob Orti die Hand, und Azerwan fiel unterwürfig auf die Knie und neigte das Haupt, um den Schlag entgegenzunehmen. Doch Orti ließ die Hand sinken, wandte sich ab und ging. Azerwan begleitete ihn seit vier Jahren und war in seinen Besitz übergegangen, als sein früherer Eigentümer mit dem Mauren eine Schuld beglichen hatte. Es hatte sich um einen Reeder aus Sevilla gehandelt, der Orti ein altes Schiff abgekauft hatte. Weil er nur genug Geld für drei Viertel des Wertes gehabt hatte, hatte der Mann ihm Azerwan als Zahlung des letzten Viertels überschrieben. In der Provinz Biskaya waren Sklaven ungewöhnlich, weil sie einfach zu teuer waren. Daher hatte Orti in diesem Tausch ein gutes Geschäft gesehen. Den Lohn des Afrikaners für seine Arbeit auf dem Schiff behielt er ein und würde die Schulden des Andalusiers so in fünf Jahren wieder hereinbekommen. Alles darüber Hinausgehende würde dann reiner Gewinn sein. Hugo blieb mit dem Sklaven allein zurück. Als sie ein paar Minuten später auf dem Weg zum Unterdeck waren, wo die Unterkünfte der Schiffsmannschaft lagen, nahm er endlich genug Mut für die Frage zusammen, die ihm unter den Nägeln brannte. »Du protestierst also nie?«, wollte er wissen und dachte daran, wie oft er selbst Widerworte heruntergeschluckt hatte.

Azerwan drehte sich lächelnd zu ihm um. Das hatte Hugo nicht erwartet, wirklich beeindruckt war er aber von den nächsten Worten des Sklaven: »Azerwan spricht nie, wenn seine Worte nicht schöner sind als die Stille.«

Danach sagten beide lange nichts.

8

Burgos, Königreich Kastilien, Juli 1474

Was Damián de Covarrubias anging, fühlte sich Berenguela in eine Situation gedrängt, die ihr zuwider war. Und das hatte sie ihrem Vater klar und deutlich bei jeder Verabredung gesagt.

Die erste Gelegenheit hatte sich ergeben, als Damián sie zu einem Ausritt rund um die noch unfertige Kartause Santa María de Miraflores mitnahm.

Es wurde ein sehr unangenehmer Ausflug für Berenguela, die den ganzen Nachmittag damit beschäftigt war, Damiáns übertriebene Aufmerksamkeiten abzuwehren.

Leider aber stieß ihre Weigerung, sich weiterhin mit Damián zu treffen, bei ihrem Vater auf taube Ohren. Wie hatte Damián es nur geschafft, ihren Vater so einzuwickeln, dass er all ihre Klagen einfach überging?

Auch die Fürbitte, die sie an Santa María de los Remedios richtete, zeigte keine Wirkung. Und als Berenguela tränenüberströmt ihre Mutter um Hilfe anflehte, erging diese sich nur in Lobpreis über den jungen Mann.

Berenguela wusste weder ein noch aus, und nicht einmal der Gedanke an ihre wahre Liebe oder das Schnurren ihrer treuen Gefährtin Canelilla halfen gegen die Abscheu, mit der sie an ihre folgenden Verabredungen dachte.

Das nächste Treffen fand eineinhalb Wochen später statt, und Berenguela sah ihm mit noch größerem Schrecken entgegen, weil diesmal zwei ganze Tage geplant waren. Damián wollte unbedingt nach Covarrubias reisen, zu dem Ort, dessen Namen die Familie seines Stiefvaters trug und wo die Familie ein Haus besaß. Berenguela sollte ihn begleiten, um später die Erinnerungen mit ihm zu teilen. Berenguela hingegen hatte den Verdacht, dass er mehr Zeit haben wollte, um sie zu verführen. Doch wieder ließ ihr Vater ihren Protest nicht gelten. Immerhin bestand er zu ihrer Erleichterung darauf, dass ihre Zofe María mitfuhr.

Covarrubias lag nicht weit von Burgos entfernt, und so würden sie den Ort schon nach einer dreistündigen Kutschfahrt über gut befestigte Wege erreichen. Unterwegs versuchte Berenguela herauszufinden, aus welchen Gründen Damián sie unbedingt dabeihaben wollte. Doch ihr Begleiter sprach nicht viel, und Berenguela sehnte sich nach Canelilla. Das Kätzchen wäre perfekt gewesen, um ihr jetzt Gesellschaft zu leisten. Sie hatte darum gebeten, es mitnehmen zu dürfen, was Damián allerdings strikt abgelehnt hatte.

Da Damián kein Interesse an einer Unterhaltung zu haben schien, erging sich die junge Frau in Erinnerungen. Sie hatte einst aus nächster Nähe miterlebt, wie Doña Urraca und ihr Sohn Damián elf Monate nach dem Tod von Hugos Mutter in das Leben des Jungen getreten waren. Die beiden Stiefbrüder waren damals neun Jahre alt gewesen, genau wie Berenguela, und Damiáns leiblicher Vater war nur ein paar Tage vor Hugos Mutter Doña Blanca gestorben. Als Witwer und Witwe heirateten, führte dies zu einigem Gerede. Man fragte sich, ob die beiden sich nach dem Tod ihrer Ehegatten zunächst Beistand geleistet hatten und dann womöglich im Bett gelandet waren oder ob vielleicht alles sorgfältig von Doña Urraca eingefädelt worden war.

Wie es auch gewesen sein mochte, Damián vergaß jedenfalls schnell seinen früheren Nachnamen und schien in Fernando eher einen Vater als Stiefvater zu sehen. Daran erinnerte sich Berenguela noch gut, weil sie sich fast jeden Tag Hugos Kummer hatte anhören müssen. Sie konnte einfach nicht verstehen, warum sie jetzt gerade auf dem Weg nach Covarrubias und nicht nach Aranda de Duero waren, wo Damián zur Welt gekommen war und seine frühe Kindheit verbracht hatte.

Genau wie Berenguela saß auch Damián gedankenversunken in der Kutsche, aber er dachte dabei nicht an seine Vergangenheit, sondern an seine Zukunft. Nachdem er sich Don Fernandos Wohlwollen gesichert hatte, wollte er nun dessen Geschäft ganz neu ausrichten und etwas gegen dessen Misere tun. Sein Stiefvater hatte jahrelang ein großes Vermögen angehäuft, steckte in letzter Zeit aber einen großen Teil seiner Einnahmen und Ersparnisse in die Gründung eines Krankenhauses und einer Schule für Mittellose. Grund dafür war, dass er bei seinen häufigen Besuchen in Kastilien von den schrecklichen Lebensbedingungen der Hirten erfahren hatte, die für seine besten Lieferanten arbeiteten.

Damián und seine Mutter wussten um diese Ausgaben. Und sie waren keineswegs bereit, wieder Mangel zu leiden wie vor dem Tod von Damiáns Vater, und erst recht nicht die große Not nach seinem Ableben. Damals hatten sie die dramatische Situation nur durch den allmählichen Verkauf ihres gesamten Besitzes vor ihren Bekannten verbergen können, bis sie schließlich kein einziges Möbelstück mehr im Haus gehabt hatten. Beinahe wären sie auf der Straße gelandet, wenn Doña Urraca nicht alles darangesetzt hätte, Don Fernando zu verführen. Er war ein alter Bekannter der Familie gewesen und hatte ihr auf unschuldige Art viel zu früh sein Herz und schließlich auch sein Haus und Vermögen zu Füßen gelegt.

Trotzdem wog die Zeit der Entbehrungen in Damiáns Erinnerung schwer. Um sich niemals wieder in solcher Bedrängnis wiederzufinden, hatte er vor Jahren angefangen, einen minutiösen Plan zu entwickeln. Und Don Fernandos Prüfung für seine beiden Söhne hatte Damián als ersten Erfolg verbucht.

Bei einem Blick zu Berenguela hinüber entfuhr Damián in der Kutsche ein Seufzen.

Sie sah ihn an. »Bist du müde?«, fragte sie.

»Nein, müde nicht, eher angespannt.«

Eigentlich hätte sie jetzt nachfragen sollen. Damiáns mögliche Antwort machte Berenguela aber so viel Angst, dass sie lieber wieder aus dem Fenster schaute.

Damián respektierte ihr Schweigen, hinter seiner Stirn überschlugen sich jedoch weiter die Gedanken. Das, worauf er wirklich aus war, befand sich nämlich hier in der Kutsche: Berenguela. Oder vielmehr das, was sie ihm verschaffen konnte. Seiner Meinung nach musste man gut überlegen, was man im Leben anstrebte, jeden nützlichen Faktor genau analysieren und ihn dann zu nutzen wissen. So hatte es ihm seine Mutter von klein auf beigebracht, und er war ein aufmerksamer Schüler gewesen.

Dadurch war es ihm nicht nur gelungen, das Wohlwollen eines Mannes für sich zu gewinnen, der nicht sein leiblicher Vater war. Damián hatte damit auch seinen Stiefbruder, den rechtmäßigen Erben, von seinem angestammten Platz verdrängt. Den Stiefbruder, den Berenguela trotz seiner Ziellosigkeit im Leben zu bevorzugen schien.

Nach ihrer Ankunft in Covarrubias wollten die beiden jungen Leute als Erstes etwas essen, daher gingen sie zu Fuß die Hauptstraße des Ortes entlang und hielten nach einem Gasthaus Ausschau. María folgte ihnen. Damián entschied sich für das Gasthaus, welches am luxuriösesten wirkte und wohl die vornehmste Kundschaft hatte, wenn man von der Anzahl der vor der Tür wartenden Dienerschaft ausging.

María aß in einem für das Personal gedachten Nebenraum des Gasthofes, während sich Damián und Berenguela an einen der besten Tische setzten.

Berenguela lauschte den Anekdoten, die Damián bei Tisch erzählte. Ihr fiel auf, dass sich all diese Geschichten nach seinem achten Lebensjahr zugetragen hatten. Keine einzige stammte aus der Zeit davor.

Deshalb fragte sie, als sie beim Nachtisch saßen: »Erinnerst du dich eigentlich noch an deinen leiblichen Vater?«

Damiáns Reaktion schien ihr so übertrieben, als hätte sie ihm eine höchst verfängliche Frage gestellt. Er räusperte sich, trank Wasser, dann einen Schluck Wein, tupfte sich gemächlich die Lippen trocken und sagte schließlich: »Nein, überhaupt nicht. Mein wahrer Vater ist Don Fernando.« In seiner Stimme lag kühle Bestimmtheit.

»Das kann ich mir gar nicht vorstellen«, entgegnete Berenguela provozierend.

Damit gelang es ihr zwar, Damián aus der Reserve zu locken, seine Antwort lautete allerdings anders als erwartet.

Er bekräftigte nämlich noch zweimal, dass Don Fernando für ihn der einzige Vater sei, und sagte von diesem Augenblick an kein Wort mehr, bis sie den Gasthof verließen.

Als sie dann das große Haus der Familie de Covarrubias im Dorf betraten, schlug sein Verhalten aber so komplett um, dass sich Berenguela fast einem anderen Menschen gegenüber wähnte. Damián trat in den weitläufigen Salon und schaute durch das große Fenster, welches einen spektakulären Ausblick auf die Landschaft bot. Von nun an erging er sich wieder in Komplimenten, die Berenguela mit Unbehagen entgegennahm.

Damián wurde immer unbefangener, während er ihr gestand, wie oft er an sie dachte und welch tiefe Gefühle ihn in ihren gemeinsamen Momenten überkamen. Er brachte seine Hoffnung zum Ausdruck, sie öfter sehen zu können.

Berenguela lauschte seinen Worten bestürzt und wünschte, er würde damit aufhören. Obgleich sein Tonfall stets korrekt blieb, überkam sie Panik bei der Vorstellung, welche Absichten dahintersteckten. Als sie sich auf ein bequemes Sofa setzte, sank Damián vor ihr auf ein Knie. Mit durchdringendem Blick sah er sie an und fragte: »Empfindest du denn das Gleiche wie ich?«

»Ich weiß nicht …«, stammelte sie. »Ehrlich gesagt, bin ich nicht sicher …« Die Wahrheit sah ganz anders aus, aber sie wagte nicht, deutlicher zu werden.

»Deine Zweifel sind ein erster Sieg für mich.« Damián griff nach ihren Händen und begann sie zu küssen, bis Berenguela sie ihm entsetzt entzog.

Damián suchte nach einem Grund dafür in ihren haselnussbraunen Augen, die ihm ebenso bezaubernd erschienen wie ihre glühend roten Wangen. Doch Berenguela wich seinem Blick aus.

»Dürfte ich ein Ersuchen vorbringen?«, fragte er.

»Möglicherweise, das kommt darauf an …«

»Ich würde dich gerne küssen.«

Berenguela presste die Lippen aufeinander. Weil sich ihre Anstandsdame in die Küche zurückgezogen hatte, waren sie allein und würden es noch etliche Stunden lang sein. Es machte ihr Angst, was so ein Kuss wohl alles auslösen könnte.

»Diese Frage ist mir unangenehm, Damián«, entgegnete sie daher.

»Aber mein Kind, ich meinte doch bloß auf die Wange.«

Berenguela knetete ihre Finger. Ein Wangenkuss hatte ja nun wirklich keine große Bedeutung, aber würde er sich damit tatsächlich zufriedengeben?

Am Ende gestattete sie es ihm, aber Damián näherte sich dabei viel zu sehr ihrem Mundwinkel und presste Berenguela leidenschaftlich an sich. Zornig fuhr sie ihn an, was das solle, eilte aus dem Salon und zog sich in ihren Schlafraum zurück.

Damiáns Dreistigkeit bot ihr einen Vorwand, sich für den Rest des Nachmittags dort einzuschließen und nicht mehr herauszukommen, obwohl er sich draußen vor der Tür immer und immer wieder entschuldigte.

Am nächsten Morgen verlangte Berenguela ihre sofortige Abreise nach Burgos.

Die Rückfahrt war unangenehm. Während Berenguela geflissentlich seinem Blick auswich, bettelte Damián sie immer wieder um Vergebung an, obwohl er selbst sein Verhalten gar nicht für so schwerwiegend hielt.

Berenguela nahm seine Entschuldigungen nicht an und erklärte ihm, dass sie auch zu keinem weiteren Treffen bereit sei. Im Grunde genommen, bot Damiáns Zudringlichkeit ihr einen Anlass, sich seiner zu entledigen. Bei ihrer Ankunft in Burgos machte ihr eine Bemerkung ihres Verehrers jedoch klar, dass all ihre Ablehnung keinerlei Erfolg hatte.

»Liebe akzeptiert keine Zurückweisung«, erklärte Damián so bestimmt, dass Berenguela besorgter war als zuvor.

Ihre Probleme mit Damián konnte Berenguela nur mit María bereden, ihrer treuen Zofe und Vertrauten. Ihr gegenüber öffnete sie sich und gestand ihr sogar, dass sie lieber sterben wollte, als sich einem Mann hinzugeben, den sie nicht liebte.

An einem Morgen kurz nach der Reise, an dem sich Berenguela zu ihrem Leidwesen erneut mit Damián treffen sollte, ging es wieder um dieses Thema. »Was soll ich denn nur tun? Noch abweisender kann ich ja kaum sein! Er muss meine Abneigung doch spüren ... Ich höre schließlich kaum zu, wenn er redet.«

María kämmte ihr die wallenden blonden Locken und fasste sie dann unter einem feinen Netz zusammen.

»Meine Dame, leider können wir im Leben nicht immer unsere eigenen Entscheidungen treffen.«

Dieser Satz traf genauso für Marías Leben zu, das ebenfalls ganz anders verlief als in ihren Träumen. Obgleich sie es nicht auszusprechen wagte, konnte María das ablehnende Verhalten ihrer Dienstherrin gar nicht begreifen. Sie selbst hätte für diesen attraktiven jungen Mann einfach alles gegeben.

»Wenn wir doch nur ein Herz und ein Leben haben, warum sollten wir es dann an jemanden vergeuden, der uns gar nicht verdient hat? Warum sollten wir unser Dasein nicht an der Seite von jemandem verbringen, den wir von ganzem Herzen lieben?« Berenguela betrachtete ihre zarten Finger und sah sie von Damiáns Händen umfangen. Sie erschauderte. »Bevor er von mir noch mehr verlangt als gemeinsame Ausflüge, bevor es so weit kommt, reiße ich lieber aus oder tue wer weiß was ... Das schwöre ich ...«

María befestigte den farblich zu Berenguelas Kleid passenden blauen Schleier mit einer goldenen Brosche am Haarnetz und legte ihrer Dienstherrin eine Perlenkette um den Hals. Dann betrachtete sie das Resultat im Spiegel, und wieder einmal erschien ihr Berenguela als das schönste Mädchen von Burgos, obgleich jede Freude aus ihrem Blick verschwunden war.

Damián traf um zwölf Uhr ein.

Berenguela wusste nicht, was er für heute geplant hatte, aber es wurde ihr bald klar, als sie aus der Villa ihrer Familie traten und über die Straße zum Haus der de Covarrubias hinübergingen. Doña Urraca empfing sie mit strahlendem

Lächeln und hatte den Tisch für ein gemeinsames Mittagessen gedeckt. Ihr Ehemann stieß ein paar Minuten später dazu; er wirkte verstimmt. »Ich habe gerade ein Schreiben aus Portugalete von Policarpo erhalten«, erklärte er und wedelte wütend mit dem Brief herum. »Es geht um Hugo ...«

Berenguela zuckte zusammen. »Gibt es Neuigkeiten von ihm?«, fragte sie aufgeregt und ging unwillkürlich zum Gastgeber hinüber, um einen Blick auf den Brief zu erhaschen.

»Ja, aber wie üblich keine guten ...« Don Fernando legte das Blatt Papier auf den Tisch.

»Jetzt sprecht doch, Vater, wir sind alle ganz gespannt!« Als Damián den Brief zu lesen versuchte, verdeckte sein Vater das Schreiben mit der Hand.

»Er ist fortgelaufen, stellt euch das einmal vor! Policarpo schreibt, dass er beim Eintreffen im Hafen wohl das Durcheinander der Wagen genutzt hat, um sich davonzustehlen. Sie haben ihn in der ganzen Stadt und den umliegenden Ortschaften gesucht und dafür sogar etliche Männer angeheuert, aber keine Spur von ihm! Dieser Nichtsnutz hat sich einfach davongemacht, ist das zu fassen?« Zornig ballte Don Fernando die Fäuste. »Aber das ist noch nicht alles ...«

»Was Hugo angeht, überrascht mich wirklich gar nichts mehr«, fiel ihm Damián geringschätzig ins Wort. »Vater, er hat doch noch nie getan, worum Ihr ihn gebeten habt. Und jetzt, wo er unsere Wolle begleiten und endlich einmal arbeiten sollte, hat er natürlich die erstbeste Gelegenheit zur Flucht genutzt.«

Nachdem ihr Sohn mit der Schimpftirade begonnen hatte, fiel jetzt auch Doña Urraca mit ein. Sie rief ihrem Mann in Erinnerung, wie oft sie sich bei ihm über Hugos Gebaren beschwert hatte. Für sie war sonnenklar, was für eine Zukunft auf jemanden wartete, der eine solche Haltung seiner Familie und dem Leben gegenüber an den Tag legte.

Ihre Worte taten Berenguela in der Seele weh, weil sie davon überzeugt war, dass all diese Anschuldigungen ungerechtfertigt waren. Aber sie fühlte sich in diesem Augenblick nicht dazu in der Lage, die Bezichtigungen zu widerlegen, erst recht nicht vor dieser Zuhörerschaft.

»Es ist gewiss irgendetwas vorgefallen …«, wandte sie schließlich vorsichtig ein. Anders als Hugos eigene Familie hatte sie sofort gedacht, dass es gute Gründe für sein Verhalten geben musste. »Es muss wirklich etwas Ernstes passiert sein, wenn er geflohen ist. Ich kenne ihn nämlich gut.«

Missbilligend schauten die anderen drei sie an.

»Ja, ernst ist die Situation wahrlich, er hat Don Policarpo nämlich zweihundert Golddublonen gestohlen!«, verkündete Don Fernando. »Offenbar Geld, unser Geld, das mein bester Angestellter gerade für uns eingenommen hatte. Eine Summe, die wir nun wirklich nicht entbehren können und jetzt nie wiedersehen werden …« Er barg sein Gesicht in den Händen und stieß einen lauten Fluch aus, obwohl er sich für gewöhnlich doch so gewählt ausdrückte.

»Das war's: Hugo ist nicht länger mein Sohn. Ich will ihn niemals wiedersehen! Außerdem soll sein Name in diesem Haus nie wieder erwähnt werden!«, entschied er in einem Tonfall, der keinen Widerspruch duldete.

»Was auch immer du sagst, mein Schatz.« Doña Urraca küsste ihn zärtlich auf die Wange und umarmte ihn. Ihr feines Lächeln entging Berenguela nicht. »Kommt, lasst uns essen.«

Berenguela rührte die Vorspeise kaum an und bekam auch nur unter Schwierigkeiten ein paar Bissen des Hauptgerichtes, eines Fasaneneintopfs, herunter. Das Mittagessen, zu dem sie hier eingeladen war, hatte unter Anspannung begonnen und endete für sie noch viel schlimmer.

Allerdings nicht für Damián. Ihm kamen beinahe die Tränen, als sein Stiefvater ihm beim Nachtisch eine neue Aufgabe übertrug: Er sollte fortan die Vertretung des Familienunternehmens in Brügge übernehmen. All sein Ehrgeiz hatte also zum Erfolg geführt, und ihm wurde mit seinen zwanzig Jahren gerade der sehnlichste Wunsch seines Lebens erfüllt. Das Ziel, auf das er unter der Anleitung seiner Mutter so lange hingearbeitet hatte, war erreicht. Der Umzug nach Brügge bedeutete nämlich, dass er die Firma endlich ohne die unbequeme väterliche Überwachung führen konnte.

An diesen Teil des Gesprächs konnte sich Berenguela später kaum noch erinnern, wohl aber an die Worte, die Damián beim Anstoßen auf seine neue Aufgabe sprach, während er nach ihrer Hand griff: »Vor diesen beiden Mitgliedern meiner Familie, die ich mehr als alles andere auf der Welt respektiere und liebe, möchte ich meinen Wunsch zum Ausdruck bringen, Berenguela mit nach Brügge zu nehmen.«

Don Fernando, der keine Ahnung davon gehabt hatte, wie intensiv sein Sohn Berenguela umworben hatte, starrte ihn mit offenem Mund an.

Doña Urraca hingegen schwoll vor Stolz die gewaltige Brust noch weiter an.

Damián sah Berenguela verliebt an, während sie am liebsten gestorben wäre. »Ich liebe sie. Sie ist … Diese Frau ist das Schönste, was mir je unter die Augen gekommen ist. Und jetzt fehlt nur noch ihr Einverständnis, das ihres Vaters habe ich nämlich bereits …«

Berenguelas Miene war wie erstarrt; am liebsten hätte sie geschrien oder geweint, aber aus Furcht vor Damiáns nächsten Worten riss sie sich zusammen und unterbrach ihn rasch. Diesem Irrsinn musste sie ein Ende machen. »Ich glaube, das ist jetzt wirklich nicht der passende Zeitpunkt, um … Einen Moment, was hast du da über meinen Vater gesagt?«, fragte sie plötzlich und sah Damián entsetzt und beschämt an. Ihre

Gedanken wanderten zu Hugo, ihrer einzigen Liebe. Nur ihn trug sie im Herzen.

»Doch, das ist genau der richtige Zeitpunkt, glaub mir, Liebste.«

Berenguela kam zu dem Schluss, dass er den Verstand verloren haben musste. Wieso stellte er sie beide hier als Liebespaar hin, ohne vorher mit ihr über seine Pläne gesprochen zu haben?

Entgeistert sah sie zu, wie Damián aus der Tasche seines Rocks einen Beutel aus schwarzem Samt zog. Ihr Verehrer öffnete das Säckchen und ließ den Inhalt über den Tisch rollen.

Es war ein goldener Ring. Das kann doch nicht wahr sein!, dachte Berenguela. Einen Moment lang fragte sie sich, wie sie wohl am besten darauf reagieren solle, dann fiel ihr eine endgültige Lösung ein.

Sie schwieg, als Damián ihr den Heiratsantrag machte, den sie aus seinem Mund niemals hatte hören wollen, und sie schwieg auch, als Don Fernando mit leiser, aber deutlich vernehmbarer Stimme die unpassende Bemerkung machte: »Offenbar habe ich heute einen Sohn verloren, aber auch eine Tochter gewonnen.«

Dann holte sie tief Luft und brachte die Worte vor, die sie lange hinausgezögert hatte. Obwohl sie innerlich aufgewühlt und bis in die Fingerspitzen von Angst erfüllt war, sprach sie ruhig und gefasst, und eisiges Schweigen legte sich über den Salon und die drei Mitglieder der Familie. Es waren nur zwei kurze Sätze, unterbrochen von einer kleinen Pause: »Ich kann nicht … Ich will nämlich Nonne werden.«

9

An Bord der Santa Ana, vor der irischen Küste, Juli 1474

Hugo verbrachte zwanzig lange Tage auf See, die zwei Stürme und lange Arbeitszeiten voll neu zu erlernender Fähigkeiten mit sich brachten. Nun hatte er an einem Vormittag endlich einmal kurz Pause und konnte über all die Veränderungen in seinem Leben nachdenken.

Er stand am Bug, eine Hand auf der Reling, die andere auf dem Bugspriet, und betrachtete Irlands grüne Küste.

Für ihn war es ein harter Schlag gewesen, als er erfahren hatte, wie lange diese Fahrt dauern würde, als er Obeko hatte sagen hören, dass sie je nach Wellengang und erbeutetem Fang mit sechs bis acht Monaten rechnen mussten. Das war viel Zeit weit entfernt von Burgos, viel zu viele Monate, in denen er seinen Vater nicht über den Betrug würde informieren können.

Zum Gefühl der Ohnmacht kamen noch die Schulden hinzu, die er wegen seiner Rettung bei Schiffspatron Orti hatte: neunzig Golddublonen, was vierzigtausend Maravedi entsprach. Diese riesige Summe würde er bei seiner Rückkehr nach Kastilien zahlen müssen.

Immerhin gab es auch gute Nachrichten: Die Santa Ana war ein Walfänger, und wenn so viele Tiere gejagt werden konnten wie vorgesehen, würde Hugo für seine Arbeit an Bord Geld bekommen. Man würde ihm wie den anderen Seeleuten auch vierzig Golddublonen zahlen.

Deshalb stürzte sich Hugo in die Arbeit, an der es nun wirklich nicht mangelte. Er schrubbte jeden Tag mit einer Bürste das Oberdeck. Außerdem musste er die Namen der unterschiedlichen Schiffsteile lernen, ihrer Segel und Masten und der über hundert darauf verteilten Gegenstände. Zu diesem Zweck sagte er sie sich unzählige Male vor. Und er versuchte während der kältesten Stunden seines Lebens, oben im Krähennest durch dichte Nebelbänke hindurch etwas in zwanzig Klafter Entfernung vor dem Bug zu erkennen.

Jedes Mal, wenn das Schiff eine Welle durchbrach, wurden Tausende kleiner Tropfen in die Luft geschleudert. Der Wind verteilte sie dann über Spanten, Segel und Oberdeck genau wie über Hugos Körper und Gesicht. Aber so bekam er wenigstens einen klaren Kopf, und es war eine der wenigen Verschnaufpausen, die er wirklich genießen konnte. Die Ereignisse in Medina del Campo waren kaum zwei Monate her. Bei alldem, was sich in der Zwischenzeit ereignet hatte, kam es ihm aber eher wie ein halbes Jahr vor. Doch vielleicht lag es auch daran, dass die Geschehnisse auf Hugos Charakter einen läuternden Einfluss gehabt hatten und er sich wie ein ganz neuer Mensch fühlte.

Seither hatte er sein Leben gerettet, indem er über Dächer geflohen war, sich in einer Ladung Weizen auf einem Wagen versteckt hatte und schließlich auf ein ablegendes Schiff gesprungen war. Es gab ihm zu denken, dass ihm dabei jedes Mal jemand geholfen hatte: Bruno hatte ihn vor Policarpo gewarnt, der unbekannte Fuhrmann hatte ihn ohne sein Wissen aus Portugalete weggebracht, und der Fischer Unai hatte in Bermeo seine Flucht gedeckt. Natürlich durfte er auch Azerwan nicht vergessen, ohne den er mit Sicherheit am Grund des Ozeans gelandet wäre. Damit unterschied sich Hugos Dasein in letzter Zeit grundlegend von seinem früheren Leben, wo ihm abgesehen von seiner Mutter und Berenguela nicht viele Menschen zur Seite gestanden hatten. Und er hatte auch noch nie jemanden mit einer so faszinierenden Persönlichkeit wie Azerwan kennengelernt. Die Gesellschaft des Mauren war das Beste an seiner Zeit auf See, abgesehen von Obekos erstaunlicher Persönlichkeit. Nachdem Hugo dem Kapitän während der ersten vier Tage aus dem Weg gegangen war, wechselten die Männer inzwischen das ein oder andere Wort miteinander. Obgleich aus Obekos Mund die schlimmsten Flüche zu hören waren, war er ein Mann edel wie reines Gold. Und in Azerwan hatte Hugo ein geheimnisvolles Wesen voll fremder Weisheit kennengelernt.

Während seines ersten Abends auf der Santa Ana hatte Azerwan ihm erzählt, dass er aus einem Land namens Ifriqiya im Norden Afrikas stammte. Dieser Landstrich mit einer ausgedehnten Wüste im Süden und fruchtbaren Weizenfeldern im Norden war einst die größte Kornkammer des Römischen Reiches gewesen. Azerwan zählte die Völker auf, die dieses Territorium nacheinander erobert hatten: Phönizier, Römer, Vandalen aus Spanien, dann Byzantiner aus Konstantinopel und schließlich die Araber. In Azerwans Adern floss jedoch nicht ein Tropfen dieses fremden Blutes: Er war ein Sohn der Wüste vom Volk der Beduinen. Diese waren die ältesten Bewohner dieses Fleckchens Erde, in dem es einst Wälder, Savannen und wilde Tiere gegeben hatte, bevor alles unter Sand verschwunden war.

Azerwan erzählte Hugo, dass er einem Klan angehörte, der mit sogenannten Salzkarawanen seit Jahrhunderten Salz von der Wüste aus an die Küste transportierte. Diese Trecks mit mehr als dreihundert Dromedaren durchquerten unter sengender Sonne Orte, an denen es nur Tod und unendlichen Durst gab.

Hugo kalkulierte, dass Azerwan etwa zwanzig Jahre älter als er selbst sein musste, aber was Lebenserfahrung und spirituellen Reichtum anging, hätten es durchaus hundert Jahre sein können. Azerwan war unergründlich, ein tiefsinniger Mensch, der sich manchmal rational, dann wieder mystisch gab. Er liebte Gedankenspiele und war immer für eine Überraschung gut.

Am dritten Tag auf See war Azerwan die Aufgabe zugefallen, Hugo unterschiedliche Knoten für Segel und Taue zu zeigen. Dabei hatte er erzählt, wie er hier an Bord der Santa Ana gelandet war.

Azerwan erklärte, dass er vor sechs Jahren aus seiner Heimat geflohen war – vor der Wüste, seinem Klan, einer Zukunft, die er nicht wollte, und vor Allah. Von Hunger und Durst geschwächt, hatte er die Küste erreicht und war kurz vor seinem sicheren Tod einem Sklavenhändler in die Hände gefallen.

Seine Schilderung hatte Hugo verblüfft, wie alles, was dieser dürre, ausgezehrte Mann mit den tief liegenden weisen Augen, dem entschlossenen Schritt und dem dunklen, dichten, kurz gestutzten Bart von sich gab.

Während die Tage auf dem Schiff verstrichen, musste sich Hugo eingestehen, dass Azerwan ihn mit jeder neuen Facette, die er an ihm entdeckte, mehr faszinierte. Vielleicht lag es daran, dass er zwischen dessen Vergangenheit und seiner eigenen Parallelen entdeckte, vielleicht gefiel ihm auch einfach nur dessen Art, sich den Ereignissen zu stellen.

»Hörst du gern Geschichten?«, riefen plötzlich Azerwans ungewöhnliche Stimme und seine eigentümliche Art zu sprechen Hugo in die Gegenwart zurück.

Er drehte sich zu dem Sklaven um, der, wie üblich mit weißer Tunika, offener Jacke und blauem Turban bekleidet, zum Horizont hinüberschaute. Die scharf geschnittene Nase und das deutlich ausgeprägte Kinn ließen ihn wie eine Figur aus einer anderen Zeit wirken.

»Meine Mutter hat mir früher welche erzählt. Aber das ist schon so lange her ... So etwas ist doch eher für Kinder«, antwortete Hugo, während er zu erkennen versuchte, was sein neuer Freund da am Horizont betrachtete.

»Unterschätz die Macht von Geschichten nicht, sie helfen uns Menschen durch uraltes Wissen, die Dinge zu verstehen. Während der Jahre in der Karawane haben mich alle den ›Erzähler‹ genannt, weil ich an jedem der kalten Abende in der Wüste am Lagerfeuer eine neue Geschichte vorgetragen habe. Einige davon sind so alt wie die Geschichte der Menschheit selbst. Wir in meinem Klan entspringen einer langen Reihe von Geschichtenerzählern. Ich habe alles von meinem Vater gelernt, dieser von seinem Vater und mein Großvater von seinen Vorfahren. Diese Legenden haben mir geholfen, der zu werden, der ich heute bin.« Azerwan suchte Hugos Blick. »Ich habe dich während deiner Zeit an Bord beobachtet, und du wirkst auf mich ganz verloren, so als wäre dein Leben eine Wüste. Du irrst zwischen Sand und Dünen herum, ohne zu wissen, wohin sie dich führen. Dabei gibt es doch Geschichten, die dir den Weg weisen können. Würdest du sie gern hören?«

»Sehr gern«, antwortete Hugo, aber seine Verwirrung war ihm anzuhören.

In diesem Augenblick wurden sie allerdings von Obeko unterbrochen, der sie untätig hatte dastehen sehen und von der anderen Seite des Schiffes herüberrief: »An die Arbeit, verdammt, ihr zwei Waschweiber! Hört auf, Zeit zu vergeuden, und helft lieber beim Hissen der Segel. Verflucht noch mal! Wir wissen schließlich nicht, wie lange dieser Rückenwind anhalten wird. Wenn wir den jetzt gut nutzen, erreichen wir den Hafen vielleicht schneller als vorgesehen, morgen früh.«

Hugo begab sich mit Azerwan und vier Seeleuten zum

Fockmast, wo sie nach Tauen griffen und alle gleichzeitig daran zu ziehen begannen, um mit vereinten Kräften das Segel zu hissen.

Der Wind zerrte derart heftig am Tuch, dass ihnen ihre Aufgabe trotz der Takelage schwerfiel.

Obeko brüllte hier dem einen, da dem anderen Anweisungen zu, bis es ihnen schließlich gelang. Als Hugo am Ende nach all der Anstrengung vornübergebeugt dastand, versetzte ihm jemand einen schmerzhaften Hieb auf die Schulter. »Schon viel besser, du Landratte …«, lobte Obeko. Aus seinem Munde hörte sich die Beleidigung wie reinste Engelsmusik an.

Um Mitternacht brach der Monat August an, die Sommerhitze hatten sie aber schon seit vielen Meilen hinter sich gelassen.

Hugo kehrte noch vor dem Sklaven zum Vorderkastell zurück und grüßte das einzige Besatzungsmitglied an Deck. Es handelte sich um den Steuermann, mit dem er sich gut verstand, einen Mann namens Guetaria, der für sechs aß.

Dann suchte sich Hugo einen Platz direkt an der Reling. Er ließ sich den frischen Wind ins Gesicht wehen und atmete entspannt durch, bevor er zum Himmel hochschaute. Überwältigt beobachtete er, wie sich am Nachthimmel Tausende und Abertausende winziger Sterne gleich einem sanft funkelnden Teppich über das Firmament legten. Das Spektakel lud zur Andacht ein, dazu, sich angesichts so eines erstaunlichen und unendlichen Schauspiels der eigenen Winzigkeit bewusst zu werden.

Hugo hörte Schritte, drehte sich um und entdeckte Azerwan. Der Maure setzte sich zu ihm und schwieg, bis Hugo die Stille durchbrach, um ihm seine Gedanken anzuvertrauen. »Unter diesem unendlichen Himmelszelt«, sagte er und hob beide Hände, »fühle ich mich so winzig und unbedeutend. Und dann zweifle ich sogar daran, dass unser Schöpfer mich bei seinen Plänen bedacht hat.«

Als er ihn so reden hörte, kam Azerwan eine seiner Geschichten in den Sinn. Er räusperte sich und schloss die Augen. »Es war einmal ein reicher Mann, der sehr stolz auf seinen Weinkeller und auf all den Rebensaft darin war, vor allem aber auf ein Fass eines erlesenen Jahrgangs. Diesen Wein, den besten, bewahrte er für einen ganz besonderen Anlass auf. Eines Tages besuchte ihn der Regent des Landes, und nach reiflicher Überlegung sagte sich der Mann: ›Dieses Fass werde ich nicht für einen Regenten aufmachen.‹ Bei anderer Gelegenheit kam der Bischof seiner Region zu Besuch, aber wieder dachte der Mann bei sich: ›Nein, ich werde das Fass nicht öffnen. Der Bischof weiß den Wert dieses Weines ja gar nicht zu schätzen, kann sein Aroma nicht angemessen genießen.‹ Sogar der Prinz des Königreichs setzte sich eines Tages für eine Mahlzeit an seine Tafel, aber der Mann dachte: ›Mein Wein ist viel zu majestätisch für einen einfachen Prinzen.‹ Und als sein Neffe heiratete, sagte er sich: ›Nein, dieses Fass wird nicht für seine Gäste aufgemacht.‹ Die Jahre verstrichen, und eines Tages starb der Mann, so wie wir es alle irgendwann tun. Am Tag nach seiner Beerdigung wurden seine Fässer unter den Nachbarn verteilt, das mit dem speziellen Wein genau wie alle anderen. Und niemandem fiel auf, dass es sich um einen besonderen Rebensaft handelte. Für sie war eben alles Wein, was man in sein Glas gießt …«

Hugo schwieg, sog die Meeresbrise tief ein und hatte das Gefühl, die Moral der Geschichte verstanden zu haben. »Ich sehe, was du damit gemeint hast, dass deine Geschichten Weisheit vermitteln.«

»Noch kenne ich dich nicht sehr lange. Trotzdem habe ich den Eindruck, dass auch in dir etwas ganz Besonderes schlummert, was du lieber für dich behältst. Hat dieser Plan, in den du dich nicht miteinbezogen fühlst, vielleicht damit zu tun?«

»Mag sein …«, antwortete Hugo, nachdem er sich das durch den Kopf hatte gehen lassen. »Wahrscheinlich kann ich für mich im Leben einfach keine Bestimmung erkennen.«

»Dann lass uns doch gemeinsam danach suchen.«

Obeko legte gern im Hafen der Insel Valentia an, einem der westlichen Punkte Irlands, um vor der nächsten Etappe der Reise neues Trinkwasser und frische Lebensmittel an Bord zu bringen. Danach würden sie, so Gott ihnen gnädig war, in etwa zwanzig Tagesreisen den Weg bis zu Islands eisiger Küste zurücklegen, jedenfalls bei günstigem Wind und ruhigem Meer.

Um keine Zeit mit der Einfahrt in den Hafen zu verlieren, warfen sie eine halbe Meile vor der Küste Anker, und in weniger als einer Stunde hatte die Schiffsmannschaft an Bord zweier Schaluppen auch schon den Hafen erreicht. Geplant war ein langer Abend in der Schänke Blue Duck, die die Männer gut kannten. Hier würde es statt der langweiligen Gerichte mit Erbsen, Bohnen und Dörrfleisch endlich einmal ein üppiges Mahl geben, wie sie es in Monaten nicht mehr auf dem Teller haben würden.

Danach würde man in einem Haus voll williger Frauen ganz in der Nähe andere Bedürfnisse befriedigen. Denn auch dazu würden die Seeleute bis zu der Rückkehr zu ihren Frauen und Geliebten in ihren Küstendörfern nur wenig Gelegenheit haben.

Hugo wartete an Deck, um zusammen mit Obeko in ein Beiboot zu steigen. Der Kapitän hatte entschieden, ihn für die harten Bedingungen beim Walfang mit angemessener Kleidung und Stiefeln auszustaffieren. Ohne diese Ausrüstung würde er schon an seinem ersten Arbeitstag erfrieren. Aus diesem Grund wollte Obeko mit ihm zunächst Flamergans Laden in der Mitte des Ortes aufsuchen, wo man einfach alles zu günstigen Preisen fand, und schließlich zum Rest der Männer in der Schänke dazustoßen.

An Bord der Santa Ana gab es nicht für jeden eine eigene Koje, und die Männer schliefen in Schichten. Einer der beiden Matrosen, mit denen sich Hugo die Koje teilte, hatte ihm seine Truhe mit allen nötigen Utensilien für den Walfang gezeigt. Darunter befanden sich robuste Stiefel, »Seemannsstiefel«, wie er sagte, mit starken Nähten und aus gefettetem Leder, um sie so wasserdicht wie möglich zu machen. Dazu ein Paar feste Schuhe für die Arbeit auf den Booten, ein bodenlanger Schaffellmantel, eine lederne Jacke mit einer großen Kapuze, die den Nacken wärmte, sowie eine Lederschürze.

Jeder Waljäger wusste, dass der Inhalt dieser Truhe darüber entschied, ob man die schrecklichen Arbeitsbedingungen beim Walfang überstand oder nicht. Da diese Ausstattung teuer war – sie kostete an die zwanzig Golddublonen –, hatten sich die meisten das Geld von Verwandten oder sogar Pfandleihern geliehen und würden es nach ihrer Rückkehr von ihrem Lohn zurückzahlen.

Und jetzt streckte Obeko Hugo diese zwanzig Golddublonen vor, um ihm Kleidung und Schuhe zu kaufen. Zur Überraschung des Kapitäns fügte Hugo im letzten Moment noch sechs Kalbsledérleinwände und fünf Kohlestifte zu ihrem Einkauf hinzu.

»Mein Junge, wenn ich dir nach der Rückfahrt die versprochenen vierzig Dublonen Lohn zahle, ziehe ich diese Ausgaben davon ab. Mit dem, was übrig bleibt, kannst du dann anfangen, was du willst. Meinetwegen kannst du's für Wein und Huren ausgeben.«

Sie gaben Anweisung, die Kiste aufs Schiff zu bringen, und gingen zu Fuß zur Spelunke hinüber, in der sie sich mit dem Rest der Besatzung treffen würden.

»Mein Herr, ich würde diesen Moment gern nutzen, um Euch meine Dankbarkeit für alles auszusprechen, was Ihr für mich tut. Ich schwöre, dass ich es Euch niemals vergessen werde.«

Seit Hugos Ankunft auf der Santa Ana war dies ihre erste Gelegenheit, unter vier Augen miteinander zu sprechen.

»Bei mir brauchst du dich nicht zu bedanken.« Obeko zog den Rotz hoch und spuckte ihn im hohen Bogen durch die Luft. »Schließlich hat dich der Patron aus dem Meer ziehen lassen. Wenn er nicht gewesen wäre, hättest du womöglich bald den Fischen Gesellschaft geleistet …« Er lachte laut und ließ seine Pranke auf Hugos Schulter sausen. »Also, steck dir dein Danke sonst wohin, mein Junge, und fang an zu schuften. Ich will nicht, dass du weniger leistest als die anderen. Es hat mir gar nicht gepasst, wie du an Bord gekommen bist, aber das ist jetzt Schnee von gestern. Wenn du dich ordentlich abrackerst und deine Aufgaben richtig erledigst, dann bist du einer von uns. Dort, wo wir hinfahren, werden wir genauso lange arbeiten wie bisher, auch wenn die Tage kürzer sind. Es ist so kalt, dass dir die Eier in der Hose gefrieren, und da können wir uns keine Probleme leisten. Wir müssen dort entweder alle zusammen genügend Wale fangen, um die achthundert Fässer im Frachtraum der Santa Ana mit Fett zu füllen, oder ein halbes Jahr warten, bis die riesigen Bestien erneut diesen Teil des Meeres besuchen.«

Dann betraten sie die Schänke, wo die anderen schon saßen und tranken. Wer von den Seeleuten keine zwanzig Pint Bier hintereinander wegkippte, trank zwischendurch immer mal ein honiggelbes Getränk, das Whiskey genannt wurde. Hugo hatte es noch nie probiert, hier in Irland schien es jedoch sehr beliebt zu sein. Allerdings hatte es für Kopf und Magen noch üblere Folgen als das Bier.

Die Stimmen der Besatzung mussten im ganzen Ort zu hören sein, denn je weiter die Stunde fortschritt, desto lauter brüllten die Seeleute, um sich untereinander verständlich zu machen.

Azerwan saß mit dabei, trank jedoch nichts, was Hugo wunderte. Er hatte schließlich immer noch die Worte über Azerwans Weggang aus Afrika im Ohr. »Ich bin vor Allah geflohen«, hatte der Beduine gesagt, daher verzichtete er wohl nicht seines islamischen Glaubens wegen auf Alkohol. Hugo würde jedenfalls gern Näheres über seine Gründe erfahren, sobald er die Gelegenheit dazu hatte.

An diesem Abend gewann Hugo durch seine Englischkenntnisse die ewige Freundschaft etlicher Männer, vor allem der Harpuniere. Durch seine Verhandlungskünste kamen die vier harten Kerle aus Bermeo nämlich billiger als je zuvor in den Genuss einer Frau.

Dankbar, wie sie waren, boten sie ihm am Ende eine rothaarige Schönheit mit breiten Hüften und üppigen Brüsten an, um sich erkenntlich zu zeigen.

»Ein Wal für deine Harpune!«, lachten sie.

Tatsächlich war die junge Frau sehr verführerisch, Hugo zog es jedoch vor, beim Rest der Schiffsmannschaft sitzen zu bleiben und ihrem Seemannsgarn zu lauschen.

Am meisten trank vermutlich Obeko, der so viel in sich hineinschüttete wie ein Viertel der Kneipengäste zusammen. So etwas hatte Hugo noch nie gesehen.

In diesem gefühlsduseligen Ambiente voller Gelächter wurde irgendwann ein Lied angestimmt, in das auch die wenigen noch verbliebenen Einheimischen mit einfielen. Doch dann gab es die ersten Reibereien, und bald darauf flogen Tische und Stühle.

Zunächst glich das Ganze einer eher harmlosen Rauferei. Irgendwann aber trat einer der jungen Männer aus dem Dorf an Azerwan heran, riss ihm den Turban vom Kopf und setzte ihn sich unter dem Applaus seiner Freunde selbst auf. Hugo entging natürlich der finstere Gesichtsausdruck des Mauren nicht, er wollte aber zunächst abwarten, wie sich die Sache entwickeln würde.

Unter lautem Lachen wickelte sich der Bursche das Tuch um den Kopf, wobei die Hälfte vor Gesicht und Augen landete. Die Situation wurde immer angespannter. Jetzt versuchte er nämlich auch noch, Azerwans Weste an sich zu bringen, während seine Freunde den Sklaven mit Beleidigungen überschütteten.

Aber der Maure zog so blitzschnell einen Dolch, dass niemand es bemerkte, bis die Klinge auch schon gegen den Hals des Jünglings gepresst war. »Wenn du mir nur noch einen weiteren Grund dafür gibst, steche ich zu.«

Auf einen Schlag legte sich Stille über das Lokal. Besatzung und Einheimische starrten einander mit geballten Fäusten an, dann zuckten viele Hände zu den Messern.

Doch Hugo handelte rasch und umsichtig. Mit wenigen Schritten war er an der Seite seines neuen Freundes, zog den Dolch vom Hals des erschrockenen Burschen weg und setzte sich selbst den Turban auf. Dabei gab er lachend allerlei Scherze zum Besten, um die Situation zu entschärfen.

»Eine Runde aufs Haus, ihr seid alle eingeladen!«, rief er und zwinkerte dem Wirt zu, der rasch neue Krüge mit Bier verteilte, froh darüber, dass man ihm sein Lokal nicht vollends zertrümmern würde.

Es gefiel Obeko, wie der junge Mann aus Burgos Schlimmeres verhindert hatte, und er stieß mit seinem Nebenmann mit einem Glas Whiskey an, das er auf einen Zug leerte. Dann ging er zur Theke hinüber, um Nachschub zu holen.

Während er darauf wartete, drehte er sich um und entdeckte, dass sich Hugo angeregt mit den Iren unterhielt, um den unbehaglichen Moment zu überwinden.

Dem Kapitän sagte die Besonnenheit zu, die Hugo gerade bewiesen hatte, eine Charaktereigenschaft, die ihm selbst völlig fehlte. Zum ersten Mal freute er sich darüber, den blinden Passagier mit an Bord zu haben. Diese Reise würde anders werden als die bisherigen, dachte er bei sich.

10

Familienresidenz von Don Sancho Ibáñez, Burgos, August 1474

Berenguela wusste ganz genau, dass wegen ihrer Entscheidung in ihrer Familie die Hölle losbrechen würde. Nachdem man sie bei Damián zu Hause so in die Enge getrieben hatte, blieb ihr aber leider keine Wahl, und so teilte sie ihren Eltern früh am Morgen mit, dass sie etwas zu verkünden habe. Bis zu diesem Zeitpunkt hatte sie es vermieden, sich den Fragen ihres Vaters über die de Covarrubias' zu stellen. Diese Ausweichtaktik gestaltete sich jedoch immer schwieriger.

Nun setzten sich ihre Eltern und warteten darauf, dass ihre Tochter den Mund aufmachte.

Berenguela drückte den Rücken durch und verbarg ihre zitternden Hände, damit man ihr die Aufregung nicht anmerkte. Die junge Frau hatte sich ganz genau zurechtgelegt, was sie jetzt sagen würde. Schon seit Tagen feilte sie an ihren Argumenten und hatte jeden einzelnen Aspekt bedacht. Ihr war klar, dass es sehr schwer werden würde, ihre Eltern von ihrem Entschluss zu überzeugen. Deshalb hatte sie nicht nur die passenden Worte eingeübt, sondern auch die Art und Weise, sie vorzubringen.

Ihr Vater plante bereits seit vielen Jahren ihre Zukunft, daraus hatte er ja nie ein Geheimnis gemacht, und Berenguela wusste schon im Voraus, was für ein harter Kampf jetzt auf sie wartete. Zweifel hatte sie, was ihre Mutter anging. Würde Doña Elvira sie unterstützen? Würde sie sich im Angesicht von Don Sanchos Zorn auf die Seite ihrer Tochter schlagen?

»Mutter, Vater ...« Berenguela sah von einem zum anderen und spürte plötzlich, wie ihr Augenlid zu zucken begann. Hastig presste sie einen Finger dagegen.

»Es fällt mir nicht leicht, mit Euch über diese Angelegenheit zu sprechen, die meine unmittelbare Zukunft betrifft. Daher möchte ich Euch als Erstes dafür danken, dass Ihr mich zu der Frau gemacht habt, die ich heute bin. Ich musste im Leben nur wenige schwierige Momente durchmachen und habe deshalb wirklich keinen Anlass zur Klage. Aber die Jahre verstreichen, und vor drei Monaten bin ich schon zwanzig geworden. Da fragt Ihr Euch sicher, wann ich denn nun endlich die Liebe finde ... nicht wahr, Mutter?«

»Richtig, mein Kind.« Doña Elviras Augen glänzten hoffnungsvoll.

Auch Don Sancho, der ja Damián de Covarrubias' Werben um seine Tochter gutgeheißen hatte und ihn für den idealen Schwiegersohn hielt, setzte eine erwartungsvolle Miene auf. »Nun sprich schon«, drängte er.

In diesem Moment sprang Canelilla Berenguela auf den Schoß, drehte den Kopf nach oben und schaute ihr Frauchen erstaunt an. Sie musste wohl den ungewöhnlichen Tonfall der jungen Frau bemerkt haben und bettelte in dieser angespannten Situation um Zuwendung.

Berenguela sammelte sich ein paar Sekunden, um dann die Nachricht zu verkünden: »Ich habe lange darüber nachgedacht und sehe meine Bestimmung jetzt endlich klar vor mir. Nun weiß ich, was ich mit meinem Leben anfangen will ... Ich habe beschlossen, es dem Herrn zu widmen und ins Kloster zu gehen.«

Beim Wort »Kloster« wurde ihr Vater von einem plötzlichen Hustenanfall erfasst, während ihre Mutter ein albernes

Lachen ausstieß. Doch gleich darauf brüllte Don Sancho los wie ein wilder Stier und schrie unbeherrscht: »Was soll dieser Unsinn? Nur über meine Leiche!«

»Aber mein Kind, woher kommt diese Idee denn plötzlich?«, fragte ihre Mutter. »So etwas höre ich von dir ja zum ersten Mal. Das verstehe ich nicht. Natürlich haben wir dich als gute Christin erzogen, aber du hast doch nie Interesse daran gezeigt, diesen Schritt zu gehen!«

»Bis jetzt nicht, aber wie ich bereits gesagt habe …«

Ihr Vater ließ sie nicht einmal ausreden. »Schluss jetzt mit dem Unfug! Ich weiß ganz genau, was mit dem Mädchen los ist. Sie will sich nicht mit Damián de Covarrubias verloben und sieht keinen anderen Ausweg als diesen Blödsinn mit dem Kloster!« Don Sancho sprang auf und begann, fluchend im Zimmer auf und ab zu marschieren.

Berenguela schwieg und bereitete sich innerlich darauf vor, die Sache von anderer Seite her anzugehen.

»Aber mein Kind, wenn das der Grund sein sollte, dann verstehe ich dich noch viel weniger. Damián ist schließlich einer der aussichtsreichsten jungen Männer der vornehmen Gesellschaft von Burgos. Begreifst du das denn nicht?«, redete Doña Elvira auf sie ein. »Er ist in deinem Alter, kann dir ein Leben voller Annehmlichkeiten bieten und entstammt einer Familie, zu der wir eine enge Bindung haben. Außerdem ist er auch noch höflich und attraktiv. Du denkst doch wohl nicht etwa an seinen Bruder, diesen Burschen, der sich im Leben noch vor jeder Verantwortung gedrückt hat, oder?«

Als ihre Mutter Hugo erwähnte, verlor Berenguela all die sorgsam einstudierte Selbstbeherrschung. In ihrem Zorn schleuderte sie ihren Eltern den zweiten Grund für ihre Entscheidung derart laut entgegen, dass Canelilla mit einem Satz von ihrem Schoß verschwand.

»Damit Ihr es wisst, dieser, dieser … dieser junge Mann, den Ihr so schätzt, hat mir im Haus der de Covarrubias' nicht den gebührenden Respekt gezeigt und sich mir gegenüber unsittlich verhalten. Tatsächlich hat er alles so eingefädelt, dass er mit mir im Salon allein zurückgeblieben ist, um mich dann zu küssen und …« Sie ersparte sich weitere Einzelheiten. »Wünscht Ihr Euch etwa so einen Mann, der einer wehrlosen Frau gegenüber keinen Anstand zeigt, als Vater meiner Kinder?« Ihre Nasenflügel bebten, als sie ihre Eltern mit funkelnden Augen anstarrte.

Aber zu ihrer großen Überraschung maß ihr Vater diesem Vorfall keine größere Bedeutung bei und fand ein solches Verhalten »ganz natürlich beim Werben um ein junges Mädchen«.

Ihre Mutter schloss sich dem väterlichen Urteil an und unterstrich, dass es für eine Frau keine edlere Aufgabe gebe, als ihrem Mann zu Gefallen zu sein: »… wie er will und wann er will, ohne Rücksicht auf eigene Bedürfnisse.«

Fassungslos starrte Berenguela ihre Eltern an. Mit der Reaktion ihres Vaters hatte sie ja durchaus gerechnet, von ihrer Mutter hätte sie so etwas jedoch nie erwartet. Plötzlich schien das, was sie bisher als ihre Familie erachtet hatte, vor ihren Augen auseinanderzubrechen.

Ihr Vater, mit seiner Geduld am Ende, forderte seine Frau auf, ihn mit seiner Tochter allein zu lassen. Doña Elvira schluckte ihre Einwände hinunter und schloss die Tür hinter sich.

»Jetzt hörst du mir einmal zu, ohne mich zu unterbrechen, wenn ich dir klar und deutlich sage, wie es mit dir weitergeht.«

Don Sancho schenkte sich ein Glas Orujo ein, was um diese Uhrzeit ungewöhnlich war. Er kippte die Hälfte davon herunter und setzte eine ernste Miene auf.

»Du wirst Damián heiraten. Wir als deine Eltern haben das für dich beschlossen, und dir bleibt nichts anderes übrig, als es zu akzeptieren. Schon seit jeher wurden Ehen zwischen Familien arrangiert, und das wird bei dir nicht anders sein. Außerdem ist diese Verbindung wichtig für mich, für mein Geschäft. Unsere Wolle muss sich in Flandern einen Namen machen, und da bleiben nur zwei Möglichkeiten: Entweder erarbeiten wir uns unseren Erfolg Jahr für Jahr, Kunden für Kunden, ganz langsam. Oder wir verbünden uns mit den de Covarrubias', damit dem Namen Ibáñez schon bald sowohl hier in Burgos als auch in Flandern seine verdiente Rolle und Wertschätzung zukommt. Die Entscheidung ist längst gefallen, ich habe das so organisiert und mit deinem zukünftigen Ehemann besprochen. Über alles andere können wir reden, aber daran ist nicht mehr zu rütteln.«

Berenguela zog sich der Magen zusammen. »Ihr habt meine Hochzeit arrangiert, ohne mit mir darüber zu reden? Noch bevor Damián mich auch nur gefragt hat? Vater, das begreife ich einfach nicht. Wo bleibt denn da meine Freiheit?«

»Deine Freiheit? Schwachsinn … Wer ist im Leben denn schon frei? Können wir uns etwa unsere Eltern aussuchen oder dürfen darüber entscheiden, wo und wie wir zur Welt kommen? Werden wir Männer oder Frauen, weil wir uns dazu entschieden haben? Nein! Wieso solltest du dann denken, dass man in Fragen der Liebe eine Wahl hat? Das solltest du dir aus dem Kopf schlagen, mein Kind. Wenn man es recht bedenkt, lieben doch die meisten Menschen den Falschen. Sie werden von jemandem zurückgewiesen, den sie für die Liebe ihres Lebens gehalten haben, oder lieben am Ende jemanden, der ihren ursprünglichen Vorstellungen so gar nicht entspricht. Die Wahl eines Ehepartners wird von unserer Umgebung, dem konkreten Zeitpunkt und tausend äußeren Umständen bestimmt. Und dagegen kann man eben nicht viel tun …«

Don Sancho trank sein Glas leer.

»In deinem Fall hat es sich nun einmal so gefügt, dass Umgebung, Zeitpunkt und äußere Umstände dich in die Arme von Damián führen. Wir haben für dich keinen schlechten Mann ausgesucht, ganz im Gegenteil. Daher solltest du wirklich dankbar sein …«

»Nein, das bin ich nicht, weil ich ihn nämlich nicht liebe … Seinen Bruder hingegen schon.« So in die Enge getrieben, wusste sich Berenguela keinen anderen Rat, als die Wahrheit zu gestehen. »Mir ist klar, dass Hugos Beweggründe nicht immer leicht zu verstehen sind. Aber ich glaube nicht einen Moment lang an die Behauptung, er habe seine Familie bestohlen und sich davongemacht. Ich weiß genau, dass es nicht so war, er ist für die Leitung des Familienunternehmens ebenso befähigt wie Damián.«

Mit zärtlicher Geste griff Berenguela nach den Händen ihres Vaters. »Warum gehen wir die Sache nicht von der anderen Seite her an? Auf diese Art und Weise würden wir alle gewinnen. Hugo ist doch auch ein Sohn von Don Fernando, daher würde eine Hochzeit mit ihm Euren Geschäften genauso zugutekommen, Vater … Warum ändern wir nicht Umgebung, Zeitpunkt und äußere Umstände so, dass sie für mich angenehmer sind, aber nicht zu Eurem Nachteil?«

Don Sancho wusste die geschickte Argumentation seiner Tochter zwar zu schätzen, es würde aber nichts an seiner Entscheidung ändern. Durch seinen Verwalter wusste er ganz genau, was sich in Portugalete und Bermeo zugetragen hatte. Er wollte sich nicht einmal ausmalen, was es für ihn persönlich und für seine Geschäfte bedeuten würde, wenn Hugo wieder in Burgos erscheinen würde.

Im Moment wurde in seinem Auftrag daher das Haus der

de Covarrubias Tag und Nacht von jemandem beobachtet, der klare Anweisungen hatte. Außerdem warteten drei Männer an den Stadttoren auf Hugo und nahmen jeden Reisenden unter die Lupe.

Einst war Don Sancho davon ausgegangen, dass Hugo de Covarrubias der geeignete Kandidat dafür wäre, die Verbindung zwischen den beiden Familien zu besiegeln. Diese Überlegung hatte er jedoch aufgegeben, als Damián sich ins Spiel gebracht und ihm eine so vorteilhafte Abmachung vorgeschlagen hatte, dass er nicht hatte ablehnen können.

Es hatte sich herausgestellt, dass der junge Mann noch ehrgeiziger war als Don Sancho selbst. Allerdings ging es hier längst nicht mehr nur um Berenguelas Hand. Hugo hatte sich zu einem gewaltigen Problem entwickelt, und sie stellten besser um jeden Preis sicher, dass er nicht nach Burgos zurückkehrte. Bislang hatte Don Sancho ja alles unter Kontrolle, außer eben seiner Tochter. Er musste sie jetzt so schnell wie möglich mit Damián verheiraten.

»Schlag dir Hugo aus dem Kopf«, versetzte er mit Endgültigkeit. »Den erachtet sein Vater inzwischen als Aussätzigen, und er ist daher der Letzte, in dessen Hände Don Fernando das Familienunternehmen geben würde. Wenn er überhaupt je wieder auftaucht, im Moment weiß nämlich niemand etwas über seinen Verbleib. Vergiss Hugo de Covarrubias also. Und diesen Unfug mit dem Kloster fasse ich mal als Scherz auf. Du heiratest Damián.«

»Das wird niemals geschehen.«

»Du kannst dich darauf verlassen, dass es geschehen wird!«, verkündete Don Sancho mit Nachdruck. »Ich bin nicht bereit, weiter mit dir über dieses Thema zu diskutieren. Du tust, was ich dir sage, und ich erwarte von dir, dass du Damián schon bald einen Sohn schenkst. Vergiss deine Wünsche und stärke die Bindung zwischen den Ibáñez' und den de Covarrubias' mit der Geburt eines Erben. Auch wenn es dir im Moment noch unmöglich erscheinen mag, weiß ich, dass du am Ende glücklich werden wirst.«

»Ihr macht es mir nicht einfach.«

»Dabei ist es das doch, mein Kind. Viel schwieriger ist hingegen der Aufstieg in der Wollbranche, wenn man sich wie ich erst noch einen Namen machen muss. Mir ist klar, dass ich dich hier um ein Opfer bitte. Aber ich habe nur das Beste für dich im Sinn, auch wenn es dir im Moment nicht so erscheinen mag. Und damit du daran keinen Zweifel hegst, lass dir eins gesagt sein: Wenn dieser Hugo für dich wirklich so wichtig ist, dann werde ich dir nie Vorwürfe machen, falls du nach einer gewissen Zeit anfängst, dich mit ihm zu treffen. Aber lass dabei bitte die Diskretion einer guten Ehefrau walten. Ich glaube nicht, dass ich noch deutlicher werden muss ...«

Berenguela war sprachlos vor Entsetzen über das, was sie da gerade gehört hatte. War sie hier in einem Albtraum gefangen, oder hatte ihr Vater das wirklich gesagt? War sein Ehrgeiz so unendlich, dass er in der Lage war, seine Tochter nur des Geschäfts wegen zu verhökern? Und jetzt hieß er sogar eine mögliche Liebschaft mit Hugo gut, während er sie an Damián kettete? Wie konnte er nur seinem Beichtvater gegenübertreten?

Während Berenguela sich noch darüber den Kopf zermarterte, wie sie sich aus dieser verzwickten Situation befreien könnte, war für Don Sancho jetzt alles klar. Er würde nicht zulassen, dass Hugo seine Tochter jemals wiedersah oder weitererzählte, was er in Portugalete erfahren hatte. Das durfte einfach nicht geschehen ...

11

An Bord der Santa Ana, auf hoher See, August 1474

Die Santa Ana hatte vor zwölf Tagen in Irland abgelegt und war auf dem Weg zu den eisigen Wassern Islands. Auf der Fahrt dorthin machte die heftige Kälte das Leben an Bord zur reinsten Hölle, allerdings einer Hölle aus Eis statt aus Feuer und Schwefel.

Im Freien war es nicht länger als zehn Minuten auszuhalten, bevor einem selbst der Atem gefror. Deshalb verbrachte der Großteil der Besatzung die Mußestunden unter Deck, rund um ein Kohlebecken, an dem man sich wärmen konnte.

Hugo verblüffte, wie perfekt im Frachtraum des Schiffes alles organisiert war, wo die Ladung selbst den letzten Zoll ausfüllte. Die Santa Ana hatte für den späteren Transport des auch als Tran bezeichneten Walfetts achthundert Fässer an Bord. Um Platz zu sparen, waren sie vor der Fahrt in ihre Einzelteile zerlegt worden. Am Zielort angelangt, würden die beiden Schreiner des Schiffes und der Kalfaterer die Fässer so gekonnt wieder zusammensetzen, dass auch bei Stürmen auf hoher See kein einziger Tropfen des wertvollen Fettes verloren gehen würde. In großen Städten wurde dafür viel Geld bezahlt, weil es nichts Besseres für die Öllampen gab. Der Tran produzierte beim Verbrennen nämlich wenig Geruch und Rauch.

Abgesehen von den Fässern, befanden sich im Bauch des Schiffes zwei große Kupferkessel, in denen das Walfleisch erhitzt werden würde, um das Fett daraus zu gewinnen, eine enorme Menge an Salz zum Einlegen von Fischen, drei große Fässer Apfelwein von je zehn Quintal Fassungsvermögen, unzählige Säcke mit Kichererbsen, Erbsen, Linsen und Bohnen, außerdem Zwieback, Dörrfleisch und vierzig Fässer mit eingelegtem Kabeljau und Sardinen.

All das ergab keine besonders abwechslungsreiche Kost, weshalb einige der Seeleute eigenen Proviant mitgebracht hatten. Hugo schaute neidisch dabei zu, wie sie Chorizo, Schinken oder aromatischen Käse vertilgten.

Der junge Mann aus Burgos, der sich zum Essen neben Azerwan gesetzt hatte, löffelte selbst gerade einen wässrigen Fischeintopf, als zwischen zwei Matrosen heftiger Streit ausbrach. Während der vielen Stunden der Überfahrt gab es wenig zu tun, und der Platz auf dem Schiff war beengt. Da es bei manchen nach früheren Zwistigkeiten auch noch offene Rechnungen gab, lagen die Nerven schnell blank. Aber selten gab es so ein Geschrei wie bei diesen beiden Männern, die rasch handgreiflich wurden und dann auch noch zum Messer griffen.

Plötzlich lagen beide blutüberströmt und tödlich getroffen am Boden. Vom Geschrei angelockt, eilte Obeko herbei, doch er kam zu spät, und auch der Schiffsarzt konnte nichts mehr für sie tun.

»Was zum Teufel ist denn nur passiert?«, fragte der Kapitän und ließ den Blick über die Mienen der Anwesenden wandern, so als wollte er denjenigen schlagen, der die Tragödie nicht zu verhindern gewusst hatte.

Beinahe alle wichen seinem Blick aus, nur Azerwan nicht. »Kapitän, es gibt vier Dinge, die niemals zurückkehren: der abgeschossene Pfeil, das ausgesprochene Wort, die verstrichene Gelegenheit und das vergangene Leben.«

Derartige Sinnsprüche aus dem Mund des Sklaven erschienen der Mehrheit der Seemänner ziemlich töricht. Aber natürlich hatte Azerwan recht, dachte Hugo. Was brachte es jetzt, nach den Gründen für dieses Unglück zu forschen, wenn es ja doch nicht mehr rückgängig gemacht werden konnte?

Keiner würde die beiden Männer zurück ins Leben rufen können, und jetzt blieb nur noch, ihnen eine würdige Bestattung zu geben. An Bord der Santa Ana hieß das, sie mit ein paar Gebeten dem Meer zu überlassen.

Die meisten der Männer schwiegen betroffen, aber wie überall musste auch auf diesem Schiff der eine oder andere immer mal wieder seine Dämlichkeit unter Beweis stellen. So zum Beispiel Patron Orti.

»Von was für einem Pfeil redest du denn da, Maure?«, fragte er plötzlich. »Hast du nicht gesehen, dass die sich mit Messern umgebracht haben?«

Der Gesichtsausdruck der Umstehenden sprach Bände. Wenn hier nicht gerade zwei Männer ums Leben gekommen wären, hätte dieser Kommentar wohl lautes Gelächter ausgelöst.

Obeko verfluchte alle Anwesenden und bedachte Azerwan persönlich mit einem gepfefferten Schimpfwort, um dem Sklaven deutlich zu machen, wo sein Platz war. Dann ordnete er an, die Leichen an Deck zu bringen, das Blut aufzuwischen und den Smutje um ein passendes Gebet zu bitten. Da es an Bord keinen Geistlichen gab, übernahm der Koch dessen Funktionen, weil er am besten betete. Allerdings stellte der Tod der Streithähne ein weiteres Problem dar. Obeko schaute erst Hugo, dann Azerwan an und traf eine Entscheidung. »Du und du! Ihr zwei werdet die beiden Matrosen ersetzen und die ihnen zugeteilten Aufgaben übernehmen.«

»Und was sollten die beiden tun?«, fragte Hugo, der sich einen der Toten über die Schulter geworfen hatte.

Bereits mit einem Fuß auf der Treppe, drehte sich Obeko noch einmal um. »Zwei neue Steinhütten, ein Lagerhaus und einen Trockenraum bauen, wenn wir dieses neu gefundene Land erreichen ... Ihr beiden bleibt zusammen mit Jakue und Gartzia zehn Monate dort, um diese Arbeiten auszuführen, bis euch die Santa Ana bei der nächsten Fahrt abholt.«

»Meint Ihr mit diesem neuen Land etwa Island?« Hugos Neugier war einfach zu groß, dabei verfluchte er innerlich seine neue Aufgabe, weil sie den Kontakt zu seinem Vater wieder einmal verzögern würde. Als Neuling an Bord wagte er aber nicht, gegen die Anordnung aufzubegehren.

»Ha, von wegen!«, antwortete nun ein Matrose namens Tasio. »Das Land, an dem wir anlegen werden, kennt kaum ein Mensch. Es liegt in neuen Fischgründen im Westen, weit weg von Island, und dort gibt es mehr Wale als irgendwo sonst auf der Welt. Wir fahren bereits zum vierten Mal dorthin, sind allerdings nicht die einzigen unter den baskischen Fischern, die die Gegend kennen. Aber deine neue Aufgabe und alles, was es dort zu entdecken gibt, werden dir sicher gefallen.«

»Was mir wirklich gefallen würde, hat mit Spanten und Masten nichts zu tun«, murmelte Hugo.

Obeko befand sich bereits draußen auf dem Achterdeck und hörte ihn nicht, der Patron aber schon.

»Na, dann geh doch zum Kapitän rüber und sag ihm ins Gesicht, was du von seinem Schiff hältst! Den Schneid hast du wohl nicht, was? Dann würdest du nämlich wieder einmal Salzwasser kosten, und hier ist das Meer noch viel kälter. Eins sage ich dir: Dieses Mal verbiete ich dem Sklaven, dich wieder herauszuziehen.«

Hugo setzte eine abschätzige Miene auf. Er mochte den Schiffspatron nicht, aber Orti hatte selbstverständlich recht. Deshalb schluckte Hugo seinen Stolz lieber herunter und verkniff sich eine Antwort. Dann schleppte er den Toten hoch bis zur Reling, von wo aus er ins Meer geworfen werden würde, sobald der Kapitän dazu die Anweisung gab.

Als für ihn Stunden später die Arbeit des Tages getan war, zog sich Hugo im Achterschiff in den Frachtraum zurück. Im Licht einer kleinen Öllampe ließ er sich zwischen Säcken mit Zwiebeln und Knoblauch nieder.

Dann holte er die Kalbslederleinwände hervor, die er zusammen mit Obeko gekauft hatte, und fing an zu zeichnen, wie es ihm seine Mutter von frühester Kindheit an gezeigt hatte. Sie hatte sein künstlerisches Interesse stets gefördert, und es kam ihm vor, als würde sie es vom Himmel aus weiterhin tun. Seit ihrem Tod war er beim Zeichnen jedoch immer allein und hatte noch nie jemandem gezeigt, was unter seinen Händen entstand. Hugo war fest davon überzeugt, dass seine Bilder für die Augen anderer nicht gut genug waren. Daher wusste niemand in seinem Umfeld von seinem gekonnten Umgang mit dem Kohlestift. Die Momente, in denen er sich sammelte und zu Papier brachte, was ihn tief im Inneren bewegte, waren für den jungen Mann aber der reinste Genuss. Dann kam es ihm vor, als könnte er den Himmel mit den Fingern berühren, als würde er den süßesten Honig kosten. Für Hugo war das Zeichnen ein leidenschaftlicher Akt, der endete, sobald das Bild fertig war. Bisher hatte keines seiner Werke überlebt: Alles, wirklich alles, was er bislang gemalt hatte, hatte er sofort verbrannt. So musste es einfach sein. Er brachte sich jedes Mal mit solcher Hingabe ein, dass es ihm erschien, als stürbe er mit jedem Strich auf dem Papier. Tatsächlich vergaß er in diesen Momenten höchster Konzentration oft fast zu atmen. Deshalb blieb er in diesen intensiven Augenblicken lieber allein und durchlebte mit jeder neuen Zeichnung Anfang und Ende.

Nun huschte der Kohlestift über das Pergament, und es entstanden brechende, schäumende Wellen, zunächst nur angedeutet, dann mit immer mehr Details ausgearbeitet. Schließlich reckte ein fantastisches Monster den Kopf aus dem Ozean, und daneben entstand eine Figur, die mit sausendem Schwert dagegen ankämpfte. Immer lockerer und überschwänglicher tänzelte Hugos Hand über das Blatt, während er der Zeichnung Tiefe und Realismus verlieh. Über die Gesichter der beiden Wesen legte sich ein immer wilderer Ausdruck. Es war ein grausamer Kampf, ähnlich dem, den Hugo mit sich selbst austrug. Ein erbarmungsloser Krieg, der ewige Konflikt zwischen Wollen und Können.

Hugo fügte dem Helden ein paar Locken hinzu, zeichnete dem Monster längere Krallen und betrachtete schließlich das fertige Werk.

Wieder einmal hatte er seine ganze Existenz in eine Zeichnung gegossen. Wie üblich zerknüllte er sie dann sofort, näherte sie der Öllampe und übergab die Meeresszene den Flammen. Dann betrachtete Hugo die Asche. Das grelle Licht blendete seine Träume, und nun schloss er alles wieder tief in sich ein. Es war nur für ihn bestimmt, für ihn und seine Mutter.

12

Consulado de Mercaderes de Castilla, Brügge, September 1474

Die zauberhafte Stadt der Kanäle war in den letzten Jahren unter der Herrschaft des Hauses Burgund immer weiter gewachsen, bis sie sich zum wichtigsten Handelszentrum des Herzogtums entwickelt hatte. Im zu Brügge gehörenden Hafen von Damme lagen oft bis zu achtzig Schiffe mit unterschiedlichster Ladung und unter exotischer Flagge. Die Straßen der Stadt füllten sich mit ausländischen Besuchern in großer Zahl, Menschen aus der halben Welt, Genuesern, Venezianern, Engländern, Byzantinern und Hanseaten. Man traf selbst Kastilier, Biskayer, Aragonesen, Katalanen und Valencianer an.

Und in Brügge war viel, sehr viel Geld im Umlauf. Dort gab es in jeder Straße drei oder vier Paläste oder luxuriöse Gasthöfe, in denen man absteigen konnte. Das Essen in den Schankhäusern war vorzüglich, und auf den gepflasterten Straßen der Stadt waren zahllose Kutschen unterwegs. Brügge brüstete sich auch mit den bekanntesten, unbändigsten Festen und damit, zu seinen Einwohnern berühmte Musiker und Maler zu zählen. Und vor allem lebten dort angeblich die kultiviertesten und schönsten Frauen des ganzen Kontinents.

Das Geld ging hier von Hand zu Hand. Mächtige Textilhersteller vertrauten es ihren Bankiers an, die es in Kredite, Schuldscheine und Pfandbriefe verwandelten. Die Verwalter, die an Bord der Schiffe die Ware begleiteten, bezahlten damit die Kapitäne, diese die Besatzung, und die Seeleute gaben es in Schänken und anderen anrüchigen Lokalitäten aus.

Policarpo hatte für all den Reichtum der Stadt jedoch keine Augen, denn er war nervös. Sehr nervös. In der benachbarten Heiligkreuzkapelle läuteten gerade die Glocken, als van Cliff erschien, der beste Kunde seines Dienstherrn. Van Cliff besaß in der alten Ortschaft Tournai, die zu Pferd nur sechs Stunden von Brügge entfernt lag, eine der berühmtesten Werkstätten für Wandteppiche in Nordeuropa.

Da in den meisten Palästen der europäischen Königsfamilien, genau wie in Kathedralen und Bischofsresidenzen, Werke von ihm hingen, wurde dem für sein großes Verhandlungsgeschick bekannten van Cliff allseits Respekt bezeugt. Für viele seiner Entwürfe zeichneten bekannte Maler verantwortlich, zum Beispiel der Franzose Henri de Vulcop, und die bei ihm verarbeiteten Materialien waren stets von höchster Qualität. Zu den unentbehrlichen Rohstoffen für die Kunstwerke aus seiner Werkstatt gehörten Gold- und Silberfäden, ausgewählte Seide und natürlich hochwertige Wolle.

Van Cliffs Aussehen trug allerdings nicht viel zu seinem Prestige bei, da er vermutlich der hässlichste Mann der Welt war. Seine schlaffen Hängebacken hingen beiderseits der fleischigen Lippen herunter. Van Cliffs Nase war so gewaltig und platt gedrückt, als hätte er irgendwann einen ordentlichen Faustschlag abbekommen. Dies alles krönten abstehende Ohren und eine Stirn, die stets voller Schweißperlen und roter Pickel war. Allein an den Augen von zauberhaftem Himmelblau war nichts auszusetzen, es gelang ihnen aber nicht, den Gesamteindruck zu verbessern.

Policarpo empfing van Cliff an der Tür des eleganten Gebäudes des Consulado de Mercaderes de Castilla. In den

Lagerräumen im Erdgeschoss war heute Morgen eine große Gruppe von Käufern zusammengekommen, weil die neuesten Wolllieferungen eingetroffen waren. Die meisten Schiffe mit Ware kastilischer Händler legten im Hafen von Damme an Schleuse Nummer vier an, und von dort wurden sie über das Zwin in die eineinhalb Meilen entfernte Stadt gebracht.

»Bitte nach Euch.« Höflich ließ Policarpo dem Flamen den Vortritt.

Sie gingen zu den Säcken mit Wolle von Don Fernando hinüber, während sie als alte Bekannte freundlich und zwanglos miteinander plauderten.

Mit einem scharfen Messer schnitt van Cliff den ersten Sack an, sodass eine Handvoll Wolle hervorquoll. Van Cliff murmelte etwas Unverständliches vor sich hin, kratzte sich die dicke Nase und zog etwas von dem Material heraus. Dann studierte er es mit solcher Sorgfalt, dass er statt an einen Textileinkäufer eher an einen gewissenhaften jüdischen Juwelier aus Antwerpen erinnerte, der hier den Wert eines Diamanten kalkulierte. Van Cliff legte mehrere Strähnen Wolle auf einen Holztisch und presste sie gegen die Tischplatte, zupfte sie auseinander, schätzte Dichte und Länge der Fasern ein, und wie viele das ganze Vlies enthielt. Er runzelte die Stirn und schaute auf der Suche nach einer Erklärung aus dem Augenwinkel zu Policarpo hinüber. Weil der Verwalter den Mund nicht aufmachte, sagte er schließlich wütend: »Könnt Ihr mir vielleicht verraten, was das zu bedeuten hat?«

Policarpo starrte auf seine Schuhe und antwortete mit matter Stimme: »Es war in Kastilien kein gutes Jahr, was das Weideland angeht ... Und Ihr wisst doch selbst: Wenn die Schafe kein gutes Futter bekommen, produzieren sie auch keine Wolle von der üblichen Qualität.«

Van Cliff glaubte ihm kein Wort. Er schleuderte die Probe zu Boden und trat darauf. »Aber es ist doch nicht das erste

Mal, dass Ihr mir so etwas anbietet.« Er schnaubte. »Ach, was sage ich … Und auch nicht das zweite … Was Ihr mir hier gebracht habt, ist doch keine Merinowolle! Entweder sind diese Schafe noch älter als ich selbst, oder Ihr wollt mich übers Ohr hauen. Das Geld, mit dem ich Euch bezahlt habe, war immer einwandfrei, das wisst Ihr genau. Aber von Eurer Ware kann man das nun wirklich nicht behaupten.« Er suchte Policarpos Blick. »Um die Qualität unserer Erzeugnisse aufrechtzuerhalten, brauche ich die besten Rohstoffe, die bisher nur die de Covarrubias' hatten. Ihr zwingt mich jedoch dazu, den Anbieter zu wechseln.«

Er schaute nach links und rechts, um zu entscheiden, mit welchem der vielen anderen Wollhändler er ein Gespräch anfangen solle. Hastig verabschiedete er sich von Policarpo, der sich ärgerlich gab.

»Ich könnte vielleicht den Preis für Euch senken …«, schlug er noch vor, bevor van Cliff sich entfernte.

»Das Zeug will ich nicht einmal geschenkt!«, rief der Textilhersteller, während er sich eilig nach besserer Ware umsah. Er befürchtete, vielleicht schon zu viel Zeit verloren zu haben.

Aber van Cliff hatte kaum zwei Schritte gemacht, da trat ein Mann an ihn heran. »Mein Herr, geht bis ganz nach hinten und fragt dort nach Ramiro de Lerma. Ihr werdet es nicht bereuen … Ich habe Euch erkannt und zufällig Eure Enttäuschung mitbekommen. Euer Ruf eilt Euch voraus, und ich weiß, dass Ihr nur dort finden werdet, was Ihr sucht.«

Van Cliff betrachtete den Fremden aus den Augenwinkeln und versuchte sich zu erinnern, wo er ihn schon einmal gesehen hatte, aber vergeblich. Der Teppichhersteller war nicht sicher, ob er dem Rat des Mannes folgen oder lieber einen anderen der anwesenden Händler ansprechen sollte. Ihm war klar, dass zu diesem Zeitpunkt die Konkurrenz bereits den Großteil der Wolle gekauft und bezahlt hatte. Und falls er sich nicht beeilte, würde man ihm auch den Rest vor der Nase wegschnappen. Da man wegen immer zahlreicherer und anspruchsvollerer Kundschaft in seiner Werkstatt auf neues Material wartete, könnte es sogar seinen Ruf schädigen, wenn er sich jetzt nicht schnell den nötigen Rohstoff sicherte.

Er blickte in die Richtung, in die der Unbekannte zeigte, und dachte an Don Fernando de Covarrubias, einen guten Mann, mit dem er schon seit mehr als zwanzig Jahren Geschäfte machte. Er verstand einfach nicht, was hier vor sich ging. Dass de Covarrubias in letzter Zeit so fragwürdige Ware anbot, war aber in jedem Fall unverzeihlich. Van Cliff schaute sich noch ein letztes Mal nach einem altbekannten, verlässlichen Händler um, aber vergebens. Da alle anderen beschäftigt waren, beschloss er, dem Rat zu folgen.

Er wollte sich an den Unbekannten wenden, aber der war nirgendwo zu sehen, nicht einmal, als sich van Cliff einmal um die eigene Achse drehte. Der Fremde schien sich in Luft aufgelöst zu haben.

Daher ging der Textilhersteller nun allein bis zum hinteren Ende des Lagerhauses, wo er freundlich von einem stattlichen Mann in Empfang genommen wurde.

»Ich komme aufgrund der Empfehlung von … na ja, ehrlich gesagt, weiß ich gar nicht, wer das war. Egal! Er hat mir jedenfalls erzählt, dass bei Euch gute Wolle zu bekommen ist, und davon würde ich mich gern selbst überzeugen. Falls mich die Ware überzeugt, interessiert mich noch, in welchen Mengen Ihr liefern könnt. Wenn Euer Lieferumfang unter meinen Anforderungen liegt, verschwenden wir besser gar nicht erst unsere Zeit.«

»Ich bin der Verwalter eines Händlers aus Burgos, der noch nicht lange in dieser Stadt Geschäfte macht, aber seinen

Kundenkreis gern erweitern möchte. Ihr habt Glück, wir haben nämlich noch hundert Sack unverkaufte Ware von höchster Qualität übrig. Hier, bitte sehr.«

Er deutete auf eine Reihe von Säcken aus weißem Packtuch, die mit einem van Cliff unbekannten Stempel versehen waren. Der Textilhersteller fackelte nicht lange, schnitt einen der Säcke auf und nahm dann dieselbe Überprüfung wie bei der Ware von de Covarrubias vor. Was er hier sah, gefiel ihm so gut, dass seine Stimme ein wenig zitterte, als er sich nach dem Preis erkundigte.

»Wie Ihr bereits wisst, ist die Schafschur dieses Jahr nicht so üppig ausgefallen, und aus diesem Grund …«

»Verdammt noch mal, jetzt redet nicht um den heißen Brei herum!« Van Cliff zupfte so heftig an einem der Knöpfe seines Wamses herum, dass er sich löste.

»Dreißigtausend Maravedi«, antwortete Ramiro de Lerma, ohne mit der Wimper zu zucken.

»Himmel noch mal, seid Ihr denn verrückt geworden? Vor weniger als zehn Minuten hat man mir noch einen Preis von achtundzwanzigtausend angeboten … Das ist ja der reinste Wucher!«

Van Cliff kannte dieses Geschäft in- und auswendig und war daran gewöhnt, Preise zu berechnen. Er mochte nicht genau wissen, wie viel in diese Wolle bei ihrem Weg von der Weide hierher ins Lagerhaus investiert worden war, aber er schätzte, dass es nicht viel mehr als sechs- oder siebentausend Maravedi waren. Hier war die Rede von einer unfassbaren Gewinnspanne.

Aber dem Verwalter war natürlich klar, dass van Cliff in Bedrängnis war, deshalb sagte er seelenruhig: »Diese Wolle ist es wert, und das wisst Ihr ganz genau. Ich kann leider nicht mit dem Preis heruntergehen, außer natürlich, Ihr wollt nicht in Raten, sondern sofort alles auf einmal bezahlen. In diesem Fall könnte ich einen Rabatt von tausend Maravedi einräumen.«

Van Cliff besiegelte das Geschäft mit einem Händedruck und einer Anzahlung. »Morgen holen meine Leute die Ware ab und zahlen den Rest.« Er nahm eine Probe des Materials mit, das er seinem Werkstattleiter zeigen wollte. Auf dem Weg nach draußen rieb er die Wolle zwischen den Fingern, spürte ihre Festigkeit und kalkulierte die hohe Anzahl der Fasern dieses Vlieses. Nur er wusste, von welch großem Vorteil dies bei der Herstellung des neuen Wandteppichs sein würde, den der Papst in Auftrag gegeben hatte. Als van Cliff das Lagerhaus schon fast hinter sich gelassen hatte, drehte er sich noch einmal um: »Entschuldigt bitte, aber wem habe ich diese Wolle eigentlich abgekauft?«

Die Frage überraschte Ramiro, der gerade das Geld zählte. Er schaute auf und erklärte: »Don Sancho Ibáñez, der sich darüber freuen würde, Euch von heute an regelmäßig zu seinen Kunden zu zählen.«

Das Consulado de Mercaderes de Castilla war nicht die einzige Zweigstelle von Kaufmannsgilden aus den iberischen Königreichen in Brügge. Zwei Jahrhunderte zuvor hatten biskayische Reeder in der Stadt eine Niederlassung eröffnet, und hundert Jahre später Händler aus Katalonien. Später waren dann noch Aragonesen und Valencianer hinzugekommen. Damit hatten auch sie sich die Vorteile bei Steuern und Privilegien sichern wollen, welche die Stadt jeder Nation bot, deren Kaufleute hier ansässig wurden. Man organisierte sich, um kommerzielle und zivile Rechte zu schützen, und in den Versammlungsräumen wurden Abkommen mit Ortsansässigen, Genuesen und Hanseaten geschlossen. Zu jeder dieser als Konsulat bezeichneten Organisationen gehörte eine Zunft, die in einer der Kirchen der Stadt ihre eigene

Kapelle hatte. Die der Kastilier war die Heiligkreuzkapelle in der Minoritenkirche direkt neben den Räumlichkeiten der Zunft.

Die Universidad de Mercaderes in Burgos ernannte die sechs Konsuln des Consulado de Mercaderes de Castilla in Brügge. Sie schuldeten ihrem Vorsitzenden, Don Fernando de Covarrubias, Rechenschaft über die Zollrechte und andere Abmachungen, die sie mit der Stadt aushandelten. Darüber hinaus gingen Klagen gegen unzulässige Praktiken von Zunftmitgliedern ein, und man informierte ihn über die Transaktionen des aragonesischen und katalanischen Konsulats genau wie über die des venezianischen und lombardischen, welche natürlich im Kampf um Kunden direkte Konkurrenz darstellten.

Einer der Konsuln der Zunft hieß Lope de Gracia und hatte eine italienische Ehefrau namens Renata, die eine wahre Augenweide war. Seit ihrer Ankunft in der Stadt war sie nicht unbemerkt geblieben, und es gab wohl keinen männlichen Bewohner von Brügge, der ihre Schönheit noch nie gerühmt hatte. Wer ihr schon einmal vorgestellt worden war, schwärmte davon, während die anderen davon träumten. Am ersten Samstag im September ging Renata gegen acht Uhr abends, als die Dunkelheit allmählich das Licht am Himmel verschluckte, auf einen der prächtigsten Paläste der Stadt zu: auf den des mächtigen flämischen Wechslers und Bankiers Chris van der Walle. Unter einer großen Kapuze verborgen, hielt sie mit raschen Schritten auf den Eingang zu.

Wie abgesprochen, hämmerte sie mit dem Türklopfer fünfmal gegen das Holz und hielt den Atem an.

Der Besitzer des Hauses öffnete die Tür genauso schnell, wie er sie hinter ihr wieder schloss. Dann marschierten beide mit angespannter Miene, leisen Worten und gedämpften

Schritten durch die prächtige Eingangshalle, stiegen ein Stockwerk hinunter und gingen auf eine Tür zu, die Renata nur zu gut kannte. Van der Walle holte einen Schlüssel aus der Tasche, der ihm zunächst aus den zittrigen Fingern rutschte, bis es ihm endlich gelang, die Tür aufzuschließen. Noch einmal stiegen sie im Licht einer Öllampe zwanzig Stufen hinunter, bis sich vor ihnen ein großer steinerner Saal erstreckte. Mit einem Docht entzündete van der Walle drei Fackeln an der Wand, die den Raum sofort in Licht tauchten. Sie befanden sich im Weinkeller.

Renata und van der Walle sahen einander in die Augen, dann löste Renata die Schnur, die ihren Umhang zusammenhielt, und ließ das Kleidungsstück zu Boden gleiten. Noch war ihr zauberhafter, betörender Körper in ein bordeauxrotes Kleid gehüllt, das van der Walle mit seinem lasziven Blick jedoch zu durchbohren schien.

Nur Sekunden später lag Renata auf dem einzigen Tisch im Raum und nahm diesen Mann in sich auf, den sie verabscheute, der aber nur einer auf ihrer langen Liste von Liebhabern war.

Ihre dunkle Lockenpracht ergoss sich über das Holz, während die gierigen Hände des Mannes ihre Haut entlangfuhren. Als sie die Augen schloss, verschloss Renata damit auch ihr Herz und den Zugang zu ihren Gefühlen. Ihre perfekten Kurven passten sich an den rauen Körper des Bankiers an, während sie dem leidenschaftlichen Schwall an Schmeichelei aus seinem Mund lauschte. Sie war wirklich keine Göttin, wie er behauptete, und auch nicht der Quell aller Lust, sondern eine geschundene Seele mit einem traurigen Schicksal.

Als van der Walle in seinem Weinkeller, diesem Versteck verbotener Fleischeslust drei Stockwerke unter dem Zimmer seiner Frau, schließlich auf Renata in sich zusammensank, schlug die Italienerin die Augen wieder auf. Der dunkle Fels der Decke erschien ihr so schmerzhaft anders als die weißen Steine ihrer Kindheit an der Steilküste im Süden ihrer Heimatinsel Sizilien, einer Zeit, als ihr Leben noch einfach und rein gewesen war.

Renata befreite sich vom Gewicht ihres Liebhabers, suchte nach ihrem Umhang und hüllte sich darin ein, weil sie so schnell wie möglich von hier verschwinden wollte.

Das entging van der Walle nicht. »Willst du etwa ohne einen letzten Kuss entschwinden, meine Angebetete?«

Völlig leidenschaftslos presste Renata ihre zarten Lippen auf die des Mannes. Als der Flame mit seinen starken Armen ihre Hüfte an sich heranzog, konnte sie schon wieder seine Lust spüren. Sie versuchte, ihn sich mit einer Ausrede vom Leib zu halten: »Ich kann nicht länger bleiben. Wenn ich nicht vor neun Uhr zu Hause bin, wird es meinem Mann auffallen. Ich bin doch angeblich bei einer Freundin zu Besuch und habe ihm versprochen, mit ihm zu Abend zu essen. Wir sehen uns dann nächste Woche.«

Sie steckte sich die Haare hoch, hauchte van der Walle durch die Luft einen Kuss zu und stieg die Treppe hinauf. Auf dem Weg nach draußen würde sie wie üblich niemandem begegnen. Sie war dem Bankier jetzt seit vier Monaten ausgeliefert, und er hatte seitdem immer dafür gesorgt, dass sie ungestört blieben.

Renata verließ das Gebäude mit raschen Schritten und eilte die drei Straßen bis zu ihrem eigenen Wohnhaus entlang, einem etwas bescheideneren Prunkbau mit einer hübschen Fassade. Als sie durch den Spalt der angelehnten Tür im Salon Licht sah, wusste sie, dass ihr Mann zu Hause war. Vermutlich hatte er gerade ein geschäftliches Treffen. Renata trat nicht ein, um ihn zu begrüßen. Stattdessen huschte sie die Treppe hinauf in ihr privates Schlafgemach, weit weg von dem ihres Mannes, und schlug wütend und erniedrigt die Tür hinter sich zu. Sie streifte den Umhang ab und zog sich aus, bevor sie ein Tuch in der Waschschüssel benetzte und sich von oben bis unten damit abrieb. Nachdem sie endlich den Geruch des Mannes losgeworden war, dem sie sich gerade hatte hingeben müssen, kroch sie wieder einmal bitterlich weinend ins Bett.

Sie schluchzte in ihre weiche Decke und trocknete sich damit die Tränen, während sie fassungslos daran dachte, was aus ihr geworden war. Außer Don Lope kannte niemand die Wahrheit.

13

An Bord der Santa Ana, mitten auf dem Atlantik, Oktober 1474

Hugo kam es vor, als hätten sie seit Wochen oder gar Monaten kein Land mehr gesehen. Und noch immer steuerte der Bug der Santa Ana unablässig in Richtung Westen.

Hugo hatte immer noch nicht verstanden, wohin sie da eigentlich fuhren, was es auf sich hatte mit diesem Ort »weit weg von der kalten Küste Islands, an dem nur wenige Europäer je gewesen sind«. Das Schiff ließ sich von einer starken Meeresströmung mitziehen, die vor ein paar Jahren entdeckt worden war und die außer Obeko nur noch drei weitere baskische Reeder kannten.

In den Gewässern, die sie ansteuerten, waren Obeko zufolge die besten Wale zu finden, dazu schier unerschöpfliche Kabeljauschwärme. Der Weg in diese Fischgründe war jedoch schlimmer als eine Fahrt durch die Hölle. Während der letzten zwei Wochen waren sie von drei Stürmen mit eisigen Nordwinden heimgesucht worden. Während dieser Unwetter hatte die Besatzung die Segel einholen müssen, um sie nicht zu verlieren, und sich fast geschlossen mehrere Tage unter Deck gerettet. Die eisigen Temperaturen und der Mangel an Sonne führten zu ersten Frostbeulen und Lungenfieber.

Und am Morgen des dritten Oktober befürchteten dann viele, dass nun ihr Ende gekommen sei, als das bisher schlimmste Unwetter über sie hereinbrach.

Die Mannschaft kam mit dem Zerschlagen von Eis gar

nicht hinterher, da jede neue an Deck schwappende Welle sofort gefror. Inzwischen hatte sich der Umfang von Masten und Tauen durch die Eisschicht verdreifacht.

Gnadenlos trieb Kapitän Obeko die Männer bei ihrer scheinbar nutzlosen Arbeit an, weil er genau wusste, was das zusätzliche Gewicht des Eises für sein Schiff bedeutete. Die Santa Ana lag durch die unvorhergesehene Last gefährlich tief im Wasser.

Trotz der dicken Jacken, Handschuhe und für dieses Wetter präparierten Stiefel schien nichts die Männer an Bord aufwärmen zu können. Das Wasser kroch ihnen unter die Kleidung und gefror auf der Haut zu kleinen Kristallen.

Hugo konnte kaum noch seine Finger, geschweige denn seine Zehen spüren und hatte bei jedem Atemzug das Gefühl, dass statt Luft Tausende Nadelspitzen seine Lunge füllten. Immerhin war er durch seine jungen Jahre im Vorteil und litt unter der extremen Witterung nicht so sehr wie andere. Bei zwei der Matrosen hatte der eifrig die Messer schwingende Barbier drei Finger amputieren müssen, und man hatte einen der Lagerräume in ein notdürftiges Krankenlager verwandelt, in dem die schlimmen Lungenleiden behandelt wurden. Einer der Patienten war Azerwan, der zunächst an schweren Verdauungsstörungen gelitten hatte und jetzt von heftigem Fieber heimgesucht wurde.

Mit einer Spitzhacke ging Hugo auf eine Eisplatte los und zertrümmerte sie in tausend Stücke, die vom Wasser sofort zwischen seine Stiefel geschwemmt wurden. Dass Obeko ihm passende Kleidung gekauft hatte, hatte Hugo das Leben gerettet. Ohne diese Ausrüstung hätte er hier nicht einen einzigen Tag überlebt, dachte er, während die dröhnende Stimme des Kapitäns an sein Ohr drang.

»Verflucht, was seid ihr bloß für ein Haufen Mimosen! Ich will das Deck frei von Eis sehen, und zwar sofort!«

Hugo wandte sich zu ihm hin, um ihn zu betrachten. Die Hände am Steuer, ließ Obeko den Blick von einer Seite des Schiffes zur anderen gleiten. Er biss die Zähne aufeinander, aber in seinen Augen stand ein selbstsicherer Ausdruck, während alle anderen die Situation wohl längst für verloren hielten. Neben Hugo hielt ein um einiges jüngerer Bursche die eingeholten Segel von Eis frei. Beim Anblick seiner gefrorenen Wimpern und der blau angelaufenen Nasenspitze wurde dem Kastilier angst und bange.

»Geh lieber runter zum Barbier, damit er sich das einmal ansieht. Das sieht gar nicht gut aus.«

Er deutete auf das Gesicht des Schiffsjungen, als eine gewaltige Welle über sie hereinbrach. Im letzten Augenblick konnte Hugo sich an die Reling klammern, aber sein unglückseliger Kamerad wurde mitgerissen und verschwand aus seinem Gesichtsfeld. Noch während Hugo das ganze Deck erfolglos nach ihm absuchte, hörte er Hilferufe und warf einen Blick über die Reling. Da draußen kämpfte der Schiffsjunge gegen die wütenden, tödlichen Wellen und war schon halb im Wasser verschwunden.

»Mann über Bord!«, brüllte Hugo aus voller Kehle, während er ein Tau ausfindig machte und es über die Reling warf. Es war jedoch leider zu kurz.

Auf seinen Ruf hin waren mehrere Männer herbeigeeilt, zwei von ihnen mit ihren Harpunen. Sie schlangen sich deren Seile um den Arm und schossen die Pfeile in Richtung des Ertrinkenden ab, aber auch sie konnten den Unglückseligen nicht erreichen. Hugo sah, wie der Kopf des Jungen auf dem Wasser tanzte und immer wieder in den riesigen Wellen verschwand.

»Streif die Kleider ab, oder sie ziehen dich hinunter!«, rief einer der gerade Hinzugestoßenen.

Es war ein entscheidender Moment. Wenn der Schiffsjunge jetzt seine Sachen nicht auszog, würde der Ozean ihn verschlingen. Aber selbst wenn ihm das gelang, würde ihn die Wassertemperatur umbringen, wenn man ihn dann nicht sofort an Bord holte. Von der Strömung mitgezogen, pflügte das Schiff weiter durch den Ozean, und der junge Mann drohte zurückzubleiben. Irgendwann verschlang das Meer mit einer letzten Welle sein Opfer endgültig.

Starr vor Entsetzen sah Hugo zu, wie die anderen scheinbar ungerührt zu ihren Aufgaben zurückkehrten. Das Leben der Seeleute war eben hart. Der Tod reiste mit und konnte jeden Augenblick sein schreckliches Antlitz zeigen. Plötzlich wurde Hugo zum ersten Mal bewusst, dass auch er hier sterben könnte, und es lief ihm kalt den Rücken herunter.

Als er auf die zackigen Wellen dieses bedrohlichen Meeres hinuntersah, biss ihm der kalte Wind in die Wangen und zwang ihn, die Augen zu schließen. Hugo hatte sich noch nie in so großer Gefahr befunden. Er wusste nicht, welche Herausforderungen im Leben noch auf ihn warten würden. Aber genau hier, an der Grenze des für einen Menschen Erträglichen, schwor er sich, sich niemals unterkriegen zu lassen.

»Du da!«, brüllte Obeko, als er ihn reglos dastehen sah. »Wenn du nicht sofort weiter Eis zerschlägst, schneid ich dir deine gefrorenen Eier ab!«

Rasch machte sich Hugo wieder wie die anderen an die Arbeit. Er biss die Zähne zusammen und marschierte mit entschlossenen Schritten übers Deck.

Eine Stunde später ließ Obeko Hugo ablösen. Zusammen mit den anderen Seeleuten, die an Bord Kälte und Angst mit ihm geteilt hatten, durfte er sich unter Deck zurückziehen, um sich aufzuwärmen und zu Kräften zu kommen. Hugo hockte sich neben eine Öllampe, bis er seine Finger wieder spürte, und machte sich dann auf den Weg zu Azerwan.

Der Maure lag zitternd auf seinem Lager. Seine Haut war ganz trocken, und seine Augen lagen noch tiefer als sonst in ihren Höhlen, hatten jedoch ihr Leuchten nicht verloren. Hugo setzte sich an den Fuß seines Krankenbettes und reichte seinem Freund eine Tasse heiße Brühe. Azerwan probierte nur einen Schluck und gab ihm das Getränk dann zurück. »Und, wie sieht es da draußen aus?«

»Es ist das blanke Grauen, und das ist noch untertrieben. Wir haben einen der Schiffsjungen verloren, den aus Motriko mit den kurzen Haaren. Es war furchtbar. Eine Welle hat ihn einfach mitgerissen, und nur durch Gottes Beistand ist ihm keiner gefolgt.«

Hugo umklammerte die Tasse, um ihre Wärme aufzunehmen.

»Für solche Dinge hat Gott nun wirklich keine Zeit …«, erwiderte der Maure lakonisch.

Hugo dachte daran zurück, wie Azerwan bei der Schilderung seiner Flucht Allah erwähnt hatte. Er fand, dass es wohl keine bessere Gelegenheit geben würde, und fragte ihn nach der Bedeutung dieser Worte.

Azerwan hatte nichts dagegen, sie ihm zu erklären, nahm aber erst noch einen Schluck von der Brühe, weil sein Mund ganz trocken war. »Es gab da eine Frau, eine ganz unglaubliche Frau, die mir die Seele geraubt hat. Sie hieß Ubayda. Ich spüre ihre Gegenwart noch immer tief in meinem Inneren, obgleich ich sie selten erwähnte. Manchmal habe ich Angst, dass sich mit solchen Worten vielleicht ein Teil meiner Erinnerungen an sie verflüchtigt. Ubayda war wie der Wind über der Wüste – immer flüchtig, dabei manchmal wie eine zarte, warme Brise, manchmal so intensiv, dass sie einem den Verstand rauben konnte. Sie begegnete mir während meiner letzten Salzkarawane, einen Monat bevor ich alles hinter mir ließ, und fiel in mein Leben ein wie ein Sturm. Für mich war sie einfach alles, seit sich unsere Blicke zum ersten Mal trafen und sie entschied, ihr Los mit meinem zu vereinen, an meiner Seite zu bleiben und mir ihre Liebe zu schenken.«

Hugo lauschte den Worten seines Freundes so fasziniert, dass er nichts mehr vom Sturm draußen mitbekam. Azerwan erklärte ihm, dass Ubayda und er seit ihrer ersten Begegnung unzertrennlich gewesen waren.

Schon in der ersten Nacht hatte sich Ubayda ihm hingegeben und Azerwan für immer an sich gebunden. Ihm wurde klar, dass ihr brauner Leib das Wesen der Wüste in sich trug, weil er die Kühle ihrer Nacht und die Hitze ihrer langen Tage in sich vereinte. Sie brannten zusammen durch und suchten sich einen Ort, an dem niemand darüber urteilen würde, was sie sein und tun wollten. »In manchen Nächten haben wir uns einfach nur wortlos umarmt, haben uns stundenlang in die Augen gesehen, und so wurde einer zum Sklaven des anderen. Das war ein Monat unglaublichen Glücks, bis wir zu den Unseren zurückkehrten. Dort nahm mein Vater mich nach ein paar Tagen zur Seite, um mit mir zu sprechen.« Azerwan senkte die Stimme, damit die anderen Kranken nicht mithören konnten.

»Was ist dann geschehen?« Hugo wollte endlich wissen, wie es weiterging.

»Mein Vater war Sufi und hat auch seine Kinder als solche erzogen.«

Als er Hugos verständnislose Miene bemerkte, erläuterte Azerwan ihm diese Strömung des Islam. Ihre Vertreter sahen Gott in allem, was er erschaffen hatte, im Universum und in seinen Geschöpfen, in den Menschen und vor allem in der eigenen Seele, in der die Geheimnisse des Geistes hinterlegt waren.

»Er hat es selbst nie bis zum Sufimeister gebracht«, fuhr Azerwan fort, »es war aber sein großer Traum, und genau darin lag das Problem … In diesem Moment hat er mir nämlich eine Bitte vorgetragen, die ich ihm nicht abschlagen konnte: Ich sollte mich zum Sufimeister ausbilden lassen.«

»Ist das so etwas wie bei uns ein Priester? Und was war dann mit Ubayda?«

»Um das Geschehene zu begreifen, musst du zunächst wissen, dass das Leben in der Wüste seit Urzeiten von als ›Makarim‹ bezeichneten Gesetzen bestimmt wird. Diese Gesetze sind die Grundlage für Tugenden wie Großzügigkeit, Gehorsam, Loyalität und Ausgeglichenheit, die uns Beduinen auszeichnen. Man soll Unerschütterlichkeit angesichts von Herausforderungen und Geduld im Unglück zeigen. Unseren Regeln entsprechend konnte ich in diesem Moment also nichts anderes tun, als zu gehorchen.« Tiefe Traurigkeit legte sich über Azerwans Miene. »Und als ich Ubayda davon erzählt habe, wollte sie mich nicht mit Allah teilen, obwohl Sufimeistern die Ehe erlaubt ist.« Schmerz vernebelte seinen Blick. »›Wir haben doch nur ein Paar Augen‹, hat sie zu mir gesagt. ›Und wenn deine mit unendlicher Liebe Allah betrachten, sind sie nicht auf mich gerichtet. Dabei will ich sie doch ganz für mich allein.‹ Und dann hat sie mich verlassen, Hugo. Ich habe nie wieder etwas von ihr gehört, obwohl ich sie ohne Unterlass gesucht und überall nach ihr gefragt habe.«

Azerwan tat Hugo leid, weil die Qual ihn zu zerreißen drohte, wie seine Blicke und Gesten nur zu deutlich zeigten. Der junge Mann konnte sich das Ende der Geschichte schon vorstellen, obwohl er hoffte, es aus Azerwans Mund zu hören.

»Nachdem es wochenlang keine Neuigkeiten von ihr gab, habe ich meinen Entschluss gefasst. Ich wollte nichts mehr von Allah wissen, weil er mir Ubayda geraubt hatte. Deshalb habe ich den von meinem Vater vorgezeichneten Weg und meine Heimat endgültig verlassen, um überall nach Ubayda zu suchen. Ich bin Karawanen gefolgt, bin durch Städte gereist und habe jeden gefragt, dem ich begegnet bin, aber niemand konnte mir irgendeinen Hinweis geben. Bei meiner verzweifelten Suche habe ich schließlich das Meer erreicht, war aber am Ende meiner Kräfte und ohne jede Hoffnung. Hinter mir lag der Schmerz, und vor mir das Nichts, der unbekannte Ozean. Weil ich nicht mehr wusste, wohin ich mich wenden und was ich tun sollte, habe ich beschlossen, an seinen Ufern auf den Tod zu warten. Tagelang habe ich nichts weiter getan, als mein Schicksal zu beweinen, bis ich vor Hunger und Durst das Bewusstsein verloren habe. In diesem Zustand haben mich Sklavenhändler gefunden und gefangen genommen. Ich hatte nun nicht mehr nur meine Geliebte und den Sand des Südens verloren, sondern auch meine Freiheit.«

Hugo schwieg, weil er sich in Gedanken immer noch in der Wüste befand, die die Geburt und den Tod einer großen Liebe mit angesehen hatten. Es erschien ihm, als würde er die Qual seines Freundes am eigenen Leib miterleben. Gleichzeitig wurde er daran erinnert, dass er ebenfalls seinen Vater im Stich gelassen hatte. Auch er befand sich auf diesem eisigen Meer, so rau und gefährlich, weit weg von zu Hause.

Es waren keine Worte nötig, als die beiden Männer einander ansahen.

Ein paar Minuten später kam Azerwan eine Geschichte in den Sinn, die ihm in diesem Moment passend erschien: »Eine Frau und ihr einziger Sohn lebten oben auf einem Hügel, eines Tages starb das Kind jedoch an einem Fieber. Von Gram gebeugt, schrie die Frau den anwesenden Arzt an: ›Ich muss wissen, was ihn derart geschwächt hat, dass er sein Leben verloren hat!‹ Der Arzt antwortete: ›Es war das Fieber.‹ Die Mutter fragte, was genau denn Fieber sei, und der Arzt sagte: ›Das kann ich dir nicht erklären. Es ist etwas winzig Kleines, was unseren Körper heimsucht und mit dem menschlichen

Auge nicht zu erkennen ist.‹ Irgendwann ging der Arzt, doch die Mutter wiederholte immer wieder: ›Etwas winzig Kleines, was mit dem menschlichen Auge nicht zu erkennen ist.‹ Am Abend kam ein Geistlicher, um der Frau Trost zu spenden. Sie weinte und schrie: ›Oh, warum habe ich nur meinen Sprössling, meinen einzigen Sohn, verloren?‹ Der Geistliche antwortete: ›Mein Kind, es war Gottes Wille.‹ ›Was ist Gott, und wo ist er?‹, fragte sie. ›Ich will Gott gegenübertreten, mir die Brust aufschlitzen und zu seinen Füßen das Blut meines Herzens vergießen. Sag mir, wo ich ihn finden kann!‹ ›Gott ist unendlich groß‹, antwortete der Geistliche. ›Er ist mit dem menschlichen Auge nicht zu erkennen.‹ ›Also hat etwas winzig Kleines meinen Sohn getötet, weil es der Wille von etwas unendlich Großem war!‹, stöhnte die Frau. ›Dann sag mir doch, was wir sind.‹ In diesem Moment trat die Mutter der Frau mit dem Leichentuch des toten Kindes ein, hörte die Worte des Geistlichen und das Weinen ihrer Tochter. Sie hüllte ihren Enkel in das Tuch, griff dann nach der Hand ihrer Tochter und sagte: ›Mein Kind, *wir* stellen das winzig Kleine und das unendlich Große da. In Wirklichkeit sind wir der Pfad, der beides verbindet.‹«

Langsam hatte Azerwan ein wenig Farbe bekommen und sah schon etwas ruhiger aus. Er seufzte und blickte dann Hugo an, der aus dieser Geschichte seine eigenen Schlüsse zog.

»Zwischen dem Willen deines Allahs oder meines Gottes und den scheinbar kleinen Dingen, die unser Schicksal bestimmen, stehen wir selbst. Und wir legen einen Weg zurück, von dem wir nicht so genau wissen, wohin er uns führt. Bis schließlich jemand erscheint, der uns als Wegweiser dient.« Einen Moment lang schaute Hugo seinen Freund schweigend an. »Azerwan, so langsam glaube ich, dass du wohl dieser Wegweiser für mich bist.«

14

Familienresidenz von Sancho Ibáñez, Burgos, Oktober 1474

Berenguela weinte ohne Unterlass, während ihre Zofe María die Truhen füllte. Ihre Hochzeit in der Kathedrale von Burgos lag kaum vierundzwanzig Stunden zurück, und noch vor dem Mittag würde sie ihr Elternhaus und ihr bisheriges Leben für immer zurücklassen, um sich zusammen mit ihrem Ehemann, Damián de Covarrubias, auf den Weg nach Brügge zu machen.

Heute Morgen hatte die junge Frau mit Damián zusammen gefrühstückt, und jetzt musste er noch letzte Details klären, was die Fahrt in der Kutsche anging.

Die vergangene Nacht war Berenguela endlos erschienen. Mit geheuchelter Hingabe, aber ohne jede Leidenschaft hatte sie ihre Jungfernschaft an einen Mann verloren, den sie sich nicht ausgesucht hatte

Noch an der Tür der Kirche hatte sie am Arm ihres Vaters bis zur letzten Sekunde auf ein Wunder gehofft: darauf, dass Hugo erscheinen und mit ihr fliehen würde. Aber das war nicht geschehen.

Mit gebrochenem Herzen schritt sie schwankend den Mittelgang entlang bis zum Betstuhl, wo Damián auf sie wartete. Der Weg erschien ihr unendlich. Wie sehr sich all dies von der Zeremonie unterschied, die sie sich in ihrer Fantasie tausendmal ausgemalt hatte! Wie viel Scheinheiligkeit in ihrem Blick gelegen hatte, als sie ihrem Bräutigam während der

Segnung in die Augen gesehen hatte, und wie viel Heuchelei danach in ihren Küssen!

Untröstlich dachte Berenguela an all dies zurück. Sie klammerte sich an den einzigen Gedanken, der ein wenig Licht in die Dunkelheit brachte. Dieser Lichtblick trug den Namen Hugo. Aber er bot ihr nur wenig Trost, weil sie ja immer noch nichts von ihrem alten Freund gehört hatte.

Und so wandte sich Berenguela an Gott und bat ihn um Stärke, mit der sie ihre Gedanken nähren und ihre Ehe überstehen wollte. Obwohl sie zu dieser Verbindung gezwungen worden war und ihren Ehemann verabscheute, erwarteten alle von ihr, dass sie ihm schnell ein Kind gebar.

Um all dies erdulden zu können, würde sie Gott ihre Sorgen und zerbrochenen Träume anvertrauen; sie brauchte seinen Beistand.

Das Reisegepäck war gerade fertig gepackt, als Damián ins Zimmer stürmte. »Es ist alles bereit, mein Schatz.«

Er umfing ihre Taille und küsste sie auf die Lippen. Als er sich wieder von ihr löste, wäre er beinahe über Canelilla gestolpert. Wieder einmal starrten sich Damián und die Katze argwöhnisch an.

»Ich hätte gerne noch ein paar Minuten Zeit, um mich von meinen Eltern zu verabschieden.«

»Selbstverständlich. Ich warte unten auf dich«, antwortete der junge Mann beflissen.

Berenguela betrachtete sich ein letztes Mal in ihrem Schlafzimmerspiegel und musste zugeben, dass María wirklich gekonnt ihre geröteten Lider überschminkt hatte. Ihre Traurigkeit konnte jedoch nichts so einfach übertünchen.

»Herrin, Ihr solltet wirklich eine andere Miene aufsetzen. Seht es doch einmal so: Viele Frauen wären hingerissen von einem so galanten und stattlichen Mann wie Don Damián … Außerdem wird es Euch bei ihm nie an etwas fehlen.«

María steckte Berenguela die Haare mit einem Schleier hoch und schnürte dann ihr Mieder, um ihre Brüste zur Geltung zu bringen. »Vielleicht ist er nicht der Mann Eurer Träume, aber durch das tägliche Zusammenleben gewinnt Ihr ihn doch sicher noch lieb.«

»Vielleicht hast du recht. Die Zukunft hält für mich viele Ungewissheiten bereit. Wir werden sehen, Gottes Wege sind schließlich unergründlich.«

Berenguela fand ihre Eltern im Salon, wo Don Sancho an seinem Schreibtisch vor jeder Menge Papieren saß. Doña Elvira nähte, sprang bei Berenguelas Eintreten jedoch mit traurigem Blick auf, um sie zu umarmen. Die Mutter gab der Tochter noch ein paar letzte Ratschläge mit auf den Weg, benetzte ihre Wangen mit Tränen und versprach ihr, sie so bald wie möglich zu besuchen. Ihr Abschiedsschmerz tat Berenguela in der Seele weh.

Ganz anders war es bei ihrem Vater. Er drückte Berenguela nur einen flüchtigen Kuss auf die Stirn und flüsterte ihr eine scharfe Bemerkung ins Ohr: »Enttäusch mich nicht!«

Die Reise in der Kutsche bis zum Hafen von Santander dauerte achtunddreißig Stunden. Unterwegs würden sie bei zwei Zwischenhalten die Pferde wechseln und eine Übernachtungspause einlegen. Damián tat während der Fahrt alles nur Erdenkliche, damit sich Berenguela entspannte und wohlfühlte. Nachdem er sie umschmeichelt und ihr versichert hatte, wie schön sie doch sei, suchte er immer wieder ihre Lippen und bedachte sie mit diskreten Zärtlichkeiten, bedrängte sie dabei aber nicht. Ihretwegen ertrug er sogar Canelilla zu seinen Füßen.

Als sie schließlich im schmalen Bett des Gasthofs lagen, forderte Damián von seiner Frau ihre ehelichen Pflichten ein. Doch selbst hier ging er mit großem Fingerspitzengefühl vor, weil Berenguela schließlich wenig Erfahrung in den Künsten der Liebe hatte.

Dann bestiegen sie das Schiff, und in der kargen Kajüte wurde ihr Liebesleben mit zunehmender Vertrautheit intensiver. Berenguela war erschöpft, weil Damián sie kaum zur Ruhe kommen ließ, dabei träumte sie doch insgeheim von einem anderen Mann. So verstrichen die Tage an Bord, und Berenguela hatte nur selten Gelegenheit, an Deck zu gehen und sich dort von der frischen Brise des Meeres trösten zu lassen.

Nach sieben Tagen Überfahrt, fünf Tage vor dem Eintreffen am Ziel, zog ein heftiger Sturm auf, von dem Damián furchtbar seekrank wurde. Endlich sah sich Berenguela von seinen Nachstellungen befreit.

Der Kapitän riet ihr wegen heftiger Böen und hoher Wellen zwar davon ab, Berenguela wollte sich aber unbedingt an Deck den frischen Wind um die Nase wehen lassen. Schließlich setzte sie sich durch, musste allerdings als Begleitung den Zweiten Offizier akzeptieren, wenn sie denn unbedingt den wütenden schwarzen Ozean bewundern wollte. Sie umklammerte mit beiden Händen die Reling des Vorderschiffs und schien es nicht schlimm zu finden, dass ihr die Gischt ins Gesicht klatschte und sie am Ende ganz nass und durchgefroren war. Ihre erste Schiffsreise wollte sie mit allen Sinnen erfahren. Als eine Frau, deren Körper einem ungeliebten Ehemann gehörte, war dieser Guss frischen Salzwassers wie ein Geschenk für ihre Haut, die stunden- und tagelang Damiáns Zärtlichkeiten hatte ertragen müssen.

»Meine Dame, ich muss Euch in Erinnerung rufen, dass Ihr hier in Gefahr seid!«, protestierte ihr Begleiter erneut. »Hört bitte auf mich und kehrt in Eure Kajüte zurück!«

Berenguela schenkte ihm ein süßes Lächeln, strich sich das feuchte Haar aus dem Gesicht und bat ihn um eine weitere Minute hier draußen.

In diesem Moment unerwarteter Freiheit fragte sie sich, wie sich ihr Leben bloß in den nur fünf Monaten, die seit ihrem Abschied von Hugo verstrichen waren, so komplett hatte verändern können. Sie konnte immer noch nicht fassen, dass sie jetzt eine verheiratete Frau war. Eigentlich sollte sie doch nur ihren Ehemann im Sinn haben, ihn umhegen, respektieren und lieben, ihm bald Nachwuchs schenken. Aber ihr drehte sich der Magen um, wenn sie nur daran dachte.

Den Blick auf den Horizont gerichtet, ließ sich Berenguela von einem heftigen Windstoß durchschütteln. Die Bö riss ihre dunklen Gedanken mit, die jetzt von der Erinnerung an Hugo ersetzt wurden, ihre einzige Liebe.

Sie schloss die Augen und dachte daran zurück, wie oft sie vor dem Spiegel in ihrem Kinderzimmer den ersten Kuss mit Hugo geübt hatte, zu dem es dann nie gekommen war. Sie hatte Blicke und Gesten ausprobiert, mit denen sie ihm ihre Liebe ausdrücken wollte. Und sie hatte sich gefragt, wie sich seine Zärtlichkeiten anfühlen würden, welch ein Genuss es wohl sein musste, sich mit Leib und Seele von ihm geliebt zu fühlen.

In der kalten Abendluft zitterte Berenguela in ihrem feuchten Kleid, während ihr immer noch tausend Fragen über ihre momentane und zukünftige Lage durch den Kopf gingen. Würde sie sich mit Damián arrangieren können, auch wenn sie sich selbst dafür Tag für Tag anlügen musste? Würde sie je dazu in der Lage sein, bei ihm Lust zu empfinden? Würde es ihr gelingen, ihr Herz für Hugo zu bewahren? Und würde sich womöglich etwas ändern, wenn sie ein Kind unter dem Herzen tragen würde? Würde sie ihre Beziehung zu Damián dann anders sehen?

Auf all diese Fragen fand Berenguela keine Antwort. Ihre Grübelei wurde unterbrochen, als sich der Offizier schließlich weigerte, sie länger hier draußen am Bug stehen zu lassen, wo sie dem Zorn der Winde ausgesetzt war. Trotz ihrer Proteste zerrte er sie mit zum Unterdeck, wo ein bleicher Damián auf sie wartete.

»Mein Schatz, es tut mir leid, dass ich dich nicht begleiten konnte. Aber es geht mir wirklich schlecht.«

Erleichtert zog sich Berenguela hinter einen Paravent zurück, wo sie die nassen Kleider abstreifte und sie durch leichtere, trockene ersetzte. Ihre Haut roch nach Salz und Meer, und sie sog das Aroma in sich auf. Für sie war es der Duft der Freiheit, ihres einzigen kurzen Moments der Freiheit seit ihrer Hochzeit.

»Keine Sorge«, sagte sie zu Damián, »ruh du dich einfach aus.«

Als sie Canelilla in einer Ecke entdeckte und streicheln wollte, machte ihr die Katze unmissverständlich klar, dass ihr danach gerade nicht der Sinn stand. Deshalb ließ Berenguela sie lieber in Ruhe und setzte sich vor den einzigen Spiegel in der Kajüte, um sich das vom Wind zerzauste Haar zu entwirren. Die ersten Bürstenstriche waren schmerzhaft, noch mehr trafen sie jedoch die Worte ihres Mannes, der auf dem Bett lag: »Ja, ich werde auf dich hören und mich ausruhen, damit wir bald wieder unsere Ehe genießen können.«

Als sie von Bord des Schiffes gingen, warteten an Land eine Kutsche für das junge Ehepaar und zwei Karren für das Gepäck und Berenguelas geliebte Zofe María.

Die Ankunft in Brügge war eine echte Überraschung für Berenguela, die noch nie so eine bezaubernde Stadt gesehen hatte.

Um die Mittagszeit überquerten sie einen riesigen Platz, der im Osten und Süden von Häusern mit treppenstufenartig zulaufenden Dächern gesäumt war. Im Norden und Westen waren zwei majestätische Gebäude zu sehen, eins davon mit einem prächtigen Turm. Damián erklärte seiner Frau, dass es sich um den Marktplatz handelte.

Darauf folgte ein weniger weitläufiger, aber noch schönerer Platz mit einer stillen kleinen Kirche. Als Berenguela erfuhr, dass darin ein Fläschchen mit dem Blut Jesu Christi aufbewahrt wurde, wollte sie es sich nicht nehmen lassen, der Reliquie ihre Aufwartung zu machen. Sie hielt die Kutsche an und betrat das Gotteshaus, wo sie ergriffen den Herrn um die nötige Kraft für das Leben bat, das ihr bestimmt war.

Nach einer Fahrt durch eine enge Gasse und über eine Brücke, die sich über einen Kanal erstreckte, hielt die Kutsche schließlich vor den Türen eines wunderschönen Gebäudes.

»Willkommen im Schildpadhuis, dem Schildkrötenhaus.« Damián half seiner Frau aus der Kutsche und wollte sie am Arm bis zu ihrem neuen Domizil geleiten, aber sie trat lieber auf die Mitte des kleinen Platzes, der von nur vier Gebäuden umstanden wurde. Von hier aus konnte sie ihr neues Zuhause im Ganzen betrachten. Es war aus rotem Backstein und hatte im ersten Stock drei große Fenster, zwei rechteckige Fenster im zweiten und ein rundes im dritten Stock unter dem Dach.

Vor jedem Fenster hingen zwei oder drei Blumentöpfe mit roten Blumen, die Berenguela nicht kannte. Sie sog die Luft ein und fragte sich, wie sich ihr Leben hier wohl entwickeln würde.

Damián trat an sie heran.

»Diese Stufendächer gefallen mir gut«, sagte Berenguela. »Wirklich ungewöhnlich.«

»Sie sind typisch für diese Gegend und haben außerdem eine erstaunliche Bedeutung: Sie gelten als Zeichen von Reichtum. Je mehr Stufen man zählt, desto wohlhabender sind die Bewohner. Schau, während manche nur drei oder vier haben, verfügt unser Haus über ganze sechs. Das ist doch wohl ein gutes Zeichen, oder?« Damián drückte ihr einen Kuss auf die Wange. »Oh, und wenn du genau hinsiehst, erkennst du unter dem obersten Fenster vielleicht die kleine steinerne Schildkröte, die dem Haus seinen Namen gibt. Im Inneren gibt es noch mehr von diesen Figuren, die wirst du schon noch entdecken. Wusstest du, dass Schildkröten sehr alt werden, manche über hundert Jahre? Ob unsere Liebe wohl auch so lange andauert?« Verschwörerisch sah er sie an und bot ihr seinen Arm.

Berenguela war immer noch ganz überwältigt von all der Pracht ihres neuen Wohnhauses. Plötzlich fragte sie sich, ob ihr Leben an so einem schönen Ort vielleicht doch besser werden könnte als erwartet. »Wir werden sehen …«, murmelte sie ohne große Begeisterung und setzte sich in Bewegung, um das Haus von innen kennenzulernen.

Ihr positiver erster Eindruck wurde nach dem Durchschreiten der Eingangstür nicht enttäuscht. Während sie einen nach dem anderen die einzelnen Räume des Hauses inspizierte, wuchs ihre Überraschung von Mal zu Mal. Canelilla stolzierte neben ihr her und betrachtete alles interessiert.

Sie gingen einen engen Flur entlang, dann öffnete Damián auf der rechten Seite eine elegante, mit Schnitzereien verzierte Holztür, hinter der sich ein weitläufiger Salon mit Blick auf den Platz verbarg. Berenguela bewunderte den marmornen Kamin, in dem bereits Scheite brannten, und die prächtigen Bodenteppiche. An den Wänden hingen zwei enorme Wandteppiche: einer mit Blumenmotiven und ein anderer mit einer Jagdszene. Im hinteren Bereich des Erdgeschosses befanden sich die Küche und mehrere Vorratsräume. Auf dem Weg dorthin stellte Damián ihr das Personal des Hauses vor, das aus sechs Bediensteten bestand.

Allerdings hatte Berenguela große Probleme, ihre Namen zu verstehen, und erst recht ihre merkwürdige Sprache. Das einfache Volk der Stadt sprach Brugs, das dem Deutschen ähnelte, während Adelige, Kaufleute und Vertreter der Behörden üblicherweise die französische Sprache wählten, mit der Berenguela vertrauter war.

Im ersten Stock befanden sich die Schlafräume. Die der Eheleute waren durch eine Tür miteinander verbunden, und für Berenguela hatte man das schönste und am besten gelegene hergerichtet, das über eines der großen Fenster verfügte. Berenguela betrachtete das beeindruckende Himmelbett, setzte sich einen Moment und bemerkte, wie bequem die daunengefüllte Matratze war. Dann schaute sie sich um und stellte fest, dass die ganze Einrichtung – Kleidertruhen, Spiegel, Waschschüsseln und -krüge und die wertvollen Lampen und Kohlebecken – von bester Qualität war. Bislang war hier alles ganz nach ihrem Geschmack.

Im obersten Stockwerk befand sich der frühere Kornspeicher, der inzwischen in acht Schlafzimmer für das Dienstpersonal unterteilt war. Diese Räume gehörten zu den kühlsten im ganzen Haus, und Berenguela erschauerte bei ihrer Besichtigung.

Damián legte ihr einen Umhang um die Schultern und drückte ihr mit glücklichem Gesichtsausdruck einen Kuss auf die Stirn. Für den frischgebackenen Ehemann war es dreifach befriedigend, hier mit seiner jungen Angetrauten eingetroffen zu sein. Endlich konnte er die prachtvolle Residenz der de Covarrubias' in Brügge beziehen und würde in dieser Stadt voller Edelmänner und reicher Kaufleute als einer der ihren angesehen.

Außerdem genoss er es, eine Frau an seiner Seite zu haben, die mit Sicherheit unter den Gattinnen der feinen Gesellschaft Brügges Aufsehen erregen würde.

Und schließlich durfte man nicht vergessen, dass er mit alldem seinen Stiefbruder Hugo ausgestochen hatte. Damián platzte fast vor dreifachem Stolz.

Bevor sie fürs Abendessen nach unten zurückkehrten, gingen sie noch kurz in ihre Schlafgemächer, um die Reisekleidung abzulegen und etwas Eleganteres anzuziehen. Da sich Damián ihr gegenüber so zuvorkommend zeigte, bat Berenguela ihn um Hilfe mit ihrem unbequemen Mieder, weil sie deswegen nicht extra ihre Zofe rufen wollte.

Ihr Mann half gerne, nutzte die Gelegenheit dann aber aus, um ihre zarten Brustwarzen zu berühren.

Berenguela ließ ihn gewähren. Sie schloss die Augen, als sie seinen Atem an ihrem Hals spürte, seine Finger unter ihr Hemd wanderten und er ihr einen leidenschaftlichen Kuss auf die Lippen drückte.

»Wollen wir das neue Haus gleich einweihen?«, fragte Damián und deutete aufs Bett.

»Ehrlich gesagt, bin ich ja ein bisschen müde.«

»Du brauchst auch gar nicht viel zu tun. Leg dich einfach hin, ich übernehme gern die Initiative.«

15

An Bord der Santa Ana, Achterschiff, Oktober 1474

Obeko ließ eine Hand auf dem Steuerruder ruhen, während er sich mit der anderen die vierte Flasche Apfelwein an die Lippen setzte. Es war kalt, aber erträglich, seit sie die eisigen Winde der letzten Tage überstanden hatten. Durch die zahllosen Sterne am klaren Himmel hatte man einen guten Blick auf die gefrorene Oberfläche des Meeres.

»Du kannst wohl nicht schlafen, was?«, sagte er, als er Hugo herbeikommen sah.

»Nein, das kann niemand. Jedes Mal, wenn eine dieser Eisplatten zerspringt und die Stücke außen am Schiff entlangschrammen, bringt mich das Knirschen und Knacken fast um den Verstand.«

Obeko musste zugeben, dass die Überfahrt wirklich sehr hart war, hatte aber auch eine gute Nachricht: »Morgen kommt wieder Land in Sicht, wahrscheinlich gegen Mittag.« Er rülpste laut. »Ich scheiß auf dieses verfluchte eisige Meer und alle Fische, die darin schwimmen! Es wird Zeit, dass wir unser Ziel endlich erreichen!«

Hugo betrachtete den Kapitän neugierig. Sie befanden sich seit drei Monaten an Bord desselben Schiffes, hatten bislang aber kaum Gelegenheit gehabt, einander besser kennenzulernen.

Obeko schien dasselbe durch den Kopf zu gehen, denn jetzt begann er unaufgefordert zu erzählen. »Ich muss zugeben, dass ich trotz aller Widrigkeiten gern zur See fahre …« Seine Augen leuchteten beim Blick auf den Horizont auf. »Wale fangen muss ich, um mir den Lebensunterhalt zu verdienen. Aber es gibt nichts, was mit dem Kampf gegen diese ungezügelte Naturgewalt vergleichbar ist. Der raue Ozean war für mich schon seit unserer ersten Begegnung eine Herausforderung. Das Meer hat seine eigenen Gesetze und zerstört alle, die sie nicht befolgen. Darin ähnelt es den Frauen meiner Heimat: Sie sind sanft, wenn man sie streichelt, aber wild und unberechenbar, wenn du ihnen zu nahe kommst. So war meine Ainhoa, im Zorn schlimmer als eine Sturmbö, sonst aber süßer als der köstlichste Kuchen, mein Junge … Sie ist schuld daran, dass ich mich dem Meer verschrieben habe, weil sie sich für einen Kerl entschieden hat, der viel mehr Geld hatte als ich. Ich weiß nicht, ob es in deinem Leben auch so eine Frau wie Ainhoa gibt. Wenn dem so ist, dann vernachlässige sie bloß nicht. Nachdem wir uns unsere Liebe gestanden hatten, dachte ich nämlich, dass ich nicht mehr viel zu tun brauchte. Deshalb habe ich diese Liebe nicht genährt, ihre bröckelnden Stellen nicht gekittet, sie nicht gepflegt. Und dann hat sich ein anderer Ainhoa geschnappt. Einer, der vermutlich nicht so ein Grobian war wie ich …«

Obeko öffnete eine weitere Flasche Apfelwein und reichte sie Hugo, der einen tiefen Schluck nahm. Lange stand er schweigend da, während er den säuerlichen Geschmack auf seiner Zunge spürte. »Frauen sind einfach ganz anders als wir …«

»Natürlich! Ehrlich gesagt, finde ich es leichter, das Meer in all seiner Unvorhersehbarkeit zu verstehen als das, was im Kopf dieser Frau vor sich geht. Und das Meer hat mich noch nie verlassen«, versetzte Obeko.

»Verlassen wird es uns vielleicht nicht, seine Umarmung kann uns aber in den Tod reißen«, wandte Hugo ein. »Wir sind riesigen Eisbergen ausgewichen, haben unglaubliche Stürme überstanden, und die Santa Ana hat dabei weit mehr Wasser geschluckt, als eigentlich in ihren Frachtraum passt. Da frage ich mich schon, ob Ihr denn keine Angst habt, für immer vom Meer verschlungen zu werden.«

Obeko lächelte und spuckte über die Reling. »Vor dem Meer muss man immer Angst haben, mein Junge. Glaub mir, ich hab sie nie abgelegt. Allerdings werden wir vom Schicksal geführt, und nicht umgekehrt. Wenn dieser oder ein anderer Ozean mich zu sich rufen will, gebe ich mich seinen Tiefen gerne hin. Wer hat mich denn weit weg von meiner Heimat in den Bergen geführt? Das Schicksal, auch wenn es den Namen einer Frau getragen hat. Ach du Scheiße, ich hör mich schon an wie ein Philosoph!« Er lachte über sich selbst, doch seine Überlegungen erfüllten die Stille, bis sie geräuschvoll gegen die nächste Scholle prallten.

Als das schrille Kreischen von Eis auf Holz verklungen war, sagte Hugo: »Wollt Ihr mir damit vielleicht sagen, dass ich in meiner Vergangenheit suchen muss, um meine Zukunft zu sehen? Aber was, wenn in meiner Vergangenheit dunkle Schatten lauern?«

Obeko erschien dies der passende Moment, um Hugo eine Frage zu stellen, die ihn schon lange beschäftigte: »Wovor fliehst du eigentlich, verdammt? Und damit meine ich nicht diese Männer, die hinter dir her waren!«

Der junge Mann schluckte und wusste nicht genau, wie er die Antwort darauf formulieren sollte. »Ich fliehe vor einem Satz …«, sagte er schließlich.

»Na, du hast vielleicht Nerven, Junge! Kannst du dich nicht klarer ausdrücken?«

»Den habe ich gehört, kurz bevor ich bei Euch an Bord ging. Er kam aus dem Mund meines Vaters und hat mich tief getroffen.«

Erwartungsvoll sah Obeko ihn an.

»›Hugo, du bist ein Versager‹, hat er zu mir gesagt.«

»Verstehe«, murmelte Obeko.

»Das war ich offensichtlich schon von Kindesbeinen an. Mein Vater hat nur in Worte gefasst, was ich von klein auf gelebt habe.«

Hugos Miene war bitter. »Ich habe die in mich gesetzten Erwartungen noch nie erfüllt, deshalb hat mein Vater die Achtung vor mir verloren, und meine Stiefmutter hat mich stets mit Geringschätzung behandelt. Ersteres schmerzt mich, Letzteres nicht so sehr. Am schlimmsten ist aber, dass ich selbst nicht verstehe, warum ich mich eigentlich immer vor meinen Aufgaben gedrückt und nie getan habe, worum man mich bat ...« Sein Blick wanderte vom Giekbaum in eine ferne Vergangenheit voller verschwommener Bilder. »Im Nachhinein kommt es mir vor, als sei das ein Reflex gewesen, als habe sich mein innerstes Wesen dagegen aufgelehnt, in eine vorgegebene Form gepresst zu werden. Offensichtlich wollte ich immer anders sein, und dieser innere Antrieb hat mich gegen meine Familie und alles aufgestachelt, was das Schicksal für mich vorgesehen hatte.«

»Das verdammte Schicksal ... Siehst du, da ist es schon wieder«, warf Obeko ein. »Ich sehe auf diesem Schiff allerdings nicht den Hugo, den du da beschreibst, sondern nur einen guten Mann, der ehrlich ist und hart arbeitet.«

Hugo zuckte mit den Achseln.

»Hier muss sich jeder auf jeden verlassen können«, fuhr Obeko fort, »das wirst du schon noch merken, wenn wir erst die Fanggründe erreichen, und erst recht bei der Waljagd. Bei so einer Aufgabe müssen wir unsere Kräfte vereinen. Während meiner Fahrten als Kapitän wollte das der eine oder andere Matrose einfach nicht begreifen und dachte, dass auf See und an den Netzen jeder auf sich allein gestellt sei. Aber mit denen hat es immer ein schlimmes Ende genommen, sie sind fast alle dabei umgekommen, bis auf einen, der Glück hatte und den ich bei einem Zwischenhalt in einem Hafen noch rechtzeitig zum Teufel jagen konnte. Anders ausgedrückt: Dein Schicksal bestimmst hier nicht ausschließlich du, weil es in der Hand von vielen liegt … Verstehst du das?«

»Ich glaube ja, Kapitän.«

»Hör also auf mich und stell dich deiner Zukunft nicht allein. Lass dir dabei helfen, das Schiff deines Lebens in die richtige Richtung zu lenken. Wenn du jetzt nicht das Ruder in die Hand nimmst, wirst du den Weg niemals finden, so wie es mir damals bei Ainhoa passiert ist.«

Hinter ihm brach der Morgen an. Schon die Nacht war atemberaubend gewesen, aber nun legten sich Schattierungen von Gelb und Gold über die Wasseroberfläche, während sich am Himmel jeder nur erdenklichen Blauton zeigte.

In diesem stillen Augenblick der Schönheit kam Hugo Azerwans Geschichte in den Sinn. »Kapitän, ich möchte Euch gern noch eine Frage stellen, die mir sehr wichtig ist.«

»Spuck's aus, Junge.«

»Als sich diese beiden Matrosen gegenseitig umgebracht haben, habt Ihr Azerwan und mir eine neue Aufgabe übertragen. Wir sollen an einem Stützpunkt, den wir ansteuern, ein Jahr lang Gebäude errichten. Die Einzelheiten interessieren mich im Moment nicht so sehr, eins jedoch schon: Bekomme ich dafür vielleicht mehr Heuer? Und wie viel müsste ich Orti eigentlich zahlen, wenn ich Azerwan freikaufen wollte?«

Obeko wusste die Großzügigkeit des jungen Mannes zu schätzen, musste ihm aber einen Dämpfer versetzen und ihm erklären, dass er nicht einmal genug Geld zusammenbekommen würde, wenn er vier Jahre hintereinander dortbliebe. Er nahm an, dass Orti für Azerwan etwa dreihundertvierzig Golddublonen verlangen würde. Hugo aber würde, so erklärte ihm Obeko, für seinen Aufenthalt am Stützpunkt fünfundsiebzig Dublonen bekommen, dazu noch die vierzig Dublonen seiner normalen Heuer.

Hugo nahm die Nachricht mit hängendem Kopf entgegen, was Obeko nachdenklich stimmte. Es gefiel ihm nämlich, was sich der junge Mann da vorgenommen hatte. Azerwan hatte seinen Respekt gewonnen, nicht nur durch seine harte Arbeit, sondern auch durch seine faszinierende Persönlichkeit. Außerdem widerte Obeko die Sklaverei an, und das hatte er dem Patron auch klipp und klar gesagt. Allerdings konnte der Kapitän selbst für Azerwan wenig tun. Das Schiff gehörte nun einmal Orti, und dieser hatte fast allein die Mittel für die Finanzierung dieser Fahrt aufgebracht.

Da kam Obeko jedoch eine Idee. »Ich rede mal mit Orti, damit er selbst die fünfundsiebzig Dublonen einbehält, die Azerwan für seine Arbeit am Stützpunkt bekommen würde, und sie vom Kaufpreis abzieht. Ich weiß nicht, ob er sich darauf einlassen wird. Aber auf eins können wir immerhin zählen, nämlich auf seine Raffgier. Überlass das mir, ich überlege mir was, um ihn zu überzeugen.«

»Dafür bin ich Euch zwar dankbar, trotzdem wäre ich immer noch weit davon entfernt, die verlangte Summe aufbringen zu können. Ich muss irgendeinen anderen Weg finden, an Geld zu kommen …«, murmelte Hugo.

An der Küste der gewaltigen Insel, die alle Neufundland nannten, gab es riesige abgerundete Felsformationen, kaum bewachsen und zum Teil turmhoch. Selbst an diesem bewölkten Tag konnte die Besatzung weiter im Inneren des Landes schneebedeckte Gipfel erkennen. In den drei Fjorden, deren Mündungen sie bei ihrer Fahrt entlang der Küste durchquerten, drängten sich riesige Eisschollen von überraschend blauer Farbe.

Nachdem sie die Hauptinsel im Norden umrundet hatten, fuhren sie einen breiten, langen Seekanal zwischen diesem Eiland und einer anderen Küste Richtung Süden entlang. Nach wenigen Meilen erreichten sie eine geschützte Einbuchtung, die als Große Bucht bekannt war. Bei früheren Aufenthalten war hier ein einfacher Hafen errichtet worden, an dem sechs oder sieben Schaluppen gleichzeitig anlegen konnten. Rund um den Kai standen acht schlichte Hütten.

In dem schmalen Stück Meer, das diesen Hafen von der ersten Insel trennte, tummelte sich die größte Ansammlung von Walen im ganzen Atlantik. Bei ihrer Fahrt hierher hatten die Seeleute bereits überrascht die großen Gruppen bemerkt.

Hugo war verblüfft, als er die riesigen Meeressäuger aus dem Wasser springen und wieder untertauchen sah. Während der ganzen Überfahrt hatte er nie so große Tiere in so großer Menge gesehen. Und er hatte auch nie das schrille Geräusch gehört, das ihre Fontäne aus Wasser und Luft begleitete.

Die Santa Ana warf zur Stunde des Angelus den Anker, und kurz darauf wurden vier Schaluppen zu Wasser gelassen, die auf die rudimentäre Mole zusteuerten. In jeder war Platz für bis zu acht Männer. Im ersten Boot saßen Obeko und der Patron, im letzten Azerwan und Hugo zusammen mit sechs anderen Matrosen. Es waren Jubelrufe zu hören, als die Männer endlich wieder festen Boden unter den Füßen hatten, und einige lobten Gott, während sie die Erde küssten. Hugo wurde bei den ersten Schritten an Land ganz schwindelig, weil er inzwischen an das Schaukeln des Schiffes gewöhnt war, trotzdem atmete auch er erleichtert auf.

Der Kapitän und zwei seiner Männer gingen zu den Hütten hinüber, um ihren Zustand zu überprüfen und erste Entscheidungen zu treffen.

Azerwan, der sich mittlerweile vom Fieber der letzten Wochen erholt hatte, suchte sich einen flachen Felsen, um Allah auf Knien für seine wohlbehaltene Ankunft zu danken.

Zwei Stunden später war die ganze Besatzung an Land, und der Kapitän rief die Männer zusammen, um die Arbeit zu organisieren. »Nur bei drei von den acht Hütten ist nach einem Jahr das Dach unbeschädigt. Wir sind in Bermeo mit sechsundsechzig Männern aufgebrochen, haben unterwegs drei verloren und einen dazubekommen …« Er schaute zu Hugo hinüber. »Findet euch zu drei Gruppen von je zwanzig Mann zusammen, und zwar plötzlich. Die vier Harpuniere werden der ersten Gruppe angehören und dürfen sich aussuchen, mit wem sie gerne zusammenarbeiten möchten. Wir müssen so schnell wie möglich unseren ersten Wal fangen. Heute ist schon der zehnte Oktober, und wenn wir nicht langsam die Fässer mit Öl füllen, bleiben wir im Januar womöglich im Eis stecken. Und falls ihr nicht wisst, wie kalt es hier am Jahresanfang ist: Als Erstes gefriert euch da der Atem. Und wenn es dann mit Eis und Schnee losgeht, werdet ihr nicht einmal mehr Lust auf eine Frau haben, und das will bei gestandenen Basken schon etwas heißen …«

Obeko stellte eine zweite Gruppe zusammen, die Brennholz schlagen sollte, und ein dritte, welche die halb verfallenen Hütten wieder herrichten sollte, damit am Abend alle ein Dach über dem Kopf hätten.

Hugo und Azerwan gehörten zu den Holzfällern. Bevor sie aufbrachen, gab Obeko ihnen noch einige Ratschläge mit auf den Weg: »Hier gibt es Bären, und zwar von der gefährlichen Sorte, nehmt also lieber Waffen mit. Und wenn ihr Einheimischen begegnet, geht ihnen besser aus dem Weg, da sie uns nicht immer wohlgesinnt sind.«

Hugo erkundigte sich bei Azerwan nach den Menschen, die hier lebten.

»Davon gibt es zwei Arten«, antwortete er. »Das Volk der Berge ist wild und unberechenbar, während sich die Küstenbewohner zugänglicher zeigen. Zwar verstehen wir ihre Sprache nicht, sie sind aber hilfsbereit und an Tauschgeschäften interessiert. Besonders fasziniert sind sie von Spiegeln und allen Metallgegenständen, für die sie uns im Gegenzug Gemüse und Wild bringen.«

Mit Äxten und drei Arkebusen bewaffnet, machte sich Hugos Gruppe auf den Weg, um in einem zwei Meilen vom Hafen entfernten Forst Holz zu holen. Es war kalt, aber wesentlich angenehmer, als es an Bord beim Durchqueren der nördlicheren Gewässer gewesen war.

Als Erstes marschierten sie durch einen lichten Eschenwald, an dessen Rändern auch Eichen und Ahornbäume wuchsen. Schließlich entschieden sie sich jedoch für einen Hain aus Birken, weil deren Holz weicher und leichter zu schlagen war. Sie sammelten alles an Klaubholz auf, was sie finden konnten, und bauten sich zum Transport zwei Tragen aus vier langen Ästen und zwölf kürzeren Zweigen als Querstreben.

Nachdem sie dann drei Stunden lang Holz darauf aufgeschichtet hatten, waren sie nicht nur erschöpft und durchgeschwitzt, ihnen knurrte auch der Magen. Obgleich Hugo sich eifrig an der Arbeit beteiligt hatte, hatte er dabei die ganze Zeit auch neugierig nach den erwähnten Inselbewohnern Ausschau gehalten.

Er hatte keine Menschenseele gesehen, tatsächlich war jedoch schon länger ein aufmerksames Augenpaar auf sie gerichtet.

Als sie sich auf den Rückweg zum Hafen machten, bemerkte Hugo eine Bewegung. Es war ein Greifvogel, der sich blitzschnell auf etwas stürzte.

»Sieh mal«, sagte er zu Azerwan, »was ist das denn?«

Der Maure betrachtete die Flugbahn des Vogels und suchte den Boden nach seinem Opfer ab. Zwischen Bäumen entdeckte er ein Kaninchen. »Schau, da hinten!«

Das arme Tier brach gerade bei seinem verzweifelten Fluchtversuch aus dem Unterholz.

»Gleich können wir beobachten, wie er es fängt. Die Art des Flügelschlags und das weiße Gefieder weisen ihn als Gerfalken aus. Das sind ganz außergewöhnliche Tiere.«

Azerwan hatte kaum das letzte Wort ausgesprochen, da öffnete der Vogel die Krallen, streckte sie im Flug nach vorn und versetzte dem Kaninchen in einem unmöglich wirkenden Drehmanöver einen Schlag, sodass es über das Gras rollte. Der Vogel gab ihm keine Gelegenheit zur erneuten Flucht, sondern stürzte sich auf sein Opfer und hielt es fest. Dann machte er seinem Leben mit einem einzigen Schnabelhieb ein Ende.

»Unglaublich! Was für ein prächtiges Tier! Das ist also ein Gerfalke … In Kastilien gibt es viele Wanderfalken, die für ihre Jagdkünste bekannt sind, einen so großen weißen Falken hatte ich aber noch nie gesehen. Wie schön und majestätisch!«

»Ein Falke steigt so sanft wie ein Gebet zum Himmel auf und packt sein Opfer so rasch wie ein Fluch.«

»Ich hab noch nie ein Gedicht gehört, das einem Vogel gewidmet ist«, musste Hugo zugeben.

»In unserer Kultur haben Vögel an sich keine spezielle Bedeutung, bei Falken ist das jedoch anders. Sie sind für uns etwas ganz Besonderes … Mein Volk jagt schon seit Urzeiten mit Falken in der Wüste, und selbst Mohammed erlaubt seinen Gläubigen, das von ihnen erlegte Fleisch zu essen. Dabei ist uns der Verzehr von tot aufgefundenen Tieren sonst verboten. Die Poesie des Islam lobpreist nur vier Tiere unter allen, die Allah erschaffen hat: das Araberpferd, die Gazelle, den Falken und dessen liebstes Opfer, die Trappe.«

Nachdenklich schaute Hugo wieder zu dem Gerfalken hinüber und bewunderte seine elegante Gestalt, seinen wachen Blick, seine Entschlossenheit, seine Fähigkeit, den Himmel zu beherrschen, und seine Unabhängigkeit.

Diese Tugenden wünschte er sich auch für sich selbst.

16

Beginenhof Ten Wijngaarde, Brügge, Dezember 1474

Der sogenannte Beginenhof Ten Wijngaarde war eine Ansammlung schlichter kleiner Häuser aus weiß gestrichenem Backstein, in denen die Beginen wohnten. Die ersten so bezeichneten Frauen waren die Witwen von Kreuzrittern gewesen, die nach dem Tod ihrer Männer im Heiligen Land beschlossen hatten, zusammenzuleben und alles miteinander zu teilen. Jahrhunderte später nahm man in diesem Schwesternheim immer noch Frauen auf, die sich nach einem frommen und arbeitsreichen Leben sehnten und dabei den Armen helfen wollten, ohne deshalb einem Orden anzugehören.

Die Einrichtung lag im Süden von Brügge in einer ruhigen Gegend direkt an einem Teich voller Schwäne. Er wurde häufig »Teich der Liebe« genannt, weil sich dort viele verliebte Pärchen auf der Suche nach einem ungestörten Plätzchen einfanden. Den Beginenhof mit seinen Häusern und Gärten erreichte man durch ein großes Tor.

Drei Tage nach ihrer Ankunft in der Stadt der Kanäle hatte Berenguela bei einem Empfang die Ehefrau des kastilischen Konsuls Lope de Gracia kennengelernt. Renata hatte ihr von den Beginen erzählt, und Berenguela besuchte nun seit November regelmäßig Ten Wijngaarde.

Auch der Kontakt zu Renata war dadurch immer enger geworden, obgleich beide Ehemänner diese Freundschaft kritisch sahen. Aber die Italienerin war nun einmal die einzige Freundin der frisch Zugezogenen, die ihr schnell Vertrauen, dann Bewunderung und Zuneigung entgegenbrachte. Allerdings schien stets ein seltsamer Schatten über Renatas Seele zu liegen.

Drei Tage vor Weihnachten hatten sich die beiden Frauen am Eingang des Beginenhofes verabredet. Auf einer seitlichen Steinplatte befand sich eine Inschrift, die Renata schon oft gelesen hatte. Nun erklärte sie Berenguela, dass es sich um ein Gedicht der ehemaligen Bewohnerin Hadewijch van Antwerpen handelte, das diese vor mehr als zweihundert Jahren verfasst hatte.

Berenguela las laut vor:

Ach, ich irre zu sehr im Abenteuer umher.
Mir fallen alle anderen Sachen schwer.
Gib mir ganz und gar, Minne, deine hohe Natur
als Sakrament.

Ach, ob ich Gewinn oder Verlust mache,
alles geschehe, Minne, nach deinem Gutdünken.
Deine Schläge sind mir Gnade genug
in den Augen des Erlösers.

Den letzten Absatz wiederholte sie zweimal und dachte dabei an Hugo. Renata dachte an jemand anderen.

Beide Frauen seufzten, und vielleicht gewährte Renata deshalb jetzt einen kurzen Einblick in die Dunkelheit, die sie zu umgeben schien. »Auch ich habe mich einer Liebe auf Gedeih und Verderb hingegeben …«, sagte sie, während ihr Tränen in die Augen stiegen. »Und als er um meine Hand anhielt, war meine Entscheidung gefallen. Aber beim Eintreffen in dieser Stadt ist mir schließlich klar geworden, was er wirklich im Sinn hatte, wie zu meinem großen Unglück seine Pläne für mich aussahen.«

Berenguela hatte längst geahnt, dass Renatas Ehe wohl kompliziert und unglücklich sein musste. Immerhin benahm sich Lope seiner Gattin gegenüber unwirsch und behandelte sie in aller Öffentlichkeit schlechter als eine Dienstmagd.

Obwohl all das Berenguela schon länger beschäftigt hatte, hatte sie es bislang vermieden, sich nach den schmerzhaften Hintergründen zu erkundigen. Jetzt sah sie Renata, die schöne Renata, achtungsvoll an und beschloss, es zu wagen.

»Ich verstehe einfach nicht, warum du ihm gehorchst und zulässt, dass er deine Würde mit Füßen tritt. Warum verlässt du ihn nicht einfach?« Die Worte hatten ihre Lippen kaum verlassen, da bereute sie bereits ihre Forschheit. »Entschuldige bitte. Ich sollte mich wirklich nicht in so etwas Persönliches einmischen.«

Renata biss sich auf die volle Unterlippe und schloss zornig die Augen. »Keine Sorge, ich kann ja verstehen, dass du dich so etwas fragst.«

Dann erklärte sie ihrer Freundin, dass ihre Familie kurz nach ihrer Verlobung mit Lope das gesamte Vermögen verloren hatte. Ihr Vater hatte alles verpfänden müssen, um die Schulden abzubezahlen, und dabei auch andere Familienmitglieder mit in den Abgrund gerissen. Schließlich wurde es so schlimm, dass die Familie nicht einmal mehr ein Dach über dem Kopf hatte.

»Es war grauenhaft.« Renata zog ein Taschentuch hervor und wischte sich eine unwillkürliche Träne weg. Dann riss sie sich zusammen und fuhr fort: »Als Lope davon erfuhr, zeigte er sich sehr großzügig, wirklich wunderbar. Er versprach meinen Eltern, ihnen jeden Monat eine ausreichende Summe für ein Leben in Würde zukommen zu lassen, bis sich die Lage meines Vaters verbessert habe.«

Renata musste zugeben, dass sie in diesem Moment vor Liebe zu ihm völlig überwältigt gewesen war und nicht gewusst hatte, wie sie das je wiedergutmachen sollte. Sie hatte ihr Glück kaum fassen können. Offenbar hatte sie den besten, großherzigsten Mann der Welt gefunden, der sie darüber hinaus auch noch liebte.

»Am Ende … kam aber alles ganz anders. Nur wenige Tage nach unserer Hochzeit hier in der Stadt eröffnete er mir, was er als Gegenleistung von mir verlangte. Entsetzt musste ich mir anhören, wie ich für seine Großzügigkeit bezahlen sollte. Für mich brach eine Welt zusammen. Ich schrie wie noch nie in meinem Leben, weinte, bis mir keine Tränen mehr blieben, ich habe ihn verachtet und beschimpft … Aber sein Entschluss stand fest. In dem Moment habe ich begriffen, dass für ihn das Geschäft über allem anderen steht.«

Sie berichtete Berenguela, dass Don Lope sie ruchlos für seine Zwecke benutzte. So ließ er sie zum Beispiel bei hohen Vertretern der Brügger Regierung zu Hause spionieren. Er vermittelte sie auch nach einem guten Geschäft als Zeichen seiner Dankbarkeit an andere Männer, oder um den Empfänger solcher Gefallen später damit erpressen zu können.

In Brügge war schon lange das Gerücht in Umlauf, dass Renata eine Frau von zweifelhafter Moral sei – es war auch Berenguela vor ein paar Wochen zu Ohren gekommen –, tatsächlich war es aber ihr Mann, der sie im Namen seiner wirtschaftlichen und anderer Interessen zur Sünde zwang.

Der Ekel und die Abscheu, die in Berenguela aufstiegen, führten bei ihr nicht etwa zu einer Ablehnung oder Verurteilung Renatas, sondern weckten ihren Beschützerinstinkt.

»Ich weiß wirklich nicht, wie du sein abscheuliches Verhalten ertragen kannst«, rief sie entsetzt aus.

»Niemand kann sich ausmalen, was es für eine Frau bedeutet, vom eigenen Ehemann zur Prostitution gezwungen zu werden. Aber eine Weigerung hätte wohl schlimme Folgen für meine Familie … Kannst du mich vielleicht verstehen, oder bin ich in deinen Augen jetzt ein Ungeheuer?« Renatas Gesicht war vor Selbstekel und der Scham vor ihrer Freundin verzerrt.

Doch Berenguela schloss Renata einfach nur fest in ihre Arme, und so standen die beiden Freundinnen lange Zeit da.

Obwohl sie es nicht laut aussprach, fühlte sich die junge Frau aus Burgos ja selbst verachtenswert, da sie sich dem falschen Mann hingab. Sie kam sich schmutzig vor, weil sie Damián ihren Körper darbot, wann immer er wollte.

Der Beginenhof bot den beiden Freundinnen eine Möglichkeit, durch die Versorgung der Ärmsten für ihre Sünden zu büßen. Sie konnten kein Keuschheitsgelübde ablegen – so wie andere es zumindest für ein Jahr taten, selbst verheiratete Frauen – und auch nicht mit der Gemeinschaft zusammenleben. Dennoch taten ihnen diese Einrichtung und ihre wohltätigen Bewohnerinnen gut. Hier waren sie frei und fühlten sich endlich einmal wie sie selbst. Seite an Seite mit Frauen, die sicherlich ein ähnliches Schicksal tief in ihren Herzen verbargen, fanden sie hier unter Almosen und Gebeten tröstlichen Frieden, der ihr Gewissen erleichterte. In den Gärten des Beginenhofes und innerhalb seiner Mauern herrschte Güte, und wer täglich herkam, läuterte so seine Seele.

Außerdem hatte Berenguela hier einen Beichtvater gefunden, obgleich sie ihm noch nicht dasselbe Vertrauen entgegenbrachte wie dem, den sie in Burgos zurückgelassen hatte. Es fiel ihr schwer, ihm auf Französisch ihre geheimsten Gedanken zu offenbaren. Renata hatte sich längst gegen diese Art der geistlichen Unterstützung entschieden, weil sie ihr gegenwärtiges grauenhaftes Leben mit all seinen Sünden vor keinem Mann darlegen wollte, mochte er auch noch so heilig sein. Sie zog es vor, Religion auf eine weniger konventionelle, intimere Art und Weise zu leben.

»Komm, lass uns hineingehen. Dort drinnen wartet auf uns der Trost, anderen nützlich sein zu können«, sagte Berenguela, während sie sich bei ihrer Freundin unterhakte und an die Tür klopfte.

Ein paar Minuten später überbrachte ihnen eine der Bewohnerinnen jedoch eine schreckliche Nachricht. »Ich fürchte, dass dies eines unserer letzten Treffen sein wird«, erklärte sie mit traurigem Blick. »Der Herzog von Burgund hat angewiesen, dass von nun an die Karmeliterinnen die Güter der Beginen und all ihre Schwesternheime in Flandern verwalten sollen.«

»Aber was sagt Ihr denn da?« Die unerwartete Nachricht traf Berenguela wie ein Schlag.

»Offensichtlich hatte Papst Nikolaus V. kein Verständnis für das unkonventionelle religiöse Leben der Beginen und hat uns schon vor achtzehn Jahren in einer Bulle empfohlen, uns dem Karmeliterorden anzuschließen. In vielen Einrichtungen ist man der Anweisung nachgekommen, hier bei uns bislang jedoch nicht. Jetzt schlägt aber auch die Stunde des Beginenhofs von Brügge.«

»Es wirkt ja fast so, als würdest du dich darüber freuen«, sagte Berenguela ein paar Stunden später zu ihrem Ehemann, nachdem sie ihm die Neuigkeit mitgeteilt hatte.

Sie saßen im Salon ihres Hauses, und im Kamin brannten drei dicke Holzscheite, weil es draußen bitterkalt war.

»Was ich davon halte, ist doch unerheblich, jedenfalls brauchst du jetzt einen neuen Zeitvertreib. Du könntest dich zum Beispiel mehr mir widmen«, antwortete Damián, der dem Ganzen offenbar keine größere Bedeutung beimaß.

»Das wäre eine Möglichkeit …«, murmelte Berenguela,

ohne preiszugeben, was sie in diesem Moment wirklich dachte.

Offenbar hatte sie sich zu nahe ans Feuer gesetzt, denn plötzlich wallte furchtbare Hitze in ihr auf. Oder war es vielleicht die Wut, die in ihr glühte? Am liebsten hätte sie ein paar Kleidungsstücke abgelegt, aber das war keine gute Idee, wenn sie nicht wieder Damiáns Liebeshunger wecken wollte. Stattdessen beschloss sie, die Gelegenheit zu nutzen und endlich ein Thema anzusprechen, dem Damián seit Tagen auszuweichen schien.

»Im Grunde freut dich an dieser Angelegenheit doch, dass ich mich dort jetzt nicht mehr mit Renata treffen kann, nicht wahr?« Berenguela stand auf, um etwas Wasser zu trinken. Es war unglaublich warm. »Ich weiß, dass du sie nicht leiden kannst. Manchmal hatte ich sogar den Eindruck, dass du für Lope ein gewisses Verständnis übrig hattest, wenn er Renata vor aller Augen schlecht behandelt hat. Oder täusche ich mich?«

»Nein, du hast schon recht. Mir würde es auch nicht schmecken, wenn meine Frau mit halb Brügge ins Bett ginge.«

»Aber was sagst du denn da?«, fauchte sie wütend. »Er zwingt sie doch selbst dazu!«

Damián stieß ein Lachen aus, mit dem er das Ganze wohl als lächerlich abtun wollte. Sein Gesichtsausdruck verriet Berenguela aber, dass er diese Möglichkeit nicht völlig ausschloss.

»Damit liegst du falsch und urteilst, ohne die wahren Umstände zu kennen«, entgegnete er. »Außerdem möchte ich mich nicht in die Privatangelegenheiten eines anderen Ehepaars einmischen. Das erscheint mir nicht sehr christlich, oder wie siehst du das? Du bist doch so eine eifrige Kirchgängerin!«

Damián bewegte eins der Holzscheite im Kamin, worauf die anderen zur Seite rutschten. Sorgfältig, beinahe liebevoll, schichtete er sie wieder übereinander, damit sie gut brannten. Er war so in seine Aufgabe vertieft, dass sie ihn mehr zu beschäftigen schien als das Thema ihres Gesprächs.

Berenguelas Gedanken rasten. Dass ihr Ehemann versucht hatte, ihre Aussage mit der Erwähnung ihrer Frömmigkeit zu entkräften, hatte sie tief getroffen, deshalb tat sie gut daran, sich ihren nächsten Einwand ganz genau zu überlegen. Damián hatte offensichtlich kein Interesse daran, das Thema weiterzuverfolgen, sie aber schon. Also erwiderte sie unverblümt: »Ich mutmaße nicht, sondern sage nur, was unübersehbar ist. Du kennst Don Lopes Ehrgeiz doch, und er ist anscheinend dazu fähig, zugunsten seiner Geschäfte seine eigene Ehefrau zu verkaufen. Und du? Wärest du auch in der Lage, für deine Geschäfte so etwas von mir zu verlangen?«

Damián störte ihre Reaktion nicht. Dass sie dem Thema eine persönliche Wendung gegeben hatte, machte es ihm nur noch einfacher.

Berenguela starrte ihn unsicher an, als er auf sie zutrat.

Er küsste sie lange auf den Mund und bat sie aufzustehen. Berenguela gehorchte. Damián schlang ihr die Arme um die Taille, und dann wanderten seine Lippen auch schon auf ihren Ausschnitt zu. Während sie sich ihren Brüsten näherten, murmelte er als Antwort auf ihre Frage: »So etwas würde ich doch nie von dir verlangen. Aber schon, dass du dich anstrengst, um mir einen Sohn zu schenken.«

Berenguela wusste nicht, was sie darauf entgegnen sollte. Seit sie die Wahrheit über Renatas Probleme wusste, wollte sie ihrer Freundin unbedingt helfen. Doch leider war das Gespräch mit ihrem Mann nicht so verlaufen wie erhofft. Sie hatte ihn eigentlich bitten wollen, mit Lope zu sprechen, damit er dieser Hölle ein Ende machte. Stattdessen klebte er jetzt schon wieder an ihr, obwohl ihr danach in diesem Moment nun wirklich nicht der Sinn stand.

Sie wurde von einem Klopfen an der Tür gerettet, als ein Diener einen unerwarteten Besucher ankündigte: »Edgar Hossner wünscht Euch zu sehen.«

»Bring ihn in mein Arbeitszimmer, ich bin sofort da.«

Damián rückte von Berenguela ab und betrachtete mit gierigem Blick ihre bebende Brust, während er sich das Wams zurechtrückte. »Ich werde der Dienerschaft auftragen, uns nachher das Abendessen im Schlafzimmer zu servieren.«

»Natürlich«, entgegnete Berenguela nur.

Während er zu seiner Schreibstube hinüberging, gratulierte sich Damián selbst dazu, wie vorteilhaft sich alles entwickelte. Bisher war es ihm nicht gelungen, das Vermögen der de Covarrubias' komplett in seine Hand zu bringen. Deshalb hatte er in Absprache mit Don Sancho Ibáñez den Plan entwickelt, mit dem er seinem Vater zugunsten seines Schwiegervaters Kunden abspenstig machen wollte. Auf diese Art und Weise gewann er nicht nur Macht, sondern auch finanzielle Mittel, über die er ohne väterliche Kontrolle verfügen konnte. Don Sancho sah ihm nicht so genau auf die Finger, und so schrieb Damián neue Kunden ohne jeden Skrupel dem Geschäft der Familie seiner Frau zu, dessen Teilhaber er jetzt war. Und darum ging es bei diesem Besuch.

Was er auf lange Sicht geplant hatte, ahnten allerdings weder sein Vater noch sein Schwiegervater.

Nach dem berühmten Wandteppichhersteller van Cliff war Edgar Hossner in Flandern der zweitwichtigste Wollkäufer.

Van Cliff hatte er durch die Machenschaften Policarpos und Don Sanchos Verwalter bereits als Kunden gewonnen, um Hossner wollte sich Damián jetzt persönlich bemühen.

Die Ausgangslage war leider aufgrund Hugos Gebaren bei der Messe in Medina del Campo denkbar ungünstig: Nachdem Hugo Hossners Frau gekränkt hatte, hatte dieser alle Bestellungen storniert, und obwohl diese Geschichte nun schon sieben Monate zurücklag, sprach im Moment wenig für eine neue Aufnahme der Geschäftsbeziehungen. Aber zumindest hatte sich Hossner zu diesem Treffen bereit erklärt.

Edgar Hossner war dünn wie eine Bohnenstange, doch was ihm an Körperfülle fehlte, machte er durch Energie wett, und so schüttelte er dem eintretenden Damián mit erstaunlicher Kraft die Hand. Die beiden waren einander noch nicht persönlich begegnet, dem Flamen war aber viel Gutes über den jungen Mann zu Ohren gekommen, und es war natürlich in seinem Interesse, dass sich jetzt er um die Geschäfte der de Covarrubias' in Brügge kümmerte.

»Man hatte mich bereits vorgewarnt, dass Ihr sehr jung seid. Zweiundzwanzig?«, sagte Hossner zur Begrüßung.

»Tatsächlich bin ich gerade erst einundzwanzig geworden. Daher ist natürlich offensichtlich, dass ich noch keine große Erfahrung habe. Dafür bin ich aber umso mehr bestrebt, meine Kunden zufriedenzustellen.«

»Das hört man gern, junger Mann.«

Als sich Hossner nun suchend umsah, ahnte Damián, wonach ihm der Sinn stand, und bot ihm ein Glas Wein an.

»Wie ich sehe, kommt Ihr meinen Wünschen zuvor. Das deute ich mal als gutes Zeichen.« Hossner lächelte zufrieden. »Obwohl man in Eurer Firma den Kunden gegenüber ja nicht immer solches Feingefühl walten lässt.«

Damián verstand die Anspielung. »Ich weiß, dass mein Vater Euch einen Brief geschickt hat, um das Benehmen meines Bruders zu entschuldigen. Und ich muss zugeben, dass sein Verhalten wirklich abscheulich war. Meine Arbeitsweise hat damit allerdings nichts zu tun, wie ich Euch gerne beweise, wenn Ihr mir die Gelegenheit dazu gebt.«

»Wir werden sehen.« Hossner nippte an seinem Glas. »Danke, dieser Wein ist einfach köstlich. Aber sprechen wir doch übers Geschäft, denn das dürfte Euch mehr interessieren.«

»Allerdings!«, rief Damián aus, der sich allmählich Erfolgschancen auszurechnen begann, und ging in Gedanken noch einmal durch, was er zu seinem Besucher sagen wollte, um ihn als Kunden zu gewinnen.

Als er sich setzen wollte, huschte Berenguelas Katze an ihm vorbei, die er von Herzen verabscheute und nur zähneknirschend akzeptierte. Ungeachtet seines Gastes versetzte Damián Canelilla einen Tritt, doch das Tier konnte rechtzeitig ausweichen und fauchte ihn an. Sein hasserfüllter Blick versicherte ihm, dass es ihm die hässliche Geste irgendwann heimzahlen würde.

Edgar Hossner hatte Damiáns Verhalten der armen Katze gegenüber gar nicht gefallen, aber er konzentrierte sich lieber aufs Geschäftliche. Er legte dem jungen Mann dar, dass die letzte Saison für ihn die schlechteste seit dreißig Jahren gewesen war. Nachdem er die Bestellungen der spanischen Merinowolle storniert hatte, hatte er es mit englischer Ware probiert, was sich allerdings als Desaster herausgestellt hatte. An den dreihundert Spinnrädern seiner Werkstätten, in denen doch Stoff für die besten Umhänge und Gewänder der Region entstehen sollte, war damit nicht die hohe Qualität erreicht worden, für die ja eigentlich sein Name stand.

Die vielen Beschwerden seiner Kunden trieben ihn zur Verzweiflung, und noch standen zwei Drittel seiner Aufträge aus. Wenn er dafür weiterhin die sechshundert Sack britische Wolle benutzen würde, wäre sein Geschäft wohl ruiniert.

»Ihr seht also, in welcher Situation ich mich nun wegen Eures brünstigen Bruders und der Wut meiner Frau befinde. Ich gebe der Familie de Covarrubias die volle Schuld für mein Unglück und erwarte daher, dass Ihr mir eine Lösung bietet.«

Damián erbebte vor Zufriedenheit. Das Geschäft war in greifbare Nähe gerückt, und der Flame war so verzweifelt, dass er wohl jeden Preis zahlen würde.

»Leider ist der Großteil der diesjährigen Wolle zu diesem Zeitpunkt bereits verkauft. Deshalb ist Euch vermutlich bewusst, dass es nicht einfach werden wird, jetzt noch Ware für Euch ausfindig zu machen.«

Sein Gegenüber runzelte die Stirn; diese Bemerkung ließ ihn Schlimmes vermuten.

Damián sprach nicht weiter. Er war ein Meister taktischen Schweigens.

»Ja, das ist mir bewusst«, sagte Hossner schließlich, des Wartens leid. Er wusste natürlich, dass seine hoffnungslose Lage kein guter Ausgangspunkt für eine Verhandlung war.

Damián hingegen hielt nun den passenden Moment für gekommen, das Geschäft unter Dach und Fach zu bringen. »Ich werde tun, was in meiner Macht steht, um für Euch innerhalb des nächsten Monats eine Schiffsladung guter Ware zu beschaffen. Ich weiß zwar noch nicht, wo ich sie hernehmen soll, aber seid unbesorgt: Ich werde mein Wort halten.«

Hossners Augen leuchteten auf, doch seine Freude erlosch in dem Moment, in dem er den Preis erfuhr.

»Vierzigtausend Maravedi pro Sack?« Er ballte die Fäuste, und eines seiner Augenlider begann zu zucken. »Wollt Ihr mich ruinieren? Fünftausend weniger pro Sack, und wir schließen das Geschäft hier und jetzt ab.«

»Glaubt bloß nicht, dass ich an diesem Aufpreis auch nur das Geringste verdiene: Die Menge Wolle, von der wir hier sprechen, müsste ich Sack für Sack aus verschiedenen Lagerhäusern zusammenkaufen, sie von zukünftigen Bestellungen abziehen oder sogar von dem einen oder anderen Kunden zurückkaufen. Und das alles kostet Zeit, Arbeitskraft und vor allem Geld. Deshalb ist das mein letztes Angebot.«

In diesem Moment kam unerwartet Berenguela herein, um ein Buch zu holen, das sie auf dem Schreibtisch vergessen hatte. Sie entschuldigte sich für die Unterbrechung, und Hossner stand, von ihrer Jugend und Schönheit geblendet, auf, um sie zu begrüßen. »Sehr erfreut, meine Dame.« Er verneigte sich vor ihr.

»Ganz meinerseits, mein Herr.«

Als sie ihm die Hand reichte, beugte er sich zu einem angedeuteten Kuss darüber.

»Eure zauberhafte Anwesenheit ruft mir etwas in Erinnerung, und wenn ich es Euch nicht jetzt sage, werde ich es mir wohl nie verzeihen ... Es wäre mir eine Freude, wenn Ihr mit Eurem Gatten an meiner Geburtstagsfeier teilnehmen würdet, die ich am ersten Februar bei mir zu Hause feiern werde, so Gott will. Hättet Ihr die Güte, mich an diesem Tag mit Eurer Gesellschaft zu beehren?«

»Das muss mein Ehemann entscheiden«, antwortete Berenguela mit der gebotenen Zurückhaltung.

Damián hatte nichts dagegen einzuwenden. Er wartete, bis sich seine Frau höflich verabschiedet und den Raum verlassen hatte, dann wandte er sich wieder seinem Gast zu.

Edgar Hossner sagte: »Ihr wollt mir für die sechshundert Sack also dieses Vermögen abknöpfen, ohne mir einen Rabatt einzuräumen?« Ratlos kratzte er sich am Kinn. Da Damiáns Entscheidung offenbar feststand, probierte er etwas anderes. »Wenn es beim Preis keinen Spielraum gibt, könntet Ihr mir vielleicht in anderer Hinsicht entgegenkommen?«

»Ich wüsste nicht, wie …«, antwortete Damián, vom immer wahrscheinlicheren Erfolg der Verhandlung berauscht.

Edgar Hossner war sich nicht sicher, wie er beginnen sollte. Er hatte eine Idee, die nicht nur funktionieren könnte, sondern ihm auch sehr gelegen kam, und der junge Mann wirkte auf ihn wie jemand, der großen Ehrgeiz und wenig Skrupel hatte. Natürlich wusste er nicht, wo seine Grenzen lagen. Ach, zum Teufel! Warum sollte er es nicht wenigstens versuchen? Vielleicht konnte er eine Andeutung wagen. »Und wenn ein Großteil der Säcke für mich von einem anderen Tuchmacher stammen würde?«

Damián wusste natürlich genau, was gemeint war, aber auch, was in diesem Fall von ihm erwartet würde. Denn es würde ja niemand freiwillig etwas von dem Rohmaterial abgeben, das er in seiner Werkstatt täglich brauchte. »Von wem redet Ihr?«

»Von Jacob Grosenberg.«

Obgleich Damián noch nicht lange in Brügge war, hatte er von diesem Hersteller aus Antwerpen bereits gehört. Überall dort, wo er seine Stoffe verkaufte, war sein Erfolg in aller Munde, und Damián verstand, dass Hossner zu Recht diesen Konkurrenten fürchtete, der drauf und dran war, ihn bei Qualität und Verkaufszahlen einzuholen.

Mit einem Blick vermittelte er ihm sein Einverständnis.

»Dann unterzeichnen wir also heute noch den Vertrag über den Verkauf von sechshundert Sack der besten Wolle für vierundzwanzig Millionen Maravedi?«

»Ja, falls Ihr noch ein Glas von diesem köstlichen Wein für mich habt, warum nicht?«

17

Fischgründe in Neufundland, Große Bucht, Dezember 1474

Für jemanden wie Hugo, der noch nie zuvor dabei gewesen war, war es einfach unfassbar, wie viel man an nur einem einzigen Tag arbeiten konnte.

Tatsächlich wurde rund um die Uhr geschuftet. Es gab immer etwas zu tun: Wale wurden gefangen, an Land gebracht und zerlegt, und die Hunderte von Kabeljauen, die in ihren Netzen landeten, mussten auf riesigen Felsen neben dem Lager zum Trocknen ausgebreitet werden. Wer nicht damit beschäftigt war, schwitzte an den Kesseln, in denen die dicke Walhaut gekocht wurde, um das wertvolle Fett zu gewinnen.

Die Schreiner setzten die hölzernen Fässer wieder zusammen, die in Einzelteilen hertransportiert worden waren, und verfugten sie mit Teer. Vor dem Einfüllen des Trans wurde überprüft, dass die Behälter auch wirklich dicht waren.

Andere Besatzungsmitglieder schleppten Quadersteine herbei und lagerten sie in der Nähe der Hütten. Mit ihnen sollten Hugo und Azerwan neue Gebäude errichten, wenn sich das Schiff auf den Rückweg nach Bermeo machte.

Obeko hatte die Anweisung dazu gegeben, weil es zwischen Januar und April so kalt werden würde, dass man beim Steineklopfen leicht erfrieren konnte.

Eine weitere Gruppe fällte Bäume und machte aus dem Holz Balken und Querlatten für das Lager und die neuen Hütten.

Jeden Morgen brachen vier Schaluppen mit dreißig Männern auf, die Jagd auf Wale machten und normalerweise jeden zweiten Tag einen mit zurückbrachten.

Hugo hatte an der Jagd schon sechsmal teilgenommen und fand die Erfahrung so beeindruckend wie ermüdend.

In den Gewässern von Neufundland gab es so viele dieser Meeressäuger, dass sie sich manchmal sogar das beste Tier aussuchen konnten. Nachdem die Harpuniere den Wal mit ihren Pfeilen getroffen hatten, wand er sich zunächst heftig, versuchte unterzutauchen und zerrte mit seiner Kraft manchmal sogar die Schaluppe hinter sich her. Tatsächlich hatten sie zweimal das Seil der Harpune kappen müssen, um nicht alle zu ertrinken.

Nach diesem ersten Kampf kehrte das Tier zum Luftholen an die Oberfläche zurück, wo es dann von mehreren Booten umringt war. Nun kam für den Wal der brutalste Moment, denn alle Anwesenden stachen mit Haken, Speeren und Messern auf ihn ein, bis er starb. Nach dem Tod trieb das Tier auf dem Rücken auf dem Wasser und musste nur noch zum Ufer gezogen werden, wo sie es zerlegen würden.

Seit ihrer Ankunft hier waren zwei Monate vergangen, und sie hatten bereits fünfundzwanzig Tiere erlegt. Die meisten davon waren Grauwale, doch Hugo hatte auch andere Arten gesehen, wie zum Beispiel einen Wal von unfassbarer Größe mit riesigem Kopf. Aber von allen Tieren, die diese Gewässer durchquerten, waren die Grauwale die langsamsten und diejenigen, die der Küste am nächsten kamen, daher war es einfach, sie zu fangen.

Wenn ein Wal bis zum Kai geschleppt worden war, musste man zunächst seinen Kopf durchbohren, um das besonders wertvolle Walrat zu gewinnen. Gelegentlich konnten sie schon allein mit diesem Öl drei ganze Fässer füllen, die ein Gewicht von achtundfünfzig Arroba fassen konnten. Bei den

Walen mit dem großen Kopf konnte man sogar mit bis zu fünfzehn Fässern pro Tier rechnen, allerdings hatten sie von denen bisher nur zwei erledigen können.

Das meiste Fett gewannen sie durch das Auskochen der Haut. Es musste noch gefiltert werden, bevor es dann in die Hunderte von Fässern aus dem Frachtraum des Schiffes gefüllt wurde. Insgesamt konnte man pro Wal etwa fünfundzwanzig Fässer gewinnen.

Am 28. Dezember zählte Obeko die Fässer – von den achthundert, für die im Laderaum Platz war, waren bisher nur siebenhundertzwei gefüllt. Da das Wetter jedoch immer schlechter wurde und die Kälte ihnen zu schaffen machte, beschloss er, sich während des letzten Monats in Neufundland auf das Kabeljaufischen zu beschränken. Zwar waren die Frühlingsmonate für den Fang dieser Fische ideal, weil sie dann weniger tief schwammen. Aber auch im Winter konnte man durch Angelseile mit bis zu tausend Haken gute Ergebnisse erzielen. Mit dieser und anderen Techniken konnte hier so viel gefischt werden, dass der Lagerraum oft nicht ausreichte.

Von Zeit zu Zeit dachte Hugo an seinen Vater und fragte sich, was der wohl davon halten würde, wenn er ihn jetzt sehen könnte. Hier fischte sein Sohn nun Kabeljau, nahm ihn aus, entfernte die Gräten, entnahm die wertvolle Leber und wusch den Fisch dann sorgfältig, um ihn vor dem Salzen und Einlagern im Frachtraum des Schiffes in der Sonne zu trocknen.

Das hier war nicht die Arbeit, mit der Don Fernando ihn einst bestraft hatte, sondern noch weitaus anstrengendere Schufterei.

Hugo hatte den Eindruck, dass er hier in die Schule des Lebens ging. Auf jeden Fall lernte er, nach dem schweißtreibenden Arbeitstag die wenigen ihm zur Verfügung stehenden Stunden gut zu nutzen. Er verbrachte sie zusammen mit Gefährten, die zwar rau und ungebildet, aber fröhlich und loyal waren.

Wenn langsam das Tageslicht erlosch, wurden Dutzende Laternen angezündet, damit die Seeleute ihre Aufgaben beenden konnten, während sie das Abendessen herbeisehnten. Danach begann der wohlverdiente Feierabend, und die Männer hatten endlich Zeit für sich selbst.

Bei dieser Gelegenheit schlich sich Hugo oft mit zwei Decken und einer Öllampe aus dem Lager und suchte sich ein Plätzchen am Meer, um dort zu zeichnen, was er gesehen und erlebt hatte. Zu den häufigsten Motiven seiner kurzlebigen Bilder gehörten Szenen des Walfangs. Ihm stand das Bild vor Augen, wie an Bord der Schaluppen die Männer ihre Harpunen schwangen und einem tausendmal stärkeren Tier bei einem blutigen Kampf mutig und geschickt die Stirn boten.

Er zeichnete sie in ihrer wetterfesten, von Wasser und Blut durchtränkten Kleidung, mit angespannten Muskeln, aufeinandergebissenen Zähnen und wildem, entschlossenem Blick. Einige der Männer waren seine tatsächlichen Kameraden, andere entsprangen seiner Fantasie.

Der Kohlestift huschte über die Oberfläche der Wellen und ließ Angst in den Augen der riesigen Opfer aufsteigen. Helle Flächen wie Wolken und Eis wurden nur leicht schraffiert, während Kleidung und Bärte die ganze Bandbreite von Grautönen bis Schwarz abdeckten.

Diese Augenblicke stellten Hugos anderes Leben dar, in dem er an seine Mutter zurückdachte, ein geheimes, verborgenes Dasein, etwas ganz Persönliches.

Oder das glaubte er zumindest, denn er hatte nicht bemerkt, dass er bei seinen Ausflügen nicht immer allein war. Auch dieses Mal kauerte Azerwan ganz in der Nähe im Gestrüpp. Der Maure hatte sich gefragt, wohin Hugo eigentlich immer verschwand, und war ihm eines Tages gefolgt. Beim zweiten Mal war es ihm gelungen, ein paar Fetzen von Hugos Zeichnung zu retten, bevor das Meer sie davontrug. Er hatte sie später bei Licht wieder zusammengefügt und verblüfft betrachtet. Hugo war wirklich außerordentlich begabt. Bisher hatte Azerwan seinen Freund nicht darauf angesprochen, die Sache war ihm aber nicht mehr aus dem Kopf gegangen.

An diesem Abend war alles anders. Aus irgendeinem Grund hatte Hugo heute keine Lust, Wale, das Meer und mutige Männer zu zeichnen. Stattdessen entstanden unter seinem Kohlestift zwei Augen, eine Nase und sanfte Wangenknochen. Nur drei Striche zauberten ein Paar Lippen auf die Leinwand, und danach entstand zunächst ein Kinn und dann eine lockige Mähne. Am Schluss fügte Hugo noch einen schmalen Hals hinzu.

Plötzlich wurde ihm klar, dass er hier gerade in allen Einzelheiten das perfekte Abbild Berenguelas gezeichnet hatte. Er hatte schon oft ein Porträt seiner Mutter erstellt, um nicht zu vergessen, wie sie aussah, und dies auch jetzt eigentlich vorgehabt. Seine Hand hatte jedoch beschlossen, andere Gesichtszüge, eine andere Miene, eine andere Person festzuhalten. Hugo betrachtete das Ergebnis und wurde von tiefer Sehnsucht erfüllt. Wieder kam ihm die Vertrautheit zwischen ihnen beiden in den Sinn, ihre langen Gespräche, die fröhliche Art und der reine Blick seiner Freundin, die ihn immer bei allem unterstützt hatte.

Sie fehlte ihm so sehr, dass sich beim Gedanken an sie das Herz in seiner Brust zusammenzog.

Eigentlich wollte Hugo die Zeichnung, wie er es immer tat, nach vollendeter Arbeit ins Meer werfen, doch Berenguelas Anblick hielt ihn davon ab, denn es kam ihm vor, als spürte er durch dieses Bild ihre Gegenwart.

Hugo stand am Ufer des brausenden, fast schwarzen Meeres und betrachtete die Zeichnung. Wie immer wähnte er sich allein und war deshalb umso überraschter, als Azerwan aus seinem Versteck kam. »Darf ich?«, fragte er und streckte die Hand nach der Zeichnung aus.

Hugo presste das Blatt an die Brust und wusste nicht, was er tun sollte.

Er hatte seine Bilder noch nie jemandem gezeigt, aber dieser Mann war anders als die anderen. Nach kurzem Zögern reichte er ihm die Zeichnung.

Azerwan betrachtete das Gesicht ohne ein Wort, beinahe ohne zu atmen. Dann durchbrach seine tiefe Stimme die Stille: »Ist das deine Ubayda?«

»Nein, so ist das nicht. Sie ist meine beste Freundin. Die Einzige, die mich wirklich kennt, und der Mensch, den ich auf dieser Welt am meisten schätze.«

»Sie ist wirklich schön.«

»O ja.« Beim Gedanken an Berenguela stieß Hugo ein Seufzen aus.

»Aber du liebst sie nicht als Frau.«

»Nein.«

»Kein Mann kann seinen Schatten abschütteln.«

»Ich bin mir nicht sicher, ob ich dich verstehe.«

»Nach allem, was du mir erzählt hast, kämpfst du schon dein ganzes Leben gegen das an, was andere in dir sehen wollen. Aber du hast dabei immer noch nicht die Antwort auf die eine große Frage gefunden: Wozu bin ich eigentlich gut?«

»Und was hat das mit meinem Schatten zu tun?« Hugo nahm das Porträt von Berenguela wieder an sich. »Beziehst du dich etwa darauf, wie ich zeichne?«

»Allerdings. Das mit dem Schatten soll bedeuten, dass niemand seinem eigenen Wesen entkommen kann, und du verfügst über eine ungeheure Begabung. Vielleicht hast du das selbst nie erkannt, aber glaub mir, so ist es. Und ich sehe dich heute nicht zum ersten Mal zeichnen …« Azerwan sah Hugo an, wie um Entschuldigung dafür zu bitten, dass er ihn heimlich beobachtet hatte. »Manchmal kann uns ein Blick von außen helfen, Dinge besser zu erkennen. Und darum sage ich dir jetzt, dass dieses Talent das Fenster zu deiner Zukunft sein wird.«

Seine Worte stimmten Hugo nachdenklich. Er dachte zurück an seine Mutter, die als Erste seine Fähigkeit erkannt, ihn aber ermahnt hatte, sie geheim zu halten, damit niemand Hugo das Zeichnen verbieten könne. Sie selbst hatte gerne gemalt und ihr Talent ebenfalls vor der Welt verborgen. Vermutlich hatte sie gedacht, dass man dem Sohn eines mächtigen Kaufmanns nichts anderes zugestehen würde als eine Zukunft im Handel und dass für ihr und Hugos Feingefühl auf dieser Welt einfach kein Platz war. So hatte sie es ihm an seinem letzten Geburtstag vor ihrem Tod erklärt, nachdem sie zum ersten Mal gemeinsam ein Bild verbrannt hatten.

Jetzt fiel Hugo allerdings auch ein anderes Gespräch ein, das für ihn plötzlich einen Sinn ergab. Er dachte daran, wie Obeko einmal zu ihm gesagt hatte, dass man seine Zukunft auf den Taten der Vergangenheit aufbaute.

Mit einem Mal überkam ihn Zuversicht. Vielleicht lag hier ja der Schlüssel zu der wichtigsten Frage, die ihn umtrieb. Er betrachtete seinen Wegweiser, Azerwan, einen außergewöhnlichen afrikanischen Sklaven, Anführer von Salzkarawanen, Geschichtenerzähler, der aus Liebesschmerz vor Allah und den Seinen geflohen war und weit weg von seiner Heimat wieder zu sich selbst gefunden hatte.

»Ich möchte dir gern etwas Wichtiges sagen, Azerwan«, erklärte er mit gewichtiger Miene. »Ich habe mir vorgenommen, dich freizukaufen …« Als der Sklave ihn nur sprachlos anstarrte, fuhr Hugo fort: »Deshalb werde ich meine Heuer und alles, was ich nach meiner Rückkehr verdienen werde, Orti zahlen, damit du dein Leben zurückerlangst.«

Azerwan wusste nicht, was er sagen sollte. Er sah Hugo bloß an, schluckte und brach in Tränen aus.

18

Antwerpen, Flandern, Februar 1475

Das Jahr hatte für Jacob Grosenberg, dessen Name in Antwerpen eigentlich besser für den Handel mit Diamanten als für seine Tätigkeit im Textilbereich bekannt war, nicht gut angefangen.

Seine Familie kaufte bereits seit mehr als hundert Jahren Diamanten in Indien und transportierte sie dann von diesem exotischen Ort aus nach Venedig und seit einiger Zeit auch nach Lissabon. Die Grosenbergs hatten die Qualität der Steine verbessert, indem sie die Techniken beim Schneiden und Polieren perfektioniert hatten.

Das einträgliche Geschäft verlangte nach strengen Regeln, die die Familien der Diamantenhändler unter sich ausgemacht hatten. Die Einzigen, die sich teure Schmuckstücke mit solchen Steinen leisten konnten, waren Adelige, und nur eins rechtfertigte die dafür verlangten hohen Preise, nämlich Vertrauen. Um dieses Vertrauen nicht zu gefährden, wachte ihre Zunft unerbittlich über die Einhaltung der Regeln bei allen, die Diamanten bearbeiteten und verkauften. Wer betrog oder stahl, wurde der Zunft verwiesen.

Und so war es bei Jacob Grosenberg gewesen, obwohl in Wirklichkeit vielmehr er selbst Opfer eines Betrugs geworden war. Die Schuld trug ein dreister Kunde, der einen unter den Adeligen von Antwerpen wohlbekannten Namen trug. Er hatte behauptet, man habe ihm einen gefälschten Stein verkauft. Das Problem war dabei nicht nur, dass es sich um den größten jemals zugeschnittenen Diamanten der Geschichte handelte – der deshalb ein wahres Vermögen gekostet hatte –, sondern vor allem, dass die Verleumdung zwei Tage später bereits in aller Munde war.

Die Grosenbergs arbeiteten nur mit echten Steinen, daher war die Anschuldigung völlig ungerechtfertigt. Der Kunde drohte jedoch damit, die ganze Stadt gegen die Firma aufzuhetzen, wenn man ihm die ausstehenden Zahlungen nicht erließ. Da er außerdem gute Kontakte zu einflussreichen Persönlichkeiten hatte, hatte am Ende Jacob alle Schuld auf sich genommen, damit der Rest seiner Familie nicht darunter zu leiden hatte. Deshalb hatte er den Regeln der Zunft zufolge den Diamantenhandel aufgeben müssen.

Zu diesem Zeitpunkt hatte er zwei wichtige Darlehen zurückzahlen müssen: eins seiner Familie und eins des bekannten Bankiers Chris van der Walle. Jacob suchte sich ein neues Betätigungsfeld, das dank seines angeborenen Geschäftssinnes schnell zu einer vorzüglichen Einnahmequelle wurde: Er begann mit der Herstellung und dem Verkauf von Stoffen. Sein Geschick für den Einkauf, sein hoher Anspruch an die Qualität der zu verkaufenden Produkte und auch die eine oder andere glückliche Fügung hatten ihn schnell zu einem der wichtigsten Tuchhändler von Flandern werden lassen.

Über all das hatte sich Damián de Covarrubias genauestens informiert.

Zu Beginn des Jahres 1475 wurde Jacob Grosenberg erneut vom Pech heimgesucht. Bankier van der Walle erklärte ihm ganz plötzlich ohne ersichtlichen Grund, dass er ihm von nun an keinen Kredit mehr gewähren werde.

Deswegen hatte Grosenberg nun nicht mehr genug Geld, um die Werkstatt und damit sein Geschäft am Laufen zu halten. Um die Pleite abzuwenden, musste er eilig dreihundert

Sack seiner besten Wolle zu einem lächerlichen Preis an einen bekannten Wollhändler aus Burgos verkaufen. Als er herausbekam, dass seine Wolle anschließend bei Edgar Hossner landete, sein Unglück also ausgerechnet einem seiner größten Konkurrenten nutzte, war er fassungslos. Grosenberg nahm sich fest vor herauszufinden, was da vor sich gegangen war. Er hatte Hossner in Verdacht, die ganze Sache eingefädelt zu haben, wusste aber nicht, wie er das beweisen sollte. Er konnte ja nicht ahnen, dass van der Walles Kreditkündigung mit den häufigen Besuchen einer schönen Italienerin in seinem Weinkeller zu tun hatte. Und auch nicht, dass der Käufer aus Burgos auf seine Kosten ein Vermögen gemacht und zugleich einen neuen Kunden zufriedengestellt hatte.

Allerdings war Jacob Grosenberg ein Mann, der nicht so schnell lockerließ.

Berenguela hatte sich für die Feier bei Edgar Hossner zurechtgemacht und stand bereits in ihrem neuen Kleid mit einem Fuß auf dem Treppchen der Kutsche, um die dreistündige Fahrt zum dreißig Meilen entfernten Ort der Feier anzutreten, als Damián ihr plötzlich verkündete, dass er sie nicht begleiten könne. Selbstverständlich versicherte sie ihm sofort, dass sie ohne ihn nicht fahren würde, doch er bestand darauf, dass sie ihn bei dieser Feier vertreten müsse.

Auf dem Weg nach Gent hatte Berenguela genügend Zeit, um über seine Gründe dafür nachzudenken, kam allerdings zu keinem befriedigenden Schluss. Ihr Mann hatte sich noch nie dringend um irgendwelche Probleme bei der Warenannahme im Lager kümmern müssen, für solche Dinge hatte er schließlich genug Personal. Und sie verstand erst recht nicht, warum er damit Edgar Hossner, einen so wichtigen neuen Kunden, bewusst brüskieren wollte. Eine andere Erklärung fand sie aber nicht.

Dem Gastgeber konnte sie allerdings nichts vorwerfen, da seine Freundlichkeit ihr gegenüber keine Grenzen kannte. Seit sie den Palast betreten hatte, wich er kaum von ihrer Seite. Irgendwann entschuldigte er sich aber und ging zu zwei Männern hinüber, um mit ihnen ein Gespräch anzufangen.

Damit hatte Berenguela zum ersten Mal Gelegenheit, sich ein wenig umzusehen. Sie stand in einer Ecke des Tanzsaals, dachte an den unglücklichen Beginn des Abends zurück und wunderte sich darüber, wie wenig Gäste gekommen waren, insgesamt nur knapp zwei Dutzend.

Sie setzte sich und nahm von einem Bediensteten dankend ein Glas Süßwein entgegen. Dann verschluckte sie sich aber daran, als sie unter den Anwesenden eine schwangere Frau entdeckte. Sie selbst wartete schon seit zwei Wochen vergeblich auf ihre Monatsblutung, was beim häufigen Liebesakt mit ihrem Mann ja nicht verwunderlich war. Sollte sie wirklich schwanger sein, würden ihre Eltern und Damián begeistert sein, bei ihr selbst kam bei diesem Gedanken aber keine Freude auf, sie war sogar entsetzt. Die Vorstellung, ein lebendiges Wesen in sich zu tragen, dessen Vater sie nicht liebte, lastete schwer auf ihrem Gewissen. Sie hoffte inständig, dass es sich nur um einen falschen Alarm handelte.

Überdies plagte sie ein weiteres Problem moralischer Art. Dass Berenguela ständig an Hugo denken musste, in Erinnerungen an ihn schwelgte und sich nach ihm verzehrte, war eine Sünde gegen den heiligen Bund der Ehe mit Damián, und auch die Beichte brachte ihr nur eine kurze Erleichterung ihrer Gewissensqualen, weil sie danach sofort wieder in die alten Muster verfiel.

Seit sie nicht mehr zum Beginenhof gehen konnte, sah Berenguela Renata nur noch selten, und ihr Leben in Brügge war inzwischen von einer Monotonie geprägt, die der flämische Winter noch verschlimmerte. Der ständige Regen machte das kalte Wetter besonders unangenehm. Deshalb blieb Berenguela nicht viel anderes übrig, als zu Hause in ihren eigenen vier Wänden gelangweilt darauf zu warten, dass die Zeit verstrich. Als Unterhaltung dienten ihr bloß der ein oder andere Besuch, die Heimkehr eines Gatten, der ihr wenig von seinem Alltagsgeschäft erzählte, und ihre Katze Canelilla.

Berenguela hatte bereits Dutzende Spitzendeckchen geklöppelt, zehnmal dasselbe Buch mit Theaterstücken gelesen und war hundertmal im winzigen Garten hinter dem Haus auf und ab marschiert, wo man sich bei diesem schlechten Wetter nicht einmal an einer einzigen Blume erfreuen konnte.

Damián arbeitete sowohl außer Haus als auch zu Hause. Wenn sie in letzterem Fall ein Gespräch mit ihm anfangen wollte, wirkte er jedoch verärgert, daher vermied sie schließlich auch Besuche in seiner Schreibstube.

Sie versuchte sogar ein paarmal, in der Küche das ein oder andere Gericht zuzubereiten, das sie von zu Hause kannte. Die Köchin fasste dies aber als große Beleidigung auf, womit auch dieser Zeitvertreib ausschied.

Berenguela sah nicht einmal María besonders oft, die sich an das Leben in Brügge besser gewöhnt zu haben schien als sie selbst. Am Ende war ihre Katze ihr einziger Trost. Manchmal dachte sie bei sich, dass sie von den vier Monaten ihrer Ehe drei ausschließlich in der Gesellschaft von Canelilla verbracht hatte. Wenigstens half das bezaubernde Kätzchen ein wenig gegen das furchtbare Heimweh, das sie manchmal überkam. Und vor allem brachte die Samtpfote Berenguela eine Zuneigung und Loyalität entgegen, die in diesem Haushalt sonst völlig fehlten. Canelilla war ein absoluter Schatz und wich ihr nicht von der Seite.

Als jemand einen Toast ausbrachte, wurde Berenguela in die Gegenwart, in den Tanzsaal, zurückgeholt. Aber gleich darauf geriet sie angesichts eines Gastes, der Hugo entfernt ähnlich sah, sofort wieder ins Träumen. Seit Hugos Verschwinden waren jetzt neun Monate verstrichen, und sie hatte immer noch nichts von ihm gehört. Wie konnte es sein, dass er kein Lebenszeichen von sich gab? Zunächst war Berenguela nur beunruhigt gewesen, inzwischen aber völlig verzweifelt. Ob ihm etwas zugestoßen war? Kein Brief, nicht einmal eine mündliche Nachricht. Sie hatte keinen einzigen Hinweis darauf bekommen, dass sie ihm immer noch etwas bedeutete. Hatte er vielleicht eine andere Frau kennengelernt, sich Hals über Kopf verliebt, sodass seine Vergangenheit ihn nicht mehr interessierte? Würde sie seine grünen Augen jemals wiedersehen?

All diese Fragen beschäftigten Berenguela, und oft weinte sie in der Einsamkeit ihres Schlafzimmers nachts in ihr Kissen. Denn sie liebte Hugo immer noch, so sehr, dass sie zu ihm geflohen wäre und dabei sogar ihr Ehegelübde gebrochen hätte. Aber sie wusste ja nicht, wo er sich befand.

Und so verstrich langsam die Zeit, ohne dass sie von ihm hörte.

Vielleicht lag es ja daran, dass Berenguelas Einstellung sich nach und nach beinahe unmerklich veränderte und sie begann, ihr neues Leben in einem anderen Licht zu sehen. Jeden Tag fand sie sich mehr mit ihrer neuen Rolle als Ehefrau ab. Wenn ihr Mann einmal einen Augenblick von seiner Arbeit abließ, benahm er sich ihr gegenüber korrekt und liebevoll, und sie hatte ja keinen Anhaltspunkt dafür, wo sie ihre wahre Liebe suchen sollte. Und da sie nicht wusste, wohin sie hätte gehen sollen, und kein Geld hatte, um irgendwelche Pläne in die Tat umzusetzen, spürte sie, wie die Routine nach und nach ihre Persönlichkeit auslöschte und ihre früheren Wünsche verblassen ließ.

Jetzt stimmten die Musiker ein neues Lied an. Berenguela

gähnte. Sie schätzte, dass sie erst vor einer Stunde hier eingetroffen war und wohl mindestens noch eine weitere ausharren musste. Sie dachte bei sich, dass ihr nur zwei Möglichkeiten blieben: Sie könnte entweder resigniert auf den Moment ihrer Rückkehr nach Brügge warten oder den Augenblick nutzen, um sich wenigstens ein wenig zu amüsieren, wozu sie in letzter Zeit keine Gelegenheit gehabt hatte. Sie entschied sich für Letzteres.

Einer der Gäste, der ihr von einem anderen Empfang her bekannt vorkam, trat an sie heran und bat sie mit breitem Lächeln und ausgestreckter Hand um einen Tanz. Er war etwa dreißig Jahre älter als sie, grauhaarig und hässlich. Sie versuchte, sich herauszureden, doch je mehr Argumente sie vorbrachte, desto mehr bestand der beleibte Mann auf seinem Tanz. Also hakte sie sich bei ihm unter und schritt mit ihm zusammen auf die Mitte des Salons zu, wo sich nur zwei weitere Paare zur Musik bewegten.

»Eine so schöne Frau wie Ihr hat noch nie einen Fuß in diesen Palast gesetzt.«

»Ich danke Euch, mein Herr.« Berenguela blieb so kurz angebunden wie möglich, damit er sich nicht zu Vertraulichkeiten ermuntert fühlte.

»Mein Name ist Chris van der Walle. Und Ihr braucht Euch nun wirklich nicht vorzustellen. Kein Mann in Brügge, der Euch einmal vorgestellt wurde, würde Euch je wieder vergessen, Doña Berenguela.«

Eigentlich war er für solche Schmeicheleien zu alt, und seinem Körper fehlte die Geschmeidigkeit junger Jahre, dachte Berenguela. Aber da ihr Mann sie bei dieser Feier heute allein gelassen hatte, überließ sie sich einfach seiner Führung. Und während der nächsten Minuten hatte sie tatsächlich Spaß an dem Hin und Her, den Verbeugungen und kleinen Sprüngen. Ihr Partner war trotz seines Alters ein guter Tänzer und wusste sie in jedem Moment perfekt zu führen. Allerdings bedauerte Berenguela die Wahl ihres Kleides, dessen tiefer Ausschnitt für ihren Tanzpartner offenbar von wachsendem Interesse war. Irgendwann verstummte er ganz und widmete sich entgegen allen Regeln der Höflichkeit völlig ungeniert dem Anblick ihrer Brüste. Als der Tanz sie einen Moment zueinander führte, flüsterte er ihr sogar ein feuriges Kompliment ins Ohr, bei dem Berenguela errötete.

Um sich nicht in eine kompromittierende Situation zu bringen, täuschte sie einen Schwindelanfall vor und kehrte zu ihrem Stuhl zurück. Van der Walle ließ jedoch nicht locker, folgte ihr und setzte die Unterhaltung fort.

»Es gibt in Europa keine bezaubernderen Frauen als die Sizilianerinnen und Kastilierinnen«, sagte er. »Wer das bezweifelt, ist nicht genug gereist.«

Berenguela, die ihren hartnäckigen Verehrer gerne losgeworden wäre, fragte sich, wo sie den Namen dieses Mannes schon einmal gehört hatte und warum er bei ihr ein vages Unbehagen hervorrief.

Van der Walle fuhr ungerührt fort: »Durch meine Bankgeschäfte komme ich viel herum und weiß daher, dass die Schönheit in Eurer Heimat wohnt. Und manche sagen ja Kastilierinnen hätten ein feuriges Temperament. Das trifft sich gut, dafür bin ich nämlich auch bekannt.« Er zwinkerte ihr zu.

Berenguela wusste mittlerweile nicht mehr ein und aus. Zudem war ihr inzwischen eingefallen, woher sie diesen Widerling kannte. Bei der Erwähnung seines Berufs hatte sie sich an Renatas Beziehung zu ihm erinnert, und verspürte jetzt nur noch Ekel, als sein Blick über ihren Körper wanderte.

»Euer Lobpreis schmeichelt mir, glaubt jedoch nicht, dass alle in Kastilien geborenen Frauen so sind. Viele von uns sind auch sehr gläubig. Ich selbst lege zum Beispiel größten Wert darauf, immer in Gottes Gnade zu leben.«

Van der Walle verstand die Anspielung durchaus, gab sich aber nicht geschlagen. »Ich bewundere Eure Tugendhaftigkeit, die Euch in meinen Augen noch reizvoller macht. Aber solange es Beichtväter gibt, kann man die Regeln doch von Zeit zu Zeit brechen, meint Ihr nicht?«

»Das sehe ich anders«, erwiderte sie frostig.

Wie unendlich erleichtert war sie, als in diesem Moment Edgar Hossner erschien und van der Walle zu einem angeblich wichtigen Gespräch mitnahm! Sie seufzte verdrossen und beschloss, die Feier bereits etwas früher zu verlassen, immerhin hatte sie drei Stunden Fahrt vor sich, und dieser Kerl war ihr einfach unerträglich.

Sie hatte Glück. Weder kehrte der schmierige Bankier zurück, um sie zu bedrängen, noch gab es andere unangenehme Überraschungen. Ohne auch nur eine Sekunde zu verlieren, erhob sich Berenguela und ging zum Gastgeber hinüber, um sich von ihm zu verabschieden.

Edgar Hossner war wegen ihres frühen Aufbruchs enttäuscht und bat sie, ihn wenigstens noch in sein Arbeitszimmer zu begleiten, wo er ein paar Unterlagen für ihren Ehemann hatte.

Die junge Frau willigte ein, ohne jedoch ihre Eile zu verbergen, und folgte dem Gastgeber in einen luxuriös eingerichteten Raum. Berenguela ließ den Blick über drei Regale mit wertvollen Büchern wandern, bewunderte die hochwertigen Teppiche und die teuren Möbel sowie die Bilder an den Wänden, die mit Sicherheit von großen Künstlern stammten.

Hossner trat an seinen Schreibtisch und schob ein paar Papiere zusammen, ließ sie zu Berenguelas Überraschung dann aber mit besorgter Miene wieder sinken. »Obwohl ich Euren Ehemann noch nicht lange kenne, empfinde ich große Hochachtung für ihn, und unsere gemeinsamen Geschäfte könnten sich nicht besser entwickeln. Deshalb bedauere ich sehr, was da eben mit van der Walle geschehen ist. Glaubt mir: Sobald ich es bemerkt habe, bin ich sofort herbeigeeilt, um Euch aus dieser unangenehmen Situation zu befreien. Hiermit bitte ich Euch um Verzeihung und werde es voller Scham so oft wieder tun, bis Ihr mir Eure Vergebung gewährt. Ich kann nur hoffen, dass meine Feier bei Euch keinen bitteren Nachgeschmack hinterlässt. Mit dieser Schmach könnte ich niemals leben!«

Berenguela war ihm dankbar für seine Worte. »Macht Euch bitte keine Sorgen, und vielen Dank, Ihr seid wirklich ein Edelmann.« Sie lächelte.

»Falls es Euch tröstet: Ich weiß selbst, wie unangenehm so eine Situation sein kann, weil meiner Frau bei der Messe in Medina del Campo etwas Ähnliches mit Eurem Schwager passiert ist. Ihr könnt Euch gar nicht vorstellen, wie schwierig es damals war, sie nach dem Vorfall wieder zu beruhigen.«

Mit der Erwähnung von Hugo verschlimmerte Hossner die Situation allerdings nur, und Berenguela hatte es mit dem Aufbruch jetzt noch eiliger.

»Richtet Eurem Gemahl meine Grüße aus«, bat Hossner, dem dies natürlich nicht entging. »Und auch mein Bedauern darüber, ihn heute nicht zu meinen Gästen gezählt zu haben.«

Die Rückfahrt nach Brügge zog sich endlos hin.

Berenguela konnte die Männer einfach nicht verstehen. Sie schienen nichts anderes im Kopf zu haben als die Frage, wie sie eine Frau am besten erobern könnten, ganz gleich, wer sie war. Selbst vor verheirateten Damen machten sie nicht halt, und ihnen war dabei jedes Mittel recht.

Berenguela dachte mit Bedauern an ihre Freundin Renata, die ihr nach der Begegnung mit einem ihrer Zwangsliebhaber nur noch mehr leidtat. Der Mann wirkte auf sie widerlich und verachtenswert.

Gleichzeitig bedauerte sie, dass Damián sie nicht begleitet hatte, denn das hätte ihr diese unangenehme Szene sicherlich erspart. Wieder fragte sie sich, warum er eigentlich nicht mitgekommen war, wenn er seinen Geschäften doch so große Bedeutung beimaß und Edgar Hossner für ihn ein wichtiger Kunde war.

Und schließlich war ihr auch die beiläufige Erwähnung Hugos aufs Gemüt geschlagen. Sie hatte die Argumente, mit denen er sein Betragen in Medina del Campo gerechtfertigt hatte, nie recht verstanden. Es war nicht das erste Mal gewesen, dass er so über die Stränge geschlagen hatte, und jedes Mal hatte Berenguela sich gefragt, warum bloß Hugo eine Wildfremde auf den Mund küsste, es aber nie bei ihr versucht hatte, sosehr sie sich auch danach sehnte.

Die meiste Zeit des Weges grübelte Berenguela über diese Dinge nach, bis sie schließlich Brügge erreichte. Dort wartete jedoch eine große Überraschung auf sie.

Sie traf die beiden in Damiáns Schlafgemach an – ihre geliebte Zofe María hockte mit zerzaustem Haar auf Damián, während ihre Kleider am Boden verstreut lagen. Damián selbst starrte seine Frau mit verzerrtem Gesicht ungläubig an, weil er nicht mit ihrer frühen Rückkehr gerechnet hatte.

Im ersten Moment wandte Berenguela sich unwillkürlich ab, um die beiden nicht länger ansehen zu müssen. Dann drehte sie sich jedoch zornerfüllt wieder zu ihnen um und trat näher. María brach in Tränen aus, während sie sich in ein Laken wickelte. Damián bedeckte sich mit einem Kissen.

»Das war also der Notfall im Lager.«

»Herrin, ich weiß wirklich nicht, wie ich Euch um Verzeihung bitten soll …« Mit bleicher Miene begann das junge Mädchen, die Kleider vom Boden aufzusammeln.

»Oh, ich aber schon. Sobald du angezogen bist, wirst du dieses Haus für immer verlassen.«

»Und du, hast du nichts dazu zu sagen?«, wandte sie sich dann aufgebracht an ihren Ehemann.

»Es tut mir wirklich leid«, antwortete dieser nervös. »Ich weiß gar nicht, wie ich dir das erklären soll …«

»Geh mir aus den Augen!«, schnaubte sie empört und warf ihm sein Hemd zu, damit er sich bedeckte.

Damián streifte es über, schlüpfte dann auch in seine Hose und war mit einem Satz bei Berenguela, die er roh am Arm packte.

»Lass mich!«, fauchte seine Frau und versuchte sich loszumachen.

»Ich werde alles leugnen!«

»Was soll das denn bedeuten?«, fragte sie und versuchte erfolglos, ihren Arm zu befreien.

»Niemand wird dir glauben, selbst deine Familie nicht. Ich werde allen von deiner ungerechtfertigten Eifersucht erzählen, dass du völlig den Verstand verloren hast und Lügen erfindest. Und wenn du mir trotzdem Ärger machst, dann werde ich dafür auch Beweise finden, das schwöre ich dir. Irgendetwas wird mir schon einfallen …«

»Du bist widerlich!« Sie bohrte ihm die Fingernägel ins Fleisch, sodass er sie endlich losließ.

»Mag sein, aber vergiss nicht, dass du mir immer noch einen Sohn schenken musst.«

Berenguela stockte angesichts seiner Dreistigkeit der Atem. Niemals hätte sie geahnt, dass ihr Mann so grausam sein könnte. Erbitterung und Abscheu schüttelten sie. Doch bevor sie sich abwandte, schleuderte sie Damián noch entgegen: »Wenn dein Bruder hier wäre, würde er dir jetzt jeden Knochen brechen, du Schuft!«

»Vergiss meinen Bruder. Der ist inzwischen bestimmt längst tot.«

19

Fischgründe in Neufundland, Große Bucht, März 1475

Die Santa Ana hatte vor zwei Monaten mit einem Frachtraum voll Walfischtran und eingelegtem Kabeljau abgelegt.

Leider hatten die vier in den Fischgründen zurückgelassenen Männer ihrem Auftrag seitdem kaum nachkommen können, denn außerhalb der am besten hergerichteten Hütte, in der sie Quartier genommen hatten, war das Wetter unerträglich. Deshalb waren sie den ganzen Februar über nur ein-, zweimal draußen gewesen, um Wasser und Holz zu holen.

In der warmen Hütte erfroren die vier zwar nicht, stattdessen wurden sie jedoch einer nach dem anderen krank. Hugo hatte es als Letzten erwischt, und ihm ging es von allen dabei am schlechtesten. Seit zehn Tagen hatte er hohes Fieber und konnte das Bett nicht mehr verlassen.

Die Medikamente, die der Barbier ihnen dagelassen hatte, waren mittlerweile fast aufgebraucht. Darum musste sein Körper aus eigenem Antrieb genesen, doch seine Kräfte schienen von Tag zu Tag zu schwinden.

Azerwan machte sich große Sorgen um ihn. »Es geht ihm immer schlechter«, sagte er mit leiser Stimme zu den Kameraden, und diese sahen ihn ratlos an.

Weil Hugo so schwitzte, zog der Maure seine Decke ein wenig beiseite, aber ganz vorsichtig, um den Kranken nicht zu wecken.

»Ich weiß noch, dass meine Großmutter früher immer bestimmte Kräuter in Zuckerwasser gegeben hat, die wahre Wunder gewirkt haben. Aber wie soll man die hier unter fünf Handbreit Schnee finden?«, sagte Gartzia, der aufgeweckter war als sein Kamerad.

»Vermutlich Thymian oder Salbei«, überlegte Azerwan. »Die haben wir in der Wüste auch benutzt, um den Magen zu beruhigen und das Fieber zu senken.«

»Wenn wir alle das Gleiche durchgemacht und es problemlos überstanden haben, müssen wir uns um ihn doch wohl auch keine Sorgen machen. Er wird schon von allein gesund«, wandte Jakue ein, ein junger Mann aus Azpeitia, der jeden anderen Matrosen an Leibesfülle weit übertraf und auch entsprechend aß. »Ich glaube, es liegt an der knappen und wenig abwechslungsreichen Nahrung, dass schwarze Säfte unsere Körper mit Fieber erfüllt haben. Wenn wir außer Kabeljau und Kichererbsen noch etwas Frisches zu essen hätten, wären wir bestimmt nicht krank geworden.«

Azerwan schwieg, während er neues Holz aufs Feuer legte. Seit zwei Tagen ging ihm eine Lösung im Kopf herum, die sie noch nicht probiert hatten, vielleicht ihre letzte Möglichkeit. Bisher hatte er noch abgewartet, ob Hugo vielleicht von allein genesen würde. Aber da es keine Besserung gab, weihte er nun seine Kameraden ein. »Wir müssen die Indianer holen, denn die haben sicherlich bessere Mittel als wir. Aber ich weiß nicht, wo ich sie finden kann«, gab er zu. »Bei unseren früheren Aufenthalten haben immer sie uns aufgesucht, und wir haben nie erfahren, wo sie hergekommen waren. Sie sind einfach aufgetaucht und irgendwann wieder verschwunden. Und leider gibt es da ja auch noch den anderen Stamm, der blutrünstiger ist.«

Gartzia fand die Sache zwar schwierig und riskant, war aber bereit, es zu versuchen. Jakue ganz und gar nicht. Man musste schon ziemlich verrückt sein, um sich ohne klares Ziel und bei so wenigen Stunden Tageslicht hinauszuwagen. Trotzdem zeigte sich Azerwan entschlossen, denn ihm war eingefallen, dass irgendjemand einmal erwähnt hatte, die Indianer würden in Höhlen ganz in der Nähe des Hafens hausen.

»Ich versuche es!«, verkündete der Sklave.

»Und ich begleite dich«, erklärte Gartzia.

Dick vermummt verließen sie noch am selben Morgen die Hütte.

Dann machten sich die beiden Männer auf den Weg ins Innere dessen, was alle für eine Insel hielten. Im Schnee entdeckten sie erst Spuren eines Bären und dann die eines Wolfes.

Im weichen Schnee kamen sie kaum voran und sanken immer wieder bis zu den Knien ein. Sie durchquerten zwei gefrorene Wälder, bevor sie den ersten Berg erreichten, so weiß und kompakt, dass sie sich fragten, an welcher Stelle sie ihn wohl am besten erklimmen sollten.

Während sie langsam hinaufstapften, sprachen sie kein Wort, um so wenig Luft wie möglich einzuatmen, damit ihnen die Lunge nicht gefror. Nach der Hälfte des Aufstiegs glaubten sie hinter ein paar Tannen eine menschliche Figur zu erkennen, die sich mit ihrem ganzen Gewicht gegen einen Stamm warf. Sie bleiben stehen, kniffen die Augen zusammen und erkannten zu ihrem Entsetzen, dass es sich nicht um einen Mann, sondern um einen riesigen Bären handelte, der weniger als zehn Klafter von ihnen entfernt war. Er kratzte sich an der Rinde des Baumes den Rücken und schien sich nicht daran zu stören, dass durch seine Bewegungen ständig neuer Schnee auf ihn herabregnete.

Die beiden Männer duckten sich. Jetzt bedauerte Azerwan, keine der Arkebusen mitgebracht zu haben. Er hatte nur eine Machete dabei, nach der er jetzt zwischen den Lagen Kleidung suchte.

Nun hielt der Bär mit seiner Massage inne und hob die Schnauze, um zu schnuppern.

Die beiden Männer legten sich in den Schnee, um sich möglichst unsichtbar zu machen. Zu ihrem Leidwesen hatte der Bär sie aber längst bemerkt und bewegte sich vom Geruch geleitet auf sie zu.

Als Gartzia dies begriff, hätte er am liebsten die Beine in die Hand genommen, Azerwan hielt ihn jedoch rechtzeitig zurück.

»Wenn er dich sieht, macht es das nur noch schlimmer. Diese Tiere laufen viel schneller als wir. Hoffen wir einfach darauf, dass er uns nicht findet«, murmelte er mit vorgeblicher Gemütsruhe, während seine Hand die Machete umklammerte.

Langsam, dann immer schneller, kam der Bär näher und näher. Er brüllte, richtete den Blick auf sie und rannte zuletzt los, sodass der Schnee unter seinen Pranken stob.

Der Maure kniete sich hin, die Machete mit festem Griff umschlungen, ihre Spitze auf den Bären gerichtet. Nachdem Gartzia sich bekreuzigt und die Heiligen um ihren Beistand angefleht hatte, tat er es ihm nach. Wenn sie Glück hatten und den ersten Tatzenhieben ausweichen konnten, würden sie versuchen, dem Tier ihre Klingen in den Leib zu rammen. Mit rasendem Herzen wünschten sie einander viel Glück, bissen die Zähne aufeinander und sprangen im letzten Moment auf die Füße. So hofften sie, beim unausweichlichen Kampf besseren Halt zu finden.

Der wilde Blick des Tieres ließ ihnen das Blut in den Adern gefrieren, aber wenige Sekunden vor ihrem Zusammentreffen ließ etwas den Bären zusammenzucken. Er schien am Rücken getroffen.

Dort zielte ein ganz in Fell gehüllter Mann mit einer zweiten Lanze auf seinen Hals. Der Speer durchbohrte das Tier, das halb tot bis zu den fassungslosen Seemännern rollte und dabei den Schnee rot färbte. Während sie dastanden und darauf warteten, dass ihr Retter näher kam, entspannten sich ihre Muskeln nur ganz langsam, bis sie schließlich beide gleichzeitig einen Seufzer ausstießen.

Zwei Stunden später betraten sie die Hütte in Begleitung eines Greises, der uralt und zugleich zeitlos wirkte, und eines jüngeren Mannes, der in einem Bündel aus dickem Leder seine Heilmittel mitbrachte. Jakue erstarrte, als er die beiden sah. Er war zum ersten Mal in diesen Fischgründen und hatte noch nie einen Indianer zu Gesicht bekommen. Erstaunt betrachtete er ihre fremden Züge mit den schmalen Augen, den geröteten Wangen mit ausgeprägten Wangenknochen und den kleinen, schmallippigen Mündern. Das Haar trugen sie lang, zu einem Pferdeschwanz gebunden.

Hugo war wach und hatte alles über Azerwans Plan erfahren. »Wie habt ihr euch denn miteinander verständigt?«, fragte er, bevor ihn wieder der Schüttelfrost überkam.

»Mit Händen und Füßen. Wir haben gestikuliert und Bilder in den Schnee gemalt. Um Ihnen klarzumachen, dass wir ihre Hilfe brauchen, haben wir einfach alles versucht«, antwortete Gartzia und berichtete dann von der lebensbedrohlichen Situation, in der sie einander begegnet waren.

Rasch trat der alte Mann an Hugos Lager. Die Jahre hatten seine grauen Augen matt werden lassen, er unterzog Hugo jedoch einem prüfenden Blick voller Weisheit.

Dann legte er ihm runzlige, krumme Hände auf Stirn und Brust, um ihm schließlich sanft über die Lippen zu streichen. Nachdem er Hugos Körper untersucht hatte, roch der Fremde an seinen Fingerspitzen, seinen Haaren und sogar an seinen Nasenlöchern.

Die übrigen Anwesenden hielten den Atem an, während sie ihn beobachteten.

Auf ein Zeichen des Greises hin holte sein junger Begleiter aus dem Bündel einen hölzernen Stab, der mit Perlen, Lederstreifen und Federn verziert war. Der alte Indianer griff danach, schloss die Augen, legte den Kopf in den Nacken und begann, um Hugo herumzutanzen, während er leise ein Lied vor sich hin sang. Seine Schritte folgten dem Rhythmus der Melodie, die aus seinem trockenen, zahnlosen Mund ertönte.

Als das Lied zum Ende kam, deutete der Mann auf die Feuerstelle, wo sie Wasser zum Kochen aufgesetzt hatten, und man brachte ihm eine Schüssel davon. Er gab eine Handvoll Blätter und getrocknete Blüten hinein, Wurzeln und etwas, was wie Erbsen aussah. Dann rührte er alles gründlich um und spuckte zum Schluss noch dreimal in die Mixtur. Als sie das sahen, wichen die anderen zurück. Sie stellten sich vor, wie sehr sich Hugo vor der Flüssigkeit ekeln musste.

Und tatsächlich schüttelte der Kranke heftig den Kopf, als der Indianer versuchte, sie ihm einzuflößen.

»Hugo, trink das besser«, riet ihm Azerwan. »Diese Männer wissen, was sie tun. Vertrau ihnen.«

Hugo schloss die Augen, stellte sich ein köstliches Glas Wein vor und probierte einen ersten Schluck. Das Zeug schmeckte grauenhaft, doch er schüttete den Rest auf einmal hinunter.

Alle klatschten, und der alte Mann stieß sogar einen zufriedenen Rülpser aus.

Erfreut nahmen die Indianer dann die Geschenke entgegen, mit denen Azerwan seinen Dank für die Hilfe zum Ausdruck brachte: zwei Messinglöffel und ein großes Stück Speck.

Nachdem er sich vor der Hütte von den Einheimischen verabschiedet hatte, kehrte der Maure zurück und fragte Hugo: »Und, wie geht es dir?«

»Wenn ich jetzt ›schlecht‹ sage, holst du die beiden doch sofort wieder zurück. Also werde ich dir stattdessen versichern, wie wunderbar ich mich fühle.«

Hugo verzog das Gesicht, weil er immer noch den unangenehmen Geschmack im Mund hatte.

Keiner hätte sagen können, ob es am Wissen des alten Indianers gelegen hatte, oder ob Hugo vielleicht auch so wieder gesund geworden wäre. Auf jeden Fall wachte er achtundvierzig Stunden später auf und fühlte sich wie neugeboren.

Zur Freude aller verzogen sich an diesem Morgen auch noch die Wolken am Himmel, und das strahlend schöne Wetter hielt vier Tage lang an.

Die Männer nutzten den Moment, um die Arbeiten an Dach und Wänden des halb fertigen Lagerhauses voranzutreiben. Sobald diese vollendet wären, könnte man im Inneren unter angenehmeren Bedingungen weiterarbeiten. Da ihnen bewusst war, wie wenig Zeit sie für ihr Projekt hatten, schufteten sie von morgens bis abends ohne Unterlass.

Da er langsam wieder zu Kräften kam, stieß Hugo am zweiten Tag dazu, allerdings gaben ihm die anderen ganz bewusst körperlich weniger anstrengende Aufgaben.

Als der Schnee zurückkehrte, brachte er so eisigen Nordwind mit sich, dass man die Wärme der Hütte höchstens kurz verlassen konnte, um neues Brennholz zu holen. Sogar dann drohte die Haut aufzuplatzen, und selbst unter all den Kleidern, Handschuhen und wärmenden Umhängen kroch die Kälte bis in die Knochen. Während der nächsten vier Wochen sanken die Temperaturen bis zu einem Punkt, an dem jegliche Aktivität unmöglich wurde.

Als der Schneesturm vorüber war, machten sich die Männer wieder daran, wenigstens für ein paar Stunden täglich die Wände des neuen Lagerhauses zu verstärken und abzudichten und schließlich das Dach fertigzustellen, so wie Obeko es ihnen aufgetragen hatte.

Im April wurde das Wetter etwas besser, aber erst der Beginn des Frühlings im Mai machte ihrer Stubenhockerei ein Ende. Sie genossen ihre Freiheit außerhalb der Hütte, wo es zwar immer noch kalt, aber erträglich war.

Mitte des Monats setzte dann endloser, heftiger Regen ein. Zum Glück konnten sie trotzdem noch vor Anfang Juni das Lager fertigstellen.

Darüber hinaus hatten sie sogar noch Zeit, sich mit den von ihren Kameraden vor der Abfahrt des Schiffes herangeschleppten Quadersteinen eine neue Hütte zu bauen, die noch stabiler und komfortabler war.

Hugo zeichnete weiter regelmäßig. Weil ihm nichts mehr von der gekauften Kalbsleinwand blieb, benutzte er dafür jetzt die Haut erlegter Kaninchen. Diese Tiere unterschieden sich ein wenig von denen, die er von zu Hause kannte. Ihre Ohren waren kürzer, sie hatten einen gedrungeneren Körper und ein rundes Stummelschwänzchen. Da er auch keine Kohlestifte mehr hatte, rührte er selbst Farben an und erschuf durch die Mischung von Walfett mit Erde, getrocknetem Blut, Kräutern und blauen Steinen unterschiedliche Töne.

Im Juni gelang es den Männern eines Tages, ein mächtiges Tier zu erlegen, das einem Hirsch ähnelte, aber hässliche Gesichtszüge und ein größeres Geweih hatte. Hugo freute sich über die Haut, aus der er Leinwände würde herstellen können. Mal abgesehen davon, konnten sie mit dem Fleisch ein wahres Festessen zubereiten.

Nach dieser üppigen Mahlzeit zogen sich Hugo und Azerwan in der Bucht ans Meeresufer zurück, um dort ein Nickerchen zu machen. Die Sonne schien ihnen auf den Pelz und erfreute die Seele.

»Hugo, ich bin die Zahlen im Kopf tausendmal durchgegangen, aber die Rechnung geht einfach nicht auf.«

»Was meinst du?« Zerstreut warf Hugo ein Steinchen ins Wasser.

»Die Summe, mit der du meine Freiheit erkaufen willst.«

Dessen war sich Hugo bewusst. Er hatte alles selbst immer wieder überschlagen und wusste, dass er viel mehr Geld brauchte, als er hier verdienen könnte. Wenn man alles zusammenrechnete, was Obeko ihm für seine unterschiedlichen Tätigkeiten bezahlen würde, und davon seine Schulden bei Orti und den Wert von Kleidung und Stiefeln abzog, blieben ihm am Ende nur erbärmliche dreiundvierzig Dublonen. Azerwans Freiheit würde aber dreihundertvierzig Dublonen kosten, oder zweihundertfünfundsechzig, wenn sich Orti dazu überreden ließ, Azerwans Lohn für seine Zeit hier in Neufundland vom Preis abzuziehen. Aber ganz gleich, ob er das nun tat oder nicht – die Summe war so oder so für Hugo unerschwinglich.

Doch er hatte einen Plan. »Sobald wir zurückkehren, werde ich mit meinen verbliebenen dreiundvierzig Dublonen meinen Vater aufsuchen, allerdings nicht in Burgos. Obeko hat mir erzählt, dass die Santa Ana immer einen Zwischenhalt im französischen Rouen einlegt, bevor sie Bermeo erreicht.« Das Schiff würde Rouen im März oder April erreichen. Und genau diese Monate verbrachte Hugos Vater der Geschäfte wegen üblicherweise in Brügge, deshalb wollte Hugo von Rouen aus dorthin reisen.

»Wenn ich ihn über Policarpos Betrug informiert und mich mit ihm ausgesöhnt habe, werde ich meinen Vater um ein Darlehen in der nötigen Höhe bitten, um dich freizukaufen«, erklärte der junge Mann.

Obgleich sich Azerwan über dieses großzügige Vorhaben freute, verbarg er eine gewisse Besorgtheit nicht. Er hatte noch nie jemanden kennengelernt, der alles aufs Spiel setzte – selbst Geld, das er noch nicht einmal besaß –, um einem anderen zu helfen. Sein Plan ehrte Hugo zwar, brachte Azerwan selbst aber in die Bredouille. Falls sein Freund wirklich diese Summe zusammenbekommen würde, müsste er nämlich einen Weg finden, ihm auch die letzte Dublone zurückzuzahlen. Ihm dies zu versprechen, brachte ja nichts, wenn er sein Wort nicht halten könnte. Der enorme Betrag brachte große Verantwortung mit sich, und der Maure hatte lange über die Angelegenheit nachgegrübelt. Aber in den letzten zwei Wochen war die einzige der wenigen Lösungsmöglichkeiten, die ihm realistisch erschien, in ihm zu einem Plan herangereift.

»Was hast du eigentlich vor, nachdem du deinen Vater in Brügge gesehen hast?«, fragte er nun.

Von allen Möglichkeiten, die er erwogen hatte, sagte eine Hugo mehr zu als der Rest. »Vielleicht bleibe ich einfach eine Zeit lang dort. In Brügge habe ich schließlich eine Unterkunft, und ich möchte gerne herausfinden, was es wirklich mit meinem angeblichen Talent auf sich hat. Meine Mutter hat die flämischen Meister bewundert, und ich nehme an, dass sie teilweise ihren Stil imitiert hat. Ganz sicher bin ich mir aber nicht, weil ich damals noch sehr klein war.«

Als er nun aufs Meer und auf die gegenüberliegende Küste blickte, kam es ihm vor, als habe er dort ein Gemälde vor sich. »Vielleicht nimmt mich ja einer dieser Maler als Schüler an.«

»Diese Idee gefällt mir«, sagte Azerwan.

»Das wäre wirklich schön. Allerdings bin ich mir nicht sicher, ob das in der Nähe meines Vaters auch möglich wäre. Er ist schließlich von der Idee besessen, dass ich im Familienunternehmen mitarbeiten soll. Deshalb würde er es mir vermutlich nicht erlauben. Nein, das wird wohl nicht gehen …«

Azerwans Miene erhellte sich, als er wieder an seinen Vorschlag dachte. »An einem Ort mitten in der Wüste, den nur wenige Menschen kennen, gibt es ein riesiges, bislang unerschlossenes Salzvorkommen. Diese Stelle liegt ganz in der Nähe einer Stadt namens Qastiliya, nicht weit von meinem Geburtsort. Dort lebt und unterrichtet einer der besten Meister der Malerei in ganz Nordafrika, Mustafa ibn al-Baitar. Ihn kennt dort einfach jeder.«

»Ich weiß nicht, worauf du hinauswillst«, sagte Hugo, der ahnte, dass Azerwan mit seiner Äußerung irgendeine Absicht verfolgte.

»Mit einem gewissen Startkapital könnten wir diese Salzmine kaufen. Ich verfüge über genug Kontakte, um dann den Handel anzukurbeln. Auf diese Art und Weise könnte ich dir meine Schulden zurückzahlen, und du könntest bei einem bekannten Künstler Unterricht nehmen. Überleg doch mal, wir würden genug verdienen, um ein ganz neues Leben anzufangen. Weit weg von der Wolle, mit der du nichts zu tun haben willst, könntest du deine Fähigkeiten als Künstler erweitern. Und ich wäre dabei näher an Ubayda, wenn ich sie denn je wiederfinde.«

Hugo musste zugeben, dass dieser Plan ihn reizte, und zwar sehr. Er hatte mehr als einmal gehört, dass Salz auch als »weißes Gold« bezeichnet wurde.

Da der Verzehr von Fleisch aus religiösen Gründen eingeschränkt war, kam in Europa an mindestens drei Tagen in der Woche Fisch auf den Tisch – nämlich mittwochs, freitags und samstags, außerdem auch in der Fastenzeit vor Ostern und Weihnachten. Ohne Salz hätte es bei Transport und Aufbewahrung dieses Fisches große Schwierigkeiten gegeben.

»Du bietest mir eine solide Lebensgrundlage und eine Zukunft voller Leinwände und Pinsel. Wer könnte dazu schon Nein sagen?« Hugo schüttelte Azerwan die Hand, um ihren Pakt zu besiegeln.

Im selben Moment flog jener weiße Falke herbei, den sie an ihrem ersten Tag ganz in der Nähe hatten jagen sehen, und setzte sich auf einen Ast. Er legte den Kopf schräg, um sie anzusehen, und stieß dabei einen schrillen Schrei aus. Den beiden schien es, als wollte er damit ihrer Abmachung seinen Segen geben. Sie sahen ihm hinterher, als er sich erneut majestätisch in die Lüfte erhob.

Jetzt ergriff Azerwan wieder das Wort: »›Ohne den Brunnenstrick nützt uns der Eimer nichts.‹ Lass uns also gemeinsam an diesem Strick ziehen!«

20

Schildpadhuis, Brügge, September 1475

Während der ersten Woche nach Damiáns Ehebruch dachte Berenguela noch daran, ihn zu verlassen und nach Burgos zurückzukehren. Aber ihr Stolz hinderte sie daran. Ein Jahr nach ihrer Hochzeit wieder an die Tür ihres Elternhauses zu klopfen würde bedeuten, vor der ganzen Welt ihr Scheitern einzugestehen. Und sie war keineswegs bereit, in den Augen aller als die Schuldige dazustehen, schließlich hielt jeder Damián für einen mustergültigen Ehemann.

Abgesehen davon, hätte sie aber sowieso kein Geld für die Reise gehabt. Vom ersten Tag an hatte ihr Ehemann alles für sie bezahlt und ihr versichert, dass sie selbst kein Geld für sich brauche. Und der Erniedrigung, ihn um Geld für die Reise zu bitten, wollte sie sich nicht aussetzen.

Also beschloss sie, sich eine gewisse Bedenkzeit zu gewähren und abzuwarten, wie sich Damián verhalten würde, bevor sie eine Entscheidung traf.

Während der ersten Tage sahen sie sich kaum, und bei ihren wenigen Begegnungen brachte ihr Schweigen alles zum Ausdruck, was sie sich zu sagen hatten.

Berenguela verließ ihr Schlafgemach nur, um zur Kirche zu gehen, und ließ sich das Essen auf ihr Zimmer hochbringen, um Damián nicht zu begegnen. Die einzige gute Nachricht in dieser Zeit war, dass sie am Ende der Woche die Möglichkeit einer Schwangerschaft ausschließen konnte. Das machte die Dinge wenigstens einfacher.

Im Laufe der nächsten Wochen änderte Damián seine Taktik. Er leistete seiner Frau jeden Tag auf dem Weg zur Mittagsmesse Gesellschaft. Zwar betrat er die Kirche nicht, aber er wartete draußen, um sie danach auf dem Heimweg zu begleiten. Und dabei bat er sie jedes Mal wieder um Vergebung.

Aber Berenguela konnte ihm immer noch nicht verzeihen. Ihr reichte es nicht, dass er ein und dasselbe Wort wiederholte. Sie wollte vielmehr die wahren Gründe für seine Untreue verstehen, und die wollte er nicht preisgeben. Stattdessen behauptete er, er habe sich in einem schwachen Moment mitreißen lassen, was natürlich nicht stimmte. Schließlich hatte er doch dafür gesorgt, dass seine Frau bei Hossners Feier und damit außer Haus war.

Immerhin schwor Damián ihr, dass er sie nie wieder betrügen werde. Aber Berenguela glaubte ihm nicht, und obwohl sich die Stunden endlos in die Länge zogen, blieb sie lieber allein in ihrem Zimmer, als Damián über den Weg zu laufen und wieder an den Anblick von ihm unter den Schenkeln ihrer Zofe erinnert zu werden.

Erst nach vier Monaten war sie willens, ihm einen Neuanfang zu gewähren. Nach und nach begann sie, wieder mit Damián zu essen, kommentierte bei Rundgängen im Garten die Geschehnisse des Tages und machte von Zeit zu Zeit mit ihm einen Spaziergang durchs Stadtzentrum. Zu mehr war sie immer noch nicht bereit.

Damián erklärte, dass ihm diese Zugeständnisse reichten, auch wenn es nur ein einfaches Abendessen mit angenehmer Unterhaltung war.

In den folgenden Monaten verbesserte sich ihre Beziehung merklich. Damián fing an, mit Berenguela über seine Arbeit zu reden, und sie sprachen über ganz normale Themen, wie

Skandale in der Stadtverwaltung, Nachrichten aus Kastilien oder Gerüchte über gemeinsame Bekannte.

Doch obwohl die Eheleute einander näherkamen, musste ein weiterer Monat vergehen, bis Berenguela auch wieder eine körperliche Annäherung zuließ.

Die Eheleute verbrachten gemeinsam einen regnerischen Abend vor dem Kamin, und nach zwei Stunden angeregter Unterhaltung schwor Damián Berenguela feierlich, dass er sie nie wieder derart kränken werde. Mit dieser Geste der Demut gelang es ihm, auch die letzte Mauer zwischen ihnen einzureißen. In dieser Nacht schloss Berenguela ihre Schlafzimmertür nicht ab.

Von diesem Moment an gab sie ihm, wenn auch ohne große Begeisterung, wieder ihren Körper hin, fest entschlossen, ihre Rolle als Ehefrau erneut zu erfüllen. Eins war ihr jedoch klar: Sollte Damián sie je wieder betrügen, wäre es damit vorbei, und sie würde alles in die Wege leiten, um ihn für immer loszuwerden.

Mitte September hörte Berenguela auf einmal nichts mehr von Renata. Nachdem ihre Freundin sich zwei Wochen lang nicht gemeldet hatte – was in all der Zeit ihrer Bekanntschaft noch nie geschehen war –, wurde ihr eines Tages der Besuch von Renatas Zofe angekündigt.

Aufgeschreckt von den beunruhigenden Nachrichten, die die Bedienstete brachte, machte Berenguela sich sofort auf den Weg zu der Italienerin, um zu erfahren, was genau geschehen war.

Beide waren erleichtert darüber, dass sich Don Lope außer Haus befand, doch Renatas Körper und ihr Gesicht zeugten von seiner Grausamkeit. Ihre schönen Züge waren von Blutergüssen entstellt.

»Aber warum denn nur?«

Renata brachte kein Wort hervor und begann stattdessen bitterlich zu weinen, obwohl ihr kaum noch Tränen blieben.

Berenguela, die als ihre Vertraute um die Probleme ihrer Freundin wusste, schloss sie zärtlich in die Arme, um sie zu trösten.

Erst Minuten später hatte sich Renata genug beruhigt, um ihr alles zu erklären. »Ich habe mich geweigert, weil ich es einfach nicht mehr ertrage!« Sie schnäuzte sich mit einem Taschentuch und räusperte sich mehrmals. »Vor ein paar Tagen hat Lope mir einen neuen perversen Plan unterbreitet: Ich sollte den Amtmann von Brügge verführen, bis er nach meiner Pfeife tanzt. Dann wollte Lope ihn mit seiner Affäre zu mir erpressen und die Abschaffung einer Regelung erreichen, die seinen Interessen und denen anderer Konsuln schadet. Als ich mich geweigert habe, hat er brutal seine Wut an mir ausgelassen, wie du siehst …« Sie deutete auf ihr Gesicht.

»Renata, so kann das einfach nicht weitergehen.«

»Was soll ich denn machen?«

»Ich weiß auch nicht, aber irgendwas musst du dir überlegen. Du steckst hier in einer wahren Hölle fest«, seufzte Berenguela.

»Du erträgst Damián doch auch, obwohl er dich betrogen hat.«

»Weil er sich geändert hat. Du kannst dir gar nicht vorstellen, wie sehr er sich anstrengt, um seinen Fehler wiedergutzumachen. Auf mich wirkt es so, als würde er sich ernsthaft bemühen, daher habe ich ihm eine zweite Chance gegeben.«

Renata zögerte einen Moment, sah ihrer Freundin dann in die Augen und verriet ihr, was sie wusste: »In Wirklichkeit trifft er sich aber weiter mit deiner Zofe.«

Berenguela erstarrte. Diese Enthüllung traf sie so sehr, dass ihre Lippen zitterten und sie zunächst kein Wort herausbekam. In ihrem Kopf überschlugen sich die Fragen: Dann war María also nicht nach Burgos zurückgekehrt? Wie hatte Damián sie nur so anlügen können? Und warum hatte Renata ihr nicht früher davon erzählt?

Die Italienerin schien zu ahnen, was in Berenguela vorging. »Ich habe es auch erst vor ein paar Tagen erfahren, das musst du mir glauben. Und bis heute hatte ich keine Gelegenheit, mit dir darüber zu sprechen. Nachdem mich mein Mann grün und blau geschlagen hat, hatte ich über eine Woche lang keine Möglichkeit, mit der Außenwelt zu kommunizieren. Du ahnst ja nicht, wie schwierig es auch nur war, meine Zofe zu dir zu schicken.«

»Ich kann es nicht fassen ...« Berenguela schlug die Hände vors Gesicht. »Ich war ja nicht nur so dumm, all seine Beteuerungen zu glauben, ich habe ihn noch dazu in jeder Hinsicht wieder in mein Leben gelassen. Gott, wie widerlich! Was ist nur mit unsren Männern los, Renata? Wie können sie bloß so falsch und niederträchtig sein?« Gedemütigt ballte Berenguela die Fäuste. Sie war all die Lügen leid. »Jetzt reicht es! Wir müssen irgendetwas unternehmen, und zwar sofort. Diese Situation kann ich nicht länger ertragen!«

»Wir könnten ihnen geschäftlich schaden«, schlug Renata vor.

»Ich wüsste nicht, wie.«

»Lope hat mich für seine hinterhältigen Pläne benutzt, um seine Unternehmungen voranzutreiben, und jetzt könnte ich meine so gewonnenen Kontakte wiederum nutzen, um ihm zu schaden, ihm und Damián. Ich könnte zum Beispiel vertrauliche Informationen an andere Händler weitergeben, damit sie ihnen die besten Kunden wegnehmen. Damit würden wir unsere Lage zwar auch nicht verbessern, die beiden aber wenigstens da treffen, wo es ihnen am meisten wehtut – nämlich beim Geld.«

Berenguela sagte der Vorschlag zwar zu, doch sie hatte noch eine bessere Idee, die unmittelbarer Wirkung zeigen würde: »Hättest du nicht eher Lust, aus dieser Stadt zu fliehen, für immer von hier zu verschwinden?«

»Daran denke ich jeden einzelnen Tag. Aber wie soll ich dann meine Eltern absichern? Soweit ich weiß, ist ihre finanzielle Situation weiterhin schwierig.«

»Und wenn wir an das Geld unserer Männer gehen? Nicht durch andere, sondern ganz direkt.« In den Augen der Kastilierin zeigte sich ein boshaftes Funkeln.

»Glaubst du wirklich, dass wir genug an uns bringen könnten, um sowohl uns selbst als auch meine Eltern versorgt zu wissen?« Begeistert leckte sich Renata über die Lippen. »Das wäre freilich fantastisch. Allerdings müssten wir uns danach irgendwo verstecken, wo sie uns niemals finden werden. Weißt du denn, wo Damián sein Geld verwahrt?«

»Natürlich, und ich glaube, dass ich ohne Probleme eine größere Summe an mich bringen könnte. Meiner Meinung nach müsste er in seinem Versteck etwas über tausend Dublonen haben. Und Lope?«

»Er bewahrt seine Barschaft hinter diesem Bild auf.« Renata deutete auf ein Stillleben von geringem künstlerischem Wert. »Sie befindet sich in einer eisernen Kassette, ich weiß aber, wo ich den Schlüssel finden kann.«

Berenguela fand, dass nun der Moment zum Handeln gekommen sei, und sie rief entschlossen: »Zum Teufel, tun wir es jetzt sofort!«

Aufgeregt, aber auch ein wenig ängstlich, sahen sie einander an.

Sie überlegten, dass sie bei einer Flucht zu Pferd größere Bewegungsfreiheit haben würden. Allerdings würden sie für eine Reise ohne unangenehme Zwischenfälle einen männlichen Begleiter brauchen. Für Renata war alles klar: Sie würde Antonio fragen, ihren Stallburschen aus Siena. Ihm stockte jedes Mal der Atem, wenn sie hereinkam, um ihr Pferd zu holen, und ihr gefiel der junge Bursche auch.

Nachdem das Thema Transport und Sicherheit also geklärt war, vereinbarten sie, in Richtung Süden zu reiten. Sie würden sich irgendwo an der französischen Küste ein diskretes Plätzchen suchen, wo sie sich eine Zeitlang verstecken könnten. Dort würden sie dann überlegen, welches Ziel in größerer Nähe zu ihrer Heimat sie als Nächstes ansteuern könnten, wenn ihre Ehemänner die Suche nach ihnen aufgegeben hätten.

»Es ist jetzt elf Uhr vormittags, und unseren Plan kann man wohl nur als wahnwitzig bezeichnen. Aber für mich gibt es kein Zurück!«, verkündete die Italienerin.

Berenguela war voll und ganz ihrer Meinung, und so machten sie sich umgehend an die Arbeit.

Den Schlüssel zu Lopes Geldfach fanden sie unter einem losen Bodenbrett in einer Schatulle. Damit öffneten sie mühelos die Metallkiste hinter dem Bild und brachten vierhundert Dublonen an sich.

In weniger als zehn Minuten hatte Renata ihr Reisegepäck mit dem Nötigsten an Kleidung gepackt. Sie vergaß auch ihren Schmuck nicht, falls sie ihn unterwegs vielleicht verkaufen müsste. Dann gingen sie in den Stall hinunter, um die Pferde und Antonio zu holen. Mit einem Kuss auf den Mund und dem Versprechen, dass noch viele folgen würden, konnte Renata den verblüfften Stallburschen schnell zur gemeinsamen Flucht überreden.

Eilig ritten sie zur Residenz der de Covarrubias', dem Schildpadhuis, hinüber, wo auch Berenguela das Geld ihres Mannes an sich bringen und etwas Kleidung zusammensuchen wollte.

Gemeinsam betraten die beiden Frauen die miteinander verbundenen Schlafräume.

Während sie Renata Anweisungen gab, damit ihre Freundin für sie Kleidungsstücke aus einer Truhe holte und in eine kleine Tasche packte, zog Berenguela in Damiáns Schlafgemach die unterste Schublade aus einem Mahagonisekretär mit Einlegearbeiten aus Elfenbein, dem wertvollsten Möbelstück im Haus. Dann kniete sie sich davor und schob den Arm in die Öffnung, um ganz hinten ein Geheimfach zu öffnen, in dem ihr Mann sein Geld aufbewahrte. Die Scharniere quietschten ein wenig.

Berenguela fand fünf Geldsäcke vor und nahm zwei davon an sich, ohne den Inhalt zu zählen. Dafür blieb ihr keine Zeit, doch sie schätzte, dass sie damit über mindestens dreihundert Dublonen verfügen würde. Die anderen drei Säcke ließ sie liegen, um den Zorn ihres Mannes nicht noch mehr anzufachen. Es war nicht in ihrem Sinne, dass er sie noch unerbittlicher verfolgte.

Trotzdem hatte Berenguela vor Aufregung einen ganz trockenen Mund. Aber dann fiel ihr Blick bei der Rückkehr in ihr Zimmer auf das Himmelbett, in dem sie so oft ihr Schicksal verflucht hatte, und sie schöpfte neue Hoffnung und fühlte ihre Entschlossenheit zurückkehren. Zwar rann ihr eine Träne über die Wange, zum ersten Mal war es jedoch eine Freudenträne, und sie verspürte dringender denn je das Verlangen, von hier fortzugehen.

»Gott sei Dank ist bisher alles glattgegangen. Meine Liebe, endlich ist es so weit: Auf in ein neues Leben!«

Sie eilten die Treppe hinunter, rannten zur Verblüffung des Personals beinahe durch den Flur und stolperten dann auf den Platz hinaus, wo Antonio mit den Pferden auf sie wartete.

Der junge Mann konnte sein Glück immer noch nicht fassen; er wusste nicht, welche der beiden Frauen er nun schöner fand, obwohl seine Dienstherrin im Moment ja übel zugerichtet war.

Obwohl dieses verrückte Abenteuer gerade erst begonnen hatte, sah er sich in seiner naiven Fantasie bereits als Liebhaber beider Frauen. Genug Gelegenheit dafür würde er unterwegs wohl haben, dachte er, als er sie herbeieilen sah. Er half ihnen beim Aufsitzen und schwang sich dann selbst in den Sattel des prachtvollen schwarzen Friesen, den er als das kräftigste Pferd im Stall bewusst für seine ungewöhnliche Mission gewählt hatte.

Das Grüppchen wollte sich bereits in Bewegung setzen, als Berenguela einfiel, dass sie etwas vergessen hatte: ihre Katze. Sie entschuldigte sich einen Moment, stieg von ihrer Stute und lief ins Haus. Als sie mit zufriedenem Lächeln und Canelilla auf dem Arm zurückgekehrt war, warteten die drei keine Sekunde länger. Eilig verließen sie den Platz in südlicher Richtung über eine Straße, die sie direkt zur Stadtmauer bringen würde.

Berenguela drehte sich noch einmal um und warf einen letzten Blick auf die Schildkröte an der Fassade. Dann schloss sie kurz die Augen und schlug sie wieder auf. Am liebsten wollte sie alles, was sie in diesem Haus erlebt und erlitten hatte, als langen Albtraum abtun, aus dem sie nun erwachte.

»Auf Nimmerwiedersehen, Damián!«, rief sie laut aus, bevor sie um eine Ecke bog.

Niemandem fiel der Mann auf, der jetzt am Haus der de Covarrubias' auf ein Pferd stieg und in die entgegengesetzte Richtung davonritt. Und auch der zweite Mann nicht, der ihnen in einer gewissen Entfernung folgte. Beide gehörten zum Personal der de Covarrubias'. Und Ersterer machte sich nun auf den Weg, um seinem Dienstherrn Bescheid zu geben, dass seine Frau zu fliehen versuchte.

21

Fischgründe in Neufundland, Große Bucht, Oktober 1475

Langsam ging der Oktober zur Neige, doch von der Santa Ana gab es keine Spur. Die vier Bewohner der abgelegenen Fischgründe träumten davon, endlich den Umriss des Schiffes am Horizont zu entdecken, aber die Tage und Wochen verstrichen, ohne dass es sich zeigte.

Während ihrer neun einsamen Monate hier hatten sie ein Lagerhaus und zwei Hütten gebaut, dazu Gestelle zum Trocknen von Kabeljau und für drei Fettkessel, Tische, Stühle und Türen gezimmert. Sie hatten Karten gespielt, viel geredet, gemalt und sich schließlich einfach nur noch gelangweilt.

Alle waren irgendwann einmal krank gewesen, manche bis zu viermal. Sie hatten gestritten, Kaninchen gejagt, Krebse und Tintenfisch gegessen, vor allem aber Kabeljau und Kichererbsen. Der eine oder andere hatte diese Ernährung so satt, dass er Tag und Nacht von einem einfachen Paar Spiegeleiern, von Lammfleisch oder Paprikawurst und Käse träumte. Ganz anders Azerwan, der im Oktober die Fastenzeit des Ramadan befolgt hatte.

Dann wurde es November, und sie hatten immer noch keine Nachrichten. Mitte des Monats lagen die Nerven schließlich blank. Sie spekulierten, ob die Santa Ana vielleicht auf dem Rückweg nach Bermeo gesunken sei und sie hier vergeblich warten würden. Als die Situation am ersten

Dezember weiterhin unverändert blieb, ging Gartzia fest davon aus, und er war nicht der Einzige. Die anderen befürchteten das Gleiche, zogen es aber vor, nicht darüber zu reden. Es würde ihnen nur die wenige verbleibende Hoffnung rauben und ihre größten Ängste schüren. Was würde in diesem abgelegenen Winkel der Welt nur aus ihnen werden, wenn niemand sie abholte? Wer wusste denn außer Obeko und seiner Besatzung noch, wo sie sich befanden? Diese und andere finstere Gedanken gingen ihnen viel zu oft durch den Kopf.

Als dann die Kälte zurückkehrte, beschlossen sie, einen Brennholzvorrat anzulegen, falls sie hier noch einen Winter verbringen müssten. Außerdem wollten sie Wild erlegen, um vor dem Regen das Fleisch zu trocknen. In dieser Absicht verbrachten sie die erste Dezemberwoche draußen zwischen Wald und Wiesen. Sie erlegten sieben Füchse, zwei Dutzend Kaninchen und zwei dieser seltsamen Hirsche. Leider war ihnen nicht klar gewesen, wie wenig Pulver ihnen noch geblieben war, und mit dieser intensiven Jagdtätigkeit hatten sie ihren Vorrat jetzt ganz aufgebraucht. Von nun an würden sie statt mit Arkebusen mit Pfeil und Bogen auf die Pirsch gehen müssen, wobei sie damit längst nicht so erfolgreich waren.

Gegen Ende des Monats wurde ihre Lage noch verzweifelter. Indianer, und zwar weitaus weniger friedliche als die vom letzten Mal, kamen aus den Bergen herunter, um wie die vier Kameraden nach Nahrung zu suchen. Als sie den Seeleuten dabei über den Weg liefen, spannten sie ihre Bogen und schickten gnadenlos einen Pfeilhagel in ihre Richtung. Mit ihren rot bemalten Gesichtern, ihren unbarmherzigen, wilden Augen und ihren mit Ornamenten verzierten Wangenknochen und Brauen boten sie einen dermaßen furchteinflößenden Anblick, dass die Matrosen voller Entsetzen hastig in Richtung Hütte flohen.

Beim zweiten Pfeilregen wurde Azerwan an der Schulter getroffen, und Hugo spürte, wie etwas seine Hose durchdrang. Aber er würde um nichts in dieser Welt stehen bleiben.

Sie riefen einander aufmunternde Worte zu, während sie durch den Wald rasten, über umgestürzte Bäume sprangen, Rinnsalen und dicht beieinanderstehenden Stämmen auswichen. Dabei sahen sie kaum, wo sie hintraten.

Einer nach dem anderen stürzte, rappelte sich aber unermüdlich wieder auf. Leider ließen auch die schrillen, blutrünstigen Schreie der Indianer hinter ihnen nicht nach. Die Verfolgungsjagd schien ewig zu dauern, und allmählich schwanden ihre Kräfte.

Sie waren schon fast bei den Hütten angelangt, als Jakue den Abstand zu ihren Verfolgern kalkulierte und begriff, dass es ihnen niemals gelingen würde, sich alle vier zu retten. Ohne sich mit den anderen abzusprechen, blieb er schlagartig stehen und brüllte aus vollem Halse: »Die Söhne Azpeitias kennen keine Furcht!« Dann biss er die Zähne zusammen, umklammerte seinen Dolch und stürzte sich selbstlos auf die Indianer, von denen er drei erledigte, bevor er selbst tödlich getroffen wurde. Damit hatte er seinen Gefährten den nötigen Vorsprung verschafft.

Seine Kameraden drehten sich zu ihm um und erhaschten nur noch einen Blick auf den leblosen Körper Jakues, der mit zwei Axthieben gegen den Kopf niedergestreckt worden war. Dann verrammelten sie die Tür der ersten Hütte von innen mit einem dicken Balken.

Sie brauchten ein paar Minuten, um wieder zu Atem zu kommen und zu begreifen, welches Geschenk ihnen ihr Freund gerade gemacht hatte. Hätte er sich dem unbarmherzigen Ansturm der Indianer nicht gestellt, wären sie wohl alle umgekommen.

Aber noch war die Gefahr nicht gebannt, denn jetzt wurden sie von den Angreifern belagert. In der Hütte gab es nur wenig Brennholz, und was noch schlimmer war, kaum Wasser oder Nahrungsmittel.

Am Morgen des dreißigsten Dezember, sechs Tage nach Jakues Heldentod, befanden sich die Indianer noch immer draußen vor der Hütte. Sie waren in die restlichen Hütten eingedrungen und hatten mitgenommen, was sie an Werkzeug und Kleidung gefunden hatten, dazu Kochtöpfe, die restlichen Kichererbsenvorräte und ein wenig Trockenfleisch.

Von einem Dutzend Wilden umzingelt, fürchteten die drei Seeleute, keinen einzigen weiteren Tag durchzuhalten. Ihre Niederlage lag zum Greifen nahe, und als am vorletzten Tag des Jahres 1475 der Abend hereinbrach, verschlimmerten sich ihre Probleme nur noch.

Durch einen Spalt beobachteten sie, dass die Indianer sich mit Fackeln näherten. Die Hütte war solide gearbeitet, und die Männer hatten die Tür von innen mit Steinen und Balken verstärkt. Daher hatte sie bislang jedem Ansturm standgehalten, aber gegen Feuer würde niemand etwas ausrichten können.

»Ich weiß nicht, was wir jetzt tun sollen«, sprach Gartzla schließlich aus, was alle dachten.

»Wir halten so lange durch wie irgend möglich!«, verkündete Hugo, um seinen Kameraden Mut zuzusprechen.

»Ich will lieber sterben, als mich zu ergeben!«, bekräftigte auch Azerwan.

Mit dem Holz in der Hütte hielten sie ein kleines Feuer am Brennen, um nicht zu erfrieren. Einige Äste hatten sie jedoch zu primitiven Speeren angespitzt, um sich verteidigen zu können, falls die Indianer die Hütte stürmen würden. Keiner setzte großes Vertrauen in diese Waffen, aber wenigstens die ersten Angreifer würden sie damit töten können.

Tatsächlich bestand ihre einzige Hoffnung in der Ankunft der Santa Ana. Aber das Schiff war nicht eingetroffen und würde auch nicht kommen, das war zu dieser Jahreszeit einfach nicht möglich. Sie wussten, dass man sie, wenn überhaupt, frühestens im nächsten Herbst hier abholen würde.

In dieser angespannten Situation verstummten nach und nach die Gespräche zwischen Hugo und Azerwan, während ihr Mut schwand und sich ihre gemeinsame Zukunft in Luft aufzulösen schien. Bald würde alles sinnlos sein: der Versuch, Azerwans Freiheit zu erkaufen oder Hugos Vater zu benachrichtigen, Ubayda wiederzufinden oder ihre gemeinsamen Träume von Salz und Malerei in Angriff zu nehmen. Sie würden in einem Gefängnis aus Stein und Schnee gemeinsam die letzten Stunden ihres Lebens verbringen.

Aber ebendieser Schnee war ihre Rettung: Er begann so heftig zu fallen, dass er alle Feuer auslöschte. Irgendwann gaben die Indianer schließlich auf und verschwanden.

Leider war das den zurückbleibenden Männern nur ein geringer Trost. Heute war der 31. Dezember. Das Jahr 1476 brach an, und sie waren ganz auf sich allein gestellt. Mit schwindenden Vorräten hockten sie hier in einer Hütte, die ihnen womöglich bald zum Grab werden würde.

Teil zwei

DAS LICHT VON SAND UND SALZ

Traum ist von der Tat nicht so verschieden, wie mancher glaubt. Alles Tun der Menschen war vorher Traum und wird später zum Traume.

THEODOR HERZL

1

Im Hafen von Rouen, Frankreich, März 1476

Wer die Santa Ana in den Hafen einlaufen sah, fragte sich bei ihrem erbärmlichen Zustand, wie sie es überhaupt bis hierher geschafft hatte. Bei ihrer Fahrt auf den gefährlichsten Meeren der Welt hatte sich ihr Rammsporn Tag für Tag einer dicken Eisschicht stellen müssen, und die Schollen hatten auf ihrer hölzernen Außenwand tiefe Narben hinterlassen. Stellenweise konnte man sogar direkt bis ins Innere des Rumpfes sehen.

Vor drei Monaten hatte das Schiff seinen jährlichen Zwischenhalt im Hafen von Neufundland eingelegt, wenn auch später als erwartet.

Die dort verbliebenen Männer waren völlig verzweifelt gewesen, weil sie bis zum folgenden Herbst nicht mehr mit der Santa Ana gerechnet hatten. Deshalb waren sie in lauten Jubel ausgebrochen, als eines Tages Anfang Januar Kapitän Obeko im Morgengrauen, ohne anzuklopfen, in ihre Hütte gestampft war. Nie waren Kraftausdrücke so begeistert aufgenommen worden wie die, die er bei ihrem Anblick ausstieß.

Obeko erklärte seine Verspätung damit, dass sie auf dem Weg nach Bermeo heftige Stürme mit masthohen Eisschollen und so heftigem Wind erlebt hatten, dass das Schiff entzweizugehen drohte.

Dies war aber nicht das einzige Problem gewesen. Obeko hatte zunächst all seine Überzeugungskraft aufbringen müssen, um seine Besatzung für die neue Fahrt überhaupt wieder an Bord zu locken. Da die Abfahrt für Ende November geplant war, wussten alle, dass sie im Januar und Februar fischen würden. Wer diese eisigen Fischgründe gut kannte, hielt den Plan für gewagt oder schlicht für Irrsinn.

Auf seine üblich derbe Art versicherte der Kapitän den drei Geretteten, dass er all diese Umstände nur auf sich genommen habe, um zu sehen, ob ihnen denn mittlerweile die Eier abgefroren seien. Jedenfalls waren alle überglücklich.

Während der nächsten Wochen fuhren sie Tag und Nacht mit den Booten aus, um der schlimmsten Kälte des Meeres zuvorzukommen, denn bald würde das Wasser gefrieren.

Nachdem sie die von den Indianern verursachten Schäden repariert hatten, blubberten in der Bucht schließlich erneut ohne Unterlass Kessel auf dem Feuer. Und als dann die Schreiner die Fässer wieder zusammengesetzt hatten, wurden sie mit dem wertvollen Waltran gefüllt, der für die baskischen Fischer und ihre Küstendörfer zu Hause flüssiges Gold sein würde.

Am Rand dessen, was langsam wie ein richtiges Dorf aussah, legten sie für Jakue eine würdige Ruhestätte mit Grabstein und einer Holzeinfassung an, und am 10. Februar lichtete die Santa Ana dann den Anker, um sich auf den Weg zurück nach Hause zu machen.

Sie erreichten Rouen Mitte März, und Hugo bereitete sein weniges Gepäck für seine sofortige Weiterreise nach Brügge vor. Er war zufrieden, weil er nicht nur seine dreiundvierzig Dublonen erhalten hatte, sondern außerdem seine noch gut erhaltene Kaltwetterkleidung und Stiefel für sieben Dublonen hatte weiterverkaufen können. Er hatte nicht vor, in naher Zukunft noch einmal auf Walfang zu gehen.

Seinen Seesack über die Schulter geworfen, wartete er darauf, sich von Obeko verabschieden zu können. Der Kapitän sprach gerade mit dem Mann, der hier im Hafen für die Ausbesserungsarbeiten an der Santa Ana verantwortlich war.

Hugo hatte bereits mit Orti geredet, den er erneut aufsuchen wollte, sobald er genug Geld für Azerwans Freikauf zusammenhätte. Ihm blieb mehr als genug Zeit für seine Reise nach Brügge und wieder zurück, weil die Santa Ana aufgrund der schweren Schäden den Hafen vor Mitte April wohl nicht verlassen würde.

Als Obeko zu Hugo herüberkam, sah er nicht sehr erfreut aus. »Diese verdammten Franzosen …« Er versetzte der Reling einen so heftigen Schlag, dass sie beinahe darunter geborsten wäre. Offenbar war er fuchsteufelswild. »Kannst du das fassen – die verlangen von mir doch tatsächlich achtzig Fässer Öl für ein paar kleine Ausbesserungen an der armen alten Dame!«

Jetzt strich er mit so zärtlicher Geste über die Reling, als liebkose er eine schöne Frau. »Wir sind doch schon das ganze Leben zusammen. Da bringe ich es einfach nicht übers Herz, ihr diese Reparatur zu verweigern.«

Hugo sah den Kapitän an und bedauerte, dass sich ihre Wege hier trennten. »Da ich nicht weiß, ob wir uns je wieder begegnen werden, möchte ich Euch jetzt sagen, dass ich Euch Euren großen Mut niemals vergessen werde. Als wir im Dezember in diesem gottverlassenen Hafen hockten, dachten wir, dass Ihr nicht mehr zurückkehren würdet«, gestand Hugo, während er seinen Seesack zurechtrückte.

Obeko hasste Abschiede, und erst recht von Menschen, die er so schätzte wie diesen jungen Burschen. »Ein Kapitän lässt seine Männer nie im Stich.«

Wütend kratzte er sich den Bart, als ob darin tausend Flöhe hausten. Tatsächlich war es nur eine nervöse Reaktion auf sein Unbehagen in dieser Situation.

»Besonders schlau war ich nie, aber ich habe eine gewisse Intuition. Deshalb hatte ich schon geahnt, dass sich hinter deinem memmenhaften Äußeren in Wirklichkeit ein guter Kerl verbirgt. Ich hoffe, du hast in diesen eineinhalb Jahren nicht nur gelernt, wie man Wale fängt. Man wird dich auf der Santa Ana vermissen.«

Seine Worte überraschten Hugo, der ja wusste, wie ungern der Kapitän seine Gefühle zum Ausdruck brachte. »Ich habe mich an Bord eingeschlichen und wäre mehr als einmal am liebsten entwischt. Aber die Fahrt mit Euch hat mich so einiges gelehrt, vor allem, wie hart das Leben sein kann. Und ich habe auf diesem Schiff begriffen, dass man für jedes Unterfangen die Hilfe anderer braucht, selbst fürs reine Überleben. Mal abgesehen davon, dass ich so gute Freunde wie Euch und Azerwan gefunden habe.«

Der Baske ließ seine Pranke auf die Schulter des jungen Mannes niedersausen, bei ihm eine geradezu liebevolle Geste. Dann gab er Hugo noch gute Ratschläge mit auf den Weg. Die Empfehlung, sich nie wieder unbemerkt auf ein fremdes Schiff zu schleichen, war wohl nicht ganz ernst gemeint. Obeko fügte noch hinzu, dass Hugo stets den Blick auf den Horizont richten solle, um seinen wahren Weg im Leben zu finden. »Und wirf deine Netze nur auf guten Meeren aus, mein Junge, da wirst du den besten Fang machen.«

»Ich werde daran denken, Kapitän.«

Obeko besiegelte diese Worte mit einer kräftigen Umarmung, mit der er Hugo fast den Rücken brach.

Am Kai wartete Azerwan auf den jungen Mann. Als Hugo ihn erreichte, sprach der Maure aus, was ihm schon lange auf der Seele brannte: »Ich weiß, dass du jetzt eine schwierige Aufgabe vor dir hast. Deshalb werde ich dir ewig dankbar sein, ob du nun Erfolg hast oder nicht, glaub mir.«

Sie reichten einander die Hand.

»Red keinen Unsinn und hilf mir lieber, ein Maultier auszusuchen. Du wirst schon sehen, wenn es mich wieder hierher zurückbringt, werde ich genug Geld dabeihaben, um deine Freiheit und diese Salzmine zu kaufen.«

»Wenn es dir wirklich gelingt, dann wird das der Beginn eines großen Abenteuers, das ich gerne mit dir zusammen erleben würde. Aber vor allem werde ich dir deine Großzügigkeit niemals vergessen. Und ich werde nach einem Weg suchen, dich zu entschädigen, das verspreche ich dir. Außerdem habe ich mir überlegt, dass wir vor unserer Fahrt nach Afrika vielleicht noch in Burgos vorbeischauen könnten, damit du Berenguela siehst.«

»Ja, das wäre wirklich schön.«

Während ihrer Unterhaltung waren sie zu dem Stall hinübergegangen, in dem Lasttiere vermietet wurden. Azerwan schaute sich die wenigen angebotenen Exemplare an, sah ihnen ins Maul und entschied sich dann für ein hässliches Maultier. Es musste an die fünfzehn Jahre alt sein, war aber kräftig und nicht ganz so bockig wie die anderen.

Hugo packte seine wenigen Habseligkeiten auf den krummen Rücken des Tieres, zog den Sattelgurt fest und stieg auf. Dieser neblig anbrechende Tag war nur der erste von fünf, die seine Reise nach Brügge dauern sollte.

Bevor er sich in Bewegung setzte, reichte Hugo seinem Freund noch einmal die Hand und lauschte seinem letzten Rat: »Lass Geduld walten. Wer mit Geduld handelt, wird seine Ziele auch erreichen.«

Am Nachmittag des letzten Montags im März erreichte Hugo Brügge. Er kannte die Stadt, denn vor ein paar Jahren war er schon einmal mit seinem Vater hier gewesen, um zu sehen, wo und wie die wertvolle Wolle verarbeitet wurde, die sie verkauften.

Hugo ritt die breiten Straßen entlang, warf einen Blick auf den großen Marktplatz und erinnerte sich problemlos an den Weg zur Residenz seiner Familie. Als er dann die beeindruckende Fassade des Schildpadhuis vor sich hatte, überkam ihn ein flaues Gefühl. Er war aufgeregt und fürchtete sich so sehr vor der unangenehmen Situation, die ihn erwartete, dass er schon seit zwei Tagen schlecht schlief und keinen Appetit mehr hatte. Nachdem er das anstehende Gespräch mit seinem Vater fast zwei Jahre lang herbeigesehnt hatte, fühlte er sich jetzt wie in dem Moment, als er in die riesigen Tröge mit kochend heißem Wasser für die Wolle hatte steigen müssen. Statt Vliese zu reinigen, ging es nun allerdings darum, seinen Namen reinzuwaschen und die dunklen Schatten der Vergangenheit abzuschütteln.

Hugo atmete ein paarmal tief durch, um sich zu beruhigen. Er wusste nicht, wie sich sein Vater ihm gegenüber verhalten würde. Angenehm waren die Nachrichten, die er brachte, aber auf keinen Fall.

Hugo stieg von dem störrischen Maultier, dessen Vertrauen er nur unter großer Anstrengung gewonnen hatte. Es kam ihm vor, als läge sein Weggang aus Burgos viel länger zurück als nur einundzwanzig Monate. Ihm wurde ganz schwindelig, wenn er an diese Zeit dachte, in der er sich bestimmt mehr verändert hatte als in den einundzwanzig Jahren zuvor. Und das weniger wegen all der Abenteuer und Gefahren auf seinem Weg, sondern wegen der Menschen, die er dabei kennengelernt hatte.

Gleich würde er seinen Vater wiedersehen, dachte er aufgeregt. Er erwartete sich viel von ihrem Gespräch – weitaus mehr als nur die Enthüllung der Intrige, die ihr Geschäft in Gefahr brachte, so ernst dieses Thema auch sein mochte.

Wie er wohl reagieren wird?, fragte sich Hugo. Ob er mich

vermisst hat, wenigstens ein bisschen? Und wie hat Policarpo bloß meine Flucht erklärt?

Er ging auf die Eingangstür zu, betätigte dreimal den Türklopfer und wartete.

Gleich darauf öffnete jemand. »Womit kann ich dienen, mein Herr?« Ein Hausangestellter, den Hugo nicht kannte, begutachtete ihn von oben bis unten mit ernster, eher säuerlicher Miene.

»Mein Name ist Hugo de Covarrubias und ich möchte gerne meinen Vater Don Fernando sehen.«

Überrascht zog der Bedienstete die Augenbrauen hoch und wusste nicht recht, was er sagen sollte. Nach ein paar Sekunden bat er Hugo stotternd, doch bitte einen Moment zu warten, und machte ihm die Tür vor der Nase zu.

Verblüfft stand Hugo da und fragte sich, was es damit nur auf sich hatte.

Damián saß in seiner Schreibstube und wollte gerade Feierabend machen, da erschien sein Hauptdiener und informierte ihn über den Besucher. Als er den Namen seines Bruders hörte, wich seine anfängliche Überraschung schnell tausend Fragen, die sich in seinem Kopf überschlugen. Was machte Hugo denn hier? Wo hatte er sich die ganze Zeit versteckt? Was er wohl wollte?

Damián schickte den Dienstboten aus dem Raum, weil er erst einmal seine Gedanken ordnen musste, bevor er seinem Bruder gegenübertrat. Die Hände hinter dem Rücken verschränkt, drehte er mit hängendem Kopf nervös mehrere Runden durch den Raum. Ihm drängten sich unendlich viele Zweifel auf. Ob Hugo ihm wohl einen Pakt vorschlagen wollte? Denn er wusste doch von Policarpo Ruiz' Abmachungen mit Don Sanchos Verwalter. Zumindest hatte Policarpo Damián erzählt, dass dies der Grund für Hugos Flucht gewesen war. Aber war Hugo wohl auch bewusst, dass Damián selbst in die Sache verstrickt war? Mit welcher Haltung würde sein Stiefbruder ihm gegenübertreten? Es stürmten so viele Gedanken auf Damián ein, dass ihm ganz schwindelig wurde. Er musste sich jetzt wirklich zusammenreißen.

Und da kam Damián auf einmal seine Frau in den Sinn. Entsetzen erfüllte ihn bei der Vorstellung, dass die beiden einander hier begegnen könnten. Berenguela würde den Moment mit Sicherheit nutzen, um Hugo von den Spannungen in ihrer Ehe zu erzählen, von der Affäre ihres Mannes mit ihrer Zofe und davon, dass sie seit ihrem vereitelten Fluchtversuch hier zu Hause fast wie eine Gefangene gehalten wurde.

Hugo bräuchte nur zu sehen, wie dünn sie geworden war und wie niedergeschlagen sie wirkte, und sofort würde er sich Sorgen machen. Damit war es für Damián beschlossene Sache, dass er eine solche Begegnung mit allen Mitteln verhindern musste. Das Problem war nur, dass Berenguela sich im Raum direkt neben seinem Arbeitszimmer befand.

Damián ließ sich alle Möglichkeiten durch den Kopf gehen und entschied zuletzt, dass er sie an einen anderen Ort im Haus bringen musste. Die am weitesten abgelegenen Räume waren die Schlafzimmer des Dienstpersonals im oberen Stockwerk. Am besten sollte sein Hauptdiener, in den er sein volles Vertrauen setzte, Berenguela nach dort oben bringen und erst wieder auf Damiáns Anweisung hin herauslassen.

Er selbst würde sich derweil anhören, was Hugo zu sagen hatte, um die Motive für seinen Besuch zu verstehen. Und sobald er darüber im Bilde war, würde er sich für eine der Lösungen entscheiden, die er sich schon vor langer Zeit überlegt hatte. Es war für ihn von Vorteil, dass er dies alles im Kopf schon hundertmal durchgespielt hatte.

Damián griff nach einer Flasche mit starkem deutschen Likör. Er füllte großzügig sein Glas, leerte es in einem Zug, setzte sich wieder, nahm sich zusammen und befahl dem Diener, Hugo hereinzuführen.

Er durfte nicht aufgebracht wirken, sondern musste sich nach außen hin darüber freuen, endlich seinen Bruder wiederzusehen, beschloss er, als er schließlich Schritte auf der Treppe hörte.

Hugo betrat das Zimmer in der Erwartung, seinen Vater anzutreffen.

»Damián …?«

»Was für eine wunderbare Überraschung!«

Sie umarmten sich lange.

»Wir haben ja so lange nichts von dir gehört! Und du trägst jetzt einen Bart?« Mit geheuchelter Zuneigung zupfte Damián daran.

Hugo gab keine Antwort auf seine Fragen. Ihm war die ganze Situation unangenehm, daher setzte er sich erst einmal und schaute sich um.

In den letzten Jahren war in diesem Raum nicht viel verändert worden, allerdings hatte er eben mit einer anderen Person gerechnet. »Ist Vater zu Hause? Ich muss ihn dringend sehen!«

Damián bot ihm ein Glas Likör an und schenkte sich selbst nach, während er antwortete. »Vater ist in Burgos. Seit deinem Verschwinden ist er nicht mehr nach Brügge gereist, und um die Geschäfte hier kümmere ich mich jetzt«, verkündete er ein wenig überheblich. »Aber bevor wir darüber sprechen – wo zum Teufel hast du denn nur gesteckt?«

»Habe ich das richtig verstanden?«, fragte Hugo zurück. »Vater ist in Burgos?« Enttäuschung breitete sich in ihm aus. Das änderte natürlich alles, zuvorderst seine Hoffnung, sich hier in Brügge mit Don Fernando auszusöhnen. Aber wenn dieses Ziel seines Besuches vereitelt war, musste er eben umdisponieren. Er sah seinen Stiefbruder an. Da sie sich nie besonders gut verstanden hatten, hatte er überhaupt keine Lust, ihm von seinen Erlebnissen zu berichten.

Doch Damián ließ nicht locker: »Als Policarpo uns von den Geschehnissen in Portugalete und deiner Flucht erzählt hat, war Vater am Boden zerstört. Und es wurde alles noch viel schlimmer, als er von deinem Diebstahl erfuhr …«

An dieser Stelle wollte Hugo protestieren, aber Damián ließ ihm keine Gelegenheit.

»Er hat dich verflucht und sich am Ende von dir losgesagt: Seitdem betrachtet er dich nicht mehr als seinen Sohn. Er wird dir deine Niederträchtigkeit wohl nicht vergessen können.«

Fassungslos riss Hugo die Augen auf. Er hatte nicht bedacht, wie das Schlitzohr Policarpo die Geschehnisse verdreht hatte. Jetzt wusste er es. All diese Lügen konnte er natürlich nicht einfach so im Raum stehen lassen, daher begann er eine ausführliche Schilderung der Ereignisse, angefangen mit der Wollwäscherei in Pineda de la Sierra bis hin zum Hafen von Rouen vor fünf Tagen.

Schweigend lauschte sein Stiefbruder dem erstaunlichen Bericht über Hugos Abenteuer, seiner Beschreibung all der Orte, die er besucht hatte. Ja, Damián war beeindruckt, aber immer noch in Sorge darüber, dass diese Geschichte auch seinem Stiefvater zu Ohren kommen könne.

»Und nun bist du also hergekommen, sobald du konntest, um Vater über den Betrug zu informieren … Das gereicht dir wirklich zur Ehre«, log Damián. »Jetzt verstehe ich auch die großen Verluste der letzten Jahre, und dass unsere besten Kunden abgesprungen sind. Keine Sorge, ich selbst werde Policarpo und diesen anderen Gauner anzeigen, der für Sancho Ibáñez arbeitet. Diese Diebe! Sie werden sich vor Gericht für ihren Verrat verantworten müssen.«

Damián fand, dass er wirklich glaubwürdig geklungen hatte. Aber damit war das Problem ja nur vorübergehend gelöst. Irgendwann würde doch alles ans Licht kommen, es sei denn, er konnte verhindern, dass Hugo jemals wieder mit ihrem Vater sprach. Aber wie sollte man das bewerkstelligen?

»Ja, das ist einer der Gründe für meinen Besuch. Außerdem wollte ich ihn aber auch um Geld bitten.«

Dies war für Damián ein kleiner Lichtblick. Er brauchte allerdings noch mehr Informationen, bevor er eine Entscheidung treffen konnte. »Wofür benötigst du dieses Geld denn?«

Hugo erklärte ihm seine Absichten und sprach auch über seine gemeinsamen Pläne mit Azerwan. Damián war von seiner Idee, in Nordafrika eine Salzmine zu erschließen, begeistert. Schnell erkannte er nämlich, dass Hugo sich freiwillig Tausende Meilen von seinem Vater, Damiáns eigenen Geschäften und Berenguela entfernen würde, wenn er für sein Projekt finanzielle Unterstützung bekam. Angesichts dieses möglichen Auswegs erkundigte er sich eifrig nach der Summe, an die Hugo gedacht hatte.

»Um meinen Freund freizukaufen, benötige ich zweihundertfünfundsechzig Golddublonen. Um ein neues Leben in Ifriqiya anzufangen und mir dort ein gutes Geschäft aufzubauen, wohl noch einmal zweitausend, denke ich.«

»Das ist viel Geld, Hugo, aber dafür ist die Familie ja schließlich da, nicht wahr?«

»Du würdest mir also helfen?«

»Selbstverständlich, und die zweihundertfünfundsechzig Dublonen kann ich dir jetzt sofort geben. Was allerdings die zweitausend angeht …« Er kratzte sich am Kinn. »Da kann ich dir vielleicht auch behilflich sein, ganz sicher bin ich mir aber nicht. Ich müsste dazu erst die Geschäftsbücher durchsehen. Aber keine Sorge, ich sage dir heute noch Bescheid.«

Als Damián den Raum verließ, um das Geld zu holen, wunderte sich Hugo über so viel Großzügigkeit, immerhin hatten sich die beiden Brüder nie gut verstanden.

Damián leerte zwei der sechs Geldbeutel, die er in seinem Sekretär verbarg. Er bedauerte, nicht über die komplette Summe zu verfügen, um Hugo für lange Zeit aus seinem Leben zu verbannen. Während er das Geld zählte, ordnete er hastig seine Gedanken. Er hätte ein großes Problem, wenn Hugo auf seinem Weg nach Afrika in Burgos vorbeischaute, um sich das restliche Geld zu beschaffen. Die Situation war jedoch genauso verzwickt, wenn er länger in Brügge blieb, weil auf jeden Fall sein Zusammentreffen mit Berenguela verhindert werden musste. Damián musste unbedingt jemanden finden, der den fehlenden Betrag hier und jetzt zur Verfügung stellen konnte. Wenn ihm das gelang, galt es nur noch, Hugos Aufenthalt in Afrika so zu unterstützen, dass er für immer dort bleiben würde.

»Erinnerst du dich noch an Martín de Soria?«, fragte Damián Hugo, nachdem er in sein Arbeitszimmer zurückgekehrt war.

»Natürlich. Ich sehe schon, was du im Sinn hast. Er ist nicht nur ein hervorragender Geschäftsmann, sondern auch Bankier, wenn ich mich recht entsinne.«

»Genau, und er lebt hier ganz in der Nähe, in Antwerpen. Wenn dir überhaupt jemand die restliche Summe zur Verfügung stellen würde, dann er, schließlich kennt er unsere Familie und unsere Zahlungsfähigkeit.«

»Der Vorschlag gefällt mir, aber es wäre vielleicht besser, zunächst nach Burgos zu reisen und Vater direkt um das Geld zu bitten. So kann ich auch mein Verhältnis zu ihm klären und die Gelegenheit nutzen, um Berenguela zu sehen. Ich habe schon so lange nichts mehr von ihr gehört!«

Als er seine Pläne so gefährdet sah, spielte Damián die Trumpfkarte aus, von der er wusste, dass sie Hugo tief erschüttern würde. »Wenn es wegen Berenguela ist, vergiss Burgos. Dort wirst du sie nicht antreffen.«

»Was sagst du da?«

»Wir haben nämlich geheiratet!«, verkündete Damián.

Diese Nachricht traf Hugo völlig unvorbereitet. Sprachlos starrte er seinen Stiefbruder an, während sich in seinem Kopf die Fragen drängten. Wie konnte das nur sein, wenn sich Berenguela doch nie zu Damián hingezogen gefühlt hatte? Schließlich hatten sie oft seine skrupellosen Manipulationen in der Familie de Covarrubias kritisiert, seinen unendlichen Ehrgeiz, seine eigennützige Art. Gemeinsam hatten sie sich über die schmutzigen Mittel empört, mit denen er schon von klein auf immer erreicht hatte, was er wollte. Allein beim Gedanken an diese Unterhaltungen fühlte sich Hugo von Berenguela hintergangen.

Damiáns Enthüllung hatte jählings die tiefe Vertrautheit zunichtegemacht, die zwischen ihm und seiner besten Freundin bestanden hatte. Hugo kam es vor, als hätte Berenguela die letzte Verbindung zu seiner Vergangenheit gekappt. Mit einem Mal fühlte er sich furchtbar einsam.

Kraftlos und enttäuscht sank er auf seinem Stuhl zurück, unfähig, seine Erschütterung vor Damián zu verbergen.

Dieser sah sich durch das lange Schweigen seines Stiefbruders in seinem Verdacht bestätigt, dass Berenguela und Hugo mehr als nur reine Freundschaft verbunden hatte.

»Sie ist also hier?«, fragte Hugo schließlich.

»Nein, im Moment ist sie unterwegs«, improvisierte Damián. »Aber bleib doch, um mit uns zu essen und hier zu übernachten, wenn du sie gern sehen möchtest.«

Damián spekulierte darauf, dass Hugo seinen Vorschlag ablehnen würde. Das war ein Risiko, zahlte sich aber aus, denn tatsächlich hatte Hugo keine Kraft mehr. Er brachte es einfach nicht übers Herz zu bleiben. Von der Abweisung seines Vaters zu erfahren war schon schlimm genug gewesen. Aber jetzt hatte auch noch Berenguela ihre Freundschaft mit Füßen getreten. -1 Z.

»Ich gratuliere dir zur Hochzeit und bin dir für das Angebot dankbar«, brachte er schließlich mühsam hervor, da er kaum einen klaren Gedanken fassen konnte. »Aber ich möchte jetzt gerne allein sein und mich nach der anstrengenden Reise in einem Gasthaus ausruhen. Kannst du mir eines empfehlen? Was Berenguela angeht, so schaue ich morgen vielleicht noch vorbei, um sie zu sehen. Und falls ich nicht zu Martín de Soria in Antwerpen weiterreise, werde ich wohl zwei oder drei Tage in der Stadt bleiben. Im Moment bin ich ein wenig durcheinander und weiß noch nicht genau, was ich tun werde.«

Damián empfahl ihm einen Gasthof namens Peacock, eine gemütliche Herberge direkt am Marktplatz. Dorthin würde er am Abend auch das restliche Geld schicken, das er entbehren konnte, nachdem er seine Bücher durchgesehen hatte. Beim Abschied an der Haustür versprach er Hugo, sich umgehend darum zu kümmern.

Als Hugo mit hängendem Kopf davongeschlichen war, kehrte Damián zufrieden in sein Arbeitszimmer zurück. Jetzt musste er nur noch Hugos angekündigten Besuch bei Berenguela vereiteln. Und dafür würde er aufs Ganze gehen. In weniger als einer halben Stunde hatte Damián die Bücher durchgesehen und griff nach Papier und Feder. Nach sorgfältiger Überlegung verfasste er einen Brief, den er mit einem wohligen Gefühl des Triumphs noch zweimal las. Dann steckte er ihn in einen Umschlag und fügte einen Schuldschein mit seiner Unterschrift hinzu.

Zum Schluss rief er seinen Hauptdiener, damit dieser die Nachricht rasch persönlich an eine nahe Adresse überbrachte.

Auf Hugo wartete eine angenehme Überraschung.

2

Gasthof Peacock, Brügge, März 1476

Die Absätze klapperten laut auf den Pflastersteinen der Wollestraat. Ihre schöne Besitzerin hatte wegen eines Briefes, den ihr Mann bekommen hatte, noch spätabends das Haus verlassen müssen.

Obwohl sie müde und verwirrt war, schritt sie in ihrem eleganten Pelzmantel energisch aus, denn draußen war es kalt. Dass in ihrem Blick Traurigkeit und Frustration standen, war nichts Neues. Ihr elendes Dasein nahm einfach kein Ende.

Ihre ersten Jahre in Brügge waren schon grauenhaft gewesen, seit ihrer gescheiterten Flucht hätte es aber kaum schlimmer sein können. Renata hatte fünf Monate lang nichts von Berenguela gehört und das Haus in diesem Zeitraum nicht ein einziges Mal verlassen dürfen. Danach hatte ihr Mann ihren Hausarrest aufgehoben, aber nur, damit sie ihre Beziehung zum Bankier Chris van der Walle neu aufleben ließ. Offenbar hatte van der Walle Lope dazu überredet und mit einer ordentlichen Verbesserung seiner Kreditbedingungen nachgeholfen.

Während des sechsten Monats kam zu Renatas wöchentlichem Besuch im Weinkeller des Bankiers noch einer beim Amtmann der Stadt dazu, dem sie sich direkt vor ihrem Fluchtversuch verweigert hatte. Mit ihm traf sie sich in einer Gartenhütte hinter seinem Haus.

Sie hatte teuer für ihren einzigen Akt der Rebellion gegen ihren Ehemann bezahlt. Und nicht nur das: Auch ihre Familie bekam von Lope seit ihrem Fluchtversuch weniger Geld. Er bezeichnete es als Ausgleich für den Betrag, den Renata aus der Kasse mitgenommen hatte, dabei hatte er den längst zurückbekommen.

Als Renata das vornehme Gasthaus Peacock erreichte, fragte sie beschämt, welches Zimmer ein kürzlich hier abgestiegener Gast namens Hugo belege; den Nachnamen wusste sie nicht.

Dann ging sie die Treppe hinauf, im Nacken den missbilligenden Blick des Wirtes, der sie mit Sicherheit auf den ersten Blick als Metze abgestempelt hatte, und blieb mit einem resignierten Seufzer vor der Tür mit der Nummer zwei stehen.

Renata kniff sich in die Wangen, um ein bisschen Farbe daraufzuzaubern, knöpfte ihren Mantel auf und starrte auf die Spitzen ihrer Schuhe, bevor sie die Hand hob.

Was erwartete sie wohl hinter dieser Tür, mit was für einem Mann würde sie heute die Nacht verbringen müssen? Die versiegelte Nachricht, die Lope ihr zusätzlich zur Adresse ausgehändigt hatte, würde ihm ihre Anwesenheit zu so unchristlicher Zeit erklären. Und dann würde sie ihn verführen müssen. Ob sie das ertragen konnte? Würde sie die Abscheu verbergen können, die sie jedes Mal überkam, wenn sie von diesen Männern geküsst und berührt wurde?

Sie klopfte dreimal.

Renata hörte eine Männerstimme fluchen, wer denn um diese späte Zeit noch etwas von ihm wolle, dann erklangen Schritte.

Hugo öffnete die Tür und musste fast zur Seite springen, weil eine ebenso unerwartete wie fest entschlossene Frau in sein Zimmer trat.

»Meine Dame, ich fürchte, hier liegt eine Verwechslung vor«, sagte er, während er dabei zusah, wie sie ihren Mantel auf einen Stuhl warf und auf einem anderen Platz nahm. Sie hatte offenbar nicht vor, so schnell wieder zu gehen.

»Das denke ich nicht«, antwortete sie, und Hugo bemerkte beeindruckt, wie schön sie war.

»Ich habe etwas für Euch dabei.« Sie suchte in ihrer Tasche, zog einen Umschlag hervor und reichte ihn Hugo mit einem Lächeln. Hugo dachte bei sich, dass es wohl auch einen der riesigen Eisberge zum Schmelzen gebracht hätte, die er auf der Nordsee gesehen hatte.

Eilig öffnete er den Umschlag, um zu erfahren, was es mit alldem auf sich hatte.

Im Kuvert befand sich eine Zahlungsanweisung über sechshundert Dublonen mit der Unterschrift seines Bruders Damián, und dazu eine Nachricht:

Mein lieber Hugo,

in meinem nächsten Brief an Vater werde ich ihn über alles in Kenntnis setzen, was Du mir heute erzählt hast. Ich bin mir sicher, dass Du damit seinen Respekt zurückgewinnen wirst und dann all seine Vorbehalte gegen Dich vergessen sein werden.
Allerdings solltest Du wissen, dass es um die Finanzen der Familie im Moment nicht zum Besten bestellt ist. Ich möchte Dir noch einmal mein Bedauern darüber aussprechen, dass ich Dir nicht die gesamte Summe zur Verfügung stellen kann, die Du brauchst. Betrachte das hier bitte nicht als ein Darlehen Deines Bruders, denn dieses Geld gehört nicht mir, sondern als Darlehen von Vater, obwohl sowohl er als auch ich es Dir lieber geschenkt hätten. Nur läuft wie gesagt das Wollgeschäft im Moment eher schlecht.

Zusammen mit dieser Geldanweisung übermittele ich Dir meine besten Wünsche. Mögest Du die Träume, die Du heute Nachmittag mit mir geteilt hast, auch in die Tat umsetzen können!

Ich empfehle Dir, schon morgen nach Antwerpen aufzubrechen, damit Du Martín de Soria nicht verpasst, der häufig auf Reisen ist. Ich weiß sicher, dass er bis übermorgen in der Stadt sein wird, weil ich noch vor Kurzem mit ihm gesprochen habe.

Berenguelas Abwesenheit heute Nachmittag bedauere ich sehr, denn sie hätte sich über ein Wiedersehen mit Dir gewiss gefreut.

Sobald sie nach Hause zurückkehrt, werde ich ihr von Deinem Besuch berichten und ihr die Adresse Deines Gasthofes geben. Du wirst sehen, sie ist wirklich wunderschön. Die Ehe lässt sie richtig aufblühen.

Zu guter Letzt möchte ich Dich noch bitten, die Überbringerin dieser Nachricht als besondere Aufmerksamkeit Deines Bruders zur Feier unseres glücklichen Wiedersehens zu akzeptieren.

Stell keine Fragen. Es ist besser, wenn Du nicht weißt, wer sie ist. Aber wie Du sehen wirst, ist sie eine echte Dame, dies sollte Dir als Auskunft genügen …

Dein Bruder Damián

Während er das Schreiben zurück in den Umschlag schob, betrachtete Hugo die Frau.

Sie sah weder wie eine Bedienstete noch wie eine Dirne aus, nein, sie hatte Klasse. Die Art und Weise, wie sie in sein Zimmer gestürmt und sich gesetzt hatte, ließ allerdings etwas anderes vermuten. Und sein Bruder hatte in der Nachricht ja keinen Zweifel daran gelassen: Mit dem Überreichen des Umschlags war ihre Aufgabe noch nicht beendet, das war erst der Anfang.

Bei diesem Gedanken stieg ein merkwürdiges Gefühl in Hugo auf.

In den fünf Stunden seit seinem Gespräch mit Damián war Hugos Kummer nicht geringer geworden, sondern im Gegenteil beständig gewachsen. Unablässig hatte er sich die Neuigkeiten über seinen Vater und Berenguela durch den Kopf gehen lassen und nach einem Ausweg aus seinem Gefühlschaos gesucht. Er war erschöpft und tief getroffen. Im Moment wollte er sich nur noch ins Bett legen, einschlafen und alles vergessen. Das war aber nicht möglich, weil diese Frau ihn erwartungsvoll ansah.

»Kann ich sonst noch etwas für Euch tun, meine Dame?« Hugo versuchte ihr zu verstehen zu geben, dass ihr Besuch beendet war.

»Nein, vielmehr könnte doch *ich* etwas für *Euch* tun«, antwortete sie und durchbohrte ihn mit einem Blick aus ihren schönen schwarzen Augen. Dabei schlug sie ihre wirklich schönen Beine übereinander, darauf bedacht, sie auch gebührend zur Schau zu stellen.

»Ich wüsste nicht, was«, wandte Hugo ein.

»Aber ich.« Renata stand auf und ging zu ihm hinüber. Ganz anders als bei den sonstigen erzwungenen Stelldichein musste sie hier nicht gegen den Ekel ankämpfen. Bei diesem jungen Mann, der gut aussah und sich ihr gegenüber korrekt verhielt, stiegen ganz andere Gefühle in ihr auf. Er hatte ihr von dem Moment an gefallen, in dem sie das Zimmer betreten hatte. Und während der wenigen verstrichenen Minuten war sie zu dem Schluss gekommen, dass er nichts mit den Kerlen gemein hatte, mit denen sie sich sonst treffen musste. Das allein war schon Grund zur Erleichterung gewesen, darüber hinaus wirkten seine schönen grünen Augen auf sie wie ein Magnet.

Als sie nun dicht vor ihm stehen blieb, strahlte sie eine ruhige, natürliche Schönheit aus.

»Ich heiße Renata.«

»Und ich bin Hugo, aber ich verstehe nicht so ganz, warum Ihr immer noch hier seid.«

»Was muss ein Mann denn verstehen, wenn er vor sich eine schöne Frau hat, die zu allem bereit ist?«

Hugo schwieg und musterte ihr Antlitz. Ihre Wangen schimmerten im Kerzenlicht, sie lächelte bezaubernd, und ihre vollkommenen Züge machten es ihm schwer, sich jetzt auch nur an ein einziges anderes Gesicht zu erinnern. Von dieser Frau ging eine geradezu magische Anziehungskraft aus. Er dachte daran, wie selten er bisher Gelegenheit gehabt hatte, mit einer Frau intim zu werden. Das war nur zweimal geschehen und hatte bei ihm jedes Mal einen schalen Nachgeschmack hinterlassen. Vielleicht hatte es ja daran gelegen, dass es sich bei diesen Frauen um Dirnen gehandelt hatte, vielleicht am Mangel an Leidenschaft oder an beidem. Auf jeden Fall war keine der beiden Frauen so wunderschön gewesen wie diese fremde Dame oder hatte ihn mit solch feurigem Blick angesehen.

Renata beendete das verlegene Schweigen, indem sie ihre rosigen Lippen auf die seinen presste. Es war kein Zwang, sie wünschte es sich sogar.

Hugo genoss den Geschmack ihrer Lippen und erkundete dann die zarte Haut ihres Halses. Renata ließ sich von ihm umarmen und spürte auch dann nicht die übliche Anspannung, als die Hände des jungen Mannes ihre Brüste umfingen.

Hugo beschloss, seine Besucherin gerne als Linderung für seinen Schmerz zu sehen, als Flucht vor der quälenden Einsamkeit, als Ablenkung von diesem furchtbaren Tag. Als er sie aufkeuchen hörte, überließ er sich seinem Verlangen.

Vielleicht konnte ihn die schöne Fremde ja in eine bisher unbekannte Welt der Lust entführen.

Er griff nach ihrer Hand und zog sie mit sich zum Bett hinüber.

Mit angehaltenem Atem spürte Renata, wie die Finger des jungen Mannes die Bänder ihres Mieders lösten, dann ihren Rock herunterzogen und auf der Suche nach ihrer Brustbinde aus feiner Baumwolle ihr Leibchen hochschoben.

So entblößt küsste Renata ihn nur noch feuriger, begann dann, Hugo auszuziehen und bewunderte seinen kräftigen, jungen Körper.

Als sie sich aufs Bett sinken ließ, um ihn im Empfang zu nehmen, liebkoste Hugo mit unerfahrenen Berührungen ihre zauberhaften Kurven. Er streichelte die Frau mal hier, mal da, wusste aber nicht, wie er sie am besten erregen konnte.

Dass er in Fragen der Liebe ungeübt, fast schon unbeholfen war, störte Renata aber nicht. Sie ließ ihn gewähren. Als dann drängende Glut in ihr aufstieg, flüsterte sie ihm ins Ohr: »Lass es langsam angehen … und genieß es.«

Während im Peacock zwei junge Körper zueinanderfanden, überraschte im Haus der de Covarrubias' Damián seine Frau mit einem merkwürdigen Ansinnen. Trotz der späten Stunde solle sie sich anziehen und ihn begleiten. Als sie ihn nach Einzelheiten fragte, gab er keine Antwort und trieb sie nur noch zu mehr Eile. Berenguela starrte ihren Ehemann an; sie witterte eine Falle, doch ihr Protest prallte einfach an ihm ab. Denn Damián hörte sie zwar reden, dachte jedoch nur daran, wie er seinen Plan am besten umsetzen könnte.

»Wenn du mir nicht sagst, worum es geht, weigere ich mich, das Haus zu verlassen!«, schleuderte ihm Berenguela entgegen.

»Keine Angst, du erfährst alles, bevor wir aufbrechen. Warte nur ab, auf dich wartet eine große Überraschung.«

Damián hatte einen genau ausgearbeiteten Plan. Sein Hauptziel bestand darin, Hugo aus dem Weg zu schaffen, am besten für immer, aber vielleicht ergab sich sogar noch ein zweiter Vorteil für ihn. Damián hatte ja gesehen, wie sehr die Nachricht von seiner Hochzeit mit Berenguela Hugo mitgenommen hatte. Und jetzt war seine Frau an der Reihe.

Wie er erwartet hatte, stieg Berenguela nur zu gerne in die Kutsche, sobald sie hörte, dass sich ihr alter Freund in Brügge befand. Sie fragte Damián nicht einmal danach, wie er davon erfahren hatte, so aufgeregt war sie wegen des baldigen Wiedersehens. Und es wunderte sie auch nicht, dass Damián sie unbegleitet gehen ließ. Ihr war es egal, sie wollte Hugo nach den vielen langen Monaten sowieso lieber allein gegenübertreten.

Als die Kutsche in die Wollestraat einbog und vor dem Gasthof Peacock hielt, schien nichts ihre große Freude trüben zu können.

Der Herbergswirt konnte seine Verwunderung nicht verbergen, als er schon wieder gefragt wurde, in welchem Zimmer Hugo de Covarrubias zu finden sei. Er beneidete den Gast um das Interesse von gleich zwei Frauen.

Berenguela blieb vor der Tür des genannten Zimmers stehen und holte tief Luft, um sich zu entspannen. Sie rückte ihr Mieder zurecht und schob sich eine Locke hinters Ohr, die ihrem Haarknoten entwischt war. Dann drückte sie die Schultern durch und setzte ihr schönstes Lächeln auf. Sie hatte so große Lust, Hugo wiederzusehen, dass sie es kaum noch ertragen konnte.

Mit zitternder Hand klopfte sie zweimal an die Tür.

Im Zimmer erhob sich Hugo, verwundert über die erneute Störung. Er bedeckte seine Blöße mit einem Laken und ging zur Tür, um zu sehen, wer ihn da mitten in der Nacht störte. Bevor er aufmachte, warf er noch einen Blick über seine

Schulter. Die Italienerin, mit der er die letzten beiden Stunden verbracht hatte, lag nackt auf dem Bett und war vom Klopfen nicht aufgewacht. Hugo schob den Riegel zur Seite, öffnete die Tür einen Spalt weit und erstarrte vor Überraschung.

Draußen stand Berenguela, die nun die Tür aufschob, um ihrem Freund weinend um den Hals zu fallen. Ihr war nicht einmal aufgefallen, dass er halb nackt und nicht allein war.

Hugo blieben die Worte im Hals stecken. »Aber … Also … Was für eine an… angenehme Überraschung …«

»Mein lieber Hugo … Wie lange ich auf diesen Moment gewartet habe!« Berenguela bedeckte sein Gesicht mit Küssen. »Es gibt so viel, worüber wir reden müssen …«

Renata, die mit dem Rücken zu ihnen auf dem Bett lag, erwachte von den Stimmen. Zu träge, um sich im Halbschlaf umzudrehen, fragte sie nur mit verschlafener Stimme, was denn los sei.

Beim Klang der Stimme, die ihr bekannt vorkam, machte Berenguela sich von Hugo los und schaute sich suchend um. Als sie ihre Freundin in Hugos Bett entdeckte, starrte sie Hugo nur mit versteinerter Miene an und brachte keinen Ton mehr hervor. Dann fuhr sie herum und rannte über den Flur davon.

»Berenguela! Halt! Warte doch bitte!«, rief Hugo ihr hinterher, aber ohne Erfolg.

Wieder rollte die Kutsche über das Pflaster der Wollestraat, um dann umgehend auf den Marktplatz abzubiegen, in Richtung der De-Covarrubias-Residenz.

Berenguela wurde so von Schluchzen geschüttelt, dass sie kaum Luft bekam. Sie war von Schmerz zerrissen und tief enttäuscht.

Hugo mit einer anderen Frau anzutreffen war für ihr gebeuteltes Herz schon Qual genug. Aber dass es sich bei dieser Frau ausgerechnet um Renata handelte, erschien ihr der Gipfel der Grausamkeit. Die beiden Menschen, die sie auf dieser Welt am meisten liebte und respektierte, hatten sie hintergangen. Zwar war sie davon überzeugt, dass Renatas Ehemann hinter der Sache steckte und damit irgendwelche finsteren Absichten verfolgte, trotzdem schmerzte es sie, dass Renata mit Hugo geschlafen hatte. Schließlich hatte sie ihrer Freundin tausendmal von ihm, von Hugo de Covarrubias erzählt, der Liebe ihres Lebens. Renata wusste über ihn Bescheid.

Zum Verrat ihrer Freundin kam noch die bittere Erkenntnis, dass sie falschgelegen hatte. Wie naiv sie gewesen war! Hatte sie wirklich geglaubt, dass ihr Freund aus Kindertagen ihre Liebe eines Tages erwidern würde?

Hugo hatte gerade all ihre Hoffnungen auf eine gemeinsame Liebe zerstört. Doch es war Renata gewesen, die ihr ganzes Leben auf einen Streich in tausend Stücke zerschlagen hatte.

Als Berenguela das Haus betrat, wollte sie Damián nicht einmal sehen, so sehr fühlte sie sich durch ihn erniedrigt.

Aber auch Hugo sollte ihr nie wieder unter die Augen treten.

Genauso wenig wie Renata.

3

Brügge, Herzogtum Burgund, April 1476

Man verwehrte Hugo den Zugang zu Berenguela, als er früh am nächsten Morgen in der Residenz der de Covarrubias' vorstellig wurde. Er ließ sich nicht abwimmeln, doch der Hauptdiener erklärte ihm mehrfach, dass die Dame des Hauses nicht die Absicht habe, ihn zu empfangen. Und da Damián nicht zugegen war, konnte Hugo auch ihn nicht darum bitten, bei Berenguela zu vermitteln.

Hugo gab sich nicht geschlagen und wartete eine ganze Stunde vor der Haustür, bis man ihm schließlich eine knappe, deutliche Nachricht von Berenguela überreichte:

> *Hugo,*
> *bis gestern warst Du alles in meinem Leben, aber ich habe mich getäuscht.*
> *Von heute an ist darin kein Platz mehr für Dich.*
> *Verschwinde!*

Hugo begriff, dass man ihm gerade endgültig die Tür vor der Nase zugeschlagen hatte und dies das Ende seiner Freundschaft zu Berenguela bedeutete, die er doch für unerschütterlich gehalten hatte. Er wandte sich so wütend wie verzweifelt ab. Der Himmel, der alles mit angesehen hatte, schien auch etwas dazu sagen zu wollen. Bald ergoss sich nämlich alles Wasser der Welt über die Stadt, als wolle es Hugos

Kummer noch verstärken. Innerhalb von Sekunden war Hugo so durchweicht, dass seine Kleidung bleischwer an ihm hing und ihm jeden Schritt erschwerte. Ungelenk stieg er auf das Maultier, klopfte ihm freundschaftlich den Hals und schnalzte mit der Zunge. Zu seiner Überraschung setzte es sich ohne weitere Aufforderung sofort in Bewegung.

Zwei Straßen später schaute sich sein Muli verwundert zu ihm um. Heute hatte seine Art, es zu führen, etwas Ungewöhnliches an sich. Doch Hugos Augen starrten es nur matt an, wirkten beinahe wie tot, und so lief das Maultier, ermuntert vom Regen, der zwischen seinen Ohren prasselte und ihm dann die Stirn bis zu den Lefzen hinuntertroff, in leichtem Trab immer weiter, bis sie erst den letzten Kanal und dann auch die Stadtmauer von Brügge hinter sich gelassen hatten. Dem Tier war klar, dass heute nicht der Reiter bestimmte, wo es langging.

Hugo achtete nicht auf den Weg. Er verstand überhaupt nichts mehr, aber ihm tat alles weh. Von der Frau, mit der er die Nacht verbracht hatte, hatte er erfahren, dass sie gut mit Berenguela befreundet war. Und da er nicht begreifen konnte, aus welch anderen Gründen Berenguela ihn aus ihrem Leben ausschließen sollte, schrieb er ihren dramatischen Abschied allein dieser Tatsache zu.

Hugo warf einen Blick zurück und verfluchte beim Anblick der zahllosen Dächer von Brügge das Unglück, das diese Stadt ihm gebracht hatte. Nicht nur hatte er seinen Vater dort nicht angetroffen, noch dazu hatte er die Frau verloren, die ihm nach seiner Mutter am meisten bedeutet hatte. Erreicht hatte er allein das, was im Beutel an seinem Gürtel klimperte, außerdem die von seinem Bruder unterschriebene Zahlungsanweisung. Hugo sah Damián jetzt in einem positiveren Licht als zuvor, nicht ahnend, welche Rolle er bei Berenguelas unheilvollem Auftauchen in der Pension gespielt hatte.

Der Regen begleitete Hugo den ganzen Tag. Weil es einfach nicht aufklaren wollte und Antwerpen noch drei Stunden entfernt lag, machte Hugo bei Einbruch der Nacht in einem Dorf halt, das so klein war, dass es nicht einmal einen Gasthof hatte. Deshalb bettete sich Hugo schließlich zusammen mit seinem Maultier zur Nacht in einem Stall, sein Geld gut geschützt im Schoß verborgen.

Der Streit mit seiner alten Freundin war ihm so auf den Magen geschlagen, dass er das Abendessen hatte ausfallen lassen. Aber dann wollte sich auch der Schlaf nicht einstellen. Die Worte von Berenguelas Nachricht, die er hundertmal gelesen hatte und jetzt in seinem Beutel mit sich herumtrug, hatten sich ihm in die Seele eingebrannt.

Hugo dachte an das Gesicht seiner Freundin zurück, an ihre innige Umarmung und ihre bittere Miene, als sie Renata auf dem Bett entdeckt hatte.

Zusätzlich zu diesen Bildern drängten sich ihm jetzt aber auch noch andere Bilder aus ihrer Kindheit auf. Wie sie sich tausendmal angeblickt, miteinander gezankt, gelacht und nach all dem Spielen und Herumtollen Seite an Seite aneinandergeschmiegt geschlafen hatten … Jede dieser Erinnerungen schmerzte, als hätte Hugo plötzlich kein Anrecht mehr darauf. Er konnte sich Berenguela einfach nicht als Ehefrau seines Bruders vorstellen.

Hinter ihm erklang verärgertes Schnauben, weil er sich ständig hin und her wälzte, während sein Maultier zu schlafen versuchte.

»Tut mir leid, mein Alter. Aber du würdest auch nicht einschlafen können, wenn du den Schmerz durch die Abweisung der Deinen kennengelernt hättest.«

Das Maultier hob den Kopf und schnaubte noch zweimal protestierend. Dann legte es sich auf die andere Seite und hätte Hugo dabei beinahe erdrückt. Als es sich endlich beruhigt hatte, kraulte Hugo es und schlang ihm die Arme um den Hals, als bräuchte er seine Wärme oder hoffte auf Trost. Er wusste: Entweder würde er in diesem entscheidenden Moment seines Lebens in seinem Elend untergehen oder aber nach vorn schauen. Schließlich entschloss er sich, die schmerzlichen Ereignisse in Brügge ein für alle Mal hinter sich zu lassen und einen Neuanfang zu wagen – und dabei war Antwerpen die erste Station auf seinem Weg. An diese Hoffnung sowie an ein schnarchendes altes Maultier geklammert, schlief er endlich ein.

Gut zwanzig Meilen von jenem Stall entfernt wälzte sich auch Berenguela unruhig im Bett hin und her. Sie hatte sich im Laufe des Tages mehrmals geweigert, Renata zu empfangen, sich am Nachmittag aber doch zu einem Gespräch mit ihrer Freundin bereit erklärt.

Um ihr Gewissen zu erleichtern, hatte die Italienerin es eilig gehabt, ihrer Freundin darzulegen, wie es zu ihrer Nacht mit Hugo gekommen war und wer dahintersteckte. Sie stellte auch klar, dass sie keine Ahnung gehabt hatte, mit wem sie sich treffen würde.

Es war eine lange und qualvolle Nacht für Berenguela, die die Tür ihres Schlafzimmers verschlossen hatte, weil sie ihren Ehemann nicht sehen wollte. Ein ums andere Mal ließ sie sich die Unterhaltung mit ihrer Freundin durch den Kopf gehen.

»Dein Ehemann hat alles mit solcher Boshaftigkeit eingefädelt, dass er Hugos Nachnamen absichtlich nicht auf die Nachricht geschrieben hat. So wusste ich natürlich nicht, mit wem ich es zu tun hatte, Berenguela. Glaubst du etwa, dass ich so etwas bewusst mit deinem Hugo gemacht hätte? Himmel, nein, niemals!«, hatte Renata ihr unter Tränen beteuert.

»Das möchte ich ja gern glauben. Aber obgleich es keine Absicht war, kannst du dir meinen unendlichen Schmerz nicht vorstellen. Wenn ich nur daran denke, dass du dich meiner großen, meiner einzigen Liebe hingegeben hast, dass du seine Küsse und Zärtlichkeiten empfangen hast …«, rief Berenguela von Eifersucht zerfressen aus.

Renata ging es noch viel schlechter als ihr. »Es tut mir ja so leid, und ich verstehe dich gut. Aber ich flehe dich an, mir zu verzeihen, sonst werde ich mich für immer hassen!«

Mit zitternden Fingern griff sie nach den Händen ihrer Freundin, und Berenguela nahm ihre Entschuldigung schließlich an, weil sie die Wahrhaftigkeit in Renatas Blick erkannte.

»Ich werde dir helfen!«, verkündete Renata entschlossen. »Weißt du, wohin er sich auf den Weg gemacht hat? Ich werde ihm die ganze Wahrheit erzählen, das muss ich einfach. Als ich mich heute Morgen mit dieser Absicht im Gasthof eingefunden habe, war er schon nicht mehr da. Er hatte sein Zimmer bezahlt und war aufgebrochen.«

»Vielleicht weiß Damián es, aber ich werde mich ganz gewiss nicht dadurch erniedrigen, dass ich ihn frage. Er würde es ja doch nur genießen, mir diese Information zu verweigern. Und Hugo wird mich in nächster Zeit bestimmt nicht mehr aufsuchen, nach dem, was ich ihm heute Morgen geschrieben habe. Womöglich waren meine Worte ja doch zu hart.«

Antwerpen war vielleicht nicht so prachtvoll wie Brügge, dafür aber ein wichtigerer Handelsstandort. Da der Hafen direkt an die Innenstadt grenzte, hatte man hier nicht dieselben Probleme wie in Brügge, wo die Schiffe nicht anlegen konnten, wenn sich auf dem Grund des Zwin zu viel Schlick gesammelt hatte.

Es gab in Antwerpen eine fantastische Festung, und sie lag ganz in der Nähe des schönsten Platzes, den Hugo je gesehen hatte.

Dort wurde auch eine majestätische Kathedrale errichtet, fast so schön wie die in seinem Heimatort Burgos. Sobald er die Stadt betreten hatte, fühlte sich Hugo von diesem Gotteshaus angezogen. Er beschloss jedoch, den Besuch bis auf nach seinem Treffen mit Martín de Soria zu verschieben.

Zunächst erkundigte er sich bei der Antwerpener Zweigstelle des Consulado de Mercaderes de Castilla nach dem Bankier. Man nannte ihm die Adresse von de Soria, der nur zwei Straßen weiter wohnte.

Hugo ließ das Maultier in einem Stall zurück, wo es fressen und sich ausruhen konnte. Auf dem Weg zum Bankier versuchte er sich de Soria in Erinnerung zu rufen, der ein alter Bekannter seines Vaters war und den er selbst auch schon ein paarmal getroffen hatte.

Martín de Soria lebte in einem der prunkvollen Gebäude am Marktplatz. Unter seinem eigenen Wappen prangte an der Fassade des Gebäudes das von Kastilien und gab Aufschluss über die Herkunft des Besitzers.

Hugo betätigte den Türklopfer in Form einer Löwentatze und hatte Glück. Der Bedienstete, der ihm aufmachte, bestätigte, dass sein Herr zu Hause sei.

Durch ein großes Fenster, das eine komplette Wand einnahm, wurde die Bibliothek des Palais in Tageslicht getaucht. Hugo sah sich um und war von der Pracht des Raumes beeindruckt. Das riesige Fenster aus durchsichtigem Glas war in acht rechteckige Paneele unterteilt und von einem steinernen Rahmen eingefasst, mit Spitzbögen und filigranen Teilelementen, die verschlungenen Bändern nachempfunden waren. Auf der anderen Seite des Raumes thronte ein riesiges Mahagoniregal mit Dutzenden Büchern, und über die ganze

Bibliothek verteilt entdeckte Hugo eine Sammlung von Bronzeuhren. Die betrachtete er nun genau, als er Schritte hörte.

»Herr de Covarrubias?«

Hugo drehte sich zu dem Mann mit der rauen Stimme um, der sich ihm als Martín der Soria vorstellte.

»Ich bin Hugo de Covarrubias, der Sohn von Don Fernando de Covarrubias, den Ihr ja gut kennt. Bevor ich Euch die Gründe meines Besuches darlege, möchte ich mich für den freundlichen Empfang bedanken und mich dafür entschuldigen, dass ich ohne Vorankündigung erscheine.«

Sein Gastgeber winkte ab und sie reichten einander die Hand.

Hugo nutzte den Moment, um sein Gegenüber unauffällig zu mustern. Ihm war völlig entfallen, was für eine beeindruckende Gestalt de Soria war.

Es war vermutlich an die fünfzig, sah aber zehn Jahre jünger aus, hatte dunkles Haar mit leicht ergrauten Koteletten, einen dunklen Teint, lebhafte braune Augen, eine ebenmäßige Nase und war geschmackvoll gekleidet.

Mit Bedauern schaute Hugo an sich selbst herunter, und sogleich stieg ihm der an ihm haftende Geruch des Maultiers in die Nase. Er setzte sich und versuchte, unnötige Bewegungen zu vermeiden, um nicht noch mehr Stallduft zu verströmen.

»Verehrter Landsmann, sagt, womit kann ich Euch helfen?«, fragte de Soria mit freundlichem Lächeln.

»Ich war gerade bei meinem Bruder Damián, der ja, wie Ihr wisst, in Brügge wohnt. Ich habe mit ihm über eine geplante Unternehmung gesprochen, und er hat mich ermutigt, Euch um das nötige Startkapital zu ersuchen.«

»Da seid Ihr an der richtigen Adresse, denn ich handele tatsächlich nicht nur mit Wolle, Eisen, Olivenöl, Pigmenten und Stoffen, sondern vergebe auch Kredite.«

Der Bankier schlug die Beine übereinander und kratzte sich neugierig am Kinn. Dass ein de Covarrubias Geld brauchte, war ungewöhnlich, schließlich verband man mit diesem Namen große Wirtschaftsmacht. Oder zumindest bis noch vor einiger Zeit, dachte er.

Bevor es um eine konkrete Summe gehen würde, interessierte ihn vor allem, wofür dieses Geld bestimmt sein würde. Doch das sagte der junge Mann ihm nicht.

»Ich brauche eintausendvierhundert Golddublonen.«

»Ihr verlangt viel. Darf ich fragen, wozu Ihr dieses Kapital benötigt? Wollt Ihr zusätzlich zu den Lagerhallen in Brügge vielleicht noch welche hier in der Stadt bauen?«

De Sorias freundliche Worte und seine zugängliche Art bewirkten, dass Hugo sich nach und nach entspannte. Vielleicht fiel es ihm deshalb nicht schwer, seine Pläne offen darzulegen.

»Interessant«, urteilte Martín de Soria. »Der Verkauf von Salz ist zweifellos eine hervorragende Einnahmequelle. Und da es sich um ein Salzvorkommen unter offenem Himmel handelt, dürften die Qualität der Ware hoch und die Kosten der Gewinnung niedrig sein. Damit würdet Ihr eine klare Konkurrenz zum Salz aus Minen darstellen, deren Förderung weitaus teurer ist … Die Idee gefällt mir, das könnte funktionieren.«

Hugo war erleichtert. Eine so positive Einschätzung war sicher ein gutes Zeichen für sein Anliegen. »Ihr schließt das Darlehen also nicht aus?«

»Nein, zunächst müssten wir aber sehen, welche Sicherheiten Ihr mir bieten könnt.«

Unbehaglich rutschte Hugo auf seinem Stuhl hin und her. Er hatte natürlich mit dieser Frage gerechnet, konnte darauf aber keine überzeugende Antwort liefern. Deshalb versuchte er mit dem zu schachern, was er hatte: »Ich habe mir überlegt, Euch zusätzlich zur Rückzahlung des Kredits ein Fünftel unserer Einnahmen zu überschreiben. Das erscheint mir ein gutes Geschäft, meint Ihr nicht?«

Martín de Soria lächelte angesichts von Hugos Unerfahrenheit. »Nein, das reicht leider nicht. Wer garantiert mir denn, dass Ihr auch wirklich Erfolg habt? Und was passiert, wenn das nicht der Fall ist?«

Hugo erkannte, dass sein Gesprächspartner die Unterhaltung jetzt in genau die Richtung steuerte, die er eigentlich hatte vermeiden wollen.

Der junge Mann wusste nicht, dass sein Gegenüber nicht nur Zweigstellen in Brüssel und Antwerpen, sondern auch in La Rochelle, Florenz, London und Bordeaux hatte. Martín de Soria war ein guter Geschäftsmann und hatte gelernt, sich nicht anmerken zu lassen, was in ihm vorging.

Was das anging, war ihm Hugo nicht gewachsen. »Natürlich, es ist ja verständlich, dass Ihr Zweifel habt. Aber Ihr kennt doch meine Familie und ihre Kreditwürdigkeit.«

»Wollt Ihr damit sagen, dass Euer Vater für den ganzen Betrag aufkommen würde, wenn Euer Plan aus irgendeinem Grund scheitern sollte? Dann zeigt mir doch bitte ein diesbezügliches Dokument mit Don Fernandos Unterschrift.«

Hugo fühlte sich in die Enge getrieben. Er hatte nicht gewusst, dass Martín über die familiären Probleme der de Covarrubias' im Bilde war. Das Beste würde wohl sein, einfach die Wahrheit zu sagen, etwas anderes blieb ihm wahrscheinlich gar nicht übrig. »Nein, Don Martín, das kann ich nicht vorlegen. Ehrlich gesagt, habe ich schon seit einiger Zeit nicht mehr mit meinem Vater gesprochen, was aber nicht bedeutet, dass er in einem schwierigen Moment nicht für mich einstehen würde.«

Der Bankier stand auf, um Papier, Feder und Tintenfass zu

holen. »Ich werde Euch das Geld geben, das Ihr braucht, junger Mann«, sagte er, als er zurückkam.

»Wirklich?« Hugo kam aus dem Staunen nicht mehr heraus.

»Ja, aber Ihr müsst dafür mit Eurem Erbe bürgen.«

Hugo bekam einen Hustenanfall und erholte sich erst wieder, als der Bankier ihm einen Schluck Wasser anbot. »Aber wie kann ich das, wenn mein Vater noch lebt?«

»Es ist ganz einfach. Ihr unterschreibt dieses Dokument, und ich lasse es bei den Behörden registrieren. Falls Ihr mir die eintausendvierhundert Dublonen samt der entsprechenden Zinsen nicht im vereinbarten Zeitraum zurückzahlt, geht beim Tod Eures Vaters Euer Erbanteil in meine Hände über.«

»Aber das wäre ja mehr als zwanzigmal so viel wie das, was Ihr mir geliehen habt!«, rief Hugo empört.

»Da habt Ihr recht, vielleicht sogar noch etwas mehr. Obwohl Euer Vater momentan eher schwierige Zeiten durchmacht, würde ich nämlich kalkulieren, dass er nicht weniger als sechzigtausend Dublonen hinterlassen wird, also dreißigtausend pro Sohn. Das wäre dann …«

Rasch überschlug er im Kopf.

»… etwa das Einundzwanzigfache des Betrags, um den Ihr mich bittet.«

»Das ist doch Wucher!«

»Nein, mein Junge, da liegt Ihr falsch. Das ist ein ganz simples Geschäft und hat mit Wucher nichts zu tun. Ihr braucht Geld, und ich verleihe welches, so weit, so gut. Aber man vergibt ja schließlich keine Kredite ohne eine Garantie. Und machen wir uns nichts vor, bei Euch fehlen solche Sicherheiten. Trotzdem bin ich geneigt, Euch das Geld zu leihen, weil ich Eure Familie kenne. Nur deshalb gehe ich ein größeres Risiko ein als sonst. Denn es könnte ja sein, dass ich mein

Geld viele Jahre lang nicht bekomme, wenn Gott Eurem Vater seine gute Gesundheit erhält. Außerdem könnte er Euch auch enterben. Mir ist zu Ohren gekommen, dass Ihr schon auf dem besten Weg seid.«

Der Geschäftsmann erwähnte nicht, dass er diese Möglichkeit längst in Betracht gezogen hatte und sie eigentlich kein Problem darstellte. Hugo würde auf jeden Fall einen gesetzlich gesicherten Anteil bekommen, der noch etwas über die geliehene Summe hinausgehen würde.

»Ich fasse mich kurz, weil ich es eilig habe. Aber auch nach diesen wenigen Worten könnt Ihr wohl verstehen, mein lieber Freund, dass ein Wunsch wie Eurer seinen Preis hat – in diesem Fall eben den Eurer Erbschaft.«

»Darüber muss ich erst nachdenken …«, brachte Hugo kleinlaut hervor.

Natürlich waren de Sorias Argumente stichhaltig, trotzdem schwirrte Hugo der Kopf. Bis zu diesem Moment hatte er nie über sein Erbe nachgedacht. Aber jetzt, wo er es als Garantie überschreiben sollte, war er sich nicht sicher, ob es ihm das wert war. Sollte er seine Erbschaft für den Traum eines Sklaven und Geschichtenerzählers aufs Spiel setzen? War das nicht ein viel zu großes Risiko für ein Geschäft, mit dem er sich nicht auskannte, für ein Salzvorkommen mitten in der Wüste, das er noch nicht einmal mit eigenen Augen gesehen hatte? Und wenn das Ganze nur Azerwans Vorstellungskraft entsprungen war?

Nervös wischte sich Hugo mit einem Taschentuch den Schweiß von der Stirn; seine Hände zitterten, und er fühlte, wie sein Puls raste. Wenn er noch lange nachdachte, würde am Ende seine Entschiedenheit ins Wanken geraten.

Martín de Soria entging die Aufgewühltheit des jungen Mannes natürlich nicht, und er versuchte, de Covarrubias zu beruhigen.

»Hugo, Eure Entscheidung muss nicht sofort fallen. Ich finde es vernünftig, dass Ihr in Ruhe darüber nachdenken wollt. Nutzt den Abend, um Euch die Sache durch den Kopf gehen zu lassen, und wir sehen uns morgen wieder, wenn es Euch recht ist.«

»Soll ich wieder hier herkommen? Um wie viel Uhr?«

»Nein, kommt nicht her, holt mich lieber um zwölf Uhr in der Kathedrale ab. Bevor ich morgen Nachmittag nach Frankreich aufbreche, muss ich den dortigen Bauarbeiten noch einen Besuch abstatten. Und das ist doch sicher der perfekte Ort, um Eure Zweifel über Euer neues Leben zu zerstreuen, oder nicht?«

4

Onze-Lieve-Vrouwekathedraal, Antwerpen, April 1476

Nachdem Hugo den größten Teil seines Lebens mit Blick auf eine der schönsten Kathedralen Europas verbracht hatte, beeindruckte ihn nur selten ein Gotteshaus. Aber er hatte noch nie gesehen, wie eines gebaut wurde, und in der Antwerpener Kathedrale wurden gerade zwei neue Schiffe zu den fünf bereits bestehenden hinzugefügt. Deshalb fand er sich eine gute Weile vor seiner Verabredung mit Martín de Soria dort ein, um sich einmal umzuschauen.

Beeindruckt stand er zunächst vor der Hauptfassade, die mit Archivolten und Skulpturen reicher verziert war als die von Burgos. Vor allem erstaunte Hugo jedoch, wie luftig und leicht das Gebäude wirkte. Er dachte an die Kathedrale in seiner Stadt und verglich sie mit dem, was er hier vor sich sah.

In Burgos wirkte die schlichte Fassade der Kirche mit ihrem nackten Stein so, als wäre sie aus einem einzigen Felsblock gehauen. Damit erschien sie schwer und massiv.

Bei der Kathedrale hier bestand die Frontseite hingegen aus Hunderten senkrechter Elemente, die dem Gebäude Leichtigkeit verliehen.

Auf der Ostseite wurde Hugo Zeuge des faszinierenden Schauspiels der Bauarbeiten. Er zählte sechs riesige Tretkräne, die von jeweils über einem Dutzend Männer angetrieben wurden. Einige errichteten damit Torbogen aus

Naturstein, andere einen Strebebogen, der trotz seines Gewichts in der Luft zu schweben schien. Wieder andere transportierten große Kübel mit Mörtel in die Höhe, wo sich Hugos Schätzung zufolge mehr als hundert Arbeiter über mehrere Stockwerke eines Gerüsts verteilten. Manche von ihnen mauerten Wände, andere schleppten Keilsteine oder Säulenelemente oder schlugen Latten an das Lehrgerüst, das die Torbogen tragen würde. Eine kleine Gruppe Bauarbeiter errichtete gerade drei Sockel, auf denen später Skulpturen oder andere dekorative Elemente stehen würden.

Unten am Boden wurde Nachschub an Holz und Stein gebracht und das Material geordnet.

Und dazwischen tummelten sich jede Menge Schaulustige, die das Fortschreiten der Arbeiten beobachteten.

Hugo ging außen um die Apsis herum und umrundete die Kathedrale, bis er das Haupteingangstor erreichte.

Dort hielt ihn allerdings ein Mann auf: »Hier darf man nicht durch!« Seine Miene war unnachgiebig, und sein Blick zeigte deutlich, dass er all der Neugierigen überdrüssig war, die die Kathedrale betreten wollten.

»Ich bin aber in der Kirche mit Martín de Soria verabredete«, entgegnete Hugo.

»Wartet einen Moment, ich frage nach.«

Ein paar Minuten später kehrte der Mann zurück, zog die Absperrung zur Seite und gewährte ihm Einlass.

Das Innere der Kathedrale erschien Hugo ohnehin schon prächtig. Doch an diesem schönen Morgen ließ der strahlende Sonnenschein, der durch die hohen Fenster fiel, sie noch spektakulärer wirken. Es roch nach Weihrauch, verbranntem Wachs, vor allem aber nach menschlichem Schweiß. Der Innenraum wimmelte nämlich nur so von Männern, die schwere Schubkarren voller Steine vor sich herschoben. Das Material stammte von der Stelle, an der man die Wand eingerissen hatte, um zwei neue Schiffe hinzuzufügen.

Der Lärm war ohrenbetäubend, eine wilde Mischung aus Hämmern, Gemurmel und Geschrei. Dazu kam noch die Melodie einer alten Orgel, auf der jemand trotz der Bauarbeiten spielte.

Hugo lief den neu errichteten Bereich ab und blieb kurz an der ersten Kapelle stehen. Als er im Querschiff eintraf, hörte er seinen Namen, drehte sich um und entdeckte Martín.

»Guten Morgen, mein junger Freund. Wie habt Ihr die Nacht verbracht?«, fragte dieser und forderte ihn mit einer Geste auf, ihn zu einer noch im Bau befindlichen Kapelle zu begleiten.

»Ich habe gut geschlafen, weil ich schon vor dem Zubettgehen eine Entscheidung getroffen hatte«, erklärte Hugo, während sie sich in Bewegung setzten. »Und ja, ich will dieses Geld.«

»Das hört man gern.« Martín trug dieselbe freundliche Miene zur Schau wie am Vortag. »Dann bereite ich heute Nachmittag die nötigen Unterlagen vor. So könnt Ihr sie morgen früh unterzeichnen, auch wenn ich nicht in der Stadt bin. Eine Zahlungsanweisung wird wohl praktischer für Euch sein als Bargeld.«

»Auf jeden Fall. Sonst bräuchte ich ja schon ein Maultier nur für das Geld und würde ohne eine einzige Dublone an meinem Ziel ankommen, so unsicher, wie heutzutage die Straßen sind.«

Nachdem sie dies geklärt hatten, erzählte Martín Hugo, warum sie sich hier getroffen hatten: »Ich weiß nicht, ob Ihr darüber im Bilde seid, dass ein Teil der Kosten für das Errichten solcher Kirchen über den Verkauf von Kapellen an Privatleute finanziert wird. Wir vom Consulado de Mercaderes de Castilla haben die Kapelle in Auftrag gegeben, die wir gerade betreten, und werden sie später selbst ausstatten. Hier wird ein würdiger Altar aufgestellt werden und mittig vor der Wand eine Marmorstatue der Jungfrau Maria, die bereits angefertigt wurde. Aber das Beste fehlt noch: Die mit der Leinwand bespannte Öffnung«, er deutete darauf, »wird mit einem riesigen Buntglasfenster ausgefüllt werden, das den Apostel Santiago, die Heilige Familie und ein Abbild von Königin Isabella zusammen mit dem Wappen von Kastilien zeigt.«

»Im Gegensatz zur Kathedrale von Burgos habe ich hier nur wenige Buntglasfenster gesehen. Wenn ich mich recht entsinne, gibt es nur in der Apsis welche.«

»Richtig. Bis jetzt waren das die einzigen, aber es sind mehrere für die neuen Wände und die Querschiffe vorgesehen. Ich bin sicher, dass die leuchtenden Farben und ihre meisterhaften Zeichnungen dieses Gotteshaus völlig verändern und verwandeln werden. Habt Ihr je gesehen, wie solche Fenster eingesetzt und restauriert werden?«

Hugo schüttelte den Kopf.

»Wenn Ihr Zeit und Lust habt, könnt Ihr mich gerne begleiten und Hendrik van Diependaal kennenlernen, den Glasmaler, bei dem ich unser Fenster in Auftrag gegeben habe. Seinetwegen bin ich hier, und er ist eine wirklich interessante Persönlichkeit.«

Hugo folgte Martín de Soria bis zum Chorumgang. An dessen Ende bauten Arbeiter gerade einen Drehkran, während hinter ihnen ein Mann so nah über eine hölzerne Tischplatte gebeugt stand, dass er sie beinahe mit der Nase berührte. Er bearbeitete ein Glasfragment mit einer kleinen Bürste.

Als sie herantraten, hob der Mann das Stück Glas hoch, um sich das Ergebnis seiner Arbeit anzusehen, und was in diesem Moment geschah, verschlug Hugo die Sprache. Vor seinen fassungslosen Augen fiel vom Fenster her ein Strahl auf diese Glasscherbe und wurde in tausend bunte Lichtpunkte zerlegt, die über die Tischplatte, die Finger und weißen Handgelenke des Künstlers tanzten.

In diesem Moment der Katharsis bemerkte Hugo einen starken Geruch nach vergorenem Obst. Er stieg aus einem kleinen Farbtopf auf, den der Mann jetzt in die Hand nahm, nachdem er die Bürste weggelegt hatte. Der Geruch hatte Hugos Sinne geweckt, und er blieb reglos stehen, während er aufmerksam verfolgte, was der Handwerker als Nächstes tat.

Er sah zu, wie van Diependaal die Spitze eines dicken Pinsels in die bräunliche Flüssigkeit im Farbtopf tauchte und sie auf dem Glaselement verteilte. Der Maler war so sehr auf seine Aufgabe konzentriert, dass er Hugo und Martín gar nicht bemerkte. Das Stück Glas, das er gerade gereinigt hatte, war bislang durchsichtig gewesen. Jetzt nahm es einen dunkleren Ton an, und es schien darauf das Haar eines Engels zu entstehen. Genau erkennen konnte man es allerdings nicht, weil es sich nur um ein Fragment eines größeren Bildes handelte.

Dass der Mann braune Farbe benutzte, wunderte Hugo, da die meisten Bleiglasfenster Engel doch als blond darstellten. Er wagte es aber nicht, den Meister mit einer Frage bei der Arbeit zu unterbrechen.

Nachdem van Diependaal die Farbe gut verteilt hatte, hielt er das Stück Glas noch einmal ins Licht und nickte zufrieden.

Weder mit einem Räuspern noch mit Worten konnte Martín den Glasmaler aus der Konzentration reißen, mit der er seine Arbeit verrichtete.

»Meister Hendrik, habt Ihr ein paar Minuten Zeit für mich?«, fragte de Soria zum zweiten Mal, jetzt etwas lauter.

Nun drehte sich der Mann so schwungvoll zu ihm um, dass ihm eine Strähne des weißen Haars ins Gesicht fiel und ein Auge verdeckte. Er strich sie zurück und schmierte sich dabei braune Farbe auf die Wange und beinahe auch auf die Stirn. Beim Anblick der beiden Besucher lächelte er. »Was bringt Ihr für Neuigkeiten, mein lieber Martín?«

Er wischte sich die Farbe mit einem Lappen von der Wange und streckte dann eine Hand aus, die Martín mit der Herzlichkeit eines alten Bekannten schüttelte.

»Ich bin hier, um mich nach meinem Auftrag zu erkundigen. Ihr habt sicher schon gesehen, dass an der Kapelle, in der Euer Fenster hängen soll, immer noch gebaut wird. Es kann also noch dauern, bis sie eingeweiht wird. Aber ich wollte trotzdem nachhaken und Euch ein wenig zur Eile drängen, weil ich ja weiß, was für ein gefragter Mann Ihr seid.«

Der Gesichtsausdruck des Meisters ließ keinen Zweifel daran, dass er diesen Auftrag völlig vergessen hatte. Bevor er etwas dazu sagte, wies er einen jungen Helfer an, das Glaselement mitzunehmen und in den Brennofen zu legen. »Aber nicht länger als fünfzehn Minuten, das reicht, um die Farbe zu fixieren«, sagte er.

Er hatte außerhalb des Gebäudes eine provisorische Werkstatt mit allem Nötigen eingerichtet, sein eigentlicher Betrieb befand sich aber in Löwen.

»Dann wollt Ihr wohl einen ersten Entwurf sehen …«, wandte sich van Diependaal jetzt wieder an Martín.

»Genau«, sagte dieser mit ein wenig besorgter Miene.

»Hört mal, ich will Euch keine Märchen erzählen, tatsächlich habe ich damit noch nicht angefangen. Diese Restaurierung nimmt mehr Zeit in Anspruch als erwartet, deshalb war mir Euer Auftrag völlig entfallen. Wenn ich mich recht entsinne, schwebte Euch ein Fenster mit der Jungfrau als zentraler Figur vor, nicht wahr?«

»So ist es. Wir wollen ein Fenster zu Ehren Unserer Lieben Frau, der die Kathedrale ja gewidmet ist.«

»Einverstanden, ich verspreche, Euch bald etwas vorzulegen.«

Jetzt erst bemerkte van Diependaal Hugo, der völlig versunken ein gerade neu gebrachtes Glaselement betrachtete. Der Meister schaute Martín an und deutete mit dem Kinn auf den ihm unbekannten Burschen.

»Entschuldigt bitte, ich habe Euch ja noch gar nicht vorgestellt. Dieser junge Mann heißt Hugo de Covarrubias. Sein Vater ist Don Fernando de Covarrubias, ein guter Freund von mir und zurzeit der Vorsitzende der Kaufmannsgilde von Burgos.«

Dann wandte er sich an Hugo: »Ich möchte Euch gern Meister Hendrik van Diependaal vorstellen, der sich um …« Martín verstummte, als er bemerkte, dass der junge Mann weiter völlig versunken dastand. »Hugo? Hugo …«

Sein Blick wirkte, als wäre er in eine ferne Welt entschwunden, deshalb stupste Martín ihn mit dem Ellbogen an.

»Ja? Wie bitte?«

Jetzt kam van Diependaal Martín zuvor: »Was dich da gerade überkommt, hat einen Namen: der Zauber der Kirchenfenster. Oder fühlst du dich etwa nicht wie besessen von ihnen?«

Hugo schaute ihm in die hellblauen, fast durchsichtigen Augen und musste sich ein paar Sekunden sammeln. Dann seufzte er und bestätigte: »Voll und ganz. Woraus wird denn diese Farbe hergestellt?«, fragte er und deutete auf das Töpfchen in van Diependaals Hand.

»Das ist Silbergelb, eine Mischung aus Silbersalz mit Ocker und etwas Gummiarabikum, all dies verdünnt in Wasser. Dieses Pigment hat unsere Arbeit vollständig verändert. Seit der Entdeckung der Formel für seine Herstellung haben unsere Werke nichts mehr mit denen von vor zwei oder drei Jahrhunderten zu tun. Durch diesen Farbstoff gelingen uns im Inneren von Kirchen bis jetzt unvorstellbare Effekte.«

»Aber das ist doch Braun, kein Gelb.«

Van Diependaal konnte seine Verwirrung verstehen. »In der Hitze des Ofens wird es zu Gelb. Fertig gebrannt, wird das von mir eben bemalte Glas einen zauberhaften Goldton angenommen haben. Überraschend, nicht wahr?«

»Allerdings ... und alles andere auch. Wie erreicht Ihr bloß diese Lichteffekte, dass ein Strahl sich durch dieses hauchdünne Glas in so leuchtende Farben verwandelt?«

Van Diependaal sah ihn versonnen an. Nur selten hatte er einen so feinsinnigen und aufmerksamen Gesprächspartner wie diesen jungen Mann vor sich. Deshalb gab er eine ausführliche Antwort, um das Interesse des Jünglings noch anzufachen.

»Wenn wir die Glaselemente im Ofen erhitzen, bilden sich Tausende von Bläschen. Durch diese Bläschen und Rückstände von Mineralien im Glas entstehen bei Lichteinfall unerwartete Farbtöne. Manche werden absorbiert, andere werden gestreut und erzeugen ein erstaunliches Farbspektrum. Um auf der Basis derselben Farbe verschiedene Schattierungen zu erhalten, variieren wir die Dicke des Glases oder die Menge der Pigmente. Aber wir müssen dabei auch berücksichtigen, dass diese Farbtöne im Verlauf des Tages nicht immer gleich sind, je nach dem Einfallswinkel der Sonne und der Intensität des Lichts.«

Van Diependaal legte den dicken Pinsel auf den Tisch und schaute zu einem nahen Buntglasfenster hinüber. Er schloss einen Moment die Augen und atmete tief durch, bevor er weitersprach: »Wir machen uns mit all diesen Elementen vertraut und übersetzen sie dann in die Form eines Fensters, um unsere Botschaft zu übermitteln.«

Hugos Gesichtsausdruck zeigte, wie sehr ihn all das faszinierte, was er da gerade gehört hatte. »Ich verstehe«, sagte er.

»Um einen roten, blauen oder mauvefarbenen Ton zu erhalten, fügen wir der glühend heißen Glasmasse verschiedene Mineraloxide hinzu, bis die gewünschte Schattierung erreicht ist. Der schönste Moment kommt allerdings später, wenn wir die Farbzusammenstellungen eines jeden Fensters darauf beruhend entwickeln, wo es später hängen wird.«

Martín hatte den Kunsthandwerker noch nie mit so viel Leidenschaft sprechen hören und schaute ihn verblüfft an.

»Dabei beziehen wir als Faktoren die Höhe des Fensters und seine Ausrichtung mit ein, genau wie die Frage, wie viele Sonnenstunden es abbekommt und von wo aus die Gläubigen es sehen. Und da es vor allem darum geht, Gott zu huldigen, haben auch die Botschaften der Evangelien Einfluss auf die Kolorierung. Wir würden für die Passion Christi nicht dieselben Farben benutzen wie für seine Geburt. Der Inhalt der Szene spielt also auch eine Rolle. Wegen all dieser Aspekte bezeichnen manche unsere Arbeit als die edle Kunst der Buntglasherstellung.«

»Einfach großartig …«, murmelte Hugo, unfähig, in diesem Augenblick mehr dazu zu sagen, den Ansturm aus Gedanken in seinem Kopf in Worte zu fassen. Offenbar war er immer noch vom Zauber der Kirchenfenster gefesselt.

Van Diependaal freute sich über die Reaktion des jungen Mannes. Er lud Hugo ein, in seiner Werkstatt in Löwen vorbeizuschauen und sich den kompletten Herstellungsprozess anzusehen, wann immer er wollte.

In diesem Moment erschien sein junger Gehilfe. Ein wenig ungelenk schob er sich zwischen den Männern hindurch, brachte das Glaselement zurück und zog ein paar Tonschälchen zu sich heran. Van Diependaal stellte ihn als seinen

Schwager und Schüler vor. Er war etwa so alt wie Hugo und hieß Niclaes Rombouts.

Die beiden jungen Männer reichten einander die Hand.

»Dürfte ich dir vielleicht helfen?«, fragte Hugo und deutete auf die Behälter, die Rombouts gerade an sich genommen hatte.

»Warum nicht«, antwortete Niclaes, ein magerer Bursche mit zum Pferdeschwanz gebundenem blondem Haar, blauen Augen, ausgeprägtem Kinn und hohen Wangenknochen.

Er stellte alles, was er in den Händen trug, auf die Tischplatte und reichte Hugo einen Mörser mit Stößel.

Dann gab er mit einem Löffel eine genau abgemessene Menge Silberflocken in seinen eigenen Mörser, bevor er eine sauer riechende Flüssigkeit hinzufügte.

Hugo imitierte seine Handgriffe.

»Pass auf deine Finger auf, damit du dich nicht verätzt«, empfahl ihm Niclaes.

Van Diependaal und Martín gingen zum Kran hinüber und sahen zu, wie das größte Element des zu restaurierenden Fensters heruntergelassen wurde.

Ohne mit der Stößelbewegung innezuhalten, beobachtete Hugo alles, was um ihn herum geschah.

Es waren sechs Männer nötig, um das Stück Glas vom Kran bis zu van Diependaals Arbeitstisch hinüberzutragen. Trotz seines schlechten Zustands war das Bildnis darauf noch immer zu erkennen: Drei Engel brachten eine goldene Krone für Jungfrau Maria herbei.

Als Erstes bearbeitete der Meister mit seiner kleinen Bürste das Gesicht der Gottesmutter, das von den vieren am unansehnlichsten geworden war. Als van Diependaal einen Moment hochschaute, begegnete er Hugos Blick und lächelte, weil auf den Zügen des jungen Mannes immer noch dieselbe Begeisterung lag.

Dann konzentrierte er sich wieder auf seine Arbeit und erklärte: »Die Jahre hüllen die Fenster in eine Schicht aus Schmutz und Staub, lassen sie aber fast nie verbleichen. Unsere Aufgabe besteht darin, ihnen den alten Glanz zurückzugeben, ihre Seele, die Farben des ursprünglichen Entwurfs. Wir erwecken also die einstige Schönheit der Scheiben, die nur geschlafen hat, wieder zum Leben. Dabei respektieren wir denjenigen, der sie erschaffen hat, seine Kunstfertigkeit und die Gefühle, die sein Werk in uns auslöst. Wir verstehen uns als Bewahrer der Fenster.«

Hugo ergötzte sich an jedem einzelnen Wort aus van Diependaals Mund. Er genoss diesen Moment in vollen Zügen, mit allen Sinnen, und verwahrte die Worte in seinem Gedächtnis.

Vielleicht lag es an der feierlichen Stimmung an diesem Ort, an der Magie des Augenblicks oder an der faszinierenden Erfahrung, wahrscheinlich war es einfach eine Mischung von allem. Jedenfalls war Hugo, als er die Kathedrale verließ und noch einmal zur Apsis zurückschaute, beim Anblick der Buntglasfenster auf jeden Fall klar, dass sich in ihm gerade etwas unwiderruflich verändert hatte.

Bilder, Farben und Licht hatten ihn berauscht.

5

Rouen, Frankreich, April 1476

Hugo war vor sechzehn Tagen von Rouen aus aufgebrochen, und Orti hatte seither an jedem einzelnen davon laut verkündet, dass sie den jungen Mann gewiss nie wiedersehen würden.

Azerwan hingegen war überzeugt, dass sein Freund zurückkehren werde, mit Geld oder ohne.

Aber natürlich wussten beide, dass allein die Reise nach Brügge und zurück schon zehn Tage dauern würde. Außerdem würde das, was Hugo dort zu erledigen hatte, bestimmt auch ein paar Tage in Anspruch nehmen.

Deshalb schlugen Ortis bissige Kommentare dem Sklaven zwar erst ab dem dreizehnten Tag allmählich aufs Gemüt, drei Tage später war seine Zuversicht aber schon stark erschüttert. Orti war sich Hugos Scheitern so sicher wie der Tatsache, dass die Reparaturen am Schiff schneller vorangingen als erwartet. Daher beschloss er, dass die Santa Ana in zwei Tagen den Anker lichten und sich auf den Weg nach Bermeo machen würde.

Azerwans Herz begann zu rasen, als er mitten in der Nacht das Klappern von Hufen auf dem Kai vernahm und anschließend Schritte an Bord, die das hölzerne Deck knarzen ließen. Der Maure rutschte in seiner Koje unruhig hin und her. Angespannt wartete er ab, ob jemand eintreten würde. Als seine Augen sich an das dämmrige Licht gewöhnt hatten, das durch eine Außenlaterne ins Innere fiel, erschienen am oberen Ende der steilen Treppe, über die man den Schiffsraum erreichte, zunächst lederne Stiefel, dann eine dunkle Jacke und schließlich ein Gesicht mit grünen Augen, lockigem Haar und einem Grinsen von Ohr zu Ohr.

Azerwan brauchte gar nicht erst zu fragen, wie es ihm ergangen war, er konnte Hugos Antwort in seinem Blick lesen.

»Lass uns jetzt sofort Orti wecken!«, rief der Kastilier aus, was zu murrendem Protest der Seeleute führte, die von seinem Krakeelen wach geworden waren.

Der Sklave wedelte hastig mit der Hand, damit Hugo die Stimme senkte. »Lass es gut sein, es ist schließlich schon spät. Jetzt können wir auch ruhig noch bis morgen warten.«

Aber Hugo trat an sein Lager heran, zog Azerwan die Decke weg, packte ihn am Arm und zerrte ihn hinter sich her.

»Bist du verrückt? Auf keinen Fall, ich weigere mich, noch zu warten. Du lebst und schläfst schon seit Jahren als Sklave. Morgen früh wirst du jedoch als freier Mann aufwachen. Los, lass uns Orti aufsuchen!«

Als sie die Kajüte des Patrons betraten, weigerte sich dieser zunächst, auch nur die Augen aufzumachen, und protestierte lautstark, bis er plötzlich das Gewicht eines Beutels Gold spürte. Es waren zweihundertfünfundsechzig Dublonen.

»Wenn Ihr uns Azerwans Freilassungspapiere unterzeichnet, könnt Ihr sofort wieder ins Reich der Träume entschwinden, allerdings um einiges reicher«, verkündete Hugo.

Das ließ sich Orti nicht zweimal sagen und begann in seinen Unterlagen zu kramen. Weil er noch nicht ganz wach war, fielen ihm lauter Papiere herunter und rollten über den Fußboden. Die musste er erst einmal aufsammeln und eins nach dem anderen durchsehen, bevor er das Gesuchte fand.

Erwartungsvoll stand Azerwan da.

Orti nahm am Tisch Platz und zog Tintenfass und Feder heran. Dann tauchte er die Spitze der Feder ein, stieß einen tiefen Seufzer aus und setzte sie unten aufs Papier.

Bewegt sahen die beiden Freunde zu, wie er mit rascher Bewegung den ersten Buchstaben zu Papier brachte, gefolgt von einem schüchternen R und einem verschnörkelten T. Vom geschwungenen I aus zog er die Feder noch einmal über seinen ganzen Namen, tupfte die Unterschrift dann mit Löschpapier trocken und erhitzte schließlich ein Stück Wachs, um dem Dokument sein Siegel aufzudrücken.

Als er fertig war, sah Orti Azerwan an und reichte ihm das Papier mit ausdruckslosem Blick. Für ihn war es offenbar eine reine Formalität.

Der Maure hingegen presste das Dokument gegen seine Brust und konnte sein Glück kaum fassen. Er blickte Hugo an, dann versanken die beiden Männer in einer innigen Umarmung. Dabei sprachen sie kein Wort, weil die Geste auch so von ehrlich empfundener Dankbarkeit und Hoffnung für die Zukunft zeugte.

Heute Nacht war Azerwan bereit, sich über alle Regeln hinwegzusetzen, deshalb öffnete Hugo nach ihrer Rückkehr in den Frachtraum den Zapfhahn eines Apfelweinfasses und füllte zwei Gläser. Als sie anstießen, fiel Hugo einer von Azerwans Sinnsprüchen ein: »Bevor ich nach Brügge aufgebrochen bin, hast du einen Satz für mich übersetzt, nämlich ›Wer mit Geduld handelt, wird seine Ziele auch erreichen‹. Und du, mein lieber Freund, hast es erreicht! Willkommen in der Freiheit!«

Hugo hatte vor ihrer Abreise aus Rouen keine Gelegenheit mehr, Obeko zu sehen, denn dieser hatte es vorgezogen, nach Paris zu fahren, statt den ganzen Tag tatenlos herumzusitzen und die Arbeiter zu verfluchen, die die Santa Ana reparierten. Er wollte sich mit dem Kauf neuer Seekarten und des einen oder anderen Navigationsgeräts ablenken, weil er es einfach nicht ertrug, wenn Fremde sein Schiff anfassten.

Hugo und Azerwan bezahlten die Überfahrt auf einer Karavelle bis nach Cádiz; dort wollten sie auf ein anderes Schiff umsteigen, das sie bis nach Tunis bringen würde, die Hauptstadt von Ifriqiya.

Die Idee eines Zwischenstopps in Burgos hatten sie am Ende verworfen – Hugo hatte Berenguela schließlich schon in Brügge gesehen, und seinen Vater würde ja Damián über Policarpos schmutziges Spiel unterrichten.

Wenn Hugo an seinen Besuch in Brügge zurückdachte, hatte er zwar das eigenartige Gefühl, irgendetwas übersehen zu haben, aber bald beschloss er, nicht weiter darüber nachzudenken. All die Emotionen der letzten Tage und Wochen hatten seinen Blick auf die Zukunft gerichtet, und er war fester denn je entschlossen, seinem vergangenen Leben ein für alle Mal den Rücken zu kehren.

Die Karavelle mit Hugo und Azerwan an Bord verließ Rouen und fuhr auf der gewundenen Seine dem offenen Meer entgegen. Nach fünfzehn Tagen Seereise legten sie in Cádiz an. Dort dauerte es noch einmal vier Tage, bis sie ein Schiff für die Weiterfahrt fanden, und weitere neun, bis sie Ende April schließlich die Küste von Afrika erreichten.

Während der achtundzwanzig Tage ihrer Reise lauschte Azerwan interessiert Hugos Schilderung all dessen, was ihm in Brügge und Antwerpen widerfahren war. Der Maure teilte die tiefe Enttäuschung seines Freundes darüber, dass Berenguela Hugos Bruder geheiratet hatte und seinen Schmerz, dass Don Fernando ihn verstoßen hatte. Allerdings hoffte Azerwan, dass sich ihre Beziehung verbessern würde, sobald Hugos Vater durch seinen Stiefbruder die Wahrheit erfuhr.

Dankbar vernahm er von Damiáns finanzieller Großzügigkeit, die zwar unerwartet, aber sehr gelegen gekommen war. Er musste lächeln, als er von Hugos Nacht mit Renata und Berenguelas Besuch im Zimmer des Gasthauses hörte, obwohl er die Folgen natürlich bedauerte. Vor allem beeindruckte ihn aber, wie lebhaft und leidenschaftlich Hugo seine Erlebnisse in der Kathedrale von Antwerpen schilderte.

Er erzählte so anschaulich, dass der Maure beinahe vor sich zu sehen glaubte, wie sich das Licht im restaurierten Glaselement brach und in tausend Farben verwandelte. Er schien mit eigenen Ohren den begeisterten Worten von Meister Hendrik van Diependaal zu lauschen und selbst dabei mitzuhelfen, für die Fenster die Farbe aus Silber, Ocker, Säure und Wasser anzurühren.

Bei Hugos glühenden Beschreibungen fielen Azerwan wieder die Zeichnungen an, die sein junger Freund anfertigte und dann sofort verbrannte und ins Meer warf, damit niemand sie sah. All dies bekräftigte ihn noch einmal in seinem Beschluss, in Qastiliya den bekannten Meister Mustafa ibn al-Baitar aufzusuchen, damit Hugo von ihm lernen konnte. Darin lag für ihn das wahre Ziel dieser langen Reise. Wenn alles so verlief, wie er es sich vorstellte, würden sie durch den Salzverkauf genug Geld verdienen, um al-Baitar bezahlen zu können. Das wäre Azerwans Art, sich bei Hugo für das Geschenk seiner Freiheit zu revanchieren.

Für Azerwan schien die lange Fahrt übers Mittelmeer in Richtung seiner schmerzlich vermissten Heimat eine Ewigkeit zu dauern. Als dann schließlich die warme, exotische Küste Afrikas mit ihrem weißen Sand, den zimtfarbenen Felsen und vereinzelten grünen Büschen in Sicht kam, hellte sich seine Miene auf.

Hugo, der es bemerkte, brauchte nicht nach dem Grund zu

fragen. Sein Freund kehrte in das Land seiner Geburt zurück, frei von den Ketten der Sklaverei und auf der Suche nach einer magischen Erinnerung, die den Namen einer Frau trug. Vor ihm lag der Einstieg ins Salzgeschäft, das einen angesehenen Mann aus ihm machen könnte.

Anders als Azerwan hatte Hugo selbst keine Liebe, die ihn band. Er war frei, doch die Ächtung seines Vaters schmerzte ihn sehr. Deshalb hoffte er, dass dieses Land seinem Leben einen Sinn geben und er sich hier eine Zukunft aufbauen konnte. Ob ihm das wohl durch jenen berühmten Maler gelingen würde?

Am ersten Mai 1476 standen Hugo und Azerwan am Bug des Schiffes und beobachteten die letzten Handgriffe, mit denen die Matrosen im geschäftigen Hafen Halq al Wadi andockten. Hier legten täglich Dutzende Schiffe mit Weizen, Öl, Obst und Gemüse ab, während andere mit vollem Frachtraum aus Genua, Barcelona, Venedig oder Pisa eintrafen.

Halq al Wadi lag an der Mündung einer riesigen Lagune und war für die Hafsidendynastie, deren Regenten seit mehr als zweihundert Jahren die Geschicke von Azerwans Heimat lenkten, von großer wirtschaftlicher Bedeutung.

Die beiden Männer packten ihre wenigen Habseligkeiten in Seesäcke, die sie sich über die Schulter warfen. Hugo war beeindruckt, als sie Tunis betraten und durch belebte Straßen liefen, bis sie den größten Basar der Stadt erreichten. Mit seinem chaotischen bunten Treiben war er so ganz anders als der Markt in Medina del Campo, mit dem Hugo vertraut war. Unter Markisen unterschiedlichster Farben drängten sich Hunderte von Männern und Frauen durch ein Gewirr aus gewundenen Gässchen, um Geflügel, Fleisch, Gemüse oder Gewürze zu kaufen. Die Männer waren in lange Tuniken aus weißer – manchmal auch purpurroter, blauer oder grüner – Baumwolle gehüllt, die Azerwan als »Jebba« bezeichnete, ihre Köpfe schmückte ein eigentümlicher Turban. Am auffälligsten war jedoch ihr Schuhwerk, denn sie trugen rote Stiefel.

Die Frauen waren in eine riesige Stoffbahn gehüllt, die sogar ihr Gesicht verdeckte, trugen viel Parfüm und glänzenden Schmuck wie Ketten, Armbänder und lange Ohrringe.

Azerwan kannte sich in der Stadt gut aus und hielt auf einen Hügel in Richtung Osten zu, wo sich die Alcabaza befand. Hinter den Mauern dieser Zitadelle lagen der Palast und die Residenz der Herrscher nebst einer alten Moschee, den Unterkünften der Privatgarde des Sultans und einigen Verwaltungsgebäuden, unter anderem dem Zollamt. Und dorthin machten sie sich jetzt auf den Weg.

Als die beiden Freunde schließlich den einzigen Eingang der Zitadelle erreichten, war Hugo in Schweiß gebadet. Der warme Sonnenschein hier war etwas ganz anderes als das feuchte, bewölkte Wetter in Rouen. Er zog sein Wams aus, spürte, wie die Sonne seine Kopfhaut verbrannte, und verstand jetzt den Sinn des Turbans.

Man betrat die Zitadelle durch eine Tür, die so eng und niedrig war, dass man sich dafür bücken und seitlich gehen musste. Jenseits des Durchgangs fand man sich in einem riesigen, von Mauern eingefassten Bereich wieder, der selbst den abgebrühtesten Betrachter in Staunen versetzen musste.

Auf einer Seite des Areals sah man kleine Häuser, einige davon zweistöckig, die von Soldaten bewacht wurden. Im Norden stand auf einer Erhebung zwischen Palmen und Olivenbäumen eine riesige Festung, auf deren zinnenbesetzten Türmen die Fahne der regierenden Dynastie flatterte. Sie zeigte einen galoppierenden Rappen.

»Das elegante Minarett dort vor der Festung gehört zur Ez-Zitouna-Moschee, der ältesten und schönsten der Stadt«, erklärte Azerwan. »Mehr als auf Religion legt man in dieser Stadt jedoch Wert auf Bildung, deshalb gibt es in ihren Straßen auch so viele Schulen. Man nennt sie ›Medressen‹, und es stehen dort neben dem Koran und anderen Unterrichtsfächern auch technische und wissenschaftliche Kenntnisse auf dem Lehrplan. Allein auf dem kurzen Stück zwischen Moschee und Festung kann man ganze fünf Schulen zählen. Und in den Gebäuden zu deiner Linken, denen mit den gefliesten, reich verzierten Fassaden, befindet sich die Verwaltungsbehörde, zu der wir wollen.«

Aufmerksam betrachtete Hugo diese fremde Welt. Ihn überraschte zum Beispiel die leuchtend blaue Farbe vieler Türen und Fensterrahmen, die einen reizvollen Kontrast zu den weißen Wänden bildeten. Aber auch die merkwürdige Anordnung dieser kleinen Stadt innerhalb der Stadt verblüffte ihn. Die verwinkelten Gassen verwandelten sie in ein wahres Labyrinth, vor allem für den Besucher, der die Zitadelle zum ersten Mal betrat.

Zum Glück war Azerwan schon zuvor hier gewesen. Er führte Hugo an mit Jasmin und Bougainvillea bewachsenen Mauern vorbei, und nach zehn Minuten erreichten sie dann eine große Kaserne und mehrere kleine Gebäude. Sie bogen in eine Straße ein, deren hölzerne Türen mit spitzen Nägeln beschlagen waren und hinter denen sich vermutlich Lagerhäuser oder hübsche Innenhöfe verbargen, gingen an einem belebten öffentlichen Badehaus vorbei und erreichten schließlich das Amt, in dem die Finanzen des Sultans sowie Steuern und Zölle der Stadt verwaltet wurden.

Die leuchtend blaue Eingangstür wurde von zwei schwarzen Wächtern flankiert, die ihnen Einlass gewährten.

Durch einen schmalen Flur gelangten sie in einen Innenhof, in dem sich ein bunt gemischter Haufen von etwa zwanzig Männern drängte. Die meisten derjenigen, die hier auf ihre Audienz bei den entsprechenden Beamten warteten, waren Ausländer.

Azerwan ließ den Blick über die Menge schweifen und kalkulierte, dass sie etwa zwei Stunden Wartezeit vor sich hatten. Hugo hoffte, dass es schneller ginge, weil nicht jeder der Anwesenden selbst vorsprechen würde – viele waren bloß als Übersetzer dabei.

»Hast du denn keinen Bekannten unter diesen Beamten? Jemanden, der die Sache für uns beschleunigen könnte?«

»Nein, leider nicht. Der gegenwärtige Sultan, Abu Umar Uthman, gehört wie seine Vorgänger auch zu den Masmuda. Diese Berberdynastie hatte noch nie viel für uns Beduinen übrig und duldet uns zwar, setzt für Aufgaben in Regierung und Verwaltung aber lieber ihre eigenen Leute ein.«

In diesem Moment verließ laut protestierend ein Mann das Amt. Sein Gesicht war rot vor Zorn, und er gestikulierte wütend. Als er an ihnen vorbeikam, hörten sie ihn in einer Hugo vertrauten Sprache, nämlich auf Katalanisch, die Mutter des Beamten verfluchen.

Hugo wandte sich an ihn: »Was ist Euch denn widerfahren?«

Der Mann blieb wie angewurzelt stehen und starrte Hugo an. Er hatte sich so in seinen Zorn hineingesteigert und war zugleich so überrascht, hier auf Kastilisch angesprochen zu werden, dass ihm die Worte fehlten. Endlich fragte er:

»Stammt Ihr aus Kastilien?«

»Ja, aus Burgos.« Hugo streckte ihm die Hand entgegen.

»Und ich aus Terrassa. Dieser Kerl hat nur eines im Sinn, nämlich den Menschen Steine in den Weg zu legen und ihnen Geld abzuknöpfen.« Er schüttelte Hugos ausgestreckte Hand. »Wenn Ihr schnelle Ergebnisse wollt, solltet Ihr besser Eure Geldbörse zücken … Viel Glück!«

Dann wandte er sich ab und verschwand, wobei er lautstark die Berber, ihre lausigen Kamele, die Hitze und die Datteln verfluchte, die man ihm hier zu jeder Uhrzeit vorsetzte, selbst zum Frühstück.

Hugo lächelte in sich hinein und drehte sich dann wieder zu Azerwan um. »Du wolltest ja eigentlich schon heute alles auf einmal erledigen – das Gelände mit dem Salzvorkommen kaufen und hier mit der Nutzungserlaubnis sowie der Handelslizenz herausmarschieren. Wenn man bedenkt, wie der Kerl sich aufgeführt hat, können wir das wohl vergessen.«

Sie traten an einen Brunnen heran, Hugo lehnte sich an seine Außenwand und rutschte daran herunter, bis er auf dem Boden saß.

»Die hohen Beamten und Vermögensverwalter des Sultans gehören alle zu Uthmans Verwandtschaft, und das bringt eben Korruption mit sich. Es ist sicher auch nicht leicht, tagein, tagaus all die Reichtümer vor der Nase zu haben und sich davon nicht in Versuchung führen zu lassen. Aber keine Sorge, du wirst schon sehen, dass ich alles bedacht habe und jede Forderung erfüllen kann. Vermutlich hat dieser Katalane einfach nicht tief genug in die Tasche gegriffen!« Auch Azerwan ließ sich zu Boden sinken. »Vertrau mir.«

»Mir bleibt ja auch gar nichts anderes übrig«, seufzte Hugo.

»Zweifelst du etwa an mir?«

»Nein. Damit wollte ich nur sagen, dass ich keine andere Wahl habe, weil ich ja kein Arabisch spreche.«

Es verstrichen nicht zwei, sondern ganze drei Stunden, bis sie endlich an der Reihe waren. Als sie aufstanden, rieb sich Hugo die eingeschlafenen Muskeln seiner Beine. Auch sein Magen meldete sich zu Wort und erinnerte ihn daran, dass er seit gestern Abend auf dem Schiff nichts mehr gegessen hatte. Sehnsüchtig dachte er an die Stände mit Obst zurück, an denen sie auf dem Markt vorbeigekommen waren.

Der Beamte stellte sich Azerwan als Abu ben Mussaf vor, schaute aber nicht einmal auf und bat sie auch nicht, Platz zu nehmen. Das fand Hugo zwar merkwürdig, er ahmte aber einfach seinen Freund nach und ließ sich wie er mit überkreuzten Beinen auf einem Teppich nieder.

Azerwan ergriff das Wort, und von diesem Moment an verstand Hugo nichts mehr, weshalb er die Szene nur schweigend beobachten konnte.

Er musterte zunächst den Beamten, der nicht wie die Einheimischen hier in der Stadt aussah, und dann den Raum. Zu seiner Verwunderung bestand die einzige Einrichtung aus zwei Teppichen. Den einen teilten er und Azerwan sich mit dem Beamten, auf dem anderen saß ein Mann mit Papierrollen und einer Feder, der wohl als Schreiber fungierte.

Die Luft im Raum war abgestanden, woraus Hugo schloss, dass die beiden wohl schon viele Stunden lang hier eingeschlossen waren. Es gab nur ein einziges schmales Fenster, durch das man auf eine Mauer schaute.

Als er bemerkte, dass etwas an Azerwans Tonfall sich geändert hatte, wandte er seine Aufmerksamkeit wieder seinem Freund zu. Der Maure wirkte besorgt. Bald verstand Hugo auch, warum, denn der Beamte sprach ihn auf Spanisch an: »Euer Freund hat mir erklärt, dass Ihr aus Burgos stammt.«

»Das ist richtig. Aber wie kommt es, dass Ihr meine Sprache sprecht?«

»Ich wurde in Archidona in den Schoß einer Familie geboren, die dieses Land seit fünfhundert Jahren als ihre Heimat erachtete. Aber vor knapp zehn Jahren eroberte der Calatrava-Orden auf Befehl des Königs von Kastilien, Eures Königs, die Stadt, und wir wurden vertrieben. Unsere Ländereien, unser Haus, das Vieh und allen Besitz mussten wir zurücklassen. Ihr habt uns alles genommen. Versteht Ihr?«

Unheilvoll stand die Frage im Raum. Der Mann hatte den Namen Kastilien ausgespuckt, als habe er ihm auf der Zunge gebrannt, als brodele in ihm tief sitzender, seit Jahren geschürter Hass auf alles, was diesem Königreich entstammte.

Doch es kam noch schlimmer. Im Laufe des Gesprächs erwies sich ben Mussaf überdies als Gegner des Sufismus, einer islamischen Bewegung, die sich ausgerechnet in Azerwans Heimatstadt entwickelt hatte. Azerwan gelang es zwar, die Frage nach seiner Religionszugehörigkeit geschickt zu umgehen, trotzdem wirkte der Beamte zunehmend gereizter.

Hugo verfluchte innerlich die beiden unglücklichen Zufälle, die ihnen, wie sich bald herausstellte, tatsächlich Probleme bereiten würden.

Der Beamte, der ihnen sowohl den Kauf der Ländereien als auch die Nutzung des Salzvorkommens genehmigen sollte, ließ keins der von ihnen vorgebrachten Argumente gelten. Er behauptete, da es sich bei den Partnern des angestrebten Geschäfts um einen Beduinen und einen Christen aus Kastilien handele, reiche seine Genehmigung nicht aus, und der Sultan selbst werde darüber entscheiden müssen.

»Gibt es nicht irgendeinen Weg, uns diese Formalität zu ersparen?«, fragte Azerwan und ließ einen prall gefüllten Beutel auf den Teppich fallen, die letzte Möglichkeit, die er sah, um Einfluss auf diesen Mann zu nehmen.

Ben Mussaf bekam leuchtende Augen, als er den Inhalt des Säckchens kalkulierte. So viel Geld auf einmal hatte ihm noch nie jemand angeboten. Er räusperte sich und war drauf und dran, nach dem Beutel zu greifen, als ihm die Strafen in den Sinn kamen, die im Sultanat auf einen Gesetzesverstoß standen. Er beschloss, das Risiko lieber nicht einzugehen.

»Wenn es nach mir ginge, würde ich Euch diese Genehmigung sofort erteilen, aber das ist mir leider nicht erlaubt. Ich werde Euren Antrag jedoch heute noch weiterreichen und versuchen, zu Euren Gunsten auf den Sultan einzuwirken. Mehr steht allerdings nicht in meiner Macht. Euer Geld steckt derweil wieder ein. Wenn Ihr Eure Genehmigung bekommt, will ich es gerne annehmen, vielleicht auch mehr, wir werden sehen. Geht nun und kehrt in zwei Tagen zurück.«

Hugo und Azerwan verließen die Alcabaza mit einem bitteren Geschmack im Mund.

Ihnen war klar, dass ihr Schicksal nun von der Willkür des obersten Machthabers der Region abhing. Da sie auf seine Entscheidung keinerlei Einfluss nehmen konnten, blieb ihnen jetzt nur noch, zu harren und zu hoffen. Doch das Warten fiel ihnen schwer.

Jetzt jedenfalls machten sie erst einmal auf dem Markt halt, aßen an einem Stand ein Stück Weißbrot mit Ziegenkäse, an einem anderen ein paar köstliche Süßigkeiten, und machten sich dann auf den Weg zum Osttor, das auf der anderen Seite der Stadt lag.

Jenseits des Tores lag das einzige Viertel der Stadt, in dem Christen und Ausländer leben durften. Es bestand aus großen ›Karawansereien‹ genannten rechteckigen Gebäudekomplexen, die von hohen Mauern geschützt wurden und keine Fenster zur Straße sowie nur einen einzigen Zugang hatten. Hier konnten Reisende ein Lager für die Nacht finden. Durch ein Tor, das auch für Lasttiere und Wagen groß genug war, betrat man einen weitläufigen Hof. Rundherum reihten sich Unterkünfte, Heuschober und Ställe für Ochsen und Pferde, ein Gasthof und der eine oder andere Laden.

Hugo und Azerwan bezahlten für ein kleines Zimmer und begaben sich bei Einbruch der Nacht in den Gasthof. Obgleich das Innere des Lokals Hugo an die Wirtshäuser erinnerte, in denen er in Burgos ein und aus gegangen war, gab es doch einen großen Unterschied. Hier wurden viele unterschiedliche Sprachen gesprochen.

An einem der Tische entdeckten sie den Katalanen, der in ein angeregtes Gespräch mit zwei Männern vertieft war und sich an einer Lammkeule gütlich tat.

In anderen Ecken des Raumes hörte man Italienisch, Französisch und sogar Arabisch. Azerwan erkannte unter den Anwesenden mehrere Ägypter und eine Gruppe Jemeniten.

Dann entdeckte er einen freien Tisch und hielt mit Hugo entschlossen darauf zu. Sie fühlten sich hier auf Anhieb wohl, da man ihnen sofort Brot und Oliven brachte. Ausgehungert, wie sie waren, stürzten sie sich darauf, während sie Lammbraten mit Gemüse und für Hugo eine Karaffe Wein bestellten.

In dem Moment, in dem man ihnen das Essen brachte, setzte sich ein Mann zu ihnen an den Tisch. Er erklärte in ganz annehmbarem Spanisch, dass er nirgendwo sonst einen Platz gefunden habe, und stellte sich ihnen vor: »Ich heiße Enzo und komme aus Venedig. Mit wem habe ich das Vergnügen?«

Hugo nannte seinen Namen und verlor keine weitere Zeit mit Erklärungen, weil er damit beschäftigt war, das Brot in die köstliche Fleischsoße zu tunken.

»Ich bin häufig in dieser Karawanserei und kann mich nicht entsinnen, Euch schon einmal hier gesehen zu haben …«, sagte Enzo.

Er bestellte ein Gericht namens Lablali (von dem Hugo lieber gar nicht wissen wollte, was es war) und eine Karaffe Wein. Als er sah, dass Hugos fast leer war, rief er den Wirt herbei, damit er ihm nachschenkte.

»Das ist unser erster Aufenthalt hier«, erklärte Azerwan, der schon fertig mit dem Essen war. Er aß im Allgemeinen wenig, war nach zwei Bissen satt und nutzte die Zeit lieber zum Nachdenken. Weil er zu dem Schluss gekommen war, dass ihr neuer Bekannter ihnen vielleicht von Nutzen sein könnte, ließ er seine übliche Vorsicht Fremden gegenüber fahren und erzählte Enzo freimütig von ihren Plänen, ihrem Amtsbesuch und der Tatsache, dass jetzt alles von der Unterschrift des Sultans abhing.

Der Venezianer hörte zu, und als schließlich sein Essen gebracht wurde – eine Brotsuppe mit Erbsen, Kümmel und einer Paste aus Chilischoten –, verkündete er, dass er für ihr Problem eine Lösung hatte.

»Ist Euch vielleicht schon einmal etwas Ähnliches widerfahren?«, fragte Hugo, der nach eineinhalb Karaffen Wein nicht mehr ganz klar denken konnte.

»Mehr als dreimal, und es ist mir jedes Mal gelungen, die Unterschrift zu bekommen.«

»Wenn Ihr uns Euer Vorgehen erklärt, laden wir Euch heute Abend gern ein. Das heißt, solange Euch das Zeug nicht vorher umbringt.« Hugo rümpfte bei dem scharfen Aroma die Nase.

Der Venezianer lachte und schob sich den Löffel in den Mund. Wenn ihm das Essen auf der Zunge brannte, so ließ er es sich nicht anmerken. Allerdings nahm er zwei tiefe Schluck Wein. »Wie überall auf der Welt hat auch in Ifriqiya jeder seinen Preis.«

»Schlagt Ihr uns etwa vor, den Sultan persönlich zu bestechen?« Das hielt Azerwan für Wahnsinn.

»Nein, nicht ihn, sondern seinen Wesir, dem der alte Uthman wie niemandem sonst vertraut. Glaubt mir, ohne ihn habt Ihr keine Chance. Der Hass des Sultans auf Beduinen ist weit bekannt, aber mein Freund, der Wesir, ist aus anderem Holz geschnitzt. Er ist ein Genießer und weiß außerdem, dass seine Zeit am Hof langsam abläuft. Deshalb muss er genug Geld zusammenbringen, um sich sein Leben in Pracht und Luxus auch weiter leisten zu können.«

»Und wie können wir mit ihm in Kontakt treten?«, fragte Azerwan.

»Darum kümmere ich mich.« Enzo legte den Löffel auf seinen Teller, wischte sich über die Lippen und sah von einem zum anderen.

»Ich kenne die Abläufe und weiß, wie und wo man im Hintergrund am besten die Fäden zieht. Gebt mir einhundert Dublonen, dann habt Ihr morgen Nachmittag Eure Dokumente, unterschrieben von Abu Umar Uthman höchstpersönlich«, erklärte er mit offenem Lächeln.

Hugo und Azerwan sahen sich an und fragten einander wortlos, was sie tun sollten. Der Venezianer schien sich seiner Sache sehr sicher zu sein, und sie brauchten diese Papiere dringend. Allerdings war hier von viel Geld die Rede.

Noch dazu war Hugo im Kopf nicht mehr besonders klar, trotzdem versetzte er: »Einverstanden!«

Azerwan traute dem Mann zwar nicht so recht, schwieg aber lieber.

Enzo stieß mit ihnen an und rief wieder den Wirt herbei, damit er ihre Karaffen füllte. »Und bringt mir auch eine dieser Süßigkeiten aus Mandeln und Honig, nach denen ich ganz verrückt bin«, rief er und leckte sich die Lippen.

6

Karawanserei am Rande von Tunis, Ifriqiya, Mai 1476

Sie hörten im Verlauf des nächsten Nachmittags nichts von dem Venezianer, und auch am folgenden Morgen nicht, an dem sie sich wieder im Zollamt einfinden sollten.

Irgendwann wurde der unangenehme Verdacht dann zur Gewissheit: Offensichtlich hatte hier ein Gauner zwei Männer mit mehr Träumen als Umsicht um einhundert Golddublonen gebracht. Als sie sich in der Karawanserei nach Enzo erkundigten und nur Schlechtes zu hören bekamen, war es längst zu spät.

Der Verlust dieser Summe war schon ärgerlich genug, aber es würde noch schlimmer kommen, wenn außerdem ihr Gesuch vom Sultan abgelehnt worden sein sollte. Geld war das eine, eine Ablehnung ihrer Anträge würde jedoch bedeuten, ihr Projekt aufzugeben, bevor es damit überhaupt losgegangen war. Sie würden ihren Traum begraben müssen und nicht wissen, wohin sie sich als Nächstes wenden sollten.

Dessen waren sich Hugo und Azerwan bewusst, sie vermieden aber, es auszusprechen. Stattdessen überschlugen sie, wie viel Geld ihnen nach der gescheiterten Investition in Enzo und dem Schmiergeld für den Beamten noch bleiben würde, um die Kamelkarawane für den langen Weg bis zu den Salzvorkommen mitten in der Wüste auszurüsten.

Als sie sich auf den Weg zum Amt machten, um wie verabredet wieder bei Abu ben Mussaf vorzusprechen, zählte

Azerwan unterwegs alles auf, was sie brauchen würden: Sie würden ein Zelt kaufen müssen, um darin zu schlafen und sich vor der Mittagshitze in der Wüste zu schützen. Außerdem benötigten sie Kochutensilien, Siebe, Hacken und Schaufeln für das Salz, neue Kleidung und einen Turban, mit dem Hugo nicht mehr ganz so auffiel. Und natürlich durften sie auch die Wegzehrung nicht vergessen. Überdies würden sie zwei Helfer einstellen, da Azerwan nicht sicher war, ob sie an so einem abgelegenen Ort Arbeitskräfte finden würden. Zusätzlich zu den bereits genannten Gegenständen würde jedes Kamel einen großen Wasserbehälter mitführen, und natürlich brauchten sie pro Tier einen langen Strick, um es bei Ruhepausen anzubinden. Azerwan beschloss ebenfalls, schon jetzt einige Dublonen gegen Golddinar einzutauschen, um später nicht übers Ohr gehauen zu werden.

Er war an das Leben in der Karawane, an lange Wüstendurchquerungen, gewöhnt und hatte an alles gedacht. Das beruhigte Hugo. Aber es blieb natürlich die heimliche Sorge, dass man ihrem Antrag vielleicht nicht stattgegeben hatte.

Als sie die Alcabaza und dann den Innenhof des Zollamts erreichten, warteten dort zum Glück nicht so viele Menschen wie beim letzten Mal. Tatsächlich rief man sie bereits eine Stunde später auf.

»Ihr dürft Euch setzen.« Dieses Mal sah ihnen Abu ben Mussaf durchaus in die Augen, wenn auch seine Miene keinerlei Aufschluss darüber gab, was in seinem Kopf vorging. Er wies seinen Gehilfen an, das Dokument zu Hugos und Azerwans Fall herauszusuchen.

Während sie auf das Papier warteten, kreuzten sich die Blicke der beiden mehrmals mit dem des Beamten, was sie nur noch nervöser machte. Ben Mussaf lächelte säuerlich, runzelte die Stirn und seufzte schließlich ungeduldig. Die beiden Bittsteller wussten nicht, wie sie die Mimik des Beamten deuten sollten.

»Na endlich!«, rief ben Mussaf auf Spanisch aus, als man ihm das Papier reichte. Er las es leise, ging den Inhalt noch dreimal durch und teilte ihnen schließlich mit, was darin stand: »Das Glück ist Euch hold, der Sultan hat Eurem Antrag stattgegeben. Natürlich wegen meiner Empfehlung, vergesst das nicht.«

Hugo und Azerwan ballten vor unterdrückter Begeisterung die Hände zu Fäusten.

Jetzt sprach der Beamte weiter, mit sichtlichem Ergötzen an dem, was er ihnen noch nicht verraten hatte: »Seine Zustimmung ist jedoch an gewisse Bedingungen geknüpft …«

Er faltete das Papier und legte bewusst eine Pause ein, als suche er nach der elegantesten Ausdrucksweise, vielleicht wollte er die beiden aber auch einfach noch mehr auf die Folter spannen.

»Bei Allah, nun sprecht doch endlich!«

Hugo kannte Azerwans aufbrausende Seite bereits. Wenn er die Geduld verlor, kündigte sich dies dadurch an, dass er sich vorher dreimal am Kinn zupfte, so wie gerade eben.

»Ich lasse mich nicht anschreien!«, warnte der Beamte und hob drohend den Zeigefinger.

»Entschuldigt meinen Freund. Aber Ihr müsst verstehen, dass wir schon lange auf diesen Moment warten …«

»Schweigt, Christ!«

Dieser Befehl wurde in so wütendem Tonfall vorgebracht, dass man ihn besser befolgte. Deshalb bissen sich die beiden lieber auf die Zunge und warteten, bis die Wangen des Beamten wieder ihre ursprüngliche Farbe angenommen hatten.

»Wie gesagt, hat unser gerechter und weiser Sultan entschieden, zwei Bedingungen zu stellen. Da ihm das Geschäft interessant erscheint, beansprucht er für sich selbst zwanzig

Prozent Eures Gewinns. Ihr müsst also seinen Anteil vom ersten Dinar an, den Ihr verdient, zurücklegen.«

Azerwan begriff sofort, dass der Sultan kein Kapital mit einbringen, sondern einfach nur diesen Prozentanteil abschöpfen wollte. Sie beide würden das Land kaufen und die Arbeit erledigen müssen.

»Die zweite Bedingung betrifft Euch«, sagte Abu ben Mussaf, an Hugo gewandt. »Der Sultan hat den Antrag unter der Auflage unterschrieben, dass das Salzvorkommen nicht in den Besitz eines Ausländers gelangt, erst recht keines Kastiliers.« Er setzte ein säuerliches Lächeln auf. »Daher wird auf der Besitzurkunde nur Euer Name vermerkt sein«, erklärte er und schaute Azerwan an. »Und der des Sultans natürlich, mit dem zuvor erwähnten Prozentsatz. Habt Ihr irgendwelche Einwände, oder können wir die Abmachung amtlich machen?«

Hugo schäumte vor Wut; man hatte ihn auf einen Streich aus dem Projekt gedrängt. Und diese letzte Frage brachte das Fass zum Überlaufen. Er stieß die Luft aus, biss die Zähne zusammen und zählte bis zehn, weil er große Lust hatte, sich auf Abu ben Mussaf zu stürzen und ihn zu erwürgen.

Das entging Azerwan natürlich nicht, also antwortete er schnell im Namen beider: »Aber bitte.«

Hugo durchbohrte ihn mit Blicken, hielt jedoch den Mund.

»Wunderbar.« Der Beamte schlug sich auf die Schenkel. »Mein Gehilfe wird das entsprechende Dokument aufsetzen, zusammen mit der Erlaubnis, das Salz auch außerhalb des Sultanats verkaufen zu dürfen. Da nun alles geklärt ist, fehlen eigentlich nur noch meine zweihundert Dinar. Ihr könnt sie mir auch gerne in Dublonen geben, das ist mir egal.«

Eine Stunde später befanden sich die beiden Freunde wieder in der Karawanserei, wo Azerwan Hugo gegenüber seine

Entscheidung verteidigte. Für ihn galt sein Wort mehr als jedes unterzeichnete Dokument, und sie würden das Geschäft natürlich gemeinsam führen. Für die enormen Ausgaben fielen ihm allerdings keine beschwichtigenden Worte ein. Enzos einhundert Dublonen mit eingerechnet, hatten sie von ihren zweitausend Dublonen Kapital bereits eintausendsechshundert ausgegeben. Alle bei der Erschließung des Salzvorkommens anfallenden Kosten würden sie mit den verbliebenen vierhundert bestreiten müssen. Und damit blieb ihnen selbst nur ein absolutes Minimum zum Überleben, bis ihnen ihre Unternehmung endlich Geld einbrachte.

Abgesehen davon, befand sich Hugo in einer heiklen Situation. Natürlich vertraute er Azerwan. Aber er war derjenige, der Martín de Soria eintausendvierhundert Golddublonen schuldete und dafür seine Erbschaft verbürgt hatte, mal ganz abgesehen von den achthundertfünfundsechzig Dublonen seines Stiefbruders. Und nun war fast das ganze Geld in ein Geschäft investiert worden, bei dem seine Teilhabe in keinem einzigen Dokument vermerkt war.

Hugo verschwieg Azerwan seine Sorgen, fühlte sich jedoch völlig schutzlos. Von jetzt an lag seine Zukunft in der Hand eines Mannes, mit dem er zwar zusammengearbeitet hatte, dessen Geschäftstüchtigkeit er aber nicht beschwören konnte. Dass Hugos Unterschrift auf dem Papier fehlte, war zwischen ihnen beiden kein Problem, aber es machte ihn verwundbar. Die Zeit würde zeigen, ob die Entscheidung richtig gewesen war.

Vier Tage später stieg Hugo zum ersten Mal in seinem Leben auf ein Kamel und rutschte unbehaglich darauf herum, weil er einfach keine bequeme Position fand. Während der ersten Meile fand er das Schaukeln von hinten nach vorn und von rechts nach links noch recht unterhaltsam. Irgendwann wurde es jedoch unerträglich. Er saß hinter den Lasttieren und den Kamelen, auf denen Azerwan und die beiden neu eingestellten Helfer ritten, auf dem letzten der sechs Tiere ihrer Karawane.

Inzwischen trug auch er eine bequeme weiße Jebba und einen blauen Turban, allerdings waren seine Schuhe braun, weil er gegen die roten protestiert hatte. Er sah aus wie die Einwohner dieser Gegend, deren Horizont ganz flach war und auf die schon am Vormittag die Sonne unerträglich herabbrannte.

Die Kamele bewegten sich auf der trockenen, steinigen Erde nur langsam voran, wie jemand, der nicht genau weiß, wohin sein Weg ihn führt, der sich davon aber nicht aufhalten lässt.

Und genauso fühlte sich Hugo. Vor ihnen lag eine lange Reise, bei der für ihn alles ganz neu sein würde, und er würde all seine Sinne brauchen, um auf dem Weg in seine Zukunft alle Hürden zu überwinden. Immerhin erschien ihm in dieser Umgebung, die sich so sehr von seiner Heimat Burgos unterschied, alles interessant.

Trotzdem bedauerte er es, so weit weg von zu Hause zu sein. Auf diese Weise würde sein Vater von seinen Unternehmungen nichts mitbekommen und konnte nicht stolz auf ihn sein.

Nach sechs Tagen Reise erreichten sie die echte Wüste, und Hugo war tief beeindruckt. So weit das Auge reichte, nur Sand und immer mehr Sand, unzählige Dünen, über die der Wind hinwegfegte und der Landschaft mit seinem heißen Hauch immer neue Formen entlockte. Hugo dachte so bei sich, dass es wohl kaum etwas Imposanteres geben konnte als diesen Ort, an dem Leben und Tod zusammenkamen.

Er verhüllte sein Gesicht mit dem Turban, kniff die Augen zusammen und schwor sich beim Anblick des ockerfarbenen Horizonts unter der sengenden Sonne, mit offenen Armen willkommen zu heißen, was das Leben für ihn bereithielt, und auch weiterhin nach Antworten auf all seine Fragen zu suchen.

Und er beschloss, dass er wieder anfangen würde zu zeichnen. Er würde diese Welt aus Dürre und Einsamkeit zeichnen, die Männer mit olivfarbener Haut und kohlschwarzen Augen, denen er seit seiner Ankunft hier in Afrika begegnet war. Er würde Azerwan porträtieren, den er als seinen wahren Bruder ansah. Und er würde den klaren Himmel zeichnen, der in der Hitze manchmal in Wellen erzitterte.

In dieser Umgebung, in der sengenden Glut, die sich bis in seinen Verstand fraß, begriff Hugo, mit welchen Farben er sein neues Leben malen würde: mit dem Weiß des Salzes und den warmen Schattierungen seiner tiefen Freundschaft zu Azerwan.

7

Brügge, Herzogtum Burgund, Mai 1476

Berenguelas Tage erschienen ihr bitterer als die Nächte, aber nur, weil sie länger waren. Zumindest dann, wenn sie nachts Schlaf fand.

Seit ihrer versuchten Flucht mit Renata acht Monate zuvor bestimmten drei Gefühle ihr Dasein: Enttäuschung über das Scheitern ihres Plans, innerliches Aufbegehren gegen den von Damián auferlegten Hausarrest und – das Schlimmste von allem – Resignation, weil sie nichts dagegen tun konnte.

Sie hatte sich hundertmal gefragt, wohin sie gehen könnte. Bei einer Rückkehr nach Burgos würde sie vermutlich sofort nach Brügge zurückgeschickt, weil sie sonst dem Namen der Familie Ibáñez Schande machen und damit die Geschäfte ihres Vaters gefährden würde. Außerdem hatten ihre Eltern ihr seit ihrem Umzug nach Brügge nicht ein einziges Mal geschrieben.

Auch der Gedanke an Hugo tröstete Berenguela nicht: Zum einen hätte sie gar nicht gewusst, wo sie nach ihm suchen sollte, zum anderen hatte sie ihn ja selbst von sich weggestoßen.

Und alle Fluchtpläne, die sie erwog, waren ohnehin nichts als Luftschlösser, weil niemand ihr helfen würde. Don Lope hielt Renata bei sich zu Hause genauso gefangen wie Damián sie. Und die Vorstellung, sich unter den wenigen Menschen in ihrem Umfeld neue Verbündete zu suchen, zum Beispiel unter dem Personal, rief Berenguela nur wieder die Geschehnisse mit ihrer Zofe María in Erinnerung.

In ihrer Bitterkeit versuchte sie, ihren Alltag mit einer Abfolge trivialer Routinetätigkeiten auszufüllen. Aber das reichte einfach nicht. Sie hatte weiterhin das Gefühl, in einem Gefängnis ohne Gitterstäbe zu leben.

Ihr einziger Trost in dieser Situation war ihre vierbeinige Freundin Canelilla. Während der endlosen letzten Monate hatte die Katze ihr Gesellschaft geleistet, war ihr Beichtvater gewesen, das Zentrum all ihrer Aufmerksamkeit und das einzige Wesen, das ihr Zuneigung entgegenbrachte.

Doch Berenguela war nicht die Einzige, die von den Geschehnissen schwer getroffen war. Damián fühlte sich durch ihren Fluchtversuch tief in seinem Stolz verletzt und stellte sich vor, wie seine Bekannten hinter seinem Rücken über ihn lachten. In Brügge war man bei dieser Art von Tratsch unerbittlich.

Grundeda, die Ehefrau des Amtmanns, bestätigte seine Befürchtungen. Sie versorgte Damián nicht nur mit Informationen – sogar mit Namen –, sondern ließ ihn auch ohne jede Scheu bereitwillig in ihr Bett.

Ohne es zu wissen, profitierte Berenguela davon, weil Damián sie nicht mehr ganz so sehr bedrängte wie zuvor. Trotz ihrer angespannten Beziehung suchte er aber weiter regelmäßig ihr Schlafzimmer auf und hatte zu diesem Zweck sogar schon zweimal das Türschloss aufgebrochen.

In diesem unangenehmen Ambiente voll verletztem Stolz war verständlich, dass Berenguela empfänglich für jede Respektsbekundung, jede freundliche Aufmerksamkeit war. Und die wurden ihr von einem Geschäftskollegen Damiáns zuteil, der vor kurzer Zeit aus Burgos hier eingetroffen war. Er behandelte sie stets so zuvorkommend, dass sie bald anfing, seine Besuche im Schildkrötenhaus herbeizusehnen.

Und auch er freute sich darauf.

Anfang Juni ergoss sich ein Meer aus Farben über Brügge. Blumen schmückten die Balkone, Paläste und Gärten der Stadt, in der überall das Leben pulsierte. Die Leute hatten Lust, aus dem Haus zu gehen, und man sah allenthalben strahlende Gesichter. Selbst die Fische sprangen in den Kanälen fröhlich neben den Booten her und wirkten glücklich darüber, nach all den kalten Monaten endlich in wärmerem Wasser zu schwimmen.

Vor allem der Himmel half dabei, die Dinge in einem anderen Licht zu sehen, denn die übliche dichte Wolkendecke hatte warmem Sonnenschein Platz gemacht.

Damiáns Geschäftspartner war Balsam für Berenguelas Seele, und sie war überglücklich zu hören, dass er einer gemeinsamen Unternehmung wegen auf ausdrücklichen Wunsch ihres Ehemanns mehrere Monate in der Stadt bleiben würde.

Schon lange sehnte sie sich danach, endlich ihren Hausarrest zu beenden und ein wenig durch die Straßen flanieren zu können, und nun bot dieser Mann ihr die Gelegenheit dazu. Sie fragte Damián nicht um Erlaubnis, sondern ging einfach eines Abends mit ihm aus, als ihr Ehemann wieder einmal ohne ein Wort der Erklärung verschwunden war.

Der gemeinsame Bummel war wirklich angenehm. Berenguelas Begleiter zeigte sich als ein Mann von Welt, freundlich, attraktiv und vor allem äußerst korrekt und liebenswürdig. Sie plauderten angeregt und tiefsinnig.

Dem ersten Spaziergang folgten weitere, und Berenguelas neuer Bekannter erging sich dabei in immer beflisseneren Aufmerksamkeiten.

Nachdem sie dreimal in dem Park direkt neben dem Beginenhof spazieren gegangen waren, den Berenguela so gut kannte, schlug ihr Kavalier vor, sich lieber einen neuen Ort für ihre Ausflüge zu suchen, um ihren guten Ruf nicht zu gefährden. Er würde sie zwei Straßen von ihrem Haus entfernt mit seiner Kutsche abholen, um keinen Anlass für Gerede zu bieten.

Der Dienerschaft erzählte Berenguela, dass sie die eine oder andere Freundin besuche. Die Angestellten kauften ihr die Lüge entweder ab oder verschwiegen Damián ihr Geheimnis, weil sie Berenguela in ihrer armseligen Existenz bedauerten.

Mit ihrem Begleiter zusammen erkundete Berenguela nach und nach die Dörfer rund um Brügge. In einer Entfernung von etwa zwanzig Minuten Kutschfahrt entdeckten sie bei einem ihrer Ausflüge südlich der Stadt eine versteckte kleine Lagune. Da sie hier nur wenig Gefahr liefen, entdeckt zu werden, wurde dieses kleine Paradies bald zu ihrem Lieblingsort.

Berenguela genoss dort die Spaziergänge an dem blumenbewachsenen Ufer im Schein warmer, tröstender Sonnenstrahlen. Sie fühlte sich wie neugeboren, und das sah man ihr auch an. Vor ihren Treffen überlegte sie sich stundenlang, was sie anziehen, wie sie sich kämmen und welchen Schmuck sie tragen sollte, um dann wiederum stundenlang auf den Moment zu warten, in dem sie abgeholt werden würde.

Zunächst geschah dies nur zweimal die Woche, immer dann, wenn Damián außer Haus war. Doch irgendwann kam der Tag, an dem Berenguela sich eingestand, dass sie sich häufigere und längere Treffen wünschte. Sie fragte sich, ob sie wohl dabei war, sich zu verlieben.

Nach einer gründlichen Befragung ihrer Gefühle kam sie jedoch zu einem anderen Schluss: Obgleich sie die Begegnungen mit ihrem Bekannten herbeisehnte, war es nicht Liebe, was sie dazu bewegte. Es lag vielmehr daran, dass sie jemanden gefunden hatte, der sie bewunderte und respektierte und ihr zuhörte. Außerdem hatte dieser Mann ihr etwas zu bieten, was Damián ihr schon lange verweigerte: zärtliche Zuneigung. Durch ihn erlangte sie ihre Selbstachtung zurück und rächte sich ganz nebenbei auch noch an Damián.

Diese Erkenntnis zauberte ein Lächeln auf ihre Lippen, und von diesem Moment an öffnete sie sich ihrem Bewunderer noch mehr. Freier als zuvor nahm sie alles an, was er ihr darbrachte: Herzlichkeit, Vertrauen, Begeisterungsfähigkeit, Verbundenheit und von Zeit zu Zeit sogar ein wenig Sinnlichkeit.

Im Leben dieses Mannes hatte es schon viele Frauen gegeben, so viele, dass er ihre Zahl kaum hätte benennen können. Aber bei den meisten hatte er für ihre Liebe bezahlt. Was Damen von Berenguelas Stand anging, hatte er bislang nur zwei gekannt, von ihnen aber gelernt, was diese Frauen an Männern schätzten. Und all seine Kenntnisse nutzte er nun bei seiner Bekanntschaft mit dieser anmutigen, sensiblen und weiblichen Frau. Sie war so schön wie kaum eine andere, aber auch ungeheuer verletzlich. Wenn sie ihre Sorgen mit ihm teilte, hatte er manchmal Angst, sie würde vor seinen Augen zerbrechen.

Seit er zum ersten Mal das Haus seines Geschäftspartners in Brügge betreten hatte, hatte ihr Gesichtsausdruck ihn angerührt. Über ihren haselnussbraunen Augen hatte ein dichter Schleier aus Traurigkeit gelegen, der keinen Blick auf das erlaubte, was sich dahinter befand. Doch er hatte sich vorgenommen, es herauszufinden.

Während ihrer ersten Treffen hatte er noch gefürchtet, dass Damián sie überraschen könnte. Als dann aber ihre Vertrautheit miteinander wuchs und er erfuhr, wie de Covarrubias seine Frau behandelte, schlug er jede Vorsicht in den Wind. Die Besuche bei ihr wurden häufiger, und mit jedem Besuch stieg sein Verlangen, sie wiederzusehen. Allerdings dosierte er seine Zuneigungsbekundungen vorsichtig und ließ sich seine wahren Gefühle kaum anmerken, um Berenguela nicht zu bedrängen oder zu verschrecken.

Einer ihrer Ausflüge führte sie zu einem ausgedehnten Strand am Westende des Hafens von Damme, wo die Schiffe der in Brügge ansässigen Händler einliefen. In einem kleinen Wäldchen ließen sie die Kutsche im Schatten stehen, zogen die Schuhe aus und liefen den Sand entlang, bis das Meer ihre Füße umspülte. Während sie in Richtung Westen am Wasser entlangspazierten, mussten sie hier und da vor einer größeren Welle Reißaus nehmen. Es war ein wunderhübscher Spaziergang, der zum vertraulichen Gespräch einlud.

Vielleicht lag es an der belebenden Meeresbrise, dem sanften Liebkosen des Meeres auf der Haut oder der angenehmen Gesellschaft, dass Berenguela an diesem Nachmittag ganz besonders glücklich war. Aus dem Augenwinkel schielte sie zu ihrem Kavalier hinüber. Sie wusste nicht, wie es diesem Mann gelungen war, die inneren Mauern einzureißen, hinter denen sie sich verschanzt hatte. Wie hatte er bloß in so kurzer Zeit ihr völliges Vertrauen gewinnen können?

Diese Frage stellte sie sich nicht zum ersten Mal, und sie kam immer zu demselben Schluss: Es lag an seinem aufrichtigen Interesse für sie oder vielleicht auch daran, dass er sie nie verurteilte. Wie dem auch sein mochte, dieser Mann hatte sie dazu gebracht, dass sie ihm ihr Herz öffnen wollte.

Gern hätte sie ihm erklärt, dass sie sich ihr selbst gegenüber wie eine Verräterin vorkam, wie ein Feigling. Es schmerzte sie, dass sie nicht für ihre Prinzipien eingestanden war und nicht die nötigen Schritte eingeleitet hatte, um ihr Leben zu ändern. Aber sie schwieg. Er hätte ja doch nur protestiert und behauptet, dass sie viel nobler sei, als sie selbst glaubte. So hatte er schon oft zu ihr gesprochen, stets freundlich und zuvorkommend …

Deshalb redete Berenguela mit ihm lieber über ihre Kindheit in Burgos und ihre Eltern, und bald tauschten sie angeregt Erinnerungen an ihre gemeinsame Heimat aus, während sich der Himmel allmählich verfinsterte und ein erstes Donnergrollen zu hören war.

»Wie ist es nur möglich, dass wir einander dort nie begegnet sind?«, fragte Berenguela.

»Ganz einfach, ich habe damals auf den Feldern gearbeitet, und du warst eine feine Dame. Man muss sich ja nur mal deine Hände ansehen«, sagte er und griff danach.

Ein wenig verlegen senkte sie den Kopf und betrachtete ihre ineinander verschlungenen Finger. Sie spürte die Wärme seiner Haut, aber auch Gemütsruhe und Vertrauen, genau wie in den Momenten, wenn sich ihre Blicke trafen. Es war derselbe innere Frieden, den sie bei ihren Unterhaltungen von Anfang an verspürt hatte. Im Laufe der letzten Wochen war er ihr zu einem Freund geworden, mit dem sie über einfach alles sprechen konnte.

Und »alles« war für Berenguela immer Hugo gewesen. Nach und nach tauchte ihr Schwager daher in ihren Erinnerungen an ihre Kindheit und Jugend in Burgos auf. Sie sprach über ihn, ohne seinen Namen zu nennen, darüber, wie sie sich im Laufe der Jahre in ihren besten Freund verliebt hatte. Sie erzählte, wie viel er ihr immer bedeutet hatte, von ihrer Kinderzeit an bis zu ihrem letzten Zusammentreffen, und wie sehr er ihr fehlte.

Natürlich verriet sie ihrem Verehrer dabei nicht, dass sie sich immer noch nach ihrem Schwager sehnte und ihre Liebe qualvoll lebendig war. Tatsächlich war ja Hugo der wahre Grund für ihr Leiden, mehr noch als das Verhalten ihres Ehemanns.

Trotzdem verriet ihr entrückter Blick beim Gedanken an Hugo, was in ihrem Kopf als lauter Schrei widerhallte, auch wenn sie ihn Freund nannte und seinen Namen nicht preisgab.

Ihr Begleiter stand da, die Finger immer noch mit den ihren verschränkt, und lauschte ihrem Geständnis mit wachsender Enttäuschung. Dass er ihren »Freund« zu kennen glaubte, machte für ihn alles nur noch schlimmer.

»Siehst du, Berenguela. Dies ist ein klares Beispiel dafür, dass die Vergangenheit uns manchmal von unserem Glück fernhält. Du musst anfangen zu vergessen, weil die Erinnerungen an deinen Jugendfreund dich nicht leben lassen. Denk gut darüber nach. Meinst du nicht auch, dass jetzt der Moment gekommen ist, in deinem Herzen Platz für … andere Gefühle zu machen?«

Berenguela entging nicht, wie eindringlich er sie ansah.

»Vielleicht hast du recht«, murmelte sie.

»Nicht nur vielleicht!«

»Du hast recht«, lachte sie.

»Dann wiederhol mit mir zusammen: ›Leb wohl, …‹, und dann sprichst du seinen Namen.«

Ernst seufzte Berenguela. »Hugo, er heißt Hugo«, bestätigte sie die Vermutung ihres Begleiters.

Doch noch bevor Berenguela dazu kam, Hugo Lebewohl zu sagen, unterbrach ein gewaltiger Donner ihr Gespräch, und ein heftiger Wolkenbruch prasselte auf sie herab. Was sollten sie jetzt tun? Ihre Kutsche stand weit weg, und auch die Fischerhäuschen, die sie in der anderen Richtung, zu ihrer Linken, sehen konnten, lagen mindestens eine halbe Meile entfernt.

Ratlos starrten sie einander an und mussten schließlich lachen, weil die Situation so absurd war. Als sie sich pitschnass nach einer Alternative umschauten, entdeckte Berenguela ganz in der Nähe am Ufer eine Hütte, die vermutlich als Bootshaus diente. Sie deutete darauf, und dann rannten sie über den breiten Strand gemeinsam darauf zu, während Sand an ihren Kleidern und Füßen haften blieb.

Zum Glück hatte die Tür der Hütte kein Schloss. Außer einem zerborstenen Boot befanden sich im Inneren nur ein Haufen Netze in einer Ecke, ein paar lose Bretter und ein zerschlissenes Segeltuch, das vermutlich einst als Abdeckung für das Boot gedient hatte.

Nachdem sie sich umgesehen hatten, schauten die beiden nassen Spaziergänger einander an und brachen angesichts ihres erbärmlichen Anblicks schon wieder in Gelächter aus. Das Haar klebte Berenguela am Kopf und verdeckte ihr halbes Gesicht. Sie war völlig durchweicht und ihr Rock bleischwer vom Sand, der daran klebte. Ihr Bekannter zog seinen Mantel aus und hängte ihn zum Trocknen ans Boot. Dann löste er die Bänder an seinem Wams und zog es ebenfalls aus, sodass er nun nur in Hose und Hemd dastand, die trocken geblieben waren. So konnte Berenguela erkennen, dass er trotz seiner bestimmt fünfzig Jahre noch gut in Form war.

Sie hätte es ihm gerne nachgetan, aber sie trug nur ein an der Taille gerafftes dünnes Kleid mit V-Ausschnitt und darunter ein durchsichtiges Hemdchen, und so wagte sie es nicht. Es prasselte immer noch aufs Dach der Hütte, zum Glück blieb es im Inneren aber relativ trocken.

»Wenn es nicht aufhört, müssen wir irgendwann in den Regen hinaus. Ich darf nicht allzu spät nach Hause zurückkehren …«, gab Berenguela zu bedenken.

Trotz der warmen Temperaturen fröstelte sie in dem nassen Kleid. Als ihr Begleiter sie schlottern sah, trat er an sie heran und umarmte sie wortlos, um sie zu wärmen.

»Danke, du bist wirklich sehr galant.«

»Du ahnst ja gar nicht, wie gern ich das tue …«

Nach diesem Geständnis umarmte er sie noch fester, aber das störte Berenguela nicht. Sie seufzte entspannt, sah ihm in die Augen und ließ den Kopf an seiner Brust ruhen, in der sie das Herz heftig schlagen hörte. In seiner Gesellschaft fühlte sie sich so sicher und wohl, dass sie jetzt an nichts anderes mehr denken wollte.

»Sag Bescheid, wenn es dir unangenehm ist. Dann lasse ich dich augenblicklich los und laufe durch den Regen zu den Pferden, um die Kutsche herzubringen und dich nach Hause zu fahren.«

»Keine Sorge, wir können ruhig noch ein bisschen warten, bis der Niederschlag nachlässt. Bleib bitte hier bei mir.«

Bei ihren Worten frohlockte er innerlich und beschloss, noch einen Schritt weiter zu gehen. Das alles gehörte zu seinem ausgefeilten Plan. »Ich würde dich so gerne küssen.«

Berenguela zuckte zusammen und zögerte. »Ich weiß nicht … Warte … Ich glaube nicht, dass …« Sie führte den Satz nicht zu Ende, denn sie war unentschlossen. Natürlich war ihr bewusst, dass diese Beziehung im Ungleichgewicht war. Und wenn sie je daran gezweifelt hatte, dass er mehr für sie empfand als nur Freundschaft, dann waren diese Zweifel jetzt ausgeräumt.

In Berenguelas Kopf wirbelten die Gedanken durcheinander, kamen und gingen, ohne ihr bei ihrer Entscheidung zu helfen. Zwar fühlte sie sich zu diesem Mann nicht so hingezogen wie er sich zu ihr, doch mit der Zeit hatte sich zwischen ihnen unbestreitbar große Zuneigung entwickelt, und deshalb war es verständlich, dass er auch das Bedürfnis nach körperlicher Zuwendung hatte. Berenguela fürchtete aber, dass ein Kuss die Situation noch komplizierter machen würde.

»Vergiss, was ich gesagt habe … Und vergib mir!«, unterbrach ihr Galan auf seine übliche ritterliche Art das Schweigen, hoffte aber insgeheim, damit das Gegenteil zu erreichen. »Du bist eine außergewöhnliche Frau, so sensibel und feminin, ein so vornehmer Charakter ... Aber du bist eben auch äußerlich schön, und wenn du mir nahe bist, fühle ich mich unwiderstehlich zu dir hingezogen. Dein Duft, die Berührung deines Körpers ... All das weckt in mir Instinkte, die ich vielleicht nicht in angemessene Bahnen ...«

»Sprich nicht weiter!« Sie legte ihm die Hand auf den Mund.

»Ich habe dich in Verlegenheit gebracht, das sehe ich doch.«

»Nein, nein, überhaupt nicht ... Offen gestanden, sehne auch ich mich sehr nach diesem Kuss.«

Berenguela neigte den Kopf zur Seite und bot ihm ihre Lippen dar. Der Mann presste sie noch fester an sich, berührte ihren Mund mit dem seinen und genoss diesen so lange ersehnten Moment. Endlich gehörten ihre vollen Lippen ihm, erwarteten ihn glühend, auch wenn er sie zunächst nur ganz sanft berührte, eher streifte.

Berenguela, am ganzen Körper zitternd, konnte kaum begreifen, was in ihr vorging. Sie rückte nicht von ihm ab und ließ zu, dass er nun ihren Mund zu erkunden begann, den Geschmack ihrer Zunge, mit ihr spielte. Jede auch noch so zarte Berührung nahm sie ganz bewusst in sich auf, genoss die Empfindungen, die sie in ihr wachriefen und die er ganz gewiss teilte, denn sie spürte, dass auch er erbebte.

Obwohl ihr Begleiter wusste, dass er gerade eine Tür zu neuen Möglichkeiten geöffnet hatte, drängte er Berenguela nicht weiter, um sie nicht zu verschrecken.

Natürlich wollte er mehr und musste an sich halten, um seine Hände nicht über ihren Körper wandern zu lassen, aber er respektierte Berenguela. Er wusste, dass sie mehr Zeit brauchte, und diese Zeit wollte er ihr geben. Eins nach dem anderen, dachte er, als der Regen endlich nachließ und er die Hütte verließ, um die Kutsche zu holen. Der nächste Schritt war längst geplant, er hatte bereits den passenden Tag und Ort, das richtige Umfeld dafür gewählt.

Eine Stunde später setzte er Berenguela in der Nähe ihres Wohnhauses ab und ließ dann noch einmal die Ereignisse des Tages Revue passieren. Er lachte auf, weil diese Frau doch tatsächlich einen Anklang von Romantik in ihm wachrief. Das passte eigentlich so gar nicht zu ihm.

Tatsächlich war Policarpo Ruiz, Don Fernando de Covarrubias' Verwalter, seit ihrer ersten Begegnung wie besessen von Berenguela und träumte davon, jeden Zentimeter ihrer Haut zu liebkosen. Diese Frau war für ihn zu einer persönlichen Herausforderung geworden. Dabei wusste er natürlich, dass sein Verhalten seine Geschäftsbeziehung zu Damián ernsthaft schädigen könnte, obwohl dieser ja mehr Interesse an anderen Frauen als an seiner eigenen Gattin aufzubringen schien. Wie auch immer, Policarpos Verlangen nach Berenguelas Gesellschaft war so mächtig, dass er alle Vorsicht in den Wind schlug.

Konnte es etwa sein, dass er sich zum ersten Mal in seinem Leben verliebt hatte?

Er war nicht sicher, ob er auf diese Frage eine klare Antwort geben konnte. Wenn er sie wirklich liebte, warum wollte er sie dann erst recht ganz und gar besitzen, seit sie ihm ihre Liebe für Hugo de Covarrubias gestanden hatte?

8

Qastiliya, Ifriqiya, Juni 1476

Qastiliya lag am Ufer des riesigen Salzsees Djerid, aber immer noch ganze sechs Tagesreisen von Hugos und Azerwans neuer Wirkungsstätte entfernt. Bei ihrer Ankunft in dieser Stadt erzählte Azerwan Hugo eine alte Legende über ihren Ursprung. Dieser Geschichte zufolge war Qastiliya in ferner Vergangenheit, zur Zeit der ersten Siedler hier in der Wüste, von einer Frau mit dunkler Haut und tiefblauen Augen gegründet worden.

»Es heißt, dass beim Durchqueren dieser unbewohnten Gegend ein paar Tuareg ein seltsames weißes Kamel entdeckten. Nachdem sie das Tier eingefangen hatten, stellten sie fest, dass es über unglaubliche Fähigkeiten verfügte. So war es zum Beispiel in der Lage, abgelegene Oasen zu entdecken, die noch niemand zuvor betreten hatte. Überdies schien das Kamel unermüdlich zu sein und verlangte niemals nach Wasser oder Futter. Angesichts all dieser Eigenschaften kamen die Tuareg zu dem Schluss, dass es sich um eine Gottheit handeln musste, und nannten das weiße Kamel Mehari. Einer der besten Krieger unter den Männern war ein Prinz namens Amulanek. In einer wunderschönen Nacht wurde Mehari unter dem leuchtenden Sternenhimmel im Mondschein von ihm begattet. So unrühmlich diese Verbindung auch sein mochte, es gingen daraus zwei bezaubernde Huris hervor …«

»Was sind denn Huris?«, fragte Hugo, während sein Blick auf zwei hübsche junge Mädchen in blauen Gewändern fiel, die in ihrer Nähe stehen geblieben waren.

»Das sind die Frauen, die im Paradies auf fromme und rechtschaffene Muslime warten, um ihnen nach ihrem Tod einen Rausch der Sinnenfreuden zu bieten.«

»Also wie deine Ubayda, aber in himmlischer Form? Aber sag: Werdet ihr euren Ehefrauen denn nicht untreu, wenn ihr von diesen anderen Frauen im Paradies träumt?«

Vom christlichen Standpunkt aus war das ein durchaus berechtigter Einwand.

»Nein, denn es ist Allah, der beide zu uns schickt, Ubaydas hier auf Erden und Huris im Himmel. Deshalb ist daran auch nichts Verwerfliches.«

Hugo war nicht überzeugt, er sagte jedoch nichts mehr dazu, weil er lieber das Ende der Geschichte hören wollte.

»Obgleich die beiden Huris dieser schrecklichen Sünde entsprungen waren, waren sie die schönsten Frauen auf Erden. Die mit weißer Haut und weißem Kaftan, die eine Perle auf der Stirn trug, gründete Nefta, die Nachbarstadt südwestlich von hier. Die andere Schwester, braun wie die Weinschläuche der Beduinen, aber mit strahlend blauen Augen, gründete Qastiliya. Und deshalb tragen hier alle Frauen blau, wie du bereits gesehen hast.«

Es stimmte, das war Hugo bereits aufgefallen. Und er hatte auch die lichtdurchfluteten geweißten Häuser bewundert, in denen sich das Leben abspielte, während die unerträgliche Hitze draußen nur Leere und Tod mit sich brachte.

»Diese Häuser sind ein Sinnbild unseres Charakters«, hatte Azerwan ihm erklärt. »Wir Beduinen leben nach innen gerichtet und stellen wenige Erwartungen an äußere Geschehnisse.«

Während sie auf den Kontaktmann warteten, der ihnen für ihre Unternehmung Personal vermitteln konnte, gingen sie erst einmal etwas essen. Qastiliya war die letzte Stadt auf ihrem Weg, und das von ihnen erworbene Salzvorkommen lag zu weit weg in der Wüste, um später noch Arbeiter suchen zu können.

Vor ihnen erstreckte sich der Chott el Djerid, ein Salzsee aus tausend Farben. Je nachdem, in welche Richtung man schaute, sah er mal purpurfarben aus, mal hellgrün oder auch blau oder rot, meistens jedoch weiß. Der riesige See speiste sich durch Winterregen, der die Berge auswusch und dabei durch gewaltige Mengen an Salz und anderen Mineralien angereichert wurde.

Zu Frühlingsbeginn verdunstete durch die hohen Temperaturen dann das Wasser, und die verschiedenen Mineralien riefen die verblüffenden Farben hervor.

»Wir werden über zwei Sorten von Salz unterschiedlicher Herkunft verfügen. Eines davon ähnelt dem, was du hier siehst. Es liegt am Boden und ist einfach einzusammeln, macht aber mehr Arbeit. Man muss das Material nämlich in Wasser geben, das erhitzt wird, bis man die reineren Salzkristalle auslösen kann. Mit diesen Kristallen verfahren wir dann so, wie man es seit Menschengedenken tut: Wir formen daraus fünf Handspannen lange Stäbe, die für den Transport in Strohmatten eingeschlagen werden. Dieses Salz ist von ausgezeichneter Qualität und erzielt gute Preise. Darüber hinaus habe ich jedoch viele Meilen von hier«, er deutete in Richtung Süden, »jenseits des Sees ein unterirdisches Salzvorkommen entdeckt. Niemand kennt diesen Ort, und dort können wir aus dem Salz große Blöcke herausschlagen.«

Azerwan hatte schon Jahre vor diesem Fund einen Kamelhändler, mit dem er manchmal zusammen in derselben Karawane reiste, über weiße Höhlen dieser Art reden hören. Der Mann hatte vor allem von einer bestimmten Höhle im Westen der Wüste erzählt, die so reich und riesig war, dass man mit den Salzblöcken aus ihrem Inneren eine ganze Stadt namens Taghaza errichtet hatte. Es war unfassbar.

Hugo fragte sich, wie sie so große Salzbrocken denn transportieren sollten.

»Mit Kamelen, eine andere Möglichkeit gibt es nicht«, erklärte Azerwan. »Wenn man diese Tiere zum ersten Mal zu Gesicht bekommt, wirken sie eher schmächtig. Aber ich habe sie, bis oben hin beladen, problemlos Hunderte von Meilen zurücklegen sehen.«

Er hatte kaum zu Ende gesprochen, da kam mit eiligen Schritten ein Mann auf sie zugelaufen, die Tunika bis zu den Knien gerafft. Als er sie erreichte, beugte er sich keuchend vor und versuchte mit in die Hüften gestemmten Händen erst einmal wieder zu Atem zu kommen.

Hugo musste lächeln, als er die skurrile Erscheinung des Unbekannten betrachtete: Er hatte eine Hakennase, Glubschaugen und ein ungewöhnlich langes Kinn. Unter seiner Jebba konnte man einen unproportionierten Körper mit schmalen Schultern und weiten Hüften erahnen, außerdem viel zu riesige Füße für so einen kleinen Mann.

Azerwan erklärte Hugo leise, dass es sich um einen Imam handelte, einen sunnitischen Prediger, zu dem Bekannte den Kontakt hergestellt hatten.

»Ich heiße Abdullah, gut mich zu empfangen.« Der Kerl sprach ein merkwürdiges Spanisch. »Ihr braucht zehn Männern, und die hat Abdullah.« Als er lächelte, war zu erkennen, dass er nur noch zwei Zähne hatte. Er saugte sich einen Speichelfaden aus dem Mundwinkel und warf Azerwan einen scharfen Blick zu, weil er wusste, dass er einen Sufi vor sich hatte.

»Ausgezeichnet«, antwortete Hugo. »Könnten wir diese Männer vielleicht sehen?«

»Kommen, mit, mit!« Er bedeutete Azerwan und Hugo mit einer Geste, dass sie ihn begleiten sollten.

Sie folgten ihm durch ein verwinkeltes Gässchen, schnauften eine schier endlose Steigung hinauf und erreichten zuletzt ihr Ziel: eine halb eingefallene Mauer, hinter der die erwähnten Arbeiter eingepfercht waren wie Vieh.

»Eure Männern!«, rief Abdullah triumphierend.

Fassungslos starrten Azerwan und Hugo sich an. Auf den ersten Blick waren von diesen zehn Personen höchstens fünf einsatzfähig.

Zwei von ihnen waren fast noch Kinder, kaum älter als zwölf. Außerdem hockte am Boden ein Greis unbestimmten Alters, der aussah, als könne er jeden Moment tot zusammenbrechen. Daneben entdeckten sie zwei missgebildete Gestalten, die an die Wasserspeier der Kathedrale von Burgos erinnerten, allerdings nicht an die hübschen, sondern die abstoßendsten davon.

Azerwan rief: »Ihr denkt doch wohl nicht, dass wir diesen Haufen Krüppel einstellen werden!«

»Abdullah hat die besten Männern, sonst gibt keine in Qastiliya. Ihr respektieren …!« Das Gesicht des Imams verzog sich zu einer schaurigen Grimasse, die seine Empörung ausdrücken sollte. »Hundert Dinar pro Nase, und gehören für immer! Wirklich stark!«

Hugo erkundigte sich flüsternd bei Azerwan, ob man ihnen hier womöglich Sklaven anbot. Er bat seinen Freund, dies in seiner eigenen Sprache mit dem Verkäufer zu klären, damit es keine Missverständnisse gab.

Während sie dastanden, sah ihm einer der Männer direkt in die Augen. Er war etwa in Hugos Alter und war von allen noch in der besten Verfassung. Hugo begriff nicht, was der

Mann ihm mit dem Blick aus dunklen Augen vermitteln wollte, aber es war klar, dass er ihm etwas sagen wollte. Peinlich berührt schaute er zur Seite.

»Abdullah hat mir versichert, dass es sich nicht um Sklaven handelt. Aber aufgrund der schweren Arbeit unter den harten Lebensumständen bei diesen unerträglichen Temperaturen ist es hier wohl üblich, den Familien diesen Betrag als Garantie für den Fall zu bezahlen, dass sie nicht zurückkehren. Das scheint ganz normal zu sein.«

Dieses Argument fand Hugo nachvollziehbar, und die Summe war auch nicht übertrieben hoch. Er beschloss, die fünf kräftigsten Männer mitzunehmen, und ließ es Abdullah wissen.

»Abdullah nicht akzeptiert. Nein, nein! Abdullah ist Imam, nicht dumm, und kann Handel.« Seine Ablehnung war deutlich, allerdings nicht der Grund dafür.

Deshalb wandte sich Azerwan jetzt wieder auf Arabisch an ihn.

»Er sagt, dass der Alte und die beiden Jungen Angehörige der Arbeiter sind.« Azerwan deutete auf zwei Männer, die jeder für sich mit einem Stock im Sand herummalten. »Und dass wir sie deshalb auch nehmen müssen.«

»Und wie erklärt er die beiden Schreckgestalten, diese wandelnden Wasserspeier?«

Azerwan lachte laut auf, weil er den Vergleich so lustig wie passend fand. Der Imam, der Hugo offenbar nicht verstanden hatte, schaute sie verwirrt an.

Azerwan übersetzte die Frage, sparte sich allerdings den komischen Teil. Dann erklärte er Hugo: »Er versichert, dass sie eben deshalb einen ganz krummen Rücken haben, weil sie so viel schleppen können, genau wie ein gutes Kamel.«

»Alle zusammen, oder Abdullah nimmt wieder mit. Und nicht suchen, gibt nicht mehr.«

Das Kauderwelsch des Imams wurde vom unerwarteten Ruf zum Gebet aus einer nahen Moschee unterbrochen. Wie die restlichen Anwesenden sank Azerwan auf die Knie, legte die Hände an die Ohren, pries Allah und begann, eine Sure aus dem Koran zu murmeln, wobei er sich von Zeit zu Zeit vorbeugte und mit der Stirn den Boden berührte. Hugo stand da und sah zu, bis sein Blick wieder zu dem jungen Arbeiter hinüberwanderte, der ihn zuvor so eindringlich angeschaut hatte. Trotz seiner Konzentration bemerkte es der Mann und lächelte.

Als sie sich Stunden später fertig machten, um noch vor Einbruch der Dunkelheit mit ihrer Kamelkarawane aufzubrechen, erfuhr Hugo, dass der Mann Omar hieß.

Er stellte sich und die anderen neun nacheinander vor. Sie würden mit den beiden Männern zusammenarbeiten, die Hugo und Azerwan aus Tunis mitgebracht hatten, und hoffentlich das Geschäft in Gang bringen.

Noch vor dem vierten Gebetsaufruf am Abend trieb Azerwan sein Kamel an, und es setzte sich, von den anderen gefolgt, in Bewegung. In einer langen Schlange bewegte sich die Gruppe aus zweiundzwanzig Tieren am Ufer des Sees entlang, der von roten Schlieren durchzogen war. Sie hatten zu den sechs Kamelen, mit denen sie hier eingetroffen waren, noch zwölf für den Transport der Männer und weitere vier für Lebensmittel, Werkzeug und Decken für die kalten Wüstennächte erstanden.

Abdullah sah ihnen hinterher und zählte immer wieder das Geld, das er heute verdient hatte. Das Leben war nicht einfach für einen Imam, der abgesehen vom Zakat kaum Einnahmen hatte, daher war das für ihn heute ein gutes Geschäft gewesen.

Zugleich hatte er sich jedoch das Gesicht dieses Sufis und die Beschreibung des Ortes, den er ansteuerte, gut eingeprägt. Abdullah hasste Abtrünnige wie ihn und hatte sich seit Jahren dem Kampf gegen sie verschrieben. Er richtete jedes seiner Gebete gegen sie, und prangerte die Mitglieder dieser Glaubensrichtungen in seinen Predigten an.

Nun rezitierte er den Beginn des Korans: »Im Namen des barmherzigen und gnädigen Gottes, Lob sei Gott, dem Herrn der Menschen in aller Welt, dem Barmherzigen und Gnädigen, der am Tag des Gerichts regiert! Dir dienen wir, und Dich bitten wir um Hilfe. Führe uns den geraden Weg, den Weg derer, denen Du Gnade erwiesen hast, nicht den derer, die dem Zorn verfallen sind und irregehen!«

9

Hughu Alssahra, Ifriqiya, Juli 1476

Wenn es im näheren Umkreis kein einziges Dorf gibt, keine markierten Wege, und noch nicht einmal irgendein kärglicher Hügel einen Namen trägt, dann muss man sich selbst überlegen, wie man den Ort seiner Niederlassung nennen will.

So erging es den Mitgliedern der Karawane aus zweiundzwanzig Kamelen und vierzehn Männern, als sie ihr Ziel erreichten, einen öden, unbewohnten Fleck Erde, dem nie jemand einen Namen gegeben hatte. Bis Azerwan kam. Da der Sultan sich geweigert hatte, Hugo als Besitzer des Salzvorkommens in die Dokumente eintragen zu lassen, nannte er seinem Freund zu Ehren den Bereich, der sich vom Ufer des Sees Djerid zwei Meilen in Richtung Westen und sechs in Richtung Süden erstreckte, ›Hughu Alssahra‹, ›Hugos Wüste‹.

Im einzigen Palmenhain der Gegend, eine Viertelmeile vom See entfernt, errichteten sie sechs große Zelte. Sie hatten Glück, diese Oase gefunden zu haben, eine wahre grüne Insel mit Hunderten von Bäumen und Büschen, die von einem unterirdischen Süßwasserfluss gespeist wurde. Als Allererstes legten sie einen Brunnen an, sodass sie dieses Wasser nutzen konnten, ein wichtiger Schritt, der ihnen das Überleben sicherte.

Mit genügend Wasser, Schatten zum Ausruhen und vielen Sonnenstunden pro Tag, während derer gearbeitet werden konnte, machte man sich ans Werk. Die seltsame Gruppe aus zwei Jungen, einem Greis, zwei wandelnden Wasserspeiern und sieben normaleren Männern teilte die Aufgaben unter sich auf, was wesentlich besser klappte, als von Hugo und Azerwan befürchtet. Mit ihren kleinen Händen waren die beiden jungen Burschen besonders dafür geeignet, die zarten Salzkristalle einzusammeln, die in den langen warmen Monaten auf der Oberfläche der Lagune entstanden.

Und es stellte sich heraus, dass die krummen Rücken der beiden Buckeligen tatsächlich problemlos dem Gewicht der schweren Blöcke aus der Salzmine östlich des Palmenhains standhielten, die Azerwan vor Jahren entdeckt hatte und die in nur fünfzig Fuß Tiefe lag.

Greis Trumaj, den alle nur Schrumpel-Trumaj nannten, war der Einzige, für den sich nicht so einfach eine passende Tätigkeit fand. Bis er eines Tages anfing, sich um Feuer und Essen zu kümmern, und dann dabei blieb.

Schon vier Wochen nach ihrer Ankunft hatten sie genügend Salz für den ersten Transport nach Qastiliya zusammen, bei dem zwei der Arbeiter Azerwan begleiten würden. Die Reise hatte drei Ziele: Zunächst einmal wollte sich Azerwan bezüglich des Salzverkaufes mit dem Vertreter eines europäischen Händlers treffen, den er schon seit einiger Zeit kannte. Falls eine Einigung mit diesem Mann gelänge, hätten sie sich damit ein regelmäßiges Einkommen gesichert. Zweitens wollte er einen Vorrat an Dingen einkaufen, die ihnen in der Oase fehlten. Und drittens wollte Azerwan den Besuch nutzen, um sich nach Ubaydas Verbleib zu erkundigen. Dafür würde er notfalls jeden Reisenden befragen, der ihm begegnete.

Kurz vor dem Aufbruch machte Azerwan sich auf die Suche nach Hugo. Er fand ihn in seinem Zelt, wo er auf einem dicken Teppich hockte und zeichnete. Dankbar nahm der junge Mann das Kokoswasser entgegen, das sein Freund ihm anbot. Als er Azerwans nachdenklichen Blick bemerkte, fragte er: »Du siehst mich an, als hättest du mich seit zehn Jahren nicht gesehen. Beschäftigt dich irgendetwas?«

Azerwan dachte bei sich, wie braun sein Freund geworden war. Bald würde sich Hugo in einen echten Beduinen verwandelt haben. »Ich habe gerade mein Kamel bepackt, da ist mir in den Sinn gekommen, wie selten wir in den letzten Wochen Gelegenheit zum Reden hatten. Abends bin ich immer so müde, dass ich kaum frage, wie es dir geht«, sagte er.

»Ich leide unter der Hitze, aber ansonsten kann ich mich nicht beklagen«, entgegnete Hugo. »Nach der extremen Kälte im Eis hätte ich mir nie ausmalen können, dass es in der Wüste so beschwerlich werden würde. Aber ich glaube, langsam passe ich mich an.«

»Das freut mich. Irgendwann wirst du auch bemerken, dass das harte Leben in dieser Einöde gut für die Seele ist. Ihre endlose Einsamkeit hilft uns dabei, uns selbst zu finden.«

Als Azerwan auf das Blatt Papier deutete, reichte Hugo es ihm und erläuterte das Bild ungefragt.

»Faszinierendere Sonnenuntergänge als die hier gibt es wohl nicht, sie sind so wunderschön ... Ich habe versucht, einen davon festzuhalten, und vor diesem Hintergrund unsere Männer beim abendlichen Salzsortieren hinzugefügt. Wie du siehst, bin ich noch nicht ganz fertig.«

Azerwan lobte das Bild, dann verabschiedete er sich von seinem Freund. »Wenn alles so verläuft wie geplant, bin ich in knapp zwei Wochen wieder zurück.«

»Wir werden hier sein und auf dich warten«, lächelte Hugo.

»Bevor ich aufbreche, wollte ich dir noch etwas sagen. Bei diesem niedrigen Wasserstand sollten wir uns vielleicht lieber auf das Salz aus der Lagune konzentrieren und mit der Mine bis zur feuchten Jahreszeit warten. Außerdem habe ich mir überlegt, dass wir ein paar Becken anlegen könnten, um das Verdampfen der Sole zu beschleunigen, bevor sich der See von Dezember bis Februar wieder füllt. Im ersten Becken würden wir konzentriertes Salzwasser erhalten, und mit zwei oder drei weiteren, tiefer liegenden Becken den Trockenprozess beschleunigen. Ich habe so etwas in der Nähe von Qastiliya schon einmal gesehen, und das System hat mich überzeugt.«

Hugo nickte zustimmend. Er nahm sich vor, diese Becken noch vor Azerwans Rückkehr fertigzustellen.

In den nächsten Tagen entwickelte sich in Hughu Alssahra beim Bau der Verdunstungsanlage eine perfekte Routine. Sie standen noch vor Sonnenaufgang auf, um die milderen Morgentemperaturen zu nutzen. Nach einem einfachen Frühstück, trockenem Weizenbrei mit einem Schuss Kamelmilch, machten sie sich mit großen Körben auf den Weg zum See. Dort zogen einige die Mäuerchen des ersten Beckens hoch und füllten es mit Erde, um den Wasserstand darin niedrig zu halten, während die anderen in vorher abgesteckten Bereichen die reinsten Salzkristalle einsammelten. Das war harte Arbeit, bei der man ständig gebückt dastand und nach ein paar Stunden die Haut an den Fingern durch das Salz aufsprang. Außerdem brannte die Sonne unbarmherzig, und man durfte nie aufschauen und in die Ferne blicken, um nicht von der Spiegelung der Sonne auf dem Salzwasser geblendet zu werden.

Die Männer arbeiteten nur bis zum Mittag. Dann brannte die Sonne so sehr, dass die Haut trotz der schützenden Turbane, Tuniken oder Jebbas zu kochen schien. Sie aßen, was Schrumpel-Trumaj für sie zubereitet hatte, und ruhten sich den Rest des Nachmittags in ihren Zelten aus. Sobald die

Sonne unterging, machten sie sich wieder an die Arbeit. Sie sortierten das gesammelte Salz und schichteten es zu kleinen Häufchen. Aus diesen würden sie später Salzstäbe herstellen, die, in Matten eingeschlagen, problemlos bei der nächsten Karawane von Kamelen transportiert werden konnten.

Hugo nutzte die Stunden der Muße, um zu zeichnen, nachzudenken oder mit einem Freiwilligen die arabische Sprache zu üben, von der er bislang nur ein paar Brocken beherrschte. Azerwan hatte ihn seit ihrem Aufbruch aus Rouen unterrichtet, und jetzt versuchte er es mit Omar, der von den Arbeitern am ehesten dazu bereit war.

Omar war zwei Jahre jünger als Hugo. Der junge Mann mit den Narben auf den Wangen hatte einen gütigen Blick, war uneigennützig und wollte immer allen gefallen. Er schuftete mehr als jeder andere und verströmte dabei auch noch eine ansteckende Lebensfreude. Dass er wegen seiner großen Sensibilität oft zur Zielscheibe des Spotts seiner Kameraden wurde, konnte ihm die gute Laune nicht verderben. Vielleicht verbrachte Hugo ja deshalb so gerne Zeit mit ihm. Zehn Tage nach Azerwans Aufbruch mit der ersten Salzlieferung saßen die beiden an einem Nachmittag wieder zusammen.

»Jetzt lach mich doch nicht aus!«, protestierte Hugo, nachdem sein letzter Satz, wie Omars lautes Prusten vermuten ließ, nicht das zum Ausdruck gebracht hatte, was er eigentlich hatte sagen wollen.

Der Arbeiter erklärte Hugo in holperigem Spanisch, dass er sich bei einem Wort vertan hatte. Statt »Das Essen ist gut« hatte er »Das Essen ist schimmelig« gesagt. Omar wiederholte den korrekten Satz fünfmal für Hugo, bis dieser ihn endlich richtig aussprach.

Danach bat er ihn, »Guten Abend« zu sagen, was Hugo ja schon unzählige Male gehört hatte. Aber auch dieser Gruß gelang ihm beim ersten Versuch nicht richtig.

»Viel schlechter Schüler, Herr!«

Dass Omars frisch erworbenes Spanisch zwar gebrochen, aber dabei wesentlich besser war als Hugos Arabisch, war auch nicht gerade ermutigend. Offensichtlich hatte Omar eine raschere Auffassungsgabe und zeigte vielleicht auch mehr Interesse.

»Ich weiß wirklich nicht, warum eure Sprache die Dinge so kompliziert machen muss. All diese Wörter mit unterschiedlichen Pluralformen und andere, die nur im ganzen Satz einen Sinn ergeben, eine Ausdrucksweise zum Beten, eine andere zum Sprechen … Ihr treibt mich noch in den Wahnsinn!«

»Nicht so laut, Herr! Wir Araber immer sanft. Freundlich Gespräch, das uns gefällt.«

»Jetzt lass es mal gut sein mit sanft und freundlich!« Frustriert wedelte Hugo mit der Hand. »Der Unterricht ist für heute zu Ende, ich will lieber etwas zeichnen.«

Er griff nach einem Blatt Papier und seinen Kohlestiften, um sich auf den Weg zur Lagune zu machen.

Wenn die Sonne am Nachmittag gen Westen wanderte, bot der salzige Horizont ein unerwartetes Farbspektakel. Anfangs war alles blendend weiß, dann verwandelte sich die trockene Lagune in eine Art Wald aus winzigen Schatten, die die verschiedenen Salzformationen warfen. An manchen Tagen schien es Hugo, als würde er in diesem Meer aus Salzfragmenten einen Text voller Punkte und Kommata erkennen, voller Fragezeichen und Gedankenstriche.

Er machte es sich auf einem Felsen bequem, dessen Form einem Stuhl ähnelte, und ließ von seinem erhöhten Aussichtspunkt aus wieder einmal gemächlich den Blick über die Landschaft schweifen. Anfangs hatte er noch befürchtet, dass er der Schönheit dieses scheinbar monotonen Schauspiels gegenüber irgendwann abstumpfen würde, aber so war es nicht.

Auf unerklärliche Art und Weise zeigte dieser Ort jeden Tag ein neues Antlitz, bot ihm eine bislang noch nicht ergründete Nuance dar. Vielleicht drehte einfach nur der Wind, oder es erschien unerwartet eine einzelne Wolke am Himmel, die den Anschluss zu den anderen weiter im Norden verloren hatte.

Umgeben von einer beinahe ohrenbetäubenden Stille prägte sich Hugo gut ein, was er sah. Dann stieß er einen Seufzer aus und begann mit seinem Kohlestift vereinzelte Striche aufs Papier zu setzen, aus denen nach und nach dieses seltsame Meer aus Salzkristallen entstand.

Hugo ließ sich von den bizarren Formen der winzigen Salzhügel mitreißen, spielte mit ihren Rundungen und Spitzen oder mit dem Glitzern eines winzigen Wassertropfens, der noch nicht verdunstet war.

Er zeichnete mit leicht geöffnetem Mund und murmelte dabei vor sich hin. Mit jedem Strich erzählte sich Hugo selbst, was er dem Papier zu entlocken versuchte. Von Zeit zu Zeit machte er eine Pause und schloss die Augen, um sich neu inspirieren zu lassen, so als müsse er dafür erst die vorherigen Bilder löschen. Von der anstrengenden Arbeit traten seine Armmuskeln hervor und schmerzten.

In diesen Momenten liebte Hugo die Einsamkeit. Er dachte oft bei sich, dass er ohne diese Stille vielleicht nie dazu in der Lage gewesen wäre, so zu zeichnen. Sie war seine treue Gefährtin auf dieser Reise.

Flügelschlagen ließ ihn aus seiner kreativen Träumerei hochschrecken. Als er sich suchend umsah, entdeckte er zu seiner Linken einen Vogel auf einem Felsbrocken. Es war ein Gerfalke, genau wie der aus Neufundland. Der majestätische Vogel ließ sich durch Hugos neugierige Blicke nicht stören und rührte sich nicht. Seine schwarzen Augen glänzten, und sein Gefieder schien die helle Oberfläche des Salzsees zu reflektieren. Hugo kam es vor, als würde ihm das Tier Gesellschaft leisten, und er dankte es ihm mit einem Lächeln. Der Vogel öffnete den Schnabel, als wollte er sprechen, gab jedoch nur ein Krächzen von sich. Er schaute Hugo an, breitete die Flügel aus und stieß sich zum Fliegen ab.

10

Brügge, Herzogtum Burgund, September 1476

Jacob Grosenberg hatte die zwanzig schwierigsten Monate seines Lebens hinter sich.

Im Februar des Vorjahrs hatte sein Bankier, Chris van der Walle, von einem Tag auf den anderen ohne triftigen Grund eine frühzeitige Rückzahlung des Kredits verlangt, auf den sich sein ganzes Geschäft gründete.

Damián de Covarrubias hatte sich in dieser Situation auf Grosenbergs Kosten bereichert, indem er ihm in seiner Zwangslage dreihundert Sack seiner besten Wolle für einen lächerlichen Preis abgekauft hatte. Nur so hatte der jüdische Textilhersteller seine dringendsten Schulden abbezahlen können.

Und am Ende war diese Wolle auch noch bei seinem größten Konkurrenten, Edgar Hossner, gelandet, und Hossner war als Gewinner aus der ganzen unheilvollen Angelegenheit hervorgegangen.

Für Grosenberg hatte sie jedoch noch weitere Konsequenzen. Er hatte nicht genug Material für die Bestellungen seiner Kunden, nicht einmal für die allerwichtigsten. Aus Paris trafen Beschwerden ein, es gab Reklamationen durch den mächtigen venezianischen Händler Barbieri, und sechs seiner besten Kunden in Rom traten von ihren Verträgen zurück. Die Katastrophe hatte derartige Ausmaße angenommen, dass selbst die Familie Puig aus Barcelona schwor, nie wieder bei Jacob Grosenberg zu kaufen, obwohl sie bislang zu seinen besten Kunden gehört hatte.

Von seinen fünf Werkstätten musste Grosenberg drei schließen, und in den beiden anderen wurde nur eingeschränkt gearbeitet.

Aber damit war Grosenbergs Albtraum noch immer nicht zu Ende. Er musste feststellen, dass wegen seines wiederholten Vertragsbruchs sein Name auf dem europäischen Tuchmarkt in Verruf geraten war. Die Folgen für seine Finanzen waren katastrophal. Es gelang ihm nur durch seine Zähigkeit und den Glauben an sich selbst, bis Mitte des Jahres 1476 die Geschäfte wieder in geordnete Bahnen zu lenken. Zum Glück griff ihm dabei seine Verwandtschaft unter die Arme. Einer seiner Vettern hatte von den ungerechten Schicksalsschlägen gehört und bürgte mit seinem Besitz, damit Jacob für das laufende Jahr Wolle kaufen konnte. Auf diese Art und Weise erstand Grosenberg im Juni eine Ladung Vlies, die zwar aus dem Vorjahr stammte, aber von hervorragender Qualität war. So konnte er seine Webstühle wieder in Gang setzen und im Juli neue Wolle kaufen.

Danach reiste er mit nur einem einzigen Ziel durch halb Europa: Er wollte das Vertrauen seiner Kunden zurückgewinnen. Zu Pferd besuchte er Rom, Mailand, Köln und Paris und kehrte Ende August mit vollem Auftragsbuch und neuem Mut zurück nach Antwerpen.

Als sein Geschäft Anfang September wieder gut angelaufen war, war für Jacob Grosenberg der Moment gekommen, die Urheber seiner Misere zu bestrafen. Im Mai hatte er bereits zwei Vertrauensmänner auf sie angesetzt: Einer der beiden behielt in Brügge de Covarrubias im Auge, der andere beobachtete in Gent Edgar Hossner. Gegen Hossner hatte er bislang leider nichts in der Hand, gegen Damián de Covarrubias aber schon: Der Händler aus Burgos betrog seine

Frau. Und seine Frau ihn vermutlich auch, zumindest war sie regelmäßig in Begleitung eines anderen Mannes gesehen worden, auch wenn es für ihre Untreue keine Beweise gab.

Grosenberg beschloss dennoch, sowohl diese pikante Entdeckung als auch den krankhaften Ehrgeiz des Kastiliers für sich zu nutzen. Jede Krankheit hatte ihre eigene Medizin, daher wollte er vor seiner Rache zunächst de Covarrubias' arrogante Zielstrebigkeit noch befeuern.

Als Grosenberg Ende September in Brügge eintraf, störten ihn weder der heftige Wind noch der Platzregen, durch die die Straßen der Stadt verwaist dalagen, weil der Gedanke an seinen Plan ihn bei Laune hielt.

Eigentlich war es nicht schwierig, sich in Brügge zu orientieren, doch nachdem sie zum dritten Mal denselben Platz überquert hatten, ließ Grosenberg seinen Kutscher halten. »Steig aus und frag in einem dieser Häuser nach dem Weg. Irgendwo wird man dir schon aufmachen.« Er deutete auf eine Gruppe von sechs Gebäuden zu seiner Rechten.

Während er wartete, prasselte der Regen aufs Verdeck, und Grosenberg spürte, wie ihm die Feuchtigkeit unter die Kleider kroch. Dann hörte er ein Geräusch, als ob sich draußen ein anderes Fahrzeug näherte. Er warf einen Blick aus dem Fenster und erkannte im strömenden Regen undeutlich eine Kutsche, die von zwei großen schwarzen Rössern gezogen wurde. Selbst durch das Tosen des Sturms hindurch war das Klappern ihrer Hufe zu hören, und ein paar Sekunden später befanden sich die Pferde mit dampfenden Nüstern auch schon auf seiner Höhe.

Der fremde Kutscher hatte gebremst, und nun sah Grosenberg hinter der gegenüberliegenden Fensteröffnung eine Frau mit schwarzem Haar und traurigem Blick, die sich mit einem Taschentuch Tränen wegwischte.

Jacob öffnete die Tür seiner Kutsche und klopfte an das fremde Fahrzeug. Verwirrt sah die Frau ihn an und fragte nach seinem Begehr.

Der jüdische Hersteller erkannte, dass sie einen italienischen Akzent hatte.

»Entschuldigt bitte, meine Dame, aber ich bin auf der Suche nach der Residenz von Don Damián de Covarrubias und habe mich verfahren. Könntet Ihr mir vielleicht weiterhelfen?«

Hinter der zauberhaften Frau erschien das Gesicht einer weiteren Dame, die beinahe ebenso schön war. Sie sagte: »Damián de Covarrubias ist mein Ehemann, und wir sind gerade auf dem Weg zu ihm. Wollt Ihr uns vielleicht folgen?«

»Sehr freundlich. Zunächst muss aber mein Kutscher zurückkehren.« Als Grosenberg einen lauten Pfiff ausstieß, drehte sich der Mann, der vor einem der Häuser stand, zu ihm um. Er überquerte den Platz, wobei er in sämtliche Pfützen trat, und sprang dann gewandt auf den Kutschbock.

Grosenberg betrachtete derweil die beiden Frauen und fragte sich, welch schlimmes Leid ihnen wohl widerfahren sein musste, damit ihre Züge von solcher Traurigkeit zeugten.

Die Residenz der de Covarrubias' thronte mächtig über einem Platz, den sie kurz darauf erreichten. Als die Kutschen anhielten, eilte Jacob den beiden Damen zu Hilfe, um sie vor dem Regen zu schützen.

»Mein Name ist Jacob Grosenberg, mit wem habe ich das Vergnügen?«

Berenguela stellte sich und Renata vor, die sich entschuldigte, da sie weiterfahren müsse und ihnen nicht länger Gesellschaft leisten könne.

Jacob verabschiedete sich höflich von der Italienerin und wartete ab, bis die zweite Frau den Wagen verlassen hatte.

Dann breitete er seinen Mantel über de Covarrubias' Gattin aus, und sie rannten gemeinsam zur Haustür.

Im Gebäude übergab er das durchweichte Kleidungsstück an einen Bediensteten, dem die Dame des Hauses auch ihren Umhang reichte.

»Kann ich davon ausgehen, dass mein Mann Euch erwartet?«

»Das nehme ich an, ich habe ihn vor ein paar Tagen um einen Termin ersucht.«

Als sie ihn bat, ihr zu folgen, bemerkte Grosenberg die zauberhafte Farbe ihrer Augen und die kleinen Grübchen, die sich bei einem höflichen Lächeln auf ihren Wangen zeigten. Sie erreichten ein geräumiges Arbeitszimmer. Der Textilhersteller ahnte, dass die Frau sich zurückziehen werde, sobald er sich setzte. Daher blieb er lieber stehen und nutzte die Gelegenheit zu einer Frage: »Entschuldigt, wenn ich mich in fremde Angelegenheiten mische, aber ich hatte den Eindruck, dass Euch und Eure Freundin etwas bedrückt. Ich hoffe, dass es sich nicht um einen persönlichen Schicksalsschlag handelt.«

Berenguela war nicht daran gewöhnt, dass sich außer Renata und Policarpo jemand um sie sorgte. Daher antwortete sie bereitwillig, wenn auch mit der einem Fremden gegenüber angemessenen Zurückhaltung. »Nein, das ist es nicht. Aber ich danke Euch von Herzen für Eure Besorgnis«, sagte sie mit einem freundlichen Lächeln, das Jacob gern als Zeichen ihrer Zugänglichkeit verstanden hätte.

»Das ist doch das Mindeste.«

Berenguela beschloss, etwas mehr über diesen Besucher herauszufinden. »Ich glaube nicht, dass ich Euch schon einmal hier gesehen habe, mein Herr … Herr Grosenberg, richtig?«

»Genau, so heiße ich, und ich besuche Euer Heim tatsächlich zum ersten Mal. Als Besitzer mehrerer Textilwerkstätten in Antwerpen möchte ich gerne mit Eurem Gatten Geschäfte machen. Für mich ist beim Handel die Seriosität ganz entscheidend, und über Euren Ehemann habe ich nur Positives gehört. Aber da verrate ich Euch ja nichts Neues, nicht wahr?«, fügte er, nicht ohne Hintergedanken, hinzu.

Berenguela verzog unwillkürlich das Gesicht, und das verriet ihm überdeutlich, dass sie diese Einschätzung nicht teilte. Jacob wusste ja, dass es um de Covarrubias' Ehe nicht gut stand. Jetzt fragte er sich, ob er die Frau vielleicht zu seiner Verbündeten machen könnte. Deshalb fuhr er prüfend fort: »Sicher seid Ihr stolz auf ihn.«

Berenguela wusste nicht, was sie darauf erwidern sollte. Sie kannte den Textilhändler kaum, aber er schien ihr ein ehrenwerter Mann zu sein, deshalb wollte sie ihn warnen.

»Gewiss, schließlich ist er mein Ehemann … Aber bedenkt, dass sich Menschen in der Gegenwart Fremder manchmal ganz anders verhalten«, versetzte sie schließlich, in der Hoffnung, dass er ihre Anspielung verstand, bereute ihre Offenheit aber gleich darauf. »Entschuldigt bitte, aber ich muss Euch jetzt allein lassen, ich habe zu tun.« Sie reichte ihm die Hand.

»Ich werde Euren Rat beherzigen und danke Euch dafür, meine Dame.«

Als Berenguela den Raum verließ, begegnete sie ihrem Mann. Jacob bemerkte den verächtlichen Blick, den sie ihm zuwarf, und ihm kam eine Idee.

»Herr Grosenberg, es ist mir ein Vergnügen, Euch in meinen vier Wänden willkommen zu heißen«, begrüßte ihn da aber bereits Damián de Covarrubias und reichte ihm mit einer gewissen Zurückhaltung die Hand. Seit sich Grosenberg bei ihm angemeldet hatte, fragte sich de Covarrubias nach den Gründen für seinen Besuch. Schließlich war der jüdische

Händler über die Ereignisse des vergangenen Jahres bestimmt nicht erfreut gewesen.

Außerdem hatte die Familie de Covarrubias bislang keine Geschäftsbeziehungen zu dieser Familie unterhalten, und gerade Damián konnte nur schlecht verbergen, welche Abneigung er Juden gegenüber empfand.

»Ich danke für diesen freundlichen Empfang.«

Jacob sah sich suchend nach einer Sitzgelegenheit um.

»Ihr könnt dort Platz nehmen.« Damián wies auf einen Stuhl. »Womit kann ich Euch behilflich sein?«

Grosenberg ließ ein paar Sekunden verstreichen, bevor er fragte: »Habt Ihr schon einmal mit ägyptischer Wolle gehandelt?«

Damián schüttelte den Kopf.

»Dann werft doch mal einen Blick auf diese Ware!« Grosenberg zog eine Handvoll aus der Tasche seines Rocks und zeigte sie dem Hausherrn.

Damián befühlte das Material, zupfte dann ein paar Stränge heraus und untersuchte sie auf die Dicke und Qualität der Fasern. Das Ergebnis fiel offensichtlich zu seiner Zufriedenheit aus.

»Einer meiner besten Kunden in Rom hat mir davon erzählt«, erklärte Grosenberg. »Als ich dann vor ein paar Wochen den Mann kennenlernte, der ihm die Wolle aus Ägypten verkauft, war ich wirklich überrascht.«

»Aus einem bestimmten Grund?«, fragte Damián, der sich fragte, warum der Tuchfabrikant ihm das alles erzählte.

»Aus zwei Gründen: Zum einen liegen seine Preise manchmal noch unter denen für Merinowolle, zum anderen liefert dieser Händler bislang höchstens bis nach Florenz und hat kein Interesse daran, sein Geschäft im Norden Europas weiter auszubauen. Daher eröffnet sich uns die Möglichkeit, das Produkt aus Ägypten hierher nach Antwerpen zu bringen.

Falls Ihr Interesse habt, kann ich gerne für Euch den Kontakt herstellen. Außerdem wäre ich selbst daran interessiert, innerhalb der nächsten zwei oder drei Monate sechs komplette Schiffsladungen für meine Werkstätten zu erwerben. Was haltet Ihr davon?«

Vollkommen verwirrt starrte Damián ihn zunächst schweigend an. »Ich muss zugeben, dass mich Euer Angebot überrumpelt«, sagte er schließlich, »und dass ich ihm auch ein wenig misstrauisch gegenüberstehe. Als wir uns letztes Jahr zum ersten Mal begegnet sind, wart Ihr über unsere geschäftliche Einigung offenbar nicht sehr glücklich. Und jetzt bietet Ihr mir hier eine interessante und lukrative Investitionsmöglichkeit. Das begreife ich nicht und bräuchte daher weitere Details, bevor ich mir dazu eine Meinung bilden kann. Ich hoffe, dass Euch meine Offenheit nicht stört.«

»Ganz im Gegenteil schätze ich sie sogar. Außerdem kann ich Euch gut verstehen. Ich will nicht verhehlen, dass mir bis vor Kurzem jedes Mal übel wurde, wenn Euer Name fiel. Aber ich bin wie Ihr auch vor allem Unternehmer und will deshalb übers Geschäft reden, nicht über frühere Animositäten. Tatsächlich habt Ihr damals auf meine Kosten ein kleines Vermögen verdient, darum will ich Euch nichts vormachen: Dafür erwarte ich jetzt eine Entschädigung.«

Dass er nicht um den heißen Brei herumredete, gefiel Damián, weil er es als glaubwürdig empfand. Aber auch er sprach klar und deutlich und fragte Grosenberg danach, an welche Art von Entschädigung er gedacht habe.

»Keiner der Händler, die zurzeit in Brügge und Antwerpen tätig sind, weiß von der ägyptischen Wolle, daher könntet Ihr Euch das Monopol darauf sichern. Wie gesagt, würden viele Kunden sie Euch schon allein deshalb aus den Händen reißen, weil sie billiger ist als die aus Spanien. Überschlagt doch einmal, wie viel Ihr heute verkauft – Ihr könntet Euren Gewinn verdoppeln.«

Zufrieden beobachtete Grosenberg Damiáns wachsendes Interesse. »Aber Ihr fragte Euch vermutlich immer noch, warum ich Gewinne solcher Ausmaße Euch in Aussicht stelle und nicht zum Beispiel meinem momentanen Lieferanten, nicht wahr?«

»Allerdings.«

»Das werdet Ihr gleich verstehen: Ich verlange als Gegenleistung, dass Ihr mir von den sechs bei Euch bestellten Schiffsladungen nur vier berechnet, und erwarte diese Vorteilsbehandlung noch mindestens drei Jahre lang. Außerdem habe ich auch noch aus einem anderen Grund gerade an Euch gedacht. Ich habe nämlich Informationen von meinem Bankier, der über Eure Solvenz gut Bescheid zu wissen scheint. Es heißt, dass Eure Geschäfte bestens laufen und Ihr in der Lage seid, großzügige Kredite zu gewähren. Das ist für den Ankauf von Wolle aus Ägypten unerlässlich, weil dort schon vor dem Beladen kassiert wird. Nicht jeder kann Eure finanziellen Mittel vorweisen, und ganz bestimmt nicht mein derzeitiger Lieferant. Wie Ihr seht, wäre dieses Geschäft also für alle ein Gewinn. Was meint Ihr?«

Damián hatte ihm genau zugehört und wägte innerlich seine berechtigten Zweifel gegen die zahlreichen Vorteile ab. Die wichtigste Frage war, ob die Ware auch wirklich der Qualität von Grosenbergs Probe entsprach; in diesem Fall bot sich ihm eine Gelegenheit mit schwindelerregender Gewinnspanne. Damián überschlug im Kopf, wie viele Schiffe er wohl für das laufende Geschäftsjahr bekommen könnte, und kam auf mehr als zwanzig. Damit könnte er hier atemberaubend viel Geld verdienen.

Er sah sein Gegenüber an, dessen Argumente mehr als überzeugend waren. Natürlich wusste er, wie schwierig es für den Tuchhändler gewesen war, seinen guten Ruf wiederherzustellen. Daher ging er davon aus, dass Grosenberg ihn wohl nicht mit der Verarbeitung minderwertiger Wolle aufs Spiel setzen wollte. Aber für eine Entscheidung fehlte Damián noch ein wichtiger Faktor, den man nicht mit Händen greifen konnte, nämlich Vertrauen.

»Ich kann nicht leugnen, dass mir Euer Vorschlag äußerst interessant erscheint. Womöglich handelt es sich um eine dieser Gelegenheiten, die sich nur ein einziges Mal im Leben bieten. Aber vielleicht bin ich gerade deswegen nicht überzeugt, und noch dazu kennen wir uns kaum. Wahrscheinlich würde es helfen, wenn ich ein paar Säcke dieser Wolle inspizieren könnte.«

Grosenberg schlug ihm vor, sich die Ladung anzusehen, die er selbst in Rom unter die Lupe genommen hatte. Diese Idee gefiel Damián. Er würde sich aber nicht persönlich auf den Weg machen, weil er in den nächsten Tagen die neuen Bestellungen seiner Kunden aufnehmen musste, sondern so schnell wie möglich Policarpo Ruiz nach Rom schicken. »Gut, das überzeugt mich. So machen wir es!«

Während der Stoffhersteller einschlug, lächelte er in sich hinein und dachte an die nächsten Schritte. Ein Grosenberg ließ sich nichts gefallen! Als er sich bereits zum Gehen wenden wollte, fielen ihm wieder de Covarrubias' Frau und die Idee ein, die ihm beim Abschied von ihr gekommen war.

»Übrigens möchte ich Euch wirklich zu Eurer wunderbaren Gemahlin gratulieren. Ich hatte das Vergnügen, sie vorhin kennenzulernen, und fand sie ganz bezaubernd.«

»Danke, sehr freundlich. Ja, sie ist wirklich schön.« Damián verstand nicht, worauf sein Gast damit hinauswollte.

»Es mag Euch vielleicht merkwürdig erscheinen, aber ich würde ihr gerne eine kleine Aufmerksamkeit zukommen lassen, weil sie mich so zuvorkommend in Empfang genommen hat. Versteht es als Zeichen meiner Absicht, unsere Geschäftsbeziehungen zu vertiefen. Ihr wisst doch sicher, dass wir Grosenbergs seit mehreren Jahrzehnten mit Diamanten handeln. In meinen Augen würde so ein Stein, eingefasst in den passenden Ring, wenigen Frauen so gut zu Gesicht stehen wie ihr. Aber natürlich nur, wenn Ihr dies für schicklich haltet und nicht womöglich andere Absichten dahinter vermutet als die, Euch als Geschäftspartner und Freund zu gewinnen.«

Damián nahm dankbar an und dachte bei sich, dass der Kontakt zu Grosenberg vielleicht doch keine so schlechte Idee war.

11

Hughu Alssahra, Ifriqiya, Februar 1477

Nach einem halben Jahr in der Wüste war Hugo trotz der extremen Lebensbedingungen unter unbarmherziger Sonne und ohne einen einzigen Regentag mit den Ergebnissen zufrieden. Sie konnten alle sechs Wochen eine Karawane losschicken und hatten so bereits eintausend Golddublonen verdient. Wenn es so weiterging, hatten sie kalkuliert, dann würde Hugo bereits in eineinhalb Jahren seinem Stiefbruder und Martín de Soria seine Schulden zurückbezahlen können, und von da an würden sie endlich eigenes Geld verdienen. Diese guten Aussichten machten für den Kastilier die äußeren Einschränkungen wieder wett.

Trotzdem kamen Hugo manchmal Zweifel, und er fragte sich, ob er nicht schon zu lange an diesem einsamen Ort fernab vom Rest der Welt lebte. Azerwans Idee vom Unterricht bei jenem berühmten Künstler erschien ihm im Moment nichts weiter als ein Hirngespinst. Dafür hatte er einfach kein Geld, und im Moment war anderes wichtiger, aber Hugo beschwerte sich nicht.

Seit mehr als zwei Monaten lebten sie nicht mehr in Zelten, sondern in einfachen Hütten, die sie mit Salzblöcken aus der Mine und rund um die Oase gesammelten Steinen errichtet hatten. Die Salzkarawanen brachten auf dem Rückweg aus der Stadt Holz, ein paar wenige Möbel und Stoffe mit, aus denen sie Laken und Tischtücher nähten. Aus all diesen einfachen Materialien waren drei Unterkünfte entstanden: zwei für die Arbeiter und eine etwas besser eingerichtete für Hugo und Azerwan.

Vor drei Wochen, Anfang Februar, hatte Azerwan die Oase verlassen, um sich auf die Suche nach Ubayda zu machen. Bei seinem letzten Salztransport hatte er nämlich einen Bekannten getroffen und von ihm gehört, dass Ubayda auf einer fernen Insel namens Djerba gesehen worden war. Dieses Eiland lag etwa zehn Tagesreisen im Osten.

Hugo konnte seinen Freund verstehen, aber dessen Abwesenheit tat ihm nicht gut. Er fand leider nicht denselben inneren Frieden wie Azerwan, der an das Leben in der Wüste gewöhnt und außerdem voller begeisterter Hoffnung auf ein Wiedersehen mit Ubayda aufgebrochen war. Es fiel ihm immer noch schwer, sich auf Arabisch zu verständigen, und abgesehen von seinen kurzen Gesprächen mit Omar redete er manchmal tagelang mit niemandem. Das machte ihm zu schaffen, und die Zeit zog sich endlos in die Länge. Er wartete sehnlich darauf, dass sein Freund von seiner Reise zurückkehrte, seine Erlebnisse und Erinnerungen mit ihm teilte oder seine üblichen Sinnsprüche vorbrachte.

Vielleicht fehlte in seinem Leben ja auch einfach eine Frau wie Ubayda, dachte er oft. Manchmal rief er sich Szenen aus der Vergangenheit in Erinnerung, die jetzt in ebenso weiter Ferne zu liegen schien wie die Menschen, mit denen er damals zu tun gehabt hatte. Aus welchem Grund auch immer: Hugo war oft unzufrieden. Zwar kam er nie zu dem Schluss, damals am Rand der Eiswüste an einem Meer voller Wale eine falsche Entscheidung getroffen zu haben. Noch immer stellte die Unternehmung hier in Afrika mit all ihren zu überwindenden Hürden für ihn eine reizvolle Herausforderung dar. Aber das war ihm einfach nicht genug.

Hugo war, als gäbe es in seinem Inneren eine Leere, die

erst ausgefüllt werden musste, damit er voll und ganz glücklich werden konnte.

Obwohl er sich den Kopf darüber zerbrach, konnte er nicht sagen, wo genau das Problem lag. Oft hing er diesen Gedanken nach, wenn er zum Zeichnen draußen auf den Felsen saß. Dabei leistete ihm seit vier Monaten der weiße Falke Gesellschaft, der aus irgendeinem unerklärlichen Grund jeden Nachmittag herbeigeflogen kam und bis zum Einbruch der Dunkelheit bei ihm sitzen blieb.

Es handelte sich um ein Weibchen, und Omar nannte es Aylal, was in der alten Sprache der Wüste »weiße Feder« bedeutete.

Hugo gefiel der Name so gut, dass er ihn sofort übernahm, aber er hatte es noch nicht übers Herz gebracht, den Vogel zu zeichnen. Er erschien ihm wie die Verkörperung von Freiheit, daher sträubte er sich dagegen, ihn auf einem Blatt Papier einzufangen.

Seine Beziehung zu Aylal war merkwürdig. Sie betrachteten einander unbefangen und spürten die Nähe zwischen ihnen, obwohl sie zugleich eine gewisse Distanz beibehielten. Oft schienen sie sogar das Gleiche zu empfinden – wenn zum Beispiel eine kühle Abendbrise aufkam, plusterte Aylal ihr Gefieder auf, während Hugo sich an der Milderung der Tageshitze erfreute.

Von Zeit zu Zeit flog Aylal davon, um mit einer kleinen Schlange oder einer Taube in den Krallen zurückzukehren. Hugo sah gerne dabei zu, wie sie ihre Beute energisch mit dem Schnabel in Stücke riss und verspeiste. In diesen Momenten kam es ihm vor, als ob ihre schwarzen Augen glücklich leuchteten.

Jedes Mal, wenn er ankam oder abflog, stieß der Gerfalke einen Schrei aus, den Hugo als Gruß auffasste, und Hugo rief als Antwort seinen Namen. Während er ihn beobachtete, dachte Hugo oft bei sich, dass ihre Beziehung zueinander kein Zufall war. So musste es wohl sein, wenn sich an einem derart abgelegenen Ort, an dem sie beide fremd waren, zwei Seelenverwandte begegneten.

Azerwan hatte ihm nämlich erklärt, dass diese Art von Falken weitaus häufiger in den kalten Regionen Nordeuropas vorkam, wie zum Beispiel an dem Ort jenseits des Meeres, den sie durch Obeko kennengelernt hatten. Die Raubvögel in der Wüste waren üblicherweise kleiner und hatten ein graubraunes Federkleid mit Flecken an Hals oder Brust. Aylal hingegen war, abgesehen von ihren grau gepunkteten Flügeln, völlig weiß.

Eines Nachmittags beschloss Hugo, sich dem Falken zu nähern, ohne ihm eine andere Belohnung als seine Gegenwart zu bieten. Als Aylal seine Absicht bemerkte, musterte sie ihren menschlichen Freund, breitete die Flügel aus und spannte die Krallen an, um bei der geringsten Bedrohung davonzufliegen. Aber Hugo war ja keine Bedrohung; er wollte nur ihr samtiges Gefieder berühren. Als seine Hand sich Aylal näherte und dann seine Finger zart über Brust und Flügel strichen, ihren Kopf liebkosten, erschauerte der Falke, floh aber nicht.

Hugo hatte den Vogel zuvor schon vergöttert, aber die Berührung und der Blickkontakt aus nächster Nähe schlugen ihn endgültig in seinen Bann, und Aylal schien es genauso zu gehen.

Eines Tages band sich Hugo zum Schutz ein Stück Stoff um den Arm und hielt ihn dem Vogel hin. Ohne zu zögern, kletterte der Falke hinauf. Gemeinsam spazierten sie am Ufer der Lagune entlang, musterten einander aus den Augenwinkeln, betrachteten den Horizont aus salzigem Wasser und loteten ihre Beziehung zueinander aus. Auf diesem nur knapp einstündigen Spaziergang lernten sie, die Gesten des jeweils anderen zu verstehen. Auf den ersten Blick wirkte Aylal nicht besonders aufmerksam, aber das stimmte nicht: Sie war stets auf der Suche nach Beute und nahm auch die winzigste Bewegung wahr. Jedes Mal, wenn sie ein Tier ausmachte, spürte Hugo am Arm ihre Krallen zucken. Dann blieb er stehen und wartete ab. Er sah zu, wie sich ihr die Nackenfedern sträubten, sie die Muskeln anspannte und ihre Augen zu glitzern begannen.

Und eines Tages sah er Aylal dann auch jagen. Zunächst flog sie auf und gewann mit immer größeren Kreisen an Höhe, wobei sie ihre Beute genau im Auge behielt. Dann stürzte sie sich in atemberaubendem Tempo in der Nähe der Oase in die Tiefe. Kurz bevor sie den Boden erreichte, stob aus einem Busch ein Vogel mit langem Hals und sandfarbenem Körper hervor, der etwas kleiner als Aylal selbst war. Aber er kam nicht weit, weil sich der Gerfalke auf ihn stürzte und ihn zu Boden riss.

Hugo rannte zu der Stelle, an der eine kleine Wolke aus Staub und Federn aufstieg. Als er dort eintraf, hockte Aylal auf dem Vogel, der wie eine Trappe aussah, und hatte ihm den Schnabel in den Hals gerammt.

Hugo schaute zu, ohne einzugreifen.

Während Aylal ihre Beute verspeiste, blickte sie immer wieder auf, so als wollte sie diesem Menschen vermitteln, wie köstlich das Fleisch schmeckte. Hugo konnte beobachten, dass sie irgendwann eigentlich genug hatte, vielleicht, weil der Vogel zu groß war. Trotzdem fraß sie weiter, bis nicht viel mehr übrig blieb als ein Schenkel. Den trennte sie von den Überresten ab und hielt ihn im Schnabel, offenbar, ohne ihn fressen zu wollen. Während die letzten Sonnenstrahlen am Horizont verschwanden, schaute Aylal Hugo an, stieß dann wie um diese Uhrzeit üblich ein Krächzen aus und flog davon.

Azerwan kehrte eine Woche später als vorgesehen ins Lager zurück, und Hugo wusste sofort, wer die Frau an seiner Seite war.

Ihre Ankunft in der Oase führte zu Aufruhr unter den Arbeitern, die nicht an weibliche Gesellschaft gewöhnt waren, erst recht nicht an Frauen von solcher Schönheit.

Denn Ubayda war tatsächlich, wie Azerwan bei der Fahrt auf der Santa Ana erzählt hatte, die Schönheit der Wüste in Frauengestalt. Sie hatte dunkelbraune Haut, blauschwarz schimmerndes Haar und tiefdunkle Augen, deren Blick warm und sanft war. Als sie einander vorgestellt wurden, erkannte Hugo auf den ersten Blick, was für ein freundlicher, sanfter Mensch sie war. Augenblicklich schloss sie ihn so herzlich und fest in die Arme, wie er es nur von Berenguela kannte. Ihre Worte waren für ihn schwer verständlich, der Sinn jedoch unverkennbar. Ubayda rückte ein wenig von ihm ab und betrachtete ihn nachdenklich. Er tat dasselbe und bewunderte ihren schlanken Körper, ihr offenes, bezauberndes Lächeln.

Nachdem man ihr nacheinander alle Bewohner der Oase vorgestellt hatte, griff Ubayda nach Hugos Hand und wollte das Haus sehen, in dem sie nun leben würde. Zu ihrer Rechten strahlte Azerwan so glücklich, dass er zehn Jahre jünger wirkte.

»Endlich habe ich sie an meiner Seite! Mehr kann ich mir vom Leben nicht erhoffen!« Er legte Hugo den Arm um die Schultern.

»Du musst mir unbedingt erzählen, wie sich alles zugetragen hat.« Hugo wollte jede Einzelheit wissen.

»Natürlich, aber jetzt müsst ihr beiden euch erst einmal näher kennenlernen. Du wirst begeistert sein.«

Erstaunt inspizierte Ubayda ihr neues Zuhause aus Salz und Holz und hatte sofort Ideen, wie man es gemütlicher würde einrichten können. Es war nicht zu übersehen, dass hier ausschließlich Männer lebten. Auf ihrem Weg von Zimmer zu Zimmer teilte sie ihre Überlegungen mit Hugo und Azerwan.

Da Hugos Schlafraum der größte war, würde er ihn dem Paar überlassen. Er packte seine wenigen Habseligkeiten zusammen.

Ubayda redete derweil ohne Unterlass, und obgleich er kaum etwas verstand, kam Hugo ihre Stimme so süß vor wie eine Abendbrise. Von Zeit zu Zeit übersetzte Azerwan etwas für ihn.

»Ihrer Meinung nach brauchst du unbedingt eine Gefährtin. Sie hat mir gerade gesagt, dass sie eine Cousine hat, die die schönste Frau ist, die Ifriqiya je hervorgebracht hat. Bei der sollen wir bald vorstellig werden, damit du sie kennenlernen kannst. Außerdem sagt sie, dass sie sich bis dahin gut um uns kümmern wird, weil wir nämlich viel zu dünn sind. Und …«

Hugo hob abwehrend die Hände. »Gut, gut, damit ist es erst einmal genug!«

Azerwan herzhaftes Lachen steckte die anderen beiden an. Als Hugo sah, wie sich Ubayda erst an Azerwan schmiegte und dann vor Lachen krümmte, beides ganz natürlich und ungezwungen, dachte er bei sich, dass die junge Frau mit ihrer Ankunft die Oase mit Licht und Freude erfüllt hatte und von nun an alles besser werden würde.

Leider jedoch kam es anders, und das erste Unglück suchte sie bereits zwei Wochen später heim.

Sie waren gerade dabei, einen zweiten Kran zu errichten, mit dem sie noch mehr Salzblöcke aus der Mine holen wollten, als ohne jede Vorwarnung ein Sandsturm über sie hereinbrach.

In Sekundenschnelle färbte sich der Himmel graubraun,

und sie sahen kaum noch die Hand vor Augen. Der mächtige Wind bombardierte sie mit feinen Sandkörnern, die auf Gesicht, Armen und Beinen brannten.

Azerwan, der so etwas schon öfter erlebt hatte, packte Hugo und zog ihn mit sich zu Boden. Die beiden Männer suchten Schutz unter einem Stapel Bretter und beobachteten von dort aus, wie die Wüste um sie herum alles eroberte. Hugo schloss Augen und Mund, um die Sandkörner nicht herunterzuschlucken, und ballte furchtsam die Hände zu Fäusten.

Kurz darauf spürte er, wie die Bretter unter dem Gewicht des Sands immer schwerer auf ihnen lasteten. Das Schlimmste dabei war, dass die Öffnung, durch die er atmete, nach und nach immer kleiner wurde und es ihm nicht gelang, sie mit den Fingern zu vergrößern. Obendrein wurde der Wind von einem schrillen Kreischen begleitet, das beinahe wie ein menschlicher Schrei klang und durch Mark und Bein ging. Dass der Sandsturm keine Anstalten machte weiterzuziehen, ließ in Hugo langsam Panik aufsteigen.

Einen Augenblick lang war er erleichtert, Azerwan ganz in der Nähe husten zu hören, doch gleich darauf schien das Geräusch in immer weitere Ferne zu rücken, als würde es durch eine dicke Wand gedämpft.

Hugo öffnete kurz die Lider, um sein Luftloch in Augenschein zu nehmen, und bemerkte voller Sorge, wie klein es geworden war. Wieder versuchte er, dieses Mal mit beiden Händen, es zu vergrößern. Aber damit machte er alles nur noch schlimmer, weil ihm nun der Sand ins Gesicht rieselte.

Todesangst packte ihn. Ihm war klar, dass er ersticken würde, wenn der Sturm nicht in den nächsten fünf Minuten nachließ. Er versuchte, langsamer zu atmen, und hielt so immerhin ganze weitere zehn Minuten durch, dann hielt er den Atem ganz an. Inzwischen war er unter so viel Sand begraben, dass er schon seit einer Weile nichts anderes mehr hörte als sein eigenes Keuchen und das immer langsamere Klopfen seines Herzens. Mit einer letzten Kraftanstrengung versuchte er, sich zu befreien, als er plötzlich einen Stoß gegen die Rippen spürte. Dann kam Bewegung in den Sand: Jemand versuchte, sich zu ihm durchzugraben.

Das musste Azerwan sein, und Hugo betete darum, dass sein Freund sich beeilte. Als er es zuletzt nicht mehr aushielt und Luft holen musste, atmete er hustend Sand ein. Genau in diesem Moment fiel ein Lichtstrahl zu ihm herein. Azerwan hatte sich endlich bis zu ihm vorgearbeitet.

Hugo hustete weiter, bis seine Lunge wieder frei war, während ihn Azerwan von Sand und Brettern befreite.

Die Folgen des Sturms waren verheerend, sechs ihrer zwölf Arbeiter hatte er das Leben gekostet. Drei von ihnen – einer der Buckligen und die beiden Männer aus Tunis – waren einfach unter dem Sand begraben worden. Die anderen drei hatten in der Mine Schutz gesucht, doch die war zu ihrem Grab geworden, als sich der einzige Luftschacht mit Sand gefüllt hatte.

Schrumpel-Trumaj war wie immer im Lager geblieben, um mit Ubaydas Hilfe das Essen zuzubereiten, und die anderen fünf hatten es so gemacht wie Azerwan und Hugo. Nur so waren sie verschont geblieben.

Während der nächsten Stunden führten die von Trauer überwältigten Bewohner der Oase die Riten durch, mit denen im Islam die Toten verabschiedet werden. Sie wuschen und trockneten ihre Körper gründlich und wickelten sie aus Mangel an den traditionellen Kafantüchern in ihre eigenen Tuniken ein, und zwar von rechts nach links. Ein wenig außerhalb der Oase hoben sie Gräber für die Verstorbenen aus.

Dann stellte sich Azerwan neben den Toten auf, um die Rolle des Imams zu übernehmen. Er blickte zu den am Boden liegenden Verstorbenen hinunter und rezitierte viermal die erste Sure des Korans – unterbrochen von den üblichen Ausrufen bei einer Trauerfeier. Als die Gebete gesprochen waren, legten sie die Toten in die Erde, auf die rechte Seite und mit Blick nach Mekka. Danach bedeckten ihre Kameraden die Gräber mit Erde und beschwerten jedes mit einer Schicht Steine, um zu verhindern, dass Aasfresser die Körper ausgruben.

Omar war betroffener als alle anderen, denn einer der Toten war sein Onkel gewesen. Obwohl er am Boden zerstört war, hatte er sich während der Zeremonie zusammengenommen, wie es für einen guten Muslim schicklich war, und man hatte von ihm weder lautes Weinen noch Wehklagen vernommen. Doch als die anderen ihm nach Ende der Beerdigung ihr Beileid aussprachen, brach er in Tränen aus und fiel den Kondolierenden verzweifelt um den Hals. Vor allem von Hugo konnte er sich kaum losreißen. Ubayda – die als Frau an der Beerdigung nicht hatte teilnehmen dürfen und im Lager auf die Männer gewartet hatte – mied er, weil er sie für die dramatischen Ereignisse verantwortlich machte. Zu Hugo sagte er, dass der Sturm »durch ihre Hand gekommen sei«.

Bevor sie am Abend erschöpft zu Bett gingen, sprachen Hugo und Azerwan noch eine Weile allein miteinander. Plötzlich war ihre Lage um einiges komplizierter geworden. Wenn sie ihr Soll an Salzlieferungen erfüllen wollten, brauchten sie mehr Personal, und zwar schnell. Deshalb mussten sie so bald wie möglich nach Qastiliya reisen und dort neue Arbeiter einstellen. Unter anderem auch einen, der den alten Trumaj ersetzte, bevor er ihnen eines Tages noch wegstarb.

»Wir haben nicht genug Salzblöcke für einen der üblichen Transporte zusammen. Du musst dieses Mal eben weniger mitnehmen«, sagte Hugo.

»Das wird unserem einzigen Abnehmer nicht gefallen, aber ich werde versuchen, ihn zu beschwichtigen. Mal sehen, ob es mir gelingt, die Barbieris sind schließlich allgemein gefürchtet …«

Azerwan war dem mächtigen Venezianer Lucio Barbieri noch nicht persönlich begegnet. Er war das Oberhaupt der Familie und ein echtes Schwergewicht im äußerst lukrativen Salzhandel. Beim Geschäft mit dem weißen Gold teilten die Barbieris und die Familie Habsburg fast den ganzen europäischen Markt untereinander auf. Sie kontrollierten Produktion, Transport und Vermarktung, einigten sich über Absatzgebiete und legten Preise fest. Azerwan kannte bislang nur den Vertreter der Barbieris in Qastiliya, und mit dem war nicht gut Kirschen essen.

»Das muss er einfach verstehen. Wenn nicht, soll er doch herkommen und sich ansehen, wie wir uns hier abrackern«, protestierte Hugo. Er war sich der hohen Strafzahlungen bei verspäteten oder zu geringen Lieferungen bewusst.

»Ich will mein Bestes geben, aber wir werden abwarten müssen, wie unser Kunde reagiert.«

Spät in der Nacht hörte Hugo durch die Wand, wie sich Ubayda und Azerwan in ihrem Zimmer liebten. Er vernahm ihr Stöhnen, das Knarzen des Bettes und die Worte, die sie einander schenkten, während sich ihre Körper miteinander vereinten. Ihm war es unangenehm, er konnte jedoch verstehen, dass sie den Schrecken und Schmerz des Tages durch eine intensive Liebesnacht vertreiben wollten. Und so fügten sie wenigstens ein Körnchen Glück zu dieser Kammer voll Angst und Pein hinzu, in der Hugo selbst keine Liebe fand.

12

Brügge, Herzogtum Burgund, Februar 1477

Damián de Covarrubias wusste, dass er kurz vor dem Ruin stand und nur wenig tun konnte, um die Pleite noch abzuwenden. Während der letzten fünf Monate hätten seine Geschäfte kaum schlechter laufen können. Darum schleuderte er beim Gedanken an den Juden Grosenberg jedes Mal durch die Luft, was er gerade in der Hand hielt. Dieser Schurke hatte ihn hereingelegt, und er war wie ein Narr blind in die Falle getappt.

Wie vereinbart, war Policarpo Ruiz Ende September nach Rom gereist, um die Qualität der ägyptischen Wolle anhand von zwei, drei willkürlich ausgesuchten Säcken zu überprüfen und so einen Betrug auszuschließen. Der Verwalter war überzeugt, geradezu begeistert, zurückgekehrt.

Wer hätte denn ahnen können, dass anschließend zwanzig Schiffsladungen der minderwertigsten Wolle aller Zeiten in Brügge eintreffen würden?

Nach vielen schlaflosen Nächten war Damián zu dem Schluss gekommen, dass Policarpo gar keine ägyptische Wolle unter die Lupe genommen hatte, sondern Merinovlies von exzellenter Qualität, das vielleicht sogar von ihm, von de Covarrubias selbst, gestammt hatte.

Vermutlich hatte der verdammte Jude sie aus den ursprünglichen Säcken geholt und in andere gepackt, die er mit arabischer Schrift und einem neuen Siegel versehen hatte.

Es hatte ein paar Tage gedauert, bis die ersten Kunden ihre korrekt gelieferten Säcke geöffnet hatten, aber dann waren rasch die ersten Beschwerden bei Damián eingegangen. Da war es für ihn allerdings schon zu spät gewesen, um zu reagieren. Die Ladung der ersten zehn Schiffe war in Brügge bereits an Land gebracht worden, und die restlichen befanden sich entweder auf dem Weg oder lagen im ägyptischen Hafen zum Auslaufen bereit.

Sogar Grosenberg hatte die bei ihm bestellte Ware nicht entgegengenommen, und zwar mit dem Argument, es handele sich dabei nicht um dieselbe Wolle, die er persönlich de Covarrubias gezeigt und dann bei ihm reserviert habe. Solchem Zynismus hatte selbst der Abgebrühteste wenig entgegenzusetzen.

Wegen der unfassbar schlechten Qualität des Materials standen Damiáns Kunden bei der Kaufmannsgilde Schlange, um ihn anzuzeigen. Einige verlangten die Lieferung von Ersatz – von besserer Qualität und zu reduzierten Preisen –, wenn er sie als Kunden halten wollte. Die meisten wechselten jedoch einfach den Lieferanten, obgleich sie auf diese Weise wohl lange auf die Entschädigungszahlungen warten müssten, zu denen de Covarrubias am Ende mit Sicherheit verurteilt werden würde.

Damián hatte in Ägypten vierundzwanzigeinhalb Millionen Maravedi ausgegeben. Er hatte ein wahres Vermögen verloren und zudem noch seine schändlichste Niederlage erlitten. Jetzt stand er nicht nur mit dreiundzwanzigtausend Dublonen bei seinem Bankier Chris van der Walle in der Kreide, sondern war auch in ganz Brügge Futter für die Klatschmäuler.

Die schlechte Wolle war zwischen Oktober und November eingetroffen, und mit dem Durcheinander nach der Lieferung war Damián den ganzen Dezember beschäftigt. Im

Januar war es dann an der Zeit, Entscheidungen zu treffen. Damián beschloss unter anderem, nach Burgos zu reisen, um sich der dringend benötigten Hilfe seines Vaters und Schwiegervaters zu versichern.

Anders als Damián hatte Berenguela die Ereignisse mit Genugtuung zur Kenntnis genommen. Nachdem sie erfahren hatte, wer ihren Gatten hinters Licht geführt hatte, hatte sie sich zu einem Treffen mit Grosenberg bereit erklärt und ihm enthüllt, wie sehr ihr Mann unter der Angelegenheit gelitten hatte. Grosenberg erkannte, dass sie seine Tat nicht verurteilte, sondern sich im Gegenteil darüber zu freuen schien. Dies bestätigte seine Vermutung, dass diese Ehepartner nicht durch Liebe aneinander gebunden waren, sondern durch gesellschaftliche Verpflichtungen und gegenseitigen Groll.

Am Ende des Gesprächs erkundigte sich Grosenberg bei Berenguela, ob sie von Damián einen Goldring mit eingefasstem Diamanten bekommen habe.

Berenguela verneinte. »Aber ich kann mir schon denken, wer den jetzt trägt«, murmelte sie und dachte an Grundeda, die Frau des Amtmanns, von deren Existenz sie inzwischen erfahren hatte.

Die hatte ihn inzwischen allerdings auch nicht mehr.

Damián brach im Februar nach Burgos auf, ohne seine Frau, was ihre Abneigung gegen ihn noch verstärkte. Berenguela blieb verbittert und gekränkt in Brügge zurück, aber sie konnte seine Beweggründe nachvollziehen – schließlich hätte sie ihren Eltern sofort von Damiáns Demütigungen erzählt.

Inzwischen war sie sicher, dass ihr Mann seit ihrer Ankunft in Brügge ihre Post abfangen ließ. Sie verzweifelte schier an diesem unüberwindlichen Hindernis, weil jeder Versuch der Kontaktaufnahme mit ihrer Familie gescheitert war. Auch über Renata hatte sie es ohne Erfolg versucht.

Mittlerweile fragte sie sich sogar, ob nicht vielleicht auch in ihrem Elternhaus die Korrespondenz ihrer Familie überwacht wurde, womöglich von einem Vertrauten Damiáns. Anders konnte sie sich das alles nicht erklären.

Auf den letzten Meilen seines Weges nach Burgos ließ Damián sich noch einmal durch den Kopf gehen, wie er seine unterschiedlichen Ziele hier in der Stadt erreichen wollte. Vor seinem Vater seine katastrophale finanzielle Situation darzulegen, war leider nicht die einzige Demütigung, die während der nächsten Tage auf ihn wartete. Wenn er wollte, dass seine früheren Lieferanten wieder mit ihm zusammenarbeiteten, nachdem er sie für die Ägypter hatte fallen lassen, musste er auch bei jedem einzelnen von ihnen vorstellig werden.

Außerdem musste er im Plenum der Kaufmannsgilde Rechenschaft darüber ablegen, warum aus Brügge so viele Beschwerden und Reklamationen eingingen. Dass mit Don Fernando de Covarrubias sein eigener Stiefvater dieser Institution vorsaß, machte es nicht besser.

Am Allerwichtigsten war für Damián de Covarrubias allerdings, irgendwie an die dreißigtausend Dublonen zu kommen, die er brauchte, um sein Geschäft wieder in Gang zu bringen. Ohne dieses Geld war alles verloren. Tatsächlich war seine Finanzlage so kritisch, dass er in Flandern bei seinen Schuldnern von Haus zu Haus gegangen war. Er hatte selbst kleinste ausstehende Summen, manchmal nur eine halbe Dublone, persönlich eintreiben müssen, um damit seine Reise nach Burgos zu bezahlen.

Natürlich war ihm bewusst, um was für eine ungeheure Summe es sich da handelte, und so beschloss er, sie auf fünf Personen aufzuteilen. Den größten Anteil – die Hälfte der dreißigtausend – wollte er sich über seine Lieferanten sichern. Er würde sie ersuchen, ihm so lange Zahlungsaufschub zu gewähren, bis er selbst von seinen Kunden das Geld für die Wolle bekommen hätte. Damit hätte er fast sechs Monate gewonnen.

Die zweite Hälfte würde er in vier Beträge aufteilen: Die beiden größten von je sechstausend Dublonen wollte er sich von seinem Vater und seinem Schwiegervater leihen, die er allerdings davon noch überzeugen musste.

Zudem schuldete ihm sein Stiefbruder achthundertfünfundsechzig Dublonen, deshalb hatte Damián vor seiner Abreise eine dringende Nachricht für Hugo nach Qastiliya geschickt, um dieses Geld zurückzuerlangen.

Den Rest des Betrags wollte er durch den Verkauf des Rings erlangen, der in einem Filzsäckchen in der Tasche seines Rocks steckte.

Grundeda war nicht begeistert darüber gewesen, das Schmuckstück wieder abgeben zu müssen, welches schließlich ein Geschenk gewesen war.

Damián erinnerte sich noch an den Namen des Juweliers, der Berenguelas Verlobungsring angefertigt hatte. Auf der Suche nach einem Abnehmer für Grosenbergs Ring würde er als Erstes in dessen Werkstatt vorbeischauen. Er hoffte, dafür gutes Geld zu bekommen, mit dem er unter anderem die Kosten seines Aufenthalts in der Stadt decken wollte. Er hatte es nicht riskieren wollen, den Ring in Brügge oder Antwerpen zum Verkauf anzubieten, um Gerede zu vermeiden. Von seiner schwierigen wirtschaftlichen Lage brauchten nicht noch mehr Menschen zu erfahren.

Damián erreichte Burgos am ersten März und machte sich zunächst auf den Weg ins Judenviertel Arriba, in der Nähe der Burg. In früheren Zeiten hatte diese Gegend über mehr Einwohner und Einfluss verfügt. Als Damián an Santa María la Blanca vorbeikam und danach durch die Calle Tenebregosa und die Calle de las Armas ritt, war der Wohlstand der

Anwohner an den eleganten Häusern dennoch unverkennbar. Das des Juweliers stand ganz am Ende, berührte fast die Mauern der königlichen Burg.

Damián klopfte an.

Nach endlosen Sekunden öffnete sich die Tür, und es erschien eine Frau mittleren Alters. Sie sah Damián misstrauisch an und fragte: »Womit kann ich dienen?«

Damián holte den Ring mit dem großen Diamanten hervor und zeigte ihn ihr. »Den würde ich gerne verkaufen, aber ich kann auch ein andermal wiederkommen, wenn Euer Gatte nicht da ist.«

Die Frau öffnete die Tür weiter. »Mein Mann ist vor zwei Monaten gestorben, seitdem kümmere ich mich um das Geschäft. Tretet doch ein und nehmt Platz, wo Ihr wollt.«

Sie deutete auf mehrere Stühle rund um einen Tisch mit einer Unterlage aus schwarzem Filz und einer kleinen Waage. »Ich schaue ihn mir gerne einmal an.«

Betreten setzte sich Damián. Nicht etwa, dass ihn der Tod des Mannes mitgenommen hätte, ihn quälte eher der Argwohn. Er hatte immer mit dem Ehemann Geschäfte gemacht und wusste nicht, ob er der Taxierung seiner Witwe trauen konnte. Aber ihm blieb wohl nicht viel anderes übrig, daher legte er den Ring auf die Filzunterlage. Die Frau griff danach und löste mit großer Vorsicht den Stein aus der Fassung, um ihn genau zu untersuchen.

»Aha, ein Ovalschnitt … Interessant …« Sie hielt den Diamanten vor die Flamme einer Kerze, um seine Reinheit und die Qualität des Schliffs zu überprüfen. »Erstaunlich … Ja … Lasst mich noch etwas anderes versuchen.«

Damián schaute ihr zu, ohne so recht zu wissen, was er davon halten sollte.

Die Juwelierswitwe stand auf und ging zu einer Ecke des Raumes hinüber. Dort öffnete sie einen Schrank, aus dem sie ein Glasfläschchen und einen kleinen Teller holte. Nachdem sie sich wieder gesetzt hatte, legte sie den großen Stein auf diesen Teller und gab mit einem Stäbchen etwas von der Flüssigkeit aus der Flasche darauf.

Damián wich zurück, als ihm deren unangenehmer Geruch in die Nase stieg. »Was ist das denn für ein Zeug? Ihr werdet mir den Stein doch wohl nicht zerstören?«

»Keine Sorge. Das ist Vitriol, eine Säure. Wenn der Diamant echt ist, wird ihm nichts passieren.«

»Zweifelt Ihr etwa daran?« Plötzlich hatte Damián eine böse Vorahnung.

»In zwei Sekunden werden wir es wissen.«

Die Säure griff die glänzende Oberfläche des Steines an, die sich aufzulösen begann. Es handelte sich also nur um eine Fälschung, wie Damián fassungslos zur Kenntnis nahm.

»Wer Euch den verkauft hat, hat ein gutes Geschäft gemacht, ganz im Gegensatz zu Euch«, sagte die Frau.

Als er ihr hartes Urteil hörte, sprang Damián auf und stieß eine Reihe von Flüchen aus. Inmitten der Schimpfwörter verstand die Frau den Namen Grosenberg und schloss, dass es sich um den Betrüger handeln musste.

Wutentbrannt ließ Damián das Judenviertel hinter sich und machte sich auf den Weg ins Zentrum. Am meisten ärgerte ihn, Grosenberg nicht in Reichweite zu haben, um ihn seine Faust spüren zu lassen. Und das wäre erst der Anfang.

Bei seiner ersten Erledigung hier in Burgos hatte Damián also nicht den erhofften Erfolg gehabt. Und seine nächste Aufgabe würde auch kein Zuckerschlecken werden, dachte er, als er sich nur noch zwei Straßen von seinem Elternhaus entfernt befand.

Er betrat die Residenz der Familie und sah seine Mutter, Doña Urraca, mit bewegter Miene die Treppe heruntereilen, immer zwei Stufen auf einmal nehmend. Sie warf sich ihrem

Sohn so stürmisch in die Arme, dass sie ihn beinahe umgerissen hätte.

»Was für eine Freude, mein Junge! Wir wussten gar nicht, dass du kommen würdest.«

Sie berührte mit beiden Händen sein Haar, seine Wangen, Kinn und Ohren, so als wollte sie sichergehen, dass sie nicht träumte. Dann sah sie ihn zärtlich an und stellte missbilligend fest, wie dünn er geworden war. »Wo ist denn Berenguela?« Sie schaute an ihrem Sohn vorbei zur Tür, so als würde die junge Frau dort jeden Moment hereinkommen. »Der werde ich was erzählen, du bist ja nur noch Haut und Knochen!« Doña Urraca zupfte an seinem Wams, um zu sehen, wie locker es saß.

»Ich habe sie in Brügge gelassen. Da ich wegen meiner vielen Arbeit nicht lange bleiben kann, fand ich, dass sich der lange Weg für sie nicht lohnt.«

»Du bist gerade erst gekommen und drohst jetzt schon mit deiner Abreise?« Sie verzog missbilligend den Mund.

»Keine Sorge, Ihr werdet mich mehr als genug sehen.« Damián hakte sich bei seiner Mutter unter und ging mit ihr in den großen Salon hinüber, nachdem er beim Personal Gebäck und zwei Glas Süßwein bestellt hatte.

In den nächsten zwei Stunden erzählten Damián und seine Mutter einander alles, was ihnen hier und in Brügge widerfahren war. Doña Urraca interessierte sich besonders für die Zukunft des Geschäfts. Sie nutzte aber auch jede Gelegenheit, um ihren Sohn dafür zu schelten, dass er sie noch nicht zur Großmutter gemacht hatte.

Damián erwähnte Hugos Besuch lieber nicht, obwohl er ohnehin nicht erwartete, dass sie sich sonderlich für den Verbleib ihres Stiefsohnes interessierte.

Als er seiner Mutter schließlich beichten musste, wie schlecht es um das Unternehmen stand, warf sie ihm vor, bei der Arbeit nicht klug und unermüdlich genug gewesen zu sein.

Schlimmer fand er aber, dass er von Don Fernando wohl keine finanzielle Unterstützung erwarten konnte.

»Der steckt immer noch Hunderte von Dublonen in diesen teuren Bau, von dem niemand weiß, ob er je als Krankenhaus genutzt werden wird«, erklärte Doña Urraca. »Ich habe schon alles versucht, aber er will einfach keine Vernunft annehmen. Wenn du mit ihm reden willst, findest du ihn in Santa María de Gamonal, wo er um diese Zeit zusammen mit den anderen Mitgliedern der Universidad de Mercaderes die Messe hört. Anschließend wollten alle zusammen essen. Wenn du dich beeilst, kannst du ihn dort noch antreffen. Das wird eine Überraschung!«

Damián überlegte nicht lange. Auf diese Weise konnte er die unausweichliche Begegnung mit seinem Vater und die unangenehme Unterhaltung mit den Konsuln und Abgeordneten der Kaufmannsgilde über den Betrug mit der ägyptischen Wolle miteinander verbinden und endlich dieses ungute Gefühl abschütteln. Er ließ ein Pferd satteln, verabschiedete sich mit einem Kuss von seiner Mutter und versprach ihr, später am Tag ihr Gespräch fortzusetzen.

Während er durch die Stadt ritt, in der er seit seinem achten Lebensjahr gelebt hatte, erfüllte Damián die Sehnsucht nach einfacheren Zeiten. In seiner Kindheit hatte es keine größeren Probleme gegeben als die Entscheidung zwischen spielen, lernen oder schlafen. Jetzt würde er sich mit seinen dreiundzwanzig Jahren hingegen einer erniedrigenden Befragung stellen müssen, bei der er gerügt, gelöchert und vermutlich beschimpft werden würde.

Auf dem Weg nach Burgos hatte er sich diese Qual hundertmal vorgestellt und überlegt, wie er sich rechtfertigen würde.

Santa María de Gamonal war eine schlichte alte Kirche, die vor vier Jahrhunderten errichtet worden war. Einmal im Jahr kamen hier die vierhundert Vertreter der Handelsgilde zusammen, um am Ende der Verkaufssaison eine Dankesmesse zu feiern: der Vorsitzende, zwei Konsuln und einundzwanzig Abgeordnete, unter denen sich Vertreter der wichtigsten im Wollgeschäft tätigen Familien der Stadt und auch der Amtmann befanden.

Als Damián durch eine angelehnte Seitentür einen Blick ins Innere der Kirche warf, stellte er fest, dass die Messe beinahe zu Ende war. Er wartete draußen und ging derweil im Kopf noch einmal seine Argumente durch, die leider nicht so stichhaltig waren, wie er es sich gewünscht hätte.

Das Wiedersehen mit seinem Vater war nicht so herzlich wie erhofft, aber auch nicht so kühl wie befürchtet. Die beiden Männer umarmten einander nicht, sondern reichten sich nur die Hand. Die Begrüßungsworte des Vaters waren zögerlich und steif. »Es freut mich sehr, dich wiederzusehen, mein Sohn. Aber du ahnst ja gar nicht, wie sehr es mich betrübt, dass mir immer nur schlechte Neuigkeiten über dich zu Ohren kommen«, sagte er, während sie der Gruppe der Abgeordneten folgten, die sich auf den Weg zum Mittagessen in einer Schänke machten.

»Ich nehme an, Ihr bezieht Euch auf die Sache mit der ägyptischen Wolle, Vater?«

»Allerdings.«

»Ich muss zugeben, dass die Situation ernst ist. Aber ich bin Opfer eines furchtbaren Betrugs geworden, von dem nicht einmal Policarpo Ruiz mit all seiner Erfahrung etwas geahnt hat.«

»Versteck dich nicht hinter anderen, das ist deiner nicht würdig!«

»Ihr habt recht, ich stehe für meine Schuld gerade. Wer uns

an den Rand des Ruins getrieben hat, ist jedoch Grosenberg, dieser Jude aus Antwerpen. An den könnt Ihr Euch doch sicher noch erinnern.«

Don Fernando blieb stehen, sah ihm in die Augen und sagte bestimmt: »Zieh mich nicht in die Sache mit rein. Er hat nicht *uns* an den Rand des Ruins getrieben, sondern *dich*. Wenn wir pleitegehen, dann ist das allein deine Schuld, finde dich mit diesem Gedanken ab. In den zwei Jahren seit deinem Umzug nach Brügge haben wir Kunden verloren, darunter einige sehr wichtige. Und soweit ich weiß, hast du auch nicht viele neue gewonnen. Damián ...« Sein Ton wurde immer ernster. »Du hast mir noch nicht einen guten Grund dafür geliefert, die Übertragung der Familiengeschäfte auf dich nicht zu bereuen.«

Damián hatte nicht damit gerechnet, dass sein Stiefvater schon bei ihrem ersten Gespräch so schweres Geschütz auffahren würde. Um seine Fehler bei der Leitung der Firma zu entschuldigen, ging er zum Angriff über.

»Ja, Ihr habt mir das Geschäft übertragen, die Finanzen kontrolliert aber weiterhin Ihr, was nicht sehr redlich von Euch ist, wie Ihr zugeben müsst. Um den Mangel an Kapital auszugleichen, muss ich nämlich alle möglichen Kniffe anwenden und oft unnötige Risiken eingehen. So war es auch in dem Fall, über den ich jetzt mit Euch sprechen möchte.«

Damián wusste, dass er sich auf dünnem Eis bewegte. Diese Angelegenheit konnte seinen Vater und ihn endgültig entzweien. Aber es ging nicht anders, denn er brauchte einen Teil des Geldes, das er zur Beendigung dieser Misere benötigte, von Don Fernando.

»Nur gut, dass ich sie nicht in deine Hände gegeben habe!«, erwiderte sein Stiefvater. »Dann hätten wir jetzt nämlich keine einzige Dublone mehr. Es tut mir leid, Damián, aber ich bin von dir tief enttäuscht. Ich habe dir gerade klar und deutlich gesagt, dass du Verantwortung übernehmen musst und die Schuld nicht auf andere abwälzen sollst. Aber du schlägst noch immer in dieselbe Kerbe. Wenn du weiterhin unsere Geschäfte führen willst, solltest du deine Einstellung ändern. Sonst muss nämlich ich wieder übernehmen und eine Zeit lang nach Brügge fahren, wonach mir überhaupt nicht der Sinn steht.«

Damián wurde ganz flau im Magen, als er sich vorstellte, wie Don Fernando nach Brügge kam und all seine geschäftlichen Arrangements in Gefahr brachte. Plötzlich konnte er nicht mehr klar denken und fand auf die Schnelle kein Argument, mit dem er ihn von solchen Plänen abhalten konnte.

Sein Stiefvater gab ihm dazu aber auch nicht viel Zeit. »Gehe ich recht in der Annahme, dass du Geld von mir willst?«

»Ja, allerdings«, musste Damián zugeben.

»Wie viel?«

»Achttausend.« Damián hatte beschlossen, die zweitausend Dublonen, die er sich vom Verkauf des Rings erhofft hatte, auf die ursprünglich geplanten sechstausend draufzuschlagen. »Aber das ist nicht der einzige Grund für mein Kommen. Ich weiß, dass ich mich vor der Universidad de Mercaderes verantworten muss und will auch unsere besten Lieferanten aufsuchen, um mich bei ihnen zu entschuldigen und uns die Lieferung von Wolle für diese Saison zu sichern. Vor allem möchte ich aber ein paar Tage zusammen mit meiner Familie verbringen, obgleich Ihr diesen Wunsch ja nicht zu teilen scheint.«

Don Fernando kannte seinen Stiefsohn zu gut, um sich auf dieses Spielchen einzulassen. »Das ist zu viel.« Er rieb sich das Kinn und sagte dazu nichts weiter.

Sie hatten den Gasthof erreicht und nickten dem Wirt zu, bevor sie zum Tisch der anderen hinübergingen. Don Fernando setzte sich als Vorsitzender ans Kopfende und forderte Damián auf, zu seiner Rechten Platz zu nehmen.

»Bring deine Erklärung vor, dann sehen wir weiter«, sagte er, bevor er seine Aufmerksamkeit einem anderen Tischnachbarn zuwandte.

Damián begrüßte die ihm am nächsten Sitzenden, aber alle sahen ihn nur missbilligend an. Als die Vorspeise aufgetragen wurde, sortierte der junge Mann in Gedanken seine Argumente, während er darauf wartete, dass sein Vater ihm das Wort erteilte. Ihm blieben zwei Möglichkeiten: entweder die Schuld an den Geschehnissen von sich zu weisen oder die Verantwortung für seine Misswirtschaft auf sich zu nehmen. Nach der Unterhaltung mit seinem Vater wusste er nicht mehr recht, welchen Weg er einschlagen sollte.

Jetzt kündigte Don Fernando de Covarrubias die Wortmeldung seines Sohnes an. In kurzen Worten legte er die Tatsachen dar, ohne die Klagen aus Brügge zu beschönigen.

Als Damián das Wort ergriff, legte sich tiefes Schweigen über die Anwesenden.

»Aus Respekt vor Euren Herrschaften und meinem hier anwesenden Vater will ich nicht verbergen, für welch unfassbare Katastrophe ich ganz allein verantwortlich bin. Ich verdiene das Vertrauen nicht, das man in mich gesetzt hat. Und zu meiner Rechtfertigung kann ich nur meine Unvernunft und meinen Mangel an Erfahrung anführen. Dazu kam noch maßloser Ehrgeiz, der sich am Ende böse gerächt hat.«

Nach diesen einleitenden Worten kam am Tisch geringschätziges Gemurmel auf, und Don Fernando musste für Ruhe sorgen.

»Es wäre misslich und vermutlich recht langweilig, wenn ich die Geschehnisse jetzt in allen Einzelheiten schildern würde«, fuhr Damián fort. »Stattdessen möchte ich Euch lieber unterbreiten, welche Schritte ich bereits eingeleitet habe und wie ich diese Schwierigkeiten endgültig überwinden will.«

Aus den Augenwinkeln schaute Damián zu seinem Vater hinüber, der seine Rede gutzuheißen schien.

»Ich übernehme die wirtschaftliche Verantwortung für alle Reklamationen, die beim Consulado de Mercaderes de Castilla in Brügge eingegangen sind. Manche der Zahlungen habe ich bereits geleistet, und ich habe in Brügge einige unserer wichtigsten Händler aufgesucht, um mich persönlich bei ihnen zu entschuldigen. Für den Schaden, den der Ruf unserer ganzen Vereinigung genommen hat, bin ich ebenfalls ganz allein verantwortlich. Und auch dafür bitte ich hier um Verzeihung. Außerdem habe ich beschlossen, einen bedeutenden finanziellen Beitrag zur Ausschmückung einer Kapelle der Kathedrale von Antwerpen zu leisten, deren Kosten bislang vom Consulado in dieser Stadt getragen wurden.«

Er legte eine kurze Pause ein und ließ den Blick über die Anwesenden wandern. »Wenn Euch meine Worte überzeugt haben, erbitte ich mir Eure Vergebung und eine zweite Chance. Zusammen mit meiner Familie möchte ich gern weiter im Namen Kastiliens Handel treiben und der Gruppe der kastilischen Händler angehören, die nicht nur unserem Königreich zur Ehre gereichen, sondern sich auch immer für die beste Wolle der Welt einsetzen, die unsere.«

Nach diesen Worten setzte er sich hin und wartete auf Reaktionen, doch im ersten Moment herrschte Schweigen, nur am Ende des Tisches hörte man zwei zaghafte Stimmen, die sich lobend äußerten. Dann begannen die anderen Männer, sich tuschelnd darüber zu beraten, was jetzt zu tun sei. Don Fernando sagte nichts, drückte seinem Sohn aber die Hand, was diesem viel bedeutete. Noch froher war er jedoch, als alle anderen am Tisch plötzlich zu applaudieren begannen.

Damit war ohne weitere Worte klar, dass sie die Angelegenheit als geklärt betrachteten.

Don Fernando stand auf, räusperte sich und verkündete: »Damián de Covarrubias, wie Ihr seht, nimmt die Universidad de Mercaderes Eure Entschuldigung für die schwerwiegenden Vorfälle an, für die Ihr Euch verantwortlich bekannt habt. Man gesteht Euch eine zweite Chance zu. Wir weisen Euch allerdings an, im nächsten Jahr zur selben Zeit nach der traditionellen Messe in Santa María de Gamonal wieder bei uns vorstellig zu werden, um über die Erfüllung Eurer Versprechen Rechenschaft abzulegen. Außerdem müssen wir eine Warnung aussprechen, der ich mich als Euer Vater anschließe: Dies ist Eure letzte Gelegenheit.«

Er drehte sich zu dem Wirt um, der in diesem Moment mit einem dampfenden Tontopf in jeder Hand hereinkam, und der ernste Ausdruck wich aus seiner Miene. »Und jetzt, meine Herren, können wir uns endlich dem köstlichen Lamm widmen, das Facundo für uns zubereitet hat.«

An diesem Abend besuchte Damián seine Schwiegereltern, um Don Sancho um die sechstausend Dublonen zu bitten und mit ihm ein paar neue Geschäftsideen zu besprechen. Und natürlich, um bei Doña Elvira vorstellig zu werden. Keiner der beiden verstand, warum Berenguela selbst nicht mitgekommen war. Ihre Mutter zog sich aufgebracht aus dem Salon zurück, und Damián bekam sie im restlichen Verlauf seines Besuches nicht mehr zu Gesicht. Aber so konnte er wenigstens freier sprechen.

»Deine Briefe treffen immer pünktlich bei mir ein«, sagte Don Sancho.

Damián schrieb ihm regelmäßig, um ihn über die gemeinsamen Geschäfte auf dem Laufenden zu halten und von Berenguela zu berichten.

»Und dafür sind wir dir sehr dankbar. Wenn es nach Berenguela ginge, hätten wir nämlich seit zwei Jahren nichts von ihr gehört. Für Eltern ist es schlimm, wenn die eigene Tochter sie vergisst.«

Don Sancho hatte ja keine Ahnung, dass sein Schwiegersohn nicht nur alle Briefe aus diesem Hause an Berenguela vernichtet hatte, sondern auch die seiner Frau an ihre Eltern. Damián sorgte dafür, dass er der Einzige war, der den Kontakt aufrechterhielt, denn so erreichte er unter anderem, dass Berenguelas Eltern, über das Schweigen ihrer Tochter gekränkt, nicht auf die Idee kamen, nach Brügge zu reisen.

»Ihr wisst doch, wie es dort oben aussieht. Inzwischen ist ungefähr die Hälfte unserer Kunden wieder bereit, bei uns zu kaufen. Noch sind aber ein paar Unannehmlichkeiten nötig« – so nannten sie beide es, wenn Geld investiert werden musste – »damit sie erneut ins Geschäft einsteigen und wir wieder an den Punkt gelangen, an dem wir vor nur einem Jahr waren.«

Don Sancho schnaubte. »Du hast gehandelt wie ein Schwachkopf, Damián! Wer traut denn schon einem Juden über den Weg? Und komm mir jetzt bitte nicht mit den guten Gewinnen durch Grosenbergs Wolle, die du für Edgar Hossner gekauft hast. Wenn Grosenberg nur Monate später mit einem Geschäftsvorschlag bei dir auftaucht, dann muss dir doch klar sein, dass er keine guten Absichten hegt.« Seine Miene war zornig.

Damián kannte seinen Schwiegervater gut. Wenn die Farbe seiner Wangen von Rot zu dunklem Lila überging, war es nicht ratsam, mit ihm zu diskutieren. »Dem kann ich leider nichts entgegensetzen, Ihr habt völlig recht.«

»Ich weiß. Du scheinst vergessen zu haben, dass ich dir meine Geschäfte in Flandern übertragen habe, damit du meine Gewinne verzehnfachst. Zurzeit sieht es so aus, als würdest du genau das Gegenteil tun.« Don Sancho wurde von einem Hustenanfall geschüttelt. Als er sich davon erholt hatte, fing er wieder an: »Und jetzt erwartest du natürlich, dass ich für dich die Kastanien aus dem Feuer hole. So knapp bei Kasse, wie dein Vater ist, hat er dir ja wohl kaum weitergeholfen.«

»Da täuscht Ihr Euch.« Damián erklärte, wie er seinen Vater davon überzeugt hatte, ihm zu helfen, log allerdings bei der Summe. »Er wird mir zehntausend Dublonen geben, viel mehr als das, worum ich Euch in meinem Schreiben gebeten habe. Ihr könnt also nicht klagen.«

Dass Damián auf die ewige Rivalität zwischen den beiden Wollhändlern setzte, zahlte sich aus. Als sein Schwiegervater hörte, dass er weniger als Don Fernando zahlen sollte, setzte er gleich eine ganz andere Miene auf. Plötzlich sah er die Sache nicht mehr ganz so negativ, und das Unmögliche wurde möglich. Damián triumphierte innerlich.

Sein Schwiegervater war ein geschickter Manipulator, aber auch er lernte langsam dazu.

»Nun gut, du bekommst von mir sechstausend Dublonen, aber einen weiteren Fehler verzeihe ich dir nicht. Du weißt, was auf dem Spiel steht. Sicher erinnerst du dich nur allzu gut an unsere Abmachung: Du sorgst dafür, dass der Großteil der Kunden deines Vaters zu mir wechselt, damit ich einer der wichtigsten Händler von Burgos werde. Wenn der Name Ibáñez durch deine Hilfe endlich den Ruhm erlangt, der ihm zusteht, wirst du bei meinem Tod drei Viertel meines Vermögens erben. Dafür mache ich allerdings zur Bedingung, dass du dich gut um meine Tochter kümmerst und mit ihr für Nachkommenschaft sorgst.«

Er klopfte ihm unerwartet herzlich auf die Schulter. »Solche Nachrichten wie in letzter Zeit will ich von dir nicht mehr hören. Ich habe auf dich gesetzt, habe dir meine Leute zur Verfügung gestellt und meine Tochter anvertraut. Und bislang habe ich dir auch bei allem freie Hand gelassen. Das ist eine viel zu große Investition, wenn du mir nicht schnell den Enkel schenkst, auf den wir immer noch warten.«

Das war deutlich.

»Entschuldigt bitte, wenn ich zu direkt bin«, antwortete Damián, »aber Ihr ahnt ja nicht, wie oft wir es versucht haben. Ich weiß nicht, warum, aber Berenguela wird einfach nicht schwanger.«

Auch Don Sancho nahm kein Blatt vor den Mund: »Ich kann mir nicht vorstellen, dass es an meiner Tochter liegt. Die Frauen in meiner Familie sind alle sehr fruchtbar, genau wie aufseiten von Berenguelas Mutter. Ich habe keinen Zweifel daran, wer hier versagt.«

»Das glaube ich kaum!«, verteidigte Damián seine Ehre.

»Ich aber schon. Du solltest einen Arzt oder eine Heilerin aufsuchen. Vielleicht kann dir ja jemand ein Mittel verschreiben, das endlich einen Mann aus dir macht. Du verausgabst dich doch nicht etwa bei anderen, oder? Lass mich dich daran erinnern, dass meine Tochter heilig ist. Ich habe sie dir unserer Geschäfte wegen zur Ehefrau gegeben, aber das heißt nicht, dass du ihr keinen Respekt entgegenzubringen brauchst.«

Sein Blick ließ keinen Zweifel daran, was passieren würde, wenn ihm etwas anderes zu Ohren kam.

»Was das angeht, habe ich feste Prinzipien«, log Damián, »also keine Sorge.«

Don Sancho goss sich ein Gläschen Likör ein. »Nachdem wir uns schon so lange kennen, willst du mir doch wohl jetzt nicht weismachen, dass Ehrlichkeit deine höchste Tugend ist!«

Da musste Damián ihm recht geben, aber seine eheliche Untreue wollte er nicht eingestehen.

»Ich will dir nur eines sagen: Wenn du meine Tochter unglücklich machst, würde ich dir das nie verzeihen. Solltest du eines Tages doch einen Fehltritt begehen, dann lass dabei wenigstens die nötige Diskretion walten. Das bist du ihr und mir schuldig, haben wir uns da verstanden?«

»Natürlich.«

»Dann ist ja alles gesagt. Erlang zurück, was wir verloren haben, nimm dich in Zukunft vor Juden in Acht und sei ein besserer Liebhaber als bisher. Wenn du dafür irgendwelche Hilfsmittel brauchst, dann beschaff sie dir eben. Und lass es das letzte Mal sein, dass du mich um Geld bittest. Irgendwann wird mein Vermögen an dich übergehen. Aber bis es so weit ist – und das habe ich dir schon vor langer Zeit gesagt –, sollte das Geld nur in eine einzige Richtung fließen, nämlich von Brügge aus in meine Tasche.«

Fünf Tage später hatte Damián neue Absprachen mit seinen besten Lieferanten getroffen. Unter der Voraussetzung, dass er für die bestellte Wolle zehn Prozent über dem Marktpreis bezahlte, hatten fast alle seine neuen Zahlungsbedingungen akzeptiert.

Damián brach zufrieden und mit gestärktem Selbstbewusstsein auf. Er hatte bei den Verhandlungen geschickt taktiert und so den bisher schwierigsten Moment seines Lebens überwunden. Das würde ihm sicher dabei helfen, auch in Zukunft ähnliche Situationen zu meistern. Sowohl sein Vater als auch sein Schwiegervater hatten ihm eine zweite Chance gegeben, wenn auch die letzte. Aber die würde er nun nutzen. Er fühlte sich überlegen, als Sieger, und glaubte an seine Möglichkeiten.

So bedrückt und angeschlagen, wie er in Burgos eingetroffen war, so glücklich und beschwingt verließ er die Stadt wieder. Sein Besuch hatte nur ein einziges neues Problem mit sich gebracht, das nun an seiner Seite ritt.

Seufzend schaute Damián zu ihr hinüber und antwortete auf ihre besorgten Fragen, ob es ihr wohl in Brügge gefallen werde: »Nur Geduld, Mutter, wir haben mindestens zwei Wochen Reise vor uns, um alles zu besprechen.«

13

Hughu Alssahra, Ifriqiya, April 1477

Ubayda musste schon seit zwei Wochen ohne Azerwan auskommen und saß abends oft mit beklommenem Herzen auf einer Düne etwas außerhalb des Lagers, um von dort aus den Horizont zu betrachten.

Manchmal leistete Hugo ihr beim Warten auf ihren Geliebten Gesellschaft. Oft respektierte er aber ihren Wunsch nach Einsamkeit und betrachtete sie bloß aus der Ferne.

Zusammen mit Azerwan waren auch die sechs Überlebenden des Sandsturms aufgebrochen. Einige wollten den Angehörigen der Verstorbenen ihr Beileid aussprechen, andere nach den langen Monaten der Trennung ihre Familien besuchen. Der alte Trumaj würde nicht mehr zurückkehren und seine letzten Jahre im Kreise der Seinen verbringen.

Das Gewinnen neuen Salzes hatten sie auf die Zeit nach Azerwans Rückkehr verschoben, und so konnte Hugo nun in der stillen Oase die Gesellschaft dieser faszinierenden Frau genießen. Noch nie zuvor war ihm eine so reine Seele begegnet, ein Mensch ohne Schattenseiten oder dunkle Geheimnisse. Ubayda war wie ein offenes Buch und stets dazu bereit, für andere alles hinzugeben.

Den Vormittag verbrachten sie nicht zusammen, weil sie sich um unterschiedliche Aufgaben kümmerten. Ubayda flickte nach und nach die zerschlissene Arbeitskleidung aller und bereitete Essen zu oder nähte Laken und Vorhänge.

Hugo baute derweil am Ufer des Sees eine zweite Gruppe von Verdunstungsbecken oder suchte in der Nähe der Mine nach einem neuen Versteck für das eingenommene Geld, damit die Arbeiter dadurch nicht in Versuchung geführt wurden.

Mittags kamen die beiden dann zusammen, um gemeinsam zu essen, wie auch an diesem außergewöhnlich heißen Tag in der zweiten Hälfte des Monats. Als Hugo das Haus betrat, bereitete Ubayda gerade eine Portion Garum vor.

Dafür wurde Trockenfisch, den sie in Qastiliya kauften, mehrere Stunden eingeweicht. Dann trennte man Eingeweide, Kopf und Kiemen vom Fisch ab und legte diese Reste mit Salz in einem Fass ein. Nach drei Tagen presste man den Inhalt des Fasses durch ein Korbgeflecht und fing die Flüssigkeit auf, die man in der Sonne trocknen ließ. Die getrocknete Masse wurde schließlich bearbeitet, bis man eine Paste daraus gewann.

»Lass mich das doch machen«, bot er sich an, als er Ubayda schuften sah.

»Bitte sehr.« Sie reichte ihm den Mörser. Dann holte sie einen Behälter mit fertiger Fischpaste und gab sie in ein Sieb, um zum Kochen die berühmte Garumflüssigkeit zu erhalten.

Hugo begann, mit dem hölzernen Stößel die Masse zu bearbeiten, zerkleinerte Gräten und Fischreste, während er Ubayda von seiner morgendlichen Arbeit berichtete, was durch sein immer besseres Arabisch endlich möglich war. Nachdem sie über dies und das geplaudert hatten, bat Ubayda Hugo jedoch, ihr von seiner ersten Begegnung mit Azerwan zu erzählen.

Zufrieden lauschte sie ihm, während er in allen Einzelheiten von jenem Tag berichtete.

Als er geendet hatte, nutzte Hugo diesen vertrauten Moment, um seinerseits zu fragen, wie sie Azerwan denn kennengelernt habe.

»Das war vor acht Jahren«, begann Ubayda. »Auch ich habe im Schutz einer Kamelkarawane die große Wüste durchquert, nur haben wir damals kein Salz, sondern Gold transportiert. Damit waren wir von Timbuktu bis nach Ägypten unterwegs, um dann mit Büchern und Tausenden von Papyrusrollen nach Mali zurückzukehren, die unser König für seine Bibliothek gekauft hatte.«

Ubayda erklärte, dass der Herrscher dies zum Wohle seines Volkes getan hatte, um dessen Kultur zu bereichern. Sie erzählte, dass sie die Karawane begleitet hatte, weil sie die Tochter eines hohen königlichen Beamten war, und dass sie damals eine junge Frau voll von Träumen gewesen war. Sie hatte schon lange auf die wahre Liebe gewartet, weil die Zuneigung, die ihr einer der Begleitsoldaten bei diesen Reisen entgegenbrachte, für sie nicht genug war. Es scherte sie nicht, dass er sich mit ihr verloben wollte und schon seit einiger Zeit mit ihrem Vater über die Mitgift verhandelte.

»Eines Tages ist unsere Karawane dann der von Azerwan begegnet. Wir haben eine Gegend ganz in der Nähe seiner Heimat durchquert und haben dort seine Gruppe getroffen, die wie wir auf dem Weg nach Kairo war.«

Ubayda hielt einen Moment inne, um einen Löffel Garum in heißem Wasser aufzulösen. Dann goss sie die Mischung in einen Kessel auf der Feuerstelle, wo sie Kohl mit Lauch kochte. Ubayda kostete das Gemüse und schien mit dem Grad der Würze zufrieden zu sein. Sie fügte noch etwas Öl hinzu, streute ein wenig Kümmel, Koriander und Paprikapulver darüber und rührte sorgfältig um, bevor sie Hugo einen Löffel voll zum Probieren gab. Als er eifrig nickte, sprach sie weiter.

Sie erklärte ihm, dass Wüstenreisende ihre Karawanen oft zusammenlegten, um sich gemeinsam besser gegen feindliche Stämme, Banditen und andere Angreifer verteidigen zu können. Und so hatten sie es auch in diesem Fall getan, waren tagsüber zusammen gereist und hatten sich bei Nacht wieder in zwei Gruppen aufgeteilt.

»Vom ersten Moment an war ich neidisch darauf, wie im anderen Lager abends rund ums Feuer gesungen und gelacht wurde. Bei uns wurde nur wenig geredet, und nach dem Nachtmahl zogen sich alle in ihre Zelte zurück. Am dritten Abend habe ich es dann vor Neugier nicht mehr ausgehalten und mich davongeschlichen. Ich habe mich dem Feuer genähert und bin hinter einer Palme verborgen stehen geblieben, um von dort aus alles zu beobachten. Und da sah ich ihn. Ich war vor Blicken geschützt, aber nahe genug, um zu verstehen, was geredet wurde.«

Ubayda hörte auf, im Kessel zu rühren, und Hugo bemerkte, wie ihr Blick sich melancholisch in der Ferne verlor.

Da sie schwieg, sprach nun er: »Auf dem Schiff hat mir Azerwan von solchen Nächten in der Wüste erzählt. Wie schon seine Vorfahren in Tausenden von Jahren zuvor hat man auch ihn dort oft um eine Geschichte gebeten. Einige seiner Erzählungen sind so schön, dass ich eine Gänsehaut bekomme, wenn ich nur daran denke.«

Ubayda kehrte aus ihrer Traumwelt zurück und schilderte weiter ihre Erinnerungen: »Ich kann mich noch gut an die Geschichte erinnern, die er an dem Abend erzählte, an dem mein Leben erst richtig anfing. Sie ging so: Im Qadischa-Tal, durch das ein majestätischer Strom fließt, trafen eines Tages zwei kleine Wasserrinnsale aufeinander, die in den Fluss mündeten. Bevor sie dies taten, sprachen sie jedoch miteinander, und das eine sagte zum anderen: ›Wie bist du denn hierhergekommen, mein Freund, und wie war deine Reise?‹ Das andere antwortete: ›Mein Weg war äußerst beschwerlich. Das Mühlrad, durch das ich einst floss, ist zerbrochen, und der Bauer, der mich erst hindurchschickte, um dann seine Felder mit mir zu bewässern, ist gestorben. Deshalb war plötzlich alles anders, und ich musste mir den Weg durch neues Gelände, durch schmutzige Erde bahnen, bis ich schließlich meinen natürlichen Lauf zurückgefunden habe. Und wie war es bei dir, mein Bruder?‹ ›Meine Reise war anders‹, antwortete das zweite Rinnsal. ›Ich floss zwischen duftenden Blumen und scheuen Trauerweiden den Hügel hinab. Männer und Frauen tranken mit silbernen Bechern aus mir, Kinder planschten mit ihren rosigen Füßchen in meinem Wasser, und ich war stets von Lachen und sanften Liedern umgeben. Wie bedauerlich, dass dein Weg nicht ebenso erfreulich war!‹ In diesem Moment rief der Fluss mit mächtiger Stimme: ›Kommt, kommt, auf zum Meer! Kommt, kommt, und vergesst in meiner Umarmung eure verschlungenen Pfade, seien sie nun finster oder lichtdurchflutet gewesen. Kommt, kommt! Das liegt alles hinter uns, wenn wir erst das Herz unserer Mutter, des Meeres, erreichen.‹«

Ubayda schwieg ein paar Sekunden, um die Bilder auf sich wirken zu lassen.

»Diese Geschichte«, sprach sie dann weiter, »ergriff mich so sehr, dass ich am Ende ohne jede Scheu aus meinem Versteck kam und mich zur Gruppe ans Feuer setzte. Ich suchte mir einfach einen Platz zwischen zwei Männern und ließ mich dort nieder. Aber angesehen habe ich dabei nur Azerwan, ich könnte gar nicht sagen, wie lange. Schweigend habe ich ihn betrachtet, seine Züge eingehend gemustert und in seinem Blick nach dem gesucht, was ich selbst verspürt zu haben meinte. Und dann brach ich in Tränen aus, weil mir plötzlich klar wurde, dass ich in diesem Mann die einzige Liebe meines Lebens gefunden hatte. Und er wusste es auch. Als die anderen sich nach und nach erhoben und in ihre Zelte zurückzogen, hat er mich gebeten, auf einer Düne in der Nähe auf ihn zu warten. Ich machte mich auf den Weg dorthin, weil ich mir meiner Gefühle ganz sicher war und mir vorkam wie das Rinnsal aus seiner Geschichte, und zwar wie das, für das sich alles verändert hatte und das vor dem Moment der Vereinigung im Meer verschlungene Pfade zurücklegen musste.«

Sie streckte die Hände aus, als wollte sie am Horizont einen Ozean berühren, der nur in ihrer Vorstellung existierte. »So, wie er mich gebeten hatte, habe ich unter den am Himmelszelt funkelnden Sternen auf ihn gewartet. Als er schließlich kam, hat er sich zu mir gesetzt, nach meinem Namen gefragt und mir den seinen genannt. Dann hat er nach meiner Hand gegriffen, und wir sind gemeinsam auf einem Kamel davongeritten. Dreißig Tage lange haben wir uns von den beiden Karawanen, unserer Vergangenheit und jedem Anflug von Vernunft ferngehalten.«

Hier endete ihre Geschichte, und Ubayda ließ sich auf einen Stuhl sinken, als hätte die Last der Erinnerungen sie erschöpft. Hugo merkte, wie ergriffen sie war.

»In mir ist für nichts Platz außer für ihn«, sagte Ubayda. »Sein Blut ist mein Blut, und wenn er nicht atmet, kann ich nicht leben. So verbunden habe ich mich ihm vom ersten Augenblick an gefühlt, und deshalb wäre ich bei der Rückkehr zu unseren Karawanen am liebsten gestorben. In diesem Moment hat mir Azerwan erklärt, dass seine Liebe außer mir auch Allah galt. Ich selbst konnte aber mein Herz nicht teilen und habe nicht verstanden, warum er es tun wollte. Deshalb habe ich ihm gesagt, dass wir doch nur zwei Augen haben. Und wenn seine mit unendlicher Liebe zu Allah aufblickten, könnten sie nicht auf mich gerichtet sein. Ich wollte ihn ganz und gar für mich, so wie ich mich ihm hingegeben hatte. Wie soll man denn sonst lieben?«

Gedankenverloren schloss Ubayda die Lider und schwieg ein paar Sekunden. Als sie die Augen wieder aufschlug, schaute sie Hugo traurig an. »Deshalb musste ich ihn verlassen.«

Hugo erfüllte diese rührende Liebesgeschichte mit bittersüßer Melancholie. Wo würde er ein Rinnsal finden, mit dem er sich vereinen könnte?

Obgleich er den Gedanken nicht laut aussprach, ahnte Ubayda, was in ihm vorging. »Hugo, du leidest darunter, dass du keine Frau findest, nicht wahr?«

Sie trat so nah an ihn heran, dass Hugo ihren warmen Atem spüren konnte. Aus Respekt rückte er ein Stück von ihr ab. »Ja. Solche Gefühle, wie du sie mir beschreibst, hat noch nie jemand in mir geweckt.«

Ubayda legte ihm eine Hand auf die Brust, schob ihm eine Strähne aus den Augen und betrachtete ihn mit der Vertrautheit eines geliebten Menschen. »Du wirst dieser Frau begegnen, daran darfst du niemals zweifeln. Und wenn dieser Moment kommt, wirst du sofort wissen, dass sie die Richtige ist.«

Sie griff nach Hugos Händen. »Wir können nicht wissen, was das Schicksal für uns bereithält. Ich verstehe deine Unzufriedenheit, aber an irgendeinem Ort, den weder du noch ich kennen, wartet eine Frau auf die Begegnung mit dir, um dich zum glücklichsten Menschen der Welt zu machen. Sie weiß selbst noch nicht, dass es so sein wird, aber eines Tages wird euch wie Azerwan und mich hoffentlich der Sand der Wüste zusammenführen. Im Leben warten noch viele Überraschungen auf dich, viele unbekannte Welten und unendlich viel Freude und Genuss. Und ich hoffe, dass ich dabei sein werde, um all das mitzuerleben.«

Dankbar küsste Hugo ihr die Hände, so ehrerbietig, wie es die Frau seines Freundes verdient hatte. »Dann warte ich am besten hoch oben auf einer Düne darauf, so wie du. Wer kann schon sagen, ob es in meinem jetzigen Leben oder in der Zukunft geschehen wird?«

Nachdem sie sich am köstlichen Essen gelabt hatten, kümmerte sich jeder wieder um seine eigenen Aufgaben. Ubayda erledigte die Hausarbeit, während Hugo am Ufer der Lagune ein hölzernes Gerät zeichnete, das er ersonnen hatte, um die feuchte Salzmasse zu Platten zu pressen, die dann in der Sonne zu Ende trocknen könnten.

Im Laufe des Nachmittags erschien Aylal. Dieses Mal ließ sie sich aber nicht auf ihrem üblichen Felsen nieder, sondern direkt auf Hugos Arm. Sie schauten einander an, und dann begann der Vogel, mit dem Schnabel sein Gefieder zu putzen.

Hugo sah ihm zu und fand, dass die Tätigkeit des Vogels fast wie ein Sinnbild seiner eigenen Lage war. Er fragte sich, ob sein langer Aufenthalt in der Wüste nicht vielleicht ein notwendiger Schritt war, bevor er die Flügel ausbreiten und davonfliegen könnte. Vielleicht musste er, so wie Aylal in ihre Federn, erst einmal Ordnung in seine Gedanken bringen und sich selbst besser kennenlernen. Ob das nun stimmte oder nicht, die Gesellschaft des Vogels half ihm über seine innere Leere hinweg.

Er streichelte dem Tier über den Rücken, als Ubayda erschien und zwei Geschenke mitbrachte, an denen sie schon seit Längerem heimlich gearbeitet hatte: einen Lederhandschuh und eine Haube für Aylal.

»Mein Vater war in Timbuktu einer der bekanntesten Falkner. Deshalb hatten wir zu Hause immer Dutzende dieser Vögel, und ich habe von klein auf gelernt, die lederne Ausrüstung für sie zu nähen. Hier siehst du die große Öffnung für den Schnabel in der Kapuze. Aylal kann dadurch nichts sehen, die weiche Haut rund um ihren Schnabel wird aber nicht beschädigt.«

Behutsam setzte Ubayda dem Vogel die Haube auf.

»Leider ist das Leder des Handschuhs nicht besonders

weich, aber ich hatte ja nur die Haut des einen Kamels, das gestorben ist.«

Hugo sah sie bewundernd an und war von ihrem Können und Wissen beeindruckt. Sie zeigte ihm, dass man jeden Finger einzeln bewegen konnte, um den Köder und den Riemen festhalten zu können, der am Fuß des Vogels befestigt war, und dass der Teil des Handschuhs, auf dem sich der Falke niederlassen würde, zum Schutz vor den Krallen mit einer doppelten Schicht Leder versehen war. Die Ränder hatte Ubayda zum Schmuck mit feinerem Leder eingefasst und mit schwarzem Faden bestickt. Der Handschuh war mit Mäandern, Arabesken und arabischen Buchstaben verziert.

Hugo fragte nach der Bedeutung der Worte.

»Wer beobachtet, sieht, wer sieht, meditiert, wer meditiert, lernt«, antwortete Ubayda.

Mit Aylal auf dem neuen Handschuh machte sich Hugo nun auf den Weg, um fürs Abendessen etwas zu jagen. Vielleicht würde Aylal ja wieder eine Trappe erbeuten.

Als sich der Vogel in die Luft erhob, wirbelte eine trockene Brise sein Brustgefieder auf. Aylal gewann immer mehr an Höhe und zog schließlich am Himmel ihre Kreise auf der Suche nach ihrem ersten Opfer. Es verstrich einige Zeit, ohne dass sich eine Gelegenheit bot. In der hereinbrechenden Dämmerung stob dann schließlich ein Rebhuhn, das sich vor dem Schatten des Falken verborgen hatte, wild flatternd aus einer Gruppe Büsche heraus.

Hugo beobachtete, wie Aylal heftig mit den Flügeln zu schlagen begann, sie dann plötzlich eng anlegte und mit einem schrillen Schrei in die Tiefe schoss, schneller und schneller, bis es aussah, als müsse sie unweigerlich am Boden aufschlagen. Bei ihrem Anblick änderte das Rebhuhn die Richtung und Höhe seines Flugs. Aylal hielt mitten in der Luft inne, drehte sich mithilfe eines Flügels und fuhr die

Krallen aus. Sie prallte gegen die Beute und fiel mit ihr zu Boden. Obwohl Hugo das Rebhuhn für tot gehalten hatte, unternahm es einen letzten verzweifelten Fluchtversuch. Mit der Kraft, die der Überlebenswille verleiht, erhob es sich mit hängendem Flügel wieder in die Luft. Das half ihm aber auch nicht weiter, denn zwei Sekunden später versetzte Aylal ihm einen tödlichen Schnabelhieb in den Nacken. Als das Beutetier zu Boden sank, stürzte sich der Falke darauf und begann hungrig daran herumzupicken.

Hugo rannte zu Aylal, zog ihr das Rebhuhn aus den Krallen und löste für sie einen Schenkel. Den Rest hängte er sich an den Gürtel.

Dann flog Aylal ein weiteres Mal los und erhob sich ohne einen Blick zurück in die Lüfte.

Sie hatte ihm bereits so viel ihrer Zeit geschenkt. Und vielleicht wartete irgendwo ja ein anderer Vogel auf sie, um mit ihr gemeinsam die Nacht zu verbringen, dachte Hugo dankbar.

14

Qastiliya, Ifriqiya, April 1477

Azerwan traf sich in Qastiliya mit dem Vertreter von Lucio Barbieri, ihrem einzigen Kunden. Der venezianische Händler dominierte inzwischen in allen Ländern rund ums Mittelmeer das Salzgeschäft.

Sein Repräsentant hieß Carlo Fetranni und genoss offenbar das völlige Vertrauen des mächtigen Barbieri. Jedes Mal, wenn sich Azerwan bei seinen Verhandlungen einen auch noch so kleinen Vorteil erarbeitet hatte, schien Fetranni das Geschäft seines Arbeitgebers in Gefahr zu sehen. Dann brachte er sofort jede Menge neue Argumente vor und ging am Ende immer siegreich aus dem Gespräch hervor.

Für die letzten beiden Lieferungen hätte Azerwan eigentlich eintausendneunhundert Dublonen bekommen. Doch Fetranni zog davon achthundertundfünfundsechzig Dublonen ab, wie in einem Schreiben gefordert, das er vor ein paar Tagen erhalten hatte und das an Hugo de Covarrubias adressiert war. Offenbar war das Schreiben, abgesendet von einem gewissen Damián de Covarrubias, auf der Suche nach dem Empfänger zunächst in der halben Stadt herumgereicht worden, bis es schließlich dem Venezianer in die Hände gefallen war, der den Namen seines Salzlieferanten erkannt hatte.

Trotz des Abzugs von Hugos Schulden bekam Azerwan für seine Ware weitaus mehr Geld als erhofft, da sich der Preis für Salz in diesem Jahr verdreifacht hatte. Und bei dem von ihnen gelieferten Salz handelte es sich ja um besonders hochwertige Ware. Von den gut tausend Dublonen, die Azerwan nach dem Treffen mit Fetranni in der Tasche hatte, musste er allerdings gleich am nächsten Tag in Sultan Abu Umar Uthmans Zollbüro in Qastiliya zwanzig Prozent für die Nutzungsgebühr der Mine abliefern, wie sie es in Tunis vereinbart hatten.

Mit einem Teil der restlichen achthundert Dublonen kaufte Azerwan Lebensmittel und Werkzeug, um das bereits verschlissene Arbeitsmaterial zu ersetzen, zwanzig Bogen weißes Pergament für Hugo und ein zauberhaftes Gewand aus purpurfarbener Seide für Ubayda.

Er erkundigte sich auch nach Meister Mustafa ibn al-Baitar und wollte ihm am Nachmittag einen Besuch abstatten, sobald er das Gespräch mit dem unangenehmen Imam Abdullah hinter sich hatte. Auf den war er ja leider angewiesen, um an neue Arbeitskräfte zu kommen. Und von al-Baitar erhoffte er sich jetzt, da sie endlich Geld hatten, dass er Hugo als Schüler annehmen würde.

Abdullah leitete in der Hauptmoschee von Qastiliya wie jeden Freitag das dritte Gebet des Tages. Dazu stand er auf der uralten, mit zauberhaften geometrischen Formen, alten Kalligrafien und Pflanzenmotiven verzierten Kanzel vor der Qibla-Wand, die Richtung Mekka wies.

In dem mit Teppichen ausgelegten Gebetsraum kniete Azerwan zwischen den Säulen und hörte zu, wie der Imam auswendig die dreiundsechzigste Sure mit ihren elf Versen vortrug, die von Heuchlern handelte.

Der Imam hatte Azerwan vor dem Gebet bemerkt und vielleicht gerade deshalb diese Sure gewählt. Der Eindruck drängte sich Azerwan zumindest auf, als er Abdullah mit übertriebenem Tonfall den vierten Vers rezitieren hörte. Der Imam ließ ihn dabei nicht aus den Augen.

»Wenn du sie siehst, findest du an ihrer äußeren Erscheinung Gefallen. Und wenn sie etwas sagen, hörst du darauf. Sie sind aber in Wirklichkeit wie Balken, die mit Stützen versehen sind, und meinen in ihrer Furchtsamkeit, jeder Schrei sei gegen sie gerichtet. Sie sind die wahren Feinde. Darum nimm dich vor ihnen in Acht! Diese gottverfluchten Leute! Wie können sie nur so verschroben sein!«

Nachdem er auch die restlichen Zeilen zum Vortrag gebracht hatte, kommentierte der Geistliche einige seiner Schlüsse über die falschen Theorien mancher Glaubensbrüder, vor allem der Sufis und Schiiten.

Azerwan nutzte den Augenblick, um im Kopf durchzugehen, was er vor seiner Rückkehr zur Mine noch alles zu erledigen hatte. Er war solcher Spitzen mehr als überdrüssig – als hätte der Prophet beim Verfassen dieser Sure ausschließlich an ihn gedacht!

Nach dem Gebet wartete er vor der Moschee auf den Imam, doch dieser erschien nicht. Nach und nach verschwanden auch die letzten Gläubigen, und Azerwan fürchtete schon, Abdullah verpasst zu haben. Als am Ende ein Mann mit einem Schlüsselbund aus dem Gebäude trat, um die Türen abzuschließen, fragte er ihn nach dem Imam.

»Wenn Ihr Euch beeilt, trefft Ihr ihn vielleicht noch auf der anderen Seite der Moschee an. Er verlässt sie normalerweise durch die Hintertür.«

Azerwan lief zur Rückseite des Gotteshauses und fand den Imam dort ins Gespräch mit einem anderen Mann vertieft.

Er trat näher und wartete darauf, dass ihre Unterhaltung zum Ende kam, da hörte er aus dem Mund des Imams zum Abschied einen merkwürdigen Satz, der hart und unerbittlich klang: »Tut es, und zwar ohne Gnade!«

Als der Imam schließlich allein war, wandte sich Azerwan an ihn: »*Salam aleikum.*«

»*Wa aleikum salam*. Was führt Euch nach Qastiliya?« In Abdullahs Glubschaugen lag ein nicht sehr freundlicher Ausdruck.

Azerwan erzählte ihm von den schrecklichen Folgen des Sandsturms, durch die er und Hugo neue Arbeiter benötigten.

»Ihr braucht also dringend sieben Männer. Verstehe.« Der Imam kratzte sich die Hakennase, während er überlegte, wie er der Bitte am besten nachkam. Dann zählte er an seinen Fingern ab, kam aber nicht auf mehr als eine Hand. »Einfach wird es nicht werden, und im Moment fallen mir nicht mehr als fünf Namen ein. Angesichts des Geschehenen und unter Berücksichtigung der Gefahren in Eurem Metier wird die Sache für Euch zudem teuer. Einhundertfünfzig Dinar pro Mann.«

Azerwan rechnete das Ganze im Kopf durch. Er hatte aus der Oase Geld mitgebracht, die geforderte Summe würde er aber mit dem begleichen können, was ihm der Venezianer gezahlt hatte, und sogar noch etwas übrig behalten. Es war trotzdem Wucher, aber er zögerte nicht lange, denn er hatte ja keine Wahl. »Könnte ich sie mir denn einmal ansehen?«

»Jetzt gleich?«

»Ja, denn ich möchte so schnell wie möglich wieder aufbrechen.«

Abdullah überlegte fieberhaft. In einiger Entfernung war noch immer sein vorheriger Gesprächspartner zu sehen. »Kommt mit, den Ersten kann ich Euch gleich hier vorstellen.«

Sie liefen dem Mann hinterher, bis er endlich auf Abdullahs Rufe reagierte und stehen blieb.

Er hieß Aos und trug einen langen Bart, der ihm bis auf den Bauch fiel. Wenn er redete, schien seine raue Stimme Felsen zum Vibrieren zu bringen, und sein Blick hatte etwas Verschlagenes an sich.

Weil er noch nie so einen muskelbepackten Menschen gesehen hatte, stellte Azerwan ihn trotzdem ohne Zögern ein.

Dabei entging ihm aber, was für eine seltsame Beziehung Aos und den Imam miteinander verband. Er konnte ja nicht ahnen, dass Aos einer von Abdullahs loyalsten Mudschahed war, ein perfekt geschulter Gotteskrieger und stets bereit, zur Verteidigung des einzig wahren Glaubens zu tun, was immer der Imam ihm auftrug.

Noch an diesem Nachmittag vervollständigte Abdullah die Liste der möglichen Arbeiter, die dieses Mal nicht so einen erbärmlichen Anblick boten wie damals die erste Truppe mit den beiden Kindern und den Buckligen.

Trotz allem wunderte sich Azerwan über Abdullahs Benehmen. Als er den Imam bezahlt hatte und das Geschäft wie üblich per Handschlag besiegeln wollte, verzog dieser nur die Miene und sagte einen beunruhigenden Satz: »Jede Sonne geht irgendwann unter …«

Von einem alten Mann erfuhr Azerwan, wo er Mustafa ibn al-Baitar finden konnte. Der Alte sprach allerdings von ihm nicht als Maler und Meister der Kunst, sondern als Tierheiler.

So erfuhr Azerwan, dass Mustafa nicht nur wegen seines künstlerischen Talents bekannt war, sondern auch, weil er der Sohn des berühmtesten Tierheilers aller Zeiten hier in Qastiliya war. Er selbst hatte sich in der Gegend einen Namen als Heiler von Kamelen, Pferden und anderen Tieren gemacht.

Davon konnte sich Azerwan bald persönlich überzeugen. Als er an Mustafa ibn al-Baitars Tür klopfte, war der Tierheiler im Aufbruch begriffen. Azerwan brachte mit knappen Worten sein Anliegen vor, doch al-Baitar erklärte ihm, dass man ihn zu einem Kunden gerufen habe. »Ich soll mich um ein Kamel kümmern, das den Verstand verloren hat«, sagte er. »Begleitet mich doch, wenn Ihr möchtet, so können wir uns unterwegs unterhalten.«

»Können Tiere denn überhaupt den Verstand verlieren?«

»Allerdings, wenn auch nicht so wie wir Menschen. Es gibt Krankheiten, die ihr Verhalten ändern«, erläuterte Mustafa. Er ließ für Azerwan ein zweites Pferd satteln. »Wir müssen uns beeilen, wenn wir noch vor Einbruch der Dunkelheit ankommen wollen.«

Im Licht der untergehenden Sonne hatten sie Qastiliya bald hinter sich gelassen und ritten am Ufer des Salzsees Djerid in Richtung Südwesten auf die Nachbarstadt Nefta zu. Die beiden Männer gaben ihren Pferden die Sporen, um schneller voranzukommen.

Unterwegs erklärte Azerwan, was ihn hergeführt hatte, obwohl er nicht glaubte, dass jemand wie Mustafa noch Zeit haben würde, um weitere Schüler anzunehmen. Er konnte kaum fassen, dass der Tierheiler überhaupt Gelegenheit zum Malen hatte.

»Entschuldigt, dass ich meine Nase in Eure Angelegenheiten stecke. Aber ich frage mich, wie Ihr Eure Stunden zwischen Sonnenaufgang und Sonnenuntergang so aufteilt, dass Ihr malen, andere in dieser Kunst unterweisen und dann auch noch Tiere heilen könnt.«

»Zunächst werde ich Euch die Frage beantworten, die für Euch wohl die wichtigste ist: Euer Freund müsste zu mir kommen, denn wie Ihr seht, fehlt mir die Zeit, Euer Lager aufzusuchen. Was den Rest Eurer Frage angeht: Nein, die Aufteilung meiner Zeit ist nicht einfach. Aber da ich meine drei Aufgaben mit derselben Leidenschaft erledige, finde ich für gewöhnlich schon einen Weg.«

»Sie sind so unterschiedlich, dass ich mir kaum vorstellen kann, wie eine einzige Person sie in sich vereint.«

»Das kann ich verstehen, aber es ist möglich. Als Maler

erkunde ich die Welt um mich herum, versuche sie mir zu eigen zu machen und dann mit der nötigen Emotion aufs Papier zu bannen. Am Ende braucht es also sowohl Leidenschaft als auch Technik, ganz anders als bei der Heilung von Tieren. Dort ist für die Diagnose die Technik entscheidend, und weder das Tier noch ich sind mit Leidenschaft bei der Sache. Die empfindet nur der Besitzer, wie Ihr gewiss gleich sehen werdet«, lachte er.

Das Kamel hatte wirklich den Verstand verloren oder war zumindest kurz davor. Ziellos rannte es hin und her und schüttelte dabei heftig den Kopf.

Neben Mustafa stand ein spindeldürrer Mann in schmutzigem Gewand und mit besorgtem Blick. »Das war einer meiner besten Deckhengste, und jetzt habe ich Angst, dass er mir vorzeitig verendet«, erklärte er. »Bei Allah, bringt ihn bitte wieder zur Vernunft! Er ist doch erst neunundzwanzig Jahre, einen Monat, drei Wochen und zwei Tage alt.«

Mustafa beobachtete unbeirrt die Bewegungen des Tieres, analysierte sein Aussehen und seinen Blick. Die genaue Altersangabe hatte ihn nicht gewundert, anders als Azerwan, der verwirrt vom einen zum anderen schaute.

»Habe ich Euch nicht eben erklärt, dass die Leidenschaft bei anderen zu finden ist, wenn es um Tiere geht?« Verschwörerisch blickte Mustafa in Richtung des Kunden, der sich jetzt ein Stück entfernt hatte, um das Kamel einzufangen. »Manche schwören Stein und Bein, dass Kamele nicht länger als einunddreißig Jahre, einen Monat, drei Wochen, drei Tage und drei Stunden leben. Und daran glauben sie so fest, dass sie am Abend nicht mit der Rückkehr des Tieres rechnen, wenn dieser Tag gekommen ist. Wenn es doch von der Weide wiederkehrt, sind sie weiterhin fest davon überzeugt, dass bald sein letztes Stündlein schlagen wird. Und das ist nur eine ihrer vielen irrigen Annahmen über ihre Tiere.«

Mit ungeahnter Kraft zerrte der dürre Kerl nun sein Kamel wieder heran.

Das Tier ruckte wütend mit dem Kopf, als Mustafa ihm das Maul öffnen wollte, um die Schleimhaut zu untersuchen. Der Tierheiler nickte, betastete dann seinen Bauch und beobachtete seine Reaktion. Als das Kamel schließlich Kot abführte, stocherte er darin herum und schien etwas zu entdecken, was ihn überzeugte. »Ihr könnt es loslassen. Zeigt mir doch bitte noch, wo es normalerweise grast.«

Das Tier entfernte sich mit seltsam verdrehten Sprüngen, und der Besitzer nutzte den Moment, um seine eigene Diagnose, basierend auf den Traditionen seiner Vorfahren, vorzubringen. »Es reckt den Hals mehr als sonst, und das machen sie nur, wenn sie Würmer in den Hoden haben«, erklärte er.

»Das denke ich nicht«, entgegnete Mustafa. »Sehen wir einmal, was es gefressen hat.«

Auf einer Seite des Pferchs, in dem der Mann seine Kamele weiden ließ, wuchsen kleine Kriechpflanzen mit flaumigen grünen Blättern. Als Mustafa eine Handvoll davon pflückte und zerdrückte, quollen aus winzigen Schoten Samen hervor.

»Da haben wir das Problem!«, rief er vor seinen verblüfften Zuhörern aus. »Das ist Tragant. Seine Samen sind giftig, und wenn Tiere zu viel davon fressen, führen sie sich so auf wie Euer Kamel. Bringt es zum See und lasst es so viel saufen wie möglich.«

Azerwan fragte, warum.

»Wenn das Kamel viel Salzwasser trinkt, bekommt es davon heftigen Durchfall und scheidet die giftigen Samen wieder aus. Eine bessere Lösung gibt es leider nicht.«

Der Kunde wirkte nicht überzeugt. »Mein Vater hat mir immer erklärt, dass man ihnen kein Wasser aus dem See zu trinken geben soll, weil sie davon erst kleinere Augen bekommen und dann die Stuten nicht mehr besteigen wollen. Am Ende verliere ich meinen Hengst wohl doch …«

Mustafa lachte nur über die Bemerkung. Als er sah, wie tief die Sonne inzwischen stand, drängte er zum Aufbruch. Er wollte auf dem Weg nach Qastiliya nicht von der Dunkelheit überrascht werden.

Eine gute Stunde später sahen sie die ersten Häuser der Stadt vor sich, und Azerwan wollte sich noch einmal vergewissern, dass Mustafa Hugo auch wirklich als Schüler annehmen würde. »Wenn Ihr als Lehrer genauso gut seit wie als Tierheiler, hege ich keinen Zweifel daran, dass mein Freund in den besten Händen sein wird. Ihr werdet ihn mögen. Ich glaube ja, dass er großes Talent hat, aber ihn hat noch nie jemand unterwiesen. Und Ihr kennt sicher das Sprichwort der Wüstenbewohner: Allah verpflichtet die Unwissenden nicht dazu, sich zum Lernen einem Meister zu unterstellen.«

Lächelnd nickte Mustafa. »Ja, das habe ich schon einmal gehört. In Ordnung, dann sagt ihm doch, er möge Ende des Sommers bei mir vorstellig werden. Ich muss ihn zeichnen sehen, um einschätzen zu können, ob er wirklich genug Talent hat. Falls nicht, sollte er sich lieber etwas anderem widmen, was nicht so viel Aufmerksamkeit, Gefühl und Leidenschaft voraussetzt wie ein gutes Bild. Gehet in Frieden. Und vergesst nicht, was Ihr heute gelernt habt«, sagte er, während er Azerwan die Hand schüttelte. »Wenn Euer Kamel zu viel Tragant gefressen hat …«

»… dann vergisst es seine Aufgabe und besteigt die Stuten nicht mehr, weil seine Hoden vor lauter Würmern jucken!«

15

Brügge, Herzogtum Burgund, August 1477

Es gab nur wenig, was Berenguela im Leben Trost bot. Dazu gehörten zum Beispiel Canelilla und die tägliche Messe in der Heilig-Blut-Basilika. Und auch Policarpo, mit dem sie immer noch vertraute Gespräche, Spaziergänge und den ein oder anderen Kuss teilte, wenn er in Brügge war. Im letzten Jahr war das allerdings nur zweimal vorgekommen. Vor allem leistete ihr aber Renata Beistand, die ihr wieder zur engen Vertrauten geworden war. Seit acht Monaten sahen sie sich jeden Morgen, und Berenguela half der Italienerin in dem Geschäft, das sie nach der Trennung von ihrem Mann eröffnet hatte.

Ende September hatte Renata es einfach nicht mehr ausgehalten. Ihr Mann war bei einem seiner viel zu häufigen Wutausbrüche über sie hergefallen, und das Ganze hatte mit einer Platzwunde im Gesicht, einer gebrochenen Rippe, mehreren Blutergüssen und Renatas festem Vorsatz geendet, sich das nicht länger gefallen zu lassen. Sie hatte ihre wenigen Ersparnisse an sich genommen und war, finanziell von Berenguela unterstützt, in eine karge kleine Dachkammer gezogen, wo sie sich zwei Wochen lang von ihren Verletzungen erholt hatte. Es würde um einiges länger dauern, bis die seelischen Wunden verheilt waren, die ihr Ehemann ihr zugefügt hatte. Aber sie kam darüber hinweg.

Zum Glück hatte Renata ein Händchen für süßes Gebäck.

Im Gegenzug für ihr Schweigen stellte ihr einer ihrer ehemaligen Liebhaber, nämlich der Amtmann, eine Geschäftsgenehmigung aus, und van der Walle schenkte ihr zum Dank für ihre Dienste ein schönes Sümmchen.

So konnte sie am 16. Januar an einer der zentral gelegenen Straßen der Stadt ihre eigene Konditorei eröffnen.

Don Lope war über ihren Weggang derart erbost, dass er von Anfang an alles daransetzte, Renata größtmöglichen Schaden zuzufügen. Wie zu erwarten gewesen war, schickte er von nun an ihren Eltern kein Geld mehr, stattdessen bekamen sie von ihm einen Brief, in dem er seine Version der Geschehnisse schilderte. Er behauptete, Renata hinausgeworfen zu haben, weil sie ihn immer wieder mit unterschiedlichen Liebhabern betrogen habe.

Und damit nicht genug: Als er erfuhr, was für ein Geschäft Renata eröffnen wollte, zog er im Hintergrund die Fäden, damit niemand ihr Zucker, Mehl oder Butter verkaufte.

Die junge Frau war verzweifelt, als sie kurz vor der Eröffnung plötzlich keine Zutaten für ihre Backwaren mehr bekam.

Zusammen mit Berenguela klapperte sie sämtliche Dörfer zwischen Brügge und Brüssel ab, kaufte Weizen direkt von Kleinbauern, Butter von Viehzüchtern und Zucker von einem Schmuggler, der ihr allerdings einen exorbitanten Preis abverlangte.

Nachdem diese Strategie gescheitert war, sprach Lope de Gracia mit all seinen Bekannten, damit niemand in der neuen Konditorei einkaufte. Außerdem brachte er das Gerücht in Umlauf, dass mehrere Kunden nach dem Verzehr von Renatas Kuchen schwer erkrankt seien.

Aber was er auch tat, es gelang ihm einfach nicht, dieser tapferen, fest entschlossenen Sizilianerin die Selbstachtung zu rauben. Nach den endlosen Demütigungen ihrer Ehe konnte Renata nichts mehr schrecken.

Renata hatte ihr Geschäft *La Siciliana* genannt, und sein Erfolg basierte auf den zwanzig leckersten Rezepten ihrer Mutter, die ganz verrückt nach süßen Sachen war. Auch Berenguelas Unterstützung war Gold wert, genau wie die Hilfe eines jungen Angestellten. Er tat nicht nur alles Erdenkliche für den Erfolg des Unternehmens, sondern konnte auch seine Leidenschaft für Renata auf dem Tisch der Backstube ausleben.

Es handelte sich um niemand anderen als Antonio, den jungen Stallburschen, den die Frauen bei ihrer letztlich gescheiterten Flucht um Hilfe gebeten hatten. Er war eines Tages im Laden erschienen und hatte um Arbeit gebeten. Renata hatte ihm nicht nur bereitwillig Einlass in ihre Konditorei, sondern auch in ihr Leben gewährt.

Bei ihren täglichen Besuchen in der Konditorei fand Berenguela ein in den Duft nach Kuchen, Sahne und Erdbeeren gehülltes Ambiente von Frieden und Zuversicht vor, das bei ihr zu Hause fehlte. Erst recht, seit ihre Schwiegermutter eingezogen war und sich ständig in ihr Leben einmischte.

Doña Urraca bestand nicht nur darauf, sich ständig mit ihr zu unterhalten, spazieren zu gehen und stundenlang zu nähen, obwohl Berenguela zunehmend versuchte, ihr aus dem Weg zu gehen. Bereits eine Woche nach ihrer Ankunft in Brügge hatte sie angefangen, in den intimsten Angelegenheiten ihrer Schwiegertochter herumzuschnüffeln. Besonders unangenehm wurde es, als Doña Urraca entdeckte, dass das Ehepaar schon lange nicht mehr das Schlafzimmer miteinander teilte. Damián hatte seiner Mutter diese Tatsache zu verheimlichen versucht, indem er jeden Abend in Berenguelas Schlafzimmer verschwunden war, nur um dann durch die Verbindungstür in sein eigenes hinüberzugehen.

Doña Urraca war nervtötend, heimtückisch und ihrer Schwiegertochter gegenüber rüde – aber dumm war sie nicht.

Nach ein paar Wochen in Brügge begann sie zu ahnen, dass ihr Sohn eine Geliebte hatte. Bevor sie ihn damit konfrontierte, wollte sie allerdings sichergehen.

Als sie feststellte, dass es sich um eine Frau handelte, die nicht nur dick und plump, sondern auch zwanzig Jahre älter war als Damián, war sie entsetzt. Sie konnte einfach nicht begreifen, warum er seine junge, schöne Gattin mit diesem Ungetüm betrog, und machte ihrem Sohn schwere Vorhaltungen. »Da kannst du noch so oft beteuern, dass es nur wegen des Geschäfts sei, das ist mir völlig egal!«, zeterte sie. Wenn sie nicht sofort eingriff, würde sie wohl nie Großmutter werden.

Mitte April gelang es ihr dann, Damiáns Affäre ein Ende zu bereiten, indem sie sich das Frauenzimmer vorknöpfte und ihm klarmachte, welche Folgen es für sie hätte, wenn sie Damián nicht in Ruhe ließ.

Was Berenguela anging, so versuchte Doña Urraca, ihre Schwiegertochter als ihre Verbündete zu sehen, obwohl ihr das schwerfiel.

Berenguela war sich bewusst, dass Damiáns Mutter sich vorgenommen hatte, ihre Ehe zu retten. Und man konnte ja auch nicht leugnen, dass sie in dieser Hinsicht schon einiges erreicht hatte. Damiáns Liebeleien hatte sie immerhin ein Ende gemacht, oder es zerrissen sich zumindest nicht mehr alle das Maul darüber.

Wenn Doña Urraca allerdings davon ausging, dass Damián Berenguelas Herz zurückerobern könnte, dann irrte sie sich gewaltig. Dieses Kapitel war abgeschlossen, nachdem Damián Berenguela erst mit ihrer Zofe und dann mit der Frau des Amtmanns betrogen hatte, ganz zu schweigen von allen anderen Demütigungen.

Aus tiefer Zuneigung gab Renata ihrer Freundin jeden Tag denselben Rat, während sie gemeinsam Kuchen und Torten buken. Berenguela sollte Damián ein für alle Mal verlassen, zu Renata ziehen und die Gelegenheit zu einem glücklichen Leben nutzen.

Berenguela sah darin aber keine Lösung. Manchmal begründete sie es damit, dass sie sich nicht zwischen Renata und Antonio drängen wolle. Schließlich lebten die beiden seit einem Monat zusammen in einem Häuschen, in dem für drei Personen kein Platz war.

Der wahre Grund war jedoch viel schwerwiegender und schmerzte sie tief: Berenguela wagte es einfach nicht.

Sie hatte lange gebraucht, um sich das einzugestehen, und noch länger, um es zu akzeptieren. Doch so sah es nun einmal aus: Sie war feige geworden, etwas Unvorstellbares für die Berenguela ihrer Jugend. Wenn sie auf ihre Freundin hörte und Damián verließ, würde sie ein geliehenes Leben leben und damit in der strengen Brügger Gesellschaft für Aufruhr sorgen, die an solches Verhalten bei Frauen nicht gewöhnt war. Berenguela hielt sich einfach nicht für so stark wie die Italienerin.

Als sie sich endlich der bitteren Erkenntnis gestellt hatte und sich fragte, was die Ursachen dafür waren, kam sie nach langem Grübeln zu dem Schluss, dass die drei Jahre in Brügge sie derart verändert haben mussten, dass sie sich selbst nicht wiedererkannte. Ihr Charakter war in den Grundfesten erschüttert, und ihr Lebensmut durch Damiáns Erniedrigungen nach und nach geschwunden. Ihr Ehemann hatte aus ihr ein Wesen gemacht, das in seiner Routine gefangen war, ein Objekt, das man bei Empfängen zur Schau stellen konnte. Sie war nichts weiter als eine Trophäe, die Damián seinem beneideten Stiefbruder abgejagt hatte und der man von Zeit zu Zeit sogar einen Moment der Lust abtrotzen konnte.

Sie fühlte sich wie eine Blume ohne Blütenblätter, wie ein

zerbrechliches kleines Ding, das keine schwierigen Entscheidungen treffen konnte, und beschloss, jeden Tag so zu nehmen, wie er kam. Sie ging ihrer Freundin zur Hand, verbrachte lange, einsame Stunden mit ihrer Katze Canelilla und genoss von Zeit zu Zeit den frischen Wind, den Policarpo in ihr Leben brachte. Er erinnerte sie daran, dass sie noch immer eine Frau war.

Manchmal fragte sich Berenguela, ob sie vielleicht gerade den Verstand verlor und ob sie wohl je wieder dazu in der Lage sein würde, diese lähmende Schwäche abzuschütteln. Ihre Verzweiflung war so groß, dass ihre Lage ihr mit jedem Tag aussichtsloser erschien. In diesen Momenten völliger Selbstaufgabe war der Gedanke an Hugo ihr einziger Trost. Sie hatte seit siebzehn Monaten nichts von ihm gehört, und die Umstände ihrer letzten Begegnung waren schmerzhaft gewesen. Trotzdem fehlte er Berenguela jeden einzelnen Tag. Er war in ihrem Herzen so präsent, dass sie selbst in den dunkelsten Augenblicken nur an ihre gemeinsame Zeit in Burgos zu denken brauchte, damit es ihr sofort besser ging. Abgesehen davon, verstrichen die Stunden auch schneller, wenn sie in ihren Erinnerungen schwelgte. Berenguela fragte sich, wo Hugo wohl steckte, und stellte ihn sich an einem Ort mit exotischem Namen vor, in einer weit entfernten Region der Welt, von der sie noch nie gehört hatte.

Vielleicht war das ja der Grund für das, was sie tat, als eines Morgens ein Bote einen wichtigen Brief für Damián brachte, der aus einem Ort namens Qastiliya stammte. Anstatt den Brief an ihren Mann weiterzugeben, nahm sie ihn mit in ihr Schlafzimmer, brach das Siegel und las die Nachricht.

Sie war von einem Venezianer verfasst, einem gewissen Barbieri, und bezog sich auf die Rückzahlung einer Summe eines Schuldners in einer ihr unbekannten Stadt. Den Namen des Schuldners musste sie ganze drei Mal lesen, bevor sie es endlich glauben konnte: Hugo de Covarrubias.

Dem Brief lag eine Zahlungsanweisung über den erwähnten Betrag bei.

Berenguela presste das Schreiben gegen ihr wild klopfendes Herz. Endlich hatte sie einen Hinweis auf Hugos Verbleib! Zwar war der unbekannte Absender nur ein Ausgangspunkt für ihre Erkundigungen, aber es war immerhin das Erste, was sie seit Langem von ihrem Freund hörte.

Berenguela merkte sich den Namen des Venezianers und der seltsamen Stadt gut, steckte die Zahlungsanweisung ein und verbrannte den Brief, um ihn vor Damián zu verbergen.

Während sie zusah, wie die Flammen das Papier verschlangen, erwachte in ihr eine neue Energie, die lange geschlummert hatte. Sie beschloss, über diesen Barbieri alles herauszufinden, was sie konnte, und sich dann per Brief bei ihm nach Hugos Verbleib zu erkundigen.

Außerdem erwog sie, über Policarpo Informationen einzuholen. Dabei würde sie allerdings mit viel Fingerspitzengefühl vorgehen müssen, denn sie wusste ja, welche Gefühle de Covarrubias' Verwalter für sie hegte.

Aber sie würde es riskieren müssen, weil sie sonst niemanden hatte, und vielleicht kannte Policarpo diesen Venezianer ja. Bis zu seinem nächsten Besuch Ende des Monats war es nur noch eine Woche hin. Berenguela würde ihn fragen und ihre Zweifel ausräumen, während sie wieder ein paar ihrer wenigen glücklichen Stunden hier in Brügge durchlebte.

In diesem Moment hörte sie zu ihren Füßen ein Miauen, und Canelilla schaute erwartungsvoll zu ihr hoch. Die Katze rieb sich an ihren Beinen und machte einen Buckel, um von ihr gestreichelt zu werden. Als Berenguela der Aufforderung nachkam, schnurrte Canelilla zufrieden.

Leider konnte sich Berenguela an dem Tag, an dem Policarpo in der Stadt eintraf, nicht mit ihm treffen, weil ihre Schwiegermutter sie zu einem Besuch in Gent zwang, der ihr endlos vorkam. Daher verabredeten sie sich für den nächsten Morgen.

Statt wie üblich bei Renata vorbeizuschauen, machte sich Berenguela auf den Weg zu einem Ort, der für sie und Policarpo eine ganz besondere Bedeutung hatte – wenn vielleicht auch mehr für ihn als für sie. Es handelte sich nämlich um jene Fischerhütte am Strand, in die sie sich am Tag des Unwetters geflüchtet hatten. Immerhin hatte Policarpo hier zum ersten Mal in seinem Leben eine Frau geküsst, nach der er sich mit Leib und Seele verzehrte.

Sie hatten sich seit vier Monaten nicht gesehen, daher küsste er gierig ihre Lippen, in der Hoffnung, Berenguela heute ganz und gar erobern zu können. Diesen letzten Schritt hatte Berenguela bisher immer gescheut.

Die junge Frau spürte, wie sich Policarpos Hände auf die Suche nach ihren intimsten Stellen machten, und hielt ihn gerade noch rechtzeitig auf. Es verband sie einfach keine echte Liebe zu diesem Mann. Ja, die Stelldichein mit ihm waren eine Ablenkung in ihrem öden Dasein, durch ihn war sie endlich wieder jemand, war zumindest für einen Tag einem anderen Menschen wichtig. Trotzdem gelang es ihr jedes Mal, genug Willensstärke aufzubringen, um sich ihm nicht hinzugeben.

»Ich respektiere deinen Wunsch«, murmelte Policarpo enttäuscht, »aber du kannst dir nicht vorstellen, wie sehr mir dein Geruch gefehlt hat, deine Lippen, deine Liebkosungen …«

Wieder küsste er sie. Als sich ihre Lippen voneinander lösten, blickte Berenguela ihn zärtlich an, griff nach seinen Händen und versuchte sich zu rechtfertigen. »Du hast doch viel mehr verdient als nur einen verstohlenen Moment der Liebe.

Wenn der passende Augenblick gekommen ist, werde ich mich dir ganz und ohne Einschränkungen hingeben. Dann werden keine Worte zwischen uns nötig sein, wir werden nur unsere Körper sprechen lassen. Aber ich muss es auch aus ganzer Seele wollen.«

Voller Zuneigung strich sie ihm übers Kinn. Sie wollte gern so bald wie möglich über die Nachricht sprechen und wusste nicht, wie sie es anstellen sollte, ohne seine Gefühle zu verletzen.

»Was macht deine Schwiegermutter denn hier?«, fragte er.

»Na ja, vor allem stört sie. Meinetwegen kannst du sie gerne nach Burgos mit zurücknehmen. Wie lange bist du noch in Brügge?«

»Nur noch heute«, sagte Policarpo bedauernd und legte ihr die Gründe für die Kürze seines Aufenthalts dar.

»Was ist denn los, so niedergeschlagen wie heute habe ich dich ja schon lange nicht mehr gesehen?«, fügte er hinzu, als er Berenguela seufzen hörte.

Sie setzten sich auf das zerfallene Boot.

»Ja, du hast recht.« Nachdenklich betrachtete Berenguela ihre Fingernägel. »Ich sehe, wie glücklich Renata ist, seit sie ihr eigenes Leben lebt. Mir selbst gelingt das aber nicht. Wenigstens gab es vor ein paar Tagen gute Nachrichten: Ich habe von Hugo gehört.«

Ihre Augen leuchteten im Halbdunkel der Hütte.

Policarpo spürte, wie es ihm kalt den Rücken herunterlief, aber er setzte eine unschuldig interessierte Miene auf.

Berenguela erzählte ihm, wie die Information in ihre Hände gelangt war und dass sie beschlossen hatte, sich mit dem Absender des Briefes in Verbindung zu setzen.

»Weißt du, wer diese Barbieris sind?«, fragte sie.

»Ja, das sind bekannte Kaufleute. Aber weder dein Gatte noch sein Vater hatten je beruflich mit ihnen zu tun, und dein

Vater bestimmt auch nicht. Ich weiß nur, dass die Familie in Venedig lebt.«

»Die Adresse habe ich in Erfahrung gebracht. Ich möchte ihnen gerne schreiben, aber ich fürchte, dass mein Brief wieder in den Händen meines Mannes landen wird. Deshalb bist du mir in den Sinn gekommen.«

Policarpo war begeistert, als er zu ahnen begann, worum sie ihn jetzt bitten würde. Wenn er als Vermittler ihrer Nachricht dienen sollte, würde er die Antwort des Venezianers noch vor ihr lesen und hätte damit Gelegenheit, die Angelegenheit auf seine Art und Weise zu regeln.

Sobald er Hugos Aufenthaltsort kannte, würde er zu Ende führen, was ihm in Portugalete und Bermeo nicht gelungen war, und Hugo ein für alle Mal verschwinden lassen.

Policarpo wusste von Damián, dass Hugo an einem Ort in der afrikanischen Wüste lebte und man ihn per Brief in Qastiliya erreichen konnte. Bisher hatte sich Policarpo noch nicht auf den Weg dorthin gemacht, weil ihm sein Arbeitgeber selbst davon abgeraten hatte. Damián war davon ausgegangen, dass Hugo ihnen jetzt nicht mehr in die Quere kommen würde. Aber die Sache würde komplizierter werden, wenn Berenguela nun Hugo ausfindig machen wollte.

»Keine Sorge, ich werde ihm sofort schreiben«, versprach er rasch.

»Nein, du hast mich nicht verstanden«, widersprach Berenguela zu seiner Überraschung. »Ich möchte nicht, dass du ihm einen Brief schickst, sondern vielmehr, dass du mich nach Venedig begleitest. Ehrlich gesagt, möchte ich mit diesem Mann lieber persönlich sprechen. Vor allem möchte ich die Reise aber nutzen, um Hugo anschließend in dieser Stadt namens Qastiliya zu suchen … Meinst du, die liegt in der Nähe von Venedig?«

Policarpo schwieg. Wie kam Berenguela nur auf so eine

Idee, sie musste den Verstand verloren haben! Offenbar hatte sie keine Ahnung, wo Qastiliya lag, und abgesehen davon, fragte er sich, wie sie ihrem Ehemann eine so lange Abwesenheit erklären wollte.

Berenguela kam seiner Frage zuvor: »Damián werde ich gar nicht erst um Erlaubnis bitten. Ich schiebe in meinem Leben schon zu lange gewisse Entscheidungen vor mir her. Damit ist es nun vorbei, jetzt ist der Zeitpunkt zum Handeln gekommen.«

»Willst du etwa von zu Hause weglaufen und mich zu deinem Komplizen machen? Hast du vergessen, wer meinen Lohn zahlt?« Jetzt wurde Policarpo ernst. Ihm gefiel die Vorstellung, Berenguela bei einem Gespräch mit diesem Barbieri dabeizuhaben, überhaupt nicht, ganz zu schweigen von seiner späteren Reise nach Afrika. Und er musste verhindern, dass Don Fernando oder Damián de Covarrubias herausfanden, in was für einer Beziehung er zu ihrer Schwiegertochter beziehungsweise Ehefrau stand.

Berenguela suchte seine Lippen und fragte Policarpo dann spitzbübisch, ob er sich etwa nicht in der Lage sähe, während der vielen gemeinsamen Stunden einer Reise ihre Zurückhaltung zu überwinden.

Allein die Vorstellung, Berenguela bald ganz zu besitzen, benebelte Policarpo die Sinne. Ihr verschleiertes Angebot war so verführerisch, dass es all seine vorherigen Einwände beiseitefegte. Je nachdem, wie sich die Ereignisse entwickeln würden, könnte er ja auch später immer noch eine Entscheidung treffen.

Und wie sollte irgendjemand ihnen auf die Schliche kommen, wenn doch niemand von ihren geheimen Treffen wusste?

»Wie ich sehe, hast du bereits alles durchdacht. Wann brechen wir auf?«

»Was hältst du von morgen?«

16

Hughu Alssahra, Ifriqiya, September 1477

Es dauerte nicht lange, bis Aos sich die Feindschaft aller im Lager zugezogen hatte. Vom ersten Tag an vermied er jeden Kontakt zu den anderen Arbeitern, die seine übermäßigen körperlichen Kräfte mit Widerwillen betrachteten. Während einige seiner Kameraden sechs Arroba Salz auf dem Rücken transportieren konnten, lud er sich acht auf, was die anderen in Azerwans Augen schlecht dastehen ließ.

Am unangenehmsten war Aos' Anwesenheit jedoch für Ubayda. Obwohl sie nur wenig mit ihm zu tun hatte, hörte sie in ihrem Inneren seit seiner Ankunft eine warnende Stimme. Ihr war egal, dass er von allen die beste Arbeit leistete und sich dabei nie beklagte, dass er jeden Tag betete und streng nach den Regeln des Islam lebte. Ubayda vermutete, dass Aos hinter seinem verschlagenen, zornigen Blick irgendetwas verbarg. Manchmal musterte er seine Kollegen aus nichtigem Anlass mit diesem Blick, vor allem aber Azerwan und sie selbst. Und sie war sich sicher, dass Aos ihre Vorbehalte ihm gegenüber bemerkt hatte.

Azerwan teilte Ubaydas Einschätzung nicht, und sie waren über dieses Thema schon mehrmals in Streit geraten. Auch ihm sagten der Charakter des Arbeiters und seine abweisende Haltung den anderen gegenüber nicht zu. Aber die Produktivität der Mine hatte sich vor allem durch Aos so sehr gesteigert, dass Azerwan statt alle fünfundvierzig Tage jetzt einmal im Monat nach Qastiliya reisen konnte. Ja, Aos war undurchschaubar, bei der Arbeit jedoch unermüdlich. Und hatte nicht jeder seine Eigenheiten? So verteidigte ihn Azerwan jedes Mal, wenn Ubayda die Angelegenheit zur Sprache brachte.

Hugo stimmte eher mit Ubayda als mit seinem Geschäftspartner überein. Tatsächlich hatte er bisher kaum ein paar Worte mit Aos gewechselt, den offenbar Hugos Angehörigkeit zum christlichen Glauben störte. Allerdings wusste Hugo nicht so recht, ob Aos ein religiöser Fanatiker oder einfach nur ein merkwürdiger Geselle war.

Dieser September war ganz besonders warm, und selbst nachts wurde es nicht wesentlich frischer. Deshalb schliefen viele der Oasenbewohner lieber im Freien, nachdem sie rund um ein Lagerfeuer geplaudert und gelacht hatten. Manchmal trug Azerwan zum Abschluss eines solchen Abends am verglühenden Feuer eine seiner Geschichten vor. Doch geschah dies immer seltener, denn Azerwan scheute Aos' höhnische Kommentare, seine scharfen Blicke in Richtung Ubayda und die erbitterte Kritik an allen anderen Interpretationen der Geschichte außer der seinen.

Mitte September trug Azerwan eines Abends eine Erzählung vor, an der seiner Meinung nach selbst Aos nichts aussetzen konnte: »Eine schöne Jungfer vom Land kam am Markttag in die Stadt«, hob er an. »Ihr Antlitz war wie eine Lilie und eine Rose. Ihr Haar war wie ein Sonnenuntergang, und der Sonnenaufgang lächelte auf ihren Lippen. Sobald die schöne Fremde erschien, war sie von Jünglingen umringt. Einer wollte mit ihr tanzen, ein anderer ihr zu Ehren einen Kuchen anschneiden. Und alle hätten sie nur allzu gerne auf die Wange geküsst, denn war sie nicht unwiderstehlich? Aber die junge Frau reagierte überrascht und gekränkt, sie war enttäuscht von den Burschen und schalt sie.

Einem versetzte sie sogar eine Ohrfeige, bevor sie die Flucht ergriff. Auf dem Weg nach Hause sagte sie zu sich selbst: ›Ich bin wirklich empört. Wie unhöflich und unverschämt diese Kerle doch sind. Sie stellen meine Geduld auf eine harte Probe!‹ Ein Jahr verstrich, und in dieser Zeit dachte die schöne Jungfer oft an den Basar und die Männer. Schließlich kehrte sie zum Markt zurück, mit der Lilie und der Rose im Gesicht, dem Sonnenuntergang im Haar und dem Sonnenaufgang auf den Lippen. Die Jünglinge erinnerten sich jedoch gut an sie und zeigten ihr die kalte Schulter. Die junge Frau wurde den ganzen Tag ignoriert und blieb allein. Als sie sich am Abend auf den Heimweg machte, klagte sie innerlich: ›Ich bin wirklich empört. Wie unhöflich und unverschämt diese Kerle doch sind. Sie stellen meine Geduld auf eine harte Probe!‹«

Wie jedes Mal nach einer von Azerwans Geschichten legte sich Stille über die Anwesenden. Manche nutzten diesen Moment zum Nachdenken, andere würden schon bald um eine Erläuterung bitten.

An diesem Abend ergriff Omar, der neben Hugo saß, das Wort: »Ich verstehe nicht, warum die Reaktion der jungen Frau gleich bleibt, obwohl sich die Gründe geändert haben …«

Aos öffnete den Mund, bevor Azerwan, der einen seiner üblichen heftigen Ausbrüche befürchtete, es verhindern konnte.

»Der Satz erinnert an unser heiliges Buch. Die Interpretation des Korans bleibt immer gleich, auch wenn sich die Zeiten und Umstände ändern.« Alle Blicke waren auf ihn gerichtet, aber niemand ahnte, was jetzt kam: »Was das angeht, bist du das perfekte Beispiel, Omar. Deine guten Taten werden dir nichts nützen, wenn du erst in der Hölle schmorst. In unserem Buch steht nämlich: ›Siehe, aus Lust verkehrt ihr mit den Männern statt mit den Frauen.‹ Lots Fluch steht in deinem Blick geschrieben, und du wirst vernichtet werden, genau wie die Bewohner Sodoms.«

Über seine harten Worte entsetzt, starrten alle Aos sprachlos an, während Omar sich die Hände vor das schamrote Gesicht schlug.

Die meisten seiner Kameraden kannten seine Vorlieben, aber niemand störte sich daran. Hugo legte ihm demonstrativ den Arm um die Schulter, während Azerwan sagte: »Alles, was existiert, trägt das Licht Gottes in sich. Wer Allah liebt, liebt auch jedes seiner Geschöpfe und dient ihnen allen.« Er wies mit anklagendem Finger auf Aos. »Und du, Aos, was maßt du dir bloß an, wenn sich deine Frömmigkeit doch aufs Gebet beschränkt? Siehst du denn nicht, dass unser Gebetsteppich aus dem Dienst am Nächsten gewebt wird, aus dem Respekt unseren Mitmenschen gegenüber? Du bist blind! Begreifst du nicht, dass wir alle Gottes Geschöpfe sind?«

»Ich lehne deine falschen Lehren ab, mit denen du Allah beleidigst! Du bist bloß ein falscher Prophet, der die wahren Gläubigen mit seinen Sufipraktiken vom rechten Weg abbringen will.«

Ubayda, die von Aos' Intoleranz genug hatte, kam ihrem Gefährten zu Hilfe und schalt Aos einen schlechten Muslim. Damit machte sie sich zur Zielscheibe seines Zorns.

»Verflucht sei derjenige, der sich von den Worten einer Frau mitreißen lässt und die Worte der Weisen ignoriert! Und verflucht sei sie selbst, wenn sie nicht einmal Kleidung trägt, die ihrem Mann zur Ehre gereichen würde!«

Jetzt war in der ganzen Gruppe missbilligendes Gemurmel zu hören. Niemand hier hielt Azerwan für einen Weisen, und es waren auch nicht alle damit einverstanden, wie viele Freiheiten er seiner Frau ließ. Manchen war es ein Dorn im

Auge, dass Ubayda ihr Haupt nicht verhüllte, so wie es ihre Mütter und Schwestern taten. Dennoch erkannten die Arbeiter, dass Aos zu weit gegangen war. Und Azerwan traf in seiner Wut eine Entscheidung: »Wenn du uns nicht respektierst, wollen wir dich hier nicht haben. Verschwinde aus unserer Runde!«

Aos gehorchte mit geballten Fäusten und zornfunkelndem Blick. Während Azerwan ihm hinterherschaute, dachte er an die letzten Worte von Imam Abdullah in Qastiliya. Jede Sonne geht irgendwann unter, dachte er beunruhigt.

Noch am selben Abend kamen Hugo, Ubayda und Azerwan zusammen, um über das Geschehene zu sprechen. Ubayda war dafür, Aos umgehend nach Qastiliya zurückzuschicken, auch wenn sie das ein Kamel kosten würde.

»Du könntest ihn doch morgen mitnehmen«, sagte sie zu Hugo.

Nachdem er die Sache der Arbeit wegen monatelang vor sich hergeschoben hatte, würde Hugo in der ersten Oktoberwoche nun endlich mit seinem Unterricht bei Meister Mustafa beginnen.

»Ich möchte lieber allein reisen.«

»Keine Sorge, das kann ich verstehen«, sagte Azerwan und hatte auch gleich einen anderen Vorschlag: »Ich nehme ihn bei der neuen Salzlieferung mit, schließlich kann unsere nächste Karawane ja schon in zwei Wochen aufbrechen. Da wir zu mehreren sein werden, werden wir ihn bei eventuellen Problemen schon in seine Schranken weisen können.«

Trotzdem gefiel Ubayda die Idee nicht. Sie hatte Aos von Anfang an misstraut, und nach dieser Auseinandersetzung erst recht. Der Gedanke, ihn noch zwei Wochen lang hier in der Oase ertragen zu müssen, gefiel ihr gar nicht, aber schließlich akzeptierte sie diese Lösung.

»Ich habe kein Problem mit Menschen, die die Regeln des Islam streng befolgen«, sagte sie. »Aber es stört mich, wenn jemand so wie Aos alle verurteilt und verwünscht, die nicht den von ihm gewählten Pfad eingeschlagen haben. Und er hat sich Omar gegenüber sehr ungerecht verhalten.«

Hugo beschloss, sich vor dem Schlafengehen noch ein wenig die Beine zu vertreten. Ubayda und Azerwan begleiteten ihn nicht, weil sie nach diesem langen Tag müde waren.

In der Dunkelheit ging Hugo zum Palmenhain hinüber. Mit nackten Füßen suchte er die Stellen, die tagsüber im Schatten gelegen hatten und deshalb kühler waren. Dort vergrub er die Zehen im Sand und genoss das angenehme Gefühl.

Wie sooft, war der Arbeitstag hart gewesen, und er spürte nach der Plackerei in der Mine jeden Muskel. Er musste daran denken, dass Aos in seinem Extremismus so ganz anders war als der weise Azerwan oder die gütige Ubayda. Ubayda gehörte einem anderen, uralten Glauben ihrer Region an, aber die Männer waren beide Anhänger des Islam. Sie lebten ihn allerdings auf ganz verschiedene Weise.

Hugo fand Aos' Haltung verwerflich. Er konnte nicht verstehen, wie der Arbeiter sie mit der angeblichen Liebe zu Allah in Einklang bringen konnte, die doch sein eigentliches Ziel sein sollte. Sein Hass durchdrang jede Faser seines Körpers und war gegen alle gerichtet, die seine Ansichten nicht teilten.

Azerwan hatte eins deutlich gemacht: Wenn alle Menschen Geschöpfe desselben Gottes waren, war Respekt für wahre Gläubige der einzige Weg.

Mitleid überkam Hugo, als er wieder an Omars gedemütigten Gesichtsausdruck zurückdachte.

Hugo war offensichtlich nicht der Einzige, der nicht schlafen konnte, denn in diesem Augenblick näherten sich Schritte, und er hörte, wie jemand sagte: »Ich hatte vorhin keine Gelegenheit, mich bei dir zu bedanken.«

Hugo drehte sich um und sah Omar vor sich. »Wofür?«

»Für deine Unterstützung. Dass du mir den Arm um die Schulter gelegt hast, hat mir viel bedeutet.«

»Dieser Kerl ist verabscheuenswürdig und war dir gegenüber einfach grausam.«

»Leider muss ich schon seit Jahren immer wieder miterleben, dass die meisten Menschen auf mich nicht so reagieren wie du.«

Nachdenklich sah Hugo Omar an. »Jeder Mensch auf Erden ist einzigartig, also sind wir doch alle irgendwie anders. Und mir persönlich hat man immer diesen Stempel aufgedrückt. Unter den Meinen war ich stets der Merkwürdige, der Widerspenstige, der alle Erwartungen enttäuscht. Andersartiger kann man wohl kaum sein.«

»Doch, wenn man Muslim ist und sich zu Männern hingezogen fühlt.«

Gemeinsam stiegen sie eine Düne hinauf, von der aus man eine wunderschöne Aussicht hatte. Oben angekommen, setzten sie sich in den Sand und ließen den Blick schweifen. Jetzt waren keine Worte mehr nötig.

Im hellen Mondschein glänzte die Landschaft vor ihnen in verschiedenen Grau- und Silbertönen. Weil außerdem Wind über die Dünen fegte und ihre Spitzen kräuselte, schien ein zauberhaft funkelndes Meer aus Sand vor ihnen zu liegen.

Hier saßen sie nun im Licht des Mondes wie zwei Sandkörner einer unendlichen Wüste. Wen scherte es schon, ob man im Herzen Gedanken an eine Frau oder einen Mann trug, solange die Gefühle nur rein waren? Omar hatte es nicht verdient, ein Dasein im Schatten zu führen, dachte Hugo. Natürlich war es bei ihm etwas anders gewesen, aber auch er hatte sich in gewisser Hinsicht viel zu lange versteckt, sich in sich selbst zurückgezogen. Aus absurder Angst hatte er seinem Vater und seinem Schicksal nicht die Stirn geboten, sein wahres Wesen und seine Wünsche verleugnet.

Ihm kam eines von Azerwans Sprichwörtern in den Sinn: Wenn du die Dinge nicht mit Klarheit siehst, solltest du lieber eine Kerze anzünden, als die Dunkelheit zu verfluchen.

Er sprach den Satz laut aus und fragte: »Findest du nicht auch, dass darin viel Wahrheit liegt?«

Omar zog schweigend die Knie an, schlang die Arme darum und seufzte tief, während er darüber nachdachte. Das waren zauberhafte Worte, einzigartige Worte, und er ließ, tief bewegt, ihre Bedeutung auf sich wirken. Bislang hatte ihn noch nie jemand ermuntert, einfach zu sein, was er war. Es schnürte ihm die Kehle zu. Schließlich wagte er, ermutigt durch Hugos Rat, zu fragen: »Dürfte ich dich vielleicht küssen?«

Hugo nickte und wurde von unendlicher Zuneigung erfasst, als er die Berührung auf der Wange spürte.

Omar wusste natürlich, dass Hugo nicht wie er empfand. Aber er würde niemals den Moment vergessen, in dem dieser Christ ihm unter dem Sternenhimmel die Tür zur eigenen Würde geöffnet hatte.

17

Luzern, Schweizer Eidgenossenschaft, September 1477

In den letzten neun Tagen hatten sie wichtige Städte wie Metz, Straßburg und Basel durchquert, doch keine davon war ihnen so schön erschienen wie diese. Luzern lag am Ufer eines gewaltigen Sees und wurde von beeindruckenden Bergen eingerahmt, auf denen selbst am Ende des Sommers noch Schnee lag.

Da Venedig jetzt nur noch acht Tagesreisen entfernt war, beschloss Policarpo, den ganzen Tag hier zu verweilen. Bislang hatte er auf dieser so ermüdenden Reise kaum haltgemacht. Und er war in unerwarteter Begleitung, denn Berenguela hatte er in Brügge versetzt.

In der Nacht zwischen ihrem Treffen in der Hütte am Strand und ihrer geplanten Flucht am nächsten Morgen hatte Policarpo kaum ein Auge zugemacht. In seinem Inneren tobte ein erbitterter Kampf zwischen seinem Verlangen und dem Wissen, dass eine Flucht mit Berenguela eine große Torheit war. Es bestand schließlich ein großes Risiko, dass Damián ihnen auf die Schliche kam. Und als sich Policarpo die Folgen dieser Entdeckung ausmalte, erhielt seine Lust auf gemeinsame Stunden mit Berenguela einen empfindlichen Dämpfer. Stattdessen ermahnte er sich nun zur Besonnenheit. Und so wälzte er sich von Zweifeln gequält die ganze Nacht von einer Seite auf die andere, hin- und hergerissen zwischen seiner Leidenschaft für Berenguela und der

Stimme der Vernunft. Ausschlaggebend war am Ende der Gedanke an die Barbieris. Wenn er allein mit ihnen sprechen und herausfinden könnte, wo sich Hugo versteckte, wären die folgenden Schritte weitaus einfacher einzuleiten, wenn er nicht Berenguela im Schlepptau hatte.

Noch eine Stunde vor dem vereinbarten Treffen mit Berenguela erwog Policarpo, vielleicht doch dort zu erscheinen und ihr zu erklären, warum er es vorzog, allein zu reisen. Am Ende entschied er sich aber dagegen, weil er befürchtete, ihren Reizen vielleicht nicht widerstehen zu können.

Policarpo Ruiz brauchte Hilfe für das, was er vorhatte. Also beschloss er, einen Mann anzuheuern, der ihn häufig bei schmutzigen Angelegenheiten unterstützte, wenn Worte nicht mehr weiterhalfen. Da er wusste, wo sein Handlanger wohnte, ging er einfach zu seinem Haus und betrat, ohne anzuklopfen, das Schlafzimmer. Er weckte den Kerl, der neben seiner Frau schlief, und ließ seelenruhig einen Schwall von Schimpfwörtern über sich ergehen, die sowohl Religiöses als auch Policarpos ganze Familie einschlossen. Am Ende zauberte er einen klimpernden Beutel hervor, den er in Reichweite der Frau aufs Bett fallen ließ.

Nach einem Blick in den Beutel war sie zufrieden und bedeutete ihrem Mann zu schweigen. Der zog sich an und machte sich unverzüglich mit Policarpo auf den Weg.

In dem Moment, in dem sich Berenguela am Treffpunkt einfand, verließen die beiden bereits die Stadt.

Die Anwesenheit des rauen Gesellen zahlte sich für Policarpo schon bald aus, als sie in der Nähe von Straßburg von Banditen überfallen wurden, die in jenen Wäldern ihr Unwesen trieben. Geschickt schwang sein Handlanger ein Messer und versetzte die Angreifer mit seinem lauten, heiseren Schrei in Angst und Schrecken, als er sich auf sie stürzte. Nachdem er einem Ganoven die Klinge ins Bein gerammt und dem anderen einen gnadenlosen Tritt in den Schritt verpasst hatte, suchten die Halunken das Weite.

Jetzt saßen Policarpo und sein Begleiter zusammen in einem Gasthof in der Nähe des mächtigen Flusses, der Luzern teilte. Während sein Handlanger auf eine Weise sein Essen in sich hineinschlang, dass einem der Appetit vergehen konnte, erklärte ihm Policarpo, was er wirklich von ihm wollte: »In Venedig wird man uns die Adresse eines Mannes geben, der mir nie wieder unter die Augen kommen soll. Ich denke, Ihr versteht mich schon …«

Sein Gegenüber legte die halbe Schweinerippe zurück auf den Teller. Sie war so sauber abgenagt, dass man daran kein Fitzelchen Fleisch mehr finden konnte. Mit fettigen Fingern zog er sich die Hand einmal quer über den Hals: Die Botschaft war angekommen.

»Leider kennt mich dieser Mann und weiß auch, dass ich ihm nicht wohlgesinnt bin. Wenn er also von meiner Anwesenheit Wind bekäme, würde er sofort die Flucht ergreifen, und ihn dann wieder aufzuspüren könnte ewig dauern. Bei Euch würde er hingegen keinen Verdacht schöpfen, und wenn Eure Aufgabe erledigt ist, könnt Ihr schnell wieder nach Brügge zurückkehren.«

»Esst Ihr nicht auf?« Sein Begleiter starrte begehrlich auf die angefangene Rippe auf Policarpos Teller.

»Bedient Euch ruhig!«

Das ließ sich der Kerl nicht zweimal sagen und stürzte sich auf das Fleisch, als hätte er seit Monaten nichts gegessen. Er griff so gierig zu, dass ihm die Rippe zunächst durch die Finger flutschte und auf Policarpos Wams zu landen drohte. Geschickt war er ja, das musste man ihm lassen, denn er schnappte sich das Fleisch, bevor es das seidene Kleidungsstück beschmutzte.

Sein Auftraggeber, der großen Wert auf seine elegante Kleidung legte, dankte es ihm. »Ich hoffe, dass Ihr meinen Auftrag ebenso effektiv erledigt und mit dem Messer so flink seid wie mit der Rippe. Für die Frauen wäre es allerdings ziemlich enttäuschend, wenn Ihr in allen Bereichen so schnell wäret«, scherzte er und blickte vielsagend zum tiefen Dekolleté der jungen Kellnerin hinüber, die ihnen Wein nachschenkte.

Der Handlanger grinste so breit, dass er sich fast an dem Klumpen aus Fleisch, Schwarzbrot und Speichel verschluckt hätte, der zwischen seinen wenigen noch verbliebenen Zähnen sichtbar wurde. Sobald er mit dem Husten aufgehört hatte, wandte er sich an die Frau: »Wenn hier alles Fleisch so köstlich schmeckt wie diese Schweinerippe, bezahle ich gern gutes Geld dafür, es probieren zu dürfen.«

Er kniff der Frau in den Hintern, bekam als Antwort jedoch nur eine schallende Ohrfeige.

Policarpo lachte aus vollem Hals, und nach der ersten Schrecksekunde fiel sein Begleiter mit ein.

»Offensichtlich sind die Frauen hier ebenso kalt wie ihre Berge.«

»So sieht es aus. Wir werden es wohl mit den Damen in Venedig versuchen müssen. Wenn wir dort Erfolg haben, werde ich höchstpersönlich zwei für Euch auftreiben. Aber welche, die aufgeschlossener sind als unsere Kellnerin.«

»Daran tätet Ihr gut.« Der Handlanger deutete auf die Rippe, die schon fast so sauber genagt war wie die erste. »Wie Ihr seht, reicht mir eine nämlich nicht.«

Einhundertsechzig Meilen von Luzern entfernt wartete Berenguela nach neun Tagen immer noch auf Nachricht von ihrem Komplizen.

In einem improvisierten Unterschlupf versteckt, durchlebte sie ein ums andere Mal die zwei Stunden, die sie am Treffpunkt vergeblich auf Policarpo gewartet hatte.

Ihre Enttäuschung war noch gewachsen, als sie dann in seinem Gasthof vorbeigeschaut hatte. Dort hatte sie erfahren, dass er bereits im Morgengrauen mit allem Gepäck aufgebrochen war. In diesem Moment war für sie eine Welt zusammengebrochen, und sie hatte sich verunsichert und niedergeschlagen auf den Weg zu Renata gemacht.

Berenguela wusste nicht, was sie jetzt tun sollte. Ihr war bewusst, dass sie während der Wartezeit gesehen worden war, doch das hatte sie anfangs nicht gestört. Aber als Policarpo nicht aufgetaucht war, hatte ihr Gepäck natürlich die Neugier von Passanten geweckt. Bekannte hatten gefragt, wohin die Reise gehen solle. Darauf hatte sie nichts zu antworten gewusst, und irgendwann war ihr klar geworden, dass früher oder später Damián etwas zu Ohren kommen musste.

In dieser Situation war Renata die Einzige, die ihr helfen könnte. Nachdem sie Berenguelas Geschichte gelauscht hatte, fragte Renata, ob sie die Zahlungsanweisung aus dem Brief der Barbieris dabeihabe.

Berenguela nickte.

Rasch überlegte die Italienerin, welche Möglichkeiten ihrer Freundin blieben.

Jetzt nach Hause zurückzukehren, als wäre nichts geschehen, wäre vermutlich das Schlimmste. Berenguelas Mann würde schließlich Erklärungen von ihr verlangen. Bei Renata unterzuschlüpfen war auch keine gute Idee, denn dort würde Damián als Erstes nach ihr suchen. Nein, die einzig vernünftige Lösung für Berenguela war, sich an irgendeinem anderen Ort zu verstecken und die Zahlungsanweisung einzulösen. Ein paar Tage später würde sie dann allein nach Venedig aufbrechen können, um dort Informationen über Hugo einzuholen.

Bezüglich des Unterschlupfs dachte die Italienerin an ihren besten Mehllieferanten, der zwei Meilen von Brügge entfernt auf dem Land lebte. Ihn zu bestechen würde nicht schwierig sein. Was den nächsten Schritt anging, würde sie den Bankier van der Walle um Hilfe bitten, damit er den Wechsel für sie einlöste. Da sie ihn als gewieften Geschäftsmann kannte, rechnete sie bereits damit, dass van der Walle als Lohn für seine Dienste mindestens vierzig Prozent des Betrags einbehalten würde. Auf die Reise nach Venedig würde Renata ihrer Freundin Antonio als Begleiter mitschicken, der sie vor den Gefahren des Weges beschützen konnte.

Berenguela war immer noch ganz verwirrt und ratlos, weil Policarpo Ruiz sie versetzt hatte, und konnte keinen klaren Gedanken fassen. In dieser Situation kamen ihr Renatas Vorschläge gerade recht, und sie bat darum, so schnell wie möglich zum Versteck im Haus des Müllers gebracht zu werden.

Dort blieb sie neun Tage lang in der Obhut eines freundlichen, herzlichen Ehepaars und wartete darauf, dass Renata oder Antonio ihr die Nachricht vom baldigen Aufbruch überbrachten. Leider hatte sie derweil viel zu viel Zeit, um über die Geschehnisse nachzudenken. Und dabei kam sie zu dem Schluss, dass sie wieder einmal von jemandem betrogen worden war, dem sie vertraut hatte. Sie fühlte sich schmerzlich gedemütigt.

Einzig und allein ihr fester Entschluss, Hugo zu finden, half ihr über diesen bitteren Moment hinweg. Es schien ihr, als läge in diesem Ziel die Lösung all ihrer Probleme oder als würde nach dem Wiedersehen mit ihrem Jugendfreund ein neues Leben für sie anfangen.

Am zehnten Tag in ihrem Versteck bekam sie endlich Besuch von Renata. Ihre Freundin erzählte ihr, welchen Aufruhr ihr Verschwinden in der Residenz der de Covarrubias' hervorgerufen hatte, und nannte ihr das Datum ihrer Abreise. Außerdem brachte Renata Canelilla mit, was für Berenguela die größte Freude war.

Eifrig und verschmust sprang ihr das Kätzchen sofort auf den Schoß.

»Ich weiß nicht, wer sich schlimmer aufführt«, erklärte Renata, »Damián oder deine Schwiegermutter. Die beiden scheinen völlig den Verstand verloren zu haben!«

Als sie hörte, was ihr Verschwinden alles ausgelöst hatte, lächelte Berenguela triumphierend und liebkoste ihre Katze.

»Passanten, die dich gesehen hatten, haben Damián von deiner vermutlichen Flucht berichtet. Daraufhin ist er mit seiner Mutter bei mir zu Hause erschienen und wollte mich ausfragen. Die beiden wussten nicht, auf wen du gewartet hast, und konnten nicht begreifen, wie du deinen Ehemann ohne auch nur einen Abschiedsbrief verlassen konntest. Ich habe mich ganz überrascht gestellt und natürlich kein Sterbenswörtchen verraten. Dabei hätte man blind sein müssen, um nicht zu sehen, wie schlecht es dir ging.«

»Da hast du völlig recht. Aber auch mich trifft eine gewisse Schuld, weil ich die Situation viel zu lange ertragen und erst jetzt den Mut gefunden habe, sie zu beenden. Was allerdings nicht bedeutet, dass ich mich nicht fürchte. Immer öfter frage ich mich, ob ich Hugo überhaupt finden werde. Außerdem weiß ich nicht, wie er reagieren wird. Und nicht zuletzt hat mich bisher auch der Gedanke an dich zurückgehalten. Mir kommen die Tränen bei der Vorstellung, nicht nach Brügge zurückkehren zu können und so deine Freundschaft zu verlieren.« Tatsächlich glänzte es feucht in ihren Augen.

Auch Renata musste weinen, als sie ihre Freundin liebevoll umarmte. »Morgen ist es so weit«, seufzte sie schließlich. »Bereite alles vor, denn Antonio wird dich noch vor dem Morgengrauen abholen. Ich werde ihm Proviant mitgeben, damit ihr bis spät in die Nacht nicht anzuhalten braucht, bis ihr weit, weit weg seid.«

Berenguela umfing Renatas Hände und begann jetzt doch heftig zu schluchzen.

Um die Sache nicht noch länger hinauszuzögern, küsste ihre Vertraute sie auf beide Wangen und beschloss aufzubrechen.

»Ich muss gehen. Hoffentlich findest du Hugo bald und darfst die Liebe erleben, die du verdient hast, meine Freundin. Und falls es anders kommen sollte, weißt du ja, wo du mich findest. Für dich wird es immer einen Platz in meinem Herzen geben. Wir haben zusammen schon viel zu viel Leid erfahren, jetzt bist du an der Reihe, die schönen Seiten des Lebens kennenzulernen. Ich wünsche dir dabei viel Glück!«

Während Policarpo darauf wartete, empfangen zu werden, beobachtete er das faszinierende Schauspiel der Gondeln und Boote auf dem Canal Grande in Venedig durch eins der großen ovalen Fenster im prachtvollen Palast der Barbieris, einem direkt an einer wunderschönen Brücke gelegenen, dreistöckigen Gebäude mit hohen Decken. Über eine schwarze Marmortreppe stieg man von Etage zu Etage bis ganz nach oben, wo die mächtigen Barbieris ihren Kunden und Lieferanten Audienz gewährten.

Der Bedienstete, der Policarpo diese Treppe hinaufgeleitet hatte, hatte ihm erklärte, man werde ihn in einem als »Il sesto senso«, also »Der sechste Sinn«, bekannten Raum empfangen, einem riesigen Saal, dessen vier Wände in unterschiedlichen Stilen gestaltet waren. Die Freskomalerei an der längsten Wand war in Mauvetönen gehalten, die je nachdem, von wo aus man sie betrachtete, zu dunklem Violett changierten. Die Blumenkomposition aus verschiedenen Pflanzen und Ranken war so realistisch gestaltet, dass sie beinahe echt wirkte.

Auf der gegenüberliegenden Seite des Raumes schlängelten sich auf rauer Oberfläche unterschiedlich dicke Äste und Zweige in Grün- und Brauntönen an der Wand hinauf und rankten in alle Richtungen.

Die dritte glänzte, als hätte man sie mit Öl eingerieben, und verströmte beim Nähertreten tatsächlich einen ungewöhnlichen Geruch.

In die letzte, in die auch die drei Fenster eingelassen waren, hatte man Dutzende kleine Löcher gebohrt. Der Wind erzeugte ein seltsames Geräusch, wenn er hindurchfegte.

Die Decke des Raumes war vollkommen weiß, bei genauerem Hinsehen sah man es jedoch hier und da aufblitzen. Offenbar waren dort Tausende winzige Glassteinchen aufgeklebt, von denen sich einige gelöst hatten und jetzt am Boden lagen.

Mit offenem Mund bestaunte Policarpo seine verblüffende Umgebung, während er auf Lucio Barbieri wartete, den ältesten der Brüder. Dabei ging er im Kopf noch einmal seine Argumente durch.

»Willkommen in unserem Haus, mein Herr.«

Als die Stimme hinter Policarpo ertönte, drehte er sich um und fand sich einem älteren, tadellos gekleideten Mann mit müder Miene gegenüber.

Die beiden schüttelten einander die Hand.

»Bevor Ihr mir den Grund Eures Besuchs darlegt, möchte ich mich zunächst dafür entschuldigen, dass Ihr zwei Tage lang auf dieses Gespräch warten musstet. Schließlich kannten wir Euch nicht, Ihr müsst verstehen.«

»Selbstverständlich. Ich bedanke mich für den freundlichen Empfang und vertraue darauf, dass ich Eure wertvolle Zeit nicht vergeuden werde«, antwortete Policarpo.

Sein Gastgeber forderte ihn auf, sich mit ihm zusammen an eins der Fenster zu setzen. »Meine Augen werden von Tag zu Tag schlechter. Außerdem wäre es doch eine Schande, das wunderbare Licht nicht zu nutzen, das Venedig uns schenkt. Ihr seid Kastilier, nicht wahr?«

Policarpo wunderte sich, dass Barbieri seinen Akzent so rasch identifiziert hatte. Schließlich sprach er gut Italienisch und hatte bislang auch noch nicht viel gesagt. »So ist es.«

»Und Ihr verkauft Wolle.«

»Wie habt Ihr das nur erraten?« Policarpo blinzelte ungläubig.

»Hat man Euch bei Eurem Eintreffen gesagt, wie dieser Saal genannt wird?«

»Ja, ›Il sesto senso‹ … sehr einprägsam.«

»Der Mensch verfügt über fünf Sinne. Und diese fünf Sinne finden sich in diesem Raum. Für den Tastsinn steht die raue Wand hinter Euch. Für den Geruchssinn jene gegenüber, die mit einem Öl aus zahlreichen aromatischen Pflanzen lackiert ist. Und wenn Ihr an die Wand zu Eurer Rechten herantretet, werdet Ihr einen Chor aus pfeifenden Geräuschen vernehmen: Sie symbolisiert das Gehör. Für das Sehvermögen steht die größte Wand, deren Farben sich je nach Lichteinfall oder der Position des Betrachters ändern. Damit bleibt nur noch der Geschmackssinn. Ihr könntet ruhig eins der glänzenden Teilchen aufheben und Euch auf die Zunge legen, die Decke des Raumes ist nämlich mit Salz bedeckt.«

»Wie ungewöhnlich«, war alles, was Policarpo dazu einfiel. Er wusste nicht, worauf Barbieri hinauswollte.

»Ihr fragt Euch jetzt sicher, wie meine Familie bloß auf so einen seltsamen Einfall gekommen ist und warum ich Euch das alles erkläre. Lasst mich auf beide Fragen gleichzeitig antworten: Ich erzähle es Euch, weil ich bei Eurer Ankunft eine Eigenschaft bei Euch entdeckt habe, die mir gefällt, nämlich Neugier. Und vielleicht stellt Ihr Euch ja inzwischen auch noch die Frage, was eigentlich dieser sechste Sinn sein soll, der dem Raum seinen Namen gegeben hat.«

Policarpo nickte, bemüht, sich seine Ungeduld nicht allzu deutlich anmerken zu lassen. Er hatte schließlich ein ganz konkretes Anliegen und wünschte, die Ausführungen seines Gesprächspartners würden bald ein Ende finden.

»Als unseren sechsten Sinn verstehen wir die Intuition, die für Kaufleute ein äußerst wichtiges Werkzeug ist. Wir Barbieris sind seit jeher für unseren guten Instinkt bekannt. Wer Geschäfte machen will, muss diese Fähigkeit kultivieren, sie hegen und pflegen wie einen Baum, dessen Früchte man ernten will. Dazu braucht es viel Geduld, sorgfältiges Zurückschneiden, Wasser, Sonne und viel, viel Zeit. Am Ende werden wir für unsere Mühen aber mit köstlichen Früchten belohnt.«

»Hm«, machte Policarpo.

»Wenn Euch dieses Thema immer noch nicht interessant erscheint, hat der Saal wohl keinen großen Eindruck auf Euch gemacht. Für uns Barbieris ist dieser Ort hingegen wie ein Tempel, in dem wir dieser besonderen Fähigkeit huldigen. Man kann Intuition weder sehen noch berühren, riechen, schmecken oder hören. Daher ist es unmöglich, ihr eine konkrete Form zu verleihen. Wir haben diesen Saal so gestalten lassen, um uns stets in Erinnerung zu rufen, dass man vor dem sechsten Sinn immer erst auf die anderen fünf achtgeben muss.«

Lucio Barbieri schloss die Augen und breitete die Hände aus, als wolle er damit irgendetwas einfangen. Als er sie wieder öffnete, schaute er Policarpo an und sagte mit tieferer Stimme: »Aber nun lasst uns über Euch sprechen. Womit können wir Euch behilflich sein?«

»Also, ich arbeite für einen Edelmann und Händler aus Burgos, der sich in Brügge niedergelassen hat. Ihr habt ihm vor kurzer Zeit einen Brief geschickt …«

»Meiner Einschätzung von Euch kann ich wohl noch hinzufügen, dass Ihr gerne schnell auf den Punkt kommt. Daher frage ich besser nicht, was Ihr mit den Informationen anzufangen gedenkt, die Ihr hier zu erhalten hofft … Liege ich da richtig?«

Mit offenem Mund nickte Policarpo. Langsam wurde ihm klar, dass er Lucio Barbieri unterschätzt hatte. Ja, er hatte hier einen der wichtigsten Händler Europas vor sich, der nicht nur mehr Geld, sondern auch mehr Macht und Einfluss besaß als manche Könige. Vor allem war dieser Mann aber äußerst scharfsinnig.

»Ja, das muss ich zugeben. Ihr schätzt meine Absichten gut ein, was mich sehr verwundert.«

»Dass Ihr auf dieses Gespräch zwei Tage warten musstet, war kein Zufall. Ich habe überall, wo ich Handel treibe, Augen und Ohren. Daher hat man mich nicht nur über Eure Verbindung zur Familie de Covarrubias informiert, sondern auch darüber, dass Euer Arbeitgeber im Moment finanziell schlecht dasteht, weil er durch eine Hinterlist beinahe alles verloren hätte. Aus diesem Grund musste er sogar seinen Bruder um Geld bitten. Wahrscheinlich will er diese Bitte jetzt wiederholen, und darum sollt Ihr dessen Adresse herausfinden, nicht wahr?«

Policarpo war sprachlos vor Verblüffung. »Äh, ja …«, sagte er lediglich.

»Diese Information würde Euch aber dreitausend Golddublonen kosten. Wollt Ihr sie trotzdem?«

»Das ist doch eine völlig überzogene Summe … die ich leider nicht bezahlen kann.«

»Und wenn ich nur dreißig von Euch verlange?«

Policarpo wurde immer verwirrter.

»Dann würde ich Euch aber darum bitten, für mich die Augen offen zu halten und meine Interessen zu wahren … Habe ich mich verständlich ausgedrückt?«

»Klar und deutlich.«

»Ihr hättet also gern die Anschrift meiner Kontaktperson in Qastiliya?«

»Ja, deshalb bin ich schließlich hier.«

Policarpo wollte wissen, wo sich diese Stadt befand, die er bislang nur auf dem afrikanischen Kontinent verorten konnte.

Aus diesem Grund holte Lucio Barbieri ein Pergament mit einer Landkarte hervor und legte den Finger darauf. Die Stelle, auf die er deutete, lag in einem Land namens Ifriqiya.

Als Policarpo die dreißig Dublonen bezahlte, reichte Barbieri ihm im Gegenzug das gefaltete Pergament.

»Darf ich Euch zum Abschluss noch einen Rat geben?«, fragte Policarpo.

Interessiert schaute Barbieri ihn an.

»In diesem Raum fehlt noch eine weitere Wand, die zeigt, woraus sich Euer charakteristischer sechster Sinn speist. Mir fällt da als siebter Sinn die Information ein, Ihr habt mir nämlich gerade selbst gezeigt, dass Intuition ohne Information einfach nur ein Zaubertrick wäre.«

»Ich arbeite gern mit intelligenten Menschen zusammen. Passt mir gut auf Hugo de Covarrubias auf, er ist einer meiner besten Salzlieferanten.«

»Keine Sorge, das werde ich tun …«

Minuten später stieg Policarpo Ruiz in eine Gondel und bat den Bootsführer, ihn zum Markusplatz zu bringen, wo er seinen Handlanger zurückgelassen hatte. Obwohl der Gondoliere ohne Unterlass plapperte, lehnte sich Policarpo in dem gepflegten Boot gemütlich zurück und ließ seine Gedanken zu jener fernen Stadt in Afrika schweifen. Die Reise dorthin würde seine Rückkehr nach Burgos und die Erledigung all seiner Aufgaben verzögern. Aber er konnte einfach nicht riskieren, dass Berenguela Hugo fand und die ganze

Wahrheit ans Licht kam. Jetzt hatte er nach drei Jahren endlich einen konkreten Hinweis und wollte ihn nicht ungenutzt lassen. Während er den Dogenpalast betrachtete, beschloss Policarpo Ruiz, das nächste Schiff nach Ifriqiya zu besteigen.

Ein paar Stunden später buchte er eine Überfahrt auf einer Karacke, die am nächsten Tag auslaufen sollte. Zwar erschien ihm der Preis für zwei Personen unangemessen hoch, dieses Opfer brachte er jedoch gerne, um endlich diese schon viel zu lange währende Angelegenheit zu Ende zu bringen.

Berenguela und Antonio hatten Luzern am Vortag hinter sich gelassen und legten nun zu Pferd den schwierigsten Teil ihrer Route nach Venedig zurück: Sie näherten sich dem Gotthardpass. Da mittlerweile Ende September war, sanken die Temperaturen, und die beiden Reiter entdeckten beim Aufstieg zu einem Örtchen namens Wassen den ersten Frost auf Wiesen und Pfützen.

Jenseits der Ortschaft wurden sie von heftigen Schneefällen überrascht. Weil als Nächstes die Schöllenen-Schlucht und die sogenannte Teufelsbrücke vor ihnen lagen, beschlossen sie, lieber in einem kleinen Dorf am Wegrand darauf zu warten, dass der Schnee nachließ.

Berenguela war erleichtert, da sie schon seit Tagen an leichtem Fieber und einem Husten litt, der ihr Sorgen bereitete.

Die durchgefrorenen Reisenden fanden Unterschlupf in einem Privathaus, wo sie sich mit einem warmen Essen stärkten.

Ihre beiden Räume hatten einen Kamin, sodass sie sich an diesem Abend bei wohliger Wärme ins Bett legten. Sie ahnten ja nicht, was sie am nächsten Morgen beim Blick aus dem Fenster erwarten würde.

Am folgenden Tag war das Haus nämlich zur Hälfte eingeschneit, und die weißen Flocken fielen unablässig weiter. Außerdem wachte Berenguela mit Schmerzen in der Brust, Fieber und Schüttelfrost auf. Weil zu diesen anderen Leiden auch noch Durchfall kam, blieb sie geschwächt im Bett liegen und schmiegte sich dort an ihre Katze.

Es gab hier in der Gegend keinen Arzt, und so ließ ihre Gastgeberin eine Heilerin rufen.

Während sie auf die Frau warteten, lauschte Antonio besorgt der Hausbesitzerin, die über den ungewöhnlich frühen und heftigen Kälteeinbruch klagte. Wenn die Frau recht behielt, würden sie womöglich bis zur Schneeschmelze hierbleiben müssen, also drei oder vier Monate lang.

Noch mehr trafen Antonio allerdings die Worte, die beim Verlassen des Hauses die Heilerin an ihn richtete. Ihrer Meinung nach schwebte Berenguela in großer Gefahr, wenn sie nicht innerhalb der nächsten achtundvierzig Stunden das Fieber überwand.

Es gab nicht viel, was Antonio in dieser Situation tun konnte, er konnte nicht einmal Renata eine Nachricht zukommen lassen. Daher widmete er sich während der nächsten Tage mit Leib und Seele Berenguela und setzte alles daran, seine Freundin zu retten.

Deren Körper sprach aber auf keine der Behandlungen an, und das Fieber stieg immer weiter.

18

Schildpadhuis, Brügge, Oktober 1477

Wütend hieb Damián so heftig mit der Faust auf den Tisch, dass ein Großteil seiner Papiere zu Boden segelte. Er brüllte seinen Zorn hinaus. Die Buchhaltung sah übel aus, außerdem hatte er seit Wochen nichts von seiner Frau gehört. Dann hob er das Hauptbuch wieder vom Fußboden auf. Darin notierte er auf der einen Seite Zahlungen seiner Kunden, die Herkunft, Menge und Qualität der verkauften Wolle und zusätzliche Informationen zu jedem Geschäft, wie zum Beispiel Zahlungen an Zwischenhändler oder Beamte und bemerkenswerte Vorkommnisse.

Auf der anderen Seite waren alle Kosten festgehalten: die Ausgaben für Schafzüchter, Reinigung der Wolle und Transport über Land, das Chartern der Schiffe, Versicherungen, Lagerkosten sowie die Zahlungen an das Consulado und der Lohn der beiden Verwalter.

In guten Jahren erreichten die Seiten mit Damián de Covarrubias' Einnahmen die Mitte des Buches vor denen mit seinen Ausgaben. Leider war dieses Jahr bisher aber kein gutes gewesen.

Aufgeschreckt von seinem Zornesausbruch, betrat Doña Urraca in Raum. »Aber mein Junge, was ist denn nur los?«

Als sie die Unordnung im Zimmer bemerkte, fing sie an, Dokumente aufzusammeln.

»Lasst es gut sein, Mutter ...« Damián schnaubte und

strich sich das lange Haar aus dem Gesicht. »Nicht, dass Ihr es nachher im Kreuz habt.«

»Gibt es vielleicht etwas Neues von dieser verräterischen Schlange?« Doña Urraca setzte sich.

Damián warf einen Blick zur Wanduhr hinüber. »Ich erwarte in zehn Minuten einen Besucher, der uns vielleicht mehr dazu sagen kann.«

Er knöpfte sein Wams auf, holte ein Kettchen hervor und zog es sich über den Kopf. Mit dem daranhängenden Schlüssel in der Hand ging er zu einem Regal hinüber, schob drei Bücher zur Seite und schloss ein Fach in der Wand auf, von dessen Existenz außer ihm nur seine Mutter wusste. Damián zog ein kleineres Buch heraus und brachte es zum Tisch hinüber, nachdem er alles wieder so zurückgelassen hatte wie zuvor. Er legte das kleine Buch auf das größere und deutete mit den Zeigefingern auf den jeweils letzten Eintrag in beiden Büchern. Angesichts des Unterschieds zwischen den Vermerken schlug er sich die Hand vors Gesicht.

»Wir verdienen einfach nicht genug!«, rief er verzweifelt aus.

Seine Mutter stand auf, um sich das Ganze anzusehen. Im zweiten Buch verzeichnete Damián, was er für sein eigenes Wohl von den Gewinnen abzweigte. Er zweigte vor allem etwas von dem Geld ab, das er jedes Quartal seinem Schwiegervater schickte, und in geringerem Maße von dem für seinen Vater bestimmten Betrag.

Doña Urraca schaute sich die letzten Zahlen und die Gesamtsumme an.

»Verstehe ...«, murmelte sie. »Nein, die Buchhaltung sieht nicht gut aus. Mich beschäftigt zurzeit aber vielmehr die Frage, was Don Sancho wohl mit uns anstellen wird, wenn er vom Verschwinden seiner Tochter erfährt. Oder schlimmer noch, wenn sie womöglich in Burgos erscheint. Das würde seine Abmachung mit uns null und nichtig machen, und wir stünden wieder vor dem Nichts, wie damals beim Tod deines Vaters. Du wirst schon sehen … dann müssen wir wieder im Elend leben.« Sie erbleichte und musste sich setzen, weil ihr schwindelig wurde.

Damián goss ihr ein Glas Wasser ein. Nachdem sie es geleert hatte, ging es ihr gleich besser.

»Leider habt Ihr damit nicht ganz unrecht, Mutter. Auch mir macht der Gedanke Angst, dass Berenguela vielleicht auf dem Weg zu ihrem Elternhaus in Burgos ist. Und deshalb brauche ich Euch dort. Ihr müsst sofort aufbrechen, besser heute als morgen. Der Diener, den Ihr unter das Personal der Ibáñez' geschmuggelt habt, muss informiert werden und alles daransetzen, dass Berenguela nicht bis zu ihren Eltern vordringt. Vor allem mit Don Sancho darf sie nicht sprechen, damit würde sie uns ins Verderben stürzen!«

Seit Berenguelas Verschwinden musste Damián immer wieder an jenes Jahre zurückliegende Gespräch denken, das Don Sancho vor seiner Hochzeit mit ihm geführt hatte. Seit damals hatte sich in Damiáns Leben alles nach dem Inhalt dieser Unterhaltung gerichtet.

Don Sancho hatte Klartext gesprochen. Er würde Damián nur dann drei Viertel seines Vermögens hinterlassen und ihm die Leitung des Geschäfts übertragen, wenn es seinem Schwiegersohn gelungen war, die Ibáñez' unter den drei wichtigsten Wollhändlern von Flandern zu positionieren. Außerdem würde er sich gut um Don Sanchos Tochter kümmern und ihm einen Erben schenken müssen.

Das waren die Bedingungen ihrer Abmachung gewesen. Die erste hatte Damián noch nicht erfüllt – obwohl er sicher war, dass es nicht mehr lange dauern würde –, die anderen beiden aber erst recht nicht, und dabei hing die eine ja von der anderen ab. Eins war jedenfalls klar: Ohne Berenguela war nichts von alldem möglich. Ohne sie hatte Damián keine Zukunft.

Es klopfte.

»Herein!«, rief Damián laut.

Den Mann, der nun ins Zimmer trat, fand Doña Urraca von Anfang an merkwürdig, weil er Allüren zur Schau stellte, die seiner Stellung in keiner Weise angemessen waren. Er war unrasiert und trug einen schmutzig gelben, fleckigen Filzhut. Dass er den Hut in Anwesenheit einer Dame nicht abnahm, störte Damiáns Mutter ebenso wie sein schleichender Gang.

Der Mann spannte sie gehörig auf die Folter, bevor er endlich den Mund öffnete: »Mein Herr, ich komme, um Euch über das Wenige Bericht zu erstatten, was wir über Eure Ehefrau in Erfahrung bringen konnten.«

Hoffnungsvoll sprang Damián auf: »So sprecht doch, was habt Ihr herausbekommen?«

»Als Ihr mich angeheuert habt, habe ich zwölf meiner besten Männer losgeschickt, und ich versichere Euch, dass sie im ganzen Herzogtum gesucht haben. Sie haben in allen Gasthöfen, Schänken und Ställen herumgefragt, falls sich dort jemand an Eure Gattin erinnern sollte. Euren Anweisungen folgend, haben wir es auch in den Klöstern der Gegend probiert, für den Fall, dass sie sich in eins davon zurückgezogen haben sollte. Aber auch dort haben wir keinerlei Hinweise bekommen. Niemand hat Doña Berenguela gesehen, sie scheint sich einfach in Luft aufgelöst zu haben …«

Jetzt hielt Damián es nicht länger aus. Er interessierte sich nicht für eine Aufzählung gescheiterter Versuche, sondern nur für konkrete Ergebnisse.

»Ihr habt mir ja empfohlen, vor allem die italienische Konditorei im Auge zu behalten. Und da scheint es wirklich eine

Verbindung zu geben, weil ...« Der Kerl verschluckte sich, begann zu husten und drohte zu ersticken.

Damián eilte ihm zu Hilfe und hieb ihm mit solcher Wucht auf den Rücken, dass er ihn beinahe gegen die Wand geschleudert hätte.

»Himmel noch mal, jetzt sprecht doch endlich!«, drängte nun auch Doña Urraca.

»In Ord ... nung«, keuchte der Mann. »Wir haben herausgefunden, dass kurz nach dem Weggang von Doña Berenguela noch jemand verschwunden ist: der Ehemann oder Geliebte der Italienerin, oder was auch immer er sein mag. Und es hat uns niemand einen guten Grund dafür nennen können.«

»Schon am Tag von Berenguelas Untertauchen war ich beim Besuch der Konditorei sicher, dass Renata in die Angelegenheit verwickelt ist.« Damián kochte vor Wut.

Jetzt fiel Doña Urraca etwas ein. »Hat sie nicht diese drei Briefe an deinen Vater geschickt, die ich noch rechtzeitig abfangen konnte und die in Wirklichkeit von Berenguela stammten?«

»Ja, so habt Ihr es mir erzählt.«

Damián schickte den Mann weg, der ja doch nicht mehr viel zu berichten hatte, und mahnte ihn, nicht von der Suche abzulassen.

Wieder allein mit seiner Mutter, teilte er ihr mit, welche Entscheidungen er soeben getroffen hatte. »Ich lasse Euch noch heute Abend zum Hafen bringen, damit Ihr das erste Schiff in Richtung Heimat nehmen könnt. Mutter, ich vertraue auf Euch und diesen Mann, den Ihr bei den Ibáñez' eingeschleust habt. Von Euch beiden hängt die Zukunft unserer Familie ab.« Er küsste sie auf die Wange. »Ich selbst suche jetzt erst einmal dieses Miststück auf, und zwar augenblicklich ...«

Renata erschrak, als Damián zur Tür hereinkam. Sie begegnete ihm nicht zum ersten Mal seit Berenguelas Flucht, aber dieses Mal lag ein anderer Ausdruck auf seiner Miene.

Als er anfing, im Laden vor ihrer Kundschaft herumzubrüllen, bat Renata ihn, seinen Tonfall zu mäßigen und sie in den Hinterraum zu begleiten. Doch mit dem, was dort geschah, hatte sie nicht gerechnet. Sobald sich die Tür hinter ihnen geschlossen hatte, schlossen sich Damiáns Hände unbarmherzig um ihren Hals. Renata konnte nicht einmal protestieren, weil seine starken Finger jeden Laut erstickten. Berenguelas Mann zerrte sie zu einem der Arbeitstische und warf sie darauf, ohne den Druck seiner Hände zu lösen.

»Sag mir sofort, wo meine Frau steckt!«

Renata bekam kein Wort heraus; sie rang nach Luft.

Jetzt ließ Damián endlich von ihrem Hals ab, presste jedoch mit beiden Händen ihre Schultern auf den Tisch.

»Wo?«, brüllte er.

»Das solltest du doch am besten wissen!«, antwortete sie.

»Nein … Das können mir nur du und dein Liebhaber sagen. Wo ist er hin? Den hast du mit ihr zusammen weggeschickt, nicht wahr?«

Dass Damián Antonio erwähnte, machte Renata Sorgen. Sie fragte sich, woher er wohl von dessen Abwesenheit erfahren hatte. Aber sie nutzte die Zeit besser, um sich schnell eine passende Antwort zu überlegen. »Antonio besucht seine Familie in Siena. Sein Vater ist schwer krank …«

»Ich weiß genau, dass du mich anlügst, du Miststück!«

Wieder landeten Damiáns Hände an ihrem Hals.

Renata suchte nach einem Gegenstand, mit dem sie sich verteidigen könnte. Als ihre Hand im Halbkreis über die Tischplatte wanderte, verteilte sie dabei Reste von Mehl und Butter. Der Italienerin fiel ein, dass hier irgendwo noch ihr Nudelholz liegen müsste, aber sie fand es einfach nicht.

Zum Glück hatte Damián seinen Griff ein wenig gelockert.

»Der Lügner hier bist doch du!«, fauchte sie. »Du hintergehst deine Frau und alle, die sich auf Geschäfte mit dir einlassen!«

Vor Wut bebend, schob Damián ihr mit eindeutiger Absicht den Rock hoch. »Entweder machst du jetzt den Mund auf, oder …«

»Ich habe dir doch schon gesagt, dass ich nichts über Berenguela weiß. Lass mich los, du Untier!«, brüllte Renata und schrie um Hilfe.

Damián zerriss ihren Unterrock und wollte sich gerade an ihr vergehen, da stießen Renatas Finger endlich auf das Nudelholz. Sie ließ es mit einer solchen Wucht gegen Damiáns Schläfe prallen, dass sie ihn damit außer Gefecht setzte. Dann schob sie ihren in sich zusammengesunkenen Angreifer beiseite und rannte los, um Hilfe zu holen.

Als sie den Hinterraum verließ, bemerkten die Kunden erschrocken ihr zerrissenes Kleid, das wirre Haar und die mehlbedeckten Arme.

»Jemand soll den Amtsbüttel rufen!«

19

Qastiliya, Ifriqiya, November 1477

Während der Wochen des Unterrichts bei Mustafa ibn al-Baitar würde Hugo viel lernen.

Den wichtigsten Grundsatz verkündete der Meister aber gleich zu Beginn. Er erklärte Hugo nämlich, dass man zunächst alle Regeln vergessen müsse, um Kunst wirklich zu erleben.

So tat es ibn al-Baitar auch selbst, er setzte sich zum Beispiel darüber hinweg, dass im Islam Abbildungen von Menschen oder Tieren verboten waren.

Mustafa kombinierte seine Arbeit als Tierheiler mit drei weiteren Tätigkeiten: Er schmückte Moscheen und öffentliche Gebäude mit geometrischen Mustern, illustrierte die wunderschönen Bücher, die aus Ägypten zu ihm kamen, und fertigte unglaublich detaillierte anatomische Zeichnungen von Pferdekörpern an.

Mit der ersten dieser Tätigkeiten verdiente er Geld, die zweite erfüllte seine Seele und die dritte half ihm dabei, bei der Arbeit die richtigen Entscheidungen zu treffen.

Als sich Hugo mit den vieleckigen Mustern beschäftigte, die an Wänden, Decken oder Kuppeln von Gebäuden unendlich viele Male wiederholt wurden, zeigte Mustafa ihm, dass sie in Wirklichkeit alle von einer zentralen Figur ausgingen. Damit wurde Allah, der Einzigartige, dargestellt.

Wenn man es so betrachtete, waren die daraus entspringenden, miteinander verschlungenen geometrischen Borten nichts anderes als bewusst gewählte Symbole. Sie halfen den Gläubigen dabei, ihr Gebet durch die Wiederholung von Suren auf das Zentrum, auf Gott auszurichten.

Beim Illustrieren von Büchern hatte Mustafa freiere Hand. Er malte Szenen aus dem Alltagsleben, von Spielen oder von der Jagd. Hier gab es keine Regeln außer den Grenzen seiner Fantasie.

Hugo lernte von seinem Meister, Farben herzustellen, die dieser als Gouache bezeichnete. Sie entstanden durch die Kombination von Gummiarabicum als Verdickungsmittel, Mineralpigmenten und einem porösen Stein namens Talk. Dessen feines weißes Pulver verlieh Bildern aus solcher Farbe eine besondere Textur und eine überraschend matte Oberfläche.

Mustafa zeigte Hugo auch, dass er beim Malen seiner Miniaturen eine erhöhte Perspektive einnahm, von oben auf die Figuren hinabblickte. Weil sie seinen Träumen entstammten, wollte er so die Distanz zu ihnen wahren. Und er erläuterte ihm den Grund dafür, dass er den Himmel und vertraute Gegenstände in einer anderen Farbe malte als üblich. Er wollte die Dinge nicht so abbilden, wie sie waren, sondern sie in symbolischer Form zeigen.

Hugo saugte jede Erklärung mit derselben Begeisterung in sich auf, mit der Mustafa sie vorbrachte.

Beobachtung, Gefühl und Leidenschaft – diese drei Begriffe wiederholte der Tierheiler jedes Mal, wenn er über Methoden sprach, mit denen man eine Idee, eine Szene oder ein persönliches Erlebnis in ein Bild übertragen konnte.

Wurden diese drei Schritte nicht befolgt, war die Malerei seiner Meinung nach etwas rein Mechanisches, eine seelenlose Tätigkeit.

Hugo lernte unendlich viel, selbst dann, wenn er Mustafa

nur bei seinen Arbeitsterminen begleitete. Er begann, Pferde und Kamele mit ganz anderen Augen zu betrachten als bisher, prägte sich ihre Gestalt und einzelne Körpermerkmale ein, um sie in einem anderen Moment wieder abrufen zu können.

»Hugo, heute möchte ich gern sehen, wie du den Text in diesem neuen Kapitel illustrieren würdest.«

Sie saßen am Arbeitstisch vor einem weißen Pergament. Daneben lag das Buch, das als Ausgangspunkt für Mustafas neuen Auftrag diente: ein zu bebildernder Gedichtband.

»Dabei werdet Ihr mir aber helfen müssen, weil ich nicht Arabisch lesen kann.«

Der Meister tat wie geheißen, nahm das Buch und las den Text vor.

Es ging darin um die Tugenden, die man für seinen Weg auf dem steinigen Pfad des Lebens braucht. Die Geschichte handelte von einem Jüngling, der eine riesige Wüste durchqueren wollte und einen alten Mann fragte, wie er das bewerkstelligen könne. Der Greis erklärte ihm, dass er zur Erfüllung dieses Traums immer drei Steine bei sich tragen müsse: einen Topas, einen Smaragd und einen Rubin. Sie symbolisierten die drei Tugenden, die ihn auf die andere Seite des gefährlichen Sandmeeres tragen würden, zur Oase, in der ein glückliches Leben auf ihn wartete.

Mit den drei Steinen in der Tasche brach der junge Mann zufrieden auf und war bereit, sich unterwegs jeder Aufgabe zu stellen. Als er schon länger unterwegs war, litt er eines Tages jedoch so sehr unter der unerträglichen Hitze, dass er an den Worten des alten Mannes zu zweifeln begann. Und genau in diesem Moment fiel ihm der Topas aus der Tasche. Er hob den Stein wieder auf und wollte dem Greis gern glauben: Wenn er diese Juwelen bei sich trug, würde er erfolgreich die Wüste durchqueren. Tage später fiel dann der Smaragd herunter, als der junge Mann gerade alle Hoffnung verloren hatte, sein Ziel zu erreichen. Aber auch diesen Stein hob er wieder auf, fest entschlossen, den Weg fortzusetzen. Als er ein paar Tage darauf eine Palme und eine Wasserstelle entdeckte, ließ er zunächst sein Kamel trinken, das mehr Durst zu haben schien als er selbst. Das Tier starb jedoch, weil das Wasser verseucht war, und der Jüngling begriff, dass seine großmütige Entscheidung ihm das Leben gerettet hatte. Am Ende erreichte er schließlich die ersehnte Oase und wurde dort von dem Greis erwartet. Nach der ersten Freude über seine Ankunft erklärte ihm der alte Mann, dass die drei Juwelen für Glauben, Hoffnung und Güte standen. Nur dadurch, dass er keinen der Steine verloren hatte, hatte der junge Bursche sein Ziel erreicht.

Hugo hatte sich das Gedicht angehört und überlegte eine Weile. Dann griff er nach einem feinen Pinsel und tauchte ihn in eine Schale zinnoberroter Farbe. Damit warf er ein paar Linien aufs Pergament, die eine Wüstenlandschaft darstellen sollten. Hugo fuhr mit dem Finger über die Linien, um die Farbe nach unten zu verstreichen, und erschuf interessante Schattierungen, indem er den Druck variierte.

Aufmerksam sah Mustafa dabei zu, wie Hugo schließlich drei Steine mitten auf dem Pergament positionierte, so als würden sie schweben, und sie blau, grün und rot ausmalte.

Auf der linken Seite deutete er die Figur eines jungen Mannes ohne Gesicht an. Auf der rechten einen Greis mit Umhang, der im Schatten eines grünen, feuchten Palmenhains hockte.

Um das Bild zu vollenden, fügte Hugo am Himmel noch eine Nachmittagssonne hinzu. Für all das brauchte er etwas mehr als eine Stunde.

Als er den Pinsel schließlich sinken ließ und auf die Palette legte, wusste er mit einem Blick in Richtung Mustafa sofort, dass er den Meister überzeugt hatte.

»Die meisten Menschen können nicht lesen, Hugo. Daher ist es so wichtig, dass Maler, Architekten und Bildhauer Nachrichten durch Symbole vermitteln, so wie du es hier gerade wunderbar getan hast. Wer auch immer dein Werk sieht, kann den Sinn des Gedichtes erfassen. Dafür braucht man nicht lesen zu können, sondern muss nur von jemandem durch die einzelnen Stationen des Bildes geführt werden. Hier liegt der Schlüssel zu unserem Talent, und ich sage ›unserem‹, weil du zweifellos auch darüber verfügst. Stell es in den Dienst des Nächsten … Erschaff mit deinen Bildern Symbole, die das Verständnis von tief greifenden Konzepten erleichtern. Beweg die Menschen, ruf in ihnen dieselben Gefühle wach, die auch du beim kreativen Prozess durchläufst.«

Hugo bewahrte diese Ratschläge tief in seinem Inneren. Er hatte begriffen, dass er hier viel mehr lernte als nur die eine oder andere Maltechnik. Und er war froh, sich dazu entschlossen zu haben, drei Wochen bei Meister Mustafa ibn al-Baitar zu verbringen. Hier erkannte er nämlich, wie viel es im Leben für ihn noch zu ergründen gab und dass die Malerei ihm dabei helfen konnte. Außerdem hatte er durch Mustafa gelernt, das Zeichnen nicht mehr nur als rein privaten Zeitvertreib zu sehen, nicht bloß als Ventil für seine Gefühle, sondern auch als wunderbares Mittel, sich anderen mitzuteilen.

Am Ende seiner dritten Woche in Qastiliya wurde Hugo langsam unruhig, weil Azerwan nicht eintraf. Eigentlich hätte doch zwei Wochen nach seiner Abreise die neue Salzkarawane mitsamt Aos aufbrechen sollen. Als Hugo auch ein paar Tage später immer noch nichts von seinem Freund gehört hatte, machte er sich allein auf den Rückweg. Er vertraute darauf, die Karawane unterwegs zu treffen.

Nach einer achttägigen Reise näherte er sich endlich der Oase, machte sich aber große Sorgen, weil er Azerwan unterwegs nicht begegnet war. Auf dem Rücken seines Kamels überblickte er von einem Ausläufer der Lagune aus die letzte Meile bis zu ihren Hütten. Um die Gebäude herum war keinerlei Aktivität zu erkennen.

Hugo trieb sein Reittier zur Eile an, und als er fast angekommen war, sah er auf der leuchtenden Oberfläche des Salzsees eine leblose Gestalt.

Von einer düsteren Vorahnung erfüllt, schlug Hugo diese Richtung ein und zwang das Kamel auf die knirschende Salzschicht. Noch bevor es zum Stehen kam, sprang er ab und lief angsterfüllt zu der Leiche hinüber. Der Gestank verschlug ihm den Atem, und er hatte Mühe, die dichte Wolke aus Fliegen rund um den Toten zu verscheuchen. Als Hugo ihn schließlich umdrehte, erkannte er einen der neuen Arbeiter, dem jemand die Kehle durchgeschnitten hatte.

Der grauenhafte Anblick traf ihn wie ein Schlag. Er begann zu zittern, und Angst um seine Freunde packte ihn.

Rasch griff er nach dem Zaumzeug des Kamels und zerrte das Tier hinter sich her, um so schnell wie möglich die Hütten der Oase zu erreichen.

Doch noch bevor er dort ankam, fand er einen weiteren toten Arbeiter, der auf dem Rücken lag und mit Messerstichen übersät war.

Hugo rief aus vollem Halse nach Azerwan, bekam aber keine Antwort und rechnete angesichts der Stille im Lager bereits mit dem Schlimmsten. Tatsächlich traf er seinen Freund und Ubayda auch in der gemeinsam bewohnten Hütte nicht an.

Als er wieder aus dem Häuschen herauskam, schaute er sich in alle Richtungen um. Dass er gleich darauf drei weitere Männer leblos im Sand fand, steigerte seine Furcht ins schier Unerträgliche. Einer der Toten war Omar, dem man die Kehle durchtrennt und die Genitalien verstümmelt hatte.

Der furchtbare Anblick erfüllte Hugo mit Schmerz und trieb ihm die Tränen in die Augen, denn er hatte den jungen Mann wirklich ins Herz geschlossen. Omar hatte ihn gern Arabisch gelehrt und ihm am Abend oft Gesellschaft geleistet. Im Laufe der Zeit hatte der redegewandte junge Mann Hugo seine tiefsten Geheimnisse anvertraut. Jetzt drehte Hugo seinen Leichnam lieber auf den Bauch, um die Spuren des furchtbaren Gemetzels zu verdecken.

Er fragte sich, was er tun, wohin er sich wenden sollte. In diesem Moment wurde die Panik so groß, dass er Mühe hatte, sich aus seiner knienden Position wieder zu erheben, und beinahe in den Sand gestürzt wäre. Keuchend vor Angst, schleppte er sich zu den anderen beiden Toten hinüber. Ihre Haltung und der aufgewühlte Sand um sie herum ließen vermuten, dass hier vor ihrem Tod ein erbitterter Kampf stattgefunden hatte.

Hugo war klar, dass kein anderer als Aos für dieses Blutbad verantwortlich sein konnte. Nicht erklären konnte er sich allerdings, wie dieser allein so viele Männer hatte überwältigen können.

Panisch suchte er die Umgebung ab und fürchtete dabei ständig, auch auf die sterblichen Überreste von Azerwan und Ubayda zu treffen. Aber er fand seine Freunde einfach nicht. Was war aus ihnen geworden? Wie in einem Labyrinth irrte Hugo kopflos durch den Palmenhain, bis ihm plötzlich in den Sinn kam, dass sie sich vielleicht in die Mine gerettet hatten.

Schnurstracks rannte er zur Nordseite der Grube, lief die Strecke, die er so oft zusammen mit seinem Geschäftspartner zurückgelegt hatte. Als er aus dem Palmenhain trat und auf den Eingang zuhielt, fand er dort tatsächlich Azerwan.

Beim Anblick seines Freundes fiel Hugo auf die Knie und begann bitterlich zu weinen. Es schnürte ihm die Luft ab, und sein Herz war von so unendlichem Schmerz durchbohrt, dass er glaubte, sterben zu müssen.

Mit durchtrennter Kehle und besudelt mit seinem eigenen inzwischen getrockneten Blut lag sein bester Freund vor ihm. Man hatte Azerwan das Leben entrissen, seine Träume zerstört, direkt am Eingang zur Salzmine, um die er so entschlossen gekämpft hatte. Mit seinem Plan hatte der Maure den Weg in die Unabhängigkeit angestrebt. Aber nun hatte sein selbstbestimmtes Leben hier, wo es angefangen hatte, auch sein Ende gefunden.

Trotz seines schrecklichen Todes lag ein milder Ausdruck auf Azerwans Zügen. Es wirkte fast so, als hätte sein Freund diese Welt ohne Groll verlassen, vielleicht sogar mit dem Gefühl, alles je Ersehnte erreicht zu haben.

Hugo musste an ein Sprichwort denken, das Azerwan an Bord der Santa Ana auf dem Weg zum Ende der Welt mit ihm geteilt hatte. Beim Anblick von Azerwans trockenen Lippen stellte sich Hugo vor, wie schön es wäre, es noch ein letztes Mal aus dem Mund seines Freundes zu hören: »Hugo, die Vergangenheit ist verflogen, und das, was du erwartest, liegt in weiter Ferne, aber die Gegenwart gehört dir …«

Während er den leblosen Körper noch einmal umarmte, musste sich Hugo eingestehen, dass seine Gegenwart hier an diesem Ort nun zum Ende kam. Jetzt musste er sich auf die Suche nach etwas machen, was in weiter Ferne lag … Etwas in seiner neuen Zukunft, was er noch nicht benennen konnte.

Dann schloss Hugo Azerwan die Lider, um ihm nicht noch mehr Zeit zu rauben. Er sollte so schnell wie möglich das Ziel eines jeden guten Muslims erreichen: mit eigenen Augen die Huris betrachten können, die ihn gewiss in den ruhmreichen Gärten des Himmels in Empfang nehmen würden.

Nachdem Hugo Azerwan das Gesicht zugedeckt hatte, entschied er sich dagegen, sich sofort um ein würdiges Begräbnis zu kümmern. Erst einmal musste er seine verzweifelte Suche nach Ubayda fortsetzen. Dabei suchte er zunächst im Inneren der Mine, dann rund um die Oase und schließlich am Ufer des Salzsees, aber ohne Erfolg.

Hugo überlegte, dass Aos Ubayda wahrscheinlich mitgenommen hatte, genau wie die fehlenden Kamele. Dem Zustand der Leichen nach zu urteilen waren sie vermutlich seit zwei oder drei Tagen tot, und genauso viel Vorsprung hatte Aos vor Hugo, wenn dieser ihm auf der Suche nach Ubayda folgen wollte.

Und das würde er auch, beschloss der junge Mann. Zunächst wollte er aber alle begraben, das verbleibende Geld aus seinem Versteck holen und sich auf seine lange Reise ohne Wiederkehr vorbereiten.

Hugo brauchte fast einen ganzen Tag, um die Gräber für die sechs Männer auszuheben und die Toten zu beweinen. Dann stellte er kleinmütig fest, wie wenig finanzielle Mittel ihm geblieben waren. Er würde in Qastiliya einen Zwischenhalt einlegen müssen, um bei seinem Kunden die Zahlung für die beiden letzten Salzlieferungen abzuholen. Das Salzvorkommen würde Hugo nicht verkaufen können, weil er nirgendwo offiziell als Besitzer verzeichnet war, deswegen würde diese Summe sein einziges Startkapital darstellen. Da er dem Bankier Martín de Soria eine ungeheure Summe schuldete, bedrückte dieser Gedanke Hugos vom Blutbad bereits geschundenes Herz noch weiter.

Als dieser quälend lange Tag dann endlich zur Neige ging, bekam Hugo kurz vor Einbruch der Dämmerung überraschend Besuch von Aylal. Der Falke ließ sich auf seinem Arm nieder, legte die Flügel an und musterte ihn mit einem Blick, der anders war als zuvor. Seine tiefen schwarzen Augen schienen prüfend in ihn hineinzusehen. Fast wirkte es, als wüsste der Vogel, welches Unglück über ihn hereingebrochen war.

Hugo, der Aylals Verhalten gern als Zeichen der Zuneigung verstehen wollte, strich dem Falken liebevoll über die Flügel. »Wenn ich doch nur fliegen könnte wie du, um dieser Hölle zu entkommen!«

Jetzt richtete Aylal mit der majestätischen Haltung, die ihrer edlen Art zu eigen war, den Blick auf den Horizont. Sie stieß drei lange Schreie aus, legte den Kopf nach hinten und plusterte die Federn auf. Trotz seines beschränkten Verstands wusste der Vogel instinktiv, dass er diesem Menschen nie mehr von der Seite weichen würde.

Als die Sonne schließlich am Horizont verschwand, wunderte sich Hugo darüber, dass Aylal heute nicht davonflog. Er fuhr ihr mit dem Finger über den Rücken und freute sich über ihre Gesellschaft, die einzige, die ihm an diesem einsamen Ort noch blieb. Weil er nicht in der Hütte voller Erinnerungen schlafen wollte, legte er sich schließlich unter dem Sternenhimmel nieder, begleitet von jenem Vogel, der aus unerklärlichen Gründen auf einem Stein an seiner Seite verharrte.

Am nächsten Tag stand Hugo schon im Morgengrauen auf, um vor der erdrückenden Mittagshitze eine möglichst weite Strecke zurückzulegen.

Er hatte das Gefühl, einen Teil von sich zurückzulassen – den geliebten Geschichtenerzähler, der ihm die Türen zu seiner Existenz geöffnet hatte, und den jungen Omar, auf dessen Überzeugungen er hatte einwirken können, außerdem einen gewaltigen Traum in der Form von Salz.

Er hatte nur wenig Gepäck, ein Kamel und einen Falken, der auf seinem Arm thronte.

Weiter im Norden waren zwei Männer auf Kamelen ebenfalls auf dem Weg nach Qastiliya und zu Carlo Fetranni, dem Kontaktmann der Familie Barbieri.

Die beiden Männer waren auf der Suche nach Hugo, und Hugo war auf der Suche nach Fetranni, um sein Geld zu holen und endlich dieses verdammte Kapitel seines Lebens abzuschließen.

Teil drei

DAS LICHT VON GLAS UND LEIDENSCHAFT

Wenn Leidenschaft und Wahnsinn nicht manchmal durch unsere Seelen gingen … Was wäre das Leben wert?

JACINTO BENAVENTE

1

Qastiliya, Ifriqiya, Dezember 1477

In Qastiliya lockte Aylal viele Schaulustige an, die Hugo durch die Straßen der Stadt bis zum Haus seines Freundes und Mentors Mustafa ibn al-Baitar folgten.

Hugo hörte, wie sie einander versicherten, dass sie zwar noch nie zuvor einen weißen Falken gesehen hätten, dass er aber ganz gewiss ein Vermögen wert sei.

Auf Hugos Arm beäugte Aylal sie von der Höhe des Kamels aus argwöhnisch. Als Hugo bemerkte, dass sie unruhig wurde, setzte er ihr die Kapuze auf.

Anders als der Vogel musterte er selbst die Gesichter eifrig, entdeckte Aos aber nicht in der Menge. Mehr als einmal war er versucht herumzufragen, hielt sich aber zurück, denn er wollte auf diesem feindlichen Terrain nicht noch mehr Aufmerksamkeit erregen und lieber zunächst bei Mustafa vorbeischauen, den er um Rat und Hilfe bitten wollte.

Beim Tierheiler angekommen, öffnete einer von dessen Gehilfen Hugo das Eingangstor und schickte die Neugierigen weg, bevor er es wieder schloss.

»Ist er zu Hause?«

»Ihr habt Glück, mein Herr, er ist gerade von einem Termin zurückgekehrt und zieht sich eben um. Wenn Ihr wartet, wird er sofort für Euch da sein. Möchtet Ihr in der Zwischenzeit vielleicht ein Glas kühles Wasser?«

»Dafür wäre ich Euch äußerst dankbar.«

Mit Aylal auf dem Arm stieg Hugo vom Kamel. Er machte im Hof einen Busch ausfindig und setzte den Falken dort auf einen Ast. Nachdem er dem Vogel die Haube abgenommen hatte, musterte dieser seine Umgebung und begann dann gemächlich sein Brustgefieder zu putzen.

Hugo machte sich daran, die üppigen Blumenranken zu betrachten, die im Hof Torbogen und Pfeiler verzierten, da erschien nach ein paar Minuten auch schon Mustafa mit freundlich lächelnder Miene. Als er Aylal bemerkte, ging er verblüfft zu ihr hinüber. »Ja, wen haben wir denn hier?«

»Ich habe sie in der Wüste gefunden ... Oder vielmehr sie mich.«

Hugo schüttelte seinem Meister mit solchem Nachdruck die Hand, dass dessen Aufmerksamkeit jetzt endlich ihm zuteilwurde. Hugos beklommener Gesichtsausdruck ließ schlechte Nachrichten befürchten.

»Ist irgendetwas vorgefallen?«

Mit hastigen Worten beschrieb ihm Hugo, was am Salzsee geschehen war. Ihm war es wichtiger, Ubayda und den Urheber des Massakers zu finden, als sich mit Details aufzuhalten.

Voller Entsetzen starrte Mustafa ihn schweigend an. Er kannte Aos seit seiner Kindheit, war mit ihm zusammen aufgewachsen und zur Schule gegangen. Natürlich war er sich Aos' extremer religiöser Überzeugungen bewusst gewesen, er wollte aber einfach nicht glauben, dass sein alter Freund zu solcher Grausamkeit fähig war. Die Empörung des Tierheilers wurde jedoch zu rasendem Zorn, als er erfuhr, dass sich unter den Toten auch ein geliebter Vetter von ihm befand, den er persönlich Azerwan und Hugo als Arbeiter vermittelt hatte.

»Ich weiß einfach nicht, was ich tun soll ...«, erklärte Hugo. »Leider bin ich mit Euren Gesetzen nicht vertraut und könnte nicht einmal sagen, bei wem ich diese Morde melden muss. Vielleicht ist Aos in Qastiliya, womöglich hat er sich aber auch irgendwo anders versteckt. Sicher ist nur eins: Sein Verbrechen darf auf keinen Fall ungesühnt bleiben. Deshalb bin ich zu Euch gekommen, damit Ihr mir helft, ihn aufzuspüren, die Frau zu retten und Aos seiner gerechten Strafe zuzuführen. Habt Ihre eine Idee, wie man das bewerkstelligen könnte?«

Mustafa rief seinen Gehilfen und trug ihm auf, ein Pferd zu satteln. Hugo riet er, in seinem Haus auf ihn zu warten, bis er Aos gefunden hatte.

Das kam für Hugo allerdings nicht infrage. Als Mustafa sah, wie wild entschlossen der junge Mann war, ließ er daher ein zweites Reittier fertig machen. Während sie auf die Pferde warteten, legte er Hugo seinen Plan dar: »Wir schauen zunächst bei Aos zu Hause vorbei, um sicherzugehen, dass er sich nicht dort aufhält. Falls wir ihn da nicht antreffen, habe ich eine Vermutung, wo er sich versteckt halten könnte … Ich weiß auch nicht, aber vielleicht hat er sich ja an einen Ort zurückgezogen …«

Mustafa führte seinen Satz nicht zu Ende. Er war unsicher, zögerte, Hugo drangte ihn jedoch, sich klar und deutlich auszudrücken.

»Als Kinder haben wir uns oft in Höhlen am Fuße eines Berges versteckt, die wir durch Zufall entdeckt hatten. Wir waren von ihnen begeistert, weil sie für Nichteingeweihte beinahe unauffindbar waren. Vielleicht hat sich Aos wieder daran erinnert. Solange man nur ausreichend Proviant und Wasser dabeihat, sind sie der ideale Ort, um für einige Zeit zu verschwinden. Falls er sich wirklich dorthin zurückgezogen haben sollte, fürchte ich leider um Eure Freundin. So viele Stunden allein und ohne Zeugen … Aber er ist schließlich Mudschahed, vielleicht rettet sie das ja … Wer weiß.«

»Was ist denn ein Mudschahed?«

Nun wurden die Pferde gebracht.

»Ein Gläubiger, der sich dem Heiligen Krieg verschrieben hat …« Eilig stieg Mustafa in den Sattel. »Es sind Männer, die ihr Leben ganz dem Islam widmen. Sie stehen wie Soldaten im Dienste eines Imam oder einer anderen religiösen Autorität. In der muslimischen Gesellschaft sind sie hoch angesehen, und sie zeichnen sich dadurch aus, stets streng die Regeln des heiligen Buches zu befolgen. Außerdem leben sie im Zölibat – nicht alle, aber die meisten von ihnen. Falls Aos zu ihnen gehören sollte, wäre die Frau, die du suchst, zumindest diesbezüglich sicher.«

Auch Hugo erklomm sein Pferd, nahm auf seinem Arm Aylal in Empfang, ballte die Fäuste und schwor mit einem Blick gen Himmel Rache.

In einem anderen Teil der Stadt schoben sich Policarpo Ruiz und sein Handlanger im Gewusel des Basars mühsam durch die Menschenmenge. Sie folgten der Wegbeschreibung, die man ihnen gegeben hatte, und suchten das Haus von Barbieris Kontaktmann. Allerdings hatten sie sich in den gewundenen Gässchen voller Passanten schon mehrmals verlaufen. Sie hielten Ausschau nach einem schmalen Durchgang zwischen zwei Läden: einem Schuhgeschäft und einem, das für seine Silberwaren bekannt war. Aber aus irgendeinem Grund hatten sie bislang keines gefunden.

Den beiden Männern entging nicht, dass sie als Europäer hier auffielen und viele missbilligende Blicke ernteten. Und als sie nach einer Weile die Zurückhaltung aufgaben, die für Ausländer in solchen Situationen ratsam war, und anfingen, sich rücksichtslos durch die Menge zu drängen, weil sie genug davon hatten, Entgegenkommenden ständig Platz zu machen, wurden Proteste laut.

Um ihre Suche zu beschleunigen, fragten sie an einigen Ständen nach dem Weg, aber niemand verstand sie.

»Ich habe einen Bärenhunger!«, klagte Policarpos Handlanger zuletzt. »Wenn wir nicht bald irgendwo etwas essen, gehe ich keinen Schritt weiter. Ihr seid gewarnt!«

Mit erhobener Faust fuhr Ruiz zu ihm herum und hätte ihm wohl die Nase gebrochen, wenn sein Kumpan den Schlag nicht rechtzeitig abgewehrt hätte.

»Ich kann ja verstehen, dass Ihr erschöpft und des Suchens überdrüssig seid. Dennoch – solange wir nicht mit diesem Carlo gesprochen haben, dürft Ihr Euch auch den dicken Wanst nicht vollschlagen.« Policarpo runzelte die Stirn. »Und je weniger Zeit wir hier verbringen, desto besser. Diese Leute hier schätzen uns nämlich ganz offensichtlich nicht.«

In diesem Moment traten ein Stück entfernt drei Männer mit finsterer Miene aus der Menge hervor, und drei Frauen an ihrer Seite deuteten auf die Europäer. Policarpo wusste nicht, was es damit auf sich hatte, rief seinem Begleiter aber zu, besser die Beine in die Hand zu nehmen. Sie machten kehrt und sausten in vollem Tempo durch die angrenzenden Gässchen, wobei sie noch weniger auf die entgegenkommenden Fußgänger acht gaben. Hier und da rannten sie jemanden über den Haufen, während andere Passanten gerade noch rechtzeitig zur Seite springen konnten. Dabei rollte jedoch die Auslage von mehr als einem Obststand über den Boden.

Das Ganze gefiel Policarpo überhaupt nicht. Er war sich bewusst, dass sie sich ohnehin in einer schwierigen Lage befanden, und statt diskret zu sein, hatten sie seit ihrer Ankunft ständig die allgemeine Aufmerksamkeit auf sich gezogen.

Nachdem sie mühsam eine Schafherde umrundet hatten, erreichten die beiden Männer eine breitere Straße. Hier war ihnen endlich das Glück hold: Zwischen den beiden beschriebenen Geschäften entdeckten sie das Haus des Venezianers. Sie stürzten in den Durchgang und verbargen sich dort in einem Winkel, bis ihre Verfolger vorbeigerannt waren.

Vor ihnen lag ein hölzernes, mit Punzierungen verziertes Tor, das groß genug war, um einen Reiter durchzulassen. Policarpo trat näher und klopfte an.

Carlo Fetranni war kein Barbieri, aber fast. Er hatte nicht nur das ganze Leben für diese Familie gearbeitet, sondern konnte auf Nachfrage auch eine lange Reihe von Namen herunterrattern, die bewiesen, dass er ein Vetter dritten Grades war. Genau das tat er jetzt, als Policarpo sich im Arbeitszimmer ihm gegenüber niederließ.

Sein Begleiter war draußen im Hof geblieben, wo er sich mangels etwas zu beißen eben an einem Glas Wasser mit Zitronensaft gütlich tat.

»Aber ich nehme an, dass Ihr nicht hier seid, weil Ihr Euch für meinen Stammbaum interessiert«, schloss Fetranni und bot seinem Besucher ein Tablett mit gerösteten Mandeln an.

Policarpo Ruiz griff zu.

»Also, was bringt Euch hier in diese fernen Lande?«

»Ich arbeite schon seit vielen Jahren für eine Familie aus Burgos, die de Covarrubias'. Wie lange genau, könnte ich gar nicht sagen …« Er schaute zur Decke hinauf, so als wäre die Antwort dort oben zu finden. »Wisst Ihr, mit denen geht es mir so wie Euch mit den Barbieris. Ich stehe schon mein Leben lang in ihrem Dienst …«

Carlo setzte ein wohlwollendes Lächeln auf. Wenn dieser Fremde nicht aus finanziellen Gründen bei ihm vorsprach, würde er ihn vielleicht sogar ganz sympathisch finden.

»Aber nun zum Anlass meines Besuchs«, fuhr Policarpo fort. »Ich suche nach einem der de Covarrubias', nämlich nach Hugo, mit dem Ihr bekannt seid, soweit ich weiß.«

Der Venezianer nickte.

»Ich soll ihm eine Nachricht von seinem Vater übermitteln, die so wichtig ist, dass ich sie persönlich überbringen muss. Die Familie weiß nur, dass Hugo in der Nähe dieser Stadt lebt, kennt aber den genauen Ort nicht. Damián de Covarrubias hat vor einiger Zeit eine Zahlungsanweisung erhalten, die Ihr selbst ausgestellt habt und mit der eine Schuld zwischen den beiden Brüdern beglichen wurde. Daraufhin habe ich Lucio Barbieri aufgesucht und von ihm Eure Adresse erhalten. So weit, so gut. Jetzt müsste ich nur noch wissen, wo genau ich Hugo finden kann.«

Diese Ausführungen beruhigten Carlo, seine Antwort war für Policarpo jedoch eine Enttäuschung.

»Ihr bezahlt also einfach nur für das gelieferte Salz und kennt die exakte Lage der Mine auch nicht?«, sagte Policarpo. »Aha … Und wisst Ihr eventuell, wen ich danach fragen könnte?«

»Den einzigen Hinweis könnte Euch vielleicht Imam Abdullah geben. Er versorgt die Mine gelegentlich mit Arbeitern. Und falls er ihre Position selbst nicht kennt, dann doch wenigstens einer seiner Männer, die dort gewesen sind. Den Imam findet Ihr in der großen Moschee, die sich direkt neben dem Markt befindet. Ihr könnt sie gar nicht verfehlen.«

Policarpo bedankte sich für die Informationen und den freundlichen Empfang und verabschiedete sich.

Zurück in den labyrinthischen Gassen, folgte er den Anweisungen des Venezianers, um den Basar genau an der Stelle zu verlassen, wo er auf die Moschee stoßen würde.

Unterwegs überschlugen sich in Policarpos Kopf die Gedanken. Es gestaltete sich schwieriger als erwartet, an Informationen über Hugos Verbleib zu gelangen. Auch die Tatsache, dass sie ihn wohl außerhalb der Stadt suchen mussten, sagte ihm überhaupt nicht zu. Hugo würde dort draußen von seinen Arbeitern begleitet und beschützt werden. Aber nachdem sie Hugos wegen diese lange Reise auf sich genommen hatten, würden sie jetzt keinen Rückzieher machen, bloß weil es kompliziert wurde.

Sein hungriger Begleiter, der die ganze Zeit ungeduldig auf eine Essenspause drängte, holte Policarpo Ruiz in die Gegenwart zurück. Sie machten an einem Stand mit süßem Backwerk halt, kauften davon ein halbes Dutzend und setzten dann ihre Suche nach dem Imam fort.

Aber wie sollten sie sich mit ihm verständigen, wenn sie kein einziges Wort Arabisch sprachen?, fragte sich Policarpo, während er an dem einzigen Gebäckstück knabberte, das sein Handlanger ihm übrig gelassen hatte.

Im selben Moment galoppierten in der Nähe von Qastiliya vier Männer über einen trockenen Berghang. Sie hofften, Aos in den Höhlen zu finden, die Mustafa ibn al-Baitar erwähnt hatte. Zuvor hatten sie im Haus des Mudschahed vorbeigeschaut, wo man ihn aber seit Monaten nicht mehr gesehen hatte.

Auf dem Rücken einer Stute dachte Hugo an den Anblick seiner toten Freunde zurück, um sich selbst zur Entschlossenheit anzutreiben. Er schien die Wut im Bauch zu brauchen, um sich gleich diesem Monster stellen zu können, wenn sie es denn in den Höhlen antreffen sollten.

Um beim Galopp nicht das Gleichgewicht zu verlieren, bohrte Aylal ihm die Krallen so fest in den Arm, dass Hugo sie nach einer Weile lieber fliegen ließ. Begeistert schwang sich der Falke in die Lüfte, schlug zunächst heftig mit den Flügeln, um an Höhe zu gewinnen, und ließ sich dann ohne Anstrengung von einer warmen Brise tragen.

Mustafa zog sich das schützende Tuch vom Gesicht, um Hugo zu signalisieren, dass er das Tempo drosseln sollte.

Dabei zeigte er auf eine zwanzig bis dreißig Klafter entfernte Stelle.

Sie ließen die Pferde in einem Palmenhain zurück und stiegen schweigend, so lautlos wie möglich, den Rest des Hangs zu Fuß hinauf.

Nach etwa der Hälfte des Wegs schien der Berg plötzlich wie von einem langen Spalt zerrissen. Diese Kluft war von riesigen, übereinanderliegenden Felsbrocken gesäumt, die den Eingang zu einer Höhle verbargen. Sie war so hoch, dass man selbst Reittiere darin verstecken konnte. Hugo und Mustafa tasteten sich an einer Felswand entlang, sorgsam darauf bedacht, keine Steinchen loszutreten. Die zwei Helfer, die sie begleiteten, folgten den Anweisungen des Tierheilers und kletterten auf beiden Seiten der Öffnung hoch, um sie von oben zu überblicken, falls Aos hier irgendwo auf der Lauer liegen sollte.

Zur Sicherheit warteten Hugo und sein Meister so lange an einer halb verborgenen Stelle ab. Vor Wut und Aufregung keuchend, umklammerte Hugo mit einer Hand den Griff eines Krummschwerts, mit der anderen den eines Dolches, während er in die Dunkelheit der Höhle starrte, in der sich womöglich sein schlimmster Feind befand.

Auch Mustafa blickte in die Finsternis, behielt aber gleichzeitig die Öffnung und seine Männer im Auge. Da stürzte zu ihrem Entsetzen einer der beiden ganz in der Nähe in die Tiefe.

»Such die Frau in der Höhle!«, rief Mustafa Hugo zu. »Ich kümmere mich um diesen Mörder!«

Hugo rannte so hastig ins Innere des Berges, dass er in der Finsternis ein paarmal über Unebenheiten am Boden stolperte. Immer wieder brüllte er Ubaydas Namen, bis er zwei an einen Felsen gebundene Kamele entdeckte und einen Moment stehen blieb, damit sich seine Augen an die Dunkelheit gewöhnten.

»Ubayda! Ich bin es, Hugo!«, rief er aus vollem Halse. »Ubayda?«

Am lautesten war das Echo zu hören, ihm kam es jedoch vor, als ertöne aus einem Winkel der Höhle eine leise Stimme. Er stürzte in diese Richtung, ohne sich darum zu scheren, was sich in diesem Moment wohl draußen abspielte. Gebückt schob er sich durch eine Felsöffnung und kroch schließlich auf Knien durch einen engen Tunnel. An dessen Ende war hinter einer kleinen Krümmung nach rechts ein Licht zu erahnen.

Jetzt erklang die Stimme der Frau bereits lauter. Der enge Gang endete in einer recht großen Höhle, in der Ubayda mit dem Rücken zur Wand gefesselt am Boden lag.

»Hugo … Hugo …«, stammelte sie und brach in Tränen aus.

»Ganz ruhig, jetzt ist ja alles vorbei.« Er kniete sich hin, um ihr die Fesseln abzunehmen.

Endlich wieder frei, schlang Ubayda die Arme um ihn. Natürlich war sie erleichtert, zugleich jedoch innerlich von Qual zerrissen, von Schmerz überwältigt. »Er hat alle umgebracht, einfach alle … Es war grauenhaft!«

»Ich weiß, nach meiner Rückkehr zur Oase habe ich ihre Leichen gefunden. Damit sie zumindest in Frieden ruhen können, habe ich alle begraben.«

»Hugo … Ich will ihn tot sehen!«, rief Ubayda und schüttelte vor Zorn die Fäuste.

Hugos Blick fiel zunächst auf ihre von den Fesseln zerschundenen Hand- und Fußgelenke, dann blickte er Ubayda in die Augen und vermittelte ihr wortlos die Fragen, die er nicht auszusprechen wagte.

Ubayda schüttelte den Kopf. »Nein, aber dennoch hasse und verabscheue ich ihn.«

»Dieser Hundesohn wird für alles bezahlen, was er getan

hat ...« Aufgewühlt reckte auch Hugo die Fäuste in die Luft, dann erzählte er Ubayda rasch, was sich in diesem Moment draußen vor der Höhle abspielte.

Hugo schaute sich um. Offensichtlich gab es nur einen einzigen Eingang zu dieser Kammer. Er bat Ubayda, sich an derselben Stelle wieder hinzulegen wie zuvor, so als wäre sie noch immer gefesselt, denn er hatte ein Geräusch gehört. Er selbst zog sich vorsichtshalber in eine Nische direkt neben dem Eingang zurück. Dort verharrte er still mit erhobenem Krummschwert.

Nur Sekunden später waren Schritte zu hören, dann ein Keuchen und schließlich trockener Husten, begleitet von klagendem Stöhnen. Hugo befürchtete das Schlimmste. Er holte tief Luft, schloss die Augen, bat Gott um seinen Beistand und spannte jeden Muskel an. Solche Furcht wie in diesem Augenblick hatte er in seinem ganzen Leben noch nicht empfunden. Die Schritte kamen immer näher und riefen ein seltsames Echo hervor, welches Hugo das Blut in den Adern gefrieren ließ.

Er sah zu Ubayda hinüber und wusste, dass es ihr genauso erging.

Was als Nächstes geschah, dauerte nur Sekunden, oder vielleicht eine ganze Ewigkeit, das hätte Hugo nicht sagen können.

Sobald ein Pantoffel in der Öffnung erschien, presste sich Hugo gegen die Wand und betete darum, dass der Fuß zu Mustafa gehörte. Stattdessen aber betrat Aos die Höhle. Bei seinem Anblick stürzte sich Hugo, blitzschnell wie sein Falke, auf seinen Gegner, um ihm den Hals zu durchbohren.

Der Mudschahed hatte bereits eine Wunde an der Seite, wie Hugo bemerkte. Aos warf ihm einen hasserfüllten Blick zu und schleuderte seinen Dolch nach ihm. Zum Glück konnte Hugo der Waffe ausweichen. Er dachte an Azerwan, Omar und die anderen Männer, die Aos ermordet hatte, dann rammte er ihm bis zum Griff das Schwert in den Bauch.

Bevor Aos qualvoll verendete, richtete Ubayda noch ein paar Worte an ihn. »Schau mich an! Ich bin nämlich die letzte Frau, die du vor deinem Eintritt in die Hölle sehen wirst! Ich verfluche dich, Aos! Du wirst niemals in den Armen der Huris ruhen, die Allah für die Seinen gedacht hat, denn du gehörst nicht zu ihm … Du bist ein Sohn des Teufels!«

Ubayda lehnte sich bei Hugo an und spürte Azerwans Gegenwart in seinen Armen, seinem Atem. Vielleicht schmiegte sie sich deshalb noch enger an ihn, als sie die Höhle verließen. Hugo fand Mustafa auf einen der riesigen Felsen gestützt vor, verletzt, aber am Leben. Der Tierheiler versuchte gerade, einen tiefen Schnitt an seiner Seite zu verbinden, atmete keuchend und brachte kaum ein Wort heraus. Als er Hugo in Ubaydas Begleitung entdeckte, stieß er mühsam hervor: »Ist er tot?«

»Gott sei Dank ist alles vorbei«, antwortete Hugo, während er einzuschätzen versuchte, wie schlimm Mustafas Wunde war. »Ihr braucht unbedingt einen Arzt. Lasst mich Euch zu Eurem Pferd helfen. Könnt Ihr denn reiten? Und was ist aus Euren Männern geworden?«

»Ich fürchte, sie sind beide tot.« Mustafa hustete, und in seinem Mundwinkel erschien ein dünner Faden Blut.

Kurz entschlossen riss Ubayda einen Streifen Stoff von ihrer Tunika, den sie Mustafa um den Oberkörper wickelte und am Rücken fest zusammenband. Damit verschaffte sie dem Verletzten augenblicklich Erleichterung, obwohl ihm das Atmen immer noch schwerfiel.

Mit äußerster Vorsicht half Hugo ihm hinunter zu seinem Pferd und wuchtete ihn mit Mühe in den Sattel. Dann nahm er hinter seinem Meister Platz.

Er wartete noch ab, bis Ubayda auf einem der anderen Pferde saß, und galoppierte dann los in Richtung Qastiliya.

Fürsorglich hielt er Mustafa gegen seine Brust gepresst, leider kam es ihm dabei aber so vor, als würde ihm das Leben des Tierheilers durch die Finger rinnen.

Als Hugo ibn al-Baitar fragte, wo sie einen Arzt finden könnten, flüsterte er mit schwacher Stimme, dass einer direkt bei der großen Moschee lebte. Und dahin machten sie sich nun auf den Weg.

2

Qastiliya, Ifriqiya, Dezember 1477

Policarpo Ruiz wartete ab, bis der Imam in der Moschee seine Gebete verrichtet hatte, bevor er ihn mit unangemessener Hast am Ausgang des Gotteshauses abfing. Er war so von dem Gedanken an Hugo besessen, dass er keinen Wert auf Höflichkeit oder sorgfältig ausgewählte Worte legte. Aber der Geistliche starrte ihn ohnehin nur verständnislos an, da half auch alles Gestikulieren oder langsamer Sprechen nicht. Policarpo kam es vor, als redete er gegen eine Wand.

Frustriert versuchte er, seine Fragen auf immer neue Art und Weise zu formulieren, bis schließlich der Name Hugo de Covarrubias fiel. Und plötzlich waren alle Verständigungsschwierigkeiten wie weggeblasen. Es stellte sich nämlich heraus, dass der Imam Spanisch sprach, wenn auch nicht besonders gut.

»Diese Hugo ich kenne.«

»Tatsächlich?« Policarpo wischte sich mit einem Taschentuch über die Stirn. Er war bei seinen Verständigungsversuchen ganz schön ins Schwitzen geraten und konnte kaum fassen, was er da gerade gehört hatte.

»Ich spreche nicht gut … Warum Ihr sucht Hugo?« Imam Abdullah musterte den Fremden argwöhnisch. Er wusste noch nicht, ob sein treuer Aos inzwischen seinen Auftrag ausgeführt hatte. Er sollte den Beduinenketzer und seinen

Christenfreund ausschalten, nachdem er aus ihnen Informationen über mögliche Gefolgsleute herausbekommen hatte.

Der Imam wollte um jeden Preis vermeiden, dass ein Fremder seine Nase in die Angelegenheit steckte, erst recht kein Freund des Kastiliers.

»Ich arbeite für seinen Vater und muss ihm eine Nachricht überbringen …« Seinem Gesprächspartner zuliebe hatte Policarpo sich kurzgefasst.

Der Imam dankte es ihm allerdings nicht, sondern reagierte unerwartet heftig: »Verschwinden! Ich nicht weiß, wo Kerl ist!« Offensichtlich erachtete er die Unterhaltung damit für beendet.

So leicht ließ sich Policarpo aber nicht abwimmeln. Langsam war er mit seiner Geduld wirklich am Ende. Er packte Abdullah am Arm.

»Ich weiß nicht, warum Ihr mich so behandelt, und es ist mir auch egal. Aber eins kann ich Euch versichern: Ihr werdet Euch hier nicht wegbewegen, ehe Ihr mir nicht sagt, wo ich de Covarrubias finden kann!«

Policarpo war laut geworden und presste dem Geistlichen nun auch noch die Spitze seines Dolches gegen den Hals.

Sobald er den kalten Stahl spürte, begriff der Imam, dass die Sache ernst war. Er wusste nicht, was er jetzt tun sollte, zögerte zunächst und wollte dann gerade Hugo de Covarrubias' Aufenthaltsort preisgeben, als etwas Verblüffendes geschah: Er entdeckte den Gesuchten auf der anderen Seite des Platzes. Abdullah blinzelte ein paarmal, weil er es einfach nicht fassen konnte. Aber nein, es gab keinen Zweifel: Dort drüben ritt Hugo de Covarrubias herbei. Er saß zusammen mit einem Verletzten im Sattel und wurde von einer Frau auf einem weiteren Pferd begleitet.

Mit offenem Mund starrte der Imam zu ihnen hinüber und zeigte dann mit dem Finger auf sie.

Überrascht von seiner Reaktion blickte Policarpo in dieselbe Richtung. Was hatte den Mann nur so verwundert? Zu seinem grenzenlosen Erstaunen entdeckte er Hugo in seltsamen Gewändern, mit einem Turban auf dem Kopf und einem Falken auf dem Arm. Der Gesuchte befand sich nur hundert Schritte von ihm entfernt.

Policarpo war wie erstarrt. Hugo schickte den Vogel in die Luft und sprang vom Pferd. Dann half er dem anderen Mann, der ernsthaft verwundet zu sein schien, beim Absteigen und warf ihn sich über die Schulter.

Policarpo konnte sein Glück kaum fassen. Dreieinhalb Jahre nach Hugos Verschwinden aus Bermeo hatte er nun endlich die Gelegenheit, diesen Schwachkopf auszuschalten, der für ihn eine so große Gefahr darstellte.

Auf sein Drängen hin verriet ihm der Imam schließlich, dass das Haus, auf welches Hugo zuhielt, einem Arzt gehörte. Aus dieser Entfernung konnte Abdullah nicht sagen, um wen es sich bei Hugos Begleitern handelte, obwohl der Verletzte einem bekannten Tierheiler ähnelte.

Policarpo rief seinen Handlanger herbei und zeigte ihm Hugo, bevor dieser im Haus des Arztes verschwand.

Hugos Begleiterin, eine schwarze Frau mit edlen Zügen, blieb zurück und bewachte die Pferde. Sie war vermutlich eine Sklavin Hugos oder des Verwundeten, nahm Policarpo an. Er ließ den Imam los, und dieser stürzte hastig davon.

Dann setzten sich Policarpo und sein Helfershelfer Seite an Seite in Bewegung, mit kalkulierter Gemütsruhe und ohne ersichtliche Eile. Ubayda sah sie herankommen und wunderte sich über ihr Äußeres, ihre Kleidung, aber vor allem über ihren Gesichtsausdruck. Die beiden schienen nichts Gutes im Schilde zu führen.

Während die beiden Fremden immer weiter voranrückten, schaute Ubayda zum Haus des Arztes hinüber. Sie konnte durchs Fenster aber nur Schemen erkennen und wusste nicht, was sie tun sollte. Am liebsten wäre sie zur Tür gelaufen, um sich beim Arzt in Sicherheit zu bringen und Hugo zu warnen. Die Gelegenheit dazu war jedoch verstrichen, weil sich die Männer jetzt zwischen ihr und dem Gebäude befanden.

Um keine Aufmerksamkeit auf sich zu lenken, sah Ubayda lieber nicht mehr in ihre Richtung, sondern widmete sich stattdessen mit übertriebener Zärtlichkeit ihrem Pferd.

Der größere und vornehmere der beiden Männer blieb stehen, der andere, ein grobschlächtiger Kerl, ging jedoch zur Arztpraxis weiter, wie Ubayda aus dem Augenwinkel beobachtete.

An der Tür zögerte der Grobschlächtige, unsicher, ob er anklopfen oder lieber warten sollte. Sein Kumpan bedeutete ihm mit einer Geste, ruhig zu bleiben, daher positionierte er sich mit dem Rücken zum Platz neben der Tür.

Ubayda begann zu zittern. Wie könnte sie Hugo bloß warnen? Als sie in der Satteltasche herumwühlte, fand sie einen Dolch, den sie sich in den Gürtel schob. Sie überlegte fieberhaft, wie sie ihn Hugo überbringen sollte, bevor er von den Männern überrascht würde.

Plötzlich brachte das Pferd sie auf eine Idee. Wenn es ihr gelang, das Tier unruhig zu machen, würde sein Wiehern vielleicht im Haus gehört, und Hugo würde aus dem Fenster schauen. Ubayda fing an, das Ross in Wangen, Lefzen, Ohren und Hals zu kneifen. Es begann zu tänzeln und schaute sie argwöhnisch und verwundert an, reagierte aber nicht wie erhofft.

Daher entschloss sich Ubayda zu drastischeren Maßnahmen, griff nach dem Dolch und pikte das Tier damit fest in die Seite, ohne es wirklich zu verletzen. Als das Pferd laut zu wiehern begann, verbarg Ubayda den Dolch wieder und sah angespannt zum Fenster hinüber. Leider tat sich dort aber nichts.

Und deshalb überschlugen sich die Ereignisse, als sich zwei Minuten später die Tür öffnete und Hugo heraustrat.

Auf ein Zeichen des vornehmeren der beiden Männer zückte sein Spießgeselle ein langes Messer und stürzte sich damit auf Hugo. Ubayda stieß einen Schrei aus, um ihren Freund zu warnen, und eilte ihm dann mit dem Dolch in der Hand zu Hilfe.

Dem ersten Messerstich konnte Hugo ausweichen, beim zweiten hatte er jedoch nicht so viel Glück und wurde am Arm verletzt. Policarpo lief auf die beiden Männer zu und behielt dabei die Frau im Auge, konnte sie aber nicht mehr rechtzeitig abfangen und musste zusehen, wie sie seinem Handlanger drei tödliche Stiche in die Nieren versetzte. Als Policarpo die Kämpfenden erreichte, verpasste er der Dunkelhäutigen einen brutalen Schlag ins Gesicht, sodass sie besinnungslos zu Boden fiel.

Hugo stürzte sich auf ihn. »Sei verflucht!«, brüllte er, als er ihn erkannte, bemerkte dabei aber das Messer in der Hand des Verwalters nicht.

Policarpo bewegte sich gewandter als sein Angreifer und schaffte es daher, Hugo in den Oberschenkel zu stechen. Hugo reagierte trotz der Schmerzen blitzschnell und hieb Ruiz mit voller Kraft in den Bauch, sodass der Verwalter sich einen Moment krümmte. Hugo traktierte seinen Rücken und Hals mit Fäusten und schimpfte ihn einen Verräter. Ein Schlag gegen die Brust ließ Policarpo nach Luft schnappen, doch zu Hugos großer Überraschung erholte sich sein Gegner schnell wieder und rammte ihm das Messer in die Seite, was Hugo einen Moment außer Gefecht setzte. Der kurze Augenblick genügte Policarpo, um die Klinge wieder in die Luft zu recken und nach dem besten Winkel zu suchen, um sie auf Hugos Kehle hinabsausen zu lassen. Als der tödliche Stoß gerade auf den jungen Mann niederzugehen drohte, stürzte sich jedoch auf einmal eine schattenhafte Gestalt vom Himmel herab und traf Policarpo am Kopf. Der war ganz benommen, trotzdem begriff er, dass es sich bei seinem Angreifer wohl um einen Vogel handeln musste. Er war das Letzte, was Policarpo sehen würde. Als der Verwalter nämlich mit dem Messer herumfuchtelte, um das Tier zu verscheuchen, versenkte es die Krallen tief in seinen Augenhöhlen.

Hugo schaute Aylal an, die ihm soeben das Leben gerettet hatte. Sie stieß einen langen Schrei aus, ließ aber nicht von Policarpo ab, der kreischend darum bettelte, von dem Vogel befreit zu werden. Inzwischen hatte sich eine Traube aus Schaulustigen um sie herum gebildet, und nun stürzte auch der Arzt besorgt aus seiner Praxis.

Hugo schleppte sich zu Ubayda hinüber und schüttelte sie, damit sie wieder zu sich kam. »Was hat er dir angetan? Geht es dir gut?«

Ubayda erlangte das Bewusstsein zurück, war aber wie erstarrt, als sie den furchtbaren Zustand ihres Freundes bemerkte.

Hugo blutete stark am Bein und noch heftiger am Oberkörper, außerdem bekam er nur schwer Luft. Trotzdem war er erleichtert, dass mit Ubayda alles in Ordnung war. Dann blickte er voller Genugtuung Policarpo hinterher, der, von Aylal gepackt, blind durch die Menge stolperte.

»Wer war dieser Mann?«, fragte Ubayda, nachdem sie den Arzt herbeigerufen hatte.

Mit dem Kopf auf ihrem Schoß konnte Hugo bloß ein paar Worte hervorbringen, bevor er das Bewusstsein verlor: »Jemand, der meine Familie verraten hat … Der finsterste Schatten aus meiner Vergangenheit.«

Hugo kam bei Meister Mustafa unter, und gemeinsam erholten sich die beiden Männer von ihren Verletzungen, wurden gemeinsam vom Arzt besucht und versorgt.

Leider kam Hugo nur langsam wieder zu Kräften, doch dank Ubayda wurde seine Genesung zur schönsten Zeit seines Aufenthalts in Afrika, ein wahres Geschenk für seine Seele. Sie pflegte ihn nicht nur hingebungsvoll, sondern durch sie entdeckte Hugo auch in sich eine innere Größe, die er so nie erkannt hatte.

Abends saß er oft zusammen mit Ubayda im Schatten einer riesigen Bougainvillea in einer Ecke des Hofes und führte mit ihr so vertraute Unterhaltungen, wie er sie noch nicht einmal von seiner Freundschaft mit Berenguela kannte. Dabei half ihm, mit welcher Natürlichkeit sich die Tochter der Wüste für jedes Gesprächsthema interessierte.

Eines dieser Themen war ihrer beider Herkunft, und irgendwann erzählte Hugo von seiner Mutter: »Bei ihrem Tod war ich ja erst acht Jahre alt, trotzdem ist in jenem Moment auch meine Kindheit zu Ende gegangen. Ich habe damals beschlossen, für immer alles zu vergessen, was ich an ihrer Seite war, was ich mit ihr getan, erlebt, gelernt hatte. Es war meine Art und Weise, den Hugo nicht zu verraten, als den sie mich gekannt hatte.«

Am selben Abend schilderte er auch, wie kurz darauf seine Stiefmutter und Damián in sein Leben getreten waren. Die wenigen schönen Erinnerungen aus seiner Kindheit stammten aus der Zeit davor. Für die Halbwaise hatte eine lange, bittere Zeit begonnen, in der sein Stiefbruder um die Zuneigung und das Lob seines Vaters buhlte und seine Stiefmutter Don Fernando von der Unfähigkeit seines leiblichen Sprösslings zu überzeugen versuchte.

Ubayda war entsetzt, als Hugo ihr von einigen der Intrigen erzählte, mit denen Doña Urraca ihn gedemütigt und unterdrückt hatte.

An einem anderen Abend, ein paar Wochen nach Policarpos Angriff, sprach Ubayda mit Hugo bei Einbruch der Dämmerung über die Masken, mit denen sich Menschen vor der Realität, vor ihren wahren Gefühlen und Wünschen zu schützen versuchten.

»Der Sinn unseres Lebens geht verloren, wenn wir uns vor anderen als etwas ausgeben, was wir gar nicht sind …« Ubayda legte die Hände zusammen und richtete ihren Ebenholzblick auf die grünen Augen ihres Freundes. »An Azerwans Seite habe ich gelernt, dass wahres Glück aus uns selbst entspringt, aber auch aus scheinbaren Nichtigkeiten des Alltags. Im Heraufbeschwören einer schönen Erinnerung oder in einer Unterhaltung, wie wir sie hier gerade führen.«

»Hast du vielleicht auch erkannt, was es mit meinen Masken auf sich hat?«, fragte Hugo, der an seiner eigenen Lebenseinstellung zu zweifeln begann.

»Bis vor Kurzem nicht, das war nur schwer zu erkennen … Aber nachdem ich jetzt weiß, wie deine Kindheit verlaufen ist, glaube ich dich besser zu verstehen.«

Ubayda nahm einen Schluck aus ihrem Glas, ordnete ihre Gedanken und sprach schließlich weiter: »Seit wir uns kennengelernt haben, hat mich immer gewundert, dass du nie über deine Vergangenheit gesprochen hast. Es hat ja fast so geklungen, als hätte dein Leben erst durch die Begegnung mit Azerwan seinen Anfang genommen. Der Blick zurück schien dir wehzutun. Das habe ich nie begriffen. Schließlich sind wir doch zu großen Teilen das, was wir als Kinder waren, erlebt und gefühlt haben. Wir erschaffen unsere Zukunft mit Bruchstücken der Vergangenheit … Nachdem du mir von deiner Mutter erzählt hast, weiß ich jetzt, wie sehr dich ihr Tod geprägt hat. Aber was ist mit dir und deinem Vater passiert? Von ihm hast du noch nicht gesprochen.«

Unbehaglich knetete Hugo seine Hände. »Mein Vater hat mir in meiner Trauer kaum Beistand geleistet, vielleicht deshalb, weil der Tod meiner Mutter auch für ihn ein harter Schlag war. Außerdem hatte er ja viel Arbeit und nur wenig Zeit für mich. Jedenfalls war er nicht da, als ich ihn brauchte. Und als dann meine Stiefmutter auf der Bildfläche erschien, habe ich ihn endgültig verloren. Er war an ihrer Seite glücklich, während ich alldem hinterhergetrauert habe, was mir nie wieder zuteilwerden würde. Das waren schwierige Jahre, in denen hohe Ansprüche an mich gestellt wurden, ich mich von meinem Vater aber nie unterstützt gefühlt habe. Vor allem tat es weh, niemals den Eindruck zu haben, dass er stolz auf mich war. Vielleicht, weil ich bei allem gescheitert bin, was er von mir verlangt hat. Wahrscheinlich habe ich mich deshalb von allen und allem abgeschottet. Nur meiner Mutter habe ich mich verbunden gefühlt, wenn ich heimlich meine Zeichnungen angefertigt habe. Mir war es egal, dass ich als Versager galt. In Wirklichkeit wollte ich sogar bei allem scheitern, was von mir erwartet wurde. Das war meine Art des Aufbegehrens. Ich habe meine Misere verflucht, mein Leben, mein Elternhaus. Vielleicht spreche ich deshalb nicht gerne über meine Vergangenheit.«

Das stimmte Ubayda traurig, obwohl sie Hugo natürlich verstehen konnte. Sie nahm sich vor, ihm zu helfen. Auf seine Vergangenheit hatte sie leider keinen Einfluss, aber auf seine Zukunft schon. »Was hast du vor, wenn du genesen bist?«

»Sobald ich das Geld für die letzten beiden Salzlieferungen habe, möchte ich nach Antwerpen reisen, um meine Schulden bei dem Bankier zu begleichen, der mir das Geld für die Mine geliehen hat. Danach weiß ich noch nicht so recht, was ich machen soll …«

Als er Antwerpen erwähnte, fiel Ubayda etwas ein, was Azerwan ihr einmal erzählt hatte. Sie wusste, wie sehr Hugo sein Besuch in der dortigen Kathedrale beeindruckt hatte und dass er einst von Unterricht bei einem Glasmaler in Flandern geträumt hatte. Azerwan hatte unter dem Gedanken gelitten, Hugo durch das Salzgeschäft vielleicht dieser Möglichkeit beraubt zu haben.

»Wurde nicht dort dein Interesse für Kirchenfenster geweckt?«, fragte Ubayda.

Hugo nickte.

»Wenn du doch mit der Gabe eines Künstlers gesegnet bist und dich ohnehin auf den Weg nach Antwerpen machst, warum suchst du dann nicht Zugang zur Welt der Glasmalerei?«, fragte Ubayda, die wusste, wie fest ihr Geliebter an Hugos künstlerische Begabung geglaubt hatte.

»Das hatte ich mir tatsächlich überlegt, bevor ich mit Azerwan nach Ifriqiya kam. Aber jetzt, mit meinen vierundzwanzig Jahren, wird mich wohl niemand mehr als Lehrling nehmen. Mustafa hat mich gegen Bezahlung unterrichtet, aber nun habe ich für so etwas kein Geld mehr … Wenn ich erst das Darlehen zurückgezahlt habe, wird mir ja kaum etwas zum Überleben bleiben.«

»Was würde denn deine Mutter dazu sagen?«

Wie von Ubayda erwartet, lenkte diese Frage Hugo in die richtige Richtung. Er blickte hinauf zu einem unbestimmten Punkt in jenem Meer aus Sternen am Firmament.

»Sie würde sagen, dass ich es wenigstens versuchen soll.«

»Also?« Ubayda lächelte strahlend.

Als sich Hugo diese Möglichkeit durch den Kopf gehen ließ, kamen ihm zwei Erinnerungen in den Sinn. In der ersten ermutigte ihn Mustafa dazu, seine Gabe zu nutzen, um in anderen Menschen Gefühle wachzurufen. Im Mittelpunkt der zweiten stand Azerwan an jenem Tag, als er mit Hugo über das Wesen seiner Geschichten gesprochen hatte. Seine Erzählungen sollten seinen Zuhörern dabei helfen, glücklichere oder edlere Menschen zu werden, oder sich zumindest besser zu verstehen.

Und dann sah Hugo auf einmal sich selbst wieder in der Apsis jener Kathedrale voller Licht und Farben. In seiner Vorstellung tat er dort dasselbe wie van Diependaal, er goss Gottes Testament in die Form eines Fensters. Warum denn nicht?

Als Hugo wieder Ubayda anschaute, las sie in seinem bewegten Blick eine Dankbarkeit, die er nicht in Worte fassen musste.

Trotzdem wollte Hugo sie gern aussprechen: »Du hast mir da eine wunderbare Tür gezeigt, die ich vielleicht bald öffnen werde.«

»Ja, mach sie auf, vielleicht findest du dahinter endlich deine wahre Best…«

»Aber ich möchte, dass du mitkommst«, fiel ihr Hugo da ins Wort.

»Mein lieber Hugo … Das kann ich nicht. Nach Azerwans Tod möchte ich jetzt nach Timbuktu zurückkehren, in den Kreis der Meinen. Vielleicht kann ich mich ja selbst wiederfinden, wenn meine Füße vertrauten Boden berühren. Ein Leben an der Seite des Mannes, den ich so geliebt habe, ist mir leider nicht vergönnt. Nun bleibt mir nichts anderes übrig, als an meine Ursprünge zurückzukehren. Ich werde versuchen, meine Einsamkeit mit der Gesellschaft jener Menschen zu bekämpfen, die mich in meiner Kindheit und Jugend begleitet haben.«

Damit gab sich Hugo aber nicht zufrieden. »Das Schicksal hat uns doch zusammengeführt, deshalb weiß ich nicht, warum sich unsere Wege jetzt trennen sollten. Ich möchte dich nicht verlieren … Außerdem habe ich Azerwan nach dem Sandsturm geschworen, für dich da zu sein. Er hat mir das Versprechen abgenommen, für dich zu sorgen, wenn er einmal nicht mehr sein sollte.«

Bedrückt senkte Ubayda den Blick. Sie war sich ihrer Entscheidung sicher. »Hugo, nein … Das halte ich für keine gute Idee. Du musst deinen eigenen Weg gehen, und dabei würde ich dich möglicherweise nur aufhalten. Du brauchst auf diesem Pfad eine andere Gefährtin, eine Frau, die an irgendeinem Ort auf dich wartet …« Ubayda wies in die Ferne. »Ein Wesen, das dein Gott für dich unter Millionen von Seelen auserwählt hat, damit es dich für immer liebt.«

Während ihre Worte noch nachhallten, flog mit einem Mal Aylal heran und ließ sich auf Hugos Arm nieder. Sie suchte in seiner Hand nach etwas zu fressen und krächzte empört, als sie nichts fand. Dann breitete sie die Flügel aus und flog genauso plötzlich wieder davon.

»Wirst du mich etwa auch verlassen?«, rief Hugo dem Vogel hinterher.

Das bezog Ubayda natürlich auf sich selbst. »Ich verlasse dich doch nicht, ich gebe dir bloß die Möglichkeit, dich frei zu entfalten.«

»Ich habe im Leben nur drei Frauen kennengelernt, die mich geliebt haben«, wandte Hugo ein, »meine Mutter, Berenguela und dich … Jede von euch hat mein Herz auf unterschiedliche Weise mit Liebe erfüllt. Und deshalb frage ich mich, warum ich mit ansehen muss, wie ihr eine nach der anderen verschwindet.«

Ubayda flocht sich die Haare zu einem festen Zopf. Ihr Entschluss stand fest, aber sie suchte nach den richtigen Worten, es ihrem Freund zu erklären: »Hugo, du bist mir so wichtig, dass du längst ein Teil von mir geworden bist. Und deshalb werde ich dich auch immer in mir tragen. Zwar bin ich davon überzeugt, dass du diesen neuen Weg allein gehen musst, aber ich kann dir versprechen, dass du mich nicht verlieren wirst. Wir werden uns gewiss wiedersehen.«

Obgleich Hugo nicht lockerließ und weiter drängte, blieb ihre Antwort dieselbe.

Traurig schloss er Ubayda schließlich in die Arme. Er brauchte sie mehr denn je zuvor, als Freundin, Schwester, Mutter. An ihrer Brust ließ er sich von ihrem Herzschlag, ihren zärtlichen Worten und ihren guten Wünschen für ihn trösten. Er dachte bei sich, dass seine schönste Erinnerung an Afrika die Form dieser Frau mit der dunklen Haut und dem leuchtenden, noblen Herzen annehmen würde, deren innere Schönheit ihre äußere noch übertraf.

Zehn Tage später war dann der Moment des Abschieds gekommen.

Ubayda und Hugo hatten das Thema bei ihrem Gespräch am Abend zuvor vermieden, aber nun war es so weit. Ubayda würde gleich zu der Karawane dazustoßen, in deren Schutz sie nach Timbuktu reisen würde.

Die beiden wünschten einander alles Gute für die Zukunft, und obgleich sie seinen Namen dabei nicht aussprachen, legte sich die Erinnerung an Azerwan wie feiner Nebel über sie.

In diesen letzten gemeinsamen Momenten zeigten Hugo und Ubayda einander ihre tiefe Zuneigung durch zärtliche Berührungen, Küsse und umschlungene Hände, bis sich die Karawane schließlich in Bewegung setzte.

Ubayda brach mit Tränen in den Augen und schwerem Herzen auf und wollte sich nicht noch einmal zu Hugo umdrehen. Mit diesem jungen Mann aus einem Land jenseits des Meeres ließ sie hier einen guten Menschen zurück, den besten Freund des Mannes, der ihr Leben erfüllt hatte wie kein anderer. Sie weinte vor Gram, weil sie wusste, dass sie mit Hugo den lebendigen Beweis einer Vergangenheit verlor, die nie mehr zurückkehren würde.

Hugo hatte den schmerzhaften Abschied auch nach einer Weile immer noch nicht überwunden, deshalb sattelte er ein Pferd und folgte der Karawane. Es wurde bereits dunkel, als er die Staubwolke erblickte, die der Treck hinterließ. Vor dem Hintergrund der orangefarbenen untergehenden Sonne konnte er den Umriss jedes einzelnen Kamels und seines Reiters erkennen und entdeckte schließlich Ubaydas Silhouette. Er verharrte reglos, schaute zum Himmel auf und dankte seinem Freund Azerwan dafür, diese Frau mit ihm geteilt zu haben. Dann wandte er sich an Aylal: »Möchtest du ihr gern Lebewohl sagen?«

Der Falke reckte sich, breitete dann die Flügel aus und stieß sich von Hugos Arm ab. Anders als sonst machte er sich aber nicht auf den Weg hinauf zu den Wolken. Stattdessen flog er niedriger als sonst den Kamelen hinterher. Beim Erreichen der Gruppe krächzte er dreimal und erregte damit augenblicklich die Aufmerksamkeit eines Karawanenmitglieds.

Gerührt blickte Ubayda zu dem Vogel hinüber, als sie ihn erkannte, reckte ihm die Hand entgegen und drehte sich suchend um. In dem Moment, in dem sie in einiger Entfernung Hugo entdeckte, erkannte sie in ihm vor allem den Freund, der Azerwan aus der Sklaverei befreit und alles hinter sich gelassen hatte, um ihm in ein fremdes Land zu folgen, einen aufrechten, aber verlorenen Menschen, der sie brauchte.

Dieses Mal hörte Ubayda nicht auf ihren Verstand, sondern auf ihr Herz. Sie zog an den Zügeln des Kamels, löste sich aus der Gruppe und ritt zurück.

Bei Hugo angekommen, lächelte sie ihm zu.

Er rief ihren Namen und ritt ihr freudestrahlend entgegen: Die dritte Frau in seinem Leben verließ ihn doch nicht.

3

Qastiliya, Ifriqiya, Februar 1478

Hugo und Ubayda verabschiedeten sich mit großem Bedauern und unendlicher Dankbarkeit von Meister Mustafa, der sich von seinen Verletzungen inzwischen erholt hatte. Dann suchten sie den Vertreter der Barbieris auf, um das Geld für die letzten beiden Salzlieferungen abzuholen. Nach Abzug des Prozentsatzes für den Sultan nannte Hugo nun eintausendneunhundert Golddublonen sein Eigen. Mit einem Teil davon wollte er die Überfahrt für zwei Personen nach Venedig bezahlen.

Mustafa hatte ihm erklärt, dass die Stadt der übliche Zielhafen für Reisen nach Europa war, weil von dort aus viel Handel mit Tunis getrieben wurde.

Danach würde Hugo noch genug Geld für die Reise nach Löwen bleiben, wo er sich auf die Suche nach Hendrik van Diependaals Werkstatt machen wollte.

Abgesehen von seinen persönlichen Motiven für die Rückkehr nach Europa, war Hugo inzwischen klar, dass es ohnehin Wahnsinn gewesen wäre, in Afrika zu bleiben. Schließlich hatte er einen Mudschahed getötet, war Christ und lebte mit Ubayda zusammen – die ja ihrerseits auf offener Straße einen Ausländer erstochen hatte. Angesichts der ihnen drohenden Gefahren hatte Mustafa sie gedrängt, Qastiliya so schnell wie möglich zu verlassen.

Der Tod von Azerwan und Aos, Policarpos Angriff und die

Tatsache, dass er die Mine nicht weiter ausbeuten konnte, hatten Hugo dazu gezwungen, sein ganzes Dasein neu zu überdenken. Und dank Ubayda hatte er endlich erkannt, dass im Mittelpunkt dieses neuen Lebens die Malerei stehen musste.

Seit Ubayda sich dazu bereit erklärt hatte, ihn bei diesem Abenteuer zu begleiten, gingen Hugo die zarten Elemente aus buntem Glas nicht mehr aus dem Kopf, die ihn damals so fasziniert hatten.

Vielleicht hatten ihn ja das knappe halbe Jahr in der Wüste, sein durch Mustafa erworbenes Wissen und die Ratschläge des unvergesslichen Azerwan an diesen Punkt geführt.

Hugo hatte keine Ahnung, ob man ihn in dieser Glasmalerwerkstatt überhaupt annehmen würde. Und erst einmal in Löwen angekommen, würden sie sich mit dem verbleibenden Geld höchstens zwei oder drei Wochen über Wasser halten können. Außerdem hatte er Angst, dass Ubayda von der puritanischen flämischen Gesellschaft ihrer dunklen Haut wegen abgelehnt werden könnte, vor allem wenn bekannt würde, dass sie zusammenlebten.

Trotz all seiner Unsicherheit und der drohenden Probleme war Hugo aber von einem solchen Hochgefühl erfasst, dass er sich jeder Widrigkeit gewachsen fühlte.

Im Notfall, so dachte er, würde er ja immer noch seinen Stiefbruder um Geld bitten und eine weitere Werkstatt mit einem anderen Meister suchen können.

Mit dieser Gewissheit brachen Hugo und Ubayda am 16. Februar des Jahres 1478 auf dem Rücken von zwei Pferden auf, die auch genug Proviant für den mit wenigen Gasthöfen ausgestatteten Weg nach Tunis transportierten. Gerade hatten Hugo und Ubayda die letzten Häuser am Nordrand von Qastiliya in Richtung Norden erreicht, da begegneten sie auf einmal Policarpo Ruiz.

Begleitet von einem Hund, den er an einem Strick führte, taumelte Policarpo die Straße entlang. Er war abgemagert und heruntergekommen, und nur wenig erinnerte an seine früher so gepflegte Erscheinung. Mit zum Schutz ausgestreckten Händen schwankte er voran und bettelte in gebrochenem Arabisch, das er wohl hatte lernen müssen, um dem Hungertod zu entkommen.

Die beiden Reisenden zügelten ihre Reittiere und warteten ab, bis er etwas näher gekommen war. Als er das Schnauben der Pferde hörte, hielt auch Policarpo inne.

»Wer ist da?« Er trieb seinen Hund an, damit er vorlief und das Terrain erkundete.

»Hugo de Covarrubias!«, ertönte nun eine laute Stimme.

»Hugo, bist du es? So hilf mir doch, bei Gott! Ich bin am Ende und kann niemanden sonst um Beistand bitten. Meine Situation ist verzweifelt, man hat mir selbst meine wenigen Habseligkeiten gestohlen. In dieser Stadt wird sogar ein Hund besser behandelt …« Policarpo drohte die Stimme zu versagen. Ihm war klar, dass er hier vielleicht gerade zum letzten Mal im Leben die Gelegenheit hatte, mit einem Menschen zu sprechen, den er kannte. »Nimm mich doch bitte mit. Ich verspreche auch, alles wiedergutzumachen, was ich dir angetan habe.« Der Blinde fiel auf die Knie und bat mit erhobenen Händen um Gnade.

Ubayda blickte zu Hugo hinüber und sah, dass ihr Freund sich von Policarpo abgewandt hatte, um in seiner Satteltasche zu kramen. Beim Klimpern von Münzen kam Policarpo wieder auf die Beine und stolperte mit ausgestreckten Armen auf Hugo zu, bis er gegen den Hals des Pferdes prallte. Er griff ziellos herum, um das Almosen entgegenzunehmen. Stattdessen fand er jedoch unverhofft den Griff eines Dolches und packte ihn hastig.

Zum Glück war Ubayda schneller. Sie riss an den Zügeln

ihres Pferdes, sodass es sich aufbäumte und die Hufe auf Policarpo niederdonnern ließ, bevor dieser Hugo die Klinge in den Leib stoßen konnte.

Angewidert von diesem neuen Angriff, warf Hugo dem Blinden nur einen Blick voll tiefer Abscheu zu und beschloss, seinen Weg ohne ein weiteres Wort fortzusetzen. Den am Boden zusammengesunkenen Policarpo, der am Kopf blutete und einen ausgekugelten Arm hatte, überließen sie seinem Schicksal. Der Blinde wand sich vor Schmerzen; ihm war bewusst, dass ihm in diesem grauenhaften neuen Leben nun keinerlei Hoffnung auf Hilfe mehr blieb. Deshalb bat er Hugo, ihn ein letztes Mal anzuhören: »Ich weiß, dass ich nach meinen Angriffen kein Anrecht auf Mitleid oder Gefälligkeiten habe. Aber ich appelliere an deine Menschlichkeit und bitte dich um einen letzten Gnadendienst.«

Hugo zügelte sein Pferd und fragte, was er wolle.

»Töte mich! Das ist mir lieber als dieses Leben voller Leid, das mich erwartet.«

»Selbst das Recht auf diese Erleichterung hast du verwirkt!«, erwiderte Hugo harsch. »Ich werde dich nicht töten. Stattdessen sollst du weiter in dieser Hölle auf Erden schmoren und so nach und nach für all das büßen, was du im Leben getan hast, Elender!«

Ubayda bemerkte, dass selbst Aylal, angesteckt von Hugos Zorn, den Mann, den sie als Feind ihres Herrn wiedererkannte, mit einem eisigen Blick durchbohrte.

Als Policarpo hörte, dass Hugo ihm seine letzte Bitte verweigerte, schrie er ihm hasserfüllt hinterher: »Dann verschwinde doch! Verschwinde hier, damit ich während meiner letzten Tage in den Erinnerungen an deine geliebte Berenguela schwelgen kann, die mir das vergangene Jahr versüßt hat. In meinen Gedanken werde ich noch einmal lustvoll ihre zarte Haut berühren und von ihrem Honig trinken …« Der Blinde stieß ein ruchloses Lachen aus, das Hugo mitten ins Herz traf.

Aber er wandte sich nicht noch einmal um, weil Ubayda schnell ihr Pferd antrieb, ehe er reagieren konnte. Hugo wusste nicht, ob Policarpo gerade die Wahrheit gesagt oder bloß aus purer Niedertracht gesprochen hatte, aber die Bemerkung hatte die ohnehin schon bestehende Kluft zwischen ihm und seiner Freundin noch vergrößert. Die Vorstellung von Berenguela in Ruiz' Armen ekelte ihn an.

So verließ Hugo schweigend Qastiliya. Sein bester Freund war an einem Ort begraben, den er nie wieder aufsuchen würde. Ein fundamentalistischer Irrer hatte sein Geschäft ruiniert, und die Gier eines erbärmlichen Mannes, der seinen Vater hintergangen hatte, hätte ihn beinahe das Leben gekostet. Und jetzt hatte diese Enthüllung vielleicht für immer die Zuneigung zunichtegemacht, die er einst für Berenguela empfunden hatte.

Während des ersten Monats ihrer Krankheit war Berenguela so geschwächt, dass sie nur mühsam lallen konnte und ihr keuchender Atem schmerzhaft anzuhören war.

Antonio widmete sich ihr mit unübertrefflicher Hingabe, blieb Tag und Nacht an ihrer Seite, fütterte sie und hob sie mit unendlicher Geduld Hunderte Male immer wieder aus dem Bett, damit sie ein paar Schritte ging.

Alle sechs Stunden massierte er ihr Beine, Arme und Rücken, damit das Gefühl zurückkehrte und die Muskeln gestärkt wurden.

Ihre Gastgeberin erzählte, dass eine Frau aus dem Dorf eines Tages von einem ähnlichen Leiden heimgesucht worden war, was sie auf einen Fluch zurückführte.

Daran glaubte Antonio aber nicht. Obwohl er sich in diesen Dingen nicht auskannte, ging er aufgrund der Symptome davon aus, dass man den Ursprung von Berenguelas Problemen in ihrer Wirbelsäule suchen musste, und zwar auf Höhe des Halses.

Dies bestätigte ihm der Eindruck, den er bei seinen Massagen bekam. Sobald er den Nacken erreichte, waren die Muskeln dort nämlich viel angespannter, und es passierte mehrmals, dass Berenguela durch die Berührung an dieser Stelle jählings für ein paar Sekunden das Bewusstsein verlor.

All dies machte Antonio klar, dass für ihre Behandlung jemand mit mehr Kenntnissen als eine einfache Heilerin nötig war. Hier war niemand dazu in der Lage, diese beunruhigende Krankheit zu benennen und ihre Ursachen zu finden. So konnte man auch ihre Folgen nicht vorhersagen, und das bereitete Antonio große Sorgen.

Am Ende steckten sie mehr als drei Monate in jenem Bergdorf fest. Als sie endlich aufbrechen konnten, bemerkte Antonio jedoch rasch, dass das Reiten Berenguela nicht guttat. Nach spätestens drei Stunden im Sattel wurde ihr schwindelig.

Einmal wäre sie sogar beinahe gestürzt, weil sie ein paar Sekunden lang das Bewusstsein verlor. Zum Glück fing Antonio sie im letzten Augenblick auf. Aber er beschloss, von nun an regelmäßig Pausen einzulegen und drei Stunden lang zu ruhen, bevor sie weiterritten.

Weil Berenguela so schwach war, brauchten sie für ihren Weg nach Venedig daher mehr als dreimal so lange, wie eigentlich vorgesehen.

In Venedig herrschte bittere Kälte, eine feuchte Kälte, die ganz anders war als in Burgos. Berenguela hatte früher schon einmal den einen oder anderen Bekannten ihres Vaters vom Karneval in Venedig erzählen hören, und jetzt war wegen dieser Feierlichkeiten die ganze Stadt auf den Beinen. Was sie mit eigenen Augen auf den Straßen rund um die Kanäle beobachtete, hätte ihr aber auch keine noch so detaillierte Schilderung vermitteln können.

Mit ihrer Katze im Arm und in Begleitung ihres Freundes und Beschützers Antonio war Berenguela auf der Suche nach dem Palast der Barbieris. Da diese Stadt das reinste Labyrinth war, fanden sie ihn nicht, obwohl sie die Adresse kannten.

Die Menschen, die sie unterwegs fragten – zumeist hinter Masken oder Fächern verborgene Frauen –, antworteten nicht, sondern lachten nur und umringten sie, um sie in ihren Tanz miteinzubeziehen. Daraufhin notierten die beiden den Namen des Händlers auf einem Zettel und hielten ihn Passanten hin, doch leider zeigte auch jetzt keiner das geringste Interesse.

Jeder war auf dem Weg zu einem Fest oder kam gerade von einem, schloss sich zum Feiern vorbeiziehenden Gruppen an oder ließ sich einfach treiben. Der eine oder andere Passant war vom Wein sogar derart enthemmt, dass er im Vorübergehen einfach Berenguela küsste, bevor Antonio eingreifen konnte. Einer von ihnen schlang ihr den Arm um die Taille, zog sie zu sich heran und presste sie so heftig an sich, dass ihr die Luft wegblieb. Wenigstens musste er sich ordentlich von Canelilla anfauchen lassen.

Nervös und immer aufgebrachter bat Berenguela schließlich Antonio, sie an einen ruhigeren Ort zu bringen, wo sie überlegen konnten, was sie nun tun sollten.

Antonio griff nach ihrer Hand, ging vorneweg und bahnte sich einen Weg durch die Fußgänger, ohne sich um ihren Protest zu scheren. Er musste Berenguela noch einmal aus den Pranken eines Schamlosen befreien, wurde von zwei erzürnten Frauen gekratzt und bekam etliche Tritte gegen das Schienbein. Aber er schob sich voller Entschlossenheit durch die Menge und schaffte es irgendwann, die engen Gässchen hinter sich zu lassen.

Mit einem Mal fanden sich die beiden auf einem der bekanntesten Plätze der Stadt wieder. Er war riesig und wunderschön, leider aber auch voller Menschen.

Noch immer beklommen, schmiegte sich Berenguela an Antonio, bis sie schließlich den Markusdom entdeckte. Sie deutete darauf und bat ihren Begleiter, mit ihr zum Gotteshaus hinüberzugehen, so schwierig sich der Weg dorthin auch gestalten mochte.

Sie drängten sich durch die lachenden Menschen, die in den verrücktesten Farben gekleidet waren, und erreichten zerschunden und atemlos den Vorraum der Kirche mit seinen drei Türen. Nur die rechte davon war geöffnet, und als Berenguela und Antonio sie durchschritten, war auf einen Schlag alles anders. Das Geschrei verstummte, und statt der wilden Menge dort draußen hatten sie nun knapp hundert Gläubige vor sich. Einige saßen und andere standen, über den ganzen Dom verteilt, aber alle waren in respektvolles Schweigen gehüllt, das zum Gebet einlud.

Berenguela seufzte erleichtert, beruhigte Canelilla und suchte sich einen Sitzplatz. Ihr zitterten die Knie, und sie bekam kaum Luft, versuchte jedoch, das Rasseln ihres bebenden Brustkorbs zu unterdrücken. Beeindruckt sah sie sich um und war sprachlos, als sie die Decke der Kirche bemerkte. Über ihrem Kopf bildete ein Mosaik aus Millionen blauer Steinchen einen Himmel nach, an dem Hunderte von goldenen Sternen leuchteten.

»Wie wunderschön!«, flüsterte sie Antonio zu.

»Geht es dir jetzt besser?«

Berenguela lächelte ihn dankbar an. »Ja. Ich war vorhin einfach nur von der Situation überwältigt.«

So ganz glaubte Antonio ihr das nicht, er machte sich nämlich immer noch Sorgen um ihre Gesundheit.

»Nein, in Wirklichkeit bist du in keiner guten Verfassung«, sagte er, »deshalb sollten wir nach Brügge zurückkehren. Du brauchst Ruhe und Erholung, und vor allem muss dich ein Arzt untersuchen.«

Berenguela war klar, dass er die Situation realistisch einschätzte, dabei verheimlichte sie ihm sogar, welche Schmerzen sie tatsächlich litt. Natürlich ging es ihr nicht gut … Aber nach ihrer Flucht aus Brügge, nach der Angst vor dem Tod und nach fast vier Monaten Wartezeit auf die Schneeschmelze war Hugo zu guter Letzt in Reichweite gerückt. Nun waren sie endlich in Venedig, und es gab kein Zurück mehr.

In diesem Augenblick begann eine Messe, wofür Berenguela dankbar war, weil sie sich nun auf den Gottesdienst konzentrieren konnte. Für eine Weile gab es nichts anderes mehr für sie, nicht einmal mehr den Karneval da draußen. Nur ihr stilles Gebet und ihr unendliches Vertrauen in Gott, den sie um Hilfe bat, nach dem nahen Tod zugleich aber für ihre zweite Chance dankte.

Als sie zur Kommunion nach vorn trat, musste Antonio sie stützen, damit sie nicht das Gleichgewicht verlor. Dann kehrte Berenguela zurück an ihren Platz, setzte sich und streichelte ihre Katze, die unter der Bank still auf sie gewartet hatte. Von Gottes Gnade erfüllt, schloss sie die Augen und formulierte nach einer Bitte um das Wohl anderer auch einen Wunsch für sich selbst. Sie hoffte, dass der Herr ihr in diesem Meer aus Schatten und Zweifeln, in dem sie unterzugehen drohte, ein Wegweiser sein würde. Von den vierundzwanzig Jahren ihres bisherigen Lebens hatte mindestens zwanzig Jahre lang kein anderer Platz in ihrem Herzen gehabt als ihr bester Freund. Und obwohl Hugo ihr in all dieser Zeit ihrer Besessenheit nie das geringste Zeichen dafür gegeben hatte, dass er ähnlich empfand, hatte sie ihn niemals vergessen.

Dabei hatte Berenguela alles probiert. Sie hatte wirklich versucht, ähnliche Gefühle für ihren Ehemann und in letzter Zeit für Policarpo aufzubringen. Aber es war keinem von ihnen gelungen, Hugo aus ihrer Erinnerung zu tilgen, ihn aus ihrem Herzen zu vertreiben. Noch immer sehnte sie sich nur nach Hugos Armen, verzehrte sich nach ihm allein.

»Ergibt das, was ich tue, irgendeinen Sinn?«, fragte sie den Herrn tief in ihrem Inneren. »Und was, wenn ich ihn irgendwann wirklich finde? Wird er mich so lieben, wie ich es brauche? Und wenn er mit einer anderen Frau zusammen ist?«

Berenguela hob den Blick, betrachtete die hölzerne Skulptur der Kreuzabnahme und brach angesichts des verkrümmten, von Wunden übersäten Leichnams Christi in Tränen aus. Sie weinte um den Sohn Gottes, aber auch um sich selbst, weil sie völlig verloren und verunsichert war. Was konnte sie vom Leben noch erwarten, wenn sie Hugo nicht fand? Wie sollte sie ihrem Mann diese erneute Flucht erklären? Was brachte ihr die Zukunft, wenn sie nicht am Leben ihres Angebeteten teilhaben könnte? Und warum war es ihr nicht gelungen, ihre Sehnsucht auf ein anderes Ziel zu richten? Beim Blick auf den Gekreuzigten wurde Berenguela plötzlich ihre Einsamkeit bewusst, und die bittere Erkenntnis überkam sie, dass sie ihr Leben lang eine falsche Entscheidung nach der anderen getroffen hatte.

Sie fragte sich, was sie eigentlich für die Menschen bedeutete, mit denen sie während der letzten Jahre ihre Existenz geteilt hatte, und hatte zugleich Angst vor der Wahrheit. Viel zu lange hatte sie nicht auf ihre Gefühle gehört und sich von den Wünschen anderer leiten lassen.

Hier saß sie nun im Haus dessen, der sich selbst als den Weg, die Wahrheit und das Leben bezeichnet hatte, und begriff, dass ihr Dasein schon seit Jahren von einem Haufen Lügen definiert wurde.

Als Berenguela ihr Taschentuch hervorzog und sich die Tränen trocknete, kam ihr Policarpo Ruiz in den Sinn. Er war ihr ein guter Freund gewesen, ihr bester Freund, bis er sie schließlich am geplanten Reisetag versetzt hatte. Sein Verhalten erschien ihr immer noch so seltsam, dass sie ihn innerlich entschuldigte. Ihrer Meinung nach gab es für sein Benehmen nur eine mögliche Erklärung, dass nämlich etwas Gewichtiges vorgefallen sein musste. Eines Tages würde er es ihr sicher erklären.

Antonio schaute zu Berenguela hinüber. Er kannte die Gründe für ihren tiefen persönlichen Schmerz und respektierte diesen privaten Moment. Canelilla hingegen verstand nicht, was hier gerade vor sich ging, und legte sich um Aufmerksamkeit heischend auf ihren Schoß.

Als der Priester die abschließenden Worte *Ite missa est* gesprochen hatte, wurde die Kirche vom wunderbaren Gesang eines Knabenchores erfüllt. Die Melodie der glockenreinen Stimmen war für Berenguelas Herz so tröstlich, dass sie sich sofort besser fühlte, fast wie neu. Sie schaute ihren Begleiter an, griff nach seiner Hand und drückte ihm einen freundschaftlichen Kuss auf die Wange.

»Danke, dass du hier bei mir bist«, sagte sie. »Ich weiß wirklich nicht, was ohne deine Gesellschaft, deine Hilfe und deinen Beistand aus mir geworden wäre. Das werde ich dir nie vergessen … Und nun auf, machen wir uns auf die Suche nach diesem Barbieri.«

Bevor sie die Kirche verließen, sprachen sie eine alte Dame an. Beflissen erklärte sie ihnen den Weg bis zum berühmten Palast in allen Einzelheiten. Als letztem Anhaltspunkt sollten sie nach einer auffälligen Holzbrücke über den Canal Grande Ausschau halten, die das Stadtzentrum mit dem San-Polo-Viertel verband.

Lucio Barbieri empfing sie um kurz vor zwölf Uhr mittags in seinem Palast, in dem Saal mit Blick auf den Canal Grande, der als »Il sesto senso« bezeichnet wurde.

Berenguela hatte allerdings keine Geduld für seine Erläuterungen über die Dekoration des Raumes.

»Entschuldigt, mein Herr, das ist ja wirklich äußerst interessant, doch ich verzehre mich nach einer anderen Information, die nur Ihr mir geben könnt.«

»So sprecht, meine Dame … Ich will nun wirklich nicht der Grund für solche Qual sein.« Bei diesen Worten bedachte Barbieri Canelilla mit einem finsteren Blick, da er Katzen hasste.

»Ich bin auf der Suche nach Hugo de Covarrubias. Mein Gemahl ist sein Bruder Damián, der vor ein paar Monaten einen Brief von Euch bezüglich einer Schuld …«

»Dieser Hugo ist in letzter Zeit aber ein sehr gefragter Mann«, fiel Barbieri ihr ins Wort.

Berenguela riss die Augen auf. »War etwa noch jemand hier, um sich nach ihm zu erkundigen?«

»Das müsstet Ihr doch am besten wissen«, sagte Barbieri und schaute dabei Antonio an.

»Ich verstehe nicht«, sagte Berenguela mit lauterer Stimme, um die Aufmerksamkeit wieder auf sich zu richten, was ihr aber nicht gelang, weil plötzlich von der Wand des Saales, die auf den Kanal hinausging, ein seltsam pfeifendes Geräusch erklang. Die beiden Besucher sahen sich verwundert an. Berenguela nutzte den Moment und bat Antonio mit Blicken, das Gespräch in die Hand zu nehmen, da Barbieri sie selbst abzulehnen schien. Canelilla sprang derweil aus ihrem Arm und lief zu der ungewöhnlichen Wand hinüber. Sie schnupperte an einer der klingenden Öffnungen und schob prüfend die Pfote hinein. Als sie darin nichts Besonderes fand, senkte sie den Kopf und betrachtete das Loch interessiert.

»Dürfen wir vielleicht erfahren, wer sonst noch nach ihm gefragt hat?«, übernahm nun Antonio. »Und natürlich vor allem, wo wir Hugo de Covarrubias antreffen können?«

Barbieri suchte nach einer großen Rolle Pergament und breitete sie auf dem Tisch aus. Seine Besucher traten heran und betrachteten etwas, was wie eine Landkarte aussah.

»Vor etwas weniger als zwei Jahren ist Hugo de Covarrubias zu einem meiner besten Salzlieferanten geworden. Er beutet eine Mine aus, die sich mehr oder weniger in der Nähe dieser Stadt befindet.« Barbieri zeigte ihnen auf der Karte einen Ort namens Qastiliya, der im äußersten Norden Afrikas lag.

Diese Nachricht traf Berenguela wie ein Schlag. Hugo befand sich also viel weiter weg als erwartet, in Afrika! Um ihn dort zu suchen, würde sie eine lange Reise auf sich nehmen müssen. Mal abgesehen davon, dass ihr dafür die finanziellen Mittel fehlten, konnte sie so etwas auch nicht von Antonio verlangen, der doch sicher gern wieder zu Renata zurückkehren wollte.

Aber nicht nur diese Erkenntnis machte Berenguela klar, dass sie schon viel zu lange in einer aussichtslosen Situation feststeckte. Die größte Schuld daran trug Damián. Er gab ihr das Gefühl, nichts wert zu sein, erniedrigte und beleidigte sie mit seiner ständigen Untreue und hatte vermutlich für immer einen Keil zwischen sie und Hugo getrieben. Allerdings wusste Berenguela ja ohnehin nicht, ob sie ihren alten Freund je wiedersehen würden.

Trauer verschleierte ihren Blick, und plötzlich wusste Berenguela, was zu tun war. Noch einmal bat sie Gott um die Kraft, ihr Leben wieder in die Hand zu nehmen, dann wandte sie ihre Aufmerksamkeit wieder dem Gespräch der beiden Männer zu.

Antonio erkundigte sich gerade danach, wer ebenfalls nach Hugo gefragt hatte.

»Ich erinnere mich noch gut an den Mann, obwohl er einen

komplizierten Namen hatte. Allerdings wundert mich Eure Frage, schließlich war er ein Angestellter der Familie de Covarrubias …«

Berenguela spitzte die Ohren.

»Er hieß Policarpo Ruiz, ja, genau. Und ich muss sagen, dass er mir sehr sympathisch war.«

»Policarpo ist hier vorstellig geworden, um nach Hugo zu fragen? Hat er Euch auch erklärt, warum er auf der Suche nach ihm war?« Berenguela war völlig verblüfft.

Der Venezianer antwortete zwar, aber wieder einmal, ohne Berenguela dabei anzuschauen. »Er war vor etwa vier oder fünf Monaten hier. Wenn ich mich recht entsinne, wollte er Hugo de Covarrubias eine Nachricht seiner Familie überbringen. Ihr wisst doch sicher besser als ich, worum es dabei ging. Das hat er mir nämlich nicht verraten …«

Nun sah er Berenguela doch an, blickte ihr aber nicht in die Augen, sondern betrachtete einen unbestimmten Punkt auf ihrem Kleid.

Allmählich verstand die junge Frau gar nichts mehr, die Fragen überschlugen sich in ihrem Kopf. Warum war Policarpo denn allein aus Brügge aufgebrochen, um Hugo zu suchen? Welche Gründe konnten ihn dazu bewogen haben, ihrem ursprünglichen Plan zuwiderzuhandeln?

»Noch eine letzte Frage«, sprach nun Antonio weiter. »Wisst Ihr vielleicht, ob er wirklich eine Reise dorthin angetreten hat? Nach … wie hieß dieser Ort noch gleich?« Er schielte zur Karte hinüber. »Qastiliya?«

»Davon bin ich überzeugt. Ich habe ihm selbst den Namen unseres Vertreters vor Ort genannt, und Ruiz wirkte fest entschlossen, sich dorthin auf den Weg zu machen. Mehr kann ich dazu aber nicht sagen … Von beiden habe ich seitdem nämlich nichts gehört. Daher weiß ich nicht, ob sie sich gesehen haben, obwohl ich es annehme.«

Barbieri widmete seine Aufmerksamkeit ein paar Sekunden lang Berenguelas Gewand. Ohne ihr in die Augen zu sehen, erhob er sich dann, um das Gespräch als beendet zu erklären. »Ich würden Euch nur zu gerne mehr von meiner Zeit widmen, muss mich jetzt aber um andere Angelegenheiten kümmern …«

Dann begleitete er sie zur Tür und verabschiedete sie dort ohne große Umstände.

Wieder auf der Straße teilte Berenguela Antonio ihren Beschluss augenblicklich mit: »Wir kehren nach Brügge zurück. Diese endlose Suche hat bereits viel zu viel Geld und Opfer gekostet, und du bist schon zu lange von Renata getrennt. Außerdem ist mir inzwischen klar geworden, dass ich den absurden Traum aufgeben muss, der uns hierhergeführt hat. Ich bin einfach zu müde.«

»Und Hugo?«, fragte Antonio verblüfft.

»Hugo wird sein Leben leben, wo auch immer und mit wem auch immer. Ich hingegen muss endlich versuchen, meins in den Griff zu bekommen.« Eine Träne rann ihr übers Gesicht, als sie diese Erkenntnis laut aussprach.

»Bist du sicher, dass du diese Geschichte hiermit beenden willst?«

»Ja, das bin ich.«

Als sie sich nun in Bewegung setzten, hakte sich Berenguela bei Antonio unter und stützte sich auf ihn, da sie heftige Rückenschmerzen hatte.

Canelilla miaute, weil sie nicht mehr getragen werden wollte, und sprang zu Boden, um selbst zu laufen. Ein paar Minuten verstrichen in Schweigen.

Antonio dachte daran, was für ihren Aufbruch am nächsten Morgen alles vorbereitet werden musste.

Berenguela überlegte, wie sie wohl ihr erneutes Auftauchen in Brügge erklären könnte und wie ihre nächsten Schritte aussehen würden. Ihr Herz war völlig zerrissen.

Als Antonio begriff, unter welchen Schmerzen Berenguela litt, nahmen sie für den Rückweg zu ihrer Unterkunft eine Gondel, um die junge Frau zu schonen. Bei ihrer Fahrt über die zauberhaften Kanäle waren sie endlich weit entfernt vom allgemeinen Getöse. Jetzt erklang nur noch das Knarzen des Ruders auf der Gabel, und Berenguela empfand das Bedürfnis, mit Antonio ihre Ängste und Nöte zu teilen, aber auch ihre Überzeugungen: »Hugo aus meinen Gedanken zu verbannen wird die schwierigste Aufgabe meines Lebens. Allein die Vorstellung zerreißt mich innerlich. Und ich weiß auch nicht, ob und unter welchen Bedingungen Damián mich wieder zurücknehmen wird. Ich habe Angst vor ihm und muss vielleicht erst einmal bei euch Unterschlupf suchen. Aber trotz allem bin ich zufrieden, erfüllt mich neue Hoffnung. Ich habe eingesehen, dass ich mich künftig nicht mehr nach den Erwartungen anderer richten darf, sondern meine Zukunft selbst in die Hand nehmen muss.«

»Und das wirst du auch schaffen«, ermunterte Antonio sie.

»Das hoffe ich. Eins ist auf jeden Fall sicher, die Geschichte meines Lebens muss ganz neu geschrieben werden.«

4

Luxemburg, April 1478

Ubayda erregte Aufmerksamkeit, wo sie ging und stand.

Hugo versuchte zwar, der Sache keine große Bedeutung beizumessen, auf ihrem Weg nach Flandern begegneten sie in den Dörfern jedoch nur wenigen Menschen, die sich nicht nach ihnen umdrehten.

Da das Frühlingswetter mild war, suchten sie sich abends nur selten einen Gasthof und schliefen stattdessen lieber im Freien. Dadurch sparten sie nicht nur Geld, sondern vermieden auch die unangenehmen Bemerkungen in einigen Gasthäusern. Die Wirte wunderten sich nämlich darüber, dass Hugo für Ubayda ein Zimmer bezahlte und sie nicht zum Schlafen in den Stall schickte. So war es bei Sklaven üblich, und im Allgemeinen hielten die Menschen die Dunkelhäutige für eine ebensolche. Die ersten beiden Male hatte Ubayda dazu noch geschwiegen, im dritten Gasthof hatte sie Hugo angesichts der säuerlichen Blicke jedoch gebeten, solche Situationen in Zukunft lieber zu vermeiden.

Sie selbst störte es gar nicht, dass man sie von oben herab betrachtete, aber Hugo machte es rasend. In Straßburg beschlossen sie, statt ihrer Tuniken besser europäische Kleidung anzulegen, um weniger aufzufallen. Trotzdem war Ubaydas schwarze Haut natürlich schwer zu übersehen.

Nach zwölf Tagen entdeckten sie am Horizont Luxemburg, wo sie haltmachen wollten, um ihre Pferde neu beschlagen zu lassen. Die Stadt gehörte wie Brügge und fünfzehn weitere große Marktflecken zum Herzogtum Burgund, und am Ortseingang drängte sich der Verkehr aus Pferden und Kutschen.

Nachdem sie an den ersten Häusern vorbeigeritten waren, fragten die beiden Freunde einen alten Mann, wo sie einen guten Hufschmied finden könnten. Er schickte sie zum Flussufer. Dort lagen unterhalb einer beeindruckenden Festung, die auf einem Felshang über der Stadt und der Umgebung thronte, die Werkstätten der einfachen Handwerker.

Hugo und Ubayda ritten einen engen, gewundenen Pfad entlang und brachten die Pferde in die erste Schmiede, die sie entdeckten, wo sie eine halbe Dublone als Vorschuss bezahlten.

Der Schmied, ein blonder Hüne mit kleinen Augen und Armen aus Stahl, erklärte Hugo, dass er für das Beschlagen den ganzen Nachmittag brauchen würde. Dann musterte er Ubayda, zur Überraschung der beiden aber nicht mit abfälligem Blick.

Den Grund dafür begriffen sie, als zwei Minuten später eine Frau mit noch dunklerer Haut erschien. Ubayda und sie schauten einander an und erkannten sofort, dass sie nicht nur die Hautfarbe, sondern auch die Muttersprache miteinander teilten, da sie beide aus dem Königreich Mali stammten. Weit entfernt von ihrer Heimat, schlossen sie einander in die Arme und verschwanden zusammen im Haus, während Hugo mit dem Schmied zurückblieb.

»Ist das Euer Eheweib?«

»Offiziell nicht. Sie wurde mir als Bezahlung einer Schuld geschickt, Ihr versteht schon, als Sklavin.«

Der Schmied holte ein Stück Eisen aus dem Feuer und legte es auf den Amboss. Bis er die gewünschte Dicke erreichte und das Metall wieder in die Esse legte, machte sein lautes Hämmern jede Unterhaltung unmöglich.

»Aber Buzaina hat mich innerhalb von zwei Tagen erobert. Sie ist der wärmste und gütigste Mensch, der mir je begegnet ist.«

Der Schmied wischte sich mit einem Tuch über die Stirn und steckte es gleich darauf wieder in seinen Gürtel.

»Ich habe ihr nach kurzer Zeit die Freiheit geschenkt, aber sie ist an meiner Seite geblieben und lebt jetzt schon seit sechs Jahren bei mir. Da sie Muslimin ist, können wir aber leider nicht heiraten. Und ich würde natürlich nie von ihr verlangen, ihren Glauben aufzugeben. Ich weiß nicht, ob Ihr Euch in derselben Situation befindet.«

»Nein, nein. Ubayda ist keine Muslimin und auch nicht meine Ehefrau. Sie ist nur eine gute Freundin.«

Das erschien Ladislao – wie sich der Schmied vorgestellt hatte – zwar seltsam, er sagte jedoch nichts dazu und wechselte lieber das Thema. »Wie verdient Ihr denn Euren Lebensunterhalt?« In diesem Moment wanderte sein Blick zu Aylal hinüber, die scheinbar ganz entspannt auf einem Fensterrahmen hockte. Bevor er ihren Besitzer antworten ließ, pries der Schmied ihre Schönheit.

»Ja, da habt Ihr recht, mein Falke ist ein schöner und edler Vogel«, nickte Hugo. »Aylal leistet mir Gesellschaft, jagt für mich und hat mir wundervolle Momente geschenkt. Einmal hat sie mich sogar vor einem Angreifer verteidigt und mir damit das Leben gerettet. Daher könnt Ihr Euch sicher denken, wie sehr ich das Tier schätze. Und um auf Eure Frage zu antworten: Ich bin sowohl Aylal als auch Ubayda begegnet, als ich in Nordafrika eine Salzmine ausgebeutet habe. Durch eine schreckliche Tragödie mussten wir die Mine aber verlassen. Das ist eine lange und schmerzhafte Geschichte. Lasst mich nur so viel sagen, dass wir dort alles verloren haben, sogar einige geliebte Menschen.«

In diesem Moment ertönte aus dem Inneren des Hauses Gelächter, kein höfliches, leises Lachen, sondern das laute, fröhliche Lachen zweier miteinander vertrauter Menschen.

»Die beiden scheinen sich ja wirklich gut zu amüsieren. Lassen wir sie doch noch ein bisschen ungestört plaudern. Möchtet Ihr mir in der Zwischenzeit vielleicht zur Hand gehen?«

Ladislao reichte Hugo einen Hammer, zeigte ihm, wo eine Schürze hing, und deutete dann auf die Esse, wo drei weitere Eisenteile warteten.

»Ja, warum nicht?«

Hugo folgte den Anweisungen des Schmieds und bearbeitete kurz darauf die unregelmäßigen Kanten eines Hufeisens. Der eigentümliche Geruch von Rost und verbranntem Holz begleitete ihn bis zum späten Nachmittag, als die Männer beschlossen, die Werkzeuge ruhen zu lassen und etwas zu essen. Die Frauen machten ja keinerlei Anstalten, wieder aus dem Haus zu kommen.

Ubayda und Buzaina waren gerade mit dem Zubereiten des Abendessens beschäftigt. Sie saßen einander am Tisch gegenüber, redeten ohne Punkt und Komma und hielten nicht einmal inne, als die Männer hereinkamen.

Sie setzten sich zu den Frauen, nachdem Ladislao zwei Gläser und eine Karaffe Wein geholt hatte.

Hugos Blick begegnete dem von Ubayda, die ihn anlächelte. Auf ihren Zügen lag ein ebenso glücklicher Ausdruck wie damals, als sie an Azerwans Seite die Oase erreicht hatte. Derart strahlend hatte er sie schon lange nicht mehr gesehen.

»So spät wollt ihr ja wohl nicht mehr weiterreisen«, sagte Buzaina nach dem Abendessen. »Ihr könnt hier bei uns übernachten.«

»Eins der Pferde ist auch noch nicht fertig beschlagen«, fügte Ladislao hinzu, »daher müsstet ihr ohnehin bis morgen warten. Und ihr tut auch besser, was meine Frau euch sagt. Wenn die sich erst einmal etwas in den Kopf gesetzt hat, kann sie ziemlich hartnäckig sein.«

Buzaina schenkte ihm einen mild vorwurfsvollen Blick, bevor sie sich wieder in ihrer Muttersprache an Ubayda wandte.

Ubayda war zwei Jahre älter als Buzaina, an Lebenserfahrung stand ihr ihre neue Bekannte aber in nichts nach. Buzaina erzählte bis zum Schlafengehen von den Dingen, die ihr widerfahren waren.

Vieles davon hatte mit ihrer afrikanischen Herkunft zu tun und mit der Verachtung, die ihr die Menschen deshalb entgegenbrachten. Sie hatte mit dem schmerzhaften Gefühl zu kämpfen, hier an einem Ort zu leben, an den sie nicht gehörte. Es kostete viel Kraft, sich selbst nicht so wertlos zu fühlen, wie die meisten Menschen sie erachteten. Aber Buzaina hatte Selbstbewusstsein und wurde von ihrem Mann unterstützt.

Sie bot Hugo und Ubayda bei allem, wo es nötig sein könnte, ihre Hilfe an. »Es tut mir leid, wenn ich dir das so unumwunden sagen muss, aber euer Verhältnis wird niemand verstehen.« Bedauernd runzelte Buzaina die Stirn. »Ich kann deine Entscheidung für Hugo natürlich nachvollziehen, aber du wirst umso mehr dafür kämpfen müssen, respektiert zu werden.«

Ubayda war sich der Schwierigkeiten bewusst, die auf sie warteten, blickte der Zukunft jedoch unbeirrbar entgegen.

»Hugo ist mein Freund und hat für Azerwan alles getan. Wie sollte ich ihm nach solcher Großzügigkeit meine Hilfe verweigern?«

»Was ihr heute Freundschaft nennt, mag sich mit der Zeit

vielleicht wandeln … Ist dir das nie in den Sinn gekommen? Ihr seid noch jung, und wenn ihr zusammenlebt, entwickeln sich eines Tages vielleicht andere Gefühle.«

In ihrer eigenen Sprache konnten sie beruhigt reden, ohne dabei von den Männern belauscht zu werden, die derweil eine weitaus weniger intime Unterhaltung führten. Trotzdem blickte Ubayda aus dem Augenwinkel verstohlen zu Hugo hinüber, um sich zu vergewissern, dass er nicht auf ihre Worte achtete.

»Natürlich habe ich daran schon gedacht, es erscheint mir aber unmöglich. Ich glaube nicht, dass ich im Leben noch einmal so lieben kann.«

Ubayda kam es vor, als sei ihr Herz nach Azerwans Tod anderen Männern gegenüber verschlossen.

Im Laufe des Abends kam das Gespräch auf Hugos Abenteuer an Bord der Santa Ana, auf die verschiedenen Situationen, in denen er hatte fliehen müssen, und auf das faszinierende Geschäft mit dem Salz. Dabei vermied Hugo es aus Rücksicht auf Ubayda, viel über Azerwan zu sprechen. Aber als es darum ging, warum er überhaupt in die Wüste gereist war und welch schreckliche Tragödie seiner Zeit dort ein Ende gemacht hatte, fiel natürlich auch der Name seines Freundes.

Während er den Abenteuern seines Gastes lauschte, schaute Ladislao genau wie Hugo ein wenig zu tief ins Glas. Irgendwann war es schließlich so weit, dass sie mit lauter Stimme gemeinsam alte Lieder grölten und die Frauen entschieden, den Abend lieber zu beenden.

Im Haus gab es zwei Schlafzimmer: eins für die Besitzer und ein Gästezimmer, in dem nur ein einziges Bett stand. Es war zwar breit und gemütlich, trotzdem entschied Hugo bei seinem Anblick, lieber auf dem Fußboden zu schlafen.

Ubayda protestierte nicht. Während Hugo mit dem

Rücken zu ihr wartete, zog sie sich rasch aus und stieg, nur mit einem Hemdchen bekleidet, ins Bett. Hugo beschloss, bei dem warmen Wetter nur in seiner Hose zu schlafen. Mit Kleidungsstücken, die er im Raum fand, bereitete er sich ein weiches Lager und benutzte seine Satteltasche als Kopfkissen.

»Mit diesem Paar haben wir wirklich Glück gehabt, nicht wahr?« Ubayda hatte Lust, noch ein bisschen zu reden.

»Allerdings. Solche Gastfreundschaft ist in diesen Breiten nicht üblich.«

Nachdem sie die Kerzen ausgepustet hatten, lud die Stimmung im dunklen, stillen Haus zu weiterem Plaudern ein.

»Hoffentlich sehen wir die beiden wieder.«

»Wer weiß«, sagte Hugo. »Wir werden ja nicht weit von hier entfernt leben.«

»Es sind drei Tagesreisen zu Pferd, so viel habe ich schon herausbekommen.« Ubayda rutschte näher an den Rand des Bettes heran. »Hugo …«

»Ja?«

Ubayda holte tief Luft, als wollte sie sich Mut machen. »Azerwan fehlt mir so sehr. Ich muss jeden Tag an ihn denken, und dann schnürt es mir die Luft ab, und ich kann keinen klaren Gedanken mehr fassen …«

Als Hugo nach ihrem Gesicht suchte, konnte er trotz der Dunkelheit die Tränen in ihren Augen glänzen sehen.

»Ich kann ihn auch nicht vergessen. Mir ist klar, dass ich wohl niemals wieder einen Freund finden werde, für den ich so tiefen Respekt empfinde.«

Nach einer wehmütigen Pause sprach Ubayda weiter: »Hugo, ich muss dir noch etwas gestehen, was dir vielleicht wehtun wird.«

»Sprich, ich kann es ertragen.«

»An manchen Tagen habe ich das Gefühl, sein Andenken

zu verraten, indem ich mit dir zusammen bin. Und du kannst dir gar nicht vorstellen, wie sehr mich dieser Gedanke quält.«

»O doch, Ubayda, das kann ich gut nachvollziehen. Wenn ich dich anschaue, dich glücklich sehe oder lachen höre, dann muss ich an Azerwan denken. Und in diesen Momenten komme ich mir wie ein Verräter vor, als hätte ich einen Teil dessen gestohlen, was einst ihm gehört hat und was er so sehr geliebt hat.«

Ubayda begann zu schluchzen, und Hugo schwieg respektvoll, bis sie endlich wieder ein Wort herausbekam. »Wir sind ja so dumm«, sagte sie.

»Das denkt er vielleicht, wenn er uns von da aus beobachtet, wo ihn sein Gott in Empfang genommen hat. Und ich glaube nicht, dass er unsere Freundschaft verurteilen würde.«

»Nein, vermutlich nicht.« Jetzt klang Ubayda schon viel ruhiger. »Allerdings hätte er bestimmt etwas dagegen, dass ich dich auf den Fußboden verbanne. Ist der denn nicht furchtbar hart? Na, komm schon, leg dich zu mir ins Bett, wo du bequemer liegst. Morgen wartet ein langer Ritt auf uns, und wenn du nicht ausgeruht bist, hältst du womöglich nicht durch.«

»Das mag sein, aber ich weiß nicht … Vor allem nach dem, worüber wir gerade geredet haben.«

»Na eben! Nach dieser Aussprache wirst du doch wohl nicht glauben, dass ich auf etwas anderes aus bin, oder?«, scherzte Ubayda. »Auf, auf, nun leg dich schon zu mir.«

Dankbar kam Hugo der Aufforderung nach, und ein paar Minuten später wünschten sie sich eine gute Nacht, schließlich hatten sie einen anstrengenden Tag hinter sich.

Am nächsten Morgen fiel Sonnenlicht ins Zimmer und weckte Hugo. Er schlug die Augen auf und war sofort von den grellen Strahlen geblendet. Als er dann endlich etwas zu erkennen begann, sah er, dass sich schwarzes Haar über seine Brust ergoss und Ubayda an ihn geschmiegt schlief.

Hugo wusste nicht, was er tun sollte. Wenn er sich jetzt bewegte, würde sie aufwachen und von ihm abrücken. Also regte er sich nicht und betrachtete sie ganz still. Weil es so warm im Raum war, hatten sie irgendwann im Laufe der Nacht die Laken abgeschüttelt. Deshalb sah Hugo, dass Ubaydas Hemdchen hochgerutscht war und ihre Beine zeigte. Wie schön sie waren! Eins ihrer bis zum Oberschenkel nackten Beine ruhte auf dem seinen, und Hugo spürte am Hals ihren warmen, angenehmen Atem. Das alles wühlte ihn auf.

Ihre Haut wirkte so einladend, ganz weich und warm. Hugo war versucht, sie zu berühren und zu erkunden, bis er an Azerwan und an ihre Unterhaltung vor dem Einschlafen denken musste. Er beschloss, lieber aufzustehen, bevor er noch irgendetwas tat, was er später bereuen würde.

Vorsichtig und leise löste er sich von Ubayda. Sie stieß ein schweres Seufzen aus, drehte sich auf den Bauch und schlief weiter. Hugo beobachtete sie, atmete ihren Geruch ein, ließ den Blick über ihren Rücken und Nacken wandern und fühlte sich schon wieder von ihr angezogen. Hastig griff er nach seiner Kleidung und zog sich an, um ein wenig atemlos aus dem Zimmer zu fliehen.

In der Küche traf Hugo Buzaina an, die Brot schnitt und auf dem Feuer Ziegenmilch warm machte.

»Guten Morgen, Hugo. Wieso bist du denn schon so früh auf den Beinen? Der Tag ist ja gerade erst angebrochen.«

Durchs Fenster fiel helles Licht herein.

»Ich konnte einfach nicht mehr schlafen, dabei hatte ich schon seit Tagen in keinem richtigen Bett mehr gelegen.«

Kaum waren die Worte heraus, da bereute Hugo sie auch schon. Er hatte seiner Gastgeberin gerade zu verstehen gegeben, dass er das Bett mit Ubayda geteilt hatte.

Zum Glück schluckte Buzaina die Fragen herunter, die ihr durch den Kopf gingen. Sie wollte den ungestörten Moment mit Hugo allerdings nutzen, um mit ihm über Ubayda zu sprechen.

»Hättest du vielleicht gern ein bisschen warme Milch und in Butter gebratenes Brot?«, schlug sie aber zunächst vor.

Hugo knurrte der Magen, als er das hörte. Er bot seine Hilfe bei der Zubereitung an, Buzaina hieß ihn jedoch Platz nehmen.

»Das ist das Lieblingsfrühstück meines Mannes. Der ist schon zur Schmiede hinübergegangen, sicher hören wir ihn gleich hämmern.«

Sie schnitt ein Stück Butter ab und gab es in die Pfanne, die auf dem Feuer stand. Die Butter schmolz in Sekunden, Buzaina wartete aber noch ab, bis sie die richtige Temperatur hatte. »Du reist da in Begleitung einer ganz besonderen Frau«, sagte sie schließlich.

»Ja, das ist wirklich ein großes Privileg.«

Buzaina gab vier Scheiben Brot in das dampfende Fett und briet sie an. »Darf ich dir vielleicht einen Rat geben, was sie angeht?«

»Selbstverständlich!« Hugo schaute sie erwartungsvoll an.

»Ubayda ist die Güte in Person, und ihr Edelmut dir gegenüber kennt keine Grenzen. Tu deshalb alles, was in deiner Macht steht, damit sie sich sicher und geschützt fühlt. Ich weiß nur zu gut, welche Probleme jetzt auf sie zukommen. Erspar ihr so viel Kummer wie möglich, weil sie von anderen noch genug Leid erfahren wird. Zeig ihr, wie wichtig sie in deinem Leben ist, und sorg gut für sie.«

Buzaina nahm die Pfanne vom Feuer und legte die Brotscheiben auf einen Teller, den sie Hugo hinstellte. Dann goss sie warme Milch in eine Schale und setzte sich, um ihm beim Essen zuzusehen.

»Ich werde deinen Rat befolgen und versuchen, all das zu entgelten, was sie für mich tut. Das bin ich Azerwan schuldig, außerdem hat Ubayda es verdient.«

»Es wird dir mit Sicherheit gelingen. Du scheinst ein guter Mensch zu sein.« Die Hausherrin griff nach einem Stück Brot und biss hinein, ohne den Blick von Hugo abzuwenden. »Ah, eins noch: Wenn es ihr je zu viel werden sollte, dann lass mich ihr helfen, schick sie zu mir.«

»Auch das werde ich beherzigen. Sie hat gestern Abend noch zu mir gesagt, dass sie euch sehr gerne wieder…«

»Ja, ganz genau …«, fiel ihm da Ubayda ins Wort, die in die Küche kam und sich verschlafen reckte. Dann ließ sie sich neben ihrem Freund nieder und stibitzte ihm ein Stück Brot.

»Worüber habt ihr denn geredet?«, fragte sie unter Knuspern und Knirschen.

»Über nichts Besonderes«, behauptete Hugo rasch. »Hast du gut geschlafen?«

»Das wäre noch untertrieben. Ich hatte seit Azerwans Tod schon lange nicht mehr von ihm geträumt, und es war einfach wunderbar.«

Bei ihren Worten bereute Hugo wieder seinen Moment der Versuchung.

»Außerdem hatte ich mich so sehr danach gesehnt, wieder in einem Bett zu schlafen, dass ich gar nicht weiß, wie ich dir danken soll, Buzaina.«

»Eine Umarmung reicht mir schon«, antwortete ihre Gastgeberin.

Hugo beschloss, zur Schmiede hinüberzugehen, um zu sehen, ob Ladislao die Pferde fertig beschlagen hatte. Bevor er die Küche verließ, schaute er noch einmal zu Ubayda hinüber. »Mach dich bitte fertig, ich möchte in einer Stunde aufbrechen.«

Als Erstes reisten Hugo und Ubayda nach Antwerpen, um dort Hugos Schuld bei Martín de Soria zu begleichen. Das letzte Stück der neuntägigen Reise dorthin erschien ihnen endlos, weil es nicht eine Minute zu regnen aufhörte. Die Pferde liefen ständig Gefahr, auf dem schlammigen Pfad auszurutschen und sich etwas zu brechen. Die Nächte im Freien, in denen man nicht einmal ein wärmendes Feuer anzünden konnte, machten alles noch viel schlimmer.

Die Unterhaltung mit Martín de Soria war kurz, weil der Bankier im Aufbruch begriffen war. Hugo fasste lediglich rasch zusammen, wie sein Salzgeschäft ein Ende gefunden hatte. Dann wurde er auch schon aus dem Büro befördert, bevor er von seinem Plan berichten konnte, in Löwen bei van Diependaal vorzusprechen.

Martín de Soria erkundigte sich nicht einmal danach, wo Hugo jetzt leben würde oder um wen es sich bei der Frau handelte, die ihn begleitete.

Er suchte bloß das Dokument heraus, welches ihm das Recht an Hugos Erbschaft übertragen hatte, zerriss es und verbrannte es vor Hugos Augen. Dann begleitete er Hugo zur Tür des Palastes und hielt sich nicht lange mit höflichen Abschiedsfloskeln auf.

Als die beiden Freunde eineinhalb Tage später Löwen erreichten, waren sie so erschöpft, dass sie sich für den ersten Gasthof mit freien Zimmern entschieden. Eigentlich hätten sie es ja schöner gefunden, sich sofort eine feste Bleibe zu suchen. Aber es war schon so spät, dass sie beschlossen, diese Entscheidung auf den nächsten Tag zu verschieben.

Sie brachten die Pferde im Stall des Gasthofs unter und stiegen von dort aus eine Treppe in den ersten Stock hinauf.

Leider musste sich Hugo erst einmal mit dem Gastwirt herumschlagen, der ihnen keine zwei Räume geben wollte und dafür ein noch abscheulicheres Argument vorbrachte als andere seiner Zunft: Seiner Meinung nach ruinierte es den Ruf seines Gasthauses, wenn er in einem der Räume eine schwarze Frau schlafen ließ, statt sie wie üblich in den Stall zu verbannen. Und er würde danach zu viel Arbeit damit haben, das Zimmer für den nächsten Gast gründlich zu reinigen, damit bloß nichts von dem Geruch hängen blieb, den Menschen ihrer Rasse verströmten.

Da die Unterhaltung auf Brugs stattfand, konnte Ubayda nichts verstehen. Sie zog aber ihre Schlüsse, als sie bemerkte, wie wütend Hugo wurde.

»Ich weiß nicht, was er von dir verlangt, aber akzeptier es einfach«, sagte sie schließlich. »Ich muss jetzt dringend etwas essen und mich ausruhen.«

Zähneknirschend bot Hugo dem Wirt schließlich einen horrenden Preis, unter der Bedingung, dass Ubayda und er gemeinsam in einem Zimmer unterkamen. Zumindest waren sie endlich in Löwen angekommen, dachte er bei sich. Endlich, nach fast zwei Monaten Reise.

Ihr gemeinsames Zimmer verfügte nur über ein einziges Bett, das wesentlich schmaler war als jenes in Luxemburg. Hugo war auf den ersten Blick klar, dass er dieses Mal besser standhaft blieb und auf dem Fußboden schlief. Er war nicht dazu bereit, sich erneut dieser Versuchung zu stellen.

Nachdem sie ihre Sachen aufs Zimmer gebracht hatten, gingen sie zum Essen wieder nach unten. Hugo bat Ubayda, am Tisch auf ihn zu warten, während er sich beim Wirt nach der Adresse von van Diependaals Werkstatt erkundigte.

Dort wollte er sich früh am nächsten Morgen einfinden und mit dem Meister sprechen, ihn um Arbeit bitten. Wenn er Glück hatte und genommen würde, würde er dann in der Nähe nach einem günstigen Häuschen für sie suchen. Hugo war sich schmerzlich der Tatsache bewusst, wie sehr ihre finanziellen Mittel geschrumpft waren. Auch wenn sie sparsam lebten, würde ihr Geld höchstens noch für zwei oder drei Wochen reichen. Im Notfall würden sie die beiden Pferde verkaufen können, aber das würden sie sich gut überlegen müssen, falls sie sie noch brauchten. Wenn alle Stricke rissen, würden sie schließlich nach Brügge reiten und eine Weile bei Hugos Bruder unterschlüpfen müssen. Damián würde sie sicher gerne bei sich aufnehmen, außerdem musste Hugo ihm ja auch noch von Policarpo Ruiz erzählen.

Als Hugo zum Tisch zurückkehrte, bemerkte er Ubaydas unbehagliche Miene.

»Ist irgendwas vorgefallen?«

»Nichts Schlimmes, nur das Übliche – ich fühle mich einfach beobachtet«, antwortete sie. »Hattest du denn Erfolg?«

»Er war sich nicht sicher und hat mir empfohlen, in einem Beginenhof im Süden der Stadt nach van Diependaal zu suchen. Seiner Meinung nach arbeitet er dort in der Nähe.«

Hugo sehnte sich nach einem Bier und winkte eine Kellnerin heran, die auch eine lange Liste mit den hier angebotenen Gerichten herunterratterte.

Hugo und Ubayda bestellten Rettichsuppe und Kaninchenbraten.

»Was ist denn ein Beginenhof?«, fragte Ubayda. Sie konzentrierte sich lieber ganz auf Hugo und ignorierte die eindringlichen Blicke vom Nachbartisch. Einer der beiden Männer dort hatte eine obszöne Geste in ihre Richtung gemacht, als sie allein gewesen war.

Mit knappen Worten erklärte Hugo ihr das wenige, was er selbst wusste: dass es sich um einen Rückzugsort für Witwen, Waisen und alleinstehende Frauen handelte, die nicht ins Kloster gehen, sich aber von der Welt zurückziehen und sich nur auf sich selbst besinnen wollten. Und auf Gott natürlich.

»Diese Idee gefällt mir gut.« Ubayda leckte sich die Lippen, als ein dampfender Teller mit Gemüse und Fleisch vorbeigetragen wurde. »Da würde ich gerne eintreten, wenn man mich lässt.«

»Mit deiner eigentümlichen Religion würden sie dich vermutlich nicht nehmen. Deshalb tröstest du dich wohl besser mit meiner Gesellschaft. Ich bin nämlich noch nicht bereit, dich gehen zu lassen.«

Das Abendessen war üppig, und Hugo schlief ruhig, weil er sich dieses Mal nicht zu Ubayda legte. Allerdings musste er sie irgendwann wieder ins Bett scheuchen, weil sie aus Solidarität ebenfalls am Boden übernachten wollte.

Am nächsten Morgen bezahlten sie das Zimmer, holten ihre Pferde und ritten in Richtung Süden los. Sobald sie sich dem Beginenhof näherten, begannen sie, nach dem bekannten Glasmaler zu fragen, und bekamen endlich die gewünschte Auskunft.

Die Werkstatt befand sich nicht weit entfernt in einem Gässchen. Ein Schild in Form eines kleinen Buntglasfensters, welches mit einer Eisenhalterung an der Wand befestigt war, wies darauf hin. Von außen sah das Gebäude nicht viel anders aus als die anderen Backsteinhäuschen rundherum, einmal abgesehen davon, dass hier zwei große Schornsteine weißen Rauch ausspien.

Ubayda blieb mit Aylal zusammen an einem Ende des Gässchens bei den Pferden, während Hugo nach dem Eingang des Gebäudes suchte. Er war furchtbar aufgeregt, das war für ihn immerhin ein bedeutsamer Augenblick.

Er klopfte an und wartete. Als ein paar Minuten lang nichts passierte, öffnete er die Tür ein Stück und rief: »Hallo, ist da jemand?« Aber niemand antwortete ihm.

Vor Hugo lag ein weitläufiger Innenhof mit einem riesigen Stapel Brennholz neben einem großen Sandhaufen. Am meisten erregte jedoch ein Dutzend bereits fertiggestellter

Buntglasfenster, die an die Wand gelehnt wohl auf ihren Abtransport warteten, seine Aufmerksamkeit. Er ging darauf zu. Es war faszinierend, diese Kunstwerke hier aus unmittelbarer Nähe betrachten zu können, schließlich sah man sie sonst immer hoch oben in die Kirchenwand eingelassen. Deshalb betrachtete Hugo sie nun ganz genau und war beeindruckt. Besonders imponierte ihm eins der Fenster mit einem von Putten umringten Heiligen. Das Gesicht der zentralen Figur und ihr Blick waren so lebensecht eingefangen, dass sie, anders als bei den meisten Kirchenfenstern, die Hugo bisher gesehen hatte, eher einem Porträt auf einer Leinwand glichen. Mund, Wangenknochen und Kinn waren perfekt und gekonnt schattiert. Auch die Farben waren überraschend, reichhaltiger und vielfältiger als bei der Kathedrale von Burgos. Es war klar, dass diese Buntglasscheiben von einem erfahrenen Meister gestaltet worden waren, einem echten Künstler.

»Seid Ihr hier, um die Fenster abzuholen? Ich kann mich gar nicht erinnern, Euch schon einmal gesehen zu haben.«

Hugo drehte sich um und sah sich einem jungen Mann mit zerzaustem Blondschopf gegenüber.

»Nein, ich bin einfach nur auf der Suche nach Meister Hendrik van Diependaal.«

Der junge Mann zog einen angesengten Handschuh aus, schob sich eine lockige Strähne aus dem Gesicht und erklärte bedauernd: »Ich hoffe nur, dass Ihr deshalb nicht von allzu weit her angereist seid. Leider muss ich Euch nämlich sagen, dass Meister van Diependaal erst in drei oder vier Monaten wieder heimkehrt. Er hält sich zurzeit in England auf, wo er die Fenster für eine riesige Abtei gestaltet. Vor Juli erwarten wir ihn nicht zurück.«

Hugo erstarrte. Natürlich hätte er mit so etwas rechnen müssen, doch diese Nachricht traf ihn wie ein Schlag. Er presste die Lippen aufeinander und seufzte tief. Für ihn war gerade eine Welt zusammengebrochen. Was sollte er denn vier Monate lang in Löwen anfangen, ohne Geld, ohne Arbeit und ohne die Gewissheit, dass er nach Ende dieser Zeit überhaupt eine Anstellung hier in der Werkstatt finden würde?

Die Enttäuschung war ihm wohl anzusehen, denn dem jungen Burschen tat es offenbar leid, ihm diese schlechte Nachricht überbracht zu haben.

»Glaubt mir, das bedauere ich wirklich«, sagte er. »Wolltet Ihr vielleicht ein Projekt in Auftrag geben? In diesem Fall könnte ich Euch einige Muster zeigen, damit Ihr Euch einen ersten Eindruck verschafft. Und wenn Ihr Zeit habt, kann ich Euch auch gerne zu einigen von Meister Diependaals Werken hier in der Stadt führen. Oder sogar außerhalb, in der Kartause. Wie Ihr möchtet.«

Hugo schaute ihn an, ohne ihn wirklich zu sehen. Er hörte kaum, was sein Gegenüber sagte. Seine Gedanken überschlugen sich. Schließlich stammelte er: »Nein, nein, das ist nicht der Grund für meinen Besuch. Ich habe Euren Meister vor einiger Zeit kennengelernt … In der Kathedrale von Antwerpen, die mir gut gefallen hat … Aber das ist jetzt bestimmt schon … zwei Jahre her. Damals hat er mir angeboten, mir seine Werkstatt zu zeigen … Und davon träume ich seitdem … Ich würde hier … nämlich gerne arbeiten. Aber vielleicht erinnert er sich ja nicht einmal mehr an mich. Ich war damals wie verzaubert … Und dann war ich in der Wüste … Aber jetzt …«

Als van Diependaals Arbeiter klar wurde, dass der Fremde kein potenzieller Kunde war und sich wohl auch nicht klarer ausdrücken würde, wollte er ihn lieber so schnell als möglich loswerden. Er bat den jungen Mann, doch im Juli zurückzukehren, und hatte sich schon abgewandt, da fiel Hugo im letzten Augenblick noch ein weiterer Name ein, nämlich der von van Diependaals Helfer, mit dem er zusammen eine kleine Menge Silbergelb zubereitet hatte.

Er rief laut: »Könnte ich denn vielleicht einen Moment mit seinem Schüler Niclaes Rombouts sprechen?«

Der Jüngling steckte den Kopf erneut zur Tür hinaus. »Niclaes ist auch nicht da, er hat den Meister nach England begleitet. Ihr müsst eben bis Juli warten.«

Mit hängendem Kopf schleppte sich ein niedergeschlagener Hugo zurück in die Gasse.

Bei seinem Anblick befürchtete Ubayda das Schlimmste. Auch Aylal bemerkte auf ihre Art und Weise etwas Merkwürdiges an der Haltung ihres menschlichen Freundes und flog auf seine Schulter, wo sie allerlei krächzende Geräusche von sich gab.

Davon ließ sich Hugo allerdings nicht aufmuntern. Er ging zu seinem Pferd und schaute Ubayda kaum an, während er von ihr die Zügel entgegennahm. Als er in den Sattel stieg, brachte er angesichts ihrer fragenden Miene mühsam hervor: »Ich muss mir Arbeit suchen.«

»Sie nehmen dich also nicht?« Geschickt schwang sich auch Ubayda auf ihr Pferd und führte es an Hugos heran.

»Das werden wir erst in vier Monaten erfahren, weil van Diependaal bis dahin in England arbeitet. So lange müssen wir hier ausharren, dabei sind unsere Taschen leer.« Hugo riss einen Zweig von einem Baum und schleuderte ihn wütend zu Boden. »Für heute Nacht müssen wir deshalb die günstigste Unterkunft in Löwen ausfindig machen, einen Gasthof dürfen wir uns nicht mehr leisten.«

»Keine Sorge, auch diese Schwierigkeit werden wir überwinden.« Die tiefe Traurigkeit auf Hugos Zügen bereitete Ubayda Sorgen, daher strich sie ihm tröstlich über die Hand. »Ich kann ja auch arbeiten, um meinen Teil beizutragen … Dafür bin ich doch schließlich mitgekommen, nicht wahr?«

»Auf keinen Fall!«, entgegnete Hugo ernst. »Sobald wir eine Bleibe haben, werde ich schon etwas finden, egal, was.«

5

Schildpadhuis, Brügge, April 1478

Eineinhalb Jahre nach Grosenbergs Betrug mit der ägyptischen Wolle erholten sich die Geschäfte von Damián de Covarrubias endlich langsam. Mehr als die Hälfte seiner alten Kunden hatte wieder Bestellungen bei ihm aufgegeben, wenn auch in geringerem Maße als zuvor. Und nun hatte er gerade ein vielversprechendes Geschäft mit einem der bedeutendsten Brüsseler Unternehmer abgeschlossen, der weitaus mehr Wolle brauchte als die meisten seiner Kunden. Es handelte sich um einen wichtigen neuen Kunden für die de Covarrubias' und Ibáñez', oder besser gesagt, Ibáñez' und de Covarrubias', weil sein Schwiegervater ja immer das größte Stück vom Kuchen abbekam.

Damiáns erfolgreiche Rückkehr auf den Markt hatte natürlich viel mit seinen niedrigen Einstiegspreisen zu tun, und mehr als ein Mitglied des Brügger Consulado de Mercaderes hatte sich darum über ihn beschwert.

Aber das war Damián egal. Er musste einfach seine Ware an den Mann bringen und seinen guten Ruf in der flämischen Textilbranche wiederherstellen. Außerdem brauchte er Geld, um seine Schulden bei seinem Vater und seinem Schwiegervater zurückzuzahlen.

Im Moment waren seine Einnahmen noch nicht wieder so hoch wie zuvor, aber er rechnete damit, in zwei Jahren erneut an die alten Beträge anknüpfen zu können. Bei seinem Besuch in Burgos im Vorjahr hatte er sich sehr um seine Lieferanten bemüht und kümmerte sich nun seit fünf Monaten intensiv um seine momentanen Kunden. Er investierte viel Geld und Zeit, um sich in der Stadt wieder einen Namen zu machen. Deshalb fanden in seinem Palast glanzvolle Feste statt, und er hatte in letzter Zeit den Frauen der Brügger Honoratioren teure Geschenke gemacht. Im Gegenzug öffneten sich ihm Türen, die zuvor verschlossen gewesen waren.

Damián wunderte sich, dass sein Verwalter, Policarpo Ruiz, mit dem er doch früher regelmäßig korrespondiert hatte, sich schon seit Monaten nicht mehr meldete. Ruiz war auch schon lange nicht mehr nach Brügge gekommen. Aber de Covarrubias ging davon aus, dass er wohl in Burgos künftige Wolllieferungen vorbereitete. Vielleicht besuchte er auch häufiger ihre wichtigsten Lieferanten, um die wieder aufgenommenen Geschäftsbeziehungen zu festigen, wie Damián es selbst angeregt hatte.

Viel größere Sorgen machte Damián, dass er immer noch nichts von seiner Frau gehört hatte. Sie war jetzt schon seit sechs Monaten verschwunden, und bislang hatte er nicht einen einzigen Hinweis auf ihren Verbleib bekommen.

Nach Burgos war sie nicht gereist, denn das hätte er durch seine Mutter oder seinen Schwiegervater erfahren, und die hatten sich zum Glück noch nicht bei ihm gemeldet.

Damián fürchtete sich vor dem Tag, an dem Don Sancho Ibáñez das Verschwinden seiner Tochter irgendwie zu Ohren kommen würde. Dies wäre wohl sein Ende, und deshalb hatte er die Suche nach Berenguela in keinem Moment aufgegeben.

Nachdem ein Trupp Männer für ihn erfolglos im ganzen Herzogtum jeden Stein umgedreht hatte, hatte er sich an all seine Bekannten gewandt, damit sie sich in nahen Städten umhörten. Aber auch das brachte nichts. Und was Renata anging … Damián hatte sich wegen eines angeblichen Übergriffs in ihrer Konditorei vor dem Gesetz verantworten müssen. Zum Glück war er mit einer Geldstrafe von einhundert Dublonen davongekommen, aber er durfte sich dem Urteil nach weder ihr noch ihrem Geschäft nähern.

Wie auch immer, Berenguela schien sich in Luft aufgelöst zu haben.

Die Monate verstrichen, und schließlich fand Damián Trost über den Verlust seiner Ehefrau im Schoß einer Witwe namens Berta, die er bei einem seiner eigenen Feste kennengelernt hatte. Ihr Appetit auf Männer war größer als ihre Sorge um ihren Ruf, daher war sie vor eineinhalb Monaten sogar von ihrem Haus im Zentrum der Stadt zu Damián gezogen.

Die beiden gingen nur selten aus, weil sie ihr Bett nur ungern verließen. In ihrer brennenden Leidenschaft waren sie einander genug.

Das prüde Brügge verurteilte ihr Verhalten vermutlich. Nach Berenguelas unerklärlicher Flucht und nach all der Zeit, die inzwischen verstrichen war, zeigte man sich dem Paar gegenüber aber ein wenig nachsichtiger.

Und dafür war zum großen Teil auch Berta mit ihrer stets freundlichen, munteren Art und ihrer Geselligkeit verantwortlich. Sie war immer bereit, zu Geburtstagen, Jubiläen und anderen Anlässen eine Feier auszurichten, und scheute dabei weder Kosten noch Mühen. Auf diese Art und Weise verdrängte sie de Covarrubias' Gemahlin bald aus den Unterhaltungen der einflussreichen Bürger Brügges, und irgendwann schienen die Menschen sogar daran zu zweifeln, dass es Berenguela jemals gegeben hatte.

»Mein Schatz, denk daran, dass heute zum Kaffeetrinken meine französischen Freundinnen kommen, die du nicht ausstehen kannst. Vielleicht möchtest du ja lieber für zwei Stündchen verschwinden.«

Gemeint waren die Ehefrauen der fünf Abgesandten des Herzogtums Burgund, die die Regierung Brügges kontrollierten und Steuern eintrieben.

Berta zog ihr Nachthemd aus und ging nackt durchs Zimmer, um ihr Unterkleid hervorzuholen. Sie entschied sich für etwas ganz Neues, ein Hemd aus Seide, wie es die Damen der feinen Gesellschaft nicht kannten und das sie in Antwerpen gekauft hatte. Mit dem Hemd in der Hand ging sie wieder zum Bett hinüber, auf dem ein halb bekleideter Damián saß, und baute sich vor ihm auf.

»Würdest du mir das … vielleicht gern überziehen?«

»Berta, du treibst mich noch in den Wahnsinn … Aber weißt du was? Genau das gefällt mir an dir.«

Sie küsste ihn mit glühender Leidenschaft und gestand ihm flüsternd, wie sehr sie sich nach ihm verzehrte.

Damián griff nach dem Hemd, ließ die Finger anerkennend über den weichen Stoff gleiten und hüllte dann Bertas üppige Brüste darin ein. In diesem Augenblick klopfte es an der Schlafzimmertür. Als sie nicht darauf reagierten, folgte ein zweites, lauteres Pochen.

Erzürnt sprang Damián auf, um den Grund für diese Störung zu erfahren. Er öffnete die Tür einen Spaltbreit und schob den Kopf hinaus. »Darf man fragen, was so dringend ist, dass du uns vor zehn Uhr morgens störst?« Mit missbilligendem Blick sah er seinen Kammerdiener an.

»Verzeiht, aber Eure Gattin ist zurückgekehrt und wartet unten im Salon auf Euch.«

»Berenguela?«, entfuhr es ihm.

»Ja, Herr.«

»Na, das ist ja eine Überraschung! Gut.« Damián kratzte sich am Kinn. »In Ordnung. Sag ihr, dass ich in ein paar

Minuten unten bin, wenn ich mich fertig angezogen habe.«

Damián schloss die Tür und wandte sich verblüfft zu Berta um. »Ich kann nicht fassen, dass sie zurückgekehrt ist.«

Aufgewühlt sprang Berta vom Bett auf, hob ihre Bluse auf und zog sie an. Dann schaute sie sich im Raum nach dem Unterrock um, den sie am Abend zuvor getragen hatte. Ihre Gedanken rasten, und sie blieb stehen, um sie zu ordnen. In dieser peinlichen Situation wurde wohl von ihr erwartet, dass sie sich heimlich aus dem Haus schlich, aber dazu war sie nicht bereit.

»Wirf sie raus, mein Schatz, und kehr dann so schnell wie möglich zu mir zurück.« Sie kroch wieder ins Bett. »Ich warte hier ungeduldig auf dich, um das zu Ende zu führen, womit wir gerade angefangen haben.«

Mit einer solchen Reaktion hatte Damián nicht gerechnet. Während er sich anzog, fragte er sich, wie er mit dieser verrückten Situation umgehen sollte. Wütend musste er sich eingestehen, dass er wieder einmal nicht Herr der Lage war.

Mit Berenguelas Verschwinden hatte er nicht nur eine Ehefrau verloren, sondern auch die Kontrolle über die Ereignisse. Er hasste es, sich so angreifbar zu fühlen. Und was hatte ihre Rückkehr zu bedeuten? Im Hinblick auf seine finanzielle Situation handelte es sich um keine schlechte Nachricht, dachte er bei sich. Auf jeden Fall war es besser als die Ungewissheit und die ständige Angst, das Vertrauen seines Schwiegervaters zu verlieren.

Andererseits hatte sich Damiáns Leben in den letzten Monaten sehr verändert. Jemand anders hatte Berenguelas Platz eingenommen, eine Frau, die sein Blut in Wallung brachte.

Im Geist spielte er die verschiedenen Situationen durch, die sich bei seinem Gespräch mit Berenguela ergeben könnten. Während er sich Fragen und Antworten überlegte, ging ihm nicht aus dem Sinn, was Berta eben zu ihm gesagt hatte: »Wirf sie raus und kehr dann so schnell wie möglich zu mir zurück.«

Wie sollte er Berenguela denn nur hinauswerfen? Sie war schließlich eine Grundlage seines Geschäfts.

Frustriert ballte Damián die Hände zu Fäusten. Das Erscheinen seiner Frau kam wirklich mehr als ungelegen. Aber bevor er irgendwelche Entscheidungen traf, musste er erst einmal herausfinden, was sie wollte. Er ging zum Salon, holte tief Luft, drückte die Schultern durch und machte die Tür auf.

Mit im Schoß zusammengelegten Händen saß Berenguela auf einem Sessel und gab eine Gemütsruhe vor, die sie in Wirklichkeit nicht verspürte. Als Damián ins Zimmer trat, ließ sie ihn etwas näher herankommen und stand dann auf, um ihn mit einem Kuss zu begrüßen.

Er wich zurück. »Du glaubst ja wohl nicht, dass wir einfach weitermachen, als wäre nichts geschehen!«, stieß er hervor.

»Selbstverständlich nicht. Ich bin hier, um dir mein Verhalten zu erklären. Und ich habe nicht vor, irgendetwas vor dir zu verbergen.«

Berenguela setzte sich wieder und schob die Hände zwischen die Falten ihres Kleides, damit Damián ihr verräterisches Zittern nicht sah. Dann seufzte sie tief und begann zu sprechen: »Eines Tages ist mir ein Brief aus Venedig in die Hände gefallen, in dem sich eine Zahlungsanweisung befand. Der Absender, ein gewisser Barbieri, hatte sie dir zur Tilgung von Schulden mitgeschickt, die dein Bruder bei dir hatte.«

»Eine Zahlungsanweisung? Diesen Brief habe ich nie zu Gesicht bekommen!«, fiel ihr Damián ins Wort. Plötzlich hatte er jede Menge Fragen. Doch noch bevor er sie stellen konnte, sprach Berenguela weiter: »Ich fühlte mich damals furchtbar erniedrigt. Du hattest mich so oft betrogen, dass ich beim Anblick des Briefes beschloss, die Zahlungsanweisung selbst einzulösen. Mit dem Geld konnte ich mich auf die Suche nach Hugo machen. Ich wollte mit ihm klären, was damals in jenem Gasthaus geschehen war, und hatte auch Hoffnung auf mehr, das will ich dir nicht vorenthalten. Ich dachte, dass dieser Barbieri gewiss seinen Aufenthaltsort kennen und ihn mir verraten würde.«

Damián brannte darauf, Fragen zu stellen, aber Berenguela ließ ihn nicht zu Wort kommen. Sie schaute ihm in die Augen und erzählte ihm vom Gotthardpass, von ihrer monatelangen Krankheit, der anschließenden Reise nach Venedig und ihrem Gespräch mit Barbieri. Und sie enthüllte ihm, was sie über Hugos Aufenthaltsort herausgefunden hatte.

»Irgendwann habe ich jedoch begriffen, wie töricht dieses Vorhaben war«, schloss sie. »Die Schwierigkeiten einer so langen Reise würde ich nicht überwinden können. Und deswegen haben wir beschlossen, nach Brügge zurückzukehren.«

»Wir?«

Berenguela wurde klar, dass sie den Namen ihres Begleiters noch gar nicht erwähnt hatte, und nannte ihn ohne Furcht.

Damit bestätigte sie Damiáns Vermutung, dass Renata in die ganze Sache verwickelt war. Er wartete darauf, dass Berenguela fortfuhr, sie schien aber nichts mehr hinzufügen zu wollen.

Also sagte er: »Du willst mir also erzählen, dass du mich bestohlen hast und mit einem anderen Mann davongelaufen bist – ich will gar nicht wissen, was ihr außer eurer Freundin noch miteinander teilt –, und das alles nur, um deine Jugendliebe wiederzufinden, meinen eigenen Stiefbruder. Und weil dir das nicht gelungen ist, kommst du jetzt angekrochen und willst wieder hier einziehen, als wäre nichts gewesen.«

»Man könnte es auch weniger derb formulieren, aber ja, das wäre eine passende Zusammenfassung«, antwortete Berenguela ruhig.

Damián war fassungslos. Er fragte sich, wie Berenguela sich ihre Rückkehr vorstellte, rechtfertigen würde, wollte aber nicht zugeben, dass ihn diese Frage beschäftigte. Er holte Luft und starrte Berenguela an, in der Hoffnung, dass sie irgendwann die Augen niederschlagen werde, bis er dann doch die Frage stellte, die ihm unter den Nägeln brannte: »Und wozu bist du dann zurückgekehrt?«

»Um mich in dich zu verlieben ...«

Mit offenem Mund und weit aufgerissenen Augen starrte Damián sie an. Er stolperte über seine eigenen Worte und brauchte eine Weile, bis er wieder einen vernünftigen Satz herausbekam. Dann verlangte er eine Erklärung.

»Während all der Zeit, die wir voneinander getrennt waren, hatte ich viel Muße zum Nachdenken«, antwortete sie. »Vor allem während der Rückreise aus Venedig.«

Berenguela legte eine Pause ein, und Damián bemerkte, dass sich ihr Gesichtsausdruck veränderte, so als müsse sie sich erst einmal selbst Mut machen. Schließlich sah sie ihn ruhig an und sagte:

»Dabei bin ich zu dem Schluss gekommen, dass ich viel zu besessen von deinem Bruder war und deshalb mein Herz allen anderen Menschen gegenüber verschlossen habe. Endlich habe ich erkannt, dass ich dir gegenüber ungerecht war, Damián. Mir ist wichtig, dass du heute die ganze Wahrheit erfährst. Und damit meine ich, dass ich für dich niemals dasselbe empfunden habe wie für Hugo und es auch gar nicht wollte. Ehrlich gesagt, habe ja all diese Jahre *ich dich* betrogen, indem ich stets an einen anderen gedacht habe.«

Berenguela musterte Damiáns Miene und nahm überrascht zur Kenntnis, dass ihre Enthüllung ihn nicht besonders zu treffen schien.

»Es tut mir leid, diese Worte so unverblümt auszusprechen. Aber ich hoffe, dass sie bei mir und dir einen Heilungsprozess in Gang setzen, nachdem wir nun den wahren Zustand unserer Ehe erkannt haben. Seit unserer Hochzeit habe ich dich mit Hugo betrogen, wenn auch nur in Gedanken. Und auch du hast mich mehr als einmal hintergangen.«

Damián musste an Berta denken und schwieg.

»Ich schlage vor, dass wir all das jetzt hinter uns lassen.« Berenguela holte Luft und sprach weiter: »Wir haben beide dazu beigetragen, in unserer Ehe eine unüberwindbare Mauer hochzuziehen, aber die möchte ich nun einreißen. Ich bin jetzt ein anderer Mensch und zu einem Neuanfang entschlossen.«

Offen und selbstbewusst schaute sie Damián an. »Noch kann ich dir nicht versprechen, dass du für mich je so wichtig sein wirst wie Hugo. Aber ich kehre mit dem einzigen Ziel zurück, unsere Ehe zu retten, und bin fest entschlossen, es mit dir zu versuchen. Das will ich von ganzem Herzen, mit aller Kraft, deshalb bin ich dazu bereit, deine Liebeleien zu vergessen und dir alles zu verzeihen«, schloss sie und schaute ihren Mann erwartungsvoll an.

Damián begriff, dass ihr Vorschlag für ihn von großem Vorteil war, aber er traute dem Braten nicht. Wenn er ihre bisherige Beziehung zueinander Revue passieren ließ, ergab ihr Angebot überhaupt keinen Sinn. Aber er betrachtete die Situation von einem ganz anderen Standpunkt aus als seine Frau. Er war begeistert, die neuen Karten ausspielen zu können, die sie ihm anbot, bevor er die ganze Partie verlor. Und weil hier viel mehr auf dem Spiel stand als nur seine Ehe, beschloss er, besonnen vorzugehen. Er würde Berenguelas Vorschlag zunächst einmal zustimmen, aber eher zögerlich. Wenn Berenguela seine Zweifel bemerkte, würde sie sich besonders anstrengen und ins Zeug legen müssen. Und so würde Damián vielleicht auch auf andere, bisher nicht erreichte Ziele hinarbeiten können, die genauso wichtig waren wie eine stabile Ehe.

»Ich brauche aber Zeit«, sagte er schließlich.

»Natürlich.«

»Daher möchte ich nicht, dass du sofort wieder hier einziehst, was du hoffentlich verstehen kannst. Im Gegenzug verspreche ich dir, mir die Sache zu überlegen.«

In diesem Moment wurde die Tür des Salons aufgerissen, und Berta stürzte herein, und zwar nur halb bekleidet, damit an ihrer Rolle in diesem Haushalt auch kein Zweifel blieb.

»Ich habe mich gefragt, wo du bleibst: Ich warte schon die ganze Zeit im Bett auf dich.«

Sie schob ihr hüftlanges wallendes Haar mit dem Arm beiseite, sodass ihr nur halb geschlossenes Nachthemd den Blick auf ihre üppigen Brüste freigab.

Noch bevor Berenguela etwas fragen konnte, kam ihr Damián zuvor: »Darf ich dir Berta vorstellen? Sie lebt seit etwas über einem Monat hier bei mir. Ich hatte ja nicht gedacht, dass du je wieder zu mir zurückkehren würdest, und muss gestehen, dass ich nach deinem Verschwinden bei ihr Trost gefunden habe.«

»Vermutlich wolltest du gerade aufbrechen …«, sagte Berta, die stocksteif dastand und Berenguela mit abschätzigem Blick betrachtete.

»Man sollte wohl eher erwarten, dass du unser Haus verlässt. Aber keine Sorge, kriech ruhig wieder zwischen die Laken, er wird dir dort in ein paar Minuten Gesellschaft leisten.«

Berenguela stand auf, baute sich dicht vor der anderen Frau auf und sagte würdevoll: »Ich bin jedenfalls wieder zurück!«

»Warte oben auf mich, Berta«, bat Damián. »Ich bringe sie noch nach draußen.«

Bevor sie verschwand, bedachte Berta Berenguela noch mit einem finsteren Blick und zischte leise, aber gut verständlich: »Er gehört jetzt mir, und ich lasse ihn mir auch nicht wegnehmen!«

Auf dem Weg nach draußen musterte Berenguela ihren Mann und glaubte in seinem Blick einen Anflug von Selbstgefälligkeit zu erkennen. Verständlich, schließlich stritten sich gerade zwei Frauen um ihn. Vielleicht musste Berenguela deshalb an Policarpo denken. Und da sie ein für alle Mal reinen Tisch machen wollte, enthüllte sie ihrem Mann noch ihre Beziehung zu dem Verwalter, sein Wissen um ihre Flucht nach Venedig, sein unerklärliches Nichterscheinen zum vereinbarten Zeitpunkt und die Tatsache, dass er auf der Suche nach Hugo Richtung Afrika gereist war.

Damián war getroffen. Jetzt verstand er endlich, warum sich sein Verwalter nicht bei ihm meldete, und ahnte, wozu er Hugo wohl suchte.

Was Berenguelas Verhältnis mit Policarpo anging, kränkte es Damián zwar in seiner männlichen Ehre, vor allem aber erstaunte es ihn. Er hätte nie damit gerechnet, dass sie ihn mit einem anderen Mann betrogen hatte, und erst recht nicht mit jemandem, dem er vertraut hatte. Nun vermutete er mehr denn je, dass sich mit diesem Antonio wohl etwas Ähnliches abgespielt hatte, doch darüber wollte er jetzt nicht nachdenken.

Bevor sie das Haus verließ, küsste Berenguela ihn zum Abschied noch auf die Wange. »Danke, dass du mich nicht danach gefragt hast, aber damit du es weißt: Ich habe mich Policarpo nie ganz hingegeben.«

»Dasselbe kann ich von mir allerdings nicht sagen.«

»Richtig. Und auch nicht, dass es nicht wieder vorkommen wird.« Berenguela schaute zum oberen Stockwerk hinauf, wo die neue Bewohnerin des Hauses auf ihn wartete.

»Morgen werde ich um zwölf Uhr zur Messe gehen und danach im Park einen Spaziergang am Teich machen. Du weißt schon, in der Nähe des Beginenhofes. Falls du mich gern begleiten möchtest …« Mit diesen Worten brach Berenguela auf. Es war ihr gelungen, während des ganzen Gesprächs Ruhe zu bewahren.

Berta hingegen verbarg ihre Rage, als Damián wieder im Schlafzimmer erschien, auch im Bett nicht. Davon zeugten drei lange Striemen, die ihre Fingernägel auf Damiáns Rücken hinterließen.

Beim Abendessen saßen sie schweigsamer als sonst zusammen. Was seine Pläne anging, wollte Damián Berta gegenüber allerdings offen sein und erzählte ihr daher, dass er sich am nächsten Tag mit Berenguela verabredet hatte.

Seine Geliebte war zunächst strikt dagegen. Sie wollte ihrer Widersacherin auch nicht das kleinste bisschen Platz in Damiáns Herzen einräumen und drohte sogar, ihn zu verlassen, bis Damián ihr detailliert darlegte, was er mit seiner Frau vorhatte. Er versicherte ihr, dass seine Beziehung zu Berenguela ein rein geschäftliches Arrangement sei, um sein Geld zu schützen, dass es aber nichts an seinen Gefühlen zu Berta ändere.

Und als er ihr voller Inbrunst glühende Versprechungen machte, denen sie nicht widerstehen konnte, erklärte sie sich auch damit einverstanden, dass sich von nun an in ihrer Beziehung einiges ändern würde, vor allem nach außen hin.

»Wir müssen diskreter sein«, mahnte Damián.

Stürmisch fegte Berta Teller, Besteck und Gläser vom Tisch und setzte sich auf die Tischplatte. Dann warf sie ihm eine

Beleidigung an den Kopf, schob ihren Rock hoch und biss Damián in die Lippe.

Als Berenguela in die Konditorei kam, sagte ihr Gesichtsausdruck eigentlich schon alles.

Trotzdem wollte Renata jedes Detail wissen: »Und, wie ist euer Gespräch verlaufen?«

»Wie erwartet.« Berenguela lächelte und griff nach ihrer Arbeitskleidung, doch Renata nahm ihr die Sachen aus der Hand. »Jetzt erzähl doch erst einmal, wie hat Damián reagiert?«

»Er hat alles geschluckt!« Berenguela strahlte vor Glück.

»Bist du dir da sicher?«

»Ja, schon ... Als diese Berta aufgetaucht ist, musste ich mir zwar trotz deiner Vorwarnung auf die Zunge beißen, um ihn nicht zum Teufel zu schicken. Aber ich habe mir innerlich ein ums andere Mal meine Gründe in Erinnerung gerufen, um das Ziel nicht aus den Augen zu verlieren. Es hat mir allerdings ziemliche Bauchschmerzen bereitet, wie herablassend mich Damián behandelt hat. So als würde er mir wer weiß was für einen Gefallen damit tun, dass er mich wieder zurücknimmt. Es war wirklich hart, aber jetzt habe ich es ja hinter mir.«

Berenguela zog sich um, griff nach einem hölzernen Schneebesen und fing an, Eiweiß zu schlagen.

»Gut, dann ist doch alles perfekt, oder nicht? Bist du zufrieden?«

»Äußerst zufrieden. Das war zwar erst der Anfang, hätte aber kaum besser laufen können. Was soll ich mit diesem Eischnee machen?«

Renata deutete auf eine Schüssel mit Creme, unter die Berenguela den Schnee heben sollte. In der Zwischenzeit legte die Italienerin für ihre berühmten Kirschmarmelade-

Törtchen kleine Formen mit Blätterteig aus. Als sie die Törtchen schließlich in den Ofen geschoben hatte, gingen ihr die Worte ihrer Freundin immer noch durch den Kopf.

»Habt ihr irgendeine Abmachung getroffen?«, fragte sie.

»Morgen warte ich im Park am See auf ihn. Wenn er so reagiert, wie ich vermute, werden wir uns gewiss noch öfter treffen. Und dann kann ich den zweiten Teil meines Plans in die Tat umsetzen.«

6

Löwen, Herzogtum Burgund, April 1478

Am Vortag war Hugo aufgefallen, dass die Sint-Pieter-Kirche im Zentrum von Löwen von einem Gerüst umgeben war, daher suchte er diese Baustelle an diesem Morgen als Erstes auf.

Er umrundete das Gotteshaus, bis er an der Südseite eine Gruppe Männer anstehen sah. Mit Blick auf die Kirche reihte er sich dann am Ende der Schlange ein. Hugo brauchte gar nicht zu fragen, was sie hier suchten, nämlich Arbeit für den Tag.

Während er wartete, reckte und streckte er sich, um die Rückenschmerzen loszuwerden, mit denen er heute Morgen aufgewacht war. Wegen seiner geringen finanziellen Mittel hatten sie mit einem harten Lager vorliebnehmen müssen. Nachdem sie die halbe Stadt durchquert und selbst in armseligen Hütten, in denen zum Teil die Hunde besser zu leben schienen als ihre Besitzer, vergebens gefragt hatten, blieb ihnen zuletzt nur ein Verschlag in einem Maultierstall, den man ihnen für zwei Dublonen im Monat vermietete.

Diese bescheidene Unterkunft mit der mottenzerfressenen Matratze war aus zerborstenen Latten zusammengezimmert und stank. Es war ein jämmerliches Quartier, vorläufig musste es aber reichen. Als der Moment des Schlafengehens gekommen war, hatte Ubayda eigentlich Hugo das Bett überlassen wollen, er hatte aber den harten Fußboden bevorzugt. Dann hatte er sich jedoch die ganze Nacht rastlos hin und her gewälzt, ohne je eine wirklich bequeme Position zu finden. Zwischen Schlaflosigkeit und unruhigen Träumen hatte er sich überlegt, vielleicht doch nach Brügge zu fahren, wo er im Schildpadhuis bis Juli ein komfortableres Leben führen könnte. Aber ihm graute davor, erneut in jenem Arbeitszimmer seinem Bruder gegenüberzusitzen und ihn um Geld und Hilfe bitten zu müssen. Nach dem, was Policarpo zum Abschied zu ihm gesagt hatte, fürchtete er sich ja sogar vor dem Wiedersehen mit Berenguela. Und als er nun die Säulenhalle der prachtvollen Kirche betrachtete, war diese Idee längst vergessen.

Das Gebäude von Sint Pieter wurde gerade völlig neu gestaltet, um es dem französischen Stil anzupassen, der in den letzten zwei Jahrhunderten im Kirchenbau fast überall in Europa vorherrschte. Der Innenraum schien inzwischen fast fertig zu sein, aber jetzt erhöhte man noch einen der Türme am Haupteingang, vor dem sich Hugo befand.

Als ein Mann mit dunkler Lederschürze Arbeiter unter den Wartenden auswählte, kam Bewegung in die Schlange. Er ließ einen nach dem anderen antreten und schickte manche von ihnen nach rechts, andere nach links.

Angesichts ihrer körperlichen Verfassung nahm Hugo an, dass Letztere die Glücklichen waren, die heute Arbeit bekommen würden. Er schaute an sich herunter und versuchte seine Magerkeit zu überspielen, indem er die Brust herausstreckte. Hugo aß schon lange weniger als üblich, und das sah man ihm an.

Vor ihm waren noch zehn oder zwölf Männer an der Reihe, und er wartete ungeduldig.

Als er dann schließlich vor dem Mann mit der Schürze stand, wurde er nach seiner Herkunft gefragt.

»Ich stamme aus Kastilien, bin vierundzwanzig Jahre alt und begierig darauf, jede Arbeit zu erledigen, die man mir aufträgt«, antwortete er in Brugs, einer Sprache, die er in seiner Kindheit gelernt hatte.

Der Mann betastete seine Arme und musterte seine Beine. Dann bat er Hugo, sein Hemd auszuziehen. Die Narbe an seiner rechten Seite, die Hugo für immer an Policarpo erinnern würde, war für ihn weniger entscheidend als Hugos dürrer Brustkorb, und so schickte er den jungen Mann nach rechts. Doch damit wollte Hugo sich nicht zufriedengeben. Sobald sich die Gelegenheit dazu bot, schlich er sich in die linke Gruppe. Als sich alle Wartenden vorgestellt hatten, wurde die rechte Gruppe weggeschickt. Die linke bekam die Anweisung, einen Berg Körbe mit Mörtel füllen zu lassen und über das Gerüst bis nach oben zur Spitze des Turmes zu bringen. Zum Glück wurde Hugo, der sich im Hintergrund hielt, nicht bemerkt. Er blieb mitten in der Gruppe und gab auch acht, nicht als Erster einen Korb an sich zu nehmen.

Als er dann schließlich an der Reihe war, griff Hugo nach den Henkeln und schaffte es kaum, ihn hochzuheben. Am Fuß des hölzernen Gerüsts angekommen, warf er einen Blick nach oben und erstarrte.

Vor ihm lag eine schier endlose Leiter, die über zahllose Sprossen im Zickzack in die Höhe führte. Zwei Männer schoben sich an ihm vorbei. Einen Moment fragte sich Hugo, ob er das wohl schaffen werde. Als sich der Vorarbeiter näherte, holte er jedoch tief Luft, packte erneut den schweren Korb und begann seinen Aufstieg. Auf dem zweiten Stück geriet er ins Straucheln und hätte seine Last beinahe fallenlassen. Im letzten Moment half ihm der Mann, der hinter ihm kletterte. Hugo wusste selbst nicht, woher er die Kraft dafür nahm, nach und nach überwand er jedoch die acht Stockwerke und kam oben an. Dort stellte er seinen Korb neben Maurern ab, deren Haut fast so dunkel war wie die von Ubayda. Sie nutzten den neuen Mörtel sofort, um damit die Steine zu verbinden, durch die der Turm in die Höhe wuchs.

Hugo betrachtete von diesem erhöhten Standpunkt aus die Stadt und konnte sogar den Stall mit ihrem Verschlag ausmachen. In diesem Moment versetzte ihm einer der Vorarbeiter einen heftigen Stoß, damit er hier nicht länger herumstand und Zeit verlor. Mit leichterem Schritt eilte Hugo die Leiter wieder herunter.

Jedes Mal, wenn er im Laufe des Vormittags einen neuen Korb in Empfang nahm, erschien ihm seine Aufgabe unmöglich. Irgendwie gelang es ihm dann aber doch, ganze fünfundzwanzig Körbe nach oben zu transportieren.

Als schließlich um zwölf die Kirchenglocken läuteten, legten auf den Ruf eines Vorarbeiters hin alle eine Pause ein. Wer sich auf dem Gerüst befunden hatte, eilte nach unten, um sich mit anderen Männern im Kreis zusammenzusetzen und etwas zu essen.

Wie köstlich jetzt Hugos Brot mit Käse schmeckte! Innerlich dankte er dafür Ubayda, die es heute Morgen für ihn gekauft hatte, bevor er sich auf die Suche nach Arbeit gemacht hatte. Hugo verschlang das Brot in drei Happen, pickte auch den letzten Krümel von seiner Kleidung, lehnte sich dann an eine Wand und schloss die Augen, um sich einen Moment auszuruhen. Leider blieb ihm dafür nicht viel Gelegenheit. Nach nur ein paar Minuten wurden er und seine Kameraden gnadenlos als Faulpelze beschimpft und wieder an die Arbeit geschickt.

Hugo erhob sich mit Mühe, weil ihm alle Knochen wehtaten. Mit schweren Schritten schleppte er sich zu den Körben hinüber, griff nach einem frisch gefüllten und trat nach einem schweren Seufzer wieder den Kreuzweg der Leitern an. Innerlich betete er darum, dass diese beschwerliche Schufterei bald ein Ende finden möge.

Als er am Abend in ihrem Verschlag ankam, blieb ihm kaum Kraft, um Ubayda von seinem Tag zu erzählen. Er war so erschöpft, dass er sich direkt auf die Matratze fallen ließ. In diesem Augenblick fand er alles ganz wunderbar, was sie heute gemacht hatte. Er lobte Ubaydas Bemühungen, ihre Unterkunft etwas wohnlicher zu gestalten, verzehrte sein Abendessen und erfuhr, dass sie ganz in der Nähe einen Waschplatz gefunden hatte. Sie reichte ihm ein Glas Wasser, und kaum hatte er es ausgetrunken, war er auch schon eingeschlafen. Er rührte sich nicht einmal, als Ubayda ihm die schmutzige, verschwitzte Kleidung auszog und seine schmerzenden Arme und Beine massierte. Danach legte sich seine Freundin neben ihn und schmiegte sich an ihn, um ihn in der Nacht zu wärmen.

Am nächsten Morgen hatte Ubayda bei Sonnenaufgang große Schwierigkeiten, Hugo wach zu bekommen. Er schlief so tief und fest, dass es nichts brachte, ihn zu schütteln oder in die Wangen zu kneifen. Am Ende leerte Ubayda einen Kübel Wasser über ihn aus.

»Entschuldige bitte, aber sonst kommst du noch zu spät. Wenn du dich nicht beeilst, verlierst du womöglich die Arbeit. Und mach dir wegen des Essens keine Sorgen, ich bringe dir nachher etwas vorbei.«

Hugo konnte sich gar nicht daran erinnern, das Nachthemd angezogen zu haben, das er jetzt abstreifte. Rasch kleidete er sich an und hatte kaum Zeit, sich von Ubayda zu verabschieden, bevor er so schnell aus dem Verschlag stürzte, wie es seine schmerzenden, von Muskelkrämpfen geplagten Beine erlaubten.

Auf dem Weg zur Kathedrale kam er in der Nähe der Glasmalerwerkstatt vorbei und fragte sich, ob er wohl die drei Monate Wartezeit überstehen würde. Womöglich würde er vorher vor Erschöpfung auf dem Gerüst zusammenbrechen.

Allein bei dem Gedanken an die schweren Körbe zog sich in seiner Magengrube alles schmerzhaft zusammen.

Als Ubayda gegen Mittag mit dem Essen auf der Baustelle erschien, bemerkte sie eine Menschentraube. Neugierig trat sie heran. Zu ihrem Entsetzen lag in deren Mitte Hugo am Boden, und die Männer um ihn herum diskutierten unschlüssig darüber, was sie jetzt tun sollten. Hugo bemerkte seine Freundin, winkte sie heran und erklärte mit schwacher Stimme: »Ich bin von dort oben heruntergestürzt«, er deutete auf ein Gerüst, »und ich fürchte, ich habe mir ein Bein gebrochen, vielleicht sogar beide.« In seinem Blick standen Wut, Enttäuschung und Qual. »Und daher werde ich für einige Zeit wahrscheinlich nicht arbeiten können. Ich weiß wirklich nicht, was wir jetzt tun sollen.« Alle paar Sekunden durchfuhr ihn ein stechender Schmerz, der ihm den Atem raubte.

Der Anblick eines Knochens, der aus Hugos Bein hervorschaute, ließ Ubayda schaudern. Noch schrecklicher war aber, dass niemand auf ihre Bitte reagierte, einen Arzt zu rufen. In ihrer Verzweiflung schrie und tobte sie, und nachdem sie ein paar der Männer angestoßen hatte, um sie dazu zu bewegen, Hugo hochzuheben, erbarmten sich schließlich zwei der Arbeiter. Sie zogen Hugo hoch, legten sich jeder einen Arm um die Schulter und schleppten den Verletzten zu einem benachbarten Gebäude, in dem ein Arzt lebte.

Ubayda hielt während der ganzen Behandlung mit besorgter Miene Hugos Hand. Sie hoffte und betete, dass der Bruch gut verheilen würde, denn wenn nicht … Sie wurde immer blasser.

Während der Patient vor Schmerzen brüllte, richtete der Arzt ohne viel Federlesen die Knochen und vernähte danach die Wunde. Mit dem Ergebnis zufrieden, wischte er dann das Blut um die Naht weg und ließ sich Wickel bringen, die jemand für ihn zusammen mit ein paar Kräutern abgekocht hatte.

Als er die Verbände um das Bein schlang, verspürte Hugo sofort Erleichterung.

Der Arzt schwieg bei der Arbeit nicht einen Moment, und Hugo übersetzte für Ubayda hier und da einen Satz, da sie ja sonst nichts verstand.

»Er sagt, dass ich mich nicht beschweren soll, weil immerhin nur eins der Beine gebrochen ist.«

»Was für ein Glück!« Ihre Stimme klang erleichtert, in Wirklichkeit überrollte jedoch eine Welle der Panik Ubayda von Kopf bis Fuß.

Der Arzt sprach weiter, und Hugo fasste seine Erklärungen zusammen: »In einer Stunde wird er die Wickel entfernen, um das Bein zu fixieren. Ich glaube, er hat von zwei Brettern mit Verbänden und Stricken gesprochen, aber ich habe ihn nicht richtig verstanden. Das Schlimmste ist jedoch, dass ich diese Vorrichtung zwei Monate lang nicht abnehmen darf.«

Ubayda schlug sich unwillkürlich die Hand vor den Mund, versuchte dann aber sofort, die Sache herunterzuspielen. »Du wirst sehen, auch diese Schwierigkeit meistern wir schon irgendwie.«

»Ja, vermutlich, einfach wird es aber nicht.«

Jetzt war der Arzt mit diesem Teil der Behandlung fertig und sprach den schmerzhaften finanziellen Aspekt an. »Das macht zehn Stuiver.«

»Kann ich Euch vielleicht auch in Dublonen bezahlen? Wir sind gerade erst in der Stadt angekommen, deshalb hatte ich noch keine Gelegenheit, Geld zu wechseln.«

»Natürlich. Das wären dann … vier Dublonen.«

»Vier Dublonen?«, rief Hugo aus. »Aber das ist ja Wucher!«

»Nun gut. Wenn Ihr wollt, lass ich alles so, wie es jetzt ist, und schiene das Bein nicht. Dann müsstet Ihr zwar auf allen vieren nach Hause kriechen, aber ich würde dafür nur zwei Dublonen nehmen«, entgegnete der Arzt, der natürlich ganz genau wusste, wie die Antwort auf diesen Vorschlag lauten würde.

Hugo hatte am Vorabend das ihnen noch verbleibende Geld gezählt und war nur auf zehn Dublonen gekommen. Jetzt akzeptierte er zähneknirschend den zuerst genannten Betrag, musste aber zugeben, dass er das Geld nicht dabeihatte.

»Ich werde Euch einen meiner Diener mitschicken, dem Ihr das Geld geben könnt. Er kann Euch auch in einem Wagen ziehen, schließlich könnt Ihr in diesem Zustand keinen Schritt gehen. Aber keine Sorge, dafür berechne ich Euch nichts extra«, sagte der Arzt unerwartet freundlich.

Zwei Stunden später kamen sie am Maultierstall an, wo Ubayda dem Bediensteten dabei half, Hugo auf das Bett zu legen. Als sie dann ihr Geld hervorholte, entdeckte sie mit Schrecken, wie wenig ihnen noch blieb. Sie bezahlte die vier Dublonen und bedankte sich zum Abschied bei dem Mann.

In diesem Augenblick traf der Besitzer des Stalls ein und bemerkte den bedauernswerten Zustand seines neuen Mieters. Angesichts von Hugos offensichtlicher Arbeitsunfähigkeit verlangte er jetzt das Geld für den Rest des Monats im Voraus, damit Hugo es nicht womöglich für etwas anderes ausgab. Dieser hatte sich längst in sein Schicksal gefügt und wies Ubayda matt an, ihrem Vermieter den Betrag auszuhändigen. Weil sie auch ihre beiden Pferde hier unterstellten, waren sie jetzt eine weitere Dublone los.

Als sie in dem jämmerlichen Stall allein zurückblieben, war Hugo verzweifelt: Für die nächsten Tage blieben ihnen nur noch drei Dublonen zum Überleben. Immer wieder bat er Ubayda um Vergebung für all das, was sie seinetwegen durchmachen musste. »Das hast du nun wirklich nicht verdient. Es tut mir so leid, ich habe dich enttäuscht.«

Diese Worte setzten Ubayda mehr zu als ihre tatsächliche Situation. Sie wurde ernst: »Hugo, jetzt hör schon auf. Mach dir doch bitte keine Vorwürfe.«

»Aber ...«

»Kein Aber!«, fiel sie ihm ins Wort. »Mir war schließlich bewusst, worauf ich mich einlasse, und Hunger oder Not schrecken mich nicht. Das ist mir alles ganz egal. Außerdem kann ich ja auch arbeiten, bis du wieder gesund bist. Weißt du, diese Umstände verleihen meiner Anwesenheit hier endlich einen Sinn.«

»Damit bin ich aber ganz und gar nicht einverstanden.«

»Uns bleibt keine Wahl, Hugo.« Sie griff nach seiner Hand. »Wenn sich das Leben nicht nach dir richtet, dann richte du dich eben nach dem Leben. Wir müssen die Dinge so akzeptieren, wie sie sind. Und irgendwann sind diese bitteren Momente nichts als Erinnerungen.«

»Ich könnte noch einmal meinen Stiefbruder um Geld bitten.« Aber kaum dass er diesen Satz ausgesprochen hatte, bereute Hugo ihn auch schon wieder. »Na ja, andererseits steht es um ihn finanziell zurzeit auch nicht so gut, wie er mir beim letzten Mal erklärt hat, und ich weiß nicht, ob ...«

Wieder fiel ihm Ubayda ins Wort: »Vergiss deinen Stiefbruder. Ich bin mir sicher, dass wir diese Sache ohne Hilfe durchstehen können. Du wirst vielleicht eine Zeit lang nicht laufen können, trotzdem will ich hier wieder den Hugo sehen, den ich in der Wüste kennengelernt habe, einen entschlossenen, zielstrebigen jungen Mann. Versprichst du mir das?«

Hugo küsste ihr die Hände. »Ich verspreche es.«

7

Löwen, Herzogtum Burgund, April 1478

Ubayda war Ausländerin und schwarz, sie sprach weder Französisch noch Brugs und hatte keinerlei Referenzen vorzuweisen. Das waren keine idealen Bedingungen, sie lernte jedoch ein paar Sätze auswendig und durchquerte auf der Suche nach einer Anstellung die halbe Stadt. Obwohl sie selbst keinerlei Ansprüche stellte, waren ihre Bemühungen zunächst vergebens. Am dritten Tag fand sie dann Arbeit in einem Betrieb, der für die Tuchherstellung unerlässlich war, aber einen äußerst schlechten Ruf hatte, nämlich in einer Färberwerkstatt.

Ihr Besitzer, Isaac Ajmed, war ein zwielichtiger Kerl, halb Jude und halb Perser. Für das Wollefärben stellte er lieber Frauen ein, weil sie sorgfältiger arbeiteten, hatte aber Probleme, unter den Christinnen von Löwen Arbeiterinnen zu finden. Die Färberei wurde nämlich beinahe mit dem Werk von Hexen und Zauberern gleichgesetzt. Solche Ansichten begründeten sich darauf, dass in den Werkstätten durch das Mischen von Pigmenten und Farben die wahre Gestalt der Dinge verändert wurde und man so Gottes Bestimmung zuwiderhandelte. Die Feindseligkeit gegen Färber ging so weit, dass ihr Geschäft in mehr als einer Sonntagspredigt als Teufelswerk bezeichnet wurde und die Geistlichen anprangerten, man vergehe sich an Gottes Schöpfung.

Aufgrund der vielen Theorien über Farbmischungen, die

als unrein angesehen wurden, arbeiteten die Färbereien am Ende nur mit jeweils einer einzigen Farbe. Wer eine Lizenz für Rottöne hatte, durfte nichts blau oder gelb färben. Durch die strengen Zunftregeln fand man nur selten einen Färber, der zwei oder mehr Farben anbot.

Aufgrund alldessen war Ubayda – als Afrikanerin, die unverheiratet mit einem Mann zusammenlebte und einer Religion mit unaussprechlichem Namen anhing – für Isaac Ajmeds Werkstatt die ideale Kandidatin. Je mehr er über sie erfuhr, desto mehr Vorteile sah er.

Ajmed hatte vor Jahren schon einmal zwei schwarze Arbeiterinnen eingestellt und es nicht bereut. Sie waren nicht nur kräftiger als die Frauen aus der Gegend, er hatte ihretwegen auch weniger Ärger mit der Kirche und mit seiner eigenen Zunft gehabt, die sie als Vertreterinnen einer minderen Rasse ansah. Bei ihnen hatte er daher ungestraft die eine oder andere Auflage ignorieren und neue Mischungen ausprobieren können. An Kunden, die es mit den Regeln nicht ganz so genau nahmen, konnte er daher mehrere Farben verkaufen.

Allerdings hatte Isaac Ajmed noch ein weiteres Geheimnis. Er hatte nämlich eine neue Formel entwickelt, durch welche die Farbe besser an der Wolle haften blieb. Dafür fügte er dem in Flüssigkeit aufgelösten Alaunpulver eine Säure hinzu, deren Zusammensetzung nur er kannte, und konnte dann ohne Qualitätseinbußen des Endproduktes bei den Pigmenten sparen. Und Pigmente wie zum Beispiel Kermes kosteten schließlich ein Vermögen.

Das war Ajmeds Trick, sein großer Wettbewerbsvorteil der Konkurrenz gegenüber. Die Sache hatte nur einen Haken: Diese Säure war in der Handhabung riskant, weil sie schreckliche Verätzungen hervorrufen konnte.

Aber vielleicht sieht man die auf schwarzer Haut ja weniger, dachte Isaac so bei sich.

Als sie in seiner Werkstatt am Rande von Löwen zu arbeiten begann, überlegte Ubayda, dass sie sich nun bald endlich etwas Besseres als den unbequemen Verschlag im Maultierstall würden leisten können. Zumindest dann, wenn sie auch die Pferde verkauften.

Das Färben von Wolle an sich war nicht schwierig, es war dafür aber eine große Anlage nötig.

Eigentlich sollte die Wolle bereits fertig gewaschen eintreffen, weil das aber nicht immer der Fall war, mussten die Färber diesen Schritt noch einmal wiederholen. Die sauberen Vliese wurden dann für einige Zeit in riesige Behälter mit einer Mischung aus Alaun und der berühmten Säure gelegt. Als eine Art Beize bereitete der Alaun dabei die Fasern so vor, dass sich die Pigmente später besser darin festsetzen würden.

Dieser Bereich der Werkstatt war eindeutig der gefährlichste, deshalb setzte Isaac Ajmed dort vor allem neue Arbeiter, Ausländer und Heiden ein. In diese Kategorie gehörte Ubayda, die ausschließlich für die Säure zuständig sein würde.

Von hier aus wurde die Wolle dann in den Färbebereich gebracht, wo im Voraus unter sorgfältiger Beachtung der festgelegten Mengen die wertvollen Pigmente in Wasser aufgelöst worden waren. Von allen Bereichen war für diesen das meiste Personal nötig. Ein gutes Dutzend Arbeiter, überwiegend Männer, setzte sich auf den Rand der riesigen Bottiche und bewegte mit langen Stöcken den Inhalt, rührte um, schlug auf die Wolle ein und bearbeitete sie, um eine möglichst gleichmäßige Färbung zu erhalten.

Ubaydas Hände brannten vom ersten Tag an. Isaac hatte ihr zwar Handschuhe gegeben, die sie anziehen sollte, wenn sie die Säure in die Behälter gab. Diese waren jedoch so abgetragen, dass sie schon Löcher bekamen und ihre Haut kaum schützten. Ubayda nahm die Handschuhe abends mit nach Hause, um die schadhaften Stellen zu flicken, in seinem schlechten Zustand riss das Leder am nächsten Tag aber wieder auf. Deshalb bat Ubayda um ein neues Paar.

Isaac nickte zwar, die neuen Handschuhe wurden aber nie gebracht.

Als Hugo eines Abends Ubaydas rechte Hand bemerkte, erschrak er. »Jetzt verstehe ich endlich, warum du diese Verbände trägst. Hast du nicht behauptet, du hättest dich geschnitten?« Hugo zählte zwölf Verätzungen, die zwar überwiegend klein waren, aber übel aussahen und hier und da zu eitern begannen. Gerade diese entzündeten Stellen bereiteten ihm große Sorgen.

»Ich wollte dich einfach nicht beunruhigen. Im Moment fehlt mir noch Übung, um Verätzungen zu vermeiden. Es ist also meine eigene Schuld.« Verlegen zog Ubayda die Hand zurück und umwickelte sie mit einem in Fett getränkten Verband. »Aber genug von mir. Wie ist denn dein Tag verlaufen? Hat der Pferdehändler vorbeigeschaut?«

Ubayda taten die Hände weh, und ihre Augen brannten wegen der Dämpfe der Säure. Sie war todmüde und wollte sich eigentlich bloß hinlegen. Trotzdem nahm sie sich noch Zeit, Hugo aufmerksam zuzuhören.

»Ja, er war heute Morgen da. Aber er hat überall nur Probleme gesehen: Die Pferde waren ihm zu alt, zu dürr, zu schmutzig, und die richtige Rasse war es auch nicht. Ich konnte ihm gar nicht widersprechen, immerhin hatten wir die Tiere in Venedig ja auch günstig bekommen. Aber er wollte nur eins der Pferde und hat mir dafür nicht einmal ein Zehntel des Ursprungspreises geboten. Na ja, am Ende habe ich ihn so weit bekommen, dass er mir für beide zweiunddreißig Stuiver und zwölf Mites bezahlt hat.«

Trotz Ubaydas Lohn war ihre finanzielle Situation immer

noch ernst, Hugo kalkulierte jedoch, dass sie mit den momentanen Einnahmen bis zu van Diependaals Rückkehr im Juli in diesem Verschlag bleiben könnten.

Als er mit Ubayda darüber sprach, weigerte sie sich jedoch rundheraus: »Auf keinen Fall. Hier hausen wir zwischen Maultieren und Fliegen, haben kaum Platz und müssen diesen Gestank ertragen, den man auch mit viel Lüften nicht loswird. Bislang konnten wir uns nichts anderes leisten, jetzt aber schon. Wir sollten uns eine andere Unterkunft suchen, natürlich eine möglichst billige. Aber doch wenigstens etwas Menschenwürdiges mit richtigen Wänden, und nicht eine aus ein paar zerfallenden Brettern. Für dich ist es besonders wichtig, dass es bequem ist. Wenn wir etwas im Zentrum finden, kannst du vielleicht irgendwann mit Krücken spazieren gehen, und wir würden richtige Nachbarn haben statt dieser tierischen Gesellschaft.«

Hugo vertrat weiterhin die Ansicht, dass sie besser hierbleiben sollten, er konnte Ubayda jedoch durch nichts von ihrer Meinung abbringen. Azerwan hatte ihn einst vor ihrer Dickköpfigkeit gewarnt, und nun musste er eben akzeptieren, dass sie nicht umzustimmen war.

Ubayda ließ ihn sowieso nicht mehr zu Wort kommen und verkündete nun, dass sie das Abendessen zubereiten werde. Grundlage dafür war die Beute, die Aylal ihnen täglich brachte. Bei ihnen kam nur durch die Fähigkeiten und die Großzügigkeit des Vogels Fleisch auf den Tisch, und es war oft ihre einzige Mahlzeit.

Ubayda schaute sich nach und nach etwa ein Dutzend Unterkünfte an und verwarf die teureren sofort. Das größte Problem bestand allerdings darin, dass viele Besitzer keine Schwarze im Haus haben wollten.

Fünf Tage später konnten Ubayda und Hugo dann aber mit einem kleinen Karren vom Maultierstall in ein bescheidenes Häuschen umziehen, das nur vier Straßen von Sint Pieter entfernt lag.

Ihre neue Unterkunft war doppelt so teuer wie der Verschlag. Mit dem Geld aus dem Verkauf der Pferde würden sie gut zwei Monate lang dort bleiben können, wenn sie ihren restlichen Lebensunterhalt mit Ubaydas Lohn bestritten.

Hugo hielt das Ganze immer noch für keine besonders gute Idee. In seiner momentanen Situation blieb ihm aber nicht viel anderes übrig, als den Mund zu halten und gute Miene zum bösen Spiel zu machen, als er das Haus zum ersten Mal betrat.

Allerdings musste er zugeben, dass ihre neue Bleibe gewisse Vorteile bot. Das Zimmer mit den zwei Betten war groß und hell. Man erreichte es über einen kleinen Garten, in dem sie selbst Gemüse anbauen könnten und in dem Hugo unter einem Vordach geschützt ruhen könnte. Im Zimmer gab es eine Feuerstelle zum Kochen, und ihre Notdurft konnten sie in einem kleinen Häuschen am anderen Ende des Gartens verrichten. Das war nun wirklich praktischer als der Bach, den sie vom Maultierstall aus hatten aufsuchen müssen.

Als Ubayda sich probeweise aufs Bett legte, kam ihr die Matratze im Vergleich zu ihrem bisherigen Nachtlager himmlisch vor. »Bis Juli wird es mit unserem Geld knapp werden, deshalb habe ich mir überlegt, Ajmed um mehr Arbeit zu bitten. Ich werde ihm gleich morgen vorschlagen, abends länger in der Werkstatt zu bleiben, das macht mir wirklich nichts aus.«

Grummelnd ließ sich Hugo auf der Bettkante nieder. »Ich bin doch derjenige, der für dich sorgen sollte«, knurrte er.

Ubayda räkelte sich auf dem Bett, seufzte behaglich und sagte dann: »So solltest du das nicht sehen. Überleg doch mal, wie gut wir von nun an schlafen werden, sogar mit Blick auf eine weiße Decke und nicht auf lauter Spinnweben. Und das Beste kommt erst noch. Bis Juli ist es doch nicht mehr weit hin.« Sie richtete sich auf und setzte sich neben ihren Freund auf die Bettkante. »Hugo, in Qastiliya habe ich daran gezweifelt, ob ich dich begleiten sollte oder nicht. Jetzt bereue ich es aber nicht. Begreifst du denn nicht, wie wichtig es für mich ist, dir helfen zu können?«

Rücken und Nieren dankten es Hugo, als er sich auf seinem neuen Bett ausstreckte. Ubaydas Worte hatten ihn nachdenklich gemacht, im Grunde hatte sie recht. »Isst du eigentlich lieber Rüben oder Zucchini?«

Seine Frage brachte Ubayda aus dem Konzept, und sie antwortete mit verblüffter Miene: »Ich mag beides.«

»Wunderbar, jetzt habe ich nämlich Zeit, einen Garten, Wasser und Sonne. Schon bald wirst du das köstlichste Gemüse in ganz Löwen probieren können!«

Seine Worte und sein Lächeln zeigten Ubayda, dass sie eine Schlacht gewonnen hatte, und trotz ihrer Müdigkeit hatte sie auf einmal große Lust, zu tanzen und zu singen.

Hugo sah zu, wie sie sich wirbelnd um die eigene Achse drehte, die Arme in die Luft reckte und sie dann mit durchgedrücktem Rücken nach hinten warf, sodass ihre Fingerspitzen fast den Boden berührten. Dann tat Ubayda so, als würde sie mit Hugo tanzen, und sprang schließlich auf die Matratze.

Hugo war bei ihrem Anblick selig – seine Freundin strahlte und wirkte glücklich und zufrieden. Ihre Begeisterung war so ansteckend, dass er zum ersten Mal seit langer Zeit wieder in Gelächter ausbrach.

Auf Ubaydas Bitte hin teilte man ihr am nächsten Tag in der Werkstatt neue Aufgaben bei der Arbeit mit Pigmenten zu. Aber obwohl sie bei dem Hantieren mit der Säure weiterhin größte Vorsicht walten ließ, kehrte sie abends nur selten ohne eine neue Verätzung nach Hause zurück. Ältere Wunden entzündeten sich und schmerzten manchmal so furchtbar, dass Ubayda sich am Boden krümmte und auf die Lippe biss, um nicht vor Qual zu schreien, bis ihr eine ihrer Kolleginnen etwas Wasser und eine Kräutersalbe brachte, die wahre Wunder wirkte.

Die Arbeit mit den Pigmenten war weniger gefährlich, durch sie kehrte Ubayda jedoch jeden Abend mit roten Händen zurück. Sie konnte gar nicht mehr unterscheiden, was ein Farbrest und was Blut war.

Ubayda arbeitete nun jeden Tag drei Stunden länger, doch der Mehrverdienst war unbedeutend im Vergleich zur investierten Zeit, und überdies kam sie viel später nach Hause. Der einstündige Heimweg wurde ihr oft zur Qual. Aber wenn sie dann wieder bei Hugo war und wusste, dass ihre Anstrengungen ihn seinem Traum ein kleines bisschen näher brachten, war ihr das all die Mühe wert.

Jeden Tag verarztete er ihr die Hände, entdeckte zumeist eine neue Wunde und schimpfte besorgt mit ihr. Wenn er fertig war, kümmerte sie sich um sein Bein. Sie wusch es, so gut es mit den Leisten und Verbänden möglich war, kratzte ihn mit einem Stöckchen oder rieb das Bein mit Blütenwasser ein, um den Gestank zu überdecken.

Ubayda klagte nie über ihr Los und spielte ihre eigenen Probleme herunter. Tatsächlich verschwieg sie Hugo einiges, was in der Färberei vor sich ging. Abgesehen von ihren Verletzungen, litt sie nämlich oft unter anzüglichen Bemerkungen ihrer Arbeitskollegen oder wurde von ihren weißen Kolleginnen gedemütigt und beschimpft. In der Woche zuvor hatte sie wieder einmal ein eindeutiges Angebot von Ajmed bekommen. Er wollte gerne jemand anderen für die Arbeit mit der Säure suchen, wenn sie nur die Beine für ihn breit machte. Diesen Vorschlag machte er ihr nicht zum ersten Mal, aber sie lehnte jedes Mal ab.

So war ihr Leben jetzt, oft hart und bitter. Jedoch war sie dabei zumindest an Hugos Seite und versuchte, ihm so viel Freude wie möglich zu bereiten.

8

Schildpadhuis, Brügge, Juni 1478

Alles war bereit für die Rückkehr der Dame des Hauses. Überall standen Vasen mit frischen Blumen, und Vorhänge, Decken, Tischdecken und Laken hatte man durch neue in leuchtenderen Farben ersetzt. Selbst die Möbel im Salon waren Damiáns Anweisungen folgend ausgetauscht worden. Es war alles getan worden, damit das Haus in nie gekanntem Glanz erstrahlte.

Als die Kutsche mit Berenguela heranrollte und vor der Haustür zum Stehen kam, wartete dort allerdings niemand auf sie, wofür sie dankbar war. Berenguela stieg mithilfe des Kutschers aus und schaute an der Fassade des Gebäudes hinauf, wie sie es einst vor vier Jahren getan hatte. Damals war sie gegen ihren Willen in eine Ehe gedrängt worden und hatte diese Haustür unter Zwang durchschritten. Dieses Mal war sie aus ganz anderen Gründen wieder hier, die nach und nach in ihr gereift waren. Sie hatte dabei nicht das Beste für sie beide, sondern nur für sich selbst im Sinn.

Ihr Blick blieb an der Schildkröte hängen. Zum ersten Mal dachte Berenguela, dass gewisse Parallelen zwischen ihr und dem Tier bestanden. Sie würde noch mehr Schutz als sonst brauchen, um ihre Rückkehr in dieses Haus durchzustehen. Deshalb würde sie sich genau wie Schildkröten einen harten Panzer zulegen müssen.

Berta hatte das Schildpadhuis vor einem Monat verlassen,

und Berenguela hatte Damián – wenn ihre Erinnerung sie nicht trog – seitdem jeden Tag gesehen. Sie hatten sich verabredet, als wären sie wieder junge Verlobte: zu Ausritten, Spaziergängen im Park oder langen Ausflügen. Ihre Unterhaltungen wurden dabei immer angeregter, die schwierigen Momente gerieten in Vergessenheit, während auf ganz natürliche Weise tief begrabene Gefühle wieder an die Oberfläche kamen.

Berenguela zeigte sich empfänglich, Damián schien sich geändert zu haben, und so beschlossen sie eines Tages, wieder unter demselben Dach zu leben, zumindest für die kommenden Jahre.

Und hier stand Berenguela nun, der große Tag war da. Sie raffte ihren blauen Rock und ging auf die Haustür zu. Bevor sie anklopfte, rückte sie ihr Mieder zurecht, glättete ihren Rock und zupfte an den Ärmeln ihres Unterkleides, damit sie ein wenig aus denen des Kleides hervorschauten. Sie überprüfte den perfekten Sitz ihrer Frisur, eines hohen Zopfes, der ihr Gesicht angenehm rundlich aussehen ließ. Dann setzte sie eine fröhliche, freche Miene auf, die in nichts an die Bitterkeit früherer Tage erinnerte. Mit sich selbst im Reinen, atmete sie tief durch und klopfte schließlich an.

Sie war mit vier Truhen gekommen, die ihren ganzen Besitz enthielten, und natürlich mit ihrer Katze, Canelilla, die der Kutscher im Arm hielt. Auf sie wartete ein Neuanfang, ein gemeinsames Leben, von dem sich Damián neues Glück versprach und das für Berenguela nur dann von Vorteil sein würde, wenn sie damit ihre Ziele erreichte.

Ob ihr dies gelingen würde, würde sich zeigen.

9

Werkstatt von Hendrik van Diependaal, Löwen, Juli 1478

Nach seinem Unfall in der Sint-Pieter-Kirche trug Hugo acht Wochen lang die Schiene, wodurch die Muskeln schrumpften und an Kraft verloren. Nach der Abnahme der stützenden Bretter fiel Hugo nur eine Möglichkeit ein, das Bein wieder zu kräftigen, nämlich möglichst lange Spaziergänge. Trotzdem blieb ein leichtes Hinken zurück, das wohl nicht mehr verschwinden würde.

Bei seinen Fußmärschen wurde er von Aylal begleitet und konnte sie beim Jagen beobachten. Geschickt erlegte sie bei ihren Waldspaziergängen jede Menge Kaninchen, sodass Hugo und Ubayda wenigstens viermal in der Woche Fleisch essen konnten. Abgesehen davon, wurde Aylal, die Hugo seit seiner Ankunft in Löwen ziemlich vernachlässigt hatte, so wieder zu seiner treuen Gefährtin. Sie erinnerte ihn an ihre schönen gemeinsamen Momente in der Wüste, an seinen guten Freund Omar und den unvergesslichen Azerwan. Ohne es zu wissen, schlug Aylal auf diese Art und Weise eine Brücke zu Hugos Vergangenheit. Sie war stumme Zeugin all der Opfer, die Ubayda und er auf sich genommen hatten, um hier in Löwen leben zu können. Dabei hatte die Stadt ihnen bisher nicht viel Glück gebracht.

Und Aylal leistete Hugo nicht nur Gesellschaft, sondern war für ihn auch ein Vorbild, wenn es darum ging, schwierige Wünsche in die Tat umzusetzen. Sie durchquerte in luftiger Höhe den Himmel, weit entfernt von ihrem möglichen Opfer. Dort kalkulierte sie dann mit äußerster Präzision den richtigen Moment, den perfekten Angriffswinkel und das passende Tempo. Durch ihre große Erfahrung konnte sie das Verhalten des Beutetiers einschätzen und nötigenfalls Korrekturen vornehmen. Wenn sie nicht beim ersten Versuch Erfolg hatte, machte sie einfach weiter, selbst dann, wenn es nicht beim zweiten oder dritten Mal klappte.

Mit derselben Beharrlichkeit suchte Hugo seit Anfang Juli immer wieder die Glasmalerwerkstatt auf und fragte nach, ob der Meister schon zurückgekehrt sei. Tag für Tag. Wie Aylal ließ er sich nicht entmutigen, wenn er morgens in der Hoffnung auf seine große Chance in der Werkstatt eintraf und es wieder nichts Neues gab.

Erst am vorletzten Tag des Monats ereignete sich dann endlich das Ersehnte: Hendrik van Diependaal erschien auf dem Rücken eines Rappen, gefolgt von zwei Wagen mit Kleidung, Werkzeug, Glaselementen, Entwürfen und benutzten Vorlagen.

Hugo erfuhr davon am nächsten Tag, als er van Diependaal beim Befeuern eines der drei Werkstattöfen entdeckte. Es war so laut, dass der Glasmaler Hugo zunächst nicht hörte, als er ihn ansprach.

»Meister! Meister!«, rief der junge Mann daher.

Van Diependaal drehte sich zu ihm um. Das schlohweiße Haar und die fast durchsichtigen hellblauen Augen waren genau wie in Hugos Erinnerung, aber er wirkte mager und erschöpft.

»Wir haben uns vor etwa zweieinhalb Jahren in der Kathedrale von Antwerpen kennengelernt.«

»Das weiß ich noch ganz genau, allerdings kann ich mich nicht mehr an deinen Namen erinnern.«

Sie schüttelten einander die Hand, Hugo stellte sich vor

und erwähnte auch Martín de Soria, damit van Diependaal ihn richtig einordnen könnte. Doch dann brachte einer der Arbeiter der Werkstatt ein halb fertiges Kirchenfenster und legte es auf den Tisch, neben dem sie standen. Hugos Aufmerksamkeit war von dem prächtigen Motiv darauf so in Anspruch genommen, dass er verstummte und ganz vergaß, sein Anliegen vorzubringen.

Verblüfft sah van Diependaal ihn an, musste dann aber daran denken, wie verzaubert Hugo bereits bei ihrer ersten Begegnung in der Kathedrale von Antwerpen von seiner Arbeit gewesen war. »Wie ich sehe, unterliegst du heute immer noch wie damals dem Zauber der Kirchenfenster.«

»Entschuldigt, mein Herr. Ich muss zugeben, dass Eure Arbeit mich fasziniert und ich mich angesichts solcher Schönheit auf nichts anderes mehr konzentrieren kann.« Hugo lächelte, weil diese Erklärung den Meister wohl kaum stören würde, wie sein Gesichtsausdruck auch deutlich zeigte. »Lasst mich Euch gestehen, wie unbeholfen ich mich gerade fühle. Da wünsche ich mir schon so lange, Eurer Einladung in Eure Werkstatt zu folgen, und endlich hier, finde ich nun nicht die richtigen Worte, um Euch die Gründe für meinen Besuch zu erläutern.«

»Versuch es einfach, aber lass mich dabei bitte arbeiten. Ich war viel zu lange fort, und jetzt drängen neue Aufträge.«

Der Glasmaler zog einen schweren Lederhandschuh an und öffnete eine Klappe in der Ofentür. Mithilfe eines dünnen, hohlen Eisenrohrs holte er aus einem Tiegel auf dem Feuer eine weich gewordene Masse, die wie eine leuchtende Kugel aussah. Dann legte er das Rohr auf dem Rand eines Beckens neben dem Ofen ab. Van Diependaal blies heftig in das Rohr, während er es mal nach links, mal nach rechts drehte.

»Also, ehrlich gesagt … würde ich ja gerne …« Hugo war von dem Schauspiel so beeindruckt, dass er schon wieder keinen ganzen Satz zusammenbekam. »Was ich Euch also sagen wollte …«

»Hast du schon einmal einem Glasbläser bei der Arbeit zugesehen?«

»Noch nie, mein Herr.« Mit großen Augen betrachtete Hugo die heiße Masse, die wie lebendig pulsierte. Die Kugel wurde immer größer und das Material damit immer dünner.

»Tritt ein Stück beiseite«, wies ihn der Meister an und schob das Resultat seiner Arbeit, eine Art längliche Flasche, zurück in den Ofen.

In weniger als einer Minute holte er sie wieder hervor und wiederholte noch einmal alle Arbeitsschritte am Rand des Beckens, pustete und bewegte dabei den Glaszylinder. Das Ergebnis ähnelte weiterhin einer Flasche, war allerdings etwas breiter. Als er es für gleichmäßig genug erachtete, legte van Diependaal das Rohr auf einem Gestell ab.

Mit einer Zange holte er noch etwas von der glühenden Masse aus dem Ofen und hielt sie so in die Luft, dass sie sich durch ihr eigenes Gewicht in die Länge zog. Mit diesem feinen Glasfaden umfing er die Stelle, an der die Flasche am Blasrohr hing. Zum Schluss trennte er beides mit einem sanften Schlag voneinander.

Nun griff van Diependaal nach einem im Ofen erhitzten Eisenstab und schob ihn in die Flasche, die bereits nicht mehr heiß aussah. Er versah sie auf der Innenseite mit einem längs eingeritzten Muster.

Dann nahm er das Blasrohr und schob es ganz vorsichtig in einen anderen Ofen. Er schaute sich nach einem weiteren Werkzeug um, einem Eisenstab mit birnenförmigem Endstück, und übte damit Druck auf die Ränder des Zylinders aus, bis dieser ganz flach war. Der Meister begutachtete das Ergebnis und bearbeitete das Stück dann erneut mit dem Stab, um die Oberfläche zu glätten.

Als er schließlich zufrieden war, lehnte er sich an ein Mäuerchen, stieß erschöpft die Luft aus und drehte sich zu seinem jungen Besucher um. Bei dessen Anblick brach er in Lachen aus, weil Hugo an einer Säule lehnte und Mund und Nase aufsperrte.

»Also, erzählst du mir jetzt endlich, was dich hergeführt hat, oder muss ich dir noch ein feuchtes Tuch vor den Mund hängen, damit du dir nicht die Zunge verbrennst?«

Verlegen presste Hugo die Lippen aufeinander. »Verzeiht, Ihr habt ja recht.« Er wollte zum Meister hinübergehen, wich aber vor der großen Hitze wieder zurück. »Ich bin Eurer Einladung vor allem deshalb gefolgt, weil ich sehr gerne für Euch arbeiten würde. Darum bin ich hier: um Euch um Arbeit zu bitten.«

Bevor er Hugo eine Antwort gab, holte van Diependaal einen weiteren Glasklumpen aus dem Tiegel, um den ganzen Ablauf zu wiederholen und so ein zweites Glaselement herzustellen. Er blies in das Rohr, hielt es über das Becken und schob die dadurch entstandene Flasche in den Ofen, damit sie nicht vorzeitig abkühlte.

»Ein Stück Glas wie das, dessen Entstehung du gerade beobachtet hast, muss an der Oberfläche so glatt wie möglich, aber nicht unbedingt einheitlich dick sein. Durch Unterschiede im Durchmesser ergeben sich nämlich Lichteffekte.«

Jetzt rief er einen seiner Angestellten herbei, damit er ihn bei der Arbeit am Glaszylinder ablöste. Dann griff er nach dem bereits fertiggestellten Stück, das hauchdünn und rechteckig war, und nahm es gründlich unter die Lupe.

»Gerade hast du das Entstehen eines Buntglaselements miterlebt, den ersten Schritt bei der Herstellung eines Kirchenfensters. Du sagst also, dass du für mich arbeiten und Glasmaler werden willst. Ich glaube aber kaum, dass du dir der Tragweite deiner Bitte bewusst bist. So etwas entscheidet man nicht selbst, man ist dafür auserwählt …«

»Was meint Ihr denn mit der Tragweite?«

»Die tiefe Bedeutsamkeit unserer Kunst, mein Junge. Denk daran, dass jeder Schöpfungsakt die vier Grundelemente zusammenführt: Wasser, Erde, Feuer und Luft. Dafür sind unsere Buntglasfenster ein gutes Beispiel. Die Erde gibt uns das Material, aus dem sie hergestellt werden, dafür muss es aber vom Feuer verwandelt werden. Mit Wasser verdünnen wir die Pigmente, um die Fenster zu bemalen und ihnen Leben einzuhauchen, und die Luft erlaubt, dass sie von Licht durchdrungen, liebkost werden und so in den Mauern einer Kathedrale zu ihrer Bestimmung finden.«

Auf der Suche nach einem weiteren Grund dafür, ihn bei sich einzustellen, schaute van Diependaal dem jungen Mann tief in die Augen. Und tatsächlich glaubte er, dort etwas zu entdecken.

»Wie schon gesagt, für dieses Leben entscheidet man sich nicht selbst, man ist auserwählt.«

»Ich kann nicht sagen, ob ich dafür auserwählt bin oder nicht. Aber je mehr ich darüber nachdenke, was Ihr hier tut, desto mehr fühle ich mich von Eurem Handwerk angezogen. Mir kommt es so vor, als würdet Ihr den Himmel berühren, wenn Ihr eins Eurer Fenster einsetzt und der Kirche damit ihre Seele verleiht. Ich habe selbst beobachtet, dass auch Ihr die Kraft des Lichtes fühlt, wenn es Euer Glas durchdringt. Und in mir brennt ein seltsames Feuer, seit wir uns damals zum ersten Mal in der Kathedrale begegnet sind. Ein Feuer, das ich bis jetzt nicht zu deuten wusste.«

Van Diependaal gefiel gut, was er da hörte. Er beschloss, einen Schritt weiter zu gehen, um den Kandidaten auf seine Eignung zu testen. »Denk bitte einmal an die vier Elemente, die ich eben genannt habe. Glaubst du, dass vielleicht eins von ihnen in dir den Wunsch wachgerufen hat, Glasmaler zu werden, und es dich deshalb hierhergeführt hat?«

Dies ließ sich Hugo durch den Kopf gehen und musste sofort an die fernen Meere denken, die er zwischen Eis und Walen an Bord der Santa Ana durchquert hatte. Später hatte dann das Salz der Wüste, also die Erde, in seinem Leben eine wichtige Rolle gespielt. Wasser und Erde, hier hatte er also zwei der Elemente, die van Diependaal zufolge für jede Schöpfung nötig waren.

»Das kann durchaus sein. Bisher war ich mir dessen nicht bewusst, aber vielleicht haben mich ja zwei dieser Elemente hergeführt. Meine letzten Jahren waren von Wasser und Erde bestimmt.«

»Dann fehlen dir noch Feuer und Luft«, entgegnete van Diependaal, der das alles für keinen Zufall hielt. »Woran musst du bei diesen beiden Begriffen denken?«

Hugo begann zu strahlen, als er in Worte fasste, was ihm gerade in den Sinn gekommen war: »Plötzlich erkenne ich klar und deutlich, wo meine Bestimmung liegt. Ich muss meinem Leben Feuer und Luft hinzufügen! Feuer durch die Öfen und Luft durch die Kirchen, in denen die Fenster ihre Heimat finden.«

Seine begeisterte Schlussfolgerung rührte den Meister so sehr, dass er nicht mehr zum Ofen zurückkehrte und stattdessen Hugo ein Zeichen gab, ihm zu folgen. Sie traten in den Hof hinaus, wo angenehme Frische sie empfing.

Hugo befürchtete, dass jetzt alles vorbei sei und sich van Diependaal am großen Tor zur Straße hin von ihm verabschieden wolle. Aber Hendrik van Diependaal hatte etwas anderes im Sinn. Er ging zu einem der Bleiglasfenster hinüber, die an der Mauer lehnten. Mit zärtlicher Geste fuhr er über eines der bunten Motive. Jetzt war der Moment gekommen, noch eine letzte entscheidende Frage zu stellen.

»In Antwerpen hat dein Blick geleuchtet, und das habe ich heute wieder beobachtet. Mir ist schon damals aufgefallen, mit welch tiefer Empfindsamkeit du auf unsere Buntglasfenster reagiert hast, und diese Feinsinnigkeit hast du nicht verloren. Noch immer lösen meine Werke in dir dieselbe Leidenschaft aus.«

Er strich mit den Händen über das Dutzend Fenster, die darauf warteten, für den Transport verpackt zu werden.

»Aber jetzt möchte ich, dass du mir ganz ehrlich eine Frage beantwortest, ohne nachzudenken.«

»Dazu bin ich bereit.«

»In Ordnung.« Van Diependaal wischte sich eine Ascheflocke aus dem Auge und sagte: »Was kommt deinem Wesen näher, bist du eher Perfektionist oder Pragmatiker?«

Hugo spürte instinktiv, dass diese Frage alles entscheiden würde. Leider hatte er nicht viel Zeit, um die beiden Möglichkeiten abzuwägen. Daher sprach er aus, was ihm als Erstes durch den Kopf ging: »Eher Perfektionist.«

Van Diependaal lächelte, reichte ihm die Hand und nahm ihn damit in seine Werkstatt auf. »Du fängst als Lehrling an und bleibst dabei die ganze Zeit an meiner Seite. In dieser Funktion wirst du etwa sechs Monate bei mir arbeiten und in diesem halben Jahr alle wichtigen Abläufe bei der Herstellung eines Buntglasfensters lernen, weil du mich bei jeglichen aktuellen und zukünftigen Projekten begleiten wirst. Wenn ich in dieser Zeit sehe, dass du Talent hast, darfst du bleiben und wirst zum Gesellen befördert. Was sonst passiert, kannst du dir ja wohl denken …«

Hugo schnürte es die Luft ab. Er war euphorisch, glücklich, erfüllt, weil sein neuer Traum in greifbare Nähe gerückt war. Und er fühlte sich in diesem Moment begleitet, spürte seine Mutter, Azerwan und Ubayda an seiner Seite. Doch obgleich ihn das Glück zu überwältigen drohte, durfte er den finanziellen Aspekt nicht vergessen. Die Situation war dafür zwar denkbar ungünstig, trotzdem fragte er schließlich, was er denn verdienen werde.

»Verdienen?«, rief van Diependaal mit einer abwehrenden Handbewegung. »Lehrlinge verdienen nichts, aber du hast Anspruch auf Kost und Logis. Wir hätten hier in der Werkstatt auch einen Platz für dich frei, weil mein junger Schwager, Niclaes Rombouts, uns verlässt. Den hast du ja bereits kennengelernt. Er hat mir in England mitgeteilt, dass er sich gerne mit einer eigenen Werkstatt hier in Löwen selbstständig machen will. Wahrscheinlich wirst du ihm aber noch über den Weg laufen, weil ich nicht weiß, wie lange er für die Umsetzung seiner Pläne brauchen wird.«

»Ich lebe aber mit einer Frau zusammen und ...«

»Dann vergiss das mit der Unterkunft hier. Du musst eben einen Weg finden, während deiner Ausbildung deine Kosten zu decken, bis ich dich irgendwann auch bezahle.«

Das war für Hugo ein ziemlicher Dämpfer, er machte aber gute Miene zum bösen Spiel, damit van Diependaal seine Entscheidung nicht etwa bereute.

Der Meister sah ihre Unterhaltung jetzt offenbar als beendet an und wollte sich erneut an die Arbeit machen. Er bestellte Hugo für den nächsten Morgen um kurz vor sieben wieder her und wünschte ihm für seine Zeit in der Werkstatt viel Glück.

Hugo schüttelte ihm die Hand, hatte aber noch eine letzte Frage: »Ich habe Euch gesagt, dass ich Perfektionist bin. Hat das bei Eurer Entscheidung den Ausschlag gegeben?«

»Natürlich, mein Junge. Die Kunst der Glasmalerei verlangt bei jedem einzelnen Schritt tadelloses Arbeiten, das wirst du schon noch selbst erfahren. Wer so perfektionistisch ist wie ich und wie du ja angeblich auch, der hat dabei ziemlich zu leiden. Du fragst dich jetzt vielleicht, warum ich das sage, und darauf gibt es nur eine Antwort: Bisher ist mir noch kein völlig perfektes Kirchenfenster gelungen, deshalb ist diese Arbeit hart. Andererseits habe ich inzwischen auch erkannt: Wenn nicht nach jedem Projekt dieses Gefühl der Unzufriedenheit an mir nagen würde, wäre es mir niemals gelungen, Hunderte wunderschöner Fenster fertigzustellen. Und aus diesem Grund habe ich mich für dich entschieden.«

Als Ubayda an diesem Abend nach Hause kam, brauchte sie gar nicht erst zu fragen, wie es Hugo in der Werkstatt ergangen war. Er rannte auf sie zu und schloss sie so heftig in die Arme, dass ihr beinahe die Luft wegblieb.

Dabei rief er immer wieder: »Wir haben es geschafft! Wir haben es geschafft!«

»Hugo, siehst du! Dann hat sich doch wenigstens alles gelohnt, was wir durchmachen mussten. Jetzt erzähl schon: Unter welchen Bedingungen hat er dich genommen? Fängst du morgen an? Gab es irgendwelche Probleme? Weißt du schon, wie viel du verdienen wirst?«

Auf die ersten drei Fragen antwortete Hugo ausführlich und in allen Einzelheiten. Als er zur vierten kam, wurde seine Miene jedoch ernst.

»In den ersten sechs Monaten wird er mir überhaupt nichts zahlen«, erklärte er. »Lehrlinge bekommen leider keinen Lohn.«

Verzweifelt ließ er den Kopf hängen, weil er ja genau wusste, was dies für Ubayda bedeutete.

Seine Freundin schwieg betroffen. Sie hatte genauso sehr wie Hugo selbst darauf gehofft, dass man ihn in der Werkstatt aufnehmen würde. Aber sie hätte natürlich auch gerne die Arbeit mit Säure und Farben aufgegeben. Dennoch war jetzt nicht der richtige Zeitpunkt, um an ihre eigenen Probleme zu denken. Sie wollte Hugos Freude nicht schmälern.

»Mach dir keine Sorgen, dann arbeite ich eben weiter, bis du auch einen Lohn bekommst.«

»Ich werde versuchen, ebenfalls etwas beizusteuern. Mir ist aufgefallen, dass auf dem Hof der Werkstatt jede Menge Holz für die Öfen gelagert wird. Ich werde mich erkundigen, ob ich vielleicht nach meiner Arbeit für van Diependaal beim Entladen der Wagen helfen kann, wenn dieses Holz geliefert wird.«

Ubayda entging nicht, dass Hugos Miene trotzdem noch angespannt war. Daher beschloss sie, sowohl das Thema als auch den Ort ihrer Unterhaltung zu wechseln. Sie schloss ihren Freund fest in die Arme und bat ihn, draußen im Garten auf sie zu warten.

Hugo trat hinaus, setzte sich auf die Bank, streckte die Beine aus und lehnte sich genüsslich zurück.

Nach kurzer Zeit folgte ihm Ubayda. In einer Hand hielt sie ein großes Stück Käse, die andere hatte sie hinter dem Rücken verborgen. Sie blieb vor Hugo stehen und forderte ihn auf zu raten, was sie da wohl versteckte.

Nachdem er erfolglos drei oder vier Sachen genannt hatte, packte er Ubayda am Rock, um sie herumzudrehen. Seine Freundin wehrte sich jedoch kreischend. Selbst als sie das Gleichgewicht verlor und auf seinem Schoß landete, gab sie immer noch nicht preis, was sie da so eifrig verbarg.

Hugo war jedoch fest entschlossen, es herauszufinden, und schlang tastend beide Arme um sie. Als er den Gegenstand berührte, legte sich ein strahlendes Lächeln über seine Züge. »Ist das etwa Wein?«

»Ja, ganz genau. Ich weiß natürlich, was für ein Luxus das ist. Aber ich habe ihn vor ein paar Tagen für eine besondere Gelegenheit gekauft.«

Hugo fühlte sich wie der glücklichste Mensch auf Erden. Es waren ja nur eine Flasche Wein und ein Stück Käse, aber ihm erschienen sie wie die köstlichsten Leckereien aller Zeiten. Und dazu hatte er auch noch die allerbeste Gesellschaft.

Als sie den Wein in ihre einzigen beiden Tassen gegossen hatten, schaute er Ubayda in die Augen, diese tiefen, schwarzen Augen, in denen sich ein Mann verlieren konnte, und sagte aus tiefster Seele: »Ich hab dich lieb.«

»Ich dich auch, Hugo.«

Dann schwiegen sie eine Weile, während sich die Erinnerung an Azerwan über sie legte.

10

Am Rande von Löwen, Herzogtum Burgund, September 1478

Inzwischen war Hugo bereits seit zwei Monaten in der Glasmalerwerkstatt. Leider war sowohl seine als auch Ubaydas Arbeit so anstrengend, dass sie kaum noch Zeit füreinander hatten. Abends kehrten beide meist so erschöpft nach Hause zurück, dass sie sich nach einem kargen Abendessen direkt ins Bett legten und sofort einschliefen.

An vier Tagen in der Woche half Hugo in der Werkstatt beim Entladen der Karren mit Holz, an zwei anderen dabei, die Reste der Glaselemente zu zermahlen, aus deren Pulver die Grisaillefarbe hergestellt wurde. Auf diese Weise musste Ubayda nicht ganz allein für ihre Lebenskosten aufkommen.

Am Sonntag, Hugos einzigem Ruhetag, nutzte er die Zeit, um mit Aylal einen Ausflug ins Grüne zu unternehmen, ein köstliches Mahl zuzubereiten, einen langen Mittagsschlaf zu halten und vor allem, um ausführlich mit Ubayda zu plaudern.

Seine Freundin wollte alles wissen, was Hugo bei seiner Ausbildung lernte. Wie gerne sie seinen Schilderungen lauschte und dabei seine Augen vor Glück leuchten sah!

So war es auch am letzten Sonntag im September, als sie nach dem Essen noch am Tisch zusammensaßen.

»Was ich in der Werkstatt bis jetzt gelernt habe, hat mir vor allem eins gezeigt: dass man als guter Glasmaler das Feuer lieben muss. Alles beginnt mit dem Feuer. Als ich in der

Werkstatt anfing, dachte ich, dass alle Öfen darin gleich sind, aber da gibt es große Unterschiede.«

Er erklärte Ubayda, dass die Öfen mit niedrigerer Temperatur nicht zum Schmelzen von Glas benutzt wurden, sondern dazu, es nach dem Blasen in die gewünschte Form zu bringen oder der Masse Farben hinzuzufügen. Andere Öfen erreichten unglaublich hohe Temperaturen und schmolzen so die Mischung aus Sand und Asche, die als Basis für das Glas diente. Dann gab es noch einen Ofen nur für Blei, das einen niedrigeren Schmelzpunkt hatte.

»Ich habe die schöpferische Kraft des Feuers entdeckt, Ubayda!« Triumphierend reckte Hugo die Arme in die Höhe. »Im Ofen eines Glasmachers ist Feuer nicht zerstörerisch, sondern bereitet vor und verwandelt. Es spielt mit den unterschiedlichen Substanzen, die man ihm darbietet, um daraus die reinsten Essenzen zu gewinnen, während die weniger verwertbaren verpuffen.«

Er schwieg einen Moment und sprach dann in feierlicherem Tonfall weiter: »Ich muss noch lernen, das Feuer so zu lesen, wie van Diependaal es tut. Und dafür muss ich mein Gehör schulen, um seine Geräusche richtig zu interpretieren. Die Flammen verschlingen ja nicht bloß Holz und Kohle. Wenn wir nur gut zuhören, reden sie durch ihr Knistern und ihren Schein mit uns und werden zu unseren Verbündeten. Ich habe in der Werkstatt zwei Erkenntnisse gewonnen: dass ich bis jetzt noch gar nichts weiß und dass alles zu Erlernende ungeheuer aufregend ist!«

Ubayda lauschte Hugos begeisterten Worten voller Freude. Für sie war Hugos Enthusiasmus der Beweis dafür, dass ihr Freund endlich seinen Weg im Leben gefunden hatte.

»Und was hast du noch gelernt?«

Hugo erzählte ihr, dass sein Arbeitsplatz weiterhin bei den

Öfen war. Dort hatte er inzwischen aber auch zuschauen können, wie man andere wichtige Elemente herstellte: die Eisenrahmen, mit denen die Fenster schließlich in die Öffnungen von Kirchenwänden eingepasst wurden, die für die Stabilität der Fenster wichtigen Querstreben und die Formen für die Bleieinfassungen.

»Außerdem weiß ich jetzt, welche Sandarten und Oxide man für die Glasmasse im Tiegel auswählen muss, je nachdem, welchen Farbton man erhalten will. Und ich kann die Schattierung dadurch variieren, dass ich die Glasplatte dünner oder dicker gestalte. Aber das Blasen gelingt mir immer noch nicht problemlos. Mein Meister sagt allerdings, dass man dafür auch jahrelange Übung braucht.«

Van Diependaal ahnte zwar bereits, dass Hugo vermutlich mit großem Talent den Pinsel schwingen würde. Der Meister wollte seinen Lehrling jedoch so lange bei den Öfen behalten, bis er die Herstellung von Glaselementen im Schlaf beherrschte. Aber auch dabei tat sich Hugo bald unter den anderen Arbeitern hervor. Er verstand die Methoden auf Anhieb und ging nur selten fehl, wenn er sie selbst in die Tat umsetzte. Van Diependaal entdeckte in ihm eine Tugend, über die hier kein anderer verfügte: Er erfasste die Grundlagen von Farben, konnte sie entschlüsseln wie niemand sonst. Immer wieder sah ihn van Diependaal wie ein Zaubermeister verschiedene Materialien im Tiegel mischen und dabei neue – zum Teil zauberhafte – Farbtöne erschaffen. Und dabei zitterte Hugo jedes Mal vor Emotionen von Kopf bis Fuß, erbebte im Takt der Flammen.

Als an diesem Sonntag der Abend hereinbrach, war es bei Hugo und Ubayda im Haus so warm, dass sie beschlossen, draußen im Garten auf dem Rasen zu schlafen. Das erinnerte sie an Nächte im Mondschein in der Wüste, wo Ubayda auf die Rückkehr ihres Geliebten gewartet und Hugo den Blick auf einen ganz ähnlichen, beeindruckenden Sternenhimmel gerichtet hatte.

Als er sich in das frische, kühle Gras legte, konnte Hugo nach dem üppigen Essen in der warmen Abendluft nicht mehr lange die Augen offen halten und schlief schnell ein.

Ganz anders erging es Ubayda. Seit ein paar Wochen, sie hätte gar nicht sagen können, wie lange schon, war ihr nämlich etwas aufgefallen: Azerwan nahm immer weniger Platz in ihren Gedanken ein und schien nach und nach von Hugo verdrängt zu werden. Und der dominierte nicht nur ihren Verstand, er rief in ihr auch Verlangen wach, was ihr erst recht Sorgen bereitete.

Wenn Hugo am Abend eingeschlafen war und gleichmäßig zu atmen begann, lag Ubayda manchmal da und beobachtete ihn von ihrem Bett aus. Wegen des warmen Wetters schlief er meist nur mit einer knielangen Hose bekleidet. In diesen Augenblicken wurde Ubayda von einer ihr bislang unbekannten Lust heimgesucht. Zunächst regte sich dieses Gefühl nur verhalten in ihr, aber nach und nach wuchs das Bedürfnis, Hugo zu berühren. Ubayda betrachtete seinen Mund und hatte große Lust, ihn verstohlen mit den Lippen zu streifen. Und je öfter dieser Gedanke in ihr aufstieg, desto weniger hatte sie das Gefühl, damit Azerwan zu verraten oder die beiden Männer miteinander vergleichen zu müssen.

Und eines Tages machte Ubayda dann den ersten Schritt. Sie verließ ihr Nachtlager und schlich lautlos zu Hugos Bett hinüber. Dort kniete sie nieder und stützte die Arme auf dem Laken auf, während sie darauf wartete, dass er sich umdrehte und damit näher an sie heranrückte.

Als das geschah, befanden sich ihre Münder in so unmittelbarer Nähe, dass sich ihre Lippen berührten. In Ubayda rief dieser Kontakt solches Feuer wach, dass sie sich nicht länger zurückhalten konnte. Sie begann Hugo zu liebkosen, ganz sanft und zärtlich, um ihn nicht zu wecken. Ihre Finger streiften Hugos Kinn und wanderten seine Wangen hinauf, wo raue Bartstoppeln zu spüren waren. Dann erreichten sie seine Stirn. Zum Schluss legte Ubayda Hugo ihre Hände auf die Brust und fuhr bis zu seinen Bauchmuskeln hinunter. Als sie spürte, wie er sich auf einmal zu regen begann, zog sie sich jedoch rasch zurück.

Sobald Hugo erneut zur Ruhe gekommen war, trat sie wieder an sein Bett und setzte ihre sinnlichen Erkundungen fort. Mit den Fingerspitzen erforschte sie seine Haut, nahm Hugos Temperatur in sich auf, erkundete feste Muskeln und den flachen Bauch.

Es gelang Ubayda, das glühendste Verlangen in ihrem Inneren zurückzudrängen. Als sie an diesem Abend ins Bett zurückkehrte, stiegen jedoch Erinnerungen an die Momente der Vereinigung mit Azerwan in ihr auf, und sie stellte sich Hugo als ihren Liebhaber vor. Beim Gedanken daran erbebte sie und hatte Mühe, die Bilder wieder aus ihrem Kopf zu vertreiben. Als es ihr am Ende einer langen schlaflosen Nacht endlich gelang, fühlte sie sich furchtbar. Sie hatte nicht nur die Lage des schlafenden Hugos ausgenutzt, um ihr Verlangen auszuleben, sie hatte auch die Gefahr einer möglichen Entdeckung ignoriert. Was würde Azerwans bester Freund wohl von dem halten, was sie getan hatte? Ob er sie dafür hassen würde?

Sie drohte im Strudel ihrer Emotionen zu versinken und spürte auf der Zunge den bitteren Nachgeschmack eines unterbrochenen Moments der Leidenschaft. Aus Angst, ihren Freund vielleicht verlassen zu müssen, wenn sie diese Lust nicht rechtzeitig bezwingen könnte, versuchte sie an etwas anderes zu denken. Und da kam ihr eins der ersten Sprichwörter in den Sinn, die sie einst aus Azerwans Mund gehört hatte.

»Die Ursache des Krieges ist Empörung, sein Verlauf ungewiss und sein Ende eine Tragödie«, rezitierte sie im Flüsterton.

Dann dachte sie über die Worte nach und fand nur eine mögliche Lösung: Sie würde nicht zulassen, dass dieser Krieg überhaupt ausbrach. Der Gedanke erfüllte sie mit Frieden und durchdrang jeden Winkel ihres Bewusstseins. Und obgleich die Lust immer noch ihren Körper bewohnte, unternahm Ubayda von nun an keinen heimlichen Annäherungsversuch mehr.

In der angenehmen Sommernacht unter dem Sternenhimmel suchten diese quälenden Erinnerungen Ubayda heim, und sie wusste, dass sie mit der Einzigen darüber sprechen musste, die sie verstehen würde und ihr helfen konnte. Sie sah, dass Hugo wieder wach war.

»Wie es wohl Buzaina geht?«, sprach Ubayda den Namen der Freundin aus, an die sie gerade gedacht hatte.

Hugo drehte sich auf die Seite und sah sie an. »Jetzt, wo du sie erwähnst: Ich hatte mir überlegt, ob Ladislao mir wohl meine eigene Glasmacherpfeife anfertigen könnte, zusammen mit Klammern, Zangen und Löffeln und noch dem einen oder anderen Werkzeug. Das wäre für ihn doch die perfekte Aufgabe, meinst du nicht?«

»Soll das etwa heißen …?«

»Ja, ganz genau!«

Hugo wusste, wie sehr Ubayda ihre neue Freundin vermisste, und hatte deren Worte nicht vergessen: »Wenn es ihr je zu viel werden sollte, dann lass mich ihr helfen, schick sie zu mir.«

»Das Problem dabei ist nur, dass wir für eine Reise nach Luxemburg mehr als eine Woche brauchen. Deshalb müssten wir bei der Arbeit erst um Erlaubnis fragen. Wollen wir fragen, ob wir nächste Woche freibekommen?«

Ubayda lächelte, so als hätte sie die beste Nachricht aller Zeiten erhalten. Sie versprach, am Montag sofort mit Ajmed darüber zu reden.

»Wie schön, dich so glücklich zu sehen.« Hugo griff nach ihren Händen und führte sie an seine Lippen.

Das ließ sich Ubayda gern gefallen.

»Du bist eine ganz besondere Frau …«, murmelte Hugo und übersäte ihre Hand mit Küssen. »Ich weiß wirklich nicht, wie ich dir je für all das danken soll, was du für mich tust. Erinnerst du dich noch daran, was ich dir einmal gesagt habe? Dass mich die wenigen Frauen, die ich von ganzem Herzen geliebt habe, aus dem einen oder anderen Grund irgendwann verlassen haben? Du bist nicht nur geblieben, sondern schenkst mir auch weiterhin einen Teil deines Lebens, ohne im Gegenzug irgendetwas von mir zu verlangen. Dabei bringst du Opfer und setzt sogar deine Gesundheit aufs Spiel. Und all das nur, damit ich eines Tages meinen Traum in die Tat umsetzen kann.«

»Das mache ich doch gerne.«

»Und ich bin dafür auch dankbar. Aber ich wüsste zu gern, wie ich jemals all die Zuneigung erwidern kann, die du mir täglich entgegenbringst. Auf welche Weise kann ich die vielen Erniedrigungen aufwiegen, die du meinetwegen erträgst? Was kann ich tun? Sprich, und ich werde deinen Wunsch erfüllen.«

Hugo strich ihr über die Wange, wanderte mit der Hand bis zu ihrer Stirn hinauf und vergrub die Finger in ihrer wirren Mähne. Er liebkoste ihren Nacken, Schläfen und Hals.

Ubayda stockte der Atem, weil sie in sich das Verlangen aufsteigen spürte, das sie doch so gerne unterdrücken wollte. Sie verharrte ganz still und kostete die Berührung von Hugos Fingern auf ihrer Haut aus, ohne sie zu erwidern zu wagen.

Hier hatte Hugo sie nun gerade gefragt, was sie sich von ihm erhoffte. Die Wahrheit musste sie ihm jedoch verschweigen, weil dieser Wunsch ein unerfüllter Traum bleiben würde.

»Du brauchst gar nichts Besonderes für mich zu tun. Dich so zufrieden zu sehen, von deinen Fortschritten zu hören und all die neuen Entdeckungen mit dir zu teilen, ist für mich schon Lohn genug.« Ubayda verschränkte die Arme vor der Brust, schaute zum Firmament hinauf und verlor sich in dessen Anblick. »Ich schulde dir mein Leben, Hugo … Niemals werde ich dir vergessen, dass du Azerwan die Freiheit geschenkt und dich für seinen unmöglichen Traum verschuldet hast, für eine Salzmine mitten im Nichts. Außerdem hast du ihn vom anderen Ende der Welt zurück nach Afrika gebracht und ihn ermuntert, mich zu suchen. Mal ganz abgesehen davon, dass du mich aus Aos' Gewalt befreit hast. Und jetzt fragst du auch noch, was du für mich tun kannst? Du hast mir doch schon so viel gegeben!«

Die Tiefe ihrer Gefühle und die frische Brise des abkühlenden Abends ließen sie erschauern. Sie legte sich ein Tuch um die Schultern und schielte zu Hugo hinüber.

»Hugo … Vielleicht gibt es da doch etwas, was du für mich tun könntest.«

»Sprich es aus, und ich verspreche dir, dass ich mich darum kümmere.«

»Wenn ich eines Tages nach Timbuktu zurückkehren möchte, um meine Familie zu sehen, hilfst du mir dann dabei?«

»Aber natürlich!«

»Und wenn es nicht nur ein kurzer Besuch wäre? Du weißt doch, dass ich mit dir hierhergekommen bin, um dich auf deinem Weg in eine noch ungewisse Zukunft zu begleiten. Zum Glück hat sich das Blatt aber gewendet, und du brauchst mich jetzt nicht mehr. Und wenn ich endgültig zurückkehrte?«

Hugos Miene verdüsterte sich. Es dauerte eine Weile, bis er endlich antwortete, weil er zuerst seine Gedanken ordnen und die richtigen Worte finden musste. »Ich weiß nicht … Das möchte ich mir nicht einmal ausmalen, aber wenn es dein Wunsch ist, werde ich ihn natürlich unterstützen.«

Seine Antwort war für Ubayda ein harter Schlag. Sie hatte durch ihre Frage herauszufinden versucht, was Hugo wirklich für sie empfand. Natürlich hatte sie dabei gehofft, für ihn am Ende vielleicht doch mehr als nur eine Art Schwester oder gute Freundin zu sein. Aber jetzt bestand ja leider kein Zweifel mehr.

11

Luxemburg, Dezember 1478

Weder gab Ajmed Ubayda eine Woche frei, noch passte es van Diependaal, dass Hugo seine Ausbildung wegen so einer Nichtigkeit für mehrere Tage unterbrechen wollte. Daher gestattete auch er es nicht.

Es vergingen ganze drei Monate, bis sich günstige Umstände ergaben und die beiden ihre Reise endlich antreten konnten.

Während Ubayda ihre Freunde in der Schmiede besuchte, kam Hugo nicht in Luxemburg selbst unter, sondern fünfzig Meilen weiter westlich in Orval. Dort half er seinem Meister bei einem Auftrag in der örtlichen Zisterzienserabtei.

Van Diependaal wollte Tag und Nacht in der Klosterkirche verbringen, bis er endlich für alle Fenster Entwürfe entwickelt und von den Mönchen hatte absegnen lassen. Dem flämischen Meister zufolge musste man dafür nämlich in der Kirche auch der kleinsten Spur nachgehen, da die Botschaften des Gotteshauses nur für geduldige und wissbegierige Augen bestimmt waren. Wenn sie in die Fenster mit einflossen, erweckten sie das Glas zum Leben, andernfalls handelte es sich einfach nur um tote Materie.

Die vor dreihundertfünfzig Jahren errichtete Abtei von Orval unterstand seit zwei Jahrzehnten dem Zisterzienserorden. Das Kloster und die dazugehörige Kirche befanden sich in der Ardennen-Region auf einer weitläufigen Ebene, umgeben von dichtem Wald. Diese Ländereien hatten einst Gottfried von Bouillon gehört, dem Anführer und Hauptinitiator des Ersten Kreuzzuges zur Eroberung des Heiligen Landes.

Als van Diependaal und Hugo den Eingang des Klosters erreichten, nahm sie ein Mönch mit weißem Habit und schwarzem Skapulier in Empfang.

Er führte sie zunächst zu ihrer Unterkunft, damit sie dort ihre Habseligkeiten verstauen konnten, und begleitete sie dann zur Schreibstube des Priors. Nachdem er sie dort angekündigt hatte, verabschiedete er sich.

Der Prior war ein Mann von weniger als vierzig Jahren, so gebildet wie höflich und von angenehmem Äußeren.

Zunächst wunderten sie sich darüber, wie überschwänglich er sie in Empfang nahm, bei ihrem Gang durch die Kirche wurde ihnen der Grund dafür jedoch klar: Das Gotteshaus befand sich nach einem verheerenden Brand und zweijährigen Bauarbeiten endlich wieder in einem Zustand, in dem man dort beten und die Messe feiern konnte. Durch die Renovierung waren die Wände, die mit van Diependaals Fenstern und einer Rosette geschmückt werden sollten, wie der Rest der Kirche ganz neu.

Der Prior erklärte: »Es heißt, das Kloster sei durch die Dankbarkeit einer Witwe namens Matilde entstanden. Bei einem Spaziergang verlor die fromme Frau ihren Ehering, der aus gutem Gold war. Als sie es bemerkte, bat sie Gott inbrünstig darum, ihr beim Auffinden des Schmuckstückes zu helfen. Der Herr erhörte ihr Gebet, und zu ihrer großen Verblüffung sprang eine Forelle mit ihrem Ring im Maul aus dem Wasser und fiel ihr vor die Füße. Von diesem Wunder ganz überwältigt, rief Matilde aus: ›Dieser Ort ist ja wirklich ein Tal des Goldes!‹ Und genau das bedeutet *Orval.*«

Nach dieser Erklärung durchquerte er mit ihnen das Mittelschiff auf dem Weg zu einem Seitenschiff der Vierung. Dort zeigte ihnen der Prior an der Nordseite die Stelle, für die drei Fenster und eine sechsteilige Fensterrose gebraucht wurden.

»Wir möchten gerne, dass Ihr hier beginnt. Wenn uns die Ergebnisse überzeugen, geben wir vielleicht auch noch die Fenster der Apsis und der südlichen Vierung bei Euch in Auftrag. Wir werden sehen …«

Van Diependaal betrachtete die Öffnungen und überlegte, wie er die Werke dafür entwickeln würde. Er war bereits ganz auf die Arbeit fokussiert.

Als Hugo bemerkte, dass der Prior einer Antwort zu harren schien, rief er van Diependaal jedoch in die Gegenwart zurück. »Meister, der Prior wartet …«

Über die Unterbrechung erbost, antwortete der Glasmaler wenig gewählt: »Dieser halbgare Auftrag gefällt mir gar nicht, trotzdem nehme ich ihn an. Aber nicht Euretwegen, sondern weil die Kirche selbst mich darum zu bitten scheint.«

Mit so einer Reaktion hatte der Prior nicht gerechnet. Er riss die Augen auf, hatte aber keine Gelegenheit, etwas zu entgegnen, weil van Diependaal sofort weitersprach: »Ihr solltet aber nicht mit allzu spektakulären Ergebnissen rechnen. Ich weiß doch nur zu gut, welche absurden und banalen Einschränkungen Euer Orden bei solchen Aufträgen gern auferlegt …«

Hugo, der so harte Worte noch nie aus van Diependaals Mund gehört hatte, stand fassungslos da.

Der Mönch antwortete nicht einmal. Er machte einfach nur auf dem Absatz kehrt und stapfte davon. Wahrscheinlich war das für ihn die einzige Möglichkeit, seine Wut zum Ausdruck zu bringen, ohne der Sünde anheimzufallen.

»Was sind das denn für Einschränkungen?«, erkundigte sich Hugo.

Van Diependaal lud ihn ein, sich mit ihm auf einer der Bänke niederzulassen, um von dort aus ganz in Ruhe die Kirche zu betrachten.

»Du weißt doch sicher, dass Bernhard von Clairvaux die spirituelle Leitfigur der Zisterzienser ist. Er war ein Mann von großer Intelligenz, äußerst gebildet und ein strenger Asket. Was Kirchenfenster anging, hatte er allerdings hanebüchene Ansichten. Er hat sich darauf bezogen, wie Gottes Wort Maria durchdrungen und unversehrt ihren Schoß verlassen hat. Genauso soll das göttliche Licht durch die Fenster seiner Kirchen fallen: ohne dabei verändert zu werden. Seine nicht greifbare Zartheit soll niemals durch bunte Farben befleckt werden. Und aus diesem Grund wirst du noch sehen, dass Bleifenster in Zisterzienserabteien und -klöstern nur ganz leicht getönt sind. Man fügt lediglich ein wenig Farbe hinzu, um nicht komplett durchsichtige Scheiben einzusetzen. Darüber hinaus ist aber auch die Darstellung menschlicher Figuren verboten, daher dürfen wir weder Heilige noch Apostel zeigen, nicht einmal Jesus Christus.«

Das verstand Hugo nicht und erkundigte sich nach den Motiven dafür.

»Die Grundregeln des Ordens basieren auf einem kargen Leben und Bescheidenheit in der Beziehung zu Gott. Daher verzichten die Zisterzienser in ihren steinernen Kirchen auf schmückendes Beiwerk. Keine Figuren oder Malereien sollen die Mönche von dem ablenken, was wirklich wichtig ist, dem Gebet. Aus ihrer Perspektive sind die durch Buntglasfenster fallenden Strahlen nur das unvollkommene Abbild eines vollkommenen Gottes, der sich selbst das Licht der Welt genannt hat. Und aus diesem Grund wollen sie seinen

Schein nicht mit Farben oder den Bildnissen von Pflanzen, Tieren oder Menschen verfälschen.«

Hugo betrachtete die Öffnungen in der Wand, die kaum ein halbes Klafter hoch waren. Er fragte sich, wie sie ihren Fenstern dann das besondere Etwas verleihen sollten.

»Geometrie«, versetzte sein Meister. »Für unsere Entwürfe müssen wir als Erstes entscheiden, welche geometrischen Formen mit der Architektur dieser Kirche am besten harmonieren. Deshalb heißt es gut hinsehen. Wir müssen auch den letzten Winkel der Kirche durchstreifen und auf der Suche nach dem am häufigsten wiederholten Detail jedes Element dieses Bauwerks unter die Lupe nehmen: Wände, Säulen, Kapitelle, Friese, Keilsteine, dreilappige Fenster und andere Filigranarbeiten der Gewölbe, Triforien, Bogen … Na, fang mal an, durchschreite das ganze Gotteshaus. Einen Rat gebe ich dir allerdings: Meiner Erfahrung nach muss man besonders auf die Gewölbe achten. Von denen gibt es so viele unterschiedliche, und je nach Art der Strebebogen ergeben sich Folgen von dreieckigen, runden oder sternförmigen Elementen, Kreuzrippen oder Schildbogen, die beim Entwerfen unserer Fenster als sich wiederholendes Muster nützlich sein könnten.«

»Erstaunlich …«, murmelte Hugo, der den Kopf in den Nacken gelegt hatte und zur Decke der Kirche hinaufschaute. »Wenn ich Euch richtig verstanden habe, verraten uns also die Steine selbst, was wir wissen müssen.«

»So ist es.« Van Diependaal tätschelte eine Säule. »Wenn Kirchenbauer Stein auf Stein legen, um in die Höhe zu streben, wollen sie damit den Himmel berühren. Aber sie hinterlassen dabei offene Augen, die wir mit unseren bunten Scheiben füllen. Und dafür muss ein Glasmacher zunächst die Steine lesen können, um ihre Botschaft in die Sprache des Lichtes zu übersetzen. Eine wunderbare Herausforderung! So sehe ich es zumindest.«

Hugo war ganz seiner Meinung und ließ den Blick weiter über die einzelnen Elemente des Gotteshauses wandern. Im Einklang mit den letzten Worten seines Meisters entstand vor seinem inneren Auge die Art von Kirche, die für einen Glasmacher wohl am erhabensten sein würde: eine mit Wänden nur aus Glas, ohne stützenden Stein. Er wusste nicht, ob es irgendwo auf der Welt so etwas gab. Aber selbst dann, wenn sie jetzt noch nicht gebaut sein sollte, träumte er davon, sie eines Tages besuchen und mit Fenstern versehen zu können.

»Gibt es, abgesehen von der Geometrie in den Kirchen der Zisterzienser, noch andere entscheidende Faktoren?«, fragte Hugo.

»Entscheidend ist vielleicht nicht das richtige Wort. Aber es stimmt schon, Bleifenster in Zisterzienserkirchen sollen ein Gefühl von Ordnung vermitteln und so die Mönche zur Andacht anhalten.« Van Diependaal stand von der Bank auf. »Lass uns eine erste Runde durch die Kirche drehen. Aber ich warne dich schon einmal vor: Bis zum Einbruch der Nacht werden wir sie wohl nicht mehr verlassen. Wir haben also acht Stunden Erkundungsarbeit vor uns. Vielleicht ist uns ja das Glück hold, und ein einziger Tag reicht aus, um unsere Entscheidungen zu treffen. Wir müssen überlegen, was für Fenster am besten zur Nordseite passen, auf die weniger und nur indirektes Licht fällt, und was für welche zur Südseite, die bei unserer Ankunft durch strahlenden Sonnenschein erhellt wurde. Für die Südseite fertigen wir zunächst natürlich keinen Entwurf an, bis wir nicht die Bestätigung von diesem Narren im Priorsgewand bekommen haben.«

Im Laufe der nächsten Stunden lernte Hugo, dass es noch viele andere Kriterien zu berücksichtigen gab. Abgesehen vom Lichteinfall waren zum Beispiel auch die Zeitabläufe im Leben der Mönche wichtig, wann sie in die Kirche kamen und welches Gebet um welche Uhrzeit verrichtet wurde …

Sein Meister schlug vor, dass sich Hugo einmal allein in der Kirche umschaute, gab ihm aber einen Rat mit auf den Weg: »Vergiss nie, Hugo, dass wir Glasmaler Alchemisten der Erde sind. Durch das Feuer entlocken wir ihr jene Noten, die Gott braucht, um Musik aus Licht und Farben zu komponieren, Melodien, die unsere Seele nähren. Die wirst du schon noch hören.«

Etwa dreißig Meilen südöstlich der Abtei von Orval liefen zwei Frauen aus dem Königreich Mali einen Pfad am Ufer des Flusses Alzette entlang und teilten miteinander ihre Freude, Ängste und Sorgen. Auf diesem Weg traf man nur selten andere Spaziergänger an, deshalb hatte Buzaina ihn gewählt, um ungestört zu sein.

»Ist es zu fassen, dass seit unserer letzten Begegnung schon acht Monate verstrichen sind? Acht Monate!«, rief Buzaina aus. Wenngleich sie sich bis zur Nasenspitze in ihren Umhang gewickelt hatte, zitterte sie vor Kälte.

In diesem Moment machte Ubayda einen unbedachten Schritt, trat auf lockeren Sand am Ufer des Flusses und rutschte mit beiden Füßen ins Wasser. Obwohl Buzaina protestierte und ihr eine Unterkühlung prophezeite, zog Ubayda die nassen Schuhe einfach aus und ging barfuß weiter.

»Ich liebe dieses Gefühl der Freiheit!«, rief sie aus. »Weißt du nicht mehr, was für ein Genuss es in unserem geliebten Mali war, bei Einbruch der Nacht den Sand zwischen den Zehen zu spüren? Wie gerne würde ich noch einmal diese und andere Empfindungen durchleben, die ich in all den Jahren nicht vergessen konnte.« Ein paar Sekunden reisten ihre Gedanken, getränkt von der Last der Sehnsucht, in weite Ferne. Dann seufzte Ubayda jedoch genüsslich, als sie frisches Gras unter den Füßen spürte. »Die letzten Monate erinnern mich an das Eintragen neuer Schuhe: Zu Beginn war es hart, manchmal sogar schmerzhaft, oft unbequem und manchmal zum Verzweifeln. Du hattest mich ja gewarnt, und ich habe mir tatsächlich Bemerkungen aller Art anhören müssen. Aber nach dem schwierigen Anfang hat sich alles zum Besseren gewendet. Hugo arbeitet jetzt schon seit fünf Monaten als Lehrling für van Diependaal, und er wirkt auf mich wirklich glücklich.«

»Bei mir gibt es auch Anlass zur Freude: Ich bin guter Hoffnung!«, brach es jetzt frohlockend aus Buzaina hervor.

»Welch wunderbare Neuigkeit!«

Freudig umarmten sich die beiden Frauen.

»Im wievielten Monat bist du?« Ubayda berührte den Bauch ihrer Freundin, als könnte sie die Antwort so selbst erraten.

»Im dritten. Sollte alles ohne Probleme verlaufen, kommt unser Kind im Juni zur Welt. Leider muss ich mich morgens oft übergeben und bibbere ständig vor Kälte.«

»Ich werde mich gut um dich kümmern! Wenn der Januar erst vorbei ist, steigt Hugo zum Gesellen auf und wird endlich bezahlt. Dann kann ich meine Arbeit aufgeben und zu dir kommen. So brauchst du kein Wasser vom Fluss mehr zu holen, keine Kleider zu waschen oder die Einkäufe vom Markt nach Hause zu schleppen.« Schützend legte Ubayda die Arme um Buzainas Schultern. »Im Notfall zwinge ich dich eben dazu, dich auszuruhen.«

»Du bist ein Schatz, aber willst du Hugo wirklich allein lassen?«

»Er wird sowieso weg sein, weil er mit van Diependaal bald nach Paris reisen muss. Sie werden im März drei Wochen unterwegs sein, um eine neue Technik zu erlernen, glaube ich. Deshalb wollte ich euch ohnehin darum bitten, mich in dieser Zeit bei euch aufzunehmen. Aber jetzt gibt es ja erst recht einen guten Grund für meinen nächsten Besuch.«

Sie hatten eine kleine Kapelle erreicht, in die die Menschen der Stadt gerne zum Beten kamen, und setzten sich auf ein paar große Steine, um Rast zu machen.

Buzaina konnte keinen Schritt mehr gehen. »Darf ich dir eine etwas heikle Frage stellen?«, sagte sie.

»Natürlich. Frag, was auch immer du willst.« Ubayda ahnte schon, woran Buzaina dachte.

»Wie ergeht es dir eigentlich damit, dass ihr wie Eheleute zusammenlebt, ohne dabei ein Paar zu sein?«

Ubayda schwieg nachdenklich. Einerseits wollte sie gerne mit Buzaina über ihre Gefühle reden, andererseits brachte sie die Worte nur schwer über die Lippen.

»Neuerdings bereitet mir unser Arrangement eher Sorgen«, begann sie schließlich. Sie ordnete ihre Gedanken und fuhr mit einem Seufzen fort: »Ich fühle mich so seltsam, erkenne mich gar nicht wieder, und daran ist Hugo schuld. Nachdem ich Azerwan mit solcher Hingabe geliebt habe, hätte ich nie gedacht, dass ich so etwas wieder für einen anderen Mann empfinden könnte. Aber seit einiger Zeit bin ich mir nicht mehr so sicher.«

Ubayda verstummte kurz und sah ihrer Freundin in die Augen, um ihr die Bedeutsamkeit der folgenden Worte zu vermitteln: »Buzaina, das kann ich allein dir gestehen: Ich sehe Hugo längst nicht mehr wie einen Bruder, sondern fühle mich mittlerweile zu ihm hingezogen. Inzwischen verzehre ich mich mit solcher Leidenschaft nach ihm, dass ich mich frage: Sind das ganz normale weibliche Bedürfnisse, oder steckt noch mehr dahinter? Ich spüre, dass es für unsere Beziehung bald sehr gefährlich werden kann.«

»Gefährlich? Ist das nicht ein viel zu großes Wort? Ich glaube kaum, dass man sich in der Liebe so sehr in Acht zu nehmen braucht.«

»Und ob, die Liebe ist furchtbar gefährlich.« Ubayda sah

Buzaina unentwegt in die Augen, als sie weitersprach: »In mir brennt ein solches Feuer, dass ich mich sogar eines Abends am schlafenden Hugo ergötzt habe, um meine eigenen Bedürfnisse zu befriedigen. Obwohl ich nicht weit gegangen bin, habe ich mich nachher schrecklich gefühlt.«

Buzaina verstand nicht, warum Ubayda Hugo in diesem Moment nicht geweckt hatte, um zu erfahren, ob er sie auch begehrte.

»Was du mir da erzählst, war doch zu erwarten. Zwei junge Menschen, die zusammenleben, Nacht für Nacht im selben Raum schlafen, manchmal sogar im selben Bett … Wenn ihr doch bis zum Hunger hin alles miteinander teilt, ist eine solche Entwicklung nur natürlich. Hat Hugo dir denn nie zu verstehen gegeben, dass er sich mehr von dir wünscht als bloß ein gemeinsames Heim, Gespräche und Mahlzeiten?«

»Nein, niemals, da liegt ja das Problem.« Ubayda griff nach einem Stöckchen und schleuderte es mit aller Kraft weg. »Er nimmt mich gar nicht als Frau wahr, dessen bin ich mir gewiss. Ich merke doch, dass er mich nicht so sieht …« Bekümmert senkte sie den Blick. »Und du hast es ja schon gesagt: Wenn er trotz unserer täglichen Nähe bisher keine Reaktion gezeigt hat, dann gibt es nur zwei Möglichkeiten: Er fühlt sich entweder nicht zu mir hingezogen, oder er sperrt sich dagegen, mich mit anderen Augen zu sehen, weil er Azerwans Andenken nicht beflecken will. Vermutlich ist es Letzteres, und dann will ich ihn nicht dazu verleiten, gegen seine Prinzipien zu verstoßen. Am Ende ist das alles ja auch unerheblich, ich bin schließlich nach Europa mitgekommen, um ihm zu helfen, und nicht, um seine Liebe zu gewinnen.«

»Es stimmt, so hast du es mir erklärt. Aber ich habe immer geglaubt, dass ihr euch am Ende doch ineinander verlieben würdet. Lass mich dich noch etwas fragen: Willst du jetzt, da du dir endlich über deine Gefühle im Klaren bist, dass euer Verhältnis rein freundschaftlich bleibt? Dann musst du den Verstand verloren haben. Ich kann einfach nicht verstehen, wie du das nur ertragen kannst!«

»Wahre Liebe sollte ohne List und Tücke entstehen, auf natürliche, wunderbare Art und Weise. Bisher habe ich in Hugo nie dieses leidenschaftliche Feuer bemerkt, das du und ich nur zu gut kennen. Diesen Rausch, der macht, dass man an nichts anderes mehr denken kann als an den Angebeteten, dass man sich selbst verliert und in seiner Nähe innerlich zu verglühen droht«, seufzte Ubayda. »Er wird mir also wohl nicht geben, was ich brauche. Daher habe ich mir überlegt, dass wir die Dinge lieber so belassen wie bisher. Allerdings sollte ich vielleicht besser Abstand von ihm nehmen.«

»Meinst du damit deinen Besuch hier in Luxemburg?«

»Nein, sondern einen viel radikaleren Schritt: Ich will nach Timbuktu zurückkehren. Wann, weiß ich noch nicht, aber ich bin fest dazu entschlossen. Als ich das vor ein paar Monaten schon einmal angedeutet habe, hatte Hugo keine größeren Einwände. Selbst angesichts der Gefahr, mich zu verlieren, hat er nichts unternommen. Dies beweist doch, dass ich für ihn nicht das bin, was ich gerne wäre. Deshalb werde ich mich bis zu meiner Abreise zusammennehmen und mein Verlangen im Zaum halten. Ich muss Hugo aus dem Weg gehen und einen Riegel vor mein Herz schieben, wobei ich hoffe, auf deine Unterstützung zählen zu können.«

Diesen komplizierten Auftrag nahm Buzaina nur ungern an. »Ich persönlich wäre nicht zu dem in der Lage, was du da beschreibst. Aber einverstanden, wenn du dir sicher bist, werde ich dir deine Bitte nicht abschlagen.«

»Ich bin mir völlig sicher.«

»In Ordnung. Dann lass uns gemeinsam überlegen, wie

wir dein Verhältnis zu Hugo am besten in neue Bahnen lenken, dein Verlangen unterdrücken und eine Frau aus dir machen, die gegen die Liebe immun ist. So willst du es doch, nicht wahr?«

»So will ich es.«

In der Abtei von Orval hatten die beiden Männer inzwischen auch den letzten Winkel der Kirche erkundet. Van Diependaal wartete nur noch auf die Leiter, um die er die Mönche gebeten hatte – die längste, die sie finden könnten.

Derweil beschloss der Meister mit Blick auf die Vierung mit den Fensteröffnungen, Hugo nach seiner Einschätzung zu fragen. Er hielt einen Kohlestift und ein leeres Pergament in der Hand.

»Nun ist der Moment der Wahrheit gekommen. Traust du dir zu, für die Fenster einen Entwurf anzufertigen? Und für die Rosette natürlich auch.«

Hugo schaute noch einmal zu den Öffnungen hoch und erbat sich ein wenig Zeit. Als er im Kopf die unterschiedlichen Lösungen durchging, die ihm im Lauf des Tages eingefallen waren, kam ihm auf einmal eine ganz neue Idee, die ihn sofort packte.

»Bei der Fensterrose würde ich die sechs Steinkreise mit Blei einfassen und einen weiteren in die Mitte setzen, der die anderen trägt«, beschrieb er seine Vision. »Auf diese Art und Weise hätten wir sechs dreieckige Elemente mit bogenförmigem Äußeren. Da sich die Rosette hoch oben an der Wand befindet, würde ich ein nur ganz leicht getöntes Glas einsetzen, in einem sanften Strohgold, um dem einfallenden Licht kaum Widerstand entgegenzusetzen.«

»Und warum?«

Darauf wusste Hugo keine rechte Antwort. Er hatte sich von seiner Intuition leiten lassen und sich keine logische Erklärung zurechtgelegt. Jetzt wollte er es aber wenigstens versuchen: »Je weiter oben ein Fenster liegt, desto näher ist es doch dem Himmel und damit dem Licht, dem Göttlichen, der reinen Botschaft. Wegen dieser Nähe zur Transparenz des Spirituellen würde ich zarte Töne verwenden.«

Hugo sah seinen Meister an und wurde verlegen, als er dessen Lächeln bemerkte. »In Ordnung, ich gebe ja zu, dass mir das alles gerade erst in den Sinn gekommen ist.«

Van Diependaal war von Hugos Ehrlichkeit zwar ebenso angetan wie von seiner Spontanität, dennoch rügte er seinen Schüler: »Die Herstellung von Buntglasfenstern verlangt nach exakten Methoden und Techniken. Und die sind weit entfernt von plötzlichen Eingebungen, vergiss das nie. Aber ich muss zugeben, dass auch Inspiration nötig ist, wenn wir unser Handwerk zugleich als Kunst verstehen wollen. Wir müssen in die Arbeit unsere Seele mit einbringen, zu den Fensteröffnungen hinauffliegen und tief in unserem Inneren verspüren, wie es den dort eingesetzten Glaselementen später einmal ergehen wird.«

Van Diependaal holte Luft und warf Hugo einen nachsichtigen Blick zu, bevor er weitersprach: »Unter diesem letzten Gesichtspunkt ist deine Idee gut, sie gefällt mir.«

Mit vor Stolz geschwellter Brust stand Hugo da. Vielleicht wuchs er ja deshalb über sich hinaus, als sein Meister ihn jetzt um seine Vorschläge für die drei länglichen Fenster unterhalb der Rosette bat.

»Darf ich dazu vielleicht eine Zeichnung anfertigen?«

»Wenn du nur eine kleine Ecke des Pergaments benutzt, gerne.«

In diesem Moment kamen zwei Mönche mit einer langen Leiter herein und lehnten sie an die Wand. Hugo griff nach dem Kohlestift und zeichnete sechs senkrechte Linien. Er füllte die Zwischenräume mit unregelmäßig angeordneten

Rauten aus, bis sich ein Gesamtbild ergeben hatte, das ihm zusagte.

Ohne etwas vom Pergament zu vergeuden, fügte Hugo neben seiner Zeichnung zwei Striche hinzu und malte kleine Kreise hinein, um deutlich zu machen, was für einen Randstreifen er als Rahmen wählen würde.

Am Ende erklärte er seinem Meister noch, welche Farben und Schattierungen er benutzen würde.

Ohne sich dazu zu äußern, stieg van Diependaal mit der Zeichnung in der Hand die Leiter hinauf. Über der Schulter trug er seinen Beutel mit Glaselementen, die ihm als Muster dienten.

Als er die erste Öffnung erreichte, holte er ein beinahe farbloses Stück Glas hervor und hielt das Pergament davor. Um diese Uhrzeit war das Licht nicht besonders gut, aber man konnte den Effekt durchaus erkennen.

»Jetzt siehst du deinen Entwurf an der Stelle, für die er gedacht ist. Was meinst du?«

Hugo fand, dass seine Zeichnung mit der Ästhetik der Vierung überhaupt nicht harmonierte, sie setzte die Botschaft der Steine nicht im Geringsten um.

»Furchtbar, so gefällt er mir überhaupt nicht mehr.«

Van Diependaal stieg die Leiter hinab, um Hugo nach oben zu lassen. »Ein guter Glasmacher macht sich zunächst bis ins kleinste Detail mit der entsprechenden Kirche vertraut. Seine Entscheidung fällt er dann aber dort, wo sich später auch die Fenster befinden werden. Und zwar an exakt derselben Stelle! Genau an dem Punkt, wo du dich jetzt befindest.« Der Meister hob die Arme. »Dort finden sich alle Antworten, man muss sie nur hören, riechen, spüren können. Probier es einmal!«

12

Konditorei La Siciliana, Brügge, Weihnachten 1478

Während Renata Teig knetete und den Ofen im Auge behielt, hörte sie seufzend Berenguela zu. Ihre Freundin berichtete ihr, welche Schwierigkeiten sie seit ihrer Rückkehr ins Schildpadhuis vor sechs Monaten bei der Umsetzung ihrer Pläne hatte.

»Als wir in Venedig waren und ich beschlossen habe, die Machenschaften meines Mannes genauer zu untersuchen, musste ich an unseren Fluchtversuch denken.«

»Wirklich schade, dass wir damals so schnell gefasst wurden, nicht wahr?«

Renata knetete den Paneforte-Teig aus Mehl, Wasser und Honig, für den ihre Freundin Obst in Stücke schnitt. Das Rezept für dieses weihnachtliche Gebäck aus Siena hatten sie von Antonio, der aus dieser Gegend stammte.

»Allerdings. Aber dass unsere Flucht vereitelt wurde, hat unseren restlichen Plänen nichts anhaben können.«

Schon damals hatten die beiden Frauen beschlossen, ihre Männer zu strafen, indem sie sie an ihrer empfindlichsten Stelle trafen: bei ihren Finanzen. Berenguela und Renata wussten nämlich ganz genau, dass der Verlust einer großen Summe die beiden viel mehr schmerzen würde als der ihrer widerspenstigen Ehefrauen. Und daran hatte sich bei Berenguela auch nichts geändert.

»Ich dachte, du hättest nach deiner Rückkehr aus Venedig

deine Strategie geändert und wolltest Damián alles dadurch heimzahlen, dass du deinen Vater einschaltest. Willst du jetzt etwa wieder zu unserem alten Plan zurückkehren und Damián um sein Geld bringen?«

»Das Ziel ist immer noch das gleiche, ich werde aber anders vorgehen müssen. Meiner Ansicht nach ist mein Mann durch und durch ein Betrüger und treibt sicher nicht nur mit einigen, sondern mit allen Menschen sein falsches Spiel. Demnach hintergeht er auch meinen Vater, dessen blindes Vertrauen für Damián ich noch nie verstanden habe.«

»Aber du findest einfach keine Beweise …«

»Genau da liegt mein Problem.«

Berenguela brachte das geschnittene Obst zu Renata hinüber, die es in den Teig gab und dann mit energischen Bewegungen einarbeitete.

»All diese Monate habe ich meinen Stolz hinuntergeschluckt und Damián nur ertragen, um in Papieren, Notizen, Büchern, Truhen und Schränken nach Hinweisen für seinen Betrug suchen zu können. Mit einem solchen Indiz würde ich nach Burgos zurückkehren, um meinem Vater zu zeigen, wie hier mit seinem Geld gespielt wird. Und dann würde er sicher jegliche Geschäftsbeziehungen abbrechen. Für Damián wäre dies das Ende, weil er fast ausschließlich im Namen meines Vaters gehandelt hat. Seine Käufer vertrauen ihm wegen des guten Rufs der Ibáñez'. So würde aber das ganze Gebilde aus Lug und Betrug mit einem Mal in sich zusammenstürzen.«

»Du wirst schon etwas finden … Das ist nur eine Frage der Zeit«, versicherte ihr Renata und schob sich mit dem Arm eine Strähne aus dem Gesicht, um nicht die teigverschmierten Hände zu Hilfe nehmen zu müssen. »Irgendwo muss er all seine Geheimnisse doch versteckt haben.«

»Und ich glaube, ich weiß auch schon, wo … Gestern habe

ich in seinem Arbeitszimmer etwas hinter den Büchern entdeckt … Dort scheint er eine Art Geheimfach in die Wand eingelassen zu haben, das jedoch leider verschlossen ist.«

Als sie das hörte, schien für Renata die Lösung zum Greifen nahe. »Antonio hat eine … na ja, sagen wir mal, nicht ganz lupenreine Vergangenheit …« Sie zog eine belustigte Grimasse. »Er kann dir bestimmt beibringen, so ein Fach zu öffnen, da bin ich mir sicher.«

»Das wäre ja wunderbar! Du kannst dir nicht vorstellen, wie sehr ich dieses Lebens an Damiáns Seite überdrüssig bin. Er hat mir versprochen, mich im Januar nach Rom mitzunehmen, weil er dort einen neuen Kunden besuchen muss. Kannst du das fassen? Als könnte er durch eine gemeinsame Reise erreichen, was er wirklich will: dass ich ihn wieder in mein Schlafzimmer lasse.«

»Da kann er lange warten …«

Als Antonio in die Backstube kam und von Berenguelas Anliegen hörte, erklärte er sich gerne bereit, ihr zu helfen. Er verließ kurz den Raum und kehrte schon ein paar Minuten später mit einem Beutel zurück, der Haken unterschiedlicher Größe, Dicke und Form enthielt.

»Uff, wie lange ich die schon nicht mehr benutzt habe!« Er lachte mit verschmitzter Miene. »Ich zeige dir, wie man die gebräuchlichsten davon handhabt. Das Schloss am Geheimfach deines Mannes wird nicht sehr kompliziert sein, aber falls doch, begleite ich dich beim nächsten Mal.«

Mehr als zwei Stunden lang übten sie an den verschiedenen Schlössern in der Konditorei. Berenguela lernte die unterschiedlichen Knacklaute der inneren Mechanismen zu interpretieren und wollte ihr neu erworbenes Wissen so schnell wie möglich zu Hause anwenden.

Auf dem Heimweg hatte sie es so eilig, dass ihr Rock für ihre langen Schritte nicht weit genug war. Den Beutel mit den Häkchen hatte sie in ihrer Kleidung verborgen, und ihr Blick war von der Hoffnung erfüllt, nach all der Zeit endlich das Ersehnte zu finden.

Als Berenguela im Schildpadhuis ankam, konnte sie aber nicht sofort zur Tat schreiten: Ein Diener sagte ihr, dass ihr Mann Besuch habe und man auch sie erwarte.

Berenguela fragte sich, um wen es sich handeln mochte, und sah sich beim Eintreten in den Salon dem Verwalter ihres Vaters, Ramiro de Lerma, gegenüber.

»Ramiro! Wir haben einander ja seit einer Ewigkeit nicht mehr gesehen!«

Mit eigenartigem Gesichtsausdruck küsste er ihr die Hand. »Allerdings, meine Dame. Ich bin ja so selten in Brügge.« Er räusperte sich mehrmals nervös.

»Mein Schatz, komm her und setz dich zu mir«, sagte Damián. »Es tut mir wirklich leid, aber Ramiro bringt uns schlechte Nachrichten.«

»Wie bitte?« Als Berenguela erst Damiáns, dann Ramiros Miene musterte, wurde ihr mit einem Mal schwindelig. Sie setzte sich, während ihr Mann nach ihrer Hand griff.

»Ist meinen Eltern etwas zugestoßen?«

»Zu meinem Bedauern muss ich diese Frage bejahen, meine Dame. Es geht um Euren Vater. Er ist vor zweiunddreißig Tagen gestorben, bedauerlicherweise konnte ich aber nicht früher kommen.«

Berenguela erbleichte. Ihre Hände begannen zu zittern. Ein Ausdruck unendlicher Traurigkeit trat in ihre haselnussbraunen Augen, die sich mit Tränen füllten.

»Das ist doch nicht möglich!«, rief sie entsetzt. »Erzählt mir bitte, was geschehen ist!« Sie zog ein Taschentuch hervor und trocknete sich damit die Wangen. »Bitte, ich möchte alles erfahren … Und meine Mutter? Wie geht es ihr? Warum hat sie Euch nicht begleitet?«

Mit knappen Worten schilderte Ramiro, was sich zugetragen hatte: Ihr Vater war bei einem schlimmen Reitunfall vom Pferd gefallen und hatte sich dabei mehrere Rippen gebrochen, von denen sich ihm eine leider ins Herz gebohrt hatte.

Der plötzliche Tod von Don Sancho hatte Doña Elvira furchtbar mitgenommen. Sobald sie die Nachricht erhalten hatte, war Berenguelas Mutter in Schweigen verfallen und hatte seitdem keinen Ton mehr von sich gegeben.

»Es tut mir leid, meine Dame, aber Eure Mutter hat den Verstand verloren, dazu die Sprache und Aufnahmefähigkeit. Wegen ihres Unvermögens mussten wir sie nach dem Tod Eures Vaters ins Kloster Santa María La Real de Las Huelgas bringen, wo sich jetzt die Nonnen um sie kümmern. Sie ist geistig nicht mehr anwesend, erkennt niemanden wieder und scheint nicht mehr in dieser Welt zu leben …«

Nachdem Ramiro sein Beileid zum Ausdruck gebracht hatte, sprang Berenguela auf und rannte in ihr Schlafzimmer, wo sie den Tränen freien Lauf ließ. Sie hätte es nicht eine Sekunde länger im Salon ausgehalten. Zu ihrer großen Trauer kam noch hinzu, dass jetzt auf einen Schlag ihr Grund für die Rückkehr ins Schildpadhuis nichtig geworden war.

In bedrücktem Schweigen blieben Damián und Ramiro im Salon zurück und wussten nicht, was sie jetzt sagen sollten.

Schließlich machte Damián als Erster den Mund auf: »Das ist zwar furchtbar, wirklich schrecklich … Aber wir müssen an unsere nächsten Schritte denken.«

»Was meint Ihr damit?«, fragte Ramiro, der mit dieser Bemerkung nichts anzufangen wusste.

»Lasst es mich erklären: Ich weiß nicht, ob mein Schwiegervater noch Zeit hatte, um vor dem Unfall seinen letzten Willen schriftlich festzuhalten. Ich beziehe mich vor allem auf eine äußerst wichtige Abmachung, die er mit mir getroffen hat. Das müsst Ihr als Erstes herausfinden. Falls es keine schriftlichen Belege dafür gibt, werden sein Besitz und sein Geld an seine Frau und zum Teil an seine Tochter übergehen. Das werde ich nicht zulassen und hoffe, dabei auf Eure Unterstützung zählen zu können.«

»Wenn Ihr mir erklärt, wie.«

In Damiáns Kopf überschlugen sich die Gedanken. Falls er nicht rasch eine Strategie entwickelte, würde er die Kontrolle über die Erbschaft verlieren. Und dann hätte er nicht genug Mittel, um die beiden Familienunternehmen zusammenzuführen. Dies war aber die Voraussetzung, um in die exklusive Gruppe der drei wichtigsten kastilischen Handelshäuser aufgenommen zu werden. Es war der Wunsch seines Schwiegervaters gewesen, obwohl Damián dieses Ziel jetzt natürlich unter seinem eigenen Namen anstrebte.

Ohne das Geld der Erbschaft war all die Arbeit der vergangenen Jahre vergeblich gewesen. Da seinetwegen die Truhen der de Covarrubias' beinahe leer waren, würde Damián mit nur wenig Aussicht auf Erfolg wieder bei null anfangen müssen. Und daher blieb ihm nur eine Chance.

»Alles wird davon abhängen, wie mir der Notar der Familie Ibáñez gesinnt ist. Sucht ihn also als Erstes auf. Damit er Euch empfängt, werde ich Euch eine von meiner Frau unterzeichnete Vollmacht mitgeben. So könnt Ihr die ihm vorliegenden Dokumente studieren. Wenn sie meinen Interessen nicht zuträglich sind, tut alles in Eurer Macht Stehende, damit sie nicht an die Öffentlichkeit gelangen. Geizt nötigenfalls nicht mit Geld, um den Mann umzustimmen. Für den Fall, dass das entsprechende Dokument nicht auftaucht, werde ich Euch auch noch ein Schreiben mit dem Wortlaut unserer Abmachung mitgeben. Bittet den Notar darum, es in die offizielle Form zu bringen und die Unterschrift meines Schwiegervaters zu imitieren.«

»Meine Aufgabe ist damit klar. Hoffen wir nur, dass sich der Notar nicht querstellt.«

Damián ballte die Fäuste und sein Blick und Tonfall wurden finster. »Wir haben doch schon so viel gemeinsam durchgestanden. Muss ich Euch nach alldem etwa noch sagen, was in diesem Fall zu tun wäre? Lasst Euch etwas einfallen, lockt mit Geld und gebt nicht nach. Im Notfall müsst Ihr eben handgreiflich werden oder den Mann erpressen. Mir ist alles egal, solange es nur zum Ziel führt. Vielleicht sollte ich noch hinzufügen, dass ich mich als äußerst großzügig erweisen werde, wenn Ihr Erfolg habt … Dessen könnt Ihr versichert sein.«

Ramiro nahm den Auftrag an und klärte noch ein paar unwichtige Einzelheiten. Dann erkundigte er sich nach der Zukunft von Berenguelas Mutter, die ihm wirklich am Herzen lag.

»Eure Sorge ehrt Euch. Wenn unser Plan erfolgreich ist, überschreibe ich ihr eine Summe, mit der die Kosten ihrer Versorgung im Kloster bis an ihr Lebensende gedeckt sind.«

»Diese Lösung gefällt mir.«

»Dann machen wir es so. Ich nehme an, dass meine Frau Euch nach Burgos begleiten will, um ihre Mutter zu sehen, und das passt mir wunderbar. Verhindert in Burgos aber auf jeden Fall, dass sie irgendein Dokument sieht oder unterzeichnet, welches unsere Pläne in Gefahr bringen könnte. Damit das nicht nötig ist, gebe ich Euch ja diese Vollmacht mit. Anders ausgedrückt: Berenguela darf noch nicht einmal einen Fuß in die Schreibstube des Notars setzen. Ich werde sie mir noch einmal vorknöpfen, damit sie Euch auch keine Probleme bereitet. Dann vertraue ich sie Euch an und zähle auf Euer Urteilsvermögen, Ramiro.«

»Mir entgeht die Bedeutsamkeit dieses Auftrags nicht. Allerdings frage ich mich, warum Ihr Euch nicht selbst auf den Weg nach Burgos macht. Wäre das nicht viel effektiver?«

»Auf keinen Fall! Zunächst einmal muss ich im Januar eine unumgängliche Geschäftsreise antreten. Abgesehen davon, hätte ich auch nicht die gleiche Bewegungsfreiheit wie Ihr, wenn ich in Begleitung meiner Frau reisen würde. Und denkt doch nur an den Notar. Ich fände es viel zu riskant, persönlich bei ihm vorstellig zu werden, schließlich bin ich in Burgos ein bekannter Mann. Eins sagt mir meine Erfahrung: Wenn man die Karten auf den Tisch legen muss, ist man bei solchen Menschen besser vorsichtig und wahrt eine gewisse Distanz.« Entschlossen stand Damián auf. »Falls Ihr keine weiteren Fragen habt, entschuldigt mich bitte. Ich möchte jetzt gern meine Frau trösten.«

Berenguela war am Boden zerstört. Beim Eintreten ins Schlafzimmer fand ihr Mann sie auf dem Bett zusammengerollt vor, wo sich ihre Katze an ihren Rücken schmiegte.

Als Damián Canelilla zur Seite schieben wollte, machte sie einen Buckel und zeigte ihm warnend die Krallen.

Weil Berenguela es nicht sehen konnte, packte Damián die Katze grob am Nacken. Zwar kratzte sie ihn am Arm und fauchte protestierend, landete schließlich jedoch miauend im Flur.

Dann kehrte Damián zum Bett zurück und wollte Berenguela in die Arme schließen, doch sie wies ihn ab.

»Ich möchte allein sein, also lass mich bitte in Ruhe.«

Damián respektierte ihren Wunsch nicht und versuchte, sie an sich heranzuziehen.

»Ich habe dir gesagt, dass du mich in Frieden lassen sollst!«, rief Berenguela und schüttelte seine Hände ab.

»Ganz ruhig. Ich verstehe ja, wie du dich fühlst. Und keine Angst, in ein paar Minuten bin ich auch wieder weg. Aber es muss ja leider jemand die Angelegenheiten deiner Eltern in Ordnung bringen, deshalb hör mir bitte kurz zu. Ich muss noch ein paar Erkundigungen einziehen, habe mir aber bereits überlegt, dass du am besten schon am Freitag mit Ramiro zusammen aufbrichst, um so schnell wie möglich in Burgos zu sein.«

Berenguela gab einen knurrenden Laut der Zustimmung von sich. Sie wagte nicht, nach den Gründen dafür zu fragen, dass Damián sie nicht selbst begleiten wollte. Ihr war es so ja lieber.

»Du wirst gewiss Zeit mit deiner Mutter verbringen wollen, daher werde ich eine Zahlungsanweisung aufsetzen, damit du gut versorgt bist. Bleib, solange du willst – ein paar Wochen oder auch Monate.«

Berenguela hörte ihm zu und wunderte sich über seine plötzliche Freundlichkeit.

»Um einen Gefallen möchte ich dich allerdings bitten: Denk dabei gelegentlich an mich …«

Damián drückte ihr einen Kuss auf die Stirn und wollte sich abwenden. Als er sich beim Aufstehen auf dem Bett abstützte, berührte seine Hand dort einen Gegenstand. Bei genauerem Hinsehen entdeckte er einen kleinen Beutel aus Filz.

Während Berenguela das Gesicht wieder im Kissen vergrub und ihn nicht mehr beachtete, warf Damián einen Blick in das Säckchen und entdeckte verdächtige Haken aus Metall. Er verließ den Raum mit dem Beutel in der Hand und fragte sich, wozu Berenguela den wohl brauchte. Augenblicklich kam ihm sein Geheimfach mit den verräterischen Unterlagen in den Sinn. Der Gedanke war gar nicht so abwegig. Vielleicht war an Berenguelas Rückkehr und ihrem Wunsch, ihre Ehe »wieder aufleben zu lassen«, ja etwas faul. Womöglich hatte seine Frau all das in der Absicht getan, Beweise zu sammeln und später gegen ihn zu verwenden, überlegte Damián. Aber er konnte sich einfach nicht vorstellen, dass Berenguela solche Pläne ganz allein schmiedete, da hatte mit Sicherheit noch jemand die Finger mit im Spiel.

»Diese verfluchte Italienerin«, murmelte Damián. Die hasste ihn doch seit ihrer Anzeige. Ja, bestimmt war sie auch daran beteiligt.

Durch das feine Näschen, das de Covarrubias bei seiner Arbeit entwickelt hatte, hatte er auch hier den Braten gerochen. Da Berenguela aber bald nach Burgos aufbrechen würde, bereitete die Sache ihm im Augenblick kein Kopfzerbrechen. Die Haken würde er jedoch lieber behalten, falls sie ihm noch einmal nützlich sein könnten, und außerdem ein neues Geheimfach einbauen lassen.

Im Moment wollte er erst einmal das triumphale Gefühl genießen, das Don Sanchos Tod in ihm ausgelöst hatte. Wenn Ramiro seine Sache gut machte, würde die Geschäftsführung endlich ganz in seine Hand übergehen, und er würde vor niemandem mehr Rechenschaft ablegen müssen. Der Gewinn, von dem er immer einen Teil nach Burgos hatte schicken müssen, würde nun komplett in seine Tasche fließen. So würde er innerhalb weniger Jahre ein Vermögen anhäufen können. Mal ganz abgesehen davon, dass er ab jetzt sowohl im Geschäftlichen als auch im Privaten keinen Einschränkungen mehr unterlag.

Dies waren die Vorteile von Don Sanchos Tod, aber es kam noch besser. Die Unzurechnungsfähigkeit seiner Schwiegermutter bedeutete, dass Damián jetzt keine Angst mehr vor einem Gespräch zwischen Mutter und Tochter haben musste. Und als wäre das nicht erfreulich genug, hatte sich damit auch die Notwendigkeit erledigt, mit Berenguela Kinder zu zeugen. Ihm öffneten sich ganz neue Möglichkeiten, wie zum Beispiel eine Rückkehr zur feurigen Berta.

Die Zukunft sah mit einem Mal viel rosiger aus …

Im Schlafzimmer stützte sich Berenguela auf zwei Kissen, zog die Nase hoch und ließ den Blick durch den Raum wandern. Sie betrachtete die Fenster, die Bilder an den Wänden und den Spiegel, vor dem sie sich jeden Morgen zurechtmachte. Auch ihre Kämme aus Silber und Perlmutt wurden begutachtet, ihre Bücher, die bei ihrer Rückkehr ausgewählten Vorhänge und den Rest der Möbel. Die Dinge in diesem Zimmer waren in den letzten Jahren Berenguelas Welt gewesen, aber diese Welt gehörte jetzt der Vergangenheit an.

Als Canelilla von außen an der Tür kratzte, erhob sich Berenguela, machte ihr auf und schloss das schnurrende Kätzchen in die Arme. Sie streichelte das Tier, drehte sich zum Zimmer hin um und sagte: »Endlich können wir hier verschwinden …«

13

Paris, Frankreich, März 1479

Hendrik van Diependaal hatte großes Interesse an der Formel für die ungewöhnlichen tiefen Blau- und Rottöne, die für die Fenster einer vor zweihundertunddreißig Jahren erbauten Kapelle in Paris benutzt worden waren. Man wusste immer noch nicht viel über den Glasmacher, der diese Formel damals entwickelt hatte. Jetzt hieß es aber, dass in Paris jemand mit der Restauration der alten Fenster beauftragt worden war und es geschafft hatte, dasselbe einzigartige, klare, wunderbare Blau und dasselbe leuchtende, reine Rot nachzubilden.

Um diesen Mann aufzusuchen und zu erfahren, wie ihm das gelungen war, nahm van Diependaal auch gern den Weg nach Paris auf sich.

Er würde in Begleitung von Hugo reisen, der im Januar das Blasen von immer dünnerem Glas gelernt hatte und Anfang Februar zum Gesellen ernannt worden war.

Hugo hatte inzwischen so viele Stunden an den Öfen in van Diependaals Werkstatt verbracht, dass ihm ein Blick auf den Quarzsand oder die beizumischende Pflanzenasche reichte, um sich die Qualität und den Glanz des zukünftigen Glases vorstellen zu können.

Er beherrschte die Herstellung der Grundfarben – Rot, Grün und Blau – durch die Zugabe verschiedener Oxide zum Sand: Kupfer für Rot, Eisen für Grün und Kobalt für Blau.

Aber er wusste wie alle, die auf irgendeine Weise von Bleifenstern lebten, dass ein Meister seinen Ruf nicht mit diesen Grundfarben begründete. Wie in anderen Künsten hatte jeder Glasmaler seine spezielle Farbpalette, die seine Arbeit charakterisierte. Und dafür musste man dem Glas neue, bisweilen sehr dezente Nuancen entlocken.

Nicht alle, aber viele Meister konnten aus simplem Gestein ganz neue Farben zaubern, was für manche reinster Magie glich.

In seiner Großzügigkeit zeichnete sich van Diependaal dadurch aus, dass er anders als viele seine Formeln nicht geheim hielt. Stattdessen waren sie in der Werkstatt deutlich sichtbar mit Kreide notiert, standen auf Eisenplatten, am Rand eines Tisches, auf einem dicken Holzbalken oder auf Zetteln an der Wand.

Indem er beim Mischen des Farbpulvers die exakten Proportionen dieser Formeln befolgt hatte, waren Hugo bisher schon drei verschiedene Lilatöne und verschiedene Braunschattierungen gelungen, ein so intensives Grün, dass es an Gras an einem sonnigen Tag erinnerte, und auch ein besonders betörendes Himmelblau.

Hugo hatte auch gelernt, Grisaille herzustellen, eine verdünnte Paste, die mit dem Pinsel aufgetragen wurde. Man malte damit die Gesichter, Hände und Gegenstände, deren Umrisse nicht mit Blei definiert wurden, und nutzte es auch zum Schattieren. Grisaillefarbe entstand durch das Mischen von verbrannten Kupferspänen und gemahlenem Glas, vor allem in Grün und Blau. Gut vermengt wurde das Pulver dann in Wein, Urin oder verschiedenen Harzen aufgelöst, wodurch ein dunkelbraunes, manchmal sogar schwarzes Gemisch entstand. Zeichnungen aus Grisaillefarbe wurden dann in einem Ofen mit niedrigerer Temperatur auf dem Glas fixiert und zeigten interessante Effekte, wenn später das Licht hindurchfiel.

Vor seiner Reise nach Paris hatte Hugo Ubayda mit Aylal nach Luxemburg geschickt, damit sie nicht allein in Löwen blieb und außerdem ihrer schwangeren Freundin Gesellschaft leisten konnte. Als frischgebackener Geselle verdiente er genug, sodass Ubayda ihre Arbeit in der Färberei hatte aufgeben können. Endlich waren ihre Hände frei von Verätzungen und nicht mehr rot verfärbt.

Hugo war zufrieden, das Handwerk hätte ihm kaum besser gefallen können, und er lernte jeden Tag etwas dazu. Dabei hatte er bisher noch nicht die Gelegenheit gehabt, ein komplettes Projekt allein zu planen und zu zeichnen. Dies war wohl der große Traum all derer, die gerne Glasmalermeister werden wollten, oder Künstler des Lichtes, wie van Diependaal gerne sagte.

Und in Paris, dieser wunderschönen Stadt, erwartete ihn nun eine faszinierende Erfahrung nach der anderen. Er entdeckte an jeder Ecke etwas Neues, bewunderte hier eine Kirche, da ein prächtiges Gebäude oder die luxuriös gekleideten Einwohner der Stadt. Noch nie hatte er eine solche Metropole, einen so geschäftigen und lebhaften Ort gesehen.

Die erste Nacht verbrachten Meister und Geselle in einer einfachen Herberge am Ufer der Seine. Am nächsten Morgen machten sie sich nach einem kargen Frühstück energischen Schrittes auf den Weg zur Werkstatt von René Vinçón. Sie lag in der Nähe der Île de la Cité, auf der majestätisch die Kathedrale Notre Dame in den Himmel ragte. Hugo und Meister van Diependaal überquerten den Fluss jedoch nicht, sondern bogen in eine Querstraße ab, die in Paris durch das dort angesiedelte Collège des Bernardins sehr bekannt war. Es handelte sich um eine angesehene Bildungsanstalt der Zisterzienser für die klügsten Köpfe in ihren Reihen. Die beiden Männer liefen an der Schule und etwas später an der Saint-Nicholas-Kirche vorbei und erreichten schließlich ihr Ziel.

Von außen sah die Werkstatt von Meister Vinçón zumindest ungewöhnlich aus. Das breite Eingangstor wurde von zwei halbrunden Türmen mit Zinnen flankiert. In das Portal war auf halber Höhe eine Fensterrose wie die einer Kathedrale eingelassen, wenn auch nicht so groß.

Sie klopften an die Tür.

Als sie sich öffnete, erschien ein kleiner Mann mit wirrem grauem Haar unter einer roten Filzmütze, einer Adlernase und einem riesigen Schnauzbart, der den ganzen Mund verdeckte.

Ungewöhnlich hastig stellte er sich ihnen vor, und auch sie nannten rasch ihre Namen.

»Kommt, wir müssen uns sofort auf den Weg machen ... Ihr glaubt ja gar nicht, wie schwierig es für mich war, die Erlaubnis zum Betreten zu bekommen. Aber heute ist der Tag dafür einfach perfekt. Seit ich Euren Brief erhalten und von Euren Plänen erfahren habe, gab es keine besseren Bedingungen für einen Besuch in der Kapelle. Ihr werdet schon sehen, lasst uns keine Zeit verlieren!«

Vinçón schloss die Tür hinter sich und marschierte in Richtung Fluss voran. Sie kamen wieder am Collège vorbei und liefen dann den Quai de la Tournelle entlang. Von hier aus konnten sie das Dach und die Türme der Kathedrale von Paris sehen.

Hugo und van Diependaal hatten Schwierigkeiten, mit dem energisch voranmarschierenden Vinçón Schritt zu halten.

Sie überquerten die Petit Pont und erreichten nun das wahre Herz von Paris, die Île de la Cité. Nachdem sie den breiten Boulevard entlanggelaufen waren, der die Insel in zwei Hälften teilte, nahmen sie die erste Straße zu ihrer Linken: eine enge Querstraße, die Vinçón Rue de la Lavarerie nannte. An ihrem Ende konnten sie auch schon den Eingang zum Königspalast erkennen; dort angekommen, stellten sich ihnen allerdings zwei Wachen in den Weg.

Vinçón zeigte ein paar Dokumente vor, welche die bewaffneten Männer gründlich studierten, bevor sie die beiden Fremden sorgfältig musterten. Nach einem zweiten Blick in die Papiere gewährte man ihnen Einlass.

»Der Zugang zu dem Ort, an dem wir uns hier befinden, ist dem gemeinen Volk verwehrt. Hier werdet Ihr nur Mitglieder des Hofes, Amtsbüttel, Richter und den einen oder anderen Häftling sehen. Letztere deshalb, weil es mit dem Palais du Louvre inzwischen eine neue Königsresidenz gibt und die alten Räumlichkeiten zum größten Teil in ein Gefängnis namens La Conciergerie verwandelt wurden. Ihr könnt es hier rechts sehen. Wir müssen in die andere Richtung, in den privateren Teil des Palastes. Zunächst kommen wir dabei am Pavillon der Königswache vorbei und danach am Großen Saal, in dem heute das Parlament untergebracht ist.«

Bei diesen schnellen Schritten flog all die Pracht geradezu an ihnen vorbei und konnte kaum gebührend bewundert werden. Der inzwischen zum Speisesaal umgewandelte Pavillon der königlichen Wache war gewaltig. Er bestand aus drei rechteckigen Hallen mit gewölbter Decke, die von Hunderten Säulen getragen wurden. Vinçón zufolge konnten dort mehr als zweitausend Personen essen.

Sie durchquerten noch einen weiteren Saal, zwei lange Korridore und einen kleinen Innenhof, bis sie schließlich den für die königliche Familie reservierten Bereich erreichten.

Bevor sie eintraten, blieb Vinçón stehen und erklärte ihnen, was sie erwartete: »Die Sainte-Chapelle wurde im Jahr 1242 auf ausdrücklichen Wunsch unseres Königs Ludwig IX. als Schrein für zwei der wichtigsten Reliquien des Christentums erbaut: die Dornenkrone und ein großes Stück vom

Kreuz. Ihr könnt sie gleich selbst bewundern. Diese Kirche war durch ihre Bauart ein Vorreiter, weil hier zu einem sehr frühen Zeitpunkt Techniken der neuen französischen Kunst angewendet wurden, wie zum Beispiel auch in Saint-Denis. Van Diependaal, ich weiß, dass Ihr beide Kirchen bereits einmal besucht habt. Aber Ihr habt keine Vorstellung davon, wie sie nach der letzten Restaurierung aussehen!«

»Und Ihr ahnt nicht, wie gespannt ich bin …«

»Dann will ich keine großen Reden mehr schwingen. Beginnen wir also mit der oberen Kapelle, die für den König und den Hofstaat reserviert ist. Das einfache Volk darf lediglich die untere betreten, die wir uns später noch ansehen werden. Was jetzt auf Euch wartet, haben also nur sehr wenige Augen zu sehen bekommen.«

Schweigend gingen sie den Flur entlang, dann öffnete Vinçón eine Tür und trat beiseite, um die ausländischen Besucher vorgehen zu lassen.

Hugo war der Erste und stand einen Augenblick da wie vom Blitz getroffen. Dann bekam er ganz weiche Knie und ließ sich zu Boden sinken. Er war so ergriffen, dass er sich die Hände vor den Mund schlug, bevor er schließlich wieder auf die Beine kam und seinen Rundgang begann. Die Kapelle war ein riesiger Glaskasten in Blau- und Rottönen. Unendlich viele Strahlen bunt gefärbten Lichtes fielen von allen Seiten herein und erschufen einen einzigartigen Effekt.

Die Kapelle bestand nur aus einem Schiff, das ohne einen einzigen stützenden Stein auszukommen schien. Da gab es nur die Bleiglasfenster, die fast vom Fußboden aus in die Höhe strebten, bis sie eine dunkelblaue gewölbte Decke erreichten, an der sich Hunderte von goldenen Sternen tummelten. Das Licht erfüllte den ganzen Raum, selbst die ohrenbetäubende Stille darin. Es gab Hugo das Gefühl, im Einklang mit der Umgebung beinahe zu schweben. Das Gewölbe wirkte schwerelos, so leicht wie die Seele der Menschen, die es betrachteten.

Hugo begriff, dass er einen einzigartigen Augenblick durchlebte, und sog deshalb die von Farben erfüllte Luft tief ein, als könne er sie zu einem Teil von sich machen.

Durch die überwältigende Fülle von Eindrücken konnte er das Gesamtwerk jetzt nicht Fenster für Fenster oder sogar Motiv für Motiv analysieren. In diesem Moment ging es nur darum, sich seinen Empfindungen hinzugeben.

Hinter ihm standen die beiden Meister und schauten ihm zu.

Auch van Diependaal hatte die Kapelle noch nie bei solchem Licht gesehen. Seiner Meinung nach zeigte sie perfekt, was Kirchenfenster sein sollten: lebendige Kunstwerke in ständigem Wechsel. Nur Buntglasfenster waren dazu in der Lage, sich den Vorgaben des Himmels entsprechend zu verändern, anders als Gemälde oder Skulpturen. Ihre Farben vermischten sich, veränderten sich, sobald sie vom Sonnenlicht geküsst wurden, und ließen sich vom heiligen Geist auf der Suche nach betenden Seelen im Inneren durchdringen.

»Wir haben hier fünfzehn Fenster von einhundertdreiundachtzig Ellen Höhe und sechsundfünfzig Ellen Breite«, erklärte Vinçón, nachdem er ihnen für den ersten Eindruck einen Moment Zeit gegeben hatte. »Sie zeigen eintausendeinhundertdreizehn Szenen in unterschiedlich geformten Vignetten. Die runden, ovalen und rautenförmigen Elemente werden von links nach rechts und von unten nach oben gelesen. Die einzige Ausnahme stellt das Fenster mit der Geschichte der heiligen Reliquien dar. Ihr seht es zu Eurer Rechten, und die Vignetten folgen dort wie eine Schlange s-förmig aufeinander.«

Als er sich in die genannte Richtung wandte, entdeckte Hugo zunächst eine komplexe und betörend schöne Fensterrose, die die Westwand der Kapelle fast komplett einnahm.

Meister Vinçón, der seine Faszination bemerkte, erklärte ihm, dass die Rosette auf dem Buch der Apokalypse beruhte. Dem zentralen Kreis entsprangen insgesamt neunzig Herzen, die untereinander Gruppen bildeten. Man begann die Lektüre in der Mitte und bewegte sich dann spiralförmig nach außen.

»In dieser Kapelle ist an unzähligen Stellen die Zahl Sieben als Sinnbild von Perfektion und Vollkommenheit vertreten. Auch in der Fensterrose finden wir sie wieder: Hier umringen sechs Elemente ein Zentrum, welches Gott als Achse der Schöpfung darstellt. Aber die Sieben tritt auch in den Fenstern der Süd- und Nordseite auf. Wenn Ihr Euch die einmal genau anseht, werdet Ihr feststellen, dass jedes davon aus vier Lanzettbogen mit siebenblättrigen Blumen besteht. Insgesamt gibt es sieben solcher Gruppen, die in den breiteren Fenstern wiederholt werden.«

Die Männer schauten wieder hinauf, um die Kapelle in ihrer Gesamtheit zu bewundern.

In diesem Moment fiel ein heller Lichtstrahl zur Südseite herein und brachte das berühmte Saphirblau zum Leuchten, für das sich van Diependaal interessierte. Es setzte sich deutlich von den überraschenden Rottönen ab, die wie Blut loderten.

»Die Fenster sind wie eine große bunte Bibel«, fuhr Vinçón fort, »angefangen vom Buch Genesis auf der Nordwand zu Eurer Linken bis hin zum Buch der Könige auf der Südseite. Die Apsis wird von weiteren sieben großen Fenstern eingefasst, deren Motive sich um Jesus Christus drehen: die Verkündigung seiner Ankunft durch die Propheten, Szenen seiner Kindheit, Johannes Evangelista, der Apostel Johannes und im Mittelpunkt der Leidensweg Jesu.«

Nachdem sie sich vom ersten Eindruck ein wenig erholt hatten, liefen die Männer die Fenster in der richtigen Reihenfolge ab und konnten dieses Mal auf technische Einzelheiten achten. Konzentriert betrachteten sie die Randverzierungen und verwendeten Ornamente. An vielen Stellen war als Symbol des französischen Königshauses die heraldische Lilie verwendet worden, aber man entdeckte auch goldene Schlösser auf rotem Grund, eine Huldigung an die Mutter des Auftraggebers, Infantin Blanka von Kastilien, Tochter von König Alfons VIII.

Als Hugo danach fragte, erklärte Vinçón: »Der Kauf der Reliquien erforderte so große finanzielle Mittel, dass König Ludwig dafür Kastilien um Unterstützung bat. Um seiner Dankbarkeit für die Hilfe Ausdruck zu verleihen, wies er an, das kastilische Wappen in der Kapelle ebenso oft zu verwenden wie sein eigenes.«

Sie schritten weiter voran.

Hugo wusste durch frühere Erläuterungen von van Diependaal, dass die Borten auf den geometrisch gestalteten Bereichen rund um die Vignetten einer für die Zeit typischen Ästhetik folgten. Wie die ganze Kapelle entsprachen sie der neuen Richtung in der Architektur, die als »französischer Stil« bezeichnet wurde. Aber das änderte nichts daran: Mit jeder neuen Borte war Hugo fasziniert von all den Details, die er hier entdeckte: Blumen, Akanthuswerk, bunte Stäbe und Kreuze.

Das Ganze war ein Mammutwerk, und er wollte sich nicht einmal ausmalen, wie viel Glas man dafür hatte blasen müssen. Er konnte die Schöpfer der Kapelle beinahe vor sich sehen, wie sie sich überlegten, mit welchen Formen, Farben und Texturen sie dieses prachtvolle Reliquiar aus Glas gestalten wollten. Bei der Vorstellung, wie viel Grisaille sie wohl gebraucht hatten, um die tausend dargestellten Personen zu malen und zu schattieren, schwindelte ihn. Aber abgesehen von der nötigen Menge an Glas, Farbe und Blei, beeindruckte Hugo vor allem die Genialität des Mannes, dem es gelungen war, aus über tausend Szenen ein harmonisches Gesamtbild zu erschaffen, das auch Jahrhunderte später noch den Betrachter in seinen Bann zog. Er beneidete diesen Künstler. Hugo selbst träumte nämlich davon, eines Tages an einem anderen Ort und auf seine Weise etwas Ähnliches zu erschaffen: ein eigenes Meisterwerk, das die Zeit überdauern würde …

Sie verbrachten mehr als drei Stunden in der Sainte-Chapelle, studierten jedes Fenster genau und sahen auch die Reliquien, die der Anlass für den Bau der Kapelle gewesen waren. Die heilige Dornenkrone wurde in einem riesigen Reliquiar aufbewahrt.

Danach machten sie sich auf den Rückweg zur Werkstatt von Vinçón, um von ihm zu erfahren, wie er den Lauf der Zeit umgekehrt und auf den Fenstern Saphirblau und Rubinrot so bewundernswert wieder ins Leben gerufen hatte.

Vinçón erklärte ihnen seine Vorgehensweise an einem seiner Öfen. »Ihr werdet mit mir wohl darin übereinstimmen, dass man bei Rot aus Kupferoxid nur auf zwei Arten einen helleren Farbton gewinnen kann: Man setzt entweder auf dünneres Glas oder benutzt Überfangglas. Ich habe mich für Letzteres entschieden.«

Van Diependaal hätte es genauso gemacht.

Hugo hingegen war mit dieser Technik nicht vertraut, was er auch unumwunden zugab.

Vinçón erklärte ihm, dass man dafür auf durchsichtiges Glas eine hauchzarte Schicht farbigen Glases auftrug. Bei Restaurationen von Fenstern aus dem 12. Jahrhundert hatte der französische Meister selbst feststellen können, dass man diese Technik schon seit alten Zeiten benutzte.

Die Methode war nicht kompliziert, erforderte vom Glasbläser aber großes Geschick. Man musste die farbige Schicht auf dem bereits geblasenen Zylinder nämlich so gleichmäßig wie möglich verteilen, damit die Farbe auch einheitlich wurde.

Als Vinçón sicher war, dass Hugo den Vorgang verstanden hatte, wandte er sich an van Diependaal: »Ihr fragt Euch jetzt vermutlich, warum Euch selbst keine Farben wie die in der Sainte-Chapelle gelungen sind, obwohl Ihr doch mit Sicherheit geübt in der Herstellung von Überfangglas seid …«

»Ganz genau, deshalb bin ich ja hier.«

Vinçón öffnete die Tür eines Schranks, in dem er für die Farbgebung seiner Fenster Salze und verschiedene Mineralverbindungen aufbewahrte. Er zog einen gut verschlossenen Keramikbehälter hervor und stellte ihn mit triumphierendem Gesichtsausdruck auf den Tisch. »Und hier haben wir das fehlende Puzzleteil!«

Neugierig griff van Diependaal nach dem Behälter, öffnete ihn und hielt ihn sich unter die Nase. Hastig wich er zurück, weil der Inhalt schlimmer roch als eine Jauchegrube. »Was ist das denn?«

»Eine Säure, der ich bisher noch keinen Namen gegeben habe. Diese Mischung habe ich gefunden, nachdem ich endlose Versuche gemacht und dabei etliche Scheiben Glas ruiniert habe. Das Ergebnis konntet Ihr ja schon bewundern …« Niesend verschloss Vinçón das Behältnis. »Wenn man es auf die farbige, in unserem Fall rote, Glasschicht aufträgt, wirkt es wahre Wunder. Ich werde Euch die nötigen Bestandteile und Proportionen verraten, aber Achtung, Ihr müsst wirklich vorsichtig sein. Den beim Auftragen entstehenden Rauch sollte man besser nicht einatmen, deshalb tragen wir dabei eine Maske und passen höllisch auf. Aber das alles ist es wirklich wert …«

»Fantastisch! Fantastisch!«, rief van Diependaal begeistert aus und erkundigte sich dann, ob der Blauton auf dieselbe Art und Weise entstand.

»Nein. Bei diesem Blau, das Euch ja noch mehr zu interessieren scheint, gehen wir anders vor. Wir fügen der Glasmasse schlicht ein wenig Chromoxid, eine Prise Antimonglanz und Bleiglätte hinzu. Durch diese drei Stoffe ergibt sich der kräftige, leuchtende Farbton, der Euch so fasziniert. Ganz einfach!«, verkündete er stolz.

Van Diependaal dankte Vinçón für seine Offenheit und fragte, ob er vielleicht einmal bei diesem Prozess zusehen könne. Damit war der französische Meister zwar einverstanden, sie würden jedoch warten müssen, weil die nächste Herstellung von Glas dieser Art in der Werkstatt erst in ein paar Tagen wieder geplant war.

Einige Stunden später schlenderten Hugo und van Diependaal am Ufer der Seine entlang und tauschten sich über die Erlebnisse des Morgens aus.

Hugo erklärte seinem Meister, wie sehr ihn die Kapelle in ihren Bann gezogen hatte. »Das werde ich niemals vergessen. Beim ersten Schritt hinein kam es mir vor, als wäre ich im Himmel gelandet. Ich weiß nicht, ob es auf der ganzen Welt noch einen anderen Ort mit demselben Zauber gibt wie die Sainte-Chapelle.«

»Ich glaube es kaum. Diese Kapelle ist für jeden Meister der Glasherstellung der absolute Glanzpunkt. Während deiner Zeit bei mir hast du ja bereits einige wichtige Schritte der Glasherstellung gelernt, aber all das reicht noch längst nicht aus, um ein so prachtvolles Meisterwerk zu kreieren. Um Licht aus Licht zu erschaffen oder vor deinem inneren Auge vorherzusehen, wie Farben, Glanz und Widerschein den Raum erfüllen werden. Um die zentralen Figuren auszuwählen und sie mit passenden Borten einzufassen, um biblische Szenen auf Glas statt auf Pergament abzubilden und dabei Licht statt Tinte zu benutzen, braucht es eine ganz besondere, meiner Meinung nach einzigartige Gabe. Und über diese Gabe muss man einfach verfügen, die kann man nicht erlernen, egal wie viele Jahre man in meiner oder einer anderen Werkstatt in die Lehre geht. Falls du dieses Talent hast, Hugo, dann wird es sich eines Tages zeigen. Wenn nicht, wirst du einfach nur ein guter Glasmaler, aber nicht mehr. Ohne diese Begabung wirst du niemals ein harmonisches Gesamtkunstwerk von der nötigen Kraft und Pracht erschaffen, um die Menschen Gott dem Herrn näherzubringen. Der Kapelle, die wir heute Morgen gesehen haben, gelingt dies, und sie wirkt in all ihrem Glanz so, als wäre sie von Gottes Hand selbst erschaffen worden.«

Sie waren schon lange auf den Beinen, deshalb beschloss van Diependaal, eine Pause einzulegen. Suchend schaute er sich um und hielt dann auf eine Schänke zu ihrer Linken zu.

»Nach all den neuen Eindrücken und interessanten Unterhaltungen bekomme ich langsam Hunger. Du doch gewiss auch, oder? Lassen wir es mit Fenstern und Werkstätten einmal gut sein und konzentrieren uns lieber auf Wein und diese Schweinerippchen, die da drüben serviert werden?«

Das war Hugo nur zu recht, ihm knurrte nämlich der Magen. Während sie auf ihre Bestellung warteten, ließ er sich durch den Kopf gehen, was sein Meister zu ihm gesagt hatte. Ob er wohl diese Gabe hatte? Würde auch er dazu in der Lage sein, die Menschen so zu bezaubern? Würde ihn sein Vater angesichts seiner Werke eines Tages nicht mehr als Versager sehen?

14

Löwen, Herzogtum Burgund, Juli 1479

Ubayda war vier Monate in Luxemburg geblieben und kehrte nach ihrem Besuch verändert und melancholisch nach Löwen zurück. Sie war schweigsam und schien selbst einen keuschen Wangenkuss von Hugo als unangenehm zu empfinden. Im Moment des Wiedersehens zeigte sie sich so zurückhaltend, dass sie ihm wie ein ganz anderer Mensch vorkam.

Er suchte nach Ursachen für ihr seltsames Verhalten, an dem sich auch in den nächsten Tagen und Wochen nichts änderte, aber vergebens.

Dennoch gab es natürlich einen Grund. Ein heftiger Sturm der Gefühle hatte Ubayda durchgeschüttelt, und sie wusste nicht, wo das alles enden würde, wohl aber, wie es angefangen hatte: mit ihrem Entschluss, ihre Gefühle für Hugo hinter einer hohen Mauer zu verbergen – und mit dem Weinen von Buzainas Kind.

Der Säugling ihrer Freundin hatte sie in ihre Jugend zurückversetzt, in der sie auch oft ein kleines Kind hatte weinen hören, nämlich ihren jüngsten Bruder. Der Gedanke an ihn hatte zu Erinnerungen an ihre Eltern geführt, von denen sie schon so lange nichts mehr gehört hatte.

Solche Gedanken hatten sie in ihrer Zeit in Luxemburg ständig gequält. Daher hatte sie kurz vor ihrer Rückkehr nach Löwen beschlossen, ein Datum für ihre Rückkehr nach Afrika festzusetzen und mit dem Sparen dafür anzufangen.

Zwar konnte sie nur jämmerlich wenig Stuiver zusammentragen, das konnte ihrem Wunsch nach Heimkehr aber nichts anhaben, und im Laufe der Wochen wuchs auch die Summe langsam, aber beständig.

Ubayda wollte sich in Timbuktu gerne mit ihren Eltern versöhnen, die sie nicht mehr wiedergesehen hatte, seit sie sich Azerwan angeschlossen hatte. Vor allem gehörte ihre Reise aber auch zu dem Plan, den sie mit Buzaina entworfen hatte, um ihre Gefühle für Hugo zu unterdrücken, indem sie sich von ihm entfernte.

»Wenn ich es Euch doch sage, sie benimmt sich einfach merkwürdig ...« An einem Tag, als van Diependaal ihm zeigen wollte, wie man mit der Gipsunterlage arbeitete, teilte Hugo seine Sorgen mit seinem Meister. »Vielleicht habe ich mich ja bei ihr angesteckt, immerhin behauptet Ihr doch auch, dass ich mich seit einiger Zeit so seltsam benehme. Ich weiß auch nicht ... Aber wie gesagt, seit sie aus Luxemburg zurückgekehrt ist, kommt sie mir völlig verändert vor.«

»Wie alt ist Ubayda denn?« Der Glasmalermeister legte ein Brett von der Größe des späteren Fensters auf eine große Steinunterlage.

»Ich glaube achtundzwanzig, aber ganz sicher bin ich mir nicht. Warum fragt Ihr?«

Bevor er darauf antwortete, erklärte ihm van Diependaal erst einmal die Arbeit mit diesen Unterlagen. »Die Gipsunterlage steht am Ende eines langen Prozesses. Dieser fängt mit einem Entwurf auf Papier an, der vom Auftraggeber abgesegnet werden muss. Wenn man dessen Zustimmung hat, fertigt als Nächstes ein Schreiner ein Holzmodel von der Größe und Form des Fensters an.«

Van Diependaal griff nach einem Eimer mit feuchtem Gips und begann ihn auf der Oberfläche des Bretts zu verstreichen. »Wenn der Gips trocken ist, werde ich mit einem Punziereisen den Verlauf der Bleilinien einzeichnen, die in der Skizze ja bereits festgelegt sind. Damit haben wir dann auf dem Brett das Grundschema des Fensters fixiert. Auf diese simple Art und Weise können wir wissen, wie viel Glas in welcher Größe und Farbe wir brauchen, außerdem können wir die Menge an benötigtem Eisen für den Rahmen und die Querstreben kalkulieren.«

In konzentriertem Schweigen strich van Diependaal die weiße Oberfläche glatt.

»Entschuldigt, aber Ihr hattet mich nach Ubaydas Alter gefragt …«

»Ah, richtig. Ich habe nur eins und eins zusammengezählt: Ubayda hat gerade miterlebt, wie ihre Freundin Mutter geworden ist, während ihr selbst dieses Glück nie zuteilgeworden ist. Sie befindet sich im richtigen Alter und lebt mit jemandem zusammen, der nicht ihr Mann ist. Weißt du, Frauen muss man zu interpretieren wissen. Man sollte nicht nur auf das achten, was sie sagen, sondern vor allem auf das, was sie nicht aussprechen. Auch wenn die wahren Gründe manchmal nicht leicht zu verstehen sind.«

»Eurer Meinung nach sehnt sie sich also danach, Mutter zu werden … Das könnte sein …«

Van Diependaal kehrte zu seiner Erklärung zurück: »Schau dir gut an, was ich jetzt tue …«

Er nahm den Entwurf in die Hand und schrieb dann an zwölf Stellen den Buchstaben B in den Gips.

»Wir markieren die unterschiedlich gefärbten Stellen mit Buchstaben, um dann zu kalkulieren, wie viel Glas wir in jedem Farbton brauchen.«

Hugo versuchte sich auf van Diependaals Erläuterungen

zu konzentrieren, musste dabei aber die ganze Zeit an Ubayda denken. Das änderte sich auch nicht, als ihm sein Meister vor dem Verlassen der Werkstatt am Abend einen wichtigen Vorschlag machte. Die Idee würde Ubayda wohl nicht zusagen, aber das würde er zu Hause schon sehen.

Ubayda hatte zum Abendessen Karotten und einen Fasan zubereitet, den Aylal vor zwei Tagen erlegt hatte.

Hugo stürzte sich darauf, als hätte er seit Monaten nichts gegessen. Als er fertig war, lehnte er sich auf seinem Stuhl zurück und erzählte von seinem Tag in der Werkstatt. Ubayda hörte ihm zu und stocherte lustlos in ihrem Essen herum.

»Heute habe ich gelernt, wie man mit einer Gipsunterlage arbeitet. Dafür fertigt man aus Holz und Gips ein maßgetreues Modell des späteren Fensters an, auf dem die einzelnen Elemente zusammengesetzt werden. Ich konnte mir vieles ansehen, selbst ausprobieren konnte ich heute aber das Schneiden von Glas.«

»Das ist sicher gar nicht so einfach«, sagte Ubayda mit geheucheltem Interesse. Sie hatte gar nicht richtig zugehört und ging in Gedanken noch einmal durch, wie viel Geld sie bereits gespart hatte. Es war frustrierend, weil sie in diesem Tempo sechs Jahre brauchen würde, um die nötige Summe zusammenzutragen. Angesichts dieser finsteren Aussichten überlegte sie sogar, in die Färberei zurückzukehren.

Hugo war derweil noch immer ganz in seine Schilderung vertieft: »Man markiert dafür zunächst mit dem Punziereisen die Umrisse. Als Vorlage nimmt man die eingeritzten Linien auf dem Brett, von dem ich dir eben erzählt habe. Dann fährt man mit der Spitze eines glühenden Eisens die Konturen entlang, bis eine Vertiefung entsteht.«

Hugo erklärte, dass man das Glas schließlich in kaltes

Wasser tauchte, um es dann an dem gewählten Punkt zu brechen. Aber das war keine leichte Aufgabe, und die Glasplatte zersprang oft an der falschen Stelle. Wenn man die so entstandenen Teile noch nutzen wollte, musste man sie daher mit Blei wieder miteinander verbinden.

Wenn alle Elemente geschnitten waren, wurden die Kanten geglättet. Die entstehenden Glasfragmente wurden dann auf das Brett gelegt, wo man sie zunächst noch nicht mit Blei, sondern mit Nägeln befestigte.

»Und dann beginnt der aufregendste Teil, nämlich das Malen. Dabei werden Gesichter, Hände, Kleider mit ihren Falten, geometrische Formen oder Damastmotive aufgemalt. Es müssen Entscheidungen über Schatten und Perspektiven getroffen werden. Das ist die Stunde von Grisaillefarbe, Rötel und Pinsel … Sag mal, hörst du mir überhaupt zu?«

Hugo hatte schon eine Weile das Gefühl, dass Ubayda in Gedanken weit weg war.

»Ja, ja, natürlich …«, schwindelte Ubayda.

Hugo war zwar nicht überzeugt, fuhr jedoch mit seinen Erklärungen fort. Und nach ein paar Sekunden rissen ihn die Emotionen auch schon wieder mit.

»Heute durfte ich sechs Gesichter und ein Dutzend Hände malen«, berichtete er, während er seine eigenen Hände betrachtete. »Du ahnst nicht, wie sehr ich das genossen habe! Beim Gestalten eines Augenpaares verleiht man ihm ja einen Ausdruck, einen bestimmten Blick. Für mich war es dabei jedes Mal so, als würde ich der Figur Leben einhauchen, ich kam mir wie ihr Schöpfer vor. Das ist wirklich ein erhebendes Gefühl …«

Ubayda fragte ihn, wie sie denn verhinderten, dass die Farbe im Laufe der Zeit verblasste.

Hugo freute sich über ihr Interesse und antwortete mit neuem Schwung: »Wir bedecken die ganze Oberfläche des

Fensters mit einem besonderen Kitt aus Leinöl und Asche der Öfen. Damit werden die Scheiben vor Feuchtigkeit und Staub geschützt. Wenn die Paste getrocknet ist, wird das Glas kräftig poliert und dann noch ein letztes Mal mit Sägespänen abgerieben. Von diesem Moment an ist es fertig und kann am Zielort eingesetzt werden. Natürlich nur, solange es den Vorstellungen des Auftraggebers entspricht!«

Während er von seiner Arbeit erzählte, durchlebte Hugo die beschriebenen Szenen noch einmal.

»Manchmal entstehen im Ofen nämlich Mängel, weil sich das Glas verzieht oder die Grisaillefarbe nicht richtig angemischt worden ist …«

Hugo stand auf, um etwas aus einem Lederbeutel zu holen. Als er zurückkehrte, hielt er ein Stück Glas mit dem Bildnis einer betörenden Frau in der Hand, deren Mund allerdings ein wenig zu klein und verzerrt war.

Aufmerksam betrachtete Ubayda die Scherbe. »Das ist ja zauberhaft, trotz des kleinen Fehlers.« Sie deutete auf den rechten Mundwinkel. »Hat dich irgendjemand dazu inspiriert?«

Hugo nahm das Stück Glas in die Hand. »Ja, ehrlich gesagt, schon. Es sollte eigentlich meiner alten Freundin Berenguela ähneln.«

Bei diesem Namen zog sich Ubaydas Herz schmerzlich zusammen. »So schön hatte ich sie mir nicht vorgestellt. Denkst du noch oft an sie?«

Die Frage war weder so harmlos noch beiläufig, wie Ubayda sie klingen ließ.

»Mehr, als ich mir bei unserer letzten Begegnung in Brügge eigentlich vorgenommen hatte. Vor allem nach dem, was Policarpo über sie gesagt hat …«

Ubayda hakte nicht weiter nach, sie hatte genug gehört. Das Ganze gab ihr jedoch zu denken.

Hugo kehrte wieder zum vorherigen Thema zurück und erklärte, wie man beim Verbleien mit einem aus Knochen hergestellten Werkzeug die Bleiruten seitlich anhob und an die Dicke der Glasstücke anpasste, was ein Schabmesser war oder wie man die Enden der Bleiruten mit einer Mischung aus Blei und Zinn miteinander verband.

Nach dem Essen saßen sie noch gemeinsam im Garten zusammen, und Hugo beschloss, das Thema anzusprechen, das ihm seit seiner Unterhaltung mit van Diependaal nicht aus dem Kopf ging. Er warf einen Blick zu Ubayda hinüber. Sie wirkte entspannt, daher beschloss er, sein Glück zu versuchen.

»Seit du aus Luxemburg zurück bist, wirkst du verändert auf mich. Vermisst du im Leben vielleicht irgendetwas, worüber du mit mir nicht gesprochen hast?«

Ubayda war von Hugos Frage zwar überrascht, wollte sie jetzt aber zum Anlass nehmen, um nach und nach ihre Pläne darzulegen.

»Wenn du es schon erwähnst: Ja, so ist es. Mir fehlen hier wirklich gewisse Dinge …« Bei den nächsten Worten schaute sie ihm in die Augen. »Hör zu, Hugo. Was ich dir jetzt sagen werde, ist nicht neu, aber von immer größerer Dringlichkeit. Es fällt mir schwer, die Worte über die Lippen zu bringen, aber ich brauche im Leben einfach eine Veränderung.«

Hugo ahnte nichts von ihren wahren Gründen und dachte immer noch an das, worüber er heute Morgen mit van Diependaal gesprochen hatte. Ihm kam wieder sein verrückter Einfall in den Sinn, und er beschloss, ihn einfach auszusprechen, was auch immer danach geschehen mochte. »Mein Meister wird eine neue Werkstatt in Köln eröffnen, um für potenzielle Kunden aus den Hansestädten besser erreichbar zu sein. Allein die bereits eingegangenen Aufträge sichern uns dort Arbeit für etwas über zwei Jahre.«

»Und was hat das mit dir zu tun?«

»Van Diependaal möchte, dass ich in einem Monat, also Ende August, mit ihm zusammen nach Köln gehe, und ich fange an, mich mit dem Gedanken anzufreunden. Wenn ich zusage, könnte ich viel Berufserfahrung sammeln, bei neuen Projekten von Anfang an mitarbeiten und Techniken üben, die dort beliebter sind als hier. Finanziell bräuchten wir uns auch keine Sorgen zu machen. Van Diependaal hat mir nämlich den doppelten Lohn und den Meistertitel nach unserer Rückkehr nach Löwen versprochen, obwohl die übliche Lehrzeit sechs Jahre beträgt. Was hältst du davon?«

Hugo musterte Ubayda und erkannte an ihrer Miene sofort, wie sehr diese Nachricht sie aufwühlte.

»Ich weiß nicht … So lange? Wir reden hier schließlich von einem anderen Land, dessen Sprache ich nicht beherrsche und dessen Einwohner mich gewiss auch meines Äußeren wegen ablehnen werden. Außerdem wäre ich damit weit weg von Buzaina und ihrem Kind …« Ubayda lehnte sich auf ihrem Stuhl zurück und schloss vor Hugos drängendem Blick die Augen.

»Aber denk doch daran, was für Vorteile ich dadurch hätte!«

»Du vielleicht schon, ich aber nicht …« Ubayda richtete sich auf und griff nach Hugos Händen. Länger konnte sie das Gespräch über ihre Pläne wohl nicht hinauszögern.

Ubayda ließ sich nicht von ihm unterbrechen, als sie nun erklärte, dass sie nach Afrika heimkehren wolle, ohne den wahren Grund dafür preiszugeben.

»Wir leben seit eineinhalb Jahren zusammen und haben Freud und Leid miteinander geteilt. Ich werde es niemals bereuen, dich bei diesem Abenteuer begleitet zu haben, und du kannst gewiss sein, dass ich an deiner Seite glücklich gewesen bin. Aber ich möchte gerne nach Timbuktu zurück, zumindest so lange, wie du in Köln bist. Vor unserer Reise nach Europa bin ich nicht heimgekehrt, jetzt ist es mir ein Anliegen. Außerdem glaube ich, dass eine Trennung gut für uns beide wäre.«

»Ich verstehe nicht, warum. Lass mich dir zunächst eine Frage stellen: Als du gesagt hast, dass du ›gewisse Dinge‹ vermisst, ging es da nur um Timbuktu?«

Ubayda nickte, und Hugo dachte bei sich, dass die Theorie von dem Wunsch nach Mutterschaft wohl doch falsch war.

»Ja, natürlich«, log Ubayda. »Du kannst dir gar nicht vorstellen, wie wichtig das gerade jetzt für mich ist. Und ich bitte dich, mich dabei zu unterstützen.«

Das konnte Hugo ihr schlecht abschlagen. Doch es fiel ihm schwer, seine tiefe Niedergeschlagenheit beim Gedanken an die lange Trennung zu überwinden, und so schwieg er ein paar Sekunden lang mit gramvoll verzogenem Mund, bis er schließlich sagte: »In Ordnung. Deine Worte machen mich sehr traurig, aber ich will dich nicht deiner Freiheit berauben. Schließlich hast du mir alles gegeben und bist jetzt einmal selbst an der Reihe.«

»Damit würdest du mich sehr glücklich machen.«

»Dann rechne mit meiner Hilfe. Du musst mir aber schwören, dass du drei Bedingungen akzeptierst!«

»Sprich …«

»Ich werde jemanden suchen, dem ich voll und ganz vertrauen kann, damit er dich bis nach Timbuktu, bis zu deinem Elternhaus begleitet. Das wird zwar kosten, ich werde aber auf keinen Fall zulassen, dass dir unterwegs irgendetwas zustößt.«

»Was ist die zweite Bedingung?«

Ubaydas Miene hatte sich aufgehellt, und in ihren dunklen Augen stand ein Strahlen, das ihr ganzes Gesicht zum Leuchten brachte.

»Nimm Aylal mit. Sie ist bei dir in guten Händen, und ich könnte mich in Köln ohnehin nicht um sie kümmern.«

Ubayda schaute zu dem Vogel hinüber. Er spielte gerade mit der Lederschnur, mit der er festgebunden war. Ja, das würde sie gerne übernehmen.

»Und die dritte Bedingung … besteht darin, dass du zurückkehrst!« In Hugos Blick lag dasselbe Flehen wie in seinen Worten. »Und wenn du nicht kommst, dann schwöre ich dir bei allem, was mir heilig ist, dass ich mich auf den Weg mache und dich hole!«

»Das wird nicht nötig sein, denn ich gebe dir mein Wort. Glaubst du etwa, ich werde mir den Tag entgehen lassen, an dem sie dich zum Meister ernennen? Ich will doch dein erstes eigenes Werk bewundern können!« Ubayda lächelte liebevoll.

»Das hoffe ich …«

Kurz entschlossen sprang sie auf, umfing Hugos Gesicht mit den Händen und küsste ihn auf die Wange.

»Aha!«, rief er scherzhaft, während er sie an sich drückte. »Seit deiner Rückkehr aus Luxemburg dachte ich schon, du wüsstest gar nicht mehr, was ein Kuss ist …«

»Ich werde immer stolz auf dich sein.«

»Und ich auf dich. Niemand übertrifft deine unendliche Güte, für die ich dich so sehr liebe. Ich werde wohl nie einem anderen Menschen begegnen, der mir so viel gibt wie du.«

»Ich hoffe, das Leben wird dir einst das Gegenteil beweisen.«

»Das hoffe ich auch …« Hugo verschwieg ihr, was er wirklich dachte. Es würde für ihn keine andere Frau geben, er liebte nämlich nur sie.

Als schließlich der August kam, verband die beiden eine tiefe Traurigkeit, die sie nicht in Worte fassen mussten.

Hugo bat seinen Meister, ihm mehrere Monatsraten seines Lohns vorzustrecken, um damit die Kosten für Ubaydas lange Reise zu decken. Und er hatte auch jemanden gefunden, der Ubayda Gesellschaft leisten und sie beschützen würde: einen Neffen von van Diependaal.

Ubayda selbst war zwar aufgewühlt, doch Hugo war eine Woche vor ihrer Abreise am Boden zerstört. Er hatte seine Gefühle bereits viel zu lange unterdrückt, sich frustrierende Mäßigung auferlegt. Nie hatte er seinem Verlangen nachgegeben, sie zu küssen. Und jetzt verließ sie ihn.

Er hatte sich tausendmal den Kopf zerbrochen und nach möglichen verborgenen Gründen gesucht. Aber Ubayda hatte einfach immer wiederholt, dass sie sich eben eine Trennung wünsche. Und das konnte eigentlich nur bedeuten, dass Hugo ihr niemals das würde sein können, was Azerwan für sie gewesen war, auch wenn er noch so sehr auf einen Platz in ihrem Herzen gehofft hatte. Ubayda würde für immer Azerwan gehören … Das war in den eineinhalb Jahren ihres Zusammenlebens offensichtlich geworden.

Dieser Gedanke quälte ihn immer mehr, je weniger gemeinsame Tage ihm mit Ubayda blieben.

Die beiden vereinbarten, dass er ihr eine Nachricht schicken würde, sobald er wüsste, wann genau er nach Löwen zurückkehrte. So würde auch Ubayda ihre Rückreise organisieren können. Als er die letzte Zahlung für die gemeinsame Unterkunft leistete, wusste Hugo nicht, ob sie nach ihrer Rückkehr wieder hier einziehen würden.

Am 20. August verabschiedete er sich von Ubayda mit brechender Stimme und tiefem inneren Schmerz.

Ubayda zwang ein Lächeln auf ihre Lippen, um ihm so fröhlich in Erinnerung zu bleiben, und auch Hugo versuchte mit einem Scherz über sein Pferd, dessen Fell eher an eine Kuh erinnerte, seinen Kummer zu überspielen.

Aber der scheinbar so leichte Abschied lastete bleischwer auf ihren Seelen, und der Schmerz drohte sie zu zerreißen.

Keiner von ihnen drehte sich noch einmal um, weil sie befürchteten, vor Leid zu sterben.

Teil vier

DAS LICHT DER GEFÜHLE

Glaubt an das Licht, solange ihr's habt, auf dass ihr des Lichtes Kinder werdet.

JOHANNESEVANGELIUM, 12,36

Wenn man in einer Kathedrale nach oben schaut, überraschen die Bleifenster, die zur Kontemplation der heiligen Mysterien einladen …

VÍCTOR NIETO ALCAIDE

1

Köln, September 1479

Hugo und Hendrik van Diependaal brauchten ein halbes Jahr, um in Köln für die neue Werkstatt fünf Öfen zu bauen und ein Lager für Sand und Mineralien anzulegen. Sie bereiteten auch drei Räume für den letzten Arbeitsschritt vor, in dem die Bleifenster zusammengesetzt wurden. Für die perfekte Beleuchtung gab es dort sechs Oberlichter. Ein anderer Raum war für die Herstellung von Grisaillefarbe und Silbergelb gedacht, es gab zwei Bereiche zum Glasblasen und einen weitläufigen Saal neben dem Hauptgebäude, in dem die Fenster gelagert wurden.

Sie waren noch nicht ganz fertig, da erhielten sie vier Aufträge für Restaurationen und zwei für neue, nicht besonders große Projekte, durch die sie die Möglichkeiten der noch nicht komplett funktionstüchtigen Werkstatt ausloten konnten. So konnten sie einige Fehler ausmerzen, bevor die nächsten, komplizierteren Fenster all ihr Können und all ihre Kraft beanspruchten – ihre sechs Arbeiter hatten immer noch Schwierigkeiten mit einigen der simpelsten Tätigkeiten, die Auftraggeber machten Druck, Hugo und sein Meister waren wegen des Ausmessens, Ein- oder Abbaus der Fenster ständig unterwegs und mussten sich darüber hinaus auch noch wegen der Preise mit ihren Lieferanten herumschlagen.

Sie hatten eine Mammutaufgabe auf sich genommen und nur ein Ziel: Werke zu erschaffen, die ihren Auftraggebern nicht nur gefielen, sondern sie faszinierten und verzückten.

Denn so verstand van Diependaal sein Handwerk, wie er den Mitarbeitern schon tausendmal eingebläut hatte: »Wenn die Kenner unserer Arbeit uns einfach nur für gute Glasmaler halten, dann können wir die Werkstatt meinetwegen heute noch schließen. Wir streben entweder nach Vortrefflichkeit, also nach mit nichts anderem vergleichbaren Werken, oder ich lehne von nun an jeden Auftrag ab … Nur wenn wir Licht erschaffen, wo es vorher keines gab, wenn wir durch unsere Fenster die Gläubigen zum Gebet bewegen und selbst dem strengsten Geistlichen unter unseren Kunde eine Träne der Rührung entlocken, sind wir es auch wert, weiter Kirchen mit Fenstern auszustatten.«

Die anspruchsvollsten Aufträge waren die Fenster der Kathedralen in Regensburg und Köln, denen van Diependaal jeweils sechs Monate widmete.

Hugo hingegen kümmerte sich um die Kathedrale in Erfurt: Ihre Fenster gehörten für ihn zu den schönsten in allen Kirchen der Hansestädte. Leider waren ihre Scheiben auch die schmutzigsten und angeschlagensten, deshalb widmete er sich ihnen mit voller Hingabe.

Am Anfang half ihm sein Meister zwei Wochen lang bei der Restauration, um ihm die Geheimnisse und Möglichkeiten dieser Arbeit aufzuzeigen, dann war Hugo ganz auf sich allein gestellt.

Die Kathedrale von Erfurt gehörte nicht zu den größten, die er kannte, erinnerte ihn aber ein wenig an die Sainte-Chapelle. Man hatte auch hier dem Stein einiges an Fläche für die Glasfenster abgetrotzt, obwohl das Ergebnis natürlich nicht an die Pracht der Pariser Kapelle heranreichte. Die riesigen Fenster der Apsis wiesen unterschiedlich schwere Schäden auf und stellten für Hugo eine echte Herausforderung dar.

Er stellte sechs Männer aus der Gegend ein, die für ihn die Fenster ausbauten, transportierten und reinigten. Seine Aufgabe war es dann, kaputte Glaselemente auszutauschen und die beschädigten oder verblichenen Malereien auszubessern.

In Erfurt lernte er, Farben zu imitieren, bestimmte Schattierungen nachzubilden, Texturen anzugleichen und Glas in derselben Stärke wie das Original herzustellen. Vor allem konnte er aber endlich selbst den Pinsel in die Hand nehmen und malen, auch wenn es auf der Basis eines alten Originals war.

Dafür musste er zunächst jedes Fenster komplett auseinandernehmen und sich Element für Element vorarbeiten. Manche der Glasstücke waren in so schlechtem Zustand, dass sie ganz neu hergestellt werden mussten. Das war Hugo am liebsten, weil er den Figuren in den Szenen auf diese Weise neue Züge und einen neuen Gesichtsausdruck verleihen konnte.

Bei der Arbeit an diesen Fenstern konnte er nachdenken, träumen, sich an seiner Tätigkeit erfreuen und etwas Neues lernen. Er respektierte den Geschmack und die Entscheidungen der ursprünglichen Schöpfer und erledigte jeden Handgriff mit bewusster Hingabe.

Aber er saß an diesem Projekt so viele Stunden, so viele Tage und Wochen, dass er dabei Muße hatte, sich den Verlauf seines zukünftigen Lebens auszumalen. Und er hatte Zeit, um sehnsüchtig an Ubayda zu denken.

Wenn er ein weibliches Gesicht restaurierte, normalerweise das einer Heiligen, stieg beim Betrachten ihrer Züge, der Augen oder Lippen, Ubaydas Anblick vor ihm auf. Und mehr als einmal erschütterte ihn die Erkenntnis, was diese Erinnerung in ihm auslöste. Denn Ubaydas Lachen, ihr Blick, ihre Wärme und Großzügigkeit, ja sogar ihre dunkle Haut, bohrten sich ihm bei der bloßen Erinnerung an ihre gemeinsamen Momente in der Wüste oder in Löwen wie Messer ins Herz.

Verzweifelt zählte er die Tage und Wochen bis zu ihrem Wiedersehen. Ihn schmerzte immer noch, dass Ubayda lieber in Timbuktu sein wollte als hier an seiner Seite.

Er fragte sich, ob seine Sehnsucht nach Ubayda allein daher rührte, dass sie gemeinsam so vieles erlebt hatten, was sie einander nähergebracht hatte, oder ob es nicht vielmehr das war, was der Rest der Welt als Liebe bezeichnete.

Wie es auch sein mochte, Ubaydas Abwesenheit tat ihm in der Seele weh, außerdem war er in Erfurt schrecklich einsam. Er war schon viel zu lange in dieser Stadt, ohne seinen Alltag mit jemandem zu teilen, ohne über seine Sorgen und kleinen Erfolge sprechen zu können. Vielleicht dachte er gerade deshalb an die langen Abende in ihrem Garten in Löwen zurück. Dort hatten Ubayda und er gemeinsam auf dem Rasen gelegen, geredet, gelacht und einander die ein oder andere keusche Zärtlichkeit geschenkt. Oft erbebte er auch bei der Erinnerung an jene Nacht bei Ladislao und Buzaina, als er Ubaydas halb nackten Körper so nahe bei sich gespürt hatte.

Fühlte er sich zu Ubayda bloß körperlich hingezogen, oder hatte das mehr zu bedeuten? Das fragte Hugo sich selbst immer wieder.

Das Fenster, das Hugo die meiste Zeit und Arbeit kostete, zeigte die Stigmatisation des heiligen Franziskus. Es stammte nicht aus der Kathedrale, sondern aus einer der anderen vierzig Kirchen in Erfurt, und war durch Zufall in seine Hände gelangt. Die Franziskaner hatten nämlich gehört, dass sich ein Glasmaler vorübergehend in der Stadt befand, und bei ihm die Restaurierung dieses Fensters aus ihrer Kirche in Auftrag gegeben. Es war seit seiner Entstehung Anfang des 13. Jahrhunderts nicht instand gesetzt worden.

Hugo hatte den Auftrag zwar gern angenommen, entwickelte aber von Anfang an eine Abneigung gegen das Projekt. Zunächst verstand er nicht, warum er schon beim Betrachten des Motivs schlechte Laune bekam.

Das Fenster war so schwer beschädigt, dass die Restaurierung eine recht komplexe Aufgabe war. Es zeigte den von einem Engel umarmten Christus am Kreuz, vor dem Franz von Assisi kniete und seine stigmatisierten Handflächen zeigte.

Hugo rieb die Scheiben zunächst mit einem feuchten Tuch ab und bearbeitete die Motive dann stundenlang mit einem dicken Pinsel, der Staub und Rost entfernte. Auf diese Art und Weise kamen viele Details zum Vorschein, die auf den ersten Blick nicht sichtbar gewesen waren. Er entdeckte zum Beispiel einen verwirrenden Schriftzug auf Lateinisch – mit Abkürzungen und Buchstaben, die nicht mehr lesbar waren. Dieser Text stand auf einer Art Notenpult, von dem der Heilige ihn abzulesen schien.

Um zu erfahren, wie die ursprüngliche Inschrift gelautet hatte, ließ Hugo einen der ältesten Mönche in die Werkstatt kommen. Zum Glück ließ sich das Rätsel schnell aufklären. Der Text lautete: »Tell mit mir die wahren Zeichen des Kreuzes.« Es handelte sich um Worte, die Christus an den heiligen Franziskus richtete, als dieser an den Händen und an der Seite die Stigmata der Kreuzigung erfuhr. Nun konnte Hugo die Schrift mit feinen Grisaillestrichen nachzeichnen.

Während es mit der Restaurierung voranging, wuchs Hugos Unbehagen immer mehr, bis er schließlich begriff, warum. Er hatte den Grund dafür die ganze Zeit vor der Nase gehabt, aber nicht erkannt: Das Gesicht des Heiligen glich dem von Policarpo Ruiz bis aufs Haar. Als Hugo dessen endlich gewahr wurde, stiegen in ihm sofort negative Erinnerungen auf. Am meisten schmerzte ihn die letzte Begegnung mit Policarpo in Qastiliya und sein Kommentar über seine angebliche Beziehung zu Hugos Berenguela.

Diese Gedanken führten Hugo zurück zum Mai 1474, als er Burgos verlassen hatte. Wie viel sich seitdem zugetragen hatte! Aber abgesehen von jenem kurzen Moment in der Herberge in Brügge, hatte er Berenguela jetzt sieben Jahre lang nicht gesehen, dabei war für ihn in den zwanzig Jahren zuvor doch kein Tag ohne sie vergangen.

Hugo stützte die linke Hand auf dem Fenster ab. Mit der rechten wollte er darauf Grisaillefarbe auftragen, um die Falten im Gewand des Heiligen nachzuarbeiten. In diesem Moment beschloss er, jeden Groll gegen Berenguela zu begraben. Er würde ihr nie wieder etwas vorhalten, weder ihre Ehe noch das, was sich zwischen ihr und Policarpo abgespielt haben mochte. Dank dieser Entscheidung konnte er endlich wieder ihren sanften Blick heraufbeschwören, ihr rundes Gesicht, ihre Stimme und vor allem, wie viel Zuneigung sie ihm immer entgegengebracht hatte. Der Gedanke, dass sie einander vielleicht nie mehr begegnen würden, zerriss ihm das Herz.

Das zweite Halbjahr seines zweiten Jahres in Deutschland wurde für Hugo zweifellos die schönste Zeit fern von Löwen.

Er war nach Köln zurückgekehrt, und van Diependaal hatte sich gerade für ein gemeinsames Projekt einem der bekanntesten Glasmalermeister des Kontinents angeschlossen. Es handelte sich um Peter Hemmel, der eine Werkstatt in seiner Geburtsstadt Straßburg hatte. Hemmel hatte vor ein paar Monaten vom Ulmer Domkapitel den umfangreichen Auftrag bekommen, die Apsis des Münsters mit neuen Scheiben auszustatten. Da die Fenster dieser beeindruckenden Kirche extrem hoch waren, hatte er sich nicht dazu in der Lage gesehen, den Auftrag im vorgegebenen Zeitraum allein zu erledigen. Er hatte selbst die Motive, Skizzen und Vorlagen entwickelt, würde für ihre Umsetzung jedoch Hilfe benötigen. Durch seinen guten Namen und die räumliche Nähe bot sich van Diependaal als Partner an.

Deshalb arbeiteten Hugo und sein Meister von Mitte Oktober 1481 an ausschließlich an einem der fünf Fenster dieses Projektes. Die Serie zeigte die wichtigsten Stationen im Leben der Gottesmutter: Mariä Verkündigung, der Besuch bei ihrer Cousine, der heiligen Elisabet, Jesu Geburt, die Anbetung durch die Heiligen Drei Könige, Beschneidung und Darstellung des Herrn.

Da die Kirche so hoch war, wurde jede Fensteröffnung durch steinerne Querstreben in acht Bereiche geteilt. Sowohl die vier oberen als auch die vier unteren Elemente wurden von einem Kleeblattelement gekrönt, bei den höheren kamen außerdem noch zwei Vierblätter und ein vielblättriges Maßwerk hinzu.

Hemmels Entwurf sah an dieser Stelle zwei Musiker und darüber die Heilige Dreifaltigkeit vor.

Die unteren Fenster würden eine Reihe von Königen und Propheten aus Israel zeigen, die die Ankunft des Messias ankündigten.

Um die Gruppen von Szenen in der Waagerechten voneinander zu trennen, würden sie breite Borten hinzufügen, die an Elemente der Außenarchitektur von Kathedralen erinnerten, mit unzähligen Zacken, Giebeln, runden und spitzen Bogen, Kreuzblumen und Zinnen.

Weil sie für dieses Projekt ungeheure Mengen Glas brauchten, wurden die Öfen Tag und Nacht befeuert, wofür wiederum jede Menge Holz nötig war. In manchen Wochen wurden deshalb bis zu zweihundert Wagen entladen, und mehr als einmal wurde das Holz knapp.

Das Glas stellten sie mit einem besonders gereinigten Flusssand her, der reich an Quarz war, dazu kam Bleipulver und als Schmelzmittel ein hoher Anteil an Asche von Farnen und Buchenholz.

Hugo arbeitete begeistert mit.

Für dieses Fenster würden sie sich bei Stil und Technik an der Flämischen Schule orientieren: große graue Flächen im Hintergrund, viel Silbergelb und klare Farben für das Glas. Vor allem mussten sie bei diesen Zeichnungen ebensolche Sorgfalt walten lassen wie bei einem Gemälde. Es wurde dieselbe Präzision und Qualität wie bei einem Bild erwartet, das bei Adeligen zu Hause oder im Königspalast an der Wand hing.

So eine Aufgabe hatte bislang noch nie jemand Hugo anvertraut. Seit seiner Ankunft in Köln hatte er vor allem alte Fenster restauriert. Auch sie waren einst als Mittel konzipiert worden, um durch göttliches Licht die Gläubigen zum Gebet zu bewegen. Aber die zugrunde liegenden Kenntnisse und technischen Möglichkeiten waren natürlich die von vor zweihundert Jahren gewesen. Daher hatte Hugo bei ihnen nicht die Arbeitsmethoden anwenden können, die für diesen neuen Auftrag nötig waren. Jetzt lernte er eine Mischung aus verschiedenen Sandsteinen kennen, durch die das Glas beinahe vollkommen durchsichtig wurde. Er machte sich auch mit einer Technik namens Tempera vertraut, bei der kleine Farbkristalle auf normalem Flachglas verteilt und dann im Ofen bei niedriger Temperatur fixiert wurden. So vermied man, dass die komplette Scheibe wieder schmolz. Sie nutzten diese Methode, um einige Elemente besonders hervorzuheben, wie die Juwelen in den Kronen israelischer Monarchen oder die Blumen unter Marias Füßen in der Verkündigungsszene.

Am meisten faszinierten Hugo unter all diesen neuen Entdeckungen aber ohne Zweifel die unterschiedlichen Verwendungsmöglichkeiten von Silbergelb.

Für einen Glasmaler war diese Paste ein wahrer Segen. Sie verwandelte die Farbe der Glasscheiben selbst, und zwar von Blau zu Grün und von Rot zu Orange. Vor allem konnte man sich durch sie jedoch die Herstellung von gelben Glaselementen für Haare, Heiligenscheine und gewisse Kleidungsstücke sparen. Früher hatte man dafür extra gelbes Glas hergestellt, jetzt erreichte man den gleichen Effekt durch das Bemalen durchsichtiger Glasplatten mit Silbergelb, wobei das Ergebnis oft sogar noch leuchtender war. Die Werkstätten ersparten sich damit den Ankauf der teuren Mineraloxide.

Während er an diesem Projekt arbeitete, erdachte Hugo Mitte November 1481 ein kompliziertes System, um Ubayda die Nachricht von seiner geplanten Rückkehr zukommen zu lassen. Die Reise war für den März des folgenden Jahres angesetzt.

Nach ein paar fehlgeschlagenen Versuchen gelang es ihm schließlich, in Köln Kontakt zu einem mächtigen Weinhändler aufzunehmen. Dieser Kaufmann verkaufte seine Produkte an eine portugiesische Firma, die wiederum Handel mit den wichtigsten Städten der afrikanischen Atlantikküste trieb.

Die Portugiesen hatten dort seit ein paar Jahrzehnten auf der Insel Formosa in der Nähe der Mündung des Niger eine Kolonie gegründet, die der Fluss als Handelsroute mit Timbuktu verband.

Diese Informationen musste Hugo erst mühsam zusammentragen, bis er endlich Ubayda schreiben und ihr die Details seiner Rückkehr mitteilen konnte.

Außerdem zahlte er der Firma einen Betrag, der für ihn drei Monatslöhnen entsprach, damit einer ihrer Vertreter

Ubayda bis zum Hafen von Antwerpen geleitete. Das war viel Geld, Hugo wollte sich jedoch vergewissern, dass der Brief rechtzeitig ankam und seine Freundin Europa sicher erreichte.

Anfang Dezember reiste Hugo nach Ulm, um die ersten von Hemmels Fenstern, die bereits eingesetzt waren, zu studieren. Van Diependaal hatte ihn geschickt, weil er wusste, dass Hugo inzwischen bei den verwendeten Farben auch die kleinsten Nuancen wahrnehmen würde. Sein Geselle sollte auch auf die Stärke und den Glanz des Glases achten. Darüber hinaus würde er in Erfahrung bringen, wie dick die Grisaillefarbe beim Hintergrund und auf den gemalten Stoffen und Gebäuden aufgetragen worden war, um es dann bei den von ihnen bearbeiteten Fenstern genauso zu machen.

Hemmel hatte Hugo und van Diependaal zweimal in ihrer Werkstatt in Köln besucht, um nach den ersten Schritten an den Öfen die Entwicklung und Qualität ihrer Arbeit zu begutachten. Dabei hatte er sich sehr zufrieden gezeigt.

Nun ging es bereits darum, die Bleifenster auf der gipsbestrichenen Holzunterlage zusammenzusetzen und zu bemalen. Hugo hatte schon lange davon geträumt, endlich die Gesichter und anderen Details auf den acht Segmenten der Endkomposition zu gestalten.

In dieser Phase des Projekts war van Diependaal für Hugo nicht mehr nur Meister, sondern eine Art geistlicher Ratgeber. Schließlich würde der Geselle in der Szene mit ihrer Cousine Elisabet das Antlitz der Heiligen Jungfrau gestalten, was er noch nie zuvor getan hatte. Dazu kamen noch ihr Gewand, ihr Umhang und die künstlerisch aufwendigen Ringellocken, die unter einem weißen Tuch hervorschauten. Hugo würde sich bei diesen Elementen zum ersten Mal selbst an der Arbeit mit Silbergelb versuchen.

Das Motiv seines Fensters erschien ihm äußerst komplex.

Auf Hemmels Vorlage fand sich im oberen rechten Winkel ein blauer Himmel über einer Stadt mit drei Kirchen, die jeweils ein Kreuz trugen. Dazu kamen noch eine smaragdgrüne Wiese, zwei Bäume auf einer Seite, die Silhouette eines Hirsches und drei weiße Kaninchen. Auf der rechten Seite sah man das Haus der heiligen Elisabet, eine Art Festung mit Zinnen und einem Wachturm, der Hugo für biblische Zeiten eigentlich nicht angemessen erschien.

Das Gewand der heiligen Elisabet war in Grautönen gehalten, dazu kam ein roter Umhang in einem intensiven Zinnoberton. Das Kleid der Jungfrau unter ihrem weißen Mantel war blau und warf viele Falten. Das Gesicht der Cousine zeigte ihr fortgeschrittenes Alter, während Maria als jung und lieblich dargestellt wurde. Hals und Wangen würde Hugo leicht schattieren.

Er würde ganze drei Wochen brauchen, um das Bild zu vollenden.

Während er den Pinsel schwang, war er so auf seine Aufgabe konzentriert, dass er oft sogar das Essen vergaß. In diesen Momenten hatte Hugo kein anderes Bedürfnis als das, seinen Figuren von der Größe echter Menschen Leben und eine Seele einzuhauchen.

Wer ihn dabei beobachtete und die Resultate betrachten konnte, hegte keinen Zweifel an seiner Gabe – hier war ein zukünftiges Genie am Werk.

Hugo de Covarrubias war es nämlich nicht nur gelungen, die Vorlage von Meister Hemmel noch zu verbessern. Seine künstlerischen Fähigkeiten überstiegen sogar die von Hendrik van Diependaal.

Als ihm dies klar wurde, empfand sein Meister nicht etwa Neid, sondern war vielmehr froh darüber, Hugo bei sich aufgenommen zu haben. Und als van Diependaal im Januar 1482 vorzeitig nach Löwen zurückkehren musste, reiste er beruhigt ab, weil er seine Werkstatt in guten Händen wusste.

In van Diependaals Abwesenheit organisierte Hugo den Transport der Fenster nach Ulm und ihren Einbau. Zunächst wurde dafür der Eisenrahmen in die Fensteröffnung eingepasst. Mithilfe von drei Männern und einem Drehkran setzten sie dann eins nach dem anderen die rechteckigen Bleifenster ein, die mit dickem Draht verstärkt waren, bis sie schließlich auch die letzten Elemente – die oberen Kleeblätter und die Szene der Heiligen Dreifaltigkeit – eingefügt hatten.

Nach drei Tagen Arbeit war endlich alles an seinem Platz, und Hugo ging in die Mitte des Altarraums hinüber, um sein Werk von dort aus zu betrachten.

Genau in diesem Augenblick teilten sich für einen kurzen Moment die dunklen Wolken draußen, und ein heller Lichtstrahl fiel durch die ganze Serie von Hemmels Buntglasfenstern herein. Ihr Anblick beeindruckte Hugo tief, vor allem der seines eigenen Fensters. In dieses Werk aus Glas und Blei hatte er alles einfließen lassen, was er bei van Diependaal je gelernt hatte, selbst die neue Formel für blaue und rote Farbe aus Paris. Vor allem hatte er aber sich, sein ganzes Wesen, mit eingebracht. Und nun war die Luft mit seinen Farben erfüllt, die Bilder schienen zum Leben zu erwachen, selbst die beiden Musiker in ihren Vierpassen ließen Zither und Harfe erklingen. Das alles verband sich zu einer Melodie aus Licht, Stein und Farbe. Es war ein überwältigender, ganz persönlicher Augenblick inneren Friedens. Plötzlich fühlte sich Hugo wie neugeboren, war endlich in der Welt der Glasmalerei angekommen.

2

Löwen, Herzogtum Burgund, April 1482

In der flämischen Gesellschaft genossen Glasmaler nicht dasselbe Ansehen und Prestige wie Baumeister, obwohl sie vonseiten ihrer höchst anspruchsvollen Zunft ähnlichen Regulierungen, Kontrollen und Sanktionen unterworfen waren.

Zünfte beschützten ihre Mitglieder vor Konkurrenz von außerhalb, legten Mindestpreise fest, prüften die Verträge zwischen Meistern und ihren Lehrlingen, sicherten freien Zugang zu Rohstoffen, regulierten die Nutzung von Werkzeug, schützten Witwen und Waisen und bezahlten für ihre Mitglieder ein christliches Begräbnis mit einem Minimum an Gedenkmessen. Außerdem beschränkten sie den Zugang zu ihrem Handwerk und vermittelten bei Streitigkeiten und Rechtssachen. Darüber hinaus waren sie die wichtigsten Organisatoren von Feierlichkeiten zu Ostern.

Nach zweieinhalb Jahren Abwesenheit, fünfzehn großen und an die zwanzig kleineren Projekten packte Hugo seine wenigen Habseligkeiten zusammen und verabschiedete sich in Köln von dem Mann, der nun die Werkstatt dort leiten würde. Mit unbändiger Lust, sein altes Leben wieder aufzunehmen und Ubayda wiederzusehen, kehrte Hugo in der Woche vor Ostern nach Löwen zurück.

Da die Werkstatt in der Karwoche geschlossen hatte, blieb Hugo mehr Zeit, um sich nach einer geeigneten Unterkunft umzuschauen. Er sah sich einige an, mietete am Ende aber ein ihm von der Zunft vorgeschlagenes Haus. Es befand sich ganz in der Nähe ihres früheren Domizils und gehörte der Witwe eines bekannten Glasmalermeisters. Das Haus war für sie allein viel zu groß, und die arme alte Frau stieg jedes Mal keuchend die Treppe hinauf, wenn sie in den ersten Stock musste. Daher wollte sie nun das ganze Haus zu einem erschwinglichen Preis vermieten.

Es gab darin eine große Wohnstube, zwei Schlafzimmer mit Erker und eine Küche. Da das Gebäude an einem Hang lag, hatte die Küche eine eigene Tür nach draußen, die auf eine zauberhafte Wiese hinausführte. Als Hugo das Haus zum ersten Mal besichtigte, wurde ihm klar, dass Ubayda und er hier in getrennten Räumen schlafen würden. Das war ja eigentlich selbstverständlich, trotzdem löste es in ihm ein seltsames Gefühl aus.

Kurz nach seinem Einzug in das neue Haus nahm Hugo auf Einladung der Zunft hin an den religiösen Feierlichkeiten zum Karfreitag in der Sint-Pieter-Kirche teil, die er ja leider nur zu gut kannte. Hier teilte man ihm das Datum seiner Meisterprüfung mit. Am Freitag nach Ostern würde darüber entschieden werden, ob er künftige Werke mit seinem Namen firmieren dürfte.

Hugo traf in der Kirche auch Niclaes Rombouts, van Diependaals jungen Schwager, dem er vor seiner Reise nach Afrika schon einmal in der Kathedrale von Antwerpen begegnet war. Während der Messe saß Rombouts zwei Bänke vor ihm, doch beim Verlassen des Gotteshauses kamen sie ins Gespräch. Sie waren einander vor Hugos Reise nach Köln ein paarmal in der Stadt über den Weg gelaufen, aber immer in Eile gewesen. Deshalb beschlossen sie, endlich einmal in Ruhe zu plaudern.

Hugo konnte feststellen, dass sich van Diependaals Schwager kaum verändert hatte.

Niclaes war in Hugos Alter und ein schlanker Bursche mit einem blonden Pferdeschwanz und wunderschönen blauen Augen. Seit mehr als drei Jahren war der junge Mann mit den edlen, wenn auch vielleicht ein wenig zu markanten Gesichtszügen Meister seiner eigenen Werkstatt.

»Hugo de Covarrubias! Endlich haben wir einmal Zeit füreinander ... Übrigens: Ich meine gehört zu haben, dass sie dich bald zum Meister ernennen wollen. Wirst du denn weiter für meinen Schwager arbeiten oder deine eigene Werkstatt eröffnen?«

Seine Frage verwirrte Hugo, dann begriff er, worauf Rombouts damit hinauswollte. »Du hast recht, ich werde nächste Woche tatsächlich die Prüfung ablegen. Was deine andere Frage angeht, so will ich vorläufig bleiben, wo ich bin. Ich muss noch viel lernen, bevor ich mich selbstständig machen kann. Keine Sorge, du wirst also keine weitere Konkurrenz bekommen«, antwortete Hugo in scherzhaftem Ton.

»Solange es nur genug Arbeit gibt, wäre auch das kein Problem, und im Moment fehlt es ja nicht an Aufträgen. Es kommt ständig etwas Neues herein, und zum Glück nicht nur Restaurierungen. Wie es bei euch aussieht, weiß ich natürlich nicht.«

Hugo konnte auch nicht sagen, wie es um van Diependaals Auftragslage stand. Er war ja gerade erst zurückgekehrt und hatte seinen Meister noch nicht gesehen.

»Ich hätte ja eigentlich gedacht, dass ich van Diependaal heute hier antreffen würde«, sagte er.

»Der benimmt sich in letzter Zeit ein wenig merkwürdig«, entgegnete Niclaes. »Und er will mir einfach nicht verraten, was ihn bedrückt. Seit seiner Heimkehr aus Köln ist er schlicht nicht mehr derselbe, und die liegt jetzt ja schon drei Monate zurück, wenn ich mich recht entsinne. Er wirkt scheu und verschlossen. Außerdem hat er abgenommen und lässt sich bei gesellschaftlichen Anlässen kaum noch blicken. Das bereitet mir wirklich Sorgen.«

»Das gefällt mir gar nicht … Ich werde van Diependaal besser so schnell wie möglich einen Besuch abstatten«, sagte Hugo.

Niclaes war ein gesprächiger Mann und wollte den verbleibenden gemeinsamen Fußweg nutzen. Zwei Schritte später fragte er daher bereits: »Ich habe dich früher manchmal in Begleitung einer dunkelhäutigen Frau gesehen, mit der du zusammengelebt hast, wenn ich es recht verstanden habe. Nun habe ich sie aber schon lange nicht mehr zu Gesicht bekommen. Ist etwas geschehen?«

Mit knappen Worten schilderte Hugo ihm die Situation.

»Wie ungewöhnlich! Ihr seid also gar nicht verheiratet, obwohl es für Außenstehende so aussah?«

Seine Neugier ging Hugo jetzt doch etwas zu weit, daher antwortete er nur kurz angebunden: »So ist es.«

Niclaes redete allerdings weiter und fragte tausend Dinge, so als habe er sich vorgenommen, Hugos Leben bis in den letzten Winkel zu ergründen. Ihn interessierte sowohl Berufliches als auch Privates, und er sprang von Thema zu Thema, ohne davon irgendeines zu vertiefen.

Hugo merkte schnell, dass Mäßigung nicht seine vorherrschende Tugend war. Rombouts schien auch kein besonders geduldiger Mann zu sein, da er Hugo kaum ausreden ließ, bevor er schon mit der nächsten Frage kam.

Trotzdem beantwortete Hugo alle neugierigen Fragen höflich, bis sich schließlich ihre Wege trennten.

Kurz darauf war Hugo am Haus von van Diependaal angekommen und schloss seinen Meister fest in die Arme, als er ihm die Tür aufmachte.

Hugo überbrachte ihm die Glückwünsche von Glasmalermeister Hemmel aus Straßburg zur gelungenen Zusammenarbeit an der Kathedrale in Ulm, dann nahm er Platz, um eine Limonade zu trinken. Als sein Meister das Getränk brachte, konnte Hugo seine Frage nicht länger zurückhalten: »Was ist nur mit Euch geschehen? Vor drei Monaten saht Ihr noch wesentlich besser aus.«

»Da hast du völlig recht, Hugo. Seit meiner Rückkehr habe ich mit Problemen zu kämpfen, die mich schwer belasten. Vielleicht ist dir aufgefallen, dass dich heute nicht wie sonst meine Frau begrüßt hat.«

»Hat sie Euch etwa verlassen?«, fragte Hugo etwas vorschnell. Vielleicht deshalb, weil er an Ubayda denken musste.

Van Diependaal schüttelte den Kopf. »Sie ist zu Hause …« Mit müder Geste stützte er sich auf eine Fensterbank. »Aber sie ist krank, schwer krank. Bisher haben wir der Familie nichts davon erzählt, da wir niemanden beunruhigen wollten. Vor allem deshalb, weil wir leider nicht wissen, woran sie leidet. Ich komme dir offenbar dünn vor, das ist aber noch gar nichts im Vergleich zu ihr. Hugo, ich spüre, wie sie mir entschwindet …« Er schlug sich die Hände vors Gesicht.

»O Gott, das tut mir so leid, Meister … Kann ich Euch irgendwie helfen?«

»Nein, wir tun ja bereits alles Menschenmögliche für sie. Es kommt jeden Tag ein Arzt vorbei, um sie zu schröpfen, und wir haben die unterschiedlichsten Mixturen probiert, alles ohne Erfolg.« Van Diependaal stockte die Stimme. »Das ist das Ende!«, rief er schließlich noch aus, bevor er in Tränen ausbrach.

Hugo war entsetzt und tief betroffen, so mutlos hatte er seinen Meister noch nie gesehen. »Überlasst am besten mir die Leitung der Werkstatt, damit Ihr Euch ganz Eurer Frau widmen könnt.«

Für diesen Vorschlag war van Diependaal ihm zwar dankbar, es gab jedoch noch eine zweite schlechte Neuigkeit.

»Und was die Werkstatt angeht … so zwingt man uns, sie an den Rand von Löwen zu verlegen. Die Stadt bemängelt, dass wir zu viel Rauch verursachen und mit unseren Karren an vielen Tagen den Verkehr in den umliegenden Straßen blockieren. Aus dem Kloster sind wohl auch Beschwerden gekommen. Deshalb müssen wir uns für die Werkstatt innerhalb von zehn Monaten einen neuen Standort suchen. Nur habe ich bisher leider keine passenden Räumlichkeiten gefunden. Und ich will dafür auch nicht viel Zeit vergeuden, die ich zu Hause bei meiner Frau verbringen könnte. Kannst du das verstehen?«

Hugo versprach, ihm auch in dieser Hinsicht zu helfen.

Van Diependaal dankte ihm und erkundigte sich dann nach Ubayda.

»Sie ist mit dem Schiff von Lissabon hierher unterwegs und müsste eigentlich schon bald eintreffen. Ich habe in Erfahrung gebracht, dass im Hafen von Damme jeden Monat zwei Schiffe aus der portugiesischen Hauptstadt anlegen. Wenn sie sich nicht auf dem befindet, das morgen anlegt, habe ich sie bestimmt in zwei Wochen wieder bei mir.«

»Was für eine wunderbare Nachricht! Ich weiß doch, wie schwer dir die Trennung gefallen ist und wie viel dir diese Frau bedeutet.« Van Diependaal verließ seinen Platz am Fenster und ging zu einem Tisch voller Pergamente, Federn und Tintenfässer hinüber. »Es freut mich wirklich, dass du eine Zeit lang die Werkstatt übernehmen willst. Und du fängst am besten sofort mit einem Fenster an, das wir schon vor langer Zeit hätten fertigstellen sollen. Du erinnerst dich bestimmt noch gut daran.«

»Ich weiß nicht, welches Ihr meint.«

»Das für die Kapelle des Consulado de Mercaderes in Antwerpen. Dadurch haben wir uns doch kennengelernt.«

»Natürlich, wie sollte ich das je vergessen ... Es geht um das Fenster von Martín de Soria.«

»Es war einer der Gründe dafür, dass ich früher aus Köln zurückgekommen bin, obwohl dann wegen meiner Frau alles andere in den Hintergrund gerückt ist. Mein Problem ist jetzt, dass dieses Fenster bis Oktober fertig sein soll. Deshalb wirst du dich darum kümmern müssen.«

»Selbstverständlich. Ich nehme an, dass Ihr bereits einen Entwurf dafür erstellt habt.«

Van Diependaal suchte zwischen den Zeichnungen auf seinem Tisch. »Hier ist er ja.«

Als Hugo einen Blick darauf warf, war er hellauf begeistert. In dieser Kapelle hatte sich seine Zukunft entschieden, und dass die Verantwortung für das Fenster nun bei ihm lag, erschien ihm als wunderbare Herausforderung.

»Bevor ich damit beginne, muss ich mich aber zunächst auf die Prüfung bei der Zunft konzentrieren.«

»Das kann ich natürlich verstehen. Erlaube mir aber noch einen Rat bezüglich dieses Fensters: Wenn schließlich der Moment gekommen ist, es auf der Gipsunterlage zusammenzustellen, solltest du höchste Ansprüche an dich stellen. Lass allein perfekte Farben und makellosen Glanz gelten. Wenn das Licht dieses Fenster durchdringt, soll es nur von Wärme umfangen und von keiner Unreinheit gebrochen werden. Du weißt ja, wie dies gelingt: indem du so dünnes Glas wie möglich herstellst. Und berücksichtige dabei auch den Stil der in der Kathedrale bereits vorhandenen Fenster. Studier sie gründlich, bevor du beginnst ...« Van Diependaal brachte Hugo zur Tür. »Wir sehen uns sicherlich bald, weil ich natürlich bei deiner Prüfung dabei sein möchte. Zum Meister ernannt zu werden ist eine große Ehre, die ich um nichts in der Welt verpassen möchte.«

Und tatsächlich: Am 6. Mai 1482 stellte sich Hugo de

Covarrubias einer strengen Kommission und bewies sein Wissen vor einer kleinen Gruppe von Zuschauern, unter denen sich auch Hendrik van Diependaal, Niclaes Rombouts und die Lehrlinge und Gesellen der Werkstatt befanden.

Hugo konnte den Vertretern der Zunft all ihre Fragen beantworten, bestand somit die Prüfung und wurde mit dem Meistertitel ausgezeichnet. Er war stolz und glücklich, weil er damit nach langen Jahren der Suche, Ablenkungen und Opfer endlich am Ziel angekommen zu sein schien. Allerdings vermisste er an diesem Freudentag die Seinen – seine verstorbene Mutter, Berenguela, Ubayda, seinen treuen Freund Azerwan und vor allem seinen Vater. Vielleicht wäre der angesichts seiner großen Leistung zum ersten Mal im Leben stolz auf Hugo.

Am vierten Donnerstag im April fand sich Hugo im Hafen von Damme ein, um zu sehen, ob das Schiff aus Lissabon Ubayda an Bord hatte. So war es aber leider nicht.

Auch zwei Wochen später kam sie nicht an, genauso wenig wie im ganzen Mai.

Für die Fahrt bis zum Hafen und zurück brauchte Hugo jedes Mal zwei Tage, doch das war ihm egal, weil er sich so sehr auf das Wiedersehen freute. Nach zwei weiteren Fehlschlägen im Juni begann er sich ernsthaft Sorgen zu machen. Ihm fielen drei mögliche Ursachen für ihr Fernbleiben ein. Am schlimmsten waren für ihn die Möglichkeiten, dass Ubayda entweder nicht zurückkehren wollte oder dass ihr etwas zugestoßen war. Weniger dramatisch fand er die Erklärung, dass sie vielleicht seinen Brief einfach nicht bekommen hatte.

Hugo sprach mit dem Kapitän des Schiffes und bestätigte noch einmal schriftlich den Auftrag, den er ihm schon vor Monaten aus Köln gegeben hatte.

Dann blieb ihm nichts weiter, als abzuwarten, seine Verzweiflung wurde dabei jedoch immer größer. Um sich von seiner Sorge um Ubayda abzulenken und da er in der Abwesenheit des Meisters jetzt allein die Verantwortung für die Werkstatt trug, stürzte er sich in die Arbeit. Er widmete sich mit Leib und Seele nur noch dem Auftrag für das Consulado de Mercaderes.

Hugo bat Niclaes Rombouts um Hilfe bei der Herstellung des oberen Lanzettbogens mit den Wappen des Königspaares Isabella von Kastilien und Ferdinand von Aragón, die vor ein paar Jahren geheiratet und damit ihre Königreiche vereinigt hatten.

Van Diependaals Entwurf enthielt auch einen Stammbaum der Jungfrau und ein Bild des Apostels Jakobus, der auf einem Pferd drohend über die finsteren Köpfe etlicher Feinde hinwegritt.

Hugo blies alle Glaselemente selbst und stellte sie fertig, dann ließ er nach den vorgegebenen Maßen eine Gipsunterlage herstellen, um das Fenster darauf zusammenzusetzen. Er hatte sich seine schönsten Farben für das Gewand und den Umhang der Jungfrau vorbehalten. Beim Zeichnen des Gesichtes hielt er sich zurück, erging sich den Anweisungen seines Meisters zufolge nicht in übertriebenen Details.

Am meisten genoss er die Arbeit am Pferd des Apostels, dessen Schweif und Mähne eine echte Herausforderung für ihn darstellten. Um das gewellte Rosshaar nachzuempfinden, musste er winzigste Glasfragmente zusammenfügen, denen er vor dem Einfassen mit Blei noch mit Grisaillefarbe Schattierungen hinzufügte.

Als er am 20. Juni die Arbeit an der Gestalt der Jungfrau beginnen wollte, meldete ihm einer der Lehrlinge, dass er Besuch habe.

Überrascht zog Hugo die Schürze aus, die er bei der Arbeit

am Ofen trug, wischte sich an einem Tuch die Hände ab und ging mit entschlossenen Schritten zum Eingang der Werkstatt hinüber. Er rechnete mit einem der Lieferanten.

Doch da täuschte er sich, denn vor ihm stand – sie. Mit drei schweren Taschen beladen und einem Vogel auf dem Arm, ein seliges Lächeln auf den Lippen und einen Ausdruck wahren Glücks im Blick.

Sie hatte eine überschwängliche Begrüßung erwartet, aber Hugo stand nur sprachlos und wie erstarrt vor ihr.

Also machte Ubayda den ersten Schritt und warf sich ihm in die Arme, sodass Aylal erschrocken aufflatterte.

»Mein geliebter Hugo …«

Aus Angst, ihre Kleider zu beschmutzen, schlang er kaum die Arme um sie.

»Hast du denn ganz vergessen, wie man jemanden umarmt?« Ubayda lächelte ihn strahlend an. Nach der anstrengenden zweieinhalbmonatigen Reise, die sie hoffte, nie mehr auf sich nehmen zu müssen, war sie jetzt unendlich glücklich.

»Du hast mir ja so gefehlt!« Hugo strich ihr über die Wange und stammelte: »Du ahnst gar nicht, wie sehr.« Und dann drückte er sie endlich so fest, dass ihr beinahe die Luft wegblieb, und bedeckte ihr Gesicht mit Küssen. Er begann auf der Stirn, ging zu Ohren und Augen über und fing dann wieder von vorn an.

Ubayda tat es ihm nach, und für einen Moment vergaßen sie alles um sich herum. Daher bemerkten sie auch die Schaulustigen nicht, die sich nach und nach um sie herum versammelten, um zuzusehen und sich über die Szene zu empören.

Irgendwann wurde das alles Ubayda bewusst. »Bring mich bitte nach Hause …«

Der Tag verging wie im Fluge, während sie einander ohne Unterlass tausend Sachen erzählten und Fragen stellten.

Nun erfuhr Hugo, dass Ubayda nur zwei Monate nach ihrer Rückkehr in Timbuktu ihren Vater zu Grabe getragen hatte. In ihrem Schmerz hatte sie sich immerhin mit dem Gedanken trösten können, dass sie noch rechtzeitig heimgekehrt war, um von ihm Abschied zu nehmen. Allein dadurch war es die Reise wert gewesen.

Nach dem Tod ihres Mannes war Ubaydas Mutter zu einem Bruder gezogen. Von den Angehörigen in ihrer Trauer getragen, lebte sie dort ein gutes Leben im Kreise der Familie.

Ubayda fiel es nicht schwer, die zweieinhalb Jahre in Timbuktu mit kurzen Sätzen zusammenzufassen. Ihre wenigen Worte verwahrte Hugo wie einen Schatz in seinem Inneren: »Ich habe mich mit meiner Vergangenheit und meiner Familie ausgesöhnt, mit dem, was ich einst war. Aber dabei hatte ich unendliche Sehnsucht, endlich zu dir zurückzukehren.«

Ubayda genoss ihr erstes gemeinsames Abendessen, während sie sich anhörte, was Hugo in Köln, Erfurt und den anderen Städten widerfahren war, in die seine Arbeit ihn geführt hatte.

Zusammen mit seiner Freundin durchlebte er noch einmal die wichtigsten Stationen der letzten Jahre. Mit seiner lebhaften Erzählung beschwor Hugo für Ubayda jedes einzelne Fenster herauf, das er restauriert hatte, und rührte sie zu Tränen, als er von seinem Triumph im Ulmer Münster berichtete. Unendlich glücklich machte er sie dann jedoch mit seiner Enthüllung, dass man ihn inzwischen zum Meister ernannt hatte. Ubayda jubelte laut und tanzte durchs ganze Zimmer. Schließlich umarmte sie ihn fest, um zu zeigen, wie sehr sie sich für ihn freute.

Dass Hugo dieses Ziel erreicht hatte, verlieh allem einen Sinn: ihrer Entscheidung, mit ihm zusammenzuziehen, all den erduldeten Leiden, den Verätzungen an ihren Händen, der Verachtung und den Erniedrigungen, ihrer langen Trennung und sogar ihren eigenen Zweifeln.

»Wann kann ich denn das erste von dir firmierte Werk bewundern?« Als Ubayda ihm tief in die Augen schaute, erhoffte sie sich aber nicht nur eine Antwort auf diese Frage, sondern auch auf eine viel wichtigere, die sie sich während ihrer langen Abwesenheit immer wieder gestellt hatte.

»Dafür ist es noch zu früh. Wenn ich bei van Diependaal bleibe, werden die Fenster aus seiner Werkstatt auch weiterhin ihm zugeschrieben. Aber das ist auch in Ordnung und stört mich nicht. Ich arbeite ja erst seit vier Jahren als Glasmaler, und das ist in diesem wunderbaren Handwerk eine kurze Zeit. Irgendwann wird der passende Moment schon kommen. Aber jetzt lass uns nicht länger über die Arbeit reden.« Mit ernster Miene holte Hugo tief Luft. »Ubayda, ich muss dir etwas Wichtiges sagen, was keinen Aufschub mehr duldet.«

»Du machst mir Angst ... Ist etwas Schlimmes passiert?«

»Ob das nun schlimm sein mag oder nicht, jedenfalls habe ich dich in all diesen Jahren mehr vermisst, als ich es je erahnt hätte. Mein Herz hat sich nach dir verzehrt.«

Während das Echo seiner Worte in ihrem Kopf widerhallte und sie die Berührung seiner warmen Hände spürte, schien Hugos Blick in ihre Seele einzudringen, um sie nie mehr zu verlassen. Und in diesem Augenblick wusste Ubayda, dass sie den Platz im Leben gefunden hatte, an den sie gehörte. Jetzt brauchte sie sich nicht länger zu fragen, was Hugo wohl für sie empfand. Sie konnte es ja in seinen Augen lesen. Mit derselben Intensität, mit der sie früher ihr Verlangen unterdrückt hatte, suchten jetzt ihre Lippen nach seinem Mund.

Tief berührt, kostete Hugo zum ersten Mal von ihren Lippen. Es war ein langer und lange ersehnter Kuss, nur der

Vorgeschmack auf viele andere, dessen waren sich beide bewusst.

Als sie voneinander abrückten und ihre Blicke sich trafen, war auf einmal nichts mehr wie bisher. Stattdessen entdeckten sie einander ganz neu, als hätten sie gerade eine Tür geöffnet, hinter der alles größer, besser, leuchtender war …

Endlich waren alle Zweifel darüber verflogen, was sie füreinander empfanden.

Nach diesem Augenblick wortloser Leidenschaft begannen sie wieder zu reden, teilten miteinander kleine Momente der letzten Jahre, die ihnen in den Sinn kamen. Gemeinsam räumten sie den Tisch ab und spülten das Geschirr. Ubayda packte in ihrem neuen Zimmer ihr Gepäck aus, und dann setzten sie sich zusammen in einem der Erker ans offene Fenster.

Als dann schließlich der Zeitpunkt des Zubettgehens gekommen war, wünschten sie sich mit einem keuschen Kuss gute Nacht und zogen sich in ihr jeweiliges Zimmer zurück. Dort lagen sie dann allein und dachten an den anderen. Sie fragten sich, ob sie wohl in dessen Schlafzimmer schleichen sollten, weil die Leidenschaft geweckt und der Hunger unstillbar war.

Nach ihrem Wiedersehen und all der Freude wurden sie an diesem Abend jedoch vom Schlaf übermannt. Erschöpfung besiegte die Lust.

3

Brüssel, Juni 1482

Berenguela Ibáñez war noch immer eine attraktive Frau. Ihre achtundzwanzig Jahre hatten ihr zusätzlich zu ihrer weit bekannten Schönheit noch eine faszinierende Reife verliehen, die sie fast begehrenswerter machte als in jüngeren Jahren. Doch diese Schönheit war rein äußerlich, in ihrem Inneren sah es aufgrund ihrer schwierigen Lage ganz anders aus.

Jetzt wartete sie auf einen Mann, mit dem sie sich am Eingang zum Brüsseler Konsistorium treffen wollte. Die Glocken der Kathedrale verrieten ihr, dass es bereits Viertel nach zwölf war, dabei hatte sie sich zur vollen Stunde mit ihm verabredet.

Berenguela lief auf und ab, während sie die vorbeikommenden Fußgänger musterte und hoffte, in einem von ihnen ihren Bekannten wiederzuerkennen. Da der eine oder andere ihren Blick offenbar als etwas anderes interpretierte, bemühte sie sich schließlich um mehr Diskretion.

Sie brauchte Hilfe, jede Menge Hilfe. Die letzten drei Jahre hatte Berenguela in Burgos verbracht, fest entschlossen, ihren Ehemann nie wiederzusehen. Dann hatten jedoch finanzielle Schwierigkeiten einen Schatten über dieses friedliche Dasein geworfen. Außerdem war der Wunsch nach Rache an diesem Dreckskerl stärker geworden als das Bedürfnis, weiter ein Leben an der Seite ihrer Mutter zu führen.

Nach der Kunde vom Tod ihres Vaters war Berenguela in

ihre Heimatstadt zurückgekehrt, um ihre Mutter aus dem Kloster zu holen und sie zu Hause zu pflegen. Doch Doña Elvira war geistig völlig abwesend und man konnte kaum zu ihr durchdringen. Trotzdem hatte Berenguela das Gefühl, ihre Tochterpflichten damit zu erfüllen, dass sie ihrer Mutter so viel Zuneigung wie möglich zuteilwerden ließ. Eine Zuneigung, die sie im Kloster nicht bekommen hätte.

Nach ein paar Wochen in ihrem Elternhaus erfuhr Berenguela dann von der schwierigen finanziellen Situation ihres Schwiegervaters, die durch die Verschwendungssucht seiner Frau noch verschärft wurde.

Mehrmals fand sich Berenguela zum Mittag- oder Abendessen bei ihren Schwiegereltern ein, konnte mit Don Fernando aber nur in den wenigen Augenblicken, in denen Doña Urraca vom Tisch aufstand, ein offenes Gespräch führen. Sie konnte einfach nicht begreifen, warum ihr Schwiegervater seiner Frau die Situation verschwieg, in der sie sich befanden. Vermutlich wollte Don Fernando Doña Urraca, die weiterhin in Saus und Braus lebte, nicht mit der Wahrheit belasten. Aber Berenguela erfuhr zu ihrem Bedauern, dass er aus Geldmangel sogar seinen Plan vom Bau eines Krankenhauses und einer Armenschule hatte aufgeben müssen.

Und sie konnte nicht begreifen, warum Damián all das nie erwähnt hatte, wenn er doch theoretisch die Geschäfte der Familie von Brügge aus leitete. Die ganze Sache erschien ihr äußerst merkwürdig. Um ohne die ständigen Unterbrechungen durch Doña Urraca einmal in Ruhe mit Don Fernando darüber reden zu können, lud sie ihn schließlich zu sich nach Hause ein.

Nun erfuhr sie zu ihrer Überraschung, dass Don Fernando seit acht Jahren fast ausnahmslos einen Kunden nach dem anderen verloren hatte. Sein Stiefsohn schob die Schuld dafür auf die schlechte Qualität der Wolle, die sie anboten. Da

Policarpo auf unerklärliche Weise verschwunden war, musste Don Fernando inzwischen selbst die Suche nach besseren Merinoherden übernehmen, trotzdem gelang es ihm nicht, die Talfahrt umzukehren.

An diesem Tag tat er Berenguela furchtbar leid. Ihr Schwiegervater war bis auf die Knochen abgemagert. Auf seinen Zügen fand sich nichts mehr von seiner früheren Heiterkeit, allein die Spuren eines schweren Leidensweges.

Das wurde noch deutlicher, als Berenguela ganz bewusst Hugo zur Sprache brachte.

Sein Gesichtsausdruck wurde bitter, und er zischte: »Verräter!«, danach wollte er kein Wort mehr über seinen Sohn hören. Ihn scherte es nicht, als Berenguela ihm erklärte, was Hugo jetzt tat und dass er in Afrika lebte. Offenbar hatte er seinen Sohn für immer aus seinem Leben verbannt.

Auf jeden Fall blieb bei Berenguela nach diesem Treffen das Gefühl zurück, dass bei den de Covarrubias' irgendetwas faul war. Sie wusste, dass ihr Mann die schwere Krise durch die ägyptische Wolle mittlerweile überwunden hatte, und auf Damiáns Finanzen schien sich Don Fernandos Not nicht ausgewirkt zu haben.

Trotz des täglichen Dramas – der schlimmen Lage ihres Schwiegervaters und des schlechten Gesundheitszustands ihrer Mutter – verliefen die drei Jahre in Burgos für Berenguela weitaus angenehmer als die furchtbaren sechs ihrer Ehe. Die junge Frau fand zu ihrer alten Fröhlichkeit und Selbstsicherheit zurück. Sie war fest entschlossen, ihr Leben selbst in die Hand zu nehmen und die Schatten der jüngeren Vergangenheit aus ihrer Erinnerung zu tilgen.

Eines Tages fand ihr relativ friedliches Dasein jedoch ein jähes Ende: Ihr Erbe, das sie in regelmäßigen Zahlungen vom Notar ihres Vaters erhielt, war früher als erwartet zur Neige gegangen, und nun erfuhr sie, dass ihr vom Besitz ihres Vaters nur ein Viertel zustand und der Rest an Damián übergegangen war.

Sie machte sich Vorwürfe, dass sie naiv gewesen war und die entsprechenden Dokumente bei ihrer Ankunft in Burgos nicht eingehend studiert hatte. Da sie sich damals ganz auf die Pflege ihrer Mutter konzentriert hatte, waren alle anderen Angelegenheiten in den Hintergrund getreten. Jetzt galt es, sich den Konsequenzen zu stellen.

Es erwies sich leider schnell, dass es überhaupt nichts fruchtete, den Notar aufzusuchen und ihren Anteil einzufordern. Er hielt ihr nur kurz das Dokument unter die Nase, auf dem die Verteilung der Güter festgehalten war, und erachtete die Diskussion damit für beendet.

Das überzeugte sie aber gar nicht. Sie sah sich als neue, an ihren Schwierigkeiten gewachsene Berenguela und beschloss nach diesem Besuch daher, endlich die Wahrheit herauszufinden. Sie hegte nämlich keinerlei Zweifel daran, dass Damián hinter dieser Sache steckte.

Damals, zwei Monate vor ihrer geplanten Rückkehr nach Brügge, hatte sie der Person geschrieben, auf die sie jetzt in Brüssel wartete, um Hilfe zu erbitten.

»Meine Dame …«

Berenguela drehte sich um und erkannte das freundliche Gesicht ihres Freundes Grosenberg wieder.

»Mein Herr, ich bin Euch unendlich dankbar dafür, dass Ihr auf meinen Brief geantwortet habt und dass wir uns heute hier treffen.« Sie reichte ihm die Hand, die er ihr höflich küsste.

»An so einem schönen Tag wäre es doch geradezu sträflich, uns in ein Gebäude zu verkriechen, statt ganz in Ruhe einen Spaziergang zu unternehmen, meint Ihr nicht?«

Diese Idee sagte Berenguela zu, und sie hakte sich bei ihm unter, während sie den Grand Place überquerten und dann in eine Seitenstraße abbogen.

»Euer dringendes Gesuch um ein Treffen hat mich schlechte Nachrichten befürchten lassen«, sagte Grosenberg. »Aber bevor Ihr Eure Sorgen mit mir teilt, gestattet mir, Euch mein Beileid zum Tod Eures Vaters auszusprechen. Ich weiß natürlich, dass seitdem schon ein paar Jahre verstrichen sind. Leider war es mir durch Eure Rückkehr nach Burgos aber nicht möglich, eher zu kondolieren. Wenn meine Beziehung zu Eurem Ehemann nicht so schlecht wäre …« Er verzog das Gesicht. »Ich denke doch, dass es hier um ihn gehen wird und nicht um seinen Bruder, den Ihr so sehr schätzt. Wie hieß er gleich noch, Hugo? Hat es etwas mit einem der beiden zu tun?«

»Von Hugo weiß ich nur, dass er sich irgendwo in Nordafrika niedergelassen hat, und er nimmt leider jeden Tag weniger Raum in meiner Erinnerung ein. Aber nein, nicht über ihn wollte ich mit Euch sprechen, sondern über meinen Ehemann. Ich bin extra aus Burgos gekommen, um Euch um Hilfe zu bitten.« Sie holte einen Fächer hervor und wedelte sich damit energisch Luft zu, um ihre Wangen zu kühlen, die nicht nur wegen des strahlenden Frühlingswetters glühten.

»Euch muss ja etwas Furchtbares zugestoßen sein, wenn es Euch so aufwühlt. Seid gewiss, dass ich Euch helfen werde, wo ich kann.«

Nun schilderte ihm Berenguela alles, was seit ihrer Rückkehr aus Venedig geschehen war, selbst ihre Versuche, Beweise für Damiáns Veruntreuung vom Geld ihres verstorbenen Vaters zu finden. Sie verschwieg dabei auch nicht, was sie über die Verteilung der Erbschaft herausgefunden hatte und dass sie Don Fernando de Covarrubias' Ruin den Machenschaften ihres Ehemanns zuschrieb. Außerdem hatte sie inzwischen den Verdacht, dass Damián das Geschäft seines Schwiegervaters nach und nach sich selbst überschrieben hatte.

»Ihr glaubt also, dass Damián seinen eigenen Vater betrogen, seinen Schwiegervater getäuscht und zuletzt auch noch Euch und Eure Mutter beraubt hat?«

»Ja, genauso ist es. Er hat uns alle hintergangen. Von all seinen Intrigen kann ich die gegen seine eigene Familie am wenigsten verstehen. Angesichts seiner Absprachen mit meinem Vater war es ja noch verständlich, dass er auf diese Art und Weise die Kontrolle über die Geschäfte *unserer* Familie an sich reißen wollte. Aber bei Don Fernando ... Erst als ich mich in seine verquere Denkweise hineinversetzt habe, fand ich eine Erklärung: So will er wohl seinen Stiefbruder um dessen Anteil an der Erbschaft bringen.«

»Ich bedauere zutiefst, dass Ihr so schlimme Zeiten durchmachen und so Furchtbares entdecken musstet. Leider sind auf dieser Welt manche Menschen so habgierig, dass sie vor nichts haltmachen. Ihr Machthunger und ihre Kontrollwut übersteigen jedes vernünftige Maß. So ist es wohl auch bei Damián de Covarrubias.«

»Ihr hättet es nicht besser ausdrücken können.«

»Wie Ihr wisst, habe ich ja selbst einst unter seiner Tücke gelitten. Deshalb hatte ich mir vorgenommen, meinen Feind so gut wie möglich zu studieren. Durch die gewonnenen Erkenntnisse konnte ich ihn am Ende überlisten, indem ich seine Habgier geschürt habe. Das genaue Studium des Feindes ist eine der Grundregeln, wenn man in die Schlacht zieht.« Er legte Berenguela eine Hand auf den Arm, weil just in dem Moment, in dem sie die Straße überqueren wollten, zwei Pferde vorbeigaloppierten. Sie schauten ihnen hinterher, während Grosenberg fortfuhr: »Diese Regel solltet Ihr beherzigen, wenn Ihr, wie ich vermute, den Kampf gegen ihn aufnehmen wollt.«

»Allerdings. Ich werde nicht ruhen, bis Damián ruiniert und hinter Gittern ist.«

»Und wie kann ich Euch dabei helfen?«

»In vielerlei Hinsicht, hoffe ich … Ich werde Beweise für das erbringen müssen, was ich Euch gerade erzählt habe. Mein Rachedurst allein wird mich nicht weit bringen.«

»Verstehe. Dann kann ich wohl davon ausgehen, dass Ihr nicht ins Schildpadhuis zurückgekehrt seid? Ich frage nur, um die Ausgangslage zu kennen.«

»Natürlich nicht, ich wohne bei einer italienischen Freundin. Damián habe ich noch gar nicht gesehen.«

»Gut, dann sprechen wir jetzt über meinen Part.«

Als Berenguela innehielt und ihre honigfarbenen Augen auf ihn richtete, fragte sich Jacob Grosenberg, ob es auf der ganzen Welt wohl eine schönere Frau gab.

»Vor allem brauche ich Euren Rat«, begann sie. »Und vielleicht auch die Hilfe eines Rechtsgelehrten, den Ihr mir vermitteln könnt, damit ich mich im Fall der Fälle vor Gericht verteidigen kann. Und noch etwas: Ich vermute, dass Damián die belastenden Papiere noch immer in einem Geheimfach im Haus aufbewahrt. Eigentlich hatte ich geplant, es selbst aufzubrechen. Genau an dem Tag, als ich das tun wollte, hat uns jedoch die Nachricht vom Tod meines Vaters ereilt. Was meine Erbschaft angeht, habe ich noch nicht entschieden, wie ich vorgehen soll. Ich bin davon überzeugt, dass die mir vorgelegten Unterlagen gefälscht sind, weiß aber nicht, wie ich es nachweisen soll.«

Grosenberg räusperte sich und ging im Kopf die verschiedenen Möglichkeiten durch. »Um herauszufinden, ob Eure Rechte wirklich verletzt wurden, brauchen wir einen guten Schnüffler. Und da kenne ich genau den Richtigen!« Er kratzte sich am Kinn und dachte an einen seiner Neffen, einen ziemlichen Unruhestifter, der dringend Geld brauchte und für solche Dinge großes Talent hatte. »Darüber hinaus werde ich meinen Anwalt fragen, was alles nötig ist, um die

Machenschaften Eures Mannes vor Gericht bringen zu können. In Bezug auf das Geheimfach brauche ich vermutlich Eure Hilfe.«

»Haltet mich da bitte raus. Ich zittere ja schon, wenn ich nur daran denke …«

»Keine Sorge, Ihr müsst mir lediglich erklären, wo genau es sich befindet. Ich kenne eine Frau mit den geschicktesten Fingern der Welt, die jeden Mechanismus knacken kann. Sie hat ein Händchen für die Uhren, die meine Familie neben Diamanten verkauft, deshalb wird sie oft für schwierige Reparaturen hinzugezogen. Und auch das Schloss, das Euch von Eurem Ziel trennt, wird ihr wohl nicht widerstehen.«

Das alles klang für Berenguela wunderbar, sie fragte sich aber, warum ihr Grosenberg so großzügig half. Eine Angelegenheit hatten sie bis jetzt ja noch nicht angesprochen, und allein der Gedanke daran ließ Berenguela erröten. »Das Schlimmste an alldem ist, dass ich aufgrund meiner momentanen Situation nicht genug Geld habe, um Euch zu bezahlen.«

»Macht Euch deshalb keine Sorgen. Ich habe Damián de Covarrubias zwar damals alles heimgezahlt. Aber wenn ich ihm noch einmal Schaden zufügen kann, ist dafür jedes Geld gut angelegt. Für den Anfang werde ich erst einmal mit meinem Neffen Klaas Kontakt aufnehmen. Er spricht perfekt Kastilisch, da er mit meiner Schwester und meinem Schwager in Granada gelebt hat, bis sie die Stadt verlassen mussten. Ich werde Klaas nach Burgos schicken, damit er dort seine große Nase in fremde Angelegenheiten steckt und irgendetwas herausfindet, was uns nützlich sein kann. Was die Nase betrifft, werdet Ihr mir recht geben, wenn Ihr ihm eines Tages begegnet.« Grosenberg lächelte. »Außerdem werde ich Euch nächste Woche Martina mit den flinken Fingern vorbeischicken. Erklärt Ihr, wie sie am besten ins Haus kommt und wo sie dort das Geheimfach findet. Hinsichtlich der rechtlichen Schritte werde ich Euch informieren, sobald ich mit meinem Anwalt gesprochen habe.«

»Ihr könntet kaum liebenswürdiger zu mir sein …« Dankbar schaute Berenguela ihn an.

»Oh doch, das könnte ich! Indem ich Euch zum Beispiel einlade, vor Eurer Abreise noch eine typische Brüsseler Süßigkeit zu probieren. Hättet Ihr Lust dazu?«

»Aber natürlich, wie sollte ich dieses Angebot denn ausschlagen?«

»Na, dann auf, es ist nicht weit.«

Berenguela hakte sich bei ihm unter, und sie machten sich gemeinsam auf den Weg zur besten Konditorei der Stadt, die sich ganz in der Nähe der Grand Place befand.

Beide waren mit dem Ergebnis ihres Gesprächs hochzufrieden.

4

Löwen, Herzogtum Burgund, Juli 1482

Als Hugo am ersten Tag des Monats etwas früher nach Hause zurückkehrte, badete Ubayda gerade in ihrem Zimmer. Hugo stürmte so rasch und entschlossen herein, dass sie keine Gelegenheit mehr hatte, aus dem Zuber zu steigen und sich zu bedecken. Nun konnte er zum ersten Mal ihren völlig nackten, feuchten Körper betrachten.

Ohne ein Wort trat er an sie heran, und Ubayda leistete keinen Widerstand, als er sie leidenschaftlich küsste. Der lange Kuss schmeckte nach Seife, frischem Wasser und den aromatischen Ölen, mit denen Ubayda sich eingerieben hatte. Es war ein Kuss, den sie uneingestanden schon seit viel zu langer Zeit ersehnt hatten.

Seit ihrem ersten gemeinsamen Abend in Löwen war kein Tag vergangen, an dem sie sich nicht nach dem Körper des anderen verzehrt hatten. Bei jeder noch so flüchtigen Berührung hatten sie davon geträumt, sich einander endlich ganz hinzugeben. Mehr als einmal waren ihre Blicke aneinander hängen geblieben, als forderten sie sich gegenseitig zu etwas heraus, was dann doch nie geschehen war.

Aber nun erkundeten ihre Münder einander lustvoll, doch bedächtig, gaben dem so lange unterdrückten Verlangen endlich nach.

Ubayda stand auf, und Hugo tat, was er sich immer wieder versagt hatte – er umfing sie so vorsichtig wie eine zarte Frucht. Dann half er ihr aus dem Zuber und kostete ihren feuchten Hals, bevor er ihre Schultern mit Küssen übersäte. Als Hugo ihr wieder in die Augen sah, stand darin eine Mischung aus Liebe und Verlangen, die ihn in den Wahnsinn trieb.

Ohne Eile zog Ubayda ihm das Hemd aus und strich ihm über die Brust. Dann vergrub sie die Finger in seinen Locken und küsste ihn gierig. Hugo spürte, wie sein Herz zu rasen begann, als er Ubaydas Haut erkundete, ihre Hüften umfing und die kühle Berührung ihrer nassen Haare spürte. Seine Finger liebkosten Brüste, Bauch und Schenkel. Ihn faszinierte der Kontrast zwischen seiner hellen und Ubaydas brauner Haut, ihre Kurven, die von der Säure vernarbten Hände. Inzwischen waren sie wieder ganz weich, während Hugos durch die Arbeit rau geworden waren. Er sog Ubaydas Duft ein und war von ihm berauscht.

Ubayda suchte mit dem Mund sein Ohr und flüsterte die drei großen Worte: »Ich liebe dich.«

»Und ich dich, Ubayda, mehr, als ich mir jemals erträumt hätte.«

»Dann lieb mich jetzt ganz und gar …«, murmelte sie, während sie ihm die Hose herunterzog, sodass sie jetzt beide nackt voreinander standen.

Hand in Hand gingen sie zum Bett hinüber, auf das sie gemeinsam sanken, während sie sich in einem erneuten Kuss vereinten. Ihre Finger erkundeten den Körper des anderen auf der Suche nach ihren intimsten Stellen. Als Hugo von Ubaydas Haut kostete, legte keine bittere Erinnerung ihren dunklen Schatten über den Zauber des Augenblicks. Und Ubayda ging es ebenso. Für beide war dieses Spiel der Zärtlichkeiten so neu wie erfüllend. Als sich Hugos Körper und der ihre schließlich vereinten, begann Ubayda zu keuchen. Eine Sekunde lang sahen sie sich in die Augen und wussten ohne ein einziges Wort, dass dieser gemeinsame Moment sie für immer miteinander verbinden würde.

»Küss mich!«, bat Ubayda.

Hugo kam ihrem Wunsch mit brennender Leidenschaft nach. Es war ein langer Kuss, ein Ausgleich für all die verlorene Zeit in den Jahren ihres Zusammenlebens, der erst endete, als sie gemeinsam vor Lust explodierten.

Danach fiel es ihnen schwer, sich voneinander zu lösen. Sie wollten dieselbe Luft atmen, ihre Blicke auf ewig vereinen und sich unablässig berühren.

Stundenlang gaben sie sich ihrem Verlangen hin, liebten sich wieder und wieder, bis sie schließlich die Erschöpfung übermannte.

Als Ubayda sich bei Einbruch der Dunkelheit erhob, um etwas zu essen zu holen, traf sie bei ihrer Rückkehr Hugo mit feuchten Augen an.

»Was ist, bedrückt dich etwas?«

»Ich fühle mich so seltsam, weil ich gerade an Azerwan denken musste.«

Ubayda ließ sich im Schneidersitz neben ihm nieder. Sie selbst hatte keine Angst vor der Erinnerung an den ersten Mann in ihrem Leben. In ihr war kein Platz für Schuldgefühle oder widersprüchliche Emotionen.

Sie bat Hugo um eine Umarmung, und er hielt sie so fest, als wolle er sie nie mehr loslassen.

»Du brauchst kein schlechtes Gewissen zu haben. Ich will, dass du mit mir unendlich glücklich wirst, und werde alles dafür tun, dieses Ziel zu erreichen. Unser Glück blickt nicht in die Vergangenheit, sondern ist hier bei dir und mir. Und wir beide sind von nun an zusammen, für immer, bis zum Ende …«

Zwei Monate später war das Fenster für die Kapelle der Handelsgilde bis auf den Teil fertig, den Niclaes beisteuern sollte. Aber Rombouts hatte sich noch nicht bei Hugo gemeldet.

Nachdem sich seine Frau endlich von ihrer Krankheit erholt hatte, deren Ursprung niemand hatte ergründen können, war van Diependaal mit neuem Elan fröhlich in die Werkstatt zurückgekehrt und trieb seine Angestellten jetzt zu einem mörderischen Arbeitstempo an. Wie üblich, verlangte er von seinen Männern, ihre Aufgaben gewissenhaft zu erfüllen, die Kosten zu beschränken und nach Perfektion zu streben. Manchem kam es so vor, als sei er nach seiner Rückkehr noch anspruchsvoller geworden, wenn das überhaupt möglich war. Den Lehrlingen und Gesellen wäre es nicht unrecht gewesen, wenn er noch etwas länger zu Hause verblieben wäre.

Im regnerischen September beschloss Hugo dann, die Werkstatt von Niclaes Rombouts aufzusuchen, um Näheres über das gemeinsame Projekt in Erfahrung zu bringen.

Unterwegs warf er einen Blick zur Uhr der Sint-Pieter-Kirche hinauf und gähnte laut. Durch all die leidenschaftlichen Nächte mit Ubayda war er in letzter Zeit eigentlich immer müde. Wie schon sooft, nahm er sich vor, an diesem Abend lieber früh zu Bett zu gehen, um sich endlich ein wenig auszuruhen. Doch das gelang ihm nur selten, denn sobald Ubayda sich – wie sie es gern tat – zum Einschlafen an ihn schmiegte, genügte die flüchtigste liebevolle Berührung, um erneut einen Sturm der Leidenschaft zu entfachen.

Hugo hatte in Ubayda eine Zärtlichkeit entdeckt, die er bislang für unmöglich gehalten hatte. Sie zu lieben bedeutete, jeden Tag eine ganze Welt wunderbarer und erstaunlicher Gefühle zu durchleben. Schon als Ubayda einfach nur eine Freundin gewesen war, war Hugo ihr tief ergeben gewesen. Aber erst jetzt, da sie ein Liebespaar waren, zeigten sich ihm immer wieder neue Facetten ihrer Persönlichkeit. Sie öffnete für ihn die Seiten des Buches, das ihr Körper darstellte, damit er darin las und die besten, schönsten Abschnitte auswendig lernte.

Hugo war so in die Gedanken an Ubayda vertieft, dass er zunächst an dem Pfad vorbeimarschierte, der zu Niclaes' Werkstatt führte. Sie befand sich in einem dichten Wäldchen außerhalb von Löwen. Hugo machte kehrt, lief den von Bäumen gesäumten Pfad entlang und trat ein, ohne anzuklopfen. Er durchquerte eine Lagerhalle voller Brennholz und erreichte einen kleineren Saal, in dem ihn die Hitze von drei Öfen empfing.

Hier waren sechs Männer bei der Arbeit. Zwei von ihnen holten gerade Glasklumpen zum Blasen aus den Tiegeln, die anderen vier versorgten die Öfen mit mehr Holz.

Hugo konnte Niclaes nirgendwo entdecken, daher fragte er nach dem Glasmalermeister, und ein junger Mann deutete mit seinem Blasrohr auf eine Tür. »Den findet Ihr da hinten.«

Als Hugo in das helle Atelier trat, saß Niclaes dort an einem Arbeitstisch und schnitt Glas. Auf der Gipsunterlage war das Wappen der Könige von Kastilien und Aragonien eingezeichnet, dazu kamen Schmuckelemente und zwei nicht leicht zu erkennende Figuren.

Die beiden Männer nickten sich zur Begrüßung zu, aber Niclaes machte keine Anstalten, für ein Gespräch mit seinem Besucher seine Tätigkeit zu unterbrechen.

Hugo trat näher, um sich das Werk genauer anzusehen. Anders als ursprünglich geplant, würde Niclaes dafür statt farbigem überwiegend durchsichtiges Glas verwenden und es später bemalen. Rombouts zerteilte die Stücke mithilfe eines glühenden Eisens und entfernte dann mit einer Zange Unebenheiten am Rand.

Fasziniert beobachtete Hugo, wie geschickt er kleinste Figuren entstehen ließ, zum Beispiel die Löwen des Wappens, die er aus nur drei winzig kleinen Glasstücken erschuf.

Hugo reichte Niclaes eine Handvoll Nägel zum Fixieren der Stücke auf der Unterlage. Dort würden sie zunächst bemalt und dann mit Blei eingefasst werden.

»Was bringt dich her?«

»Da wir immer noch nichts von dir gehört haben, wollte ich dir Beine machen …«, antwortete Hugo spöttisch.

Mit energischen Bewegungen rührte Niclaes in einem Gefäß herum. Er schob einen dicken Dachshaarpinsel hinein und verteilte den Inhalt dann auf den oberen Glaselementen, wodurch ein bezaubernder Perlton entstand.

»Keine Sorge … Mein Teil wird schon noch rechtzeitig fertig.«

»Den Eindruck habe ich nicht.« Hugo kalkulierte, dass bislang nur knapp ein Zehntel der nötigen Arbeit erledigt war. »Du hast ja kaum angefangen, und der Termin ist doch schon in zwei Wochen.«

»Oder in zwei Monaten …«

Hugo, der diese mit Nachdruck vorgebrachte Bemerkung nicht verstand, fragte Rombouts, ob es etwa Neuigkeiten betreffs des Auftrags gebe.

»Allerdings. Es gibt irgendwelche Schwierigkeiten, obwohl ich nicht weiß, ob es mit strukturellen Problemen bei einem der Gewölbe zu tun hat oder mit etwas anderem. Jedenfalls dringt Wasser in die Kapelle ein. Es wird zwar nach einer Lösung gesucht, im Augenblick könnten wir die Fenster aber sowieso nicht einsetzen, weil uns ein riesiges Gerüst im Weg sein würde. Ich habe mir das letzte Woche einmal angesehen.«

Beruhigt über den gewonnenen Aufschub, betrachtete Hugo Niclaes' Arbeit zum ersten Mal mit den Augen eines Meisters.

Die wenigen Glaselemente in Rot und Blau waren bereits farbig geblasen worden. Die restlichen Töne würde Niclaes Rombouts nun durch die Verwendung von Grisaillefarbe erzielen. Hugo sah, dass van Diependaals Schwager dafür schon verschiedene Mischungen angerührt hatte: eine in Schwarz, zwei in verschiedenen Brauntönen und eine in einem Blau, das Hugo so zuvor noch nie gesehen hatte.

Niclaes griff nach einem ganz feinen Pinsel, tauchte ihn in die schwarze Grisaillefarbe und begann, im oberen Bereich ein Gesicht zu malen. Dabei zögerte er nicht einen Moment, brachte die Striche ungewöhnlich rasch auf die Unterlage auf und konsultierte nicht ein einziges Mal seinen Entwurf auf dem Papier.

Das entstehende Antlitz erinnerte Hugo an die Figuren von Rombouts' berühmtestem Fenster, dem des letzten Abendmahls in der Kathedrale von Antwerpen. Seine dort bewiesene Kunstfertigkeit hatte die Menschen so verzaubert, dass ihn von da an alle kennenlernen und mit ihm arbeiten wollten.

»Ich bewundere dein Geschick, Niclaes, und auch deine einzigartige Technik, die jedes deiner Fenster zu einem unverwechselbaren Werk macht. Sie tragen einfach deine Handschrift, da ist deine Signatur gar nicht mehr nötig. Vor allem beeindruckt mich die Lebhaftigkeit deiner Figuren. Sie wirken so echt, als würden sie aus dem Fenster herabsteigen und durch die Kirche schreiten. Ich würde wirklich gerne etwas von deiner Kunstfertigkeit lernen.«

Niclaes legte den Pinsel auf den Rand des Farbtöpfchens und dachte ein paar Sekunden nach, dann sagte er: »Warum arbeitest du nicht bei einem wichtigen Projekt mit mir zusammen, bei einem, das komplex genug ist, um für dich eine Herausforderung darzustellen? Leider steht zurzeit bei mir kein großes Projekt an, und ich wünsche mir für dich eine bedeutsame Aufgabe. Aber so etwas wird sich gewiss bald ergeben …«

»Denkst du an etwas Ähnliches wie bei diesem Fenster hier?«

»Nein, eigentlich nicht. Hendrik hat dir alles beigebracht, was er weiß, und das ist so einiges. Aber noch hat er dir nicht die Erlaubnis gegeben, dein inneres Wesen zum Ausdruck zu bringen. Du hast dich bislang darauf beschränkt, seine Anweisungen zu befolgen, und bei der Arbeit immer seinen Stil respektiert. Das hast du glänzend gemeistert, so viel ist mir schon klar. Aber wo bleibt denn dabei Hugo, der Künstler? Wo steckt der Schöpfer von Träumen, der die Welt verzückt?«

»Wenn dieser Hugo wirklich zum Vorschein kommen soll, dann wird er das eines Tages auch. Zunächst muss ich aber noch viel lernen.«

»Deine Bescheidenheit ehrt dich, so lange möchte ich jedoch nicht mehr warten. Ich will, dass dieses Talent endlich ans Licht kommt!« Jetzt fuchtelte Niclaes mit dem Pinsel herum wie mit einem Schwert und reckte Hugo drohend die Borsten entgegen. »Du und ich, wir sind uns sehr ähnlich, Hugo. Aber es gibt zwischen uns auch einen großen Unterschied: Ich habe diesen Schritt schon gemacht, und du noch nicht. Mein Vorschlag sieht wie folgt aus: Wenn bei mir ein solcher Auftrag eingehen sollte, möchte ich dich von Anfang bis Ende dabeihaben. Und du sollst dabei deine ganz eigene Art und Weise finden, deine Aufgabe zu erledigen. Besprich das alles mit deinem Meister und bitte ihn um seine Erlaubnis. Die wird er dir sicher nicht verweigern!«

Als Hugo an diesem Abend versuchte, Ubayda von Rombouts' überraschendem Angebot zu erzählen, war offensichtlich, dass sie dafür nicht viel Interesse aufbrachte.

Hugo freute sich natürlich auch, sie zu sehen, und ließ sich gerne von ihr küssen. Aber sie tat ja nichts anderes, seit er zur Tür hereingekommen war. Sie hatte sich so gierig auf ihn gestürzt, dass sie ihn gar nicht zu Wort kommen ließ, weil sie ihm immer und immer wieder die Lippen verschloss.

»Du hörst mir gar nicht zu!«, protestierte Hugo zwischen Kuss und Kuss.

Ubayda brach in Gelächter aus, umfing sein Gesicht mit den Händen und durchbohrte ihn mit dem Blick aus ihren dunklen Augen. Dann küsste sie ihn noch ein letztes Mal und rückte schließlich von ihm ab. Bevor Hugo wieder von seinem Tag zu berichten versuchte, rief sie aus: »Ich bin guter Hoffnung!«

5

Medina del Campo, Königreich Kastilien, Oktober 1482

Klaas Grosenberg verfügte über vier Eigenschaften, die ihn von anderen Sterblichen unterschieden und die ihm nie peinlich gewesen waren. Er war erstens Albino und hatte zweitens eine riesige spitze Nase, die allerdings gut zu seinen großen Ohren passte. Drittens war er so hager, dass seine Gestalt stets Anlass zu Bemerkungen gab. Die vierte ihn auszeichnende Eigenschaft unterschied sich deutlich von den anderen: Klaas hatte ein unglaublich gutes Gedächtnis.

Als er in Medina del Campo ankam, hätte er daher problemlos die Namen aller Dörfer, Örtchen und Städte herunterrattern können, die er auf seiner langen Reise von Antwerpen hierher durchquert hatte.

Bei der renommierten Messe in Medina kamen die unterschiedlichsten Menschen aus allen Ecken Europas und sogar aus weiter entfernten, exotischen Orten wie Persien und Damaskus zusammen. Aber auch zwischen ihnen fiel Klaas Grosenberg auf. Noch mehr als sein ungewöhnliches Äußeres verblüffte die Menschen allerdings sein perfektes Kastilisch, sobald er den Mund aufmachte. Er nutzte seine Sprachkenntnisse, um mit Besitzern von Schafherden, die hier ihre Wolle verkaufen wollten, ins Gespräch zu kommen. Wie es seine erste Mission gebot, erkundigte er sich bei ihnen danach, ob sie schon einmal Lieferanten von Fernando de Covarrubias gewesen seien.

Am ersten Morgen verlief seine Suche ergebnislos, am nächsten Tag verwies ihn jedoch ein Wechsler an einen elegant gekleideten, kräftigen Mann aus Trujillo. Es stellte sich zwar heraus, dass auch er noch nicht mit Don Fernando zusammengearbeitet hatte, wohl aber ein Cousin von ihm aus Plasencia, der gerade in einem Gasthof Siesta hielt. Dorthin nahm der Händler aus Trujillo ihn nun mit.

»Das ist doch sicher ein schlechter Zeitpunkt, um ihn zu stören«, wandte Klaas ein. »Für manche ist die Siesta ja heilig …«

Er hatte Mühe, mit seinem Begleiter mitzuhalten, und fürchtete, ihn im Gewirr der Gassen zu verlieren. Jeder Schritt des Händlers war doppelt so lang wie einer von Klaas, und da es geregnet hatte, hatten sich die Straßen in eine Schlammgrube verwandelt.

»Vielleicht ist er am Anfang ein bisschen knurrig, das wird sich aber schnell legen. Wir sind schließlich alle des Geschäfts wegen hier, und Ihr seht mir wie ein potenzieller Käufer aus. Was verbindet Euch denn mit Don Fernando de Covarrubias?« Als sich der Mann umdrehte, bot sich ihm ein erbärmlicher Anblick. Abgesehen von seinem seltsamen Äußeren, ging der Fremde auch noch merkwürdig: Er drehte die Füße so weit nach außen, dass er watschelte wie eine Ente.

»Ihr kennt ihn doch sicher besser als ich«, keuchte der Albino atemlos.

»Don Fernando? Nein, eigentlich nicht. Ich habe ihn vielleicht hier und da mal gegrüßt.«

»Nein, ich meine Euren Vetter.«

»Natürlich! Wie sollte ich denn meinen eigenen Cousin nicht kennen? Ihr stellt vielleicht eigenartige Fragen.«

Um das Thema zu wechseln, erkundigte sich Klaas nach den derzeitigen Wollpreisen.

»Für die hochwertigste, für Florete-Merinowolle aus Wanderweidewirtschaft, werden sechsundzwanzigtausend Maravedi pro Sack verlangt, Lieferung inbegriffen. Wirklich ein Schnäppchen, findet Ihr nicht?«

»Ob Schnäppchen oder nicht, hängt doch von der Qualität ab. Der Preis erscheint mir angemessen, aber ich müsste die Ware erst einmal sehen.«

Sein Onkel, Jacob Grosenberg, hatte Klaas erlaubt, bis zu zwanzig Sack Wolle zu kaufen, wenn es seiner Untersuchung zugutekam.

»Selbstverständlich, keine Sorge … Lasst uns zunächst zur Schänke gehen und mit meinem Cousin sprechen. Ach, ich habe mich Euch ja noch gar nicht vorgestellt: Jacinto Matamoros. Ein ziemlich vielsagender Nachname, wie Ihr seht …« Er lachte. »Ich glaube, dass meine Vorfahren sich den Titel ›Maurentöter‹ beim Krieg gegen die Sarazenen verdient haben. Mein Cousin trägt denselben Nachnamen. Er heißt Fulgencio, Fulgencio Matamoros.«

Klaas war froh darüber, Jude zu sein.

Wie befürchtet, fand Fulgencio es überhaupt nicht amüsant, aus dem Mittagsschlaf geweckt zu werden, und schleuderte ihnen zunächst den zum Glück leeren Nachttopf entgegen, der unter seinem Bett gestanden hatte. Dann brachte er ihre Mütter mit dem ältesten Gewerbe der Welt in Verbindung und zog sich schließlich grummelnd das Laken über den Kopf.

»Fulgencio, jetzt werd schon wach, du fauler Hund!«

Überrascht nahm Klaas den ungehobelten Tonfall seines Begleiters zur Kenntnis, der doch äußerlich so elegant wirkte. Wirklich verblüfft war er aber, als Jacinto Matamoros seinem Vetter eine schallende Ohrfeige verpasste und ihn dann am Ohr packte.

Das führte zu lautem Protestgeschrei, bei dem aus Fulgencios Mund nicht viel mehr als Flüche und Beleidigungen zu hören waren, bis zu der Drohung: »Wenn ich erst richtig wach bin, zieh ich dir das Fell über die Ohren!« Als er sich endlich erhob, hatte er nach Jacintos rauer Geste ein Pfeifen im Ohr. »Deinetwegen bin ich jetzt halb taub!«

Nun bemerkte Fulgencio Klaas und starrte ihn halb angewidert, halb amüsiert an. »Wen zum Teufel hast du mir denn da mitgebracht?«

Jacinto stellte Grosenberg als möglichen neuen Käufer vor, ohne sein Interesse an Don Fernando de Covarrubias zu erwähnen, und das kam Klaas gerade recht.

»Ich möchte mit unserem möglichen Geschäft auf keinen Fall Eure Beziehung zu Fernando de Covarrubias gefährden, mit dem Ihr regelmäßig zusammenarbeitet, wie ich gehört habe. Wir Grosenbergs bringen Don Fernando nämlich große Hochachtung entgegen. Mehr als einmal hat er uns mit Wolle ausgeholfen, wenn wir auf andere Weise keine Ware mehr bekommen konnten.«

Jetzt dachte Fulgencio bei sich, dass er wohl besser nicht laut aussprach, was ihm beim Anblick von Klaas' Ohren und spitzer Nase, seiner weißen Haut und den wimpernlosen Augen durch den Kopf gegangen war. Dieses Gesicht erinnerte Fulgencio Matamoros an eine Spitzmaus und machte es schwierig, die Miene des Mannes richtig zu deuten.

»Wenn wir zu einer Einigung kommen, braucht Ihr Euch um Don Fernando keine Sorgen zu machen. Dem haben wir seit sechs Jahren keinen einzigen Sack Wolle mehr verkauft.« Um endlich richtig wach zu werden, ging der Händler zu einer Waschschüssel hinüber, goss Wasser hinein und benetzte sich das Gesicht.

Klaas beschloss nachzuhaken, ohne seine wahren Motive preiszugeben. »Ich würde gerne Eure Meinung über Don Fernando hören. Hat er damals etwa nicht bezahlt oder gegen getroffene Abmachungen verstoßen? Oder habt Ihr ihm womöglich Wolle von schlechter Qualität geliefert?«

»Unsere Wolle ist immer erstklassig! Wenn Ihr das infrage stellt, bekommt Ihr gleich meine Faust zu spüren!« Fulgencio ballte die Hände und machte Anstalten, sich auf Klaas zu stürzen, da ging sein Cousin dazwischen. Er entschuldigte sich bei dem Flamen und zischte Fulgencio zu: »Jetzt reiß dich mal zusammen, du Untier, und antworte gefälligst. Warum verkaufst du deine Wolle nicht mehr an die de Covarrubias'?«

Fulgencio korrigierte ihn: »Wir verkaufen ja immer noch an sie, bloß an ein anderes Mitglied der Familie. Vor sechs Jahren bin ich wegen Don Fernando auf einer großen Menge Wolle sitzen geblieben. Im Jahr darauf ist sein Sohn ganz verzweifelt bei mir vorstellig geworden, hat sich deshalb tausendmal entschuldigt und gesagt, er könne sich die Sache gar nicht erklären. Er hat mir für die Ware dann den damals besten Marktpreis geboten. Am Anfang war ich nicht geneigt, den Vorschlag anzunehmen, weil sich mein Zorn gegen die ganze Sippe gerichtet hat. Daraufhin hat er sein Angebot noch einmal erhöht und sich lediglich eine sechsmonatige Zahlungsfrist auserbeten. Das hat meine Zweifel zerstreut.«

»Redet Ihr hier von Damián de Covarrubias, dem Sohn, der für die Familie von Brügge aus die Geschäfte führt?«, versuchte sich Klaas Klarheit zu verschaffen.

»Ganz genau. Er ist allerdings nicht im Namen seines Vaters, sondern seines Schwiegervaters, Sancho Ibáñez, aufgetreten. An den habe ich die Wolle dann bis zu seinem Tod verkauft. Damián de Covarrubias führt inzwischen sein eigenes Geschäft und hat mit dem seines Vaters gar nichts mehr zu tun, oder so ist es mir zumindest zu Ohren gekommen …«

»Dass Ihr nicht mehr mit Don Fernando zusammenarbeitet, hatte also viel mit seinem Stiefsohn Damián de Covarrubias zu tun. Kann man das so sagen?«

»Allerdings. Mich hat nie interessiert, was sich zwischen den beiden abgespielt hat, schließlich habe ich durch den Wechsel nur gewonnen. Aber verdammt!« Fulgencio zog seine Stiefel an und baute sich vor Klaas auf. Er hatte genug davon, sich ausfragen zu lassen, und wollte jetzt endlich über seine Wolle reden. »Seid Ihr nun hergekommen, um bei mir zu kaufen, oder wollt Ihr weiter wie ein altes Waschweib über die Probleme dieser Familie schwatzen? Ich wäre Euch sehr dankbar, wenn Ihr zur Sache kommen könntet.«

»Und das will ich auch. Ich habe Euch tatsächlich aufgesucht, weil ich mich über die de Covarrubias' informieren will. Aber ich brauche vor meiner Rückkehr nach Flandern auch etwa zwanzig Sack gute Wolle. Wenn Ihr mir Eure zeigt und mir die Preise zusagen, spricht nichts dagegen, dass wir ins Geschäft kommen.«

Fulgencio setzte eine zufriedene Miene auf, weil es jetzt endlich um das ging, was ihn interessierte. Er nannte probeweise eine Zahl: »Siebenundzwanzigtausend Maravedi pro Sack, und ich liefere sie Euch nach Antwerpen oder wohin auch immer Ihr wünscht.«

»Eintausendfünfhundert mehr als Euer Vetter?«

Wütend starrte Fulgencio zu Jacinto hinüber, der sich auf die Lippe biss.

»Wenn Ihr erst einmal meine Wolle und seine miteinander verglichen habt, wird Euch die Entscheidung nicht schwerfallen.«

Klaas fragte noch ein wenig herum und hörte von vier weiteren Viehzüchtern ganz Ähnliches über Damián de Covarrubias. Ein großer Händler aus Cuéllar untermauerte die Geschichte genauso wie drei kleinere Händler aus Tierra de Campos. Sie alle bestätigten, dass Damián de Covarrubias bei ihnen im Namen seines Stiefvaters vorstellig geworden war. Klaas prägte sich auch die Namen der beiden Verwalter ein, die beim Wechsel des Abnehmers in Erscheinung getreten waren: Policarpo Ruiz und Ramiro de Lerma.

Dann reiste er nach Burgos weiter und nahm sich dort in einem günstigen, aber sauberen und gepflegten Gasthof ein Zimmer. Beim Besitzer erkundigte er sich nach dem Notar der Familie Ibáñez, wie es ihm sein Onkel im Namen dieser Berenguela aufgetragen hatte. Die Auskunft des Mannes war zunächst enttäuschend: Offenbar hatte der Notar erst vor Kurzem seine Arbeitsräume verlegt, und die neue Örtlichkeit war dem Wirt nicht bekannt. Zu Klaas' Erleichterung konnte er ihm jedoch den Namen und die Adresse des wichtigsten der in der Stadt zugelassenen Notare nennen. Es handelte sich um einen gewissen Victorio del Caño, der ihm sicher weiterhelfen könnte.

Am nächsten Tag machte sich Klaas Grosenberg daher zu ihm auf den Weg.

Es war bitterkalt, als er vor einem prächtigen Gebäude in der Nähe der Kathedrale stehen blieb, wo er der Wegbeschreibung zufolge diesen Victorio finden sollte. Tatsächlich ließ man ihn schnell zu dem Notar vor. Hier erfuhr Klaas, dass sich von den zweiundvierzig Notaren der Stadt mehr als die Hälfte um die rechtlichen Belange des Bischofssitzes kümmerten. Sie vermittelten bei Schenkungen, Käufen und Verkäufen zwischen dem Bistum und verschiedenen Ordensgemeinschaften, Klöstern und Abteien. Von den verbleibenden zwanzig waren fünf ausnahmslos für die Angelegenheiten des Hofes zuständig, daher musste sich die von Klaas gesuchte Person unter den restlichen fünfzehn befinden.

Der junge Flame fragte sich, warum ihm der Notar eigentlich all diese Details darlegte, wenn ihm doch eine kurze Auskunft gereicht hätte. Der Grund dafür wurde ihm klar, als man ihm beim Aushändigen des Papiers mit der Adresse des Gesuchten zweihundert Maravedi in Rechnung stellte. Wütend zahlte er die exorbitante Summe.

Nur eine Stunde später saß er dann im Arbeitszimmer eines gewissen Santiago de Frías, der tatsächlich alle Unterlagen und Papiere von Berenguelas Familie verwaltete. So weit, so gut.

Leider verweigerte der Notar Klaas jedoch standhaft die Einsicht in jegliche Dokumente, erst recht in das Testament des verstorbenen Händlers. Das wunderte den jungen Mann, schließlich hatte er die Vollmacht der Tochter vorgelegt. Aber er kam weder damit noch mit seinen Überredungskünsten weiter und wurde bereits nach zehn Minuten wieder auf die Straße gesetzt. Mit leeren Händen stand er fassungslos da. Immerhin verfügte er jetzt über eine entscheidende Information, nämlich über die Registrierungsnummer des Dokuments. Santiago de Frías hatte es kurz in den Händen gehalten, um einen raschen Blick hineinzuwerfen, und Klaas hatte dieser Moment gereicht, um sich die Nummer zu merken.

Inzwischen war sich Klaas sicher, dass Berenguela, die rechtmäßige Erbin, recht hatte: Der Notar steckte offenbar mit Damián de Covarrubias unter einer Decke. Die beiden Männer hatten Don Sanchos letzten Willen nicht respektiert und vermutlich Unterlagen gefälscht.

Damit blieb Klaas jetzt nur noch eine Möglichkeit: Er musste das Testament stehlen. Am Abend versteckte er sich im Torbogen eines heruntergekommenen Hauses ganz in der Nähe der Schreibstube und studierte die Umgebung des Gebäudes sowie eventuelle Zugänge. Es würde gar nicht so einfach werden, das Haus von außen zu erklimmen, eine andere Möglichkeit sah Klaas aber nicht. Er prägte sich jedes Detail der Fassade ein und suchte nach einem Weg vom Boden bis zu einem Fenster im oberen Stockwerk. Um zu sehen, ob die Räume des Notars womöglich bewacht wurden, verharrte er die ganze Nacht auf seinem Posten. Leider bestätigte es ihm eine Kerze, die sich von Zeit zu Zeit hinter den Fenstern bewegte.

Am nächsten Abend regnete es ohne Unterlass, deshalb verschob Klaas sein Vorhaben. An den folgenden beiden Tagen sah es genauso aus, und er wollte nicht das Risiko eingehen, auf dem feuchten Stein abzurutschen.

Erst in der vierten Nacht entschloss er sich im Morgengrauen schließlich zur heikelsten Mission seines Lebens. Er trat seitlich an das Gebäude heran und vergewisserte sich, dass sich niemand in der Nähe befand. Dann setzte er einen Fuß auf das Sims eines vergitterten Fensters und kletterte daran hoch. Vom oberen Rand des Gitters aus musste er einen so schmalen Fries überqueren, dass darauf nur seine Fußspitzen Platz hatten. So erreichte er den unteren Rand des nächsten Fensters und hielt sich dort von unten an einem Vorsprung fest. Er wusste selbst nicht, woher er die Kraft nahm, als er sich daran hochzog und endlich auf dem Sims Fuß fasste. Dieses Fenster war nicht vergittert, aber von innen verschlossen. Zunächst versuchte Klaas, es von außen mit einem Haken zu öffnen. Als es nicht nachgab, warf er rasch einen Blick ins Innere. Da kein Wächter zu sehen war, zerschlug er schließlich einfach die Scheibe, schob die Hand hindurch und öffnete das Fenster von innen.

Weil er dabei ziemlichen Radau gemacht hatte, huschte er eilig ins Innere und verbarg sich hinter einem schweren Vorhang. Dort verharrte er reglos. Als er auch nach mehreren Minuten kein verdächtiges Geräusch gehört hatte, versuchte er, sich zu orientieren und herauszufinden, wo das Arbeitszimmer des Notars lag, und kam zu dem Schluss, dass er etwa drei Fenster davon entfernt war. Er öffnete eine Tür, fand sich wie erwartet im Flur wieder und spähte vorsichtig nach links und rechts. Ihm fiel auch weiterhin nichts Ungewöhnliches auf, deshalb ging er nun nach links und zählte unterwegs die Türen. Die dritte davon war zum Glück nicht verschlossen. Klaas öffnete sie und trat lautlos ins stockfinstere Zimmer.

Einen Moment bedauerte er, nicht eine Nacht mit mehr Mondlicht gewählt zu haben. Nach ein paar Schritten fand er jedoch einen Kerzenhalter und stellte nach dem Entzünden eines der Dochte erleichtert fest, dass er sich tatsächlich im richtigen Raum befand.

Als Klaas zu dem Regal hinüberging, aus dem de Frías vor seinen Augen das Dokument geholt hatte, bemerkte er erschrocken, dass dort gut dreihundert Testamente gelagert wurden. Zum Glück verriet ihm die Beschriftung der Mappen, dass sie in der richtigen Reihenfolge einsortiert waren. Er fand die gesuchte Mappe ohne Probleme und wollte sie gerade aufschlagen, da hörte er Schritte und versteckte sich am erstbesten Ort, den er fand: unter dem Schreibtisch.

Mit angehaltenem Atem und vor Angst aufgerissenen Augen sah er durch den Spalt unter der Tür draußen ein Licht, das immer heller wurde. Offenbar näherte sich jemand, der eine Kerze trug. Doch als Klaas schon bedauerte, keine Waffe dabeizuhaben, mit der er sich nötigenfalls verteidigen könnte, entfernte sich der Lichtschein wieder.

Klaas Grosenberg stieß gerade erleichtert die Luft aus, da war an einem der Fenster zum Raum plötzlich ein Klopfen zu hören. Beinahe wäre ihm das Herz stehen geblieben, bis er sah, dass draußen ein Rabe auf dem Fensterbrett saß und mit dem Schnabel gegen die Scheibe hieb. Der Vogel schien an dem Geräusch Gefallen zu finden, das nicht nur die Stille der Nacht zerriss, sondern auch an Klaas' Nerven zerrte. Er fürchtete, dass es im ganzen Gebäude zu hören war. Also ging er zum Fenster hinüber und verscheuchte den Raben, bevor dieser noch den Wächter auf den Plan rief.

Dann kehrte er zum Tisch zurück, öffnete die Mappe und ging die darin enthaltenen Unterlagen durch. Dabei stachen ihm zwei durch ihren widersprüchlichen Inhalt ins Auge. Zunächst gab es ein Testament, durch welches Don Sancho sein Erbe zu gleichen Teilen seiner Ehefrau und seiner Tochter vermachte. Ein zweites, undatiertes, hinterließ jedoch drei Viertel davon Damián de Covarrubias und nur das verbleibende Viertel seiner Familie.

Klaas prägte sich den Inhalt beider Dokumente ein, falls sie unterwegs verloren gehen sollten. Dann rollte er sie möglichst eng zusammen und schob sie sich unter das Wams, um rasch wieder zu verschwinden.

Leider war er nicht schnell genug gewesen, denn in diesem Augenblick öffnete sich eine der Türen zum Raum, und ein Mann trat mit einem Kerzenleuchter in der Hand ein.

»Was hast du hier zu suchen?«, schrie er.

Darauf gab Klaas keine Antwort und nahm lieber die Beine in die Hand. Leider war ausgerechnet die Tür, bei der er es jetzt versuchte, verschlossen. Er fuhr herum und hielt nach einer Alternative Ausschau, da hatte sich der kräftige Kerl schon auf ihn gestürzt und ihn brutal am Hals gepackt. Jetzt entdeckte der Wächter die zusammengerollten Dokumente, die aus Klaas' Wams hervorschauten, und zog sie heraus.

»Ach, sieh mal einer an, hab ich dich also beim Stehlen erwischt!«, rief er, nur ein paar Daumenbreit von Klaas' Gesicht entfernt. »Mal sehen, worauf du aus warst.«

Der Mann versuchte die Papiere mit einer Hand auseinanderzurollen, während Klaas von der anderen fast erwürgt wurde. Dabei entging dem Wächter allerdings, dass sein Gefangener beim Herumtasten mit den Fingern auf eine kleine Eisenfigur gestoßen war, die er ihm nun über den Schädel zog. Die Beine des Wächters gaben unter ihm nach, und Klaas konnte sich losmachen. Leider konnte er dem Dolch nicht mehr ausweichen, den der Mann noch schwang, bevor er endgültig zu Boden sank, und trug eine tiefe Wunde davon.

»Verflucht sei deine Sippe, du Bastard …!«, grunzte der Mann, dem Blut übers Gesicht lief.

Einen Moment lang erwog Klaas, dem Mann die beiden Testamente zu entreißen, aber er fürchtete das Messer. Deshalb rannte er einfach nur in den Flur hinaus und suchte eilig nach dem Raum, durch den er ins Gebäude gelangt war.

Sein Verfolger brauchte etwas länger, bis er sich wieder gefangen hatte und ihm nachsetzen konnte. Und auch dann kam er nur langsam und schwankend voran. Außerdem wusste er nicht, in welche Richtung er sich jetzt wenden sollte. Er brüllte dem Einbrecher zwar hinterher, dass er ihm die Eingeweide rausreißen würde, aber da kletterte Klaas bereits durchs Fenster wieder nach draußen. Er hängte sich ans Sims und suchte mit den Füßen nach dem Fries, auf dem er sich eben vorsichtig entlanggetastet hatte. Natürlich war Klaas sich bewusst, dass es jetzt von seiner Geschicklichkeit abhing, ob er diesem Kerl wieder in die Hände fallen würde oder nicht. Daher musste er höchste Konzentration aufbringen, um keinen Schritt ins Leere zu machen.

Als er dann endlich unten auf die Straße sprang, hörte er im Hintergrund das Gebrüll des Wächters, der sich oben aus dem Fenster lehnte.

Der Abstieg war kompliziert, erst recht für jemanden, der gerade einen heftigen Schlag auf den Kopf bekommen hatte. Auf diesem Weg würde der Kerl ihm also nicht folgen können. Deswegen bog Klaas nun einfach in die erste Straße ein, die er sah, und rannte in die Richtung seines Gasthofes, bis er sich in sicherer Entfernung wusste.

Mit einer Gewandtheit, die er selbst nie bei sich geahnt hatte, eilte er in den Gasthof, packte eilig seine Habseligkeiten zusammen und hinterließ eine Handvoll Münzen auf dem Bett. Dann holte er sein Pferd aus dem Stall und verließ auf dessen Rücken unverzüglich Burgos.

Erst eine Stunde später begann sich Klaas Grosenberg auf dem Weg nach Vitoria langsam wieder zu beruhigen. Aber ein Blick auf sein Bein verriet ihm, dass er immer noch blutete. Da die Wunde schmutzig war und Stoffreste darin klebten, ritt Klaas kurz zu einem Fluss hinüber, um sie auszuwaschen. Dort improvisierte er mit einem Streifen Stoff von seinem Hemd einen Verband, den er sich fest um das Bein wickelte. Er beschloss außerdem, sich besser umzuziehen, um weniger Aufmerksamkeit zu erregen.

Als er danach wieder aufs Pferd stieg, drehte sich vor seinen Augen jählings alles. Zunächst brachte er das nur mit der Hetze der Flucht und der Tatsache in Verbindung, dass er die Mittags- und Abendmahlzeit hatte ausfallen lassen. Ihm wäre nie in den Sinn gekommen, dass es mit dem Blutverlust zu tun hatte. Trotz des Schwindelgefühls griff er nach den Zügeln, bohrte dem Pferd die Hacken in die Flanken und hielt auf den Weg zu.

Bis dorthin schaffte er es aber nicht. Plötzlich stand ihm kalter Schweiß auf der Stirn, und dann verschwamm mit einem Mal alles vor seinen Augen. Ohnmächtig stürzte er vom Pferd hinunter ins Gras.

6

Onze-Lieve-Vrouwekathedraal, Antwerpen, November 1482

Der Eingang zur Kapelle des Consulado de Mercaderes de Castilla war wegen der Einweihung mit schweren Vorhängen verdeckt worden. Daher warteten viele der Anwesenden im Chorumgang der Kathedrale auf den Beginn des Festaktes. Unter ihnen befanden sich die drei Schöpfer des Bleifensters, das heute zum ersten Mal der Öffentlichkeit vorgestellt werden würde, und die sechs Richter des Konsulats, die es finanziert hatten.

Hugo de Covarrubias war in Begleitung von Ubayda gekommen und war auf sie als die Frau an seiner Seite ebenso stolz wie auf ihre Schwangerschaft. Jetzt, im vierten Monat, begann man ihr das Bäuchlein langsam anzumerken.

Heute waren auch die anderen Glasmalermeister in die Kirche gekommen, Niclaes Rombouts allein, da er immer noch Junggeselle war, und van Diependaal in Begleitung seiner wunderschönen Frau. Inzwischen strotzte sie wieder vor Gesundheit, und es erinnerte nichts mehr an ihren kritischen Zustand vor ein paar Monaten.

Sie kannte Ubayda und plauderte mit ihr, um sie von den abschätzigen Blicken der Konsuln und ihrer Gemahlinnen abzulenken.

Fünf Minuten vor dem geplanten Beginn der Zeremonie traf im letzten Moment noch eilig der kastilische Bankier und

Händler Martín de Soria ein. Er grüßte den einen oder anderen, bis er auf einmal Hugo in der Gruppe erkannte und verblüfft zu ihm hinüberging.

Die Frau, die sich bei dem jungen Mann untergehakt hatte, kam de Soria bekannt vor. Sie hatte ihn auch begleitet, als Hugo einst bei ihm seine Schulden beglichen hatte. Da er sie damals für seine Sklavin gehalten hatte, wunderte ihn jetzt ihre Anwesenheit und ihre teure Kleidung.

»Ihr hier, in unserer Kathedrale?«, rief de Soria aus. »Na, das ist vielleicht eine Überraschung, mein guter Freund Hugo de Covarrubias und seine …« Er wusste nicht so recht, als was er Ubayda bezeichnen sollte. »… seine Dienerin?«

Jetzt legte Hugo den Arm um Ubayda. »Nein, falsch geraten«, sagte er stolz. »Darf ich Euch meine Frau Ubayda vorstellen?«

Sie hatten den Bund der Ehe zwar nicht offiziell geschlossen, das war für sie aber auch nicht nötig.

»Meine Dame …« Respektvoll begrüßte Martín de Soria sie mit einem Handkuss, was unter den Anwesenden zu missmutigem Gemurmel führte. Sie konnten einfach nicht verstehen, was diese Wilde hier zu suchen hatte.

»Ich bin hier, weil ich an der Herstellung des Fensters beteiligt war, das Ihr gleich betrachten dürft.«

Da Martín de Soria ihn so perplex ansah, führte Hugo seine Erklärung noch etwas weiter aus. Aber die Miene des Bankiers blieb verblüfft, als Hugo ihm die Erfahrungen der letzten Jahre schilderte.

»Ihr seid also unter van Diependaals Mentorschaft zum Glasmalermeister aufgestiegen und habt außerdem auch noch mit Niclaes Rombouts und in Ulm mit dem berühmten Peter Hemmel zusammengearbeitet? Da habt Ihr Euch ja mit den besten Glasmachern Europas umgeben, meinen Glückwunsch! Wer hätte das gedacht, als Ihr zu mir gekommen seid, um von mir Geld für eine Salzmine in der Wüste zu erbitten! Oder als ich Euch die noch halb fertige Kapelle gezeigt und Euch davon erzählt habe, dass wir dafür ein Buntglasfenster in Auftrag geben wollten!«

Hugo nickte lächelnd.

»Und womöglich ist mein Eindruck ja falsch, aber – werdet Ihr auch noch bald Eltern?«, fragte Martín und betrachtete Ubaydas diskretes Bäuchlein unter ihrem Gewand.

Ubayda antwortete selbst mit diesem betörenden Lächeln, bei dessen Anblick Hugo stets dahinschmolz: »Ja, unser Kind kommt nächsten April zur Welt, und Ihr könnt Euch ja gar nicht vorstellen, wie sehr wir uns darauf freuen. Habt Ihr Kinder?«

»Dieses Glück war mir nicht vergönnt. Gott hat mir weder Frau noch Nachkommenschaft geschenkt …«

In diesem Moment ertönte ein Glöckchen, und alle drehten sich zu einer Gruppe von Geistlichen um, die aus der Sakristei traten. Angeführt wurde die kleine Prozession von drei Ministranten mit einem großen Kreuz und zwei Kerzen. Die anderen Mitglieder bestanden aus sechs Priestern, die auf Lateinisch sangen.

Vor dem Vorhang blieb die Gruppe stehen, und die Messdiener traten zur Seite. Derjenige unter den Priestern, der die Zeremonie zu leiten schien, stimmte die ersten drei Worte eines Gebetes an, welches vom Rest zu Ende geführt wurde. Als der Gesang verstummt war, sprach der leitende Priester fünf Vaterunser im Gedenken an die fünf Wunden Christi und dann sieben Ave Maria zu Ehren der sieben Freuden Mariens. Mit dem letzten Amen winkte er Martín de Soria heran, der die Vorhänge beiseiteschob.

Sofort war ein Chor aus verzückten Ausrufen zu hören, während die Anwesenden wie verzaubert den glänzenden Strahl der Farben betrachteten, der durch das gerade eingeweihte Fenster hereinfiel. Das Leuchten war so intensiv, dass sie zunächst die Einzelheiten des Fensters kaum erkennen konnten. Erst als eine Wolke den Lichtschein dämpfte, konnte man das Werk eingehend bewundern.

Im oberen Bereich befanden sich zu Ehren des Königspaars Isabella und Fernando die zu einem einzigen Wappen verbundenen Embleme von Kastilien und Aragonien auf einem von Löwen getragenen Schild. In diesem von Niclaes geschaffenen Teil zeigte sich durch die Gestaltung der Ränder sowie durch den leichten Ockerton des ganzen Hintergrunds sein üblicher Stil. Besonders ins Auge stach bei dem Wappen die tadellose Ausführung auch kleinster Details.

Die restlichen Elemente des Fensters unterhalb dieses Motivs waren von van Diependaal entworfen und weitestgehend von Hugo umgesetzt worden.

Der leitende Priester trug weiter seine Gebete vor, ohne dass ihm die Gäste große Aufmerksamkeit schenkten. Einige betrachteten den Stammbaum der Jungfrau Maria, andere das Gesamtbild, und der eine oder andere wusste auch die sorgfältige Arbeit am Pferd des Apostels Jakob zu würdigen, die Hugos ganzer Stolz war.

Unter ihnen befand sich zum Beispiel Niclaes, der sich natürlich bewusst war, wie schwierig Schweif und Mähne auf Bleiglasfenstern umzusetzen waren. Ihn verblüfften der perfekte Kopf des Tieres und sein Blick. Das Ross schien fast lebendig, als würde es gleich aus dem Fenster herausgaloppieren.

Ubayda schmiegte sich begeistert und stolz an Hugo und drückte ihm einen dicken Kuss auf die Wange.

Genau diese Szene sah Damián de Covarrubias, der in diesem Moment die Kathedrale betrat.

Und zehn Schritte hinter ihm erschien ganz unvermutet Berenguela.

Hugo entdeckte die beiden schon ein paar Sekunden später. Was für seltsame Gefühle in ihm aufstiegen, als er zuerst seinen Stiefbruder und dann seine Jugendfreundin sah! Im ersten Augenblick war er wie erstarrt. All das, was zwischen den dreien vorgefallen war, was sie einander gesagt oder verschwiegen hatten, war im glänzenden Lichtstrahl gefangen, der durch das Fenster hereinfiel.

Während Damián seine Frau ansah, schaute Hugo erst zu Damián und dann zu Berenguela hinüber.

Die fand all die Aufmerksamkeit inzwischen geradezu amüsant. Dass sie hier war, hatte mit Jacob Grosenberg zu tun. Er hatte von der Einweihung eines neuen Kirchenfensters gehört, an dem unter anderem Hugo de Covarrubias mitgewirkt hatte. Da Grosenberg an Berenguelas Feldzug gegen Damián beteiligt war und aus Gesprächen mit ihr ihre große Wertschätzung für Hugo kannte, hatte er ihr mit einem berittenen Boten eine Nachricht geschickt.

Berenguela hatte sich so gefreut, dass sie sofort beschlossen hatte, von Brügge nach Antwerpen zu reisen und an der Zeremonie in der Kathedrale teilzunehmen, komme, was wolle.

Uneingedenk dessen, was sich unter den Anwesenden zusammenbraute, durchschritt nun der leitende Priester mit einem Weihrauchfass in der Hand die Kapelle und blieb zunächst an der zauberhaften Marienstatue neben dem Altar stehen. Dann schwenkte er das Fässchen dreimal: erst nach rechts, dann nach links und schließlich in die Mitte, während er Psalmen rezitierte. Am Schluss küsste er den Altar und blickte zur Marienstatue hinauf. »Salve, Reginaaaaa …«, gab er den Ton vor, damit alle Anwesenden den Gesang wiederholten.

Damián konnte derweil den Blick nicht von seinem Stiefbruder abwenden. Er hatte ihn doch in der afrikanischen Wüste gewähnt, wo er Salz gewinnen wollte. Auf jeden Fall weit weg, oder vielleicht sogar tot, von Policarpo Ruiz erledigt.

Schließlich sprach er Martín de Soria an. »Wisst Ihr, wieso mein Stiefbruder zugegen ist? Was zum Teufel hat der hier zu suchen? Und wer ist diese Schwarze?«

Die unerwartete Begegnung machte Damián so wütend, dass ihm die Luft wegzubleiben drohte. Würde sich Hugo jetzt in sein Leben und die Geschäfte der Familie einmischen, für alles Erklärungen verlangen oder womöglich einen Teil des Gewinns für sich einfordern? Das wollte er sich nicht einmal ausmalen! Musste dieser Hallodri denn ausgerechnet in dem Moment wieder auf der Bildfläche erscheinen, in dem Damián endlich die Fäden in der Hand hielt und alles wie am Schnürchen lief?

Um nicht unangenehm aufzufallen, antwortete Martín mit leiser Stimme: »Ich bin genauso überrascht wie Ihr, das könnt Ihr mir glauben. Offenbar ist er während der letzten drei Jahre bei einem der berühmtesten Glasmaler Europas in die Lehre gegangen und schließlich selbst zum Meister ernannt worden. Heute ist er hier, weil er an unserem Fenster mitgearbeitet hat.« Der Bankier deutete auf das Werk. »Ah … und die Dame, nach der Ihr fragt, ist seine Gattin. Die beiden erwarten ein Kind.«

Damián kam aus dem Staunen nicht mehr heraus und begriff auch nicht, was seine eigene Frau eigentlich hier wollte. Schon vor Monaten hatte man ihn darüber informiert, wie oft Berenguela seine Eltern besuchte. Das hatte ihm Sorgen bereitet, weil er nie den Beutel mit den Haken vergessen hatte, den er vor ihrer Abreise nach Burgos bei ihr gefunden hatte. Heute wie damals drängten sich ihm Fragen auf: Was führte Berenguela im Schilde? Und was machte sie hier in Flandern, wenn er ihre Rückkehr nach Burgos doch eigentlich als endgültig erachtet hatte?

Vor allem aber hätte Damián nur zu gerne gewusst, wie sie überhaupt von Hugos Anwesenheit hier erfahren hatte. Obgleich er doch die Kapelle zum großen Teil mitfinanziert hatte, hatte er nichts davon gehört. Wer konnte sie bloß darüber informiert haben? Denn das war doch sicher der Hauptgrund für ihr Erscheinen hier.

Berenguela scherte sich nicht darum, was ihrem Mann wohl im Kopf herumging. Sie freute sich einfach nur, endlich Hugo wiederzusehen, und hätte gerne mit ihm gesprochen. Dann wurde ihr jedoch klar, dass er nicht allein gekommen war. Und wenn man bedachte, wie vertraut die beiden miteinander wirkten, war die Frau an seiner Seite sicherlich mehr als nur eine Bekannte. Diese Erkenntnis wischte Berenguela das Lächeln vom Gesicht. Auf einen Schlag hatte sich alles geändert.

Als Hugo zu ihr herüberschaute, wandte sie den Blick schnell den Priestern zu, während ein Meer aus Fragen über sie hereinbrach. Wenn das Hugos Ehefrau war, und so sah es ja aus, wie war sie dann nur in sein Leben getreten? Sie war doch Afrikanerin, stammte aus einer ganz anderen Kultur. Was fand Hugo bloß an ihr? Berenguela starrte aus dem Augenwinkel zu der Dunkelhäutigen hinüber und spürte den Stich der Eifersucht. Diese Frau strahlte so große Ruhe und Frieden aus, dass sich Berenguela fast unwillkürlich mit ihr zu vergleichen begann. Das Ergebnis dieses Vergleichs war nicht angenehm, erst recht nicht , als sich Hugos Gefährtin zur Seite drehte und Berenguela erkennen konnte, dass sie schwanger war. Diese Erkenntnis brachte das Fass zum Überlaufen. Hugo würde also Vater werden, aber nicht mit ihr, sondern mit dieser anderen Frau, die völlig von ihm betört zu sein schien, wie man unschwer an ihrem Blick erkannte. Berenguela wurde schlecht.

Wieder versuchte Hugo, seiner alten Freundin in die

Augen zu sehen, und wieder schaute Berenguela rasch zur Zeremonie hinüber, auf die sie sich seinetwegen ja doch nicht konzentrieren konnte.

Und inmitten all dieser wirbelnden Gedanken erwachte in ihr etwas erneut zum Leben, was lange verschüttet gewesen war. Plötzlich fühlte sie sich wieder so heftig von Hugo angezogen, dass ihr ein ums andere Mal ein sehnsüchtiges Seufzen entfuhr. Beinahe hatte sie Angst, man könne es über die Litanei des Priesters hinweg hören. Berenguela beklagte die Tatsache, dass es ihr vor Jahren nicht gelungen war, Hugo für sich zu gewinnen. Jetzt musste sie mit ansehen, wie seine Zärtlichkeit, seine tiefen Blicke, seine Liebe und Zuneigung einer anderen galten.

»Ist alles in Ordnung?« Der stets wachsame Damián hatte Berenguelas Gesichtsausdruck bemerkt und ahnte, woher er rührte. »So sehr trifft dich ihr Anblick also?«

Berenguela durchbohrte ihren Mann nur mit einem finsteren Blick und trat ein Stück von ihm weg. Von dieser neuen Stelle aus sah sie jetzt allerdings direkt Hugos Begleiterin an.

Sie befanden sich zwar in einiger Entfernung voneinander, aber nun fragten sich beide, was der anderen wohl gerade durch den Kopf ging. Berenguela ging es dabei immer schlechter, und sie sehnte das Ende des Festaktes herbei, um wieder aufbrechen zu können. Sie wollte sich zurückziehen und sich ausweinen, bis ihr keine einzige Träne des Schmerzes mehr blieb.

Auch Ubayda betrachtete Berenguela ganz genau. Durch die Glasscherbe, die Hugo ihr einst gezeigt hatte, hatte sie dessen alte Freundin sofort wiedererkannt. Und für sie war deutlich, was Berenguela immer noch für Hugo empfand, da sich auf ihrer Miene kaum verhohlene Emotionen spiegelten.

Ubayda legte sich die Hand auf den Bauch. In ihrem Inneren wuchs die Frucht ihrer Verbindung zu Hugo heran, das

Kind einer großen und endgültigen Liebe. Einer Liebe, die, wie Ubayda nun erleichtert dachte, gegen Berenguelas Einfluss wohl immun war.

Der Priester stimmte das *Pange Lingua* an und fuhr nach dem *Tantum Ergo* mit der Weihung der Kapelle, der Marienstatue und des Fensters fort. Mit einer goldenen Seidenstola in den Händen griff er nach einem Kelch.

Als sich bei der Zeremonie alle hinknieten, erwies selbst Ubayda so ihren Respekt. Zum Abschluss sangen sie dann das *Laudate Dominum* und standen beim letzten Gloria langsam auf, während die Priestergruppe in die Sakristei zurückkehrte.

Nun war also der Moment für Begrüßungen und Gespräche gekommen, worauf sich nicht alle freuten.

»Berenguela … Wir haben uns ja schon so lange nicht mehr gesehen …« Hugo wusste nicht recht, wie er die Unterhaltung beginnen sollte. Ihn wunderte, dass sie sich beflissentlich von seinem Stiefbruder fernhielt, aber er wollte lieber nicht nachhaken. »Darf ich dir meine Frau vorstellen? Das ist Ubayda.«

Die beiden Frauen begrüßten sich mit einer Neigung des Kopfes und ließen einander dabei nicht aus den Augen.

»Wie ich sehe, erwartet ihr ein Kind.« Berenguela deutete auf Ubaydas Bauch. Ihre Stimme klang gepresst und angespannt. »Meinen herzlichen Glückwunsch.«

»Ja, wir sind wirklich außer uns vor Freude …«, antwortete Ubayda und schaute Hugo so zärtlich an, dass es Berenguela nur noch mehr verbitterte.

Auch Damián gratulierte ihnen, zog seinen Stiefbruder dann aber beiseite, um kurz allein mit ihm zu reden. »Mir ist zu Ohren gekommen, dass du schon seit einiger Zeit in Flandern lebst, dennoch hast du mich nie besucht. Lass mich dir in Erinnerung rufen, dass wir doch beinahe Brüder sind.«

Hugo redete sich mit den finanziellen Schwierigkeiten heraus, in denen er sich vor seiner Ernennung zum Gesellen befunden hatte. Damals hatte er jede nicht lebensnotwendige Ausgabe vermieden und sich deshalb eine Reise von Löwen nach Brügge nicht leisten können. Und danach war er ja der Arbeit wegen viel unterwegs gewesen. Er erzählte Damián von einigen Werken, an denen er mitgearbeitet hatte, schwärmte aber vor allem davon, wie glücklich ihn seine Frau machte. »Du kannst dir nicht vorstellen, wie wunderbar sie ist …«

»Trotz der Hautfarbe ist sie wirklich schön, das muss ich zugeben.«

In Damiáns Bemerkung schwang eine Überheblichkeit mit, die Hugo nicht gefiel. Aber nachdem sie sich sechs Jahre lang nicht gesehen hatten, wollte er keinen Streit vom Zaun brechen. Trotzdem hatte er die merkwürdigen Umstände ihres letzten Treffens – den Besuch der schönen Italienerin und Berenguelas plötzliches Auftauchen – nicht vergessen. Aber das war ja Schnee von gestern, und er maß der Sache keine große Bedeutung mehr bei. Anders als einer anderen Angelegenheit: »Damit du es weißt, unser geschätzter Policarpo ist in Ifriqiya erschienen und hätte mich dort beinahe umgebracht.«

»Policarpo? Aber wie konnte er denn nur so etwas tun?«

Damiáns vorgebliches Entsetzen erweckte die Aufmerksamkeit von Berenguela, die bis dahin mit Ubayda über Belanglosigkeiten geplaudert hatte.

»Du hast Policarpo gesehen?«, fragte sie. »Was weißt du von ihm?«

Als Berenguela mit offensichtlicher Besorgnis an die beiden Brüder herantrat, kamen Hugo wieder die letzten Worte in den Sinn, die dieser Halunke ihnen hinterhergeschleudert hatte, als sie ihn in Qastiliya seinem Schicksal überlassen hatten.

»Er hätte Hugo fast ermordet«, warf nun Ubayda ein. »Und wenn Aylal nicht gewesen wäre, hätte er es auch geschafft.«

»Aylal?«, fragte Damián.

»Das ist mein Falke«, erklärte Hugo. »Er hat sich mitten im Kampf auf meinen Angreifer gestürzt und ihm die Krallen ins Gesicht geschlagen. Dadurch hat Policarpo sein Augenlicht verloren. Doch selbst so hat er mich bei unserer letzten Begegnung direkt vor unserem Aufbruch noch einmal zu töten versucht. Jetzt irrt er mit seinem Hund wohl immer noch durch die Straßen der Stadt und bettelt.«

Entsetzt schlug sich Berenguela die Hände vor den Mund. Warum sollte Policarpo es auf Hugos Leben abgesehen haben? Das konnte sie einfach nicht begreifen. In Gedanken kehrte sie zurück zu den Tagen, an denen dieser Mann ihr Gesellschaft geleistet hatte, sie miteinander spazieren gegangen waren, Gedanken und Gefühle geteilt und sich mehr als nur einen heimlichen Kuss gegeben hatten.

Mit einem Mal wurde ihr alles zu viel, und sie konnte einfach nicht mehr ertragen, was auf sie einstürzte. Ihre neu erwachten Gefühle für Hugo, die Begegnung mit ihrem Dreckskerl von Ehemann … Und nun machte die Existenz von Ubayda und ihrem Kind jede Hoffnung zunichte, dass sie selbst Hugo eines Tages für sich gewinnen könnte. Dazu kam jetzt noch das schreckliche Los eines der wenigen Männer, die sie im Leben respektiert und ihr Wohlergehen im Sinn gehabt hatten. Berenguela brach in Tränen aus, machte kehrt und lief ohne ein Wort des Abschieds aus der Kirche.

Betroffen starrte Hugo ihr hinterher. Sie so hilflos zu sehen tat ihm in der Seele weh. Er beschloss, sie so bald wie möglich mit Ubayda in Brügge zu besuchen, obwohl das natürlich bedeutete, auch seinen Stiefbruder wiederzusehen. Ubayda schmiegte sich an ihn und respektierte sein Schweigen. Als sie kurz darauf einen Moment für sich hatten, näherte sie sich jedoch seinem Ohr und flüsterte ihm zu: »Ich liebe dich mit Haut und Haar, aus tiefster Seele und mit jeder Faser meines Körpers. Und das sollst du wissen.«

Sie wollten die Kapelle schon verlassen, da kam eilig Niclaes Rombouts mit vor Begeisterung glühenden Wangen zu ihnen herüber. »Hugo, warte! Du kennst doch Martín de Soria, oder? Ich habe euch ja eben zusammen gesehen. Er hat mir gerade einen Auftrag erteilt, ein wirklich umfassendes neues Projekt! Wir haben doch noch vor Kurzem darüber gesprochen, dass ich dich in so einem Fall gerne miteinbeziehen möchte.«

Daran erinnerte sich Hugo nur zu gut. »Worum handelt es sich denn?«

»Um etwas ganz Außergewöhnliches! Stell dir nur vor, Auftraggeberin ist Königin Isabella von Kastilien! Es geht um siebzehn große Fenster für eine Kartause in Burgos, in der neuen Kirche für das Mausoleum ihres Vaters Johann II. Und diese Fenster sollen in weniger als zwei Jahren fertig werden. Die Bauarbeiten unterstehen einem alten Freund von mir, Simon von Köln, einem ausgezeichneten Baumeister. Offenbar hat er mich ausgewählt, und das Königspaar hat dann Martín de Soria damit beauftragt, sich um die Einstellung von Personal, die Bezahlung, den Transport und die Organisation der Arbeit zu kümmern.« Rombouts strahlte vor Glück. »Bist du dabei? Vergiss nicht, dass du dafür nach Burgos reisen müsstest, um die Fensteröffnungen auszumessen und dich mit dem Lichteinfall vertraut zu machen, damit, welche Möglichkeiten sich uns dort bieten.«

Hugo zögerte nicht einen Moment: »Du kannst auf mich zählen. Aber nur, wenn du mir erlaubst, einen Teil der Fenster ganz allein zu gestalten und damit meinen eigenen Stil zu entwickeln, so wie du es mir versprochen hast. Wenn du damit einverstanden bist, ist die Sache abgemacht. Van Diependaal werde ich schon überzeugen.«

»Das wird wohl nicht schwierig sein. Ich habe gestern Abend erfahren, dass er zwei neue Aufträge bekommen hat: Er soll ein paar Fenster der Kathedrale von Mailand restaurieren und neue für eine Kartause in Pavia erschaffen. Das sind keine Kleinigkeiten, sondern langfristige Projekte der Art, die ihn so faszinieren. Da er mit Mailand und Pavia gut ausgelastet sein wird und hier im Moment keine Aufträge hat, wird er dir bestimmt seinen Segen geben.«

»Dann steht unserer Zusammenarbeit ja nichts mehr im Wege … Wann fangen wir an?«

»Gleich morgen.«

7

Brügge, Herzogtum Burgund, Dezember 1482

Für Klaas Grosenberg wurde die Reise nach Antwerpen zu einem wahren Albtraum. Unterwegs verfärbte sich die Wunde an seinem Bein immer schlimmer. Auf der Höhe von Tours wurde er dann von schrecklichem Fieber heimgesucht, das ihn immer noch quälte, als er Paris durchquerte. Seit Lille bekam er keinen Bissen mehr herunter, weshalb er bei seiner Ankunft in Antwerpen wie ein wandelndes Gerippe aussah.

Jacob Grosenberg hatte gerade noch Zeit, um aus seinem Mund von den Geschehnissen in Medina del Campo zu erfahren. Er hörte sich die Geschichte seines Neffen vom hindernisreichen Besuch beim Notar in Burgos an. Klaas konnte den Inhalt der beiden Dokumente über die Erbschaft von Berenguela Ibáñez de Covarrubias genau wiedergeben, was einem Wunder gleichkam. Am nächsten Tag sprach Klaas nämlich schon nicht mehr, und zwölf Stunden später schloss er für immer die Augen.

Sein Onkel beweinte ihn bis zum Tag der Beerdigung und wurde tagelang von tiefen Schuldgefühlen gequält. Auch die Vorwürfe von Klaas' Eltern, die ihn für den Tod ihres Sohnes verantwortlich machten, verbesserten seine Gemütsverfassung nicht. Jacob teilte ihre Meinung ja und zog sich in seiner Trauer so sehr zurück, dass er am Ende davon krank wurde. Er aß nicht mehr und wurde von Fieber sowie anderen Leiden heimgesucht.

Irgendwann gelang es ihm jedoch, seinen tiefen Schmerz zu überwinden. Er verließ wieder das Haus, nahm erneut Nahrung zu sich und beschloss, sich wegen des Todes seines Neffen nicht länger so furchtbar zu grämen. Nach und nach kehrten sowohl die Farbe auf seine Wangen als auch seine übliche Vitalität zurück. Als es ihm endlich wieder besser ging, fasste er den Entschluss, Berenguela aufzusuchen und sie über die neuen Erkenntnisse zu informieren.

Das Jahr 1483 war gerade angebrochen, und Jacob Grosenberg umrundete einen Tag nach dem Dreikönigsfest Brügge auf dem Weg zu einer der Schleusen des Hafens von Damme. Dort hatte er sich durch einen Boten mit Berenguela verabredet. Für ihre Unterredung hatte er einen diskreten Ort im Sinn: das Achterkastell des Schiffes Snel, mit dem er regelmäßig seine Stoffe verschickte.

Grosenberg erreichte ihren Treffpunkt früh, beinahe zwei Stunden vor Berenguela.

Als dann auch die junge Frau in die Kapitänskajüte trat, zeugte ihre Miene von Angespanntheit. »Bringt Ihr mir Neuigkeiten?«, fragte Berenguela, noch bevor sie sich gesetzt hatte.

Grosenberg sah gar nicht gut aus und wirkte traurig. »Ja, leider jedoch schlechte, ganz furchtbare. Aber bevor ich beginne, sagt mir doch: Wie ist es Euch in Antwerpen ergangen? Waren meine Informationen korrekt? Habt Ihr Hugo getroffen?«

Darüber wollte Berenguela eigentlich nicht sprechen. Sie dankte Grosenberg für seine Botschaft und schilderte ihre Begegnung mit kurzen Worten, ohne zu erwähnen, dass sie davon immer noch tief getroffen war. »Lasst lieber Eure Kunde vernehmen, Ihr bereitet mir nämlich Sorgen.«

Grosenberg senkte den Blick und teilte ihr den Tod seines Neffen mit.

»Aber was sagt Ihr denn da?« Berenguela war nicht nur über diese Enthüllung, sondern vor allem auch über die offensichtliche Schwermut ihres Wohltäters bestürzt. »Hatte seine Reise nach Burgos etwas damit zu tun?«

»Allerdings ...«

Grosenberg erklärte Berenguela, wo und wie sein Neffe verletzt worden war. Damit wollte er auch verdeutlichen, warum er ihr die gesuchten Dokumente nicht aushändigen konnte. Er nannte die drei früheren Lieferanten ihres Schwiegervaters, mit denen Klaas gesprochen hatte, und erklärte, auf welche Art und Weise Damián die Händler zuerst für die Ibáñez' und dann für sich selbst gewonnen hatte.

»Wir haben also mehrere Zeugen für das, was er meinem Schwiegervater angetan und mit meinem Vater ausgehandelt hat. Ich wollte es ja nie glauben, obwohl es immer wieder Hinweise gab ... Die Sache mit den beiden Testamenten kann ich aber nicht begreifen. Wenn es doch ein Dokument gibt, das meine Mutter und mich als Erbinnen einsetzt, warum sollte mein Vater dann mit einem weiteren und auch noch undatierten letzten Willen den Großteil des Familienvermögens meinem Mann überschreiben? Dieses zweite Dokument muss gefälscht sein, und dahinter steckt sicher Damián. Ihm ist wirklich alles zuzutrauen«, schloss Berenguela wütend.

»Davon kann ich ein Lied singen ...«, murmelte Grosenberg.

»Wie dem auch sei«, fuhr Berenguela fort, »da uns diese Unterlagen leider nicht vorliegen, verfügen wir weiterhin über keine eindeutigen Beweise, mit denen wir Anklage erheben könnten. Hat denn diese Frau, der ich die Position des Geheimfachs in der Schreibstube meines Mannes erklärt habe, diesbezüglich inzwischen etwas unternommen?«

»Das hat sie, sie wurde aber leider ergriffen, bevor sie das

Arbeitszimmer erreichen konnte. Wie von Euch empfohlen, ist sie durch die Dachluke zu der wenig benutzten Rumpelkammer eingestiegen. Weil dort gerade Ordnung gemacht wurde, hat man sie bedauerlicherweise sofort gefasst.«

Betroffen ließ Berenguela den Blick zum chaotischen Tisch des Kapitäns hinüberwandern, auf dem mindestens fünfzig Pergamente wild durcheinanderlagen. Sie wollte sich nicht anmerken lassen, wie enttäuscht sie über den Mangel an greifbaren Ergebnissen war. Schließlich hatten eine Frau ihre Freiheit und ein junger Mann sein Leben verloren. »Und was machen wir nun?«

»Ich bin zu dem Schluss gekommen, dass uns jetzt nur noch eine Möglichkeit bleibt: Ihr müsst nach Burgos zurückkehren und in Begleitung einer Autoritätsperson beim Notar vorsprechen. Wir wissen ja jetzt, dass er die beiden Dokumente mit dem letzten Willen Eures Vaters bei sich aufbewahrt, das echte und das vermutlich gefälschte Testament. Wenn Ihr auf solche Weise Druck ausübt, muss er Euch die Papiere einfach aushändigen, ob er nun im Sold Eures Mannes steht oder nicht.«

»Verstehe, ich muss also nach Burgos …« Dem war Berenguela gar nicht abgeneigt. Es nagte ohnehin an ihr, dass sie ihre Mutter wieder in der Obhut der Nonnen zurückgelassen hatte. Natürlich war ihr klar, wie töricht es sein würde, ihren Mann ohne Beweise anzuklagen. Womöglich würde sie damit sogar riskieren, dass er die belastenden Dokumente verschwinden ließ. Schließlich war es Damián ja auch bisher gelungen, den Notar nach seinem Gutdünken zu lenken.

Grosenberg schien genau dasselbe durch den Kopf zu gehen. »Damit ein Richter gegen Damián de Covarrubias vorgehen kann, brauchen wir handfeste Beweise. Deshalb müsst Ihr Euch gut vorbereiten und Euch im Büro des Notars unbeirrbar zeigen. Der Mann darf sich seiner Verantwortung nicht entziehen. Im Vorfeld müsst Ihr allerdings äußerst diskret sein und dürft mit keinem über Eure Absichten sprechen. Nicht hier, aber vor allem nicht in Burgos, die Wände haben nämlich Ohren.«

»Könntet nicht Ihr mich vielleicht begleiten?«

»Nichts würde ich lieber tun, aber das wird sich wohl nicht einrichten lassen, daher müsst Ihr Euch dieser Aufgabe allein stellen. Ich nehme an, dass Ihr fest entschlossen seid. Bleibt aber wachsam, weil die ganze Unternehmung gewisse Risiken in sich birgt. Vielleicht wird sich dieser Santiago de Frías nicht überzeugen lassen, und wir wissen ja bereits, dass gewaltbereite Menschen in seinem Dienst stehen.«

»Dieses Mal kann mich nichts aufhalten!«, rief Berenguela entschlossen. »Ich werde nicht zulassen, dass er mich bestiehlt und damit davonkommt wie bisher. Jeder soll erfahren, was Damián wirklich ist: ein schamloser Lump und Betrüger! Selbst als Ehemann hat er nichts getaugt, obwohl ich Euch dieses Thema wohl lieber ersparen sollte. Jetzt muss ich mich erst einmal um die Angelegenheit mit dem Notar kümmern und mit diesen Papieren zurückkehren, die uns der Verurteilung ein Stück näher bringen.«

Grosenberg gefiel die Vorstellung gar nicht, dass sich Berenguela allein auf den Weg machen wollte. »Warum fragt Ihr nicht Eure Freundin Renata, ob sie Euch begleitet?«

Aber davon wollte Berenguela nichts hören. »Renata hat viel zu viel Arbeit, und ich habe sie schon zu oft um einen Gefallen gebeten. Auf keinen Fall! Aber keine Sorge, das schaffe ich auch allein.«

Nun bot sich Grosenberg an, doch wenigstens die Schiffsreise für sie zu organisieren. Er peilte für den Aufbruch Anfang Februar an, damit sie genug Zeit haben würde, um alles vorzubereiten.

Zum Dank dafür, dass er ihr wieder einmal so selbstlos beistand, drückte Berenguela ihm einen Kuss auf die Wange. »Ich weiß wirklich nicht, wie ich Euch für all das je entschädigen soll.«

»Das habt Ihr doch gerade schon, und zwar auf die wunderbarste Art und Weise.« Lächelnd berührte Grosenberg seine Wange.

8

Hafen von Damme, Nordsee, Januar 1483

Eineinhalb Monate nachdem er den neuen Auftrag angenommen hatte, stand für Hugo seine Reise nach Burgos an.

Als er am Morgen seine Habseligkeiten in einer Truhe verstaute, versicherte Ubayda ihm immer wieder, dass er ganz unbesorgt abreisen könne. Sie versuchte, kein großes Drama daraus zu machen, dass sie jetzt zwei Monate lang allein in Löwen zurückbleiben würde, während Hugo an seinem Projekt arbeitete. Ubayda rief ihm wieder in Erinnerung, dass es hier ja Menschen gab, die ihr notfalls helfen könnten. Dann bat sie ihn, sich voll und ganz darauf zu konzentrieren, in der Kartause gute Arbeit zu leisten, und so schnell wie möglich zu ihr zurückzukehren. Vor allem legte sie ihm aber ans Herz, sich auf jeden Fall mit seinem Vater zu versöhnen.

Wie er es in den letzten Tagen so oft getan hatte, bat Hugo Ubayda noch einmal, ihn doch zu begleiten. Sie lehnte jedoch mit der Begründung ab, dass sie schließlich im sechsten Monat schwanger war, und zählte all die Unannehmlichkeiten einer so langen Reise mitten im Winter auf.

Natürlich hatte sie recht, und so bedrängte Hugo sie schließlich nicht mehr.

Als der Abschied unausweichlich wurde, tat es Hugo in der Seele weh, Ubayda zu verlassen. Aber zumindest war es ein Moment voller Zärtlichkeit und Liebesschwüre. Ubayda erklärte ihm, dass sie ihm so viele Küsse wie Tage seiner Abwesenheit mit auf den Weg geben wollte, damit ihm bis zu seiner Rückkehr einer für jeden Tag blieb. Bevor er in die Kutsche stieg, küsste Hugo sie noch ein letztes Mal so leidenschaftlich wie am ersten Tag ihrer Liebe.

Selbst Aylal schien zu spüren, dass heute etwas vor sich ging, denn sie nahm oben auf der Kutsche Platz und fuhr so bis zum Hafen mit. Auf der Mole ließ sie sich dann auf Hugos Arm nieder und schaute ihn an. Er strich ihr über den Kopf und bat sie, sich gut um Ubayda zu kümmern. Darauf antwortete der Vogel mit einem durchdringenden Blick, so als versuche er zu ergründen, ob Hugo nur ein paar Stunden wegbleiben würde, so wie es der Falke selbst oft tat, höchstens ein paar Tage oder weitaus längere Zeit.

Als die Kutsche wieder in Richtung Löwen abfuhr, erhob sich Aylal zunächst in die Lüfte und erkundete einmal von oben das Schiff, auf das Hugo gestiegen war, dann machte auch sie sich auf den Rückweg.

Während Hugo ihr hinterherschaute, ließ er sich durch den Kopf gehen, was jetzt vor ihm lag.

Das Schiff würde ihn nach Bilbao bringen, von wo aus er mit zwei wichtigen Vorhaben nach Burgos weiterreisen würde: Er würde die Kartause Santa María de Miraflores kennenlernen und wollte endlich seinen Vater besuchen.

In der sich im Bau befindlichen Kirche musste Hugo die Fensteröffnungen ausmessen und jegliche interessante Information notieren. Darauf basierend würde Niclaes dann später entscheiden, wie dick das Glas sein müsste, welche Farben sie verwenden und wo sie die in Auftrag gegebenen Szenen am besten anordnen würden.

Und bei seinem Vater wollte Hugo etwas so wenig Greifbares wie eine schon vor langer Zeit zerbrochene Beziehung wieder kitten. Wie lange er sich schon danach sehnte, von Don Fernando in die Arme geschlossen zu werden!

Zwölf Tage später, am zweiten Februar, lief das Schiff mit Hugo an Bord im Hafen von Bermeo ein. Als er den Kai, die hübschen Häuser und die vertäuten Boote sah, kamen Hugo wieder die wenigen intensiven Stunden in den Sinn, die er vor Jahren in diesem Hafen verbracht hatte. Er dachte zurück an Unai, der ihm nicht nur das Annähen von Haken gezeigt, sondern ihm auch bei der Flucht vor Policarpo und seinen Männern geholfen hatte. Seinetwegen war Hugo schließlich auf dem Schiff gelandet, das kurz vor Einbruch der Dunkelheit im Hafen abgelegt hatte: auf der Santa Ana.

Damit erinnerte Bermeo ihn natürlich auch an den noblen Kapitän Obeko und vor allem an seinen geliebten Azerwan. Hier hatte ein spannendes Abenteuer begonnen, durch das Hugo ferne Länder kennengelernt hatte, von den kältesten bis zu glühend heißen. All das hatte sein Leben für immer verändert.

Eifrig ließ Hugo den Blick über die sechs im Hafen liegenden Schiffe wandern, keines davon ähnelte jedoch der Santa Ana.

Als sie eingelaufen waren, hatte sich mit ihnen zusammen auch eine schwarze Wolke genähert, und die ergoss nun auf einen Schlag ihren ganzen Inhalt über Hugo. Leider kamen noch starker Nordwind und die zur Jahreszeit üblichen kalten Temperaturen hinzu. Pitschnass wankte Hugo ins Dorf und versuchte das Gasthaus zu finden, in dem er einst mit Unai gewesen war. Er brauchte dringend etwas zu essen und ein Bett für die Nacht. Schließlich orientierte er sich am Marktplatz des Dorfes, an dem er einige der Häuser wiedererkannte, über deren Dächer er vor Jahren geflohen war. An einer Ecke entdeckte er dann endlich, was er gesucht hatte: Xabiers Taverne.

Als Hugo eintrat, um sich an einen Tisch zu setzen, wurde er sofort vom vertrauten Geruch nach Schweiß und billigem

Wein in Empfang genommen. Eine Kellnerin, die zwar dürr war, aber ein hübsches Gesicht hatte, kam herbei, um ihm das heutige Angebot an Speisen zu unterbreiten.

»Wenn Euch die Kälte in den Knochen sitzt, empfehle ich eine Suppe mit Kohl, Zwiebeln, Lauch und Schmalz, bei der Euch mit Sicherheit warm werden wird. Bei großem Hunger solltet Ihr vielleicht lieber das Ferkel bestellen: Dafür werden Fleisch und Innereien fein gehackt und mit Ei, Salz, reifem Käse, Zwiebeln, Knoblauch sowie einer Prise Kümmel vermengt. Mit dieser Mischung wird das Tier dann wieder gefüllt und in den Ofen geschoben, bis die Haut ganz knusprig ist. Glaubt mir, das ist einfach köstlich! Aber falls Ihr lieber Fisch möchtet, haben wir eine Aalpastete mit Pinienkernen und gehackten Mandeln, bei der Euch das Wasser im Mund zusammenlaufen wird.«

Mit strahlendem Lächeln wartete sie auf Hugos Bestellung. Tatsächlich richtete er jedoch zunächst eine Frage an sie: »Wisst Ihr vielleicht, wo ich einen Fischer namens Unai finden kann?«

Sie überlegte einen Moment. »Ihr meint vermutlich Unai Mozkorra, oder? Unai, den Trunkenbold.« Ihre Miene wurde finster. »Der Arme ist vor sechs Jahren gestorben. Er ist sternhagelvoll von seinem Boot aus ins Wasser gestürzt. Hier in Bermeo hatten ihn alle sehr gern, obwohl wir natürlich wussten, dass es früher oder später ein schlimmes Ende mit ihm nehmen würde. Es war wirklich eine Tragödie …«

Auch Hugo bedauerte den Verlust dieses Mannes, der ihm zwischen lautem Rülpsen und Schnarchen eine interessante Lebensphilosophie nahegebracht hatte. Er erinnerte sich noch gut an den Rat des Fischers: »Mein Junge, ein echter Mann kann alles schaffen, wenn er nur genug Kraft und Ausdauer aufbringt.«

»Dann bringt mir doch am besten die Suppe«, sagte Hugo

jetzt. »Mehr kriege ich nach dieser schlechten Nachricht wohl nicht herunter.«

Die Kellnerin kehrte bald mit einer Karaffe Wein und einem Korb mit einem Brot aus Hirse und Bucheckern zurück. Als Hugo einen ersten Schluck nahm, fand er den Wein so übel, dass er lieber schnell in ein Stück des bescheidenen Backwerks biss, um den Geschmack zu neutralisieren. Gedankenversunken saß er da, als hinter ihm auf einmal eine wohlbekannte Stimme erklang: »Wen zum Teufel haben wir denn hier?«

Als er sich umdrehte, fand sich Hugo Kapitän Obekos wuchtiger Gestalt gegenüber.

»Kapitän! Wie schön, Euch zu sehen!« Hugo sprang auf, um Obeko die Hand zu schütteln, wurde stattdessen aber in eine so ungestüme Umarmung hineingezogen, dass er um seine Rippen fürchtete.

»Da ich die Santa Ana nicht gesehen habe, habe ich Euch eigentlich jenseits des Meeres in diesem Neufundland gewähnt.«

»Ach, das arme alte Mädchen. Sie war so mitgenommen und notdürftig zusammengeflickt, dass ich sie verloren habe. Vor drei Jahren ist sie mir mit dem Frachtraum voller Walfett abgesoffen. Ich habe sie mitsamt Spanten, Masten und Takelage verflucht, weil sie mir keine Zeit mehr gelassen hat, vorher noch die Ware auszuladen. Aber sie fehlt mir trotzdem.«

Hugo forderte Obeko auf, sich zu ihm zu setzen, bevor er die Kellnerin um eine Flasche Apfelwein und ein zweites Gedeck bat. Er bestellte die Suppe ab und wollte stattdessen lieber zwei Portionen vom gefüllten Ferkel.

»Und jetzt habt Ihr kein Schiff mehr?«, fragte er dann Obeko.

»So schnell lässt sich ein Mann vom Berg Aoiz, der in den Eichenwäldern von Artzubi aufgewachsen ist, nicht unterkriegen! Natürlich habe ich ein neues Schiff! Jetzt fahre ich auf der Santa Úrsula, die noch nicht so alt ist. Die muss ich dir unbedingt bald vorstellen. Ihre Namenspatronin hat sich wohl einst der unbändigen Lust von Attila widersetzt, um ihre Jungfräulichkeit zu bewahren. Und genauso hat auch mein Schiff einen der schlimmsten Stürme überstanden, den ich je erlebt habe. Meine Úrsula ist stabil und robust wie keine andere, o ja, mein Junge … Aber was ist denn aus dir und diesem verrückten Mauren geworden?«

Hugo dachte an seinen Freund zurück. Bevor er zusammen mit Obeko noch einmal die aufregenden Tage an Bord der Santa Ana heraufbeschwören würde, musste er dem Kapitän die traurige Nachricht überbringen. Er ließ den Kopf hängen. »Azerwan ist nahe unserer gemeinsam erstandenen Salzmine gestorben. Verantwortlich dafür war ein Fanatiker, der unsere Träume zunichtemachen wollte und zugleich all unsere Arbeiter mit umgebracht hat. Es war einfach grauenvoll!«

Als Geste seines Beileids hieb Obeko ihm kraftvoll auf den Rücken. Hugo begann zu husten und spürte, wie seine Schultern ganz taub wurden. Er wollte sich nicht einmal ausmalen, was für ein gewaltiger blauer Fleck da wohl zurückbleiben würde.

»Manchmal verpasst uns das Leben einen ganz schönen Tritt in die Eier …«

Jetzt stellte die junge Kellnerin eine Schale mit einer ordentlichen Portion des Schweinebratens vor ihnen auf den Tisch. Als sie das Fleisch aufschnitt, ließ das Geräusch der perfekt gebräunten knusprigen Haut ihnen das Wasser im Mund zusammenlaufen.

Die beiden Männer konzentrierten sich nun erst einmal auf ihr Essen und sprachen lange kein Wort.

Irgendwann wollte Obeko jedoch mehr darüber wissen, was Hugo in der Zwischenzeit alles erlebt hatte.

»Ich bin nach Flandern zurückgekehrt und habe mir dort Arbeit in dem Bereich gesucht, der meine Berufung zu sein schien, nämlich die Herstellung von Buntglasfenstern.«

»Ach, jetzt bemalst du also für die Pfaffen Scherben?«

Hugo lächelte angesichts seiner feinfühligen Analyse. »Genau, und Ihr könnt Euch gar nicht vorstellen, wie sehr ich es genieße. Bei meiner Arbeit spiele ich mit dem Feuer, um Erde zu schmelzen und sie in Licht und Gefühle zu verwandeln. Dafür bemale ich Glaselemente mit Szenen aus dem Alten und Neuen Testament. Wenn dann Licht hindurchfällt, wird der Raum von den Farben des Fensters erhellt, und seine Figuren erwachen zum Leben. Manche achten kaum darauf, andere inspiriert es aber zum Gebet. Wie auch immer, dieses neue Handwerk ist eins der schönsten Dinge, die mir im Leben widerfahren sind. Na ja, einmal abgesehen davon, dass ich Ubayda kennengelernt habe, meine Frau.«

»Das ist aber ein alberner Name für eine Dame!«

»Nein, einer der wunderschönsten, und sie ist das beste Meer, in dem ich mein Netz hätte auswerfen können.« Hugo schwieg einen Moment. »Wisst Ihr noch, dass das Eure letzten Worte an mich waren, als wir uns im Hafen von Rouen voneinander verabschiedet haben?«

Obekos Gedächtnis war nicht so gut wie das von Hugo.

»Ich habe auf Euch gehört, und meine Frau ist guter Hoffnung.«

»Na, das sind ja wunderbare Neuigkeiten, mein Junge! Wie ich sehe, ist es dir also gar nicht schlecht ergangen. Du tust etwas, was dir gefällt, lebst mit einer guten Frau zusammen und erwartest mit ihr ein Kind. Und was willst du dann in Bermeo?«

Hugo erzählte ihm von seinem Auftrag in Burgos und erklärte, dass er erst in allen Einzelheiten den Standort studieren musste, bevor mit der Herstellung der Fenster begonnen werden konnte.

Obeko hörte ihm gut zu, musste dabei allerdings an etwas denken, was Hugo an einem Abend auf dem Deck der Santa Ana zu ihm gesagt hatte: dass sein Vater ihn nämlich für einen Versager hielt.

»Konntest du denn die Probleme mit deiner Familie klären?«

»Ihr bezieht Euch vermutlich auf meinen Vater … Das will ich versuchen, wenn ich zurück in Burgos bin. Bis jetzt hatte ich noch keine Gelegenheit dazu, weil wir uns nicht wieder begegnet sind. Ihr könnt Euch wohl vorstellen, wie glücklich mich eine Versöhnung machen würde …«

Obeko griff nach einer Schweinerippe, die er zwischen Schlucken vom Apfelwein gründlich abnagte. Er sagte kein Wort, doch in seinem Kopf arbeitete es fieberhaft, und irgendwann fasste er seine Gedanken dann in Worte: »Du wirst doch sicher ein Schiff brauchen, um deine ganzen Glasscherben aus Flandern hierherzutransportieren, oder? Da sie bestimmt sowohl schwer als auch zerbrechlich sind, unterstellen wir sie doch am besten dem Schutz der Santa Úrsula, meinst du nicht? Kann ich dir dabei also zu Diensten sein?«

Hugo überraschte der Vorschlag. Er hatte eigentlich gedacht, dass Obeko mit anderen Dingen beschäftigt sein würde, wie dem Fischfang.

Als er nachfragte, antwortete der Kapitän: »Natürlich gibt es nichts Aufregenderes, als dem Meer einen Wal oder einen Schwarm Kabeljau zu entreißen. Aber nach Neufundland können wir dieses Jahr nicht, weil sich dort die Bestände erholen müssen. Deshalb liegt mein Schiff hier vor Anker. Was sagst du, sind wir im Geschäft?«

»Allerdings, damit habe ich ein Problem weniger.« Begeistert schlug Hugo mit den Händen auf die Tischplatte. »Ich hatte mich schon gefragt, wem ich das Glas wohl anvertrauen könnte, damit es auch heil an seinem Zielort ankommt.«

Sie schüttelten einander die Hand und widmeten sich dann den verbliebenen Resten des gebratenen Ferkels.

Hugo dachte dabei immer noch über den Transport der Fenster nach. Jetzt kam ihm der junge Bursche in den Sinn, den er beim Wolltransport auf dem Weg nach Portugalete kennengelernt hatte.

»Könntet Ihr Euch vielleicht für mich auf die Suche nach einem Freund von mir machen, der vermutlich weiterhin für die Zunft der Wagenlenker von Burgos und Soria arbeitet? Er heißt Bruno, und wenn Ihr ihn ausfindig macht, könnt Ihr ihm die Verantwortung für den Transport von Bermeo nach Burgos übertragen. Dafür gebe ich Euch hier und jetzt bereits die Befugnis.«

»So gut wie erledigt!«, rief Obeko, stieß mit Hugo an und schüttete den Rest seines Apfelweins herunter. Da wurde ihm plötzlich etwas klar. »Du willst doch wohl nicht in diesem Dreckloch übernachten, oder?«

»Das hatte ich eigentlich vor.«

»Na, dann kannst du mir erst recht dankbar sein, ich werde dir nämlich die Bekanntschaft mit Xabiers berühmten Bettwanzen ersparen. Komm mit an Bord der Santa Úrsula, da können wir in alten Zeiten schwelgen, und ich kann die Gelegenheit nutzen, um dir einen echten Schatz vorzustellen, den ich für ganz besondere Anlässe reserviere …«

»Nehmt Ihr jetzt etwa Frauen mit an Bord?«

»Nein, was redest du denn da? Verdammt, ich meine natürlich ein wertvolles Fässchen mit dem köstlichsten Weinbrand aller Zeiten.«

9

Kartause Santa María de Miraflores, Burgos, Februar 1483

Der junge Bauherr Simon von Köln führte die von seinem vor zwei Jahren verstorbenen Vater Johannes begonnenen Arbeiten weiter. Der hatte nach Kastilien die neuesten Entwicklungen der europäischen Baukunst mitgebracht, die von einigen inzwischen als Flamboyantstil bezeichnet wurden.

Vater und Sohn hatten sich beide in Burgos niedergelassen und wurden dort sowohl von Laien als auch Experten wegen ihrer perfekt ausgeführten Werke und ihres ungewöhnlichen Stils bewundert.

Ein Beispiel dafür aus jüngerer Zeit waren die Spitztürme der Kathedrale, die sich als achteckige Pyramiden in den Himmel erstreckten. Bis zum Scheitelpunkt in luftiger Höhe waren ihre Seiten mit Tausenden von Ornamenten verziert, vor allem in der Form von Disteln und Blättern. Dadurch strahlten sie bislang nie erreichte Opulenz aus.

Unter all den Projekten ihrer Bauwerkstatt war die Kartause von Santa María de Miraflores wohl dasjenige, das sich bisher am meisten verzögert hatte.

Sie war ursprünglich ein Projekt von Johann II. von Kastilien gewesen und sollte auf den Resten eines alten Jagdpalastes errichtet werden. So hatte der König es beim besten Baumeister seiner Zeit, Johannes von Köln, 1452 in Auftrag gegeben. Im Jahr 1464 waren endlich die vierundzwanzig

Zellen für die Kartäusermönche fertiggestellt worden, zusammen mit Küche, Speisesaal, Kreuzgang und Kapellen. Aber mit der Kirche, dem wahren Herzstück des Projektes, hatte man bis dahin kaum begonnen. Nach dem Tod von König Johann fehlte die treibende Kraft hinter dem Auftrag, bis zwei Jahrzehnte später seine Tochter Isabella beschloss, eingedenk der Wünsche ihres Vaters die Bauarbeiten wieder aufzunehmen. Vor allem aber sollte die Kirche nun als ein dem Glanz seiner Herrschaft würdiges Mausoleum für die sterblichen Überreste des Regenten dienen.

Die Königin übergab den Auftrag für das Grabmal, in dem auch ihr jüngerer Bruder, der Infant Alfons von Kastilien, zur Ruhe gebettet werden würde, an den renommierten Bildhauer Gil de Siloé. Bisher lag dazu jedoch noch kein Entwurf vor, weil man erst bis zur Fertigstellung der Kirche warten wollte.

Dass sie nun so schnell wie möglich vollendet werden sollte, sah die Stadt Burgos nicht nur als Verpflichtung dem Kartäuserorden gegenüber an. Hier ging es schließlich um den persönlichen Wunsch der Königin von Kastilien.

Und deshalb arbeitete der junge Simon von Köln seit 1477 mit aller Kraft an dem Projekt.

Als Hugo de Covarrubias die Baustelle zum ersten Mal besuchte, hatte Simon daher kaum Zeit für ihn. Tatsächlich hätte der Glasmalermeister kaum zu einem ungünstigeren Zeitpunkt eintreffen können, denn es war gerade eines der fünf Gewölbe über dem rechteckigen Kirchenschiff eingestürzt. Offenbar war die Bodenlaibung nicht robust genug gewesen. Zum Glück war der Einsturz bei Nacht passiert und hatte keine Menschenleben gefordert, Simon kochte jedoch innerlich.

»Ihr seid zu früh hier.«

»Ich erfülle nur die Anweisungen meines Auftraggebers«,

entgegnete Hugo. Er war von den Formen des komplexen und betörend schönen Gewölbes in der Apsis tief beeindruckt. Dort fanden sich acht mit Blättern und dreilappigem Maßwerk dekorierte Bogen zu einer zentralen Blumenrosette zusammen, die mit dem Wappen von Kastilien verziert war.

»Wenn ich Euch doch sage, dass Ihr zu früh eintrefft! Wollt Ihr etwa jetzt die Fenster ausmessen?«

Hugo kalkulierte, dass Simon von Köln wohl etwa in seinem Alter sein musste, durch sein Äußeres wirkte er allerdings Ehrfurcht gebietender: Er war groß, hatte scharfe Gesichtszüge und wirres blondes Haar.

»Ja, deswegen bin ich hier. Aber ich muss dafür nichts von Eurer wertvollen Zeit in Anspruch nehmen. Ich bitte Euch lediglich darum, dass Ihr mir ein paar Gerüste zur Verfügung stellt. Ansonsten habe ich meinen eigenen Messstab mitgebracht und werde in einer Woche alle nötigen Informationen zusammentragen. Ihr werdet meine Anwesenheit kaum bemerken.«

»Das wage ich zu bezweifeln, schließlich habt Ihr noch nicht einmal angefangen und stört mich jetzt schon.«

Dann wandte sich Simon an seinen Bauleiter, um ihn für das Unglück verantwortlich zu machen und ihm seine Untauglichkeit vorzuhalten. Am Ende gab er ihm jedoch noch eine Anweisung, die Hugo überraschte. Er wies ihn nämlich an, vor der ersten der siebzehn Fensteröffnungen des Kirchenschiffs ein Gerüst errichten zu lassen.

»Vielen Dank«, sagte Hugo.

»Bedankt Euch nicht bei mir und kommt mir von nun an besser nicht mehr unter die Augen. Ich hoffe wirklich, dass Ihr mir aus dem Weg geht und sich Euer Aufenthalt hier nicht mehr in die Länge zieht als angekündigt. Ich hasse es nämlich, bei der Arbeit beobachtet zu werden. Und ehrlich gesagt, frage ich mich sogar, ob nicht vielleicht Ihr der Auslöser meines Pechs seid …« Er deutete auf die Reste von Bogen, Rippen, Kappen und Verbindungsstücken, die am Boden verstreut lagen. »Wie Ihr seht, befindet sich das Kirchenschiff immer noch unter freiem Himmel, weil fünf Kreuzgewölbe fehlen. Aber Ihr habt vermutlich keine Ahnung, wovon ich hier rede.« Müde wedelte er mit der Hand.

»Nein, über Eure Kenntnisse verfüge ich natürlich nicht. Aber es ist auch für mich offensichtlich, dass diese Kragsteine auf die Rippen des Gewölbes warten.« Hugo deutete auf die entsprechenden Elemente. »Außerdem kann man jetzt schon sehen, dass es sich um ein Kreuzgewölbe handeln muss, da nur ein solches zu den von den Wänden ausgehenden Spitzbogen passen würde.«

Simon musterte ihn zwar verwundert, seine Laune wurde aber immer noch nicht besser. »Es wird etwas über zwei Stunden dauern, bis das Gerüst für Euch fertig ist. Auf dem Weg hierher seid Ihr doch sicher nahe dem Fluss an einem Wäldchen vorbeigekommen. Ich empfehle Euch, dort einen Spaziergang zu machen, denn hier auf der Baustelle will ich Euch in der Zwischenzeit nicht herumlungern sehen. Also, hinaus mit Euch!«

Hugo folgte seinem Rat. Zum einen wollte er sich lieber schnell außer Reichweite des missmutigen Mannes bringen, zum anderen musste er sich ja auch noch überlegen, wie er im Laufe der Woche seine Arbeit strukturieren würde.

Vor dem Zusammentreffen mit dem übel gelaunten Baumeister hatte er in der Kartause um eine Unterbringung vor Ort gebeten. Viele Übernachtungsmöglichkeiten schien es für Fremde auf dem Gelände des Klosters nicht zu geben. Nachdem er seine Empfehlungsschreiben vorgezeigt und eine großzügige Spende geleistet hatte, machte man schließlich aber ein Zimmerchen neben dem Speisesaal für ihn fertig.

All dies war nötig gewesen, weil Hugo letztlich die Möglichkeit ausgeschlossen hatte, in seinem Elternhaus unterzukommen. Dort hatte ihn ein Diener, den er nicht einmal kannte, über die Abwesenheit seines Vaters informiert. Er befand sich auf einer Reise nach Plasencia und würde frühestens in sechs Tagen zurückkehren.

Diese unglückliche Fügung musste Hugo wohl hinnehmen. Es machte ihm jedoch Sorgen, dass ihm dadurch nur wenig Zeit bleiben würde, um seinen Vater zu sehen. Aber er wollte die Rückkehr nach Löwen auf keinen Fall verschieben, um die Geburt seines Kindes nicht zu verpassen.

In Bezug auf seinen Vater gab es so vieles, was Hugo nicht verstand, er hatte endlose Fragen. Zum Beispiel hätte er gerne gewusst, wie sein Vater reagiert hatte, als er nach Hugos Gespräch mit Damián im Schildpadhuis die wahren Gründe für Hugos Flucht aus Bermeo erfahren hatte. Er wollte auch gerne herausfinden, wie sich Don Fernando daraufhin seinem vermeintlich besten Angestellten, Policarpo Ruiz, gegenüber verhalten hatte. Hatte er ihn nach der Enthüllung des Betruges angezeigt? Hatte Policarpo hinter Gitter gemusst, wenigstens für einige Zeit? Warum war Policarpo neun Jahre nach der Verfolgungsjagd in Portugalete und Bermeo in Afrika aufgetaucht und hatte es immer noch auf Hugo abgesehen?

Natürlich war sich Hugo bewusst, dass er viele dieser Fragen auch seinem Stiefbruder hätte stellen können. Aber sie waren ihm bei ihrer Begegnung in der Kathedrale nicht in den Sinn gekommen, sondern erst später. Ein Punkt beunruhigte ihn ganz besonders: Woher hatte Policarpo gewusst, dass er in der Nähe von Qastiliya gelebt hatte? Von seinen Plänen hatte Hugo schließlich nur wenigen Personen erzählt. Und natürlich wunderte ihn genauso sehr, dass Policarpo sich frei bewegen und in Brügge Berenguela hatte umwerben können, während er doch eigentlich ins Gefängnis gehört hätte.

Jedenfalls hatte Hugo mit seinem Vater viele wichtige Dinge zu besprechen. Er erhoffte sich von ihrer Begegnung aber noch viel mehr, nämlich endlich eine Versöhnung. So hatte er es sich selbst und Ubayda schließlich versprochen, und er war sich bewusst, dass er sonst für lange Zeit vielleicht keine Gelegenheit mehr dazu haben würde.

Da sein Vater nicht zugegen war, hatte der freundliche Angestellte vorgeschlagen, stattdessen die Herrin des Hauses zu rufen, die sehr wohl da war.

Das lehnte Hugo aber ab. Allein die Vorstellung, seine Stiefmutter zu sehen und mit ihr unter demselben Dach zu schlafen, stieß ihm übel auf. Er würde lieber unter einer Brücke nächtigen, als auch nur eine Stunde in Gesellschaft dieser Xanthippe zu verbringen.

Im Halbdunkel seines Kämmerchens vernahm Hugo im Laufe der Nacht die Glocken, die zu Matutin, Laudes und Prim riefen. Weil er zwischen den Zellen und der Kapelle Mönche hin und her eilen hörte, konnte er leider kaum zwei Stunden am Stück schlafen. Aber das störte ihn nicht. Er war fest entschlossen, sich noch vor dem Morgengrauen im unfertigen Bau einzufinden, um dort die Effekte des ersten hereinfallenden Tageslichts mitzuerleben. Durch die Arbeit an einer anderen Kartause in Löwen zusammen mit van Diependaal wusste Hugo, dass diese Ordensgemeinschaft ihre Kirchen vor allem zum eigenen Lob Gottes errichtete. Gläubige von außerhalb besuchten sie nur selten, daher wurden die Räumlichkeiten überwiegend für die Messen und die acht Stundengebete genutzt, zu denen die Gemeinschaft zusammenkam.

Als Hugo um halb acht Uhr morgens die angelehnte Kirchentür aufschob und ins Innere trat, waren seine Schritte im Innenraum das einzige Geräusch. Da ihn beißende Kälte empfing, hüllte er sich rasch in eine vorsichtshalber mitgebrachte Decke. Er durchquerte das Atrium und blieb im nächsten Bereich des Kirchenschiffs stehen, in dem sich die ersten beiden Fenster befanden. Schon bald würde es draußen hell werden.

Hugo stieg vorsichtig auf das Gerüst an der Südwand und vergewisserte sich dabei, dass es auch überall gut gesichert war. In der Höhe nahm ihn der kalte Wind seiner Heimat in Empfang.

Genau wie die anderen auch war die erste Fensteröffnung von vier Archivolten umgeben und verfügte über zwei dünne Mittelpfosten, die das Fenster in drei hohe Lanzettfenster unterteilten. Darüber befand sich ein außergewöhnliches Maßwerk, für das allein Hugo später zwölf winzig kleine Glaselemente unterschiedlicher Form und Größe herstellen müssen würde.

»Gestern habt Ihr mir vermitteln wollen, dass Ihr etwas von Baukunst versteht. Aber Ihr könnt mir sicher nicht sagen, wie man diese Art von Fenstern nennt, oder?«

Die Stimme überraschte Hugo, weil er keine Schritte gehört hatte. Als er sich umschaute, kletterte Simon von Köln zu ihm hinauf.

»Ja, da muss ich meine Unwissenheit eingestehen. Aber ich hoffe doch, dass Ihr es mir verratet.« Hugo lächelte und hoffte auf eine freundlichere Begegnung als am Vortag.

»Bei einem einzigen Fenster, das durch zwei schmale Steinelemente unterteilt wird, sprechen wir von Drillingsfenstern. Mit diesem Hilfsmittel, verstärkt durch das obere Maßwerk, erreichen wir einen zauberhaften Eindruck von Leichtigkeit. Und ich hoffe, dass Ihr die Schönheit dieser Fenster mit den von Euch gestalteten Scheiben noch unterstreichen werdet.«

Jetzt reichten sich die beiden Männer zum ersten Mal die Hand.

»Entschuldigt bitte mein mürrisches Verhalten gestern, so ein schlechter Gastgeber bin ich normalerweise nicht. Ich hatte eben einen harten Tag …«

Hugo winkte ab, wandte seine Aufmerksamkeit dann aber wieder der Fensteröffnung zu, weil sich jetzt ein scheuer Streifen Licht am bedeckten, tristen Himmel zeigte.

Simon von Köln teilte den Moment mit ihm, sprach dabei jedoch weiter: »Ehrlich gesagt, hatte ich auch damit gerechnet, Niclaes hier zu sehen. Schließlich könnte dieses Projekt seinen Namen in ganz Kastilien bekannt machen. Ich kann wohl davon ausgehen, dass er später noch herkommt, nicht wahr? Richtet ihm aber auf jeden Fall aus, dass dieser Auftrag nur meinetwegen an ihn gegangen ist. Euer neuer Stil im Norden Europas, wie Ihr die Malerei in höchster Vollendung auf das Glas übertragt, fasziniert mich.« Jetzt musste Simon niesen. »Diese Kälte bringt mich noch um.« Er zog die Nase hoch. »Aber erzählt mir doch etwas von Euch. Ich vermute, Ihr seid Niclaes' bester Gehilfe?«

Nun legte Hugo seinen Werdegang dar und bemerkte dabei, dass der Baumeister ganz genau wusste, wer van Diependaal und Hemmel waren. Durch die Erwähnung ihrer Namen wuchs offensichtlich sein Ansehen in den Augen des Baumeisters.

Hugo erklärte seine Anwesenheit in der Kartause damit, dass er bei diesem Projekt von Anfang an mit dabei sein wollte, da er einen Großteil der Arbeit übernehmen würde. Dazu kam natürlich noch, dass er aus Burgos stammte und seit neun Jahren nicht mehr in seine Heimatstadt zurückgekehrt war.

Besonders hell schien dieser Morgen nicht zu werden, jetzt fiel aber ein erster Schimmer ins Innere der Kathedrale. Da die Kirche nach Nordosten ausgerichtet war, erreichte er als Erstes das Fenster, vor dem sie sich befanden.

Abgesehen davon, zeigte sich jedoch ein interessantes Spiel aus indirektem Licht und Schatten auf den danebenliegenden Fenstern zur Apsis hin.

Bei diesem Anblick dachte Hugo an die Thematik der in Auftrag gegebenen Fenster. Sie sollten den Leidensweg Christi, Auferstehung, Himmelfahrt und das Jüngste Gericht zeigen. In diesem Moment wurde ihm klar, dass für dieses Fenster das leuchtendste, glänzendste Motiv der Reihe perfekt sein würde.

»Die Scheiben auf dieser Seite sollten wir mit helleren und leuchtenderen Farben gestalten, um ruhmreiche Szenen wie die Kreuzabnahme, Jesu Auferstehung und Himmelfahrt sowie Pfingsten oder das Jüngste Gericht zu illustrieren, das ich hier schon vor mir sehe.« Er hob die Hände zur erleuchteten Öffnung hoch, so als hätte er das vollendete Werk dort bereits vor sich.

»Das halte ich für eine gute Idee.« Simon drehte sich zur gegenüberliegenden Wand um. »Ich nehme an, dann wollt Ihr dort drüben den Leidensweg Christi darstellen. Euren Worten zufolge denkt Ihr dafür vermutlich an kühlere, dunklere Schattierungen, passend zum Licht am Ende des Tages.«

»Ja, so könnte man es konzipieren. Dadurch würden die Mönche das Kreuzesopfer und den Sieg unseres Herrn über den Tod durch das von Fenster zu Fenster wandernde Licht wie in einem Buch lesen. Wir werden alles tun, damit die Figuren von unseren Werken aus das Gebet der Ordensbrüder anleiten. Ihre Züge sollen die überwältigenden Emotionen widerspiegeln, die die Menschen im Angesicht von Dornenkrone, Geißelung oder Kreuzigung ihres Herrn durchlebt haben. Und die Wonne der Auferstehung, nachdem die Sünde besiegt war.«

Als Simon von Köln ihn so sprechen hörte, wuchs sein Vertrauen in Hugo de Covarrubias' Fähigkeiten, obwohl er natürlich erst die Arbeit seiner Hände sehen musste.

In den nächsten drei Tagen wechselten die beiden Männer kaum ein Wort miteinander, während jeder seiner Arbeit nachging.

Hugo maß die Fensteröffnungen ganz genau aus und schaute dann dabei zu, wie für ihn das Gerüst ab- und an anderer Stelle wieder aufgebaut wurde.

Simon wollte seinerseits dem Himmel ein wenig Platz streitig machen, um sein Kirchenschiff mit einem Dach zu bedecken, und nahm dabei jeden einzelnen Stützbalken des Bogengerüstes persönlich unter die Lupe.

An dem Morgen, an dem Hugo bereits fünf Tage in der Kartause verbracht hatte, traf nach einer langen, anstrengenden und nervenaufreibenden Reise per Schiff Berenguela ganz in der Nähe ein.

Im Pferdewagen nach Burgos saß sie neben zwei pausenlos plappernden Frauen, die sich während des ganzen Weges laut über all die Fehler und Schwächen ihrer jeweiligen Verwandten austauschten, um dann zu den gemeinsamen Freundinnen überzugehen. Damit lenkten sie Berenguela wenigstens ab und machten das letzte Stück der Reise etwas erträglicher.

Bei ihrem Eintreffen in der Stadt verabschiedete sich Berenguela von ihren Mitreisenden und suchte dann jemanden, der sie zum Kloster bringen konnte, in dem ihre Mutter untergebracht war.

Berenguela war nur zweieinhalb Monate fort gewesen, sah aber jetzt voller Entsetzen, wie sehr ihre Mutter in dieser Zeit abgemagert war.

Beim Eintreffen ihrer Tochter hielt Doña Elvira den Blick

starr auf eine Stelle von Berenguelas Kleid gerichtet und zeigte keine einzige Emotion. Aus ihrem Mundwinkel floss unablässig ein dünner Speichelfaden, den Berenguela immer wieder mit einem Taschentuch wegwischte.

Mit beklommenem Herzen saß sie während der nächsten drei Stunden schweigend neben ihrer Mutter, hielt sie im Arm und streichelte sie. Obwohl mit keiner Reaktion zu rechnen war, berichtete Berenguela ausführlich davon, was ihr in Brüssel und Brügge alles widerfahren war, vermied aber, ihren verstorbenen Vater zu erwähnen, falls ihre Mutter in ihrer leeren Welt vielleicht doch noch etwas mitbekam.

Das Wiedersehen erfüllte sie mit einem bitteren Gefühl der Machtlosigkeit. Der Anblick ihrer Mutter, die zwar vor ihr saß, aber doch verloren war, trieb ihr die Tränen in die Augen. Sie griff nach Doña Elviras kalten Händen, strich ihr über Haare und Arme oder übersäte ihre Wangen mit Küssen, um sie aus diesem dunklen Traum zurückzuholen, in den sie nach dem Tod ihres Mannes verfallen war. Aber es war alles vergebens.

»Du kannst ganz beruhigt aufbrechen, Berenguela«, sagte schließlich die Äbtissin zu ihr, als sie aus der Zelle trat, um Santa María La Real de Las Huelgas zu verlassen. »Wie du siehst, ist deine Mutter hier gut aufgehoben, und viel mehr kann man für sie ja leider auch nicht mehr tun. Uns bleibt nur noch, dafür zu beten, dass Gott ihr ihr Bewusstsein zurückgibt, wenn sie einst zu ihm in den Himmel aufsteigt. Und ich hoffe, bis dahin wird ihr noch ein langes Leben zuteil … Oder wie siehst du das?«

»Ehrwürdige Mutter, vielleicht habt Ihr recht, es schmerzt mich aber, sie so zu sehen. Mir fällt es schwer, den Verlust der Person zu akzeptieren, die mich in meiner Familie am meisten geliebt hat.« Der aufgewühlten Berenguela drohte die

Stimme zu versagen. »Diese Situation ist für mich unglaublich schwierig.«

Die Ordensschwester, die Berenguela von klein auf kannte, hatte den Eindruck, dass die junge Frau ihr etwas verschwieg. »Dich bedrückt doch noch etwas anderes, und ich habe den Eindruck, dass es sich um etwas wirklich Ernstes handeln muss. Habe ich recht? Vielleicht verschafft es dir ja Erleichterung, wenn du mir davon erzählst. Obwohl ich dir natürlich nicht denselben Trost bieten kann wie deine Mutter.«

»Ihr braucht Euch keine Sorgen um mich zu machen. Ich bin einfach nur …« Berenguela war sich nicht sicher, ob sie sich bei der Äbtissin alles von der Seele reden sollte, und zwirbelte gequält den Stoff ihres Kleides zwischen den Fingern. Am Ende sagte sie lediglich: »Es kommt mir vor, als hätte ich keine Wurzeln mehr.« Und das war ja auch keine Lüge. »Mein Vater ist tot, und Ihr seht doch, wie es meiner Mutter geht. Abgesehen von ihnen, habe ich niemanden sonst, mit dem ich mein neues Leben teilen kann, keine Familie und bloß wenige Freundinnen.«

»Dann widme dein Leben doch unserem Herrn. Ich kenne dich gut und bin mir sicher, dass aus dir eine gute Nonne werden würde.«

»Diesen Weg hätte ich vor meiner Hochzeit beinahe eingeschlagen, um meiner Ehe zu entkommen.« Sie dachte daran, wie sie diese List angewandt hatte, als Damián vor seinen Eltern um ihre Hand angehalten hatte. »Aber auch das wäre ein Fehler gewesen. Eine so wichtige Entscheidung darf man auf keinen Fall treffen, wenn Zweifel an der Berufung durch Gott bestehen. Und von meiner Berufung bin ich im Augenblick einfach nicht überzeugt. Ich weiß nicht, ob es daran liegt, dass ich meiner Liebe zum Herrn momentan wenig Platz in meinem Leben einräume, oder eher an meiner völligen Verwirrtheit. Ich muss erst einmal ein paar sehr bittere Kapitel meines Lebens abschließen, bevor ich mich neuen Herausforderungen stellen kann. Und dann werden wir weitersehen.«

»Ich kann deine Einstellung nachvollziehen, mein Kind. Aber verschließ dein Herz derweil nicht vor Gott, damit er seinen Willen dort einpflanzen kann. Behalt die täglichen Gewohnheiten von Messe, Beichte und Gebet bei, sei großzügig und öffne Gott die Tür.«

»Ich werde es versuchen, Ehrwürdige Mutter, das verspreche ich.«

Zwei Stunden später betrat Berenguela ihr Zimmer in einem Gasthof in der Nähe des Platzes an der Kathedrale. In ihrem Elternhaus konnte sie nicht unterkommen, weil sie zu ihrer großen Überraschung festgestellt hatte, dass es zum Verkauf stand. Sie hatte davon erst durch ein Schild an der Tür erfahren und hielt es für einen neuen grausamen Schachzug ihres geschätzten Ehemanns.

Berenguela ließ sich aufs Bett sinken, ohne auch nur die Schuhe auszuziehen. Sie war erschöpft und aufgewühlt. Eine geistig verwirrte Mutter, kein Elternhaus mehr als Rückzugsort, ein Ehemann, den sie hasste und längst nicht mehr als ihren Gatten erachtete – mit ihren neunundzwanzig Jahren war sie inzwischen völlig allein und auf sich gestellt. Selbst Hugo war verheiratet und erwartete ein Kind. Darüber hinaus lastete die Schuld am Tod von Grosenbergs Neffen schwer auf Berenguelas Seele, und es gab niemanden, bei dem sie sich ausweinen konnte.

Ihr knurrte der Magen, weil sie den ganzen Tag noch nichts zu sich genommen hatte. Gleichzeitig hatte sie aber keine Lust, sich jetzt auf die Suche nach einer Schänke zu machen. Zusammengerollt lag sie auf dem Bett und ging in Gedanken durch, wer sie vielleicht bei ihrem Termin mit Santiago de Frías begleiten könnte. Wie Grosenberg ihr empfohlen hatte, brauchte sie jemanden, der Autorität ausstrahlte und sie bei ihren Forderungen unterstützen könnte. Nachdem sie lange hin und her überlegt hatte, kam ihr ihr alter Beichtvater in den Sinn: ein Geistlicher, dem sie sehr zugetan war. Ob er wohl immer noch der Gemeinde San Nicolás vorstand, der Berenguela von klein auf angehört hatte? Nachdem sie beschlossen hatte, es gleich am nächsten Tag herauszufinden, wurden ihr die Lider ganz schwer, und sie fiel in tiefen Schlaf.

Hugo de Covarrubias stand zum Primgebet auf, so wie er es seit sechs Tagen jeden Morgen getan hatte. Da er mit den Messungen gut vorangekommen war, würde er heute vermutlich seinen Aufenthalt hier in der Kartause abschließen können.

Beim Betreten der Kirche lief Hugo Simons Bauleiter über den Weg. Er wählte gerade das Material für eine Holzstruktur aus, die die Bogen des neuen Kreuzgangs stützen sollte.

Die beiden Männer grüßten einander.

»Wir haben Euch ein Gerüst an der ganzen Längsseite der Apsis errichtet, damit Ihr dort bequemer arbeiten könnt.« Der Bauleiter deutete auf die neu errichtete Konstruktion.

Hugo nutzte die Gelegenheit, um dem Mann für alles zu danken, was er für ihn getan hatte. Angesichts seiner erschöpften Miene fragte er sich, ob der Bauleiter womöglich die ganze Nacht auf den Beinen gewesen war. »Seid Ihr damit etwa gerade erst fertig geworden?«

»Ja … mehr oder weniger.«

Dankbar klopfte Hugo ihm auf den Rücken. »Simon von Köln ahnt ja gar nicht, was er an Euch hat, deshalb werde ich es ihm gleich noch einmal sagen, wenn ich ihn sehe. Ich habe nicht ein einziges Mal auf mein Gerüst warten müssen, weil es am Morgen immer schon für mich dastand. Sagt mir, wie ich mich dafür erkenntlich zeigen kann …«

»Das ist doch nicht der Rede wert, mein Herr. Es wird mir Lohn genug sein, wenn Ihr die schönsten Kirchenfenster von ganz Kastilien gestaltet. Damit werdet Ihr diese Kirche und somit uns alle berühmt machen. Also auf, jetzt klettert schon auf Euer Gerüst, um dort oben zu ergründen, wie Ihr durch Eure sieben Fenster die Präsenz unserer Muttergottes heraufbeschwören könnt. Denn sie soll an dieser Stelle doch im Mittelpunkt stehen, nicht wahr?«

Hugo nickte und erklärte ihm, dass diese Scheiben die sieben Freuden Mariä darstellen würden. »Wir werden dieselbe Reihenfolge einhalten wie bei den täglichen Gebeten der Kartäuser. Matutin und Laude werden wir in einem einzigen Fenster darstellen, in dem Mariä Verkündigung und der Besuch bei der heiligen Elisabet im Mittelpunkt stehen. Für die Prim steht Christi Geburt als Sinnbild, für Terz und Sext die Verkündigung an die Hirten und die Anbetung der Könige. Als Motiv für die Non haben wir Jesus im Tempel gewählt, und für die Vesper die Flucht nach Ägypten. Für die Komplet bildet die Krönung der Gottesmutter auf dem südlichsten Fenster den Abschluss unserer Folge um die sieben Freuden Mariä.«

»Das wird äußerst beeindruckend, daran hege ich keinerlei Zweifel«, entgegnete der Bauleiter. »Dann lasse ich Euch nun in Ruhe arbeiten. Wir haben alle noch viel zu tun.«

Am Nachmittag standen schließlich die exakten Maße aller sieben Fensteröffnungen mit so vielen Details in Hugos Notizbuch, dass er bis zum Tag des Einbaus nicht mehr würde herkommen müssen. Er beschloss daher, in Burgos seinen Vater zu besuchen, dessen Rückkehr für heute Morgen vorgesehen gewesen war.

Den ganzen Tag hatte er nach den passenden Worten gesucht, um Don Fernando von seinem neuen Leben zu erzählen, von seiner Frau und der baldigen Geburt seines Kindes. Neun Jahre lang hatten sie sich nicht gesehen, eine viel zu lange Zeit. Und jetzt war Hugos Wunsch, endlich die Liebe seines Vaters zurückzuerlangen, stärker als alles andere. Das musste ihm einfach gelingen, sein Herz sehnte sich danach, genau wie sein Gewissen.

Tief in Gedanken überquerte er den Platz vor der Kathedrale und schaute zu dem Hauseingang hinüber, den er als Kind tausendmal durchquert hatte. Jetzt verlangsamten sich seine Schritte. Ihm schienen die Kräfte zu schwinden, und plötzlich wurde die Aufregung unerträglich. In drei oder vier Klafter Entfernung blieb er stehen, schloss die Augen und atmete zur Entspannung ein paarmal tief durch. Dann beschloss er, endlich anzuklopfen. Doch noch bevor seine Finger das Holz berührten, hörte er hinter sich eine vertraute Stimme: »Hugo?«

Er fuhr herum, und da stand sie vor ihm, so nah, dass er sie fast berühren konnte. Berenguela.

»Du hier?« Er wusste nicht, was er sonst noch sagen sollte, so sehr überraschte ihn die unerwartete Begegnung.

Berenguela trat an ihn heran und küsste ihn zur Begrüßung auf die Wange. Sie war nicht allein, sondern wurde von einem älteren Geistlichen begleitet, in dem Hugo ihren früheren gemeinsamen Beichtvater erkannte.

Angesichts Hugos verblüffter Miene erklärte Berenguela: »Leider habe ich nicht viel Zeit, um dir meine Gründe für meinen Aufenthalt hier in Burgos darzulegen. Ich muss nämlich dringend in einem Notariat gewisse Papiere bezüglich des Testaments meines Vaters abholen.«

Hugos Miene wurde immer fassungsloser.

»Natürlich, du weißt wohl noch gar nicht, dass er vor ein

paar Jahren gestorben ist. Und auch nicht, dass meine Mutter dadurch den Verstand verloren hat und seitdem im Kloster Santa María La Real de Las Huelgas versorgt wird …«

»Davon höre ich gerade zum ersten Mal und möchte dir mein tiefstes Beileid aussprechen. Ich habe es sehr bedauert, dass du bei unserer Begegnung in der Kathedrale von Antwerpen so rasch aufgebrochen bist und wir nicht miteinander reden konnten. Was ist denn damals nur passiert? Und ist Damián auch hier?«

»Das ist eine lange Geschichte. Und nein, ich bin ohne deinen Stiefbruder hergekommen, weil ich gar nicht mehr mit ihm zusammenlebe.« In diesem Moment würde Berenguela nicht weiter ins Detail gehen. »Aber was ist mit euch, seid ihr schon Eltern geworden? Seid ihr gekommen, um das Kind eurer Familie vorzustellen?«

»Nein, noch ist es nicht auf der Welt, aber es ist schon bald so weit, deshalb ist Ubayda auch in Löwen geblieben. Ich bin wegen eines Auftrags hier, möchte aber morgen schon die Rückreise antreten, vor allem deswegen, weil der Geburtstermin näher rückt. Aber vorher möchte ich noch meinen Vater besuchen, den ich seit meiner Flucht nicht mehr gesehen habe. Und wie lange das zurückliegt, brauche ich dir ja nicht zu erzählen.«

Berenguela begriff, welch große Bedeutung diese anstehende Begegnung für Hugo hatte. Sie hoffte von ganzem Herzen, dass eine Versöhnung der beiden Männer trotz der Vorbehalte von Don Fernando möglich sein würde. Vorsichtshalber setzte sie Hugo aber mit kurzen Worten in Kenntnis, wie sich ihr Schwiegervater ihr gegenüber bei Hugos Erwähnung verhalten hatte.

Dann überlegte sie fieberhaft. Wenn sie heute die Dokumente an sich bringen könnte, würde sie auch gerne so schnell wie möglich nach Brügge zurückkehren. Berenguela schlug Hugo vor, gemeinsam zurückzureisen: »Vielleicht könnten wir dasselbe Schiff nehmen und die Überfahrt nutzen, um endlich einmal in Ruhe miteinander zu sprechen. Ich muss dir so viel erzählen und weiß nicht, ob wir jemals wieder so eine Gelegenheit dazu finden werden.«

Hugo war von der Idee begeistert: »Soll ich mich morgen früh um acht bei dir zu Hause einfinden? Hast du damit genug Zeit, um dich für die Reise fertigzumachen?«

»Natürlich. Aber in meinem Elternhaus wirst du mich nicht antreffen, das erkläre ich dir dann morgen … Hol mich in dem Gasthof dort gegenüber der Kathedrale ab.« Sie deutete auf das Gebäude. »Du ahnst ja nicht, wie froh es mich macht, dass wir so viel Zeit füreinander haben werden, Hugo!« Ihr Strahlen zeigte, wie selig sie war. »Dann also bis morgen!«

Und als Hugo Berenguela davoneilen sah, freute auch er sich über die glückliche Fügung, die sie hier zusammengeführt hatte. Schließlich verschwand seine Freundin in der Menschenmenge, und er wandte seine Aufmerksamkeit wieder der verschlossenen Tür zu.

Entschlossen klopfte er an.

10

Auf dem Weg nach Bermeo, Februar 1483

Leider waren Berenguela und Hugo auf dem Weg von Burgos nach Bilbao in der Kutsche nicht allein, sondern reisten in Begleitung von zwei königlichen Gerichtsdienern. Sie besuchten im Auftrag des Königshauses Stadträte, um zu überprüfen, ob auch die korrekte Menge an Steuern eingenommen wurde. Unter diesen Umständen vermieden die beiden Freunde besser jedes Gespräch, das Damián de Covarrubias kompromittieren könnte. Darüber würden sie sich noch unterhalten können, wenn sie später allein waren.

Aber es kamen natürlich persönlichere Themen auf. Sie sprachen zunächst in ganz normalem Tonfall über ihre Angelegenheiten und senkten dann die Stimme, als ihnen klar wurde, dass ihre Mitreisenden mithörten. Irgendwann flüsterten sie beinahe.

Nun lauschte Berenguela Hugos herzzerreißenden Worten: Sein Vater hatte sich am Vortag schlichtweg geweigert, seinen Sohn nach neun Jahren zu empfangen. Durch einen Bediensteten hatte er ausrichten lassen, dass er keinerlei Interesse an einem Wiedersehen habe.

Hugo hatte seine Haltung nicht verstanden und immer wieder flehentlich darum gebeten, zu seinem Vater vorgelassen zu werden. Um zu sehen, ob Don Fernando nicht doch umzustimmen war, hatte Hugo sogar bis um Mitternacht draußen vor der Tür ausgeharrt, jedoch ohne Erfolg. Ihm fiel nur eine einzige Erklärung für dieses unbegreifliche Gebaren ein, dass Damián nämlich ihrem Vater nie die wahre Geschichte erzählt hatte. Aber man gab ihm ja nicht einmal die Gelegenheit, das herauszufinden.

Berenguela wusste genau, wie sehr Hugo die Ablehnung seines Vaters getroffen hatte, und es brach ihr das Herz. Seine stockende Stimme und der schmerzerfüllte Blick ließen sie zumindest für einige Zeit ihre eigenen Probleme vergessen.

Leider fand sie keine Worte, mit denen sie Hugos Niedergeschlagenheit mindern oder Fernando de Covarrubias' grausames Verhalten rechtfertigen könnte. Gegen die tiefe Traurigkeit, durch die Hugo die Worte im Hals stecken blieben, kam sie nicht an. Berenguela fühlte sich machtlos, nutzlos und dadurch nur noch furchtbarer. Ihr war klar, dass dies nicht der richtige Zeitpunkt war, um Hugo davon zu berichten, auf welch verschlungene Pfade das Leben sie in den letzten Jahren geführt hatte.

Daher schilderte sie auch nicht ihren erfolgreichen Besuch bei Santiago de Frías am Vortag. Der Notar hatte schließlich gestanden, dass er das Testament ihres Vaters versteckt und durch ein gefälschtes zugunsten von Damián de Covarrubias ersetzt hatte. Damián hatte ihm dieses Dokument selbst zukommen lassen.

So weit war es gekommen, weil Berenguelas früherer Beichtvater sich unbeirrbar gezeigt und mit einer Anzeige gedroht hatte. Berenguela hatte eingeräumt, indirekt am Einbruch im Büro des Notars beteiligt gewesen zu sein. Danach hatte sie versprochen, keine rechtlichen Schritte gegen de Frías einzuleiten, solange er ihr nur eine Kopie der entsprechenden Dokumente aushändigte.

Auch mit alldem, was sich auf persönlicher Ebene zwischen Damián und ihr abgespielt hatte, wollte Berenguela Hugo im Moment nicht belasten. Daher behielt sie vorerst lieber für sich, dass sie sogar den Eintritt ins Kloster in Santa María La Real de Las Huelgas in Erwägung zog, weil sich ihr Leben in eine solche Tragödie verwandelt hatte.

Stattdessen wollte Berenguela einfach nur Hugo zuhören, sich von ihren Sorgen ablenken lassen und erfahren, was ihm in all den Jahren widerfahren war.

Bevor sie ihn danach fragte, wollte sie aber zunächst über den Vorfall in der Brügger Pension sprechen, damit diese heikle Angelegenheit nicht zwischen ihnen stand.

»Ich habe es so oft bereut, dass ich dir diese Botschaft habe zukommen lassen, nachdem ich dich zusammen mit meiner Freundin Renata angetroffen habe …« Sie war so aufgewühlt, dass sie unbewusst die Hände rang.

»Deine Nachricht hat mich seit jenem Tag begleitet«, erklärte Hugo.

Er zog einen zerknitterten Zettel aus der Tasche seines Rocks und zeigte ihn ihr.

Sprachlos griff Berenguela danach und las ihn mit zitternden Fingern. »In Wirklichkeit denke ich nicht, was dort steht …« Reumütig biss sie sich auf die Lippe.

»Das höre ich gerne, denn ich habe eine schwere Last mit mir herumgetragen.«

»An deiner Stelle hätte ich die Nachricht bestimmt zerrissen oder verbrannt.«

»Ich wollte sie aber nicht loswerden oder zerstören, genauso, wie ich niemals die Erinnerung an dich abschütteln wollte. Du hattest immer einen Platz in meinem Herzen, obwohl ich vieles nicht verstanden habe. Vor allem, wieso du meinen Stiefbruder geheiratet hast.«

Plötzlich begannen Berenguelas Wangen zu brennen. »Er hat an jenem Abend Renata zu dir geschickt und dann eingefädelt, dass ich euch zusammen antreffe. Damit wollte er meinen Hass auf euch schüren. Damián hat immer schon

Menschen manipuliert, er ist ein Betrüger, ein Schuft!« Verunsichert zerknüllte sie den Stoff ihres Kleides mit der Hand. »In all den Jahren hat er mich stets nur verachtet und erniedrigt, war untreu, grausam und verlogen. Zur Hochzeit mit ihm hat mich meine Familie gezwungen, oder besser gesagt mein Vater, und ich habe erst vor Kurzem erfahren, dass er mit Damián unter einer Decke gesteckt hat. Die beiden haben durch unlautere Geschäftspraktiken deinen Vater schwer geschädigt …«

Da Berenguela und Hugo ihre vorherige Diskretion inzwischen in den Wind geschlagen hatten, lauschten die königlichen Gerichtsdiener fasziniert der Unterhaltung ihrer Mitreisenden.

Als die wiedervereinten Freunde es bemerkten, wechselten sie rasch das Thema, weil sie über diese Angelegenheit ja auch später sprechen könnten. Ihr Schweigen bedeutete aber nicht, dass ihnen die Sache nicht länger im Kopf herumging.

Hugo zählte eins und eins zusammen und ahnte nun endlich, warum sein Vater immer noch den alten Groll gegen ihn hegte. Und auch hinter Policarpos niederträchtigem Gebaren hatte wohl sein Stiefbruder gesteckt.

Er fragte sich aber, was seinen Bruder dazu getrieben hatte. Don Fernando hatte Damián doch bereits seit Jahren den Vorzug gegeben, was viele Privilegien mit sich gebracht hatte. Wieso hatte er dann auf unlautere Praktiken zurückgegriffen und Don Sancho Ibáñez' Unternehmen statt das der eigenen Familie begünstigt?

Das konnte Hugo nicht begreifen und ließ sich die Sache immer und immer wieder durch den Kopf gehen, während sich ihm zahlreiche Erinnerungen aufdrängten. Es fiel ihm schwer, sich seinen Bruder als Anstifter zum Mord vorzustellen, wenn vielleicht auch nur in indirekter Weise. Oder hatte sich Damián doch seinen Tod gewünscht? Diese Frage wollte

Hugo nur ungern bejahen, aber es war klar, dass sein Stiefbruder viel zu verbergen hatte. Und Hugo hatte seine Nase nun einmal im unpassendsten Moment in Dinge gesteckt, die ihn Damián zufolge nichts angingen.

Hugo schaute aus dem Fenster der Kutsche und betrachtete die grüne Landschaft der Biskaya. Er wollte den Kopf frei bekommen, doch es spukte immer noch Damián darin herum. Wie hatte er sich von ihm nur so einwickeln lassen können? Hugo hatte seinen Stiefbruder eigentlich auf seiner Seite gewähnt, nachdem er ihm Geld für die Salzmine geliehen hatte. Nun wurde der wahre Grund dafür aber unverkennbar: Damián hatte sich ihn so weit weg wie möglich von seinem eigenen Netz aus Lug und Betrug gewünscht.

Und eine Gewissheit führte jetzt zur nächsten: Offenbar hatte Damián Hugos Aufenthaltsort in Afrika durch die Barbieris als Mittelsmänner bei der Rückzahlung der geliehenen Summe erfahren.

Policarpo hatte nur der Spur des Geldes folgen müssen, um Hugo aufzuspüren. Und dann hatte er versucht, ihn beiseitezuschaffen, damit er nicht eines Tages nach Europa zurückkehrte und alles ausplauderte.

All diese unfassbaren Erkenntnisse trafen ihn bis ins Mark. »Wie konntest du nur all die Jahre mit so einem Monster zusammenleben?« Trotz des neu erwachten Interesses der Mitreisenden entfuhr Hugo diese Frage, die aus tiefster Seele aufgestiegen war.

»Und du, warum hast du mir nicht ein einziges Mal geschrieben oder mir in anderer Form eine Nachricht zukommen lassen? Ich hätte so gerne erfahren, wo du dich befunden und was du dort getan hast, oder zumindest, dass du noch am Leben warst!«, gab Berenguela den Vorwurf zurück. Zunächst hatte sie zwei Jahre lang nichts von ihm gehört, und nach ihrem Treffen im Gasthof Peacock noch einmal ganze sieben Jahre lang. »Ich habe dich für tot gehalten! Wie hätte ich mir, ungeachtet meiner Nachricht, sonst erklären sollen, dass du für immer aus meinem Leben verschwunden warst und ich nichts von dir gehört habe?«

Die anderen Reisenden ließen den Blick vom einen zum anderen schweifen und folgten gespannt den gegenseitigen Vorwürfen. Die Gerichtsdiener hätten niemals gedacht, dass diese Fahrt derart unterhaltsam werden würde.

»Am Anfang hatte ich gar keine Möglichkeit, dir eine Nachricht zu senden. Weil mich dein Freund Policarpo und der Verwalter deines Vaters von Portugalete nach Bermeo verfolgt haben, musste ich mich als blinder Passagier auf ein Walfängerschiff schleichen.«

Als er Berenguelas Gesichtsausdruck bei der Erwähnung von Policarpos Namen sah, konnte er sich die Frage nicht verkneifen: »War er eigentlich dein Liebhaber?«

Die beiden Gerichtsdiener rissen die Augen auf und starrten zu der wunderschönen Frau hinüber, die den Tränen nahe war.

»So weit ist es nicht gekommen … Aber fast.« Beschämt senkte sie den Blick. »Kannst du dir überhaupt vorstellen, wie ich mich gefühlt habe, als alle Menschen in meinem Umfeld mich betrogen, belogen, benutzt und verachtet haben?« Jetzt liefen ihr die ersten Tränen über die Wangen. »Policarpo war in einer sehr schweren Zeit eine Stütze für mich. Er hat mich aus dem Abgrund der Verzweiflung herausgeholt, in dem ich durch die Listen und Intrigen deines Bruders gelandet war. Als ich in Brügge niemanden sonst hatte, ist er auf der Bildfläche erschienen und hat sich freundlich, herzlich, einfühlsam gezeigt, war mir Zuflucht und Beschützer. Davon habe ich mich mitreißen lassen, aber wir waren niemals Liebhaber, auch wenn er sich das wohl gewünscht hätte …« Sie zog ein Taschentuch hervor und wischte sich über die Augen. »Es fällt mir immer noch schwer, ihn mir als Mörder vorzustellen.«

»Das ist er aber. Und wie ich dir bei unserer Begegnung in der Kathedrale von Antwerpen schon erzählt habe, würde ich jetzt nicht hier sitzen, wenn mir damals nicht mein Falke zu Hilfe gekommen wäre.«

»Seid Ihr wirklich von einem Vogel gerettet worden?«

Fassungslos starrten Hugo und Berenguela den Mann an, der diese Frage gestellt hatte, und erkannten entsetzt, dass sie hier offenbar während der ganzen Fahrt für Unterhaltung gesorgt hatten.

»Falls Ihr als Ehrenmann durchgehen wollt, lasst mich Euch sagen, dass mir Eure Neugier äußerst unpassend erscheint«, erwiderte Hugo erzürnt.

»Entschuldigt bitte … Ihr habt natürlich recht«, sagte der Mann pikiert. »Aber wir sitzen hier ja schon seit vielen Stunden zusammen, und auf so begrenztem Raum ist es schwierig, die Ohren vor fremden Unterhaltungen zu verschließen. Damit will ich mich jedoch nicht herausreden und bitte daher um Verzeihung. Vor allem Euch, meine Dame.«

Darauf reagierte Berenguela nicht. Sie verbarg ihr Gesicht hinter einem Fächer und beschloss, bis zum Eintreffen in Bilbao kein Wort mehr mit Hugo zu sprechen.

Der nächste Abschnitt ihrer Reise würde nur zwei Stunden dauern. Weil sie von Bilbao nach Bermeo keine Kutsche fanden, bestiegen Hugo und Berenguela ein kleines Schiff. Es brachte auf seiner Route üblicherweise Seeleute zu ihren Schiffen oder nahm diejenigen mit zurück, die vom Fischfang auf fernen Ozeanen heimgekehrt waren.

Die beiden Freunde wollten so schnell wie möglich ihr Gespräch wieder aufnehmen. Ihnen brannten so viele Fragen auf der Zunge, dieses Mal vergewisserten sie sich aber zunächst, dass niemand mithörte.

Dann berichtete Hugo von seinen Erlebnissen auf dem Meer

am Ende der Welt. Er schilderte die harte körperliche Arbeit und wie zunächst Kapitän und Schiffspatron gegen ihn gewesen waren, weil er sich als blinder Passagier auf ihrem Schiff eingeschlichen hatte. Als er von Azerwan erzählte, seinem guten Freund Azerwan, veränderte sich seine Miene völlig. Schon das Aussprechen seines Namens löste in ihm eine ganze Flut unterdrückter Gefühle aus. In jener Zeit fern von Burgos hatte Azerwan ohne jeden Zweifel von allen den größten Einfluss auf ihn ausgeübt. Hugo beschrieb seiner Freundin Azerwan in allen Einzelheiten. Das Äußere des Mauren konnte er auf diese Art und Weise lebhaft heraufbeschwören, sein Innenleben ließ sich aber nicht so einfach in Worte fassen, da Azerwan ein wahrhaft komplexer Mann gewesen war.

Berenguela hielt die Reling des Schiffes umklammert, blickte hinaus auf die zauberhafte Küste und lauschte fasziniert den Geschichten von ihren magischen Abenden an Deck der Santa Ana, während derer die beiden Männer einander von ihrem Leben, ihren Ängsten, Traumata, Wünschen und Träumen erzählt hatten. Dort hatte Hugo Gleichnisse und Weisheiten vernommen, die er so von keinem anderen Menschen je wieder gehört hatte.

Dann durchlebte sie mit Hugo verblüfft seine Abenteuer an jener fernen Küste, wo der junge Mann zwischen Walen und Kabeljauschwärmen zwei Dinge begriffen hatte, die sein Leben für immer verändern würden. Seine erste Erkenntnis bestand darin, dass ihm ein Leben als Künstler vorherbestimmt war. Die zweite darin, dass Freundschaft eins der wenigen Dinge war, die einem das Leben schenkte.

»Diese eisigen Meere haben mir den edlen Obeko geschenkt, aber auch den Geschichtenerzähler, der mich mit seinen Träumen vom Salz verführt hat. Und durch ihn habe ich Ubayda gefunden, die ich jetzt von Herzen liebe. Sie hat an einigen der unwirtlichsten Orte auf Erden gelebt und erinnert mich damit an jenen verblüffenden und wunderschönen Stein, den man manchmal zwischen Sand und Dünen findet: die Wüstenrose. Ubayda ist meine Wüstenrose.«

»Was für ein bezaubernder Vergleich«, bemerkte Berenguela und bedauerte, dass nicht sie einst Hugos Talent als Künstler entdeckt hatte.

»Wie du siehst, habe ich während all dieser Jahre vielleicht keine materiellen Reichtümer, aber dafür mir wichtige Menschen sammeln können. Und was für Menschen …! Vor allem Azerwan und sie, die mich geführt und mir den Weg zur wahren Liebe zwischen Mann und Frau aufgezeigt hat.«

Berenguela war zwar von der Art und Weise beeindruckt, wie Hugo diese Dinge schilderte. Es traf sie jedoch auch, dass sie einst nicht dazu in der Lage gewesen war, ihm diesen Pfad aufzuzeigen, obgleich sie niemals für einen anderen Mann dasselbe empfunden hatte wie für ihn. »Dich so reden zu hören löst in mir Freude und Schmerz aus«, sagte sie.

»Das musst du mir erklären«, bat Hugo überrascht.

»Ich freue mich darüber, dass du so glücklich bist. Aber deine Worte schmerzen mich auch, weil ich einst selbst davon geträumt habe, dich auf diesem Weg zu führen …« Trauer verschleierte ihren Blick.

Als er erkannte, welche alten Wunden seine Worte hier aufrissen, beschloss er, lieber das Thema zu wechseln. »Ich würde so gerne zu unserer alten Vertrautheit zurückfinden.«

»So geht es mir auch, Hugo … Damals gab es zwischen uns keine Geheimnisse.« Berenguela lächelte und schnäuzte sich in ihr Taschentuch. »Aber leider haben wir uns beide verändert.«

Nun mussten sie ihre Unterhaltung erst einmal unterbrechen, weil sie in Bermeo einliefen und, dort angekommen, dem Fahrer eines Wagens erklären mussten, zu welchem Kai er sie bringen sollte.

An Bord der Santa Úrsula war Obeko gerade damit beschäftigt, die gesamte Sippe eines seiner Seemänner zu verfluchen, als Hugo mit Berenguela an Deck erschien, ohne so genau zu wissen, wie die Pläne des Kapitäns mit seinem Schiff eigentlich aussahen.

Der raue Kapitän würdigte seinen Freund kaum eines Blickes, sondern starrte mit einem Ausdruck ergebener Bewunderung Berenguela an. Ihre Schönheit brachte ihn derart aus dem Konzept, dass er über seine eigenen Worte stolperte. »Aber hattest du nicht gesagt … dass deine Frau …« Er wartete, bis sich in seinem plötzlich ganz trockenen Mund wieder ein wenig Speichel gesammelt hatte. »… schwarz ist?«

Hugo lachte, als er sah, wie Obeko angesichts seiner reizenden Freundin in Verzückung geriet. Plötzlich war aus dem Hünen mit dem dichten grau melierten Bart, den mächtigen Armen und dem schmutzigen, wirren Haar der höflichste aller Edelmänner geworden. Er verneigte sich tief vor Berenguela und hielt dabei ihre winzige Hand in seinen groben Pranken.

»Das ist ja gar nicht Ubayda.«

Als Obeko das hörte, hatte er auch gleich eine dringende Frage: »Wie darf ich Euch denn ansprechen … Mit ›meine Dame‹ oder ›mein Fräulein‹?«

»Mit ›meine Dame‹, da ich im Moment noch mit dem Bruder Eures Freundes verheiratet bin.« Als Berenguela lächelte, glänzten ihre Augen ganz bezaubernd.

Obeko erinnerten sie an die Farbe von Buchenblättern im Herbst. Verblüfft starrte er Hugo an. Der hatte ihm nie von dieser Schwägerin erzählte, was der Kapitän bei ihrem Anblick so gar nicht begreifen konnte. Aber diese Fragen konnten sie später noch klären, wenn sie allein waren. Jetzt nutzte er lieber den Moment, um diese Schönheit weiter zu umschmeicheln.

»Meine Dame, leider ist mein Schiff nicht auf solch edlen Besuch eingestellt, aber ich kann Euch gern meine eigene Kajüte zur Verfügung stellen, wenn Ihr Euch ausruhen oder vielleicht eine kleine Erfrischung zu Euch nehmen wollt.«

Jetzt hielt Hugo es nicht länger aus und brach angesichts der erstaunlichen Verwandlung dieses Mannes, der doch sonst in jedem Satz drei Schimpfwörter unterbrachte, in lautes Lachen aus.

»Sehr freundlich.«

Bei Obeko untergehakt, ließ sich Berenguela über das Deck führen, während Hugo den beiden folgte.

»Wir brauchen ein Schiff für die Rückfahrt nach Brügge, und da habe ich mich gefragt, welche kurzfristigen Pläne Ihr eigentlich mit der Santa Úrsula habt«, erklärte nun Hugo den Grund für ihr Erscheinen.

»Ich wollte eigentlich zum Fischen nach Finisterre, habe aber gerade meine Meinung geändert: Natürlich werde ich euch nach Brügge bringen, darauf kannst du dich verlassen!« Obeko lächelte breit und hielt sich dann die Hand vor den Mund, um drei hässliche Zahnlücken zu verbergen.

»Ihr braucht doch unseretwegen nicht Eure Pläne zu ändern.« Berenguela wollte dem Kapitän die Möglichkeit geben, den voreiligen Entschluss noch einmal zu überdenken »Wir finden sicher auch ein anderes Schiff.«

»Nichts da! Eure Gesellschaft ist mir lieber als sechshundert Fische im Netz.«

Berenguela gefiel seine Spontaneität. Hugo hatte ihr bereits von Obeko erzählt und den Kapitän über den grünen Klee gelobt. Nach der persönlichen Bekanntschaft gefiel er ihr aber noch besser.

»Ihr seid wirklich ein Edelmann.«

Obeko platzte fast vor Stolz. Er lief rot an und befahl einem seiner Männer, Brot, Käse und Schinken zu bringen. Außerdem beschloss er, den französischen Wein aufzumachen, den er für eine ganz besondere Gelegenheit aufbewahrte. Eine bessere als diese würde es wohl kaum geben.

Als Hugo fragte, wann sie denn ablegen würden, starrte Obeko ihn nur finster an, um ihm klarzumachen, dass er hier störte. Der Kapitän ging zu seinem alten Freund hinüber und flüsterte ihm ins Ohr: »Auf keinem der Schiffe, mit denen ich gefahren bin, war je eine Dame von so hohem Stand und solcher Schönheit an Bord. Also dräng mich jetzt nicht, diesen Moment möchte ich nämlich genießen. Oder anders ausgedrückt: Wir legen ab, wenn es mir verdammt noch mal passt …«

Dann bat er Berenguela, schon einmal zu seiner Kajüte vorzugehen.

»Darf ich dich daran erinnern, dass sie verheiratet ist?«

»Genau wie ich mit dem Meer. Das heißt jedoch nicht, dass mich neue Wasser nicht reizen würden … Aber keine Angst, ich bin nicht so naiv, dass ich mir wirklich Chancen bei ihr ausrechnen würde. Ich möchte einfach nur ihre Gesellschaft, die Unterhaltung mit ihr genießen und ihr einen vorsichtig bewundernden Blick zuwerfen, sobald ich ihr Vertrauen gewonnen habe.«

Hugo machte sich keine Sorgen, denn einen redlicheren Mann gab es auf Erden wohl nicht. Trotzdem schwang in seiner Antwort eine gewisse Ironie mit: »Sie könnte kaum in besseren Händen sein.«

Obeko antwortete: »Ich weiß ja nicht, wie deine schwarze Braut aussehen mag, besser als Berenguela aber kaum.« Verschwörerisch klopfte er Hugo auf den Arm. »Jetzt weiß ich zumindest, welcher Bruder sich die Frau zuerst ausgesucht hat.«

11

An Bord der Santa Úrsula, Nordsee, Februar 1483

In den nächsten Tagen bekam man Obeko nur selten zu Gesicht, da er kaum einen Fuß aufs Deck seines Schiffes setzte. Dort erschien er nur in Begleitung seiner schönen Passagierin, um sich mit ihr an dem mittags aufkommenden frischen Ostwind zu laben.

Kurz vor Einbruch der Dunkelheit machten sie gemeinsam einen weiteren, aber noch kürzeren Spaziergang, weil es zu dieser Jahreszeit abends ziemlich kalt wurde.

Obeko lud Hugo dazu nicht ein und ging ihm sogar ganz bewusst aus dem Weg. Er hatte beschlossen, die Gesellschaft dieser bezaubernden Dame ganz allein zu genießen.

Das Einzige, was Hugo von Obeko blieb, war sein allnächtliches Schnarchen. Der Kapitän hatte seine Kajüte nämlich Berenguela überlassen und lag daher wie Hugo in einer Schlafkoje der Mannschaftsunterkunft.

Hugo war über diese ungewöhnliche Situation vor allem deshalb ein wenig verärgert, weil er nun seine eigenen Unterhaltungen mit Berenguela nicht weiterführen konnte.

Seine Jugendfreundin genoss die Aufmerksamkeit des Kapitäns, wie sie Hugo gestand. In seiner faszinierenden Gesellschaft vergingen die Stunden für sie wie im Flug. Sie wurde seiner Geschichten über seine Abenteuer auf See nie überdrüssig und schauderte bei der Vorstellung, wie er sich angesichts von Wellen, die fünfmal so hoch waren wie sein Schiff, ans Steuer klammerte.

Im Gegenzug zu den magischen Momenten, die Obeko für sie heraufbeschwor, erzählte ihm Berenguela von ihrem Leben. In den wenigen Tagen an Bord hatte sie erstaunlich großes Vertrauen zu dem Kapitän gefasst. Ihre Geschichte weckte in Obeko eine seltsame Mischung von Gefühlen: Zum einen stieg in ihm große Wut auf Hugos Mistkerl von Bruder auf, zum anderen konnte er gut verstehen, wie traurig das Scheitern ihrer Ehe die junge Frau stimmen musste.

Wer Obeko kannte, konnte in den ersten Tagen der Überfahrt mit eigenen Augen beobachten, wie der Kapitän zu einem völlig neuen Menschen wurde. Für ihn drehte sich alles nur noch um Berenguela, und so erkannte er schnell, wie sehr sie Zuneigung, Unterstützung und guten Rat nötig hatte. Er versuchte, ihr all das zu geben, doch wann immer er seine Zuneigung auch körperlich zum Ausdruck bringen wollte, indem er zum Beispiel ihre Hände liebkoste, wies sie ihn zurück.

Am sechsten Abend der Überfahrt trafen beim Essen alle drei Freunde zusammen. Als Obeko sich einen Moment entfernte, bat Berenguela Hugo, sie noch an diesem Abend in ihrem Zimmer aufzusuchen, aber nicht allzu spät.

»Ich möchte gern mit dir reden …«

»Du kannst auf mich zählen! Ich werde mir irgendeine Ausrede einfallen lassen müssen, denn wenn dein Kapitän das mitbekommt …«

Tatsächlich ließ Obeko sie kaum je einen Moment allein.

Hugo und Berenguela traten an Deck und liefen dort einem anderen Passagier über den Weg.

Niemand ahnte, welche Absichten dieser Mann hegte, der Obeko viel Geld für die Überfahrt geboten hatte, und dass er, seit er an Bord war, ihre Unterhaltungen belauschte, ihre

Habseligkeiten durchwühlte und unbemerkt alles beobachtete, was sie taten.

Am selben Abend klopfte Hugo gegen elf Uhr an Berenguelas Tür und trat hastig ein, als sie aufmachte.

»Obeko liegt in seiner Koje und schnarcht. Wenn dir das mit ihm alles zu viel wird, dann sag es mir, und ich schaffe ihn dir vom Hals.«

»Nein, überhaupt nicht, Obeko ist ein wirklich interessanter Mann und behandelt mich mit der größten Hochachtung. Was er schon alles erlebt hat, erscheint mir einfach faszinierend. Außerdem kann er zuhören, und das ist bei euch Männern eine eher seltene Gabe.«

»Ich fasse es kaum, schließlich ist er doch sonst so ein Grobian. Du hast ihn derart verzaubert, dass er völlig verändert wirkt. Aber das ist ja nicht verwunderlich, wenn er sich den ganzen Tag an deiner Gesellschaft erfreuen kann.«

Lächelnd nahm Berenguela das Kompliment entgegen. Plötzlich wurde ihr bewusst, dass sich unter ihrem dünnen Hemdchen ihr Körper abzeichnete, weil sie ihr Mieder abgelegt hatte. Rasch schlang sie sich ein Tuch um die Schultern.

»Was wolltest du mir denn sagen?«, fragte Hugo.

»Eigentlich wollte ich nur endlich unsere Unterhaltung fortsetzen, die bei unserem Eintreffen im Hafen unterbrochen wurde. Du wolltest mir doch mehr über Ubayda erzählen, wie ihr euch kennengelernt habt und warum du dich in sie verliebt hast.« Berenguela ahnte, dass Hugos Schilderung für sie schmerzhaft sein würde. Aber sie wollte so gerne verstehen, wie es dieser Frau gelungen war, ihre Jugendliebe für sich zu gewinnen.

Hugo wunderte sich, dass Berenguela immer wieder nach Ubayda fragte, nachdem sie doch ihr Bedauern darüber ausgedrückt hatte, ihn nicht selbst auf den Pfad der Liebe geführt zu haben. Trotzdem beschloss er, offen zu antworten.

Auf diese Art und Weise würde Berenguela die Veränderungen hoffentlich so schnell wie möglich akzeptieren.

»Azerwan hat sie mir vorgestellt, sie war die Liebe seines Lebens …«

»Ubayda war mit deinem Freund verheiratet?« Das hatte Berenguela nicht erwartet.

»Die beiden haben ihr Verhältnis nie offiziell gemacht, obwohl es vom Moment ihrer ersten Begegnung nicht verbindlicher hätte sein können. Sie wurde am Rande der großen Wüste in das Buch des Lebens geschrieben. Doch leider hat das Schicksal ihnen nicht viel gemeinsame Zeit gegönnt: nur bis zum Mord am armen Azerwan.«

»Und wie passt du ins Bild, nachdem die beiden ineinander die Liebe ihres Lebens gefunden hatten?«

»Unsere Liebe wurde möglich, als wir uns beide von der Vergangenheit gelöst und uns gegenseitig entdeckt haben. Ubayda hat mich nach Europa begleitet, um mir dabei zu helfen, meine Träume in die Tat umzusetzen. Und das ist mir dann ja auch gelungen. Mit der Zeit hat sich zwischen uns auf ganz natürliche Art und Weise erst Zuneigung, dann Vertrautheit und schließlich gegenseitige Anziehung entwickelt. Bis zu jenem Punkt in meinem Leben hätte ich niemals gedacht, dass ich für einen anderen Menschen solche Liebe empfinden könnte. Ubayda ergänzt mich, gleicht meine Schwächen aus und macht mich zu einem besseren Menschen. So anregend wie ihr Körper ist für mich das Gespräch mit ihr. Vor allem aber lässt sie mich spüren, dass ich etwas ganz Besonderes bin, dass diese Verbindung zwischen uns unendlich groß und ganz wunderbar ist. Und damit kennst du nun unsere Geschichte …«

»Dem gibt es wohl nicht viel hinzuzufügen«, entgegnete Berenguela betrübt, während sie gegen die Tränen ankämpfte. »Was du mir da erzählst, ist einfach wunderschön … Ich habe immer davon geträumt, so etwas mit jemandem erleben zu dürfen. Anders als mir hat das Leben dir solche Erfahrungen geschenkt. Du durftest ferne, verwunschene Welten kennenlernen, hast faszinierende Erfahrungen gemacht und bist auf deinem Weg unglaublichen Menschen begegnet. Und vor allem hast du das gefunden, was mir nie vergönnt war: die Liebe.«

Sie musste Hugo nur in die Augen sehen, um zu erkennen, wie überwältigend seine Gefühle für Ubayda waren. Und so etwas würde sie selbst in ihm niemals wachrufen. Deshalb blieb ihr jetzt nur noch, ihre Ehe zu beenden, die fruchtlosen letzten Jahre aus ihrer Erinnerung zu tilgen und ihre eigenen Träume zu begraben. Was für eine freudlose und zugleich unendlich schwierige Aufgabe!

Hugo entging ihre niedergeschlagene Miene nicht, darum wechselte er schnell das Thema: »In sechs Tagen erreichen wir schon unser Ziel. Wie sehen denn deine Pläne in Brügge aus?«

Berenguela beschloss, nicht auszusprechen, was ihr in diesem Moment wirklich durch den Kopf ging. Wie sollte sie auch, nachdem sie seit ihrem achten oder neunten Lebensjahr davon geträumt hatte, Hugos Frau zu werden? Sie hatte ihn geliebt, als er an ihrer Seite gewesen war, aber auch in seiner Abwesenheit. Bei ihrer Hochzeit mit seinem Stiefbruder hatte sie sich vorgestellt, das Jawort stattdessen aus seinem Mund zu hören. Und in Gedanken hatte sie sich jedes Mal ihm hingegeben, wenn sie mit Damián ihre Ehepflichten erfüllen musste. Wie sollte sie ihm nur gestehen, dass sie jeden Tag ihres Lebens an ihn gedacht hatte?

»Was ich jetzt tun werde?«, antwortete sie daher. »Ich weiß es nicht, Hugo, ich weiß es einfach nicht …«

Sobald sie an diesem Abend wieder allein war, warf sich Berenguela aufs Bett und weinte bittere Tränen.

Am nächsten Morgen warteten Hugo und Obeko auf Berenguela, um mit ihr zusammen zu frühstücken, doch sie kam nicht zur üblichen Zeit aus der Kajüte. Als sie zwei Stunden später immer noch nicht erschienen war, wollten die Männer nachsehen, ob es ihr auch gut ging. Sie klopften an, aber es dauerte eine Weile, bis Berenguela antwortete, und dann tat sie es mit seltsam rauer, schläfriger Stimme. Da sie nur Obeko die Erlaubnis erteilte, ihre Kajüte zu betreten, schob sich der Kapitän nach einem triumphierenden Blick in Richtung Hugo durch die Tür.

Mit wirrem Haar lag Berenguela in verdrehte Laken gewickelt da, und am Boden rollte beim Schaukeln des Schiffes eine leere Weinbrandflasche hin und her. Als sich Obeko aufs Bett setzte, bemerkte er sofort Berenguelas Fahne. Mit verquollenen Augen blinzelte die junge Frau ins helle Morgenlicht und hatte offenbar eine harte Nacht hinter sich.

»Na, sieh mal einer an … Ihr scheint ja nicht viel geschlafen zu haben.«

»Nein, es ist ziemlich spät geworden.«

Berenguela bat Obeko, ihr ihre Kleider zu reichen.

Das tat er und drehte sich dann respektvoll um, während sie sich anzog. Danach brachte er Berenguela eine Waschschüssel mit Wasser und ein sauberes Handtuch.

»Wollt Ihr darüber reden?«

»Im Moment wäre ich schon froh, wenn ich erst einmal richtig wach werden könnte. Aber anschließend werde ich Euren Beistand sicher zu schätzen wissen. Könnt Ihr mir in der Zwischenzeit vielleicht etwas Warmes zu trinken bringen?«

Obeko verließ die Kajüte, um ihrem Wunsch nachzukommen. Als er zurückkehrte, blieb er ganze drei Stunden, leistete Berenguela Gesellschaft und hörte sich an, warum sie sich am Abend zuvor so hatte gehen lassen.

Als er schließlich wieder auf Deck erschien und Hugo sah, fluchte er: »Hol dich der Teufel!«

»Wie bitte?« Mit großen Augen starrte Hugo ihn an.

»Wie kannst du nur eine Frau wie diese zurückweisen!« Obeko umklammerte die Reling so fest mit seinen Pranken, dass Hugo Angst hatte, sie würde gleich zerbersten. »Ich habe dich wirklich für schlauer gehalten.«

»Darf ich Euch vielleicht in Erinnerung rufen, dass ich ein Kind erwarte, zusammen mit einer Frau, die ich liebe wie keine andere?«, verteidigte sich Hugo, der sich fragte, worum es hier eigentlich ging.

»Ich weiß, das hast du mir ja erzählt. Aber Berenguela war schließlich zuerst da.« Der Kapitän spuckte über die Reling. »In meiner Heimat pflegen wir nicht nur den Baum, von dem wir viele gute Früchte ernten können, sondern auch den, der weniger oder keine mehr trägt.« Es folgte langes, vielsagendes Schweigen. »Mein Junge, ich kann deine Situation durchaus nachvollziehen, aber du darfst deine Verpflichtungen dieser Frau gegenüber nicht vernachlässigen. Für sie warst und bist du einfach alles. Ich nehme an, das weißt du … Hat sie dir gesagt, was sie plant, nachdem sie ihren Mann verlassen hat?«

»Nein.«

»Sie will Nonne werden!«, brach es aus Obeko heraus. »Eine fantastische Frau wie sie! Willst du etwa mit ansehen, wie sich so ein Engel in einem Kloster vor der Welt versteckt? Hast du so wenig Schneid, dass du das erlaubst? Ich an deiner Stelle würde das jedenfalls nicht zulassen! Ich würde in diesem Kloster auftauchen und im Notfall alle Türen eintreten, bis ich sie gefunden habe. Dann würde ich sie da rauszerren, sie mir schlimmstenfalls über die Schulter werfen, so wahr ich Obeko heiße!«

»Verstehe …«

»Das reicht mir. Dann weißt du ja, was zu tun ist!«

12

Im Hafen von Damme, Nordsee, März 1483

Ubaydas Schwangerschaft neigte sich ihrem Ende zu, und Hugo konnte kaum seine Sorge verbergen, nicht rechtzeitig zurück zu sein. Deshalb würde er Berenguela nicht nach Brügge begleiten und verabschiedete sich vorläufig von ihr. Sie nahm ihm aber das Versprechen ab, dabei zu sein, wenn sie Damián anzeigte und damit hoffentlich in den Ruin trieb. Das sagte Hugo ihr gerne zu. Wenn es so weit war, wollte er sich dann auch um eine zweite Aufgabe kümmern, von der Berenguela nichts wusste: Er würde versuchen zu verhindern, dass sie ihr Leben der spirituellen Einkehr widmete.

Berenguela traf gegen Mittag bei Renata ein und brannte darauf, ihrer Freundin vom Erfolg ihrer Mission zu berichten. Sie stieg aus der Kutsche und betrat die Konditorei, wo sie mehrere wartende Kunden antraf. Eine dieser Kundinnen, eine junge Frau, stahl sich bei ihrem Anblick sofort aus dem Laden, bog um die nächste Ecke und rannte los.

Hugo erreichte Löwen bei Einbruch der Nacht und stellte überrascht fest, dass vor seinem Haus eine Pferdekutsche stand. Als er ins Innere stürzte und nach Ubayda rief, kam ihm eine Frau mit zwei Trögen voll heißem Wasser und sauberen Handtüchern entgegen.

»Die Wehen haben begonnen!«, erklärte sie. »Das Kind kommt zu früh, und es scheint Komplikationen zu geben.«

»Wie bitte? Was denn für Komplikationen? Wo ist Ubayda, ich will sie sehen!«, rief Hugo panisch aus.

»Dann geht hoch in ihr Schlafzimmer. Es ist ein Arzt gekommen, um sie zu untersuchen. Aber wie gesagt, mir gefällt die Sache gar nicht.«

Immer drei Stufen auf einmal nehmend, lief Hugo die Treppe hinauf und stürzte zu dem Zimmer hinüber, aus dem schmerzerfülltes Stöhnen drang. Was er beim Eintreten vor sich sah, ließ ihn erstarren.

Auf dem Bett lag blutverschmiert und mit weit geöffneten Beinen Ubayda. Sie schwitzte aus allen Poren und trug einen Ausdruck unerträglichen Schmerzes auf dem Gesicht. Bis sie Hugo sah und sich ein Strahlen über ihre Züge legte. »Komm zu mir, Geliebter!«

Hugo ging zum Kopfende des Bettes hinüber, griff nach ihren Händen und überschüttete sie mit Küssen. »Zum Glück bin ich rechtzeitig eingetroffen. Ich werde an deiner Seite bleiben und dir bei der Geburt unseres Kindes beistehen.«

»Leider stimmt irgendetwas nicht.« Ubayda rollten zwei Tränen über die Wangen.

Als Hugo zum Arzt hinüberschaute, sprach dessen Blick Bände. »Das Kind lag falsch herum, deshalb habe ich es gedreht. Aber dabei scheint etwas gerissen zu sein. Es muss jetzt schnell zur Welt kommen, damit ich die Mutter nähen kann. Sagt ihr, dass sie mit aller Kraft pressen soll, und zwar sofort!«

Hugo erkannte das Problem und erstarrte. Wenn Ubayda dieser Aufforderung nachkam, würde sie schneller verbluten. Tat sie es aber nicht, war nicht nur ihr Leben, sondern auch das des Kindes in Gefahr.

»Es ist übrigens ein Mädchen«, sagte der Mann und nahm mit der Hand einen kleinen Nacken in Empfang.

Hugo küsste Ubayda auf den Mund und sah ihr in die Augen. »Du bist eine Tochter der Wüste, gehörst einem mutigen, zähen Stamm an. Nie habe ich von dir ein Wort der Klage gehört, nie hast du dich von Schwierigkeiten aufhalten lassen. Und in den Adern dieses Mädchens, das hier ins Leben strebt, fließt dasselbe Blut. Deshalb dürfen wir es nicht enttäuschen. Oder was meinst du? Du kannst es schaffen, ich glaube an dich. Denk daran, welch große Freude uns bald erwartet, und nun press mit aller Kraft! Auf geht es, los!«

Ubayda bat ihn noch um einen Kuss, bevor sie sich mit Leib und Seele ihrer Aufgabe verschreiben wollte. Dann biss sie die Zähne aufeinander, schloss die Augen, umklammerte Hugos Hand und holte tief Luft. Sie brüllte aus vollem Halse, und beim dritten Pressen glitt das winzige Mädchen endlich in die Hände des Arztes. Aber leider quoll mit dem kleinen Körper auch ein Schwall dunkles Blut hervor. Der Mann bat die Hebamme, das Kind mitzunehmen, und den Ehemann, ihn mit der Mutter allein zu lassen. Doch Hugo weigerte sich.

»Tut, was Ihr tun müsst, aber ich rühre mich nicht von der Stelle.«

Er bat darum, dass man ihm das Mädchen brachte, wiegte es im Arm und legte es dann Ubayda auf die Brust. Beide vergossen Tränen des Glücks. Die Kleine war etwas heller als Ubayda, und ihr Weinen klang in den Ohren ihrer Eltern wie Engelsgesang. Ubayda küsste Köpfchen, Augen und Stirn sowie die winzigen Wangen. Während sie ihre Tochter bewunderte, krümmte sie sich jedoch vor Schmerzen, die einfach nicht nachließen.

Die Stiche der Nadel, mit der der Arzt sie zu nähen versuchte, steigerten ihre Qual. Ubayda wurde schwindelig.

»Mir ist so kalt«, murmelte sie und sah Hugo an.

Er holte eine Decke und wickelte sie darin ein. Es machte

ihm Angst, dass Ubayda so viel Blut verloren hatte und ganz benommen wirkte. Als ihr Atem immer flacher wurde und sie die Augen verdrehte, schaute Hugo zum Arzt hinüber. Der schüttelte nur hilflos den Kopf, und Hugo hatte das Gefühl, innerlich zu zerreißen. »Versucht es weiter!«, rief er verzweifelt.

Seine Stimme holte Ubayda aus ihrer Lethargie zurück, und sie streckte ihm eine zitternde Hand hin. »Ich will dir etwas sagen …«

Entsetzt beugte sich Hugo über ihren Mund. Er konnte die Vorstellung nicht ertragen, seine große Liebe zu verlieren. Bevor er Ubayda sprechen ließ, drückte er ihr einen Kuss auf die Lippen, rückte ein wenig von ihr ab und sagte, jede Silbe betonend: »Ich liebe dich.«

»Es tut mir leid, dass ich gehen muss, Geliebter«, hauchte Ubayda. Eine dicke Träne rollte ihr über die Wange. »Aber du hast ja noch sie.«

»Verlass mich nicht. Ich brauche dich hier bei mir, für immer.«

Unendlich zärtlich strich Ubayda ihrer Tochter über den Rücken, schweigend, so als koste jedes Wort Anstrengung. Sie hustete schwach und kam dann wieder ein wenig zu Atem. »Hugo, wenn du einst uralt bist, dann komm und such mich … Such mich da, wo sich vor unseren Augen die unendlichen Dünen mit dem Himmel vereint haben. Dort werde ich auf dich warten.«

Hugo hörte nicht auf, sie zu streicheln und in ihren Augen nach einem Licht zu suchen, das immer weiter erlosch. Er prägte sich jedes einzelne ihrer Worte ein, und obwohl er bisher nie gekannte Qualen litt, wollte er nicht weinen, nicht, solange noch ein kleiner Rest Leben und Hoffnung übrig war.

»Meine Liebe für dich ist so gewaltig, dass in meinem Herzen Platz für niemanden sonst ist.« Hugo schob Ubayda ein Kissen unter den Kopf, damit sie es bequemer hatte. »Die letzten Jahre mit dir an meiner Seite waren die glücklichsten meines Lebens. Und das alles nur dank dir, meine Geliebte, mein Körper, meine Seele, mein Verstand, meine Worte, meine Träume und wachen Stunden … Mein ganzes Wesen braucht dich, ohne dich kann ich nicht leben.«

»Gib gut auf sie acht, so wie du auf mich achtgegeben hast.« Ubayda fuhr ihrer neugeborenen Tochter mit dem Finger über die Wange. »Eigentlich wollten wir sie ja Ubayda nennen, aber …« Sie musste dreimal tief Luft holen, um weitersprechen zu können. »Aber nach dieser Geburt sollte sie Faiza heißen. Das bedeutet in meiner Sprache ›Siegerin, Bezwingerin‹. Denn anders als ihre Mutter hat sie den Kampf gegen den Tod gewonnen.« Ubayda schluchzte, weil ihr bewusst war, dass sie die Kleine nicht aufwachsen, spielen, sprechen, heiraten sehen würde. »Und nun halt mich ganz fest. Ich … Ich brauche Kraft für die Reise zu meinem neuen Ziel. Jetzt!«

Hugo umklammerte Ubayda und spürte ihre Mattheit, das schwache Schlagen eines Herzens, das zur Ruhe kommen wollte, ihren kaum vernehmbaren Atem. Und er weinte mit ihr zusammen, vor Liebe, vor unendlichem Schmerz, vor Dankbarkeit und zum Abschied.

Ubayda verließ Hugo und ihre Tochter Faiza genau in dem Moment, in dem die Glocken der benachbarten Sint-Pieter-Kirche schlugen.

Im selben Augenblick beschloss Berenguela, einen Spaziergang durch die Stadt zu machen und etwas frische Luft zu schnappen. Sie hatte fünf Stunden damit verbracht, Renata beim Backen zuzusehen, Canelilla zu streicheln und von ihren Abenteuern zu erzählen.

Nun trat sie aus dem Haus, in dem sich die Konditorei befand, und bog in eine Seitenstraße ab, um sich auf den Weg ins Zentrum zu machen. Aber dort kam sie niemals an, weil jetzt zwei Männer aus einer Kutsche sprangen und sie ins Innere des Fahrzeugs schoben.

Einer von ihnen war Damián. Berenguelas ehemalige Zofe, die Kundin in der Konditorei war, hatte ihm berichtet, dass seine Frau wieder in der Stadt war. Dabei war sie nicht die Einzige, die sich bei ihm gemeldet hatte. Heute war auch ein Bote seines Verbündeten Santiago de Frías bei ihm eingetroffen, der ihn darüber informiert hatte, über welch belastende Dokumente Berenguela jetzt verfügte. Dieser Mann war sogar auf demselben Schiff wie Damiáns Frau hergereist.

»Was hat das zu bedeuten?«, schrie Berenguela ihren Gatten an.

»Es bedeutet, dass du für mich zu gefährlich geworden bist.«

Sie setzte sich zur Wehr und wollte ihm das Gesicht zerkratzen, aber Damián hielt ihre Arme fest. Damit sie nicht länger um sich trat, versetzte er ihr schließlich einen so brutalen Fausthieb, dass sie das Bewusstsein verlor.

Nachdem er sich vergewissert hatte, dass sie auch wirklich ohnmächtig war, knebelte Damián Berenguela und fesselte sie mit einem dicken Strick an Händen und Füßen. Dann hieß er den Kutscher losfahren.

Hugo konnte einfach nicht aufhören zu weinen und klammerte sich immer noch verzweifelt an Ubayda, als schon der nächste Morgen anzubrechen begann.

Jemand hatte Niclaes Rombouts rufen lassen, der nun mit einem Mitarbeiter aus seiner Werkstatt die unangenehme Aufgabe übernahm, Hugo fast mit Gewalt von Ubayda wegzuzerren.

Er hatte ihre Seite nicht einmal verlassen, um etwas gegen das verzweifelte Weinen seiner hungrigen Tochter zu tun. Zum Glück war irgendwann die Hebamme in Begleitung einer großherzigen Frau aus der Nachbarschaft zurückgekehrt, die erst vor ein paar Tagen selbst entbunden hatte.

Da Ubayda als Heidin nicht auf dem Friedhof der Stadt beigesetzt werden konnte, beschloss Hugo, sie im kleinen Garten hinter dem Haus zu bestatten. Er wusste nicht, welche letzte Ruhestätte er für seine geliebte Gefährtin sonst wählen sollte.

Beim Begräbnis wollte er allein sein, seinen Schmerz mit niemandem teilen und den Abschied fernab von mitleidigen Blicken durchleben.

Zunächst zog er Ubayda ihre beste Tunika an und kämmte ihr das Haar. Dann kreuzte er ihr die Arme vor der Brust und wickelte sie von Kopf bis Fuß in ein frisches, parfümiertes Laken.

Zum Schluss hob Hugo eine breite Grube aus, um darin all ihre Habseligkeiten zu verstauen. Er stellte zwei Krüge dazu, einen mit Wasser und einen mit frischem Obst, damit es ihr auf ihrem Weg ins Jenseits an nichts fehlte. So war es bei Begräbnissen in Timbuktu üblich, wie Ubayda ihm erzählt hatte. Als er fertig war, bedeckte er ihren Körper mit der Erde aus dem Loch, schleuderte den Spaten weg und fiel auf die Knie. Er sah, wie sein Falke herbeiflog und sich auf Ubaydas letzter Ruhestätte niederließ. Aylal stieß einen schrillen Schrei aus, ganz anders als alle, die Hugo je aus ihrem Schnabel gehört hatte. Ihm kam es sogar so vor, als stiegen Tränen in ihren dunklen Augen auf.

13

Im Keller eines Hauses in Brügge, März 1483

Als Berenguela wieder zu sich kam, fand sie sich in einem üblen Loch wieder, einer Art finsterem Weinkeller. Die Wände waren aus Stein, der Boden aus Erde und die Tür fest verschlossen.

Weder die Feuchtigkeit noch die durchdringende Kälte in diesem dunklen Raum waren für Berenguela schlimmer als die Todesangst, gegen die sie ankämpfte.

Sie konnte sich nicht daran erinnern, wie sie hierhergekommen war, und wusste daher auch nicht, wo genau sie sich befand.

In ihrer Verzweiflung hämmerte sie stundenlang gegen die Tür und rief um Hilfe, in der Hoffnung, dass irgendetwas passierte oder jemand kam. Aber das geschah am ersten Tag nicht.

Am Abend aß Berenguela die karge Mahlzeit aus Brot und Trockenfleisch, die man ihr dagelassen hatte. Obwohl sie um ihr Leben fürchtete, übermannte sie irgendwann die Müdigkeit und sie schlief ein, ohne zu wissen, ob Tag oder Nacht war.

Das Letzte, woran sie sich noch erinnern konnte, war ihr Kampf mit Damián. Soweit sie wusste, gab es im Schildpadhuis keinen Keller, daher musste sie sich in einem anderen Gebäude befinden. Aber wo?

Auf die Fragen, die auf sie einstürmten, fand Berenguela

keine Antwort. Damián hatte sie wohl hier eingesperrt, um Zeit zu gewinnen und zu entscheiden, was er mit ihr tun sollte. Aber womöglich war sein Beschluss auch längst gefasst, und sein Ziel bestand darin, seine Frau in den Wahnsinn zu treiben oder schlimmer noch, sie vielleicht hier sterben zu lassen.

Berenguela dachte daran, welch große Sorgen sich Renata um sie machen musste. So, wie sie die Italienerin kannte, hatte ihre Freundin bestimmt zunächst bei Damián nach ihr gefragt. Da sie von ihm vermutlich keine Antwort bekommen hatte, hatte sie als Nächstes wahrscheinlich ihren alten Liebhaber, den Amtmann aufgesucht, damit er alle Büttel losschickte und nach der Verschwundenen suchen ließ. In diesem Fall würde man sie gewiss bald aufspüren, überlegte Berenguela. Leider war sie sich aber gar nicht sicher, ob sie sich überhaupt noch in Brügge befand. Möglicherweise hatte man sie aufs Land gebracht und dort in einem Weingut oder im Keller eines Privathauses versteckt.

Ihr drängten sich also viele Zweifel auf, und wer konnte schon sagen, was sich in den nächsten Stunden und Tagen wohl alles zutragen würde? Ob es ihr vielleicht möglich wäre, Damián irgendwie umzustimmen? Würde er ihr glauben, wenn sie ihm schwor, für immer aus seinem Leben zu verschwinden und ihn nicht anzuzeigen? Wahrscheinlich nicht. Erst recht nicht, nachdem er schon so weit gegangen war, sie hier einzusperren.

Am Nachmittag des zweiten Tages rief Berenguela um Hilfe, als sie draußen vor der Tür Schritte hörte, bekam aber keine Antwort. Die Schritte wurden wieder leiser, und die Stille kehrte zurück, diese ohrenbetäubende Stille, in der man den eigenen Herzschlag und beinahe die eigenen Gedanken hören konnte. Berenguela schlief den Rest des Tages.

Beim Erwachen wurde ihr erst recht bewusst, dass sie

komplett von der Außenwelt abgeschnitten war und vermutlich dem Hungertod entgegensah. Nun überkam sie derartige Panik, dass sie schnell aufstand und die Hände gegen die Wand presste, um nicht am ganzen Körper zu erbeben. Berenguela überstand diesen quälenden Augenblick, indem sie ihre Atmung kontrollierte und an Hugo dachte.

Am dritten Tag wurden ihr wieder Essen und Wasser gebracht, aber leider, während sie schlief, sodass sie die Tür nicht gehört und auch niemanden gesehen hatte. Die Ration war klein, trotzdem war Berenguela erleichtert, weil die karge Mahlzeit in ihr Hoffnung weckte. Wenn Damián sie umbringen wollte, hätte er sich diese Mühe gewiss nicht gemacht.

Zwei Stockwerke weiter oben saßen auf einem bequemen Sessel Damián und seine Geliebte Berta in einem luxuriösen Salon und küssten sich leidenschaftlich. Sie schickten ihre Hände und Sinne auf die Suche nach neuen Formen der Lust, nachdem sie zusammen gespeist und das Schicksal ihrer Geisel im Keller von Bertas Palast entschieden hatten. Außer ihnen beiden wusste niemand von Berenguelas Anwesenheit. Damián hatte seine halb bewusstlose Frau zu einem Zeitpunkt hergebracht, als das Dienstpersonal gegessen hatte. Dann hatte er gemeinsam mit Berta beschlossen, Berenguela im Keller unterzubringen.

Dort gab es am Ende eines Ganges hinter einem Regal einen versteckten Raum. Das in Stein gehauene Zimmer war einst auf den Wunsch von Bertas verstorbenem Mann hin entstanden. Er hatte darin eine große und wertvolle Sammlung teurer Weine gelagert, die er für seinen privaten Gebrauch gekauft oder geschenkt bekommen hatte und vor den gierigen Blicken des Dienstpersonals hatte verbergen wollen.

Dieser Weinkeller war der ideale Ort, um jemanden festzuhalten, weil er völlig isoliert war. Berenguelas Toben und Schreien verhallte ungehört, aber die beiden feurigen Liebhaber waren sich natürlich bewusst, dass auch dieser Keller keine dauerhafte Lösung darstellte.

Deshalb wollte Damián auf einen Mann zurückgreifen, den er kannte, eine finstere Gestalt, die in der Vergangenheit schon das eine oder andere Mal heikle Angelegenheiten für ihn geregelt hatte. Für einen primitiven Rohling leistete er gute Arbeit, und die anstehende Aufgabe war ja auch recht einfach.

Damián und Berta hatten während des Essens die nächsten Schritte beschlossen. Ihr Häscher würde Berenguela bei Nacht aus ihrem Versteck holen und zur Küste befördern, von wo aus ein Schmugglerschiff sie zu einem Hafen in Nordafrika bringen würde. Dort würde die Besatzung sie leicht als Sklavin verkaufen und den Erlös als Lohn behalten können.

»Du solltest dich schnell mit diesem Kerl in Verbindung setzen«, mahnte Berta und schmiegte sich an Damián. »Wenn ich ihr Essen bringe, gehe ich damit nämlich jedes Mal ein großes Risiko ein. Falls mich einer der Diener dabei beobachtet, könnten wir große Schwierigkeiten bekommen.«

»Natürlich … Schon morgen kümmere ich mich darum. Ich glaube, ich weiß, wo ich ihn finden kann.«

»Wunderbar!« Berta biss ihn in die Lippe und ging dann zu seinem Ohrläppchen über. »Stell dir nur vor, dann können wir endlich für immer zusammenleben und unser Verhältnis auch vor unseren Freunden offiziell machen. Wenn deine Frau schon wieder verschwindet, und dieses Mal für immer, wird keiner mehr etwas gegen uns beide sagen können.«

»Aber das braucht seine Zeit. Mir reicht es im Moment, dich an meiner Seite zu haben.«

»Oder unter dir«, lachte Berta und bäumte sich ihm entgegen, damit er sie endlich bestieg.

Drei Tage später war Jacob Grosenberg in Antwerpen gerade mit Angelegenheiten seines Textilhandels beschäftigt. Zurzeit lief alles wie am Schnürchen, daher konnte er sich wirklich nicht beklagen. Die meisten seiner Käufer erachteten die Qualität seiner Produkte als unvergleichlich und rissen sie ihm geradezu aus den Händen.

An seinen begehrten Stoffen erfreuten sich die wohlhabenden Bürger der Stadt, und in den letzten Monaten hatten ihn sogar Bestellungen aus Paris und London erreicht, wo der Markt weitaus anspruchsvoller war.

Heute Morgen wartete Jacob Grosenberg in seinem Büro auf den kastilischen Bankier und Händler Martín de Soria, der ihn um ein Gespräch ersucht hatte, ohne den Anlass dafür zu nennen. Grosenberg ordnete die Papiere auf seinem Tisch, griff nach einer Flasche starken Likörs, der von Benediktinermönchen hergestellt worden war, goss sich ein Glas ein und nippte mit genießerisch geschlossenen Augen daran.

Nach einer Weile betrat eilig Martín de Soria den Raum. Er kam äußerst ungern zu spät, obwohl er heute gute Gründe dafür hatte: Er hatte bei einem Bekannten vorbeigeschaut, um ihm zum Tod seiner kürzlich verstorbenen Frau sein Beileid auszusprechen. Da er den Witwer am Boden zerstört angetroffen hatte, hatte sich der Besuch länger hingezogen als erwartet.

»Keine Sorge, das ist für mich ein ruhiger Vormittag ohne dringende Angelegenheiten. Ich bin also ganz Ohr!« Grosenberg lächelte herzlich. »Welchem Umstand verdanke ich die Ehre Eures Besuches? Euer guter Ruf als Wollhändler eilt Euch schon lange voraus, ich weiß jedoch, dass Ihr auch an anderen Geschäften beteiligt seid, obwohl wir selbst ja nie zusammengearbeitet haben. Daher bin ich wirklich neugierig.«

Martín war einem Kompliment nie abgeneigt, ließ sich davon aber nicht einlullen und verlegte sich im Gegenzug selbst aufs Schmeicheln. »Ich bin heute nicht gekommen, um meine Dienste anzupreisen, sondern Eure, die des besten Tuchfabrikanten in ganz Flandern, in Anspruch zu nehmen. Lasst es mich Euch erklären.«

Während der nächsten Viertelstunde legte er Grosenberg den Anlass seines Besuches dar: Martín de Soria unterhielt enge Beziehungen zum kastilischen Königshaus, vor allem zu Königin Isabella, die schon viel von Grosenbergs Produkten gehört hatte. Offenbar hatte sie sich nun vorgenommen, den faden kastilischen Hof neu zu beleben und auch ihre aktuelle Garderobe durch eine modernere, zeitgemäßere zu ersetzen. Aus diesem Grund hatte sie gerade mehrere berühmte Schneiderinnen eingestellt, von denen einige aus Paris und zwei aus Brüssel stammten. Sie hatten den Namen Grosenberg als besten Hersteller von Stoffen, Brokaten und Tüchern genannt.

»Und daher bin ich heute hier, um Euch frohe Kunde zu bringen: Die Königin möchte Euch zum offiziellen Lieferanten des kastilischen Hofes ernennen. Falls Ihr annehmt, würde man Euch nach Burgos einladen, um Ihrer Majestät vorgestellt zu werden und ihr Eure Ware zu präsentieren. Sollte sie der Königin zusagen, wird sie davon große Mengen bestellen. Was haltet Ihr davon? Sind das gute Neuigkeiten?«

»Ohne Zweifel, mein Herr, und ich nehme die angebotene Ehre gern an. Ihr könnt bei Hofe mitteilen, dass ich meinen üblichen Aufenthalt bei der Messe in Medina del Campo zu einem Besuch in der noblen Stadt Burgos nutzen werde.«

Grosenberg stand auf, um ein zweites Glas zu holen und seinem Gast etwas von dem Likör einzugießen. Damit stießen sie auf die Königin an. Nachdem Martín sich das Getränk genüsslich auf der Zunge zergehen lassen hatte, sprach nun Grosenberg wieder: »Ich hoffe, diese kleine Aufmerksamkeit hilft Euch über den bitteren Moment mit Eurem Freund hinweg. Kenne ich ihn vielleicht?«

»Das glaube ich kaum. Dasselbe kam man allerdings nicht von seinem Stiefbruder sagen, zu dem Eure Beziehung ja nicht die beste ist …«

»Ihr müsst schon deutlicher werden.«

»Ich spreche von Damián de Covarrubias, denn bei meinem Bekannten handelt es sich um Hugo de Covarrubias. Er lebt in Löwen und hat gerade seine Frau durch Komplikationen während der Geburt verloren.«

Diese Nachricht machte Grosenberg betroffen. »Wie traurig! Ich kenne ihn nicht persönlich, aber seine Schwägerin, und weiß durch sie, was für ein guter Mensch er ist. Ganz anders als Damián de Covarrubias, den ich als den niederträchtigsten aller Kastilier erachte, die mir je untergekommen sind. Ein wirklich verachtenswerter Zeitgenosse. Ich weiß ja nicht, was Ihr von ihm haltet.«

»Da teile ich Eure Meinung. Ich habe mich selbst für seinen Ausschluss ausgesprochen, als es darum ging, ob er weiter beim Consulado de Mercaderes de Castilla verbleiben sollte oder nicht. Allerdings war damals der wichtige Posten ausschlaggebend, den sein Vater in Burgos innehatte.«

»Da wir die Dinge ganz ähnlich zu sehen scheinen, möchte ich mich gern im Vertrauen an Euch wenden, denn ich halte Euch für einen Ehrenmann. Mir ist eine gewisse Rolle im Konflikt zwischen Damián und seiner Frau zugefallen, der ich nach Möglichkeit immer hilfreich zur Seite gestanden habe. Falls es diesbezüglich irgendwelche Zweifel geben sollte, möchte ich gern unterstreichen, dass unsere Beziehung selbstverständlich rein freundschaftlicher Natur ist.«

»Ich kenne Berenguela ebenfalls und habe gerade erst durch Hugo de Covarrubias von ihr gehört. Er hat mir erzählt, dass sie per Schiff zusammen von Bermeo aus nach

Damme gereist sind und eben am Tag der verhängnisvollen Geburt, vor sechs Tagen, dort eingetroffen sind.«

»Wollt Ihr mir damit etwa sagen, dass Berenguela schon zurück in Brügge ist?« Diese Nachricht schien Grosenberg zu beunruhigen.

»Ja, so habe ich es verstanden«, antwortete der Kastilier angesichts von Grosenbergs ernster Miene besorgt. »Ist mir irgendetwas entgangen?«

Jacob Grosenberg gab darauf keine Antwort. Er reichte Martín de Soria lediglich die Hand, um sich bei ihm für den königlichen Auftrag zu bedanken. Dann verabschiedete er sich so schnell wie möglich von seinem Besucher.

Als er wieder allein war, wies Grosenberg seinen Sekretär an, für ihn das schnellste Pferd im Stall satteln zu lassen. Zu guter Letzt holte er eine kleine Arkebuse aus einer Schublade seines Schreibtisches und sagte Bescheid, dass er mindestens zwei Tage fortbleiben würde. Dass sich Berenguela nicht bei ihm gemeldet hatte, machte ihm Angst.

Die Straße von Antwerpen nach Brügge war immer voll von Karren, Kutschen, Maultieren, Handwagen, Reitern und Fußgängern, was ein schnelles Vorankommen unmöglich machte. Daher brauchte Jacob Grosenberg fast acht statt fünf Stunden und erreichte Brügge erst lange nach Einbruch der Nacht. Das war nun wirklich keine passende Uhrzeit, um bei irgendwem vorstellig zu werden, selbst bei Renata nicht, so eng sie mit Berenguela auch befreundet sein mochte.

Trotzdem klopfte Jacob Grosenberg an ihre Tür und würde es nicht bereuen. Von der Italienerin hörte er nämlich, dass Berenguela von einem Moment auf den anderen verschwunden war und es seither kein Lebenszeichen mehr von ihr gegeben hatte. Damit war auch der letzte Zweifel ausgeräumt.

Grosenberg ritt zur Residenz der de Covarrubias' hinüber und begann dort gegen die Tür zu hämmern, bis man ihm nach fünf Minuten endlich aufmachte. Mit verschlafener Miene erschien der Hauptdiener des Hauses, der Grosenberg sofort erkannte.

»Mein Herr, meint Ihr nicht, dass es ein wenig spät für einen Besuch ist?« Er behielt zwar die seinem Stand angemessene Höflichkeit bei, brachte jedoch zugleich seine Empörung zum Ausdruck.

»Meldet Damián de Covarrubias, dass Jacob Grosenberg ihn umgehend zu sehen verlangt.« Der Textilhersteller gab sich gar nicht erst Mühe, sich zu mäßigen. »Ich will wissen, wo sich die Dame des Hauses befindet, und werde keine Ausreden gelten lassen! Falls Ihr nicht vorhabt, meiner Forderung nachzukommen, dann tretet gefälligst beiseite, um mich durchzulassen. Sonst werde ich handgreiflich!«

Trotz seines entschlossenen Tonfalls konnte er mit seinen Befehlen den Bediensteten nicht einschüchtern, der auf derartige Situationen gut vorbereitet zu sein schien.

»Ich fürchte, dass Doña Berenguela schon seit … gut drei Jahren nicht mehr hier lebt. Was meinen Dienstherrn angeht, so wird er die heutige Nacht nicht hier im Haus verbringen. Es tut mir leid, vielleicht könnt Ihr ihn ja morgen im Laufe des Tages erreichen.«

Grosenberg holte die Arkebuse hervor und hielt sie dem Diener an die Stirn. Wieder verlangte er Einlass, weil er sich selbst vom Wahrheitsgehalt dieser Behauptungen überzeugen wollte.

Jetzt war der Dienstbote doch erschrocken. Grosenberg packte ihn am Ärmel des Nachtgewands und zerrte und stieß ihn voran, bis der Mann ihn zum Schlafzimmer seines Dienstherrn im zweiten Stock geführt hatte. Unterwegs erschienen mehrere Mitglieder des Personals und nahmen mit erschrockener Miene die Waffe zur Kenntnis, die ihrem Vorgesetzten jetzt in den Rücken gebohrt wurde.

Nun trat Grosenberg in Damiáns privates Schlafgemach. Das Bett war gemacht, und es wies hier genauso wenig auf die Anwesenheit von Berenguela hin wie auf die von Damián.

Der Textilhersteller durchwühlte Kommoden und Schränke, ohne irgendetwas Auffälliges zu finden. Dann verlangte er, ins Arbeitszimmer geführt zu werden, wo er den Schreibtisch, alle Schubladen und Stühle absuchte. Sogar auf dem Fußboden hielt er nach Hinweisen Ausschau, die die Behauptungen des Dieners widerlegen würden. Aber auch hier hatte er kein Glück. Da fiel ihm wieder das Geheimfach ein, in dessen Inhalt Berenguela so große Hoffnungen gesetzt hatte. Grosenberg warf zwei Regale um, bis er es gefunden hatte. Wie erwartet, war es jedoch verschlossen.

»Ich frage Euch noch einmal: War Eure Dienstherrin in den letzten Tagen hier zu Hause? Egal, ob sie zu Besuch war und nur kurz hereingeschaut hat …«

»Nein, das habe ich Euch doch schon gesagt.« Der Mann setzte eine unverfängliche Miene auf.

»Wenn ich in Erfahrung bringe, dass man ihr irgendein Leid angetan hat, dann werdet Ihr für Euer Schweigen büßen, das schwöre ich Euch!«, drohte Grosenberg.

»Ihr könnt so oft nachhaken, wie Ihr wollt, aber ich habe Euch die Wahrheit gesagt. Vielleicht solltet Ihr es lieber an einem anderen Ort probieren.«

»An einem anderen Ort? Wo genau, so sprecht doch!«, rief Grosenberg.

In diesem Moment stürzten Renata und Antonio herein, um Grosenberg zu Hilfe zu eilen.

»Ich weiß auch nicht, irgendwo anders eben …«, sagte der Mann, der sich nicht festnageln lassen wollte.

Nun fragte Renata nach Damián. Als sie hörte, dass er die Nacht nicht hier im Haus verbringen würde, beugte sie sich zum Ohr des jüdischen Händlers vor. Außer Hörweite des Dieners flüsterte sie ihm zu: »Er wird bei seiner Geliebten sein, und ich weiß, wo die lebt.«

Laut klapperten die Hufe der drei Pferde in Gässchen, auf Straßen und Plätzen, bis sie eine an einem Kanal diskret gelegene Villa erreichten, in der sie Damián anzutreffen hofften.

Als sie abstiegen und anklopften, öffnete ihnen eine ältere Frau mit verschlafenem Gesicht die Tür. Zunächst verstand sie kein Wort, weil zwei Leute gleichzeitig auf sie einredeten.

»Bitte einer nach dem anderen«, sagte sie daher zu Grosenberg.

»Meine Dame, entschuldigt bitte die Störung zu so später Stunde. Ich bedauere zutiefst, Euch geweckt zu haben, aber es handelt sich um eine dringende Angelegenheit. Wäret Ihr so freundlich, uns zu sagen, ob sich Damián de Covarrubias hier im Haus befindet?«

Diese Frage brachte Grosenberg ganz bewusst mit seinem freundlichsten Lächeln und einer Miene vor, mit der er im Laufe seines Lebens schon so einige Herzen erweicht hatte. Und sein Kalkül schien aufzugehen, denn die Frau bejahte sofort, erschrak aber, als die Fremden jetzt nicht darum baten, den Dienstherren angekündigt zu werden, sondern einfach die Tür aufschoben und ins Haus eindrangen. Die Dienerin stieß schrille Schreie aus wie ein Papagei und schreckte zunächst den Rest des Personals auf, dann auch das Liebespaar, das auf einer bequemen Daunenmatratze geschlafen hatte.

Berta sah fassungslos mit an, wie plötzlich drei Personen in ihr Gemach stürmten, doch Damián begriff schnell, als er Renata und den verhassten Grosenberg erkannte. Er wusste natürlich, wen sie hier suchten. Aber sie würden wieder abziehen müssen, ohne jemals zu erfahren, dass Berenguela vor nur wenigen Stunden geknebelt, an Händen und Füßen gefesselt aus dem Keller geholt und auf einem mit Säcken beladenden Wagen in Richtung Damme gebracht worden war.

»Sagt mir sofort, wo Doña Berenguela steckt!«, verlangte Grosenberg.

Damián stand nicht einmal aus dem Bett auf, er richtete sich bloß mit betont entspanntem Gesichtsausdruck auf dem Ellbogen auf. »Ziemlich weit weg, wenn sie sich immer noch in Burgos befindet, wie ich einmal annehme.« Damián schaute Renata an. »Aber das müsstet Ihr doch besser wissen als ich.«

»Lügner!«, schleuderte sie ihm zornentbrannt entgegen. »Was hast du mit ihr gemacht? Wo hältst du sie versteckt?«

»Sind denn hier alle wahnsinnig geworden?«, protestierte nun Berta, die sich mit einem Laken bedeckte. »Glaubt Ihr etwa, dass Ihr einfach so mitten in der Nacht in ein privates Schlafzimmer stürmen und uns der Entführung einer Frau bezichtigen könnt?«

Grosenberg entschied, dass es der Worte genug war. Er griff nach der Waffe, die Antonio mitgebracht hatte, zog seine eigene hervor und näherte sich auf Damiáns Seite dem Bett. Nun bekam de Covarrubias es doch mit der Angst zu tun, vor allem, als ihm die Mündung einer Arkebuse in den Magen und eine weitere in den Schritt gebohrt wurden.

»Also, wo soll ich anfangen? Einen Schuss bekommt Ihr nämlich auf jeden Fall ab, wenn Ihr mir nicht Berenguelas Aufenthaltsort nennt, bevor ich bis drei gezählt habe … Eins … zwei …«

»Wartet, Ihr liegt falsch!«

»Drei!«

Grosenberg bewegte die Mündung der Arkebuse ein klein wenig und schoss Damián zu dessen und Bertas Entsetzen in den Oberschenkel. Der Getroffene krümmte sich vor Schmerzen und begann zu stöhnen.

»Ihr seid ja verrückt!«, brüllte Berta. »Dafür werdet Ihr hinter Gittern landen.« Dann rief sie um Hilfe.

»Vielleicht sollte ich ihn lieber endgültig niederstrecken, damit an meiner Schuld auch kein Zweifel bleibt«, murmelte Grosenberg.

Er entsicherte die Waffe, die er Damián in den Bauch gebohrt hatte, und machte Anstalten abzudrücken. Damián begann zu betteln und zu wimmern, und Berta, die seine Schwäche mit Hass und Verachtung betrachtete, beschloss zu verhandeln, bevor er noch alles verriet. »Bewahrt Ihr mich vor den Nachstellungen der Justiz, wenn ich rede?«

Sie ekelte Grosenberg zwar an, er wollte sich aber nicht von seinen Gefühlen mitreißen lassen und nickte daher.

»Sag Ihnen nichts!«, protestierte Damián.

»Sie ist in einem Wagen auf dem Weg nach Damme, um dort im Hafen auf ein Schiff verladen zu werden«, erklärte Berta trotzdem.

»Wann ist dieser Wagen losgefahren?«, wollte Grosenberg wissen.

»Vor etwa zwei Stunden.«

Jacob Grosenberg übergab die Waffen an Antonio, damit er bei Damián und Berta blieb, bis die Amtsbüttel verständigt waren. Dann rannte er mit Renata aus dem Haus, um aufs Pferd zu steigen und im Höchsttempo zum Hafen von Damme zu galoppieren.

Wenn diese Frau die Wahrheit gesagt hatte, würden sie einen Wagen mit so viel Vorsprung kaum einholen können.

Aus Sorge, ihn nicht rechtzeitig zu erreichen, verlangten sie ihren Pferden alles ab, sobald sie Brügge hinter sich ließen und die offene Landstraße erreichten, die parallel zum Zwin lief.

Wenn man Berenguela an Bord eines Schiffes brachte, würde die Sache noch einmal um einiges komplizierter werden. Dann würden sie ein Boot mieten müssen, um ihrer Freundin auf dem Wasser zu folgen, und noch nicht einmal wissen, in welcher Richtung ihr Schiff unterwegs sein würde. Es wäre alles einfacher, wenn sie dies verhindern könnten.

»Normale, mit Waren beladene Schiffe legen eigentlich nicht um diese Uhrzeit ab«, erklärte Grosenberg.

»Was wollt Ihr damit sagen?«, rief Renata hinüber.

»Dass wir es mit Gesindel zu tun haben werden, vermutlich mit Schmugglern.« Grosenberg sprach nicht aus, was ihm in diesem Augenblick noch durch den Kopf fuhr, dass sie nämlich im Eifer des Gefechts beide Waffen zurückgelassen hatten. Was für eine verfahrene Situation, er würde sich etwas einfallen lassen müssen.

14

Auf dem Weg zum Hafen von Damme, Nordsee, März 1483

Berenguela wand sich zwischen den Säcken und suchte nach einer bequemeren Position. Ihr taten alle Knochen weh, und der ratternde Wagen gab ihr bei jedem Schlagloch das Gefühl, er würde gleich entzweibrechen. Deshalb sehnte sie sich inzwischen nach dem Ende der Fahrt, obwohl sie keine Ahnung hatte, welch finsteres Schicksal sie danach erwartete.

Ihr Bewacher hatte unterwegs nicht ein Wort zu ihr gesprochen. Sie hörte ihn lediglich von Zeit zu Zeit einen Fluch murmeln, wenn das Pferd langsamer wurde, oder bei der Begegnung mit anderen Fahrzeugen den Kutscher fragen, ob es noch weit war. Aber sie verstand dabei leider weder das Ziel ihrer Fahrt noch die Antwort des anderen.

Als der Wagen irgendwann den Weg verließ und in einiger Entfernung im Schutz eines Wäldchens zum Stehen kam, ahnte Berenguela nichts von den Absichten des Mannes. Die wurden ihr erst klar, als er zu ihr kam und sie zu befingern begann.

Durch den Knebel waren Berenguelas Schreie nicht zu hören, deshalb wand sie sich unter seinen Händen und zerkratzte ihn wie ein wildes Tier.

»Jetzt halt schon still und lass mich machen!«, knurrte ihr Bewacher. »Ich kann dir versichern, dass ich vorsichtiger sein werde als viele der Kerle, mit denen du es bald zu tun haben wirst. Erst recht, wenn du einmal verkauft bist. Also genieß es jetzt lieber zum letzten Mal.«

Ekel durchfuhr Berenguela, als er ihr die Bluse aufknöpfte und die rauen Hände hineinschob. Ihr Kopf war zwischen zwei Säcke gepresst, und sie rieb das Gesicht daran, um irgendwie den Knebel loszuwerden, doch zunächst waren ihre Bemühungen vergeblich. Ihr Bewacher fuhr derweil damit fort, mit zielstrebigen Berührungen ihren Körper zu erkunden. Berenguela probierte, die Hände innerhalb der Fesseln zu bewegen und schaffte es, sie ein kleines Stück herauszuziehen, während sie weiter den Knebel loszuwerden versuchte. Aber die Erregung des Mannes wuchs immer mehr, und Berenguela war verzweifelt, weil ihr hier niemand zu Hilfe eilen würde.

Einfach würde sie es ihm aber nicht machen, dazu war sie fest entschlossen.

In diesem Moment hörte sie, wie sich das Geräusch von Pferdehufen näherte. Das war ihre letzte Chance, einer Vergewaltigung zu entkommen. Als sie bemerkte, dass aus einem der Säcke ein spitzer Zweig herausragte, war ihr ganz egal, ob sie sich damit selbst das Gesicht zerkratzen würde. Sie spürte die Wärme ihres eigenen Blutes, am Ende gelang es ihr aber immerhin, die Spitze zwischen das Tuch des Knebels und ihre Haut zu schieben. So versuchte sie, den Stoff zu zerreißen. Leider bohrte sich der Ast dabei in ihren Mundwinkel und fügte ihr einen tiefen Schnitt zu, der sofort heftig zu bluten begann.

Berenguela verdrehte den Hals, verrenkte ihn sich fast, bis sich der Knebel endlich ein wenig lockerte. Dann begann sie aus vollem Halse zu brüllen.

So erregte sie die Aufmerksamkeit von zwei Reitern, die auf dem Weg zum Hafen waren und nun nachsahen, was in dem kleinen Forst am Wegrand vor sich ging.

»Seht Ihr nicht, dass sie nicht will?«, meldete sich einer von ihnen zu Wort, als er erkannte, dass sich dort jemand an einer Frau zu vergehen versuchte. Aber er wollte sich auch nicht in fremde Angelegenheiten mischen.

»So helft mir doch!«, stöhnte Berenguela, bis ihr Peiniger ihr die Hand auf den Mund legte.

Zunächst machten die beiden Männer Anstalten, tatsächlich einzugreifen. Als der Entführer eine Arkebuse zog, wollten sie sich aber nicht in Schwierigkeiten bringen und wandten sich ab.

Entsetzt schaute Berenguela ihnen hinterher. Jetzt hatte sie keinerlei Hoffnung mehr, der Schändung durch diesen Widerling entkommen zu können.

Doch sie täuschte sich. Berenguela konnte sich das gar nicht erklären. Aber entweder war dem Kerl die Lust vergangen, oder er befürchtete, dass die beiden Fremden Hilfe holen würden. Auf jeden Fall schob er ihr nur den Knebel wieder in den Mund und kehrte auf den Kutschbock zurück. Als er die Zügel knallen ließ, brachte das Pferd den Wagen auf den Weg zurück.

In einiger Entfernung galoppierten zwei Rosse, deren Reiter, tief über den Hals der Tiere gebeugt, die Umgebung nach dem Wagen mit ihrer Freundin absuchten. Einmal glaubten sie, ihn in der Ferne entdeckt zu haben, doch es war nur ein Schatten.

Als sie zwanzig Minuten später die erste Schleuse erreichten, an deren Kai drei Schiffe lagen, entdeckten sie nirgendwo einen Wagen oder besondere Geschäftigkeit. Auch auf dem Wasser war kein Schiff oder Boot unterwegs. Entmutigt sahen sich Jacob Grosenberg und Renata an. Hatten sie sich vielleicht auf eine falsche Fährte locken lassen?

Grosenberg schlug vor, auf eine der ins Meer ragenden

Landzungen zu reiten, die die Hafenmündung bildeten, um von dort aus einen besseren Blick auf die ganze Küste zu haben.

»Sind wir zu spät gekommen?« Beklommen deutete die Italienerin aufs dunkle Meer hinaus.

»Verlieren wir nicht die Hoffnung. Ein einfacher Wagen kann doch kaum so einen großen Vorsprung herausgeholt haben.«

Am Ende der Landzunge hatten sie, vom Meer umgeben, durch den leuchtenden Vollmond einen perfekten Blick in alle Richtungen und konnten auf beiden Seiten der Zwin-Mündung die Küste absuchen.

Renata fiel als Erstes etwas auf. »Seht doch nur, da drüben am Strand!« Sie zeigte auf ein Boot, das schon fast das Ufer erreicht hatte. Dort wartete ein Mann neben einem Wagen.

»Das müssen sie sein«, sagte Jacob und wendete auch schon sein Pferd. »Lasst mich vorreiten, denn es könnte sich um gefährliche Gestalten handeln. Deshalb ist es mir lieber, wenn Ihr Abstand haltet. Falls Ihr dann sehen solltet, dass ich Beistand brauche, könnt Ihr im Hafen Hilfe holen.«

Renata nickte und folgte Grosenberg etwas langsamer.

Am Strand angekommen, versuchte der jüdische Textilhersteller, sich dem Kutscher unbemerkt zu nähern, um ihn von hinten zu überwältigen. Ein Schnauben seines Pferdes schreckte den Mann jedoch auf.

Als er herumfuhr und einen Fremden auf einem schweißüberströmten Ross in vollem Tempo auf sich zugaloppieren sah, suchte der Kerl unter dem Kutschbock nach seiner Waffe.

Grosenberg ließ ihn nicht aus den Augen und erkannte, wie wenig Zeit ihm blieb, bevor der erste Schuss fallen würde. Er grub seinem Pferd die Fersen in die Flanke, um es anzutreiben.

Zwischen den Säcken im Wagen wand sich Berenguela, als sie Grosenbergs Stimme erkannte. Ihr Freund drohte ihrem Entführer mit dem Tod und warf sich aus dem Sattel auf ihn. Zum Glück war dem Schuft keine Zeit mehr geblieben, seine Waffe zu laden.

Beide Männer stürzten zu Boden.

Nachdem Grosenberg aus dem Augenwinkel tatsächlich Berenguela auf dem Wagen gesehen hatte, legte er seinem Gegner die Hände um den Hals und drückte zu. Der Kerl wollte es ihm gleichtun, hatte es aber schwerer, weil er unten lag.

Er wand sich, so gut er konnte, suchte mit der Hand nach der Körpermitte seines Angreifers und versetzte ihm einen so heftigen Schlag, dass Grosenberg die Luft wegblieb. Das verschaffte dem Kutscher einen Vorteil. Er drehte sich, sodass er jetzt oben saß und der Textilhersteller seinen gnadenlosen Faustschlägen nicht ausweichen konnte.

Die drei Männer im Boot legten sich derweil an den Rudern ins Zeug, um so schnell wie möglich den Strand zu erreichen und ihrem Kumpan dort zu helfen. Sie hatten aber nicht mit dem plötzlichen Erscheinen einer schönen Frau zu Pferd gerechnet, die geschickt aus dem Sattel glitt, mit katzenhaften Bewegungen die Arkebuse an sich brachte und in ihre Richtung abfeuerte. Zwar ging ihr Schuss ins Leere, doch sie wollten nicht riskieren, dass die Fremde es noch einmal probierte und dieses Mal vielleicht besser zielte. Deshalb drehten sie ab und ruderten zu einem Schiff zurück, das in nicht allzu großer Entfernung vor Anker lag.

Renata lud nach und richtete die Waffe auf den Kopf des Kutschers, der mit Grosenberg rang. »Soll ich abdrücken, oder wollt Ihr leben?«

Der Mann erstarrte, hob die Hände und bat um Gnade.

Nun sprang Grosenberg auf, setzte den Kerl mit einem

heftigen Schlag gegen die Nieren außer Gefecht und suchte dann nach Stricken, um ihn festzubinden.

Renata umrundete derweil den Wagen auf der Suche nach Berenguela. Als ihre Blicke sich trafen, zeigte sich ein Ausdruck von Erleichterung auf Berenguelas Miene, während Renata ihr entsetzt in das blutige Gesicht starrte.

»Was haben die nur mit dir gemacht?«, fragte die Italienerin, zog ihrer Freundin den Knebel aus dem Mund und befreite dann Hände und Füße von den Fesseln.

»Keine Sorge, es ist gar nicht schlimm. Ich habe mich selbst verletzt, als ich versuchte habe, mich loszumachen.« Berenguela rieb sich die Handgelenke, schaute zu Grosenberg hinüber und warf sich dann ihrer Befreierin in die Arme.

Renata strich ihr zärtlich übers Haar und schämte sich nach diesem angespannten Moment ihrer Freudentränen nicht.

»Damián wird dir nie wieder wehtun können, Antonio hält ihn nämlich im Haus seiner Liebhaberin fest. Sobald wir zurück sind, benachrichtigen wir die Amtsbüttel, damit er sofort hinter Gitter kommt. Und dann wird er bis ans Ende seiner Tage in einer Zelle verrotten«, versicherte sie mit Nachdruck.

»Er wollte mich verkaufen … Kannst du das fassen? Wie kann man nur jemanden, mit dem man einen großen Teil seines Lebens verbracht hat, so niederträchtig behandeln?« Nun umarmte Berenguela Jacob Grosenberg. »Wenn Ihr nicht gekommen wärt, was wäre dann aus mir geworden? Ihr hättet mich doch niemals wiedergefunden!«

Grosenberg erzählte ihr davon, wie er im Gespräch mit Martín de Soria ganz zufällig von ihrer gemeinsamen Rückreise mit Hugo de Covarrubias erfahren hatte, und überbrachte ihr dann auch die schlimme Nachricht von Ubaydas Tod.

»Nein, das kann doch nicht sein … Hugos Frau?« Plötzlich sehnte sich Berenguela mit jeder Faser ihres Körpers danach, ihren Freund zu sehen. »Die Arme, was für eine schreckliche Neuigkeit!« Als sie sich die Hände vor den Mund schlug, war längst vergessen, was sie selbst gerade durchgemacht hatte. »Wie geht es ihm denn?«

Grosenberg entging die Dringlichkeit ihrer Frage nicht. Er schirrte das Pferd des Kutschers ab und überließ den Frauen die beiden guten Reittiere, mit denen sie schnell vorankommen würden.

»Davon wirst du dich bald selbst überzeugen können«, warf Renata ein. »Sollen wir ihn sofort aufsuchen, oder soll ich dich erst bei mir zu Hause verarzten?«

»Ich muss jetzt sofort nach Löwen. Hoffentlich kann ich Hugo helfen.«

15

Löwen, Herzogtum Burgund, März 1483

Am nächsten Tag begleitete Jacob Grosenberg Berenguela nach Löwen, wo sie am Haus von Hugo de Covarrubias anklopfte.

Die Tür wurde ihr von der Amme aufgemacht, die sich als Manni vorstellte und neben Faiza noch ein anderes Kind im Arm hielt.

Eine Woche nach ihrer Geburt hatte Faiza alle drei Stunden Hunger und machte sich dann mit kräftiger Lunge bemerkbar, wurde von ihrem Vater aber völlig ignoriert.

Berenguela verliebte sich auf den ersten Blick in das kleine Mädchen. »Ich bin eine Freundin von Hugo, Berenguela Ibáñez«, sagte sie zu Manni. Den Namen de Covarrubias hatte sie schon viel zu lange getragen und wurde nun von einem angenehmen Gefühl erfüllt, als sie wieder ihren Mädchennamen aussprach. »Wo steckt denn ihr Vater?«, fragte sie dann, während sie dem Säugling zärtlich übers Kinn strich. Automatisch machte Faiza den Mund auf und zu, als würde sie trinken.

»Er hat sich ins Schlafzimmer zurückgezogen und will dort von niemandem gestört werden. Von Zeit zu Zeit kommt er wieder heraus, dreht ein paar Runden durchs Haus und antwortet höchstens auf eine Frage, wenn ein Ja oder Nein als Antwort reicht. Ansonsten spricht er gar nicht mehr … An manchen Tagen sehe ich ihn nur ein einziges Mal. Er isst einen winzigen Happen, viel zu wenig, und schließt sich dann wieder bis zum nächsten Tag ein.«

Berenguela wusste sofort, was zu tun war. »Wird die Kleine bald gefüttert?«, fragte sie, als Faiza zu weinen begann.

»Ja, es ist wohl wieder so weit.«

Manni übergab ihren Sohn, der schon mindestens eineinhalb war, an Berenguela und setzte sich mit der kleinen Faiza auf dem Schoß hin. Dann knöpfte sie ihre Bluse auf und zog eine pralle Brust hervor, die sie dem Mund des Mädchens näherte. Faiza stürzte sich so gierig darauf, als hätte sie in ihrem kurzen Leben noch nie etwas zu trinken bekommen.

Als die stille Küche nun vom Schmatzen des Säuglings erfüllt war, beobachtete eine tief gerührte Berenguela die Szene schweigend und ein wenig neidisch. Beim Anblick von Faizas braunem Gesicht an der weißen Brust der Amme musste sie an die verstorbene Mutter des Mädchens denken und daran, wie ungerecht es war, dass sie sich an diesem Moment erfreuen konnte, während das doch eigentlich Ubayda hätte tun sollen. Wie grausam das Schicksal zu ihnen beiden gewesen war! Es hatte ihnen Zeit an der Seite desselben Mannes zugestanden, aber nicht genug davon. Offenbar war für sie beide ein erfülltes, glückliches Leben nicht vorgesehen.

Als Berenguela die Augen schloss, stieg in ihr die Erinnerung an Hugo und Ubayda auf, wie sie in der Kathedrale von Antwerpen Seite an Seite vor ihr gestanden hatten. Dann schlug sie die Lider wieder auf und betrachtete das zerbrechliche Neugeborene. Tiefes Bedauern erfasste sie. Faiza würde niemals eine Mutter haben, die sie lieben, in der sie sich wiederfinden, von der sie etwas lernen konnte.

Berenguela drehte sich zur Seite, weil sie von einem Schluchzen geschüttelt wurde, das Manni nicht bemerken sollte.

Sie weinte nicht nur aus Mitleid mit Faiza oder wegen des schrecklichen Unglücks, das dieses Haus vor ein paar Tagen heimgesucht hatte. Ihr Schmerz galt auch ihr selbst, ihrem zerstörten Leben, ihren gescheiterten Träumen und dem grausamen Schicksal, das ihr Ehemann für sie vorgesehen hatte.

Weil ihr der Gram die Kehle zuschnürte, machte sich Berenguela auf die Suche nach einem Glas Wasser. Dabei kam sie an einem Wandspiegel vorbei, blieb stehen und blickte sich darin an.

Das Leben war ungerecht zu ihr gewesen, genau wie zu der armen Ubayda, und das hatte seine Spuren hinterlassen. Mit einem Mal fand Berenguela, dass sie viel älter aussah, als sie eigentlich war. Ihre Wangen waren schlaffer, dazu kamen noch der tiefe Schnitt an der Lippe und leichte Augenringe.

Berenguela war froh, dass sie entgegen ihrer ersten Eingebung doch noch in Brügge vorbeigeschaut hatte, um ihre Wunden zu reinigen und einen Beutel mit Kleidung zu holen. Dabei wusste sie gar nicht, ob sie hierbleiben konnte oder vielleicht von Hugo weggeschickt werden würde. Im Notfall würde sie sich eben eine Pension suchen, überlegte sie.

Nachdem sie Faiza noch einmal gefüttert und dann schlafen gelegt hatte, brach die Amme gegen drei Uhr auf. Sie war froh, dass ihr jetzt jemand mit dem Kind helfen würde und sie sich so um ihren eigenen Haushalt kümmern konnte. Bevor sie ging, bat sie Berenguela noch, Hugo eine Nachricht zukommen zu lassen.

»Sagt mir, was auch immer Ihr braucht, und ich werde ihn darum bitten.«

»Er soll mir bitte die Woche bezahlen, und Ihr solltet ihm auch klarmachen, dass ich nur noch diesen Monat kommen werde. Nach und nach versiegt meine Milch, weil mein Sohn sie nicht mehr braucht. Wenn ich im Moment noch bleibe, dann nur aus Mitleid mit diesem armen kleinen Ding. Ich selbst würde ja lieber nicht länger stillen, Ihr versteht schon.« Sie griff nach beiden Brüsten und hob sie hoch. Als sie sie wieder losließ, klatschten sie zu ihrem Missfallen gegen den Brustkorb. »Wenn ich so weitermache, sehe ich irgendwann noch aus wie eine Milchkuh.«

Berenguela blieb mit Faiza allein zurück und betrachtete ihren winzigen Körper. Sie schmerzte die Tatsache, dass dieses Kind nun seine wichtigste Nahrungsquelle verlor und Hugo eine neue Amme suchen musste. Was dies anging, kam ihr plötzlich eine Idee in den Sinn, die vielleicht völlig verrückt war. Bis Manni endgültig gehen würde, wollte Berenguela es aber wenigstens versuchen. Sie berührte ihre noch jungen Brüste und dachte an Jacinta, eine Köchin, die einst für ihre Familie gearbeitet hatte. Ohne selbst ein Kind zur Welt gebracht zu haben, war es ihr gelungen, ihren Neffen zu stillen, nachdem ihre Schwester wie Ubayda bei der Geburt gestorben war.

Berenguela wusste nicht, wie Jacinta dies bewerkstelligt hatte, was zu tun war, damit Milch einschoss. Sie ging davon aus, dass Faiza ihre Brüste dafür stimulieren musste, dass ein starker Wille nötig war, an dem es ja nicht fehlte, und vermutlich auch eine gehörige Portion Glück.

Auf jeden Fall war sie fest entschlossen. Heute Abend würde sie sich Faiza an die Brust legen, bevor Manni sie stillte, denn mit vollem Bauch würde der Säugling vielleicht nicht mehr saugen wollen.

Plötzlich fühlte sich Berenguela dazu in der Lage, dieses Kind durchzubringen, und das erschien ihr als die wichtigste Aufgabe, die das Leben ihr je gestellt hatte.

Jetzt musste sie ihren Vorschlag nur noch Hugo unterbreiten. Es war der Moment gekommen, mit ihm zu reden und ihm darzulegen, dass sie zu allem bereit war. Sie würde sogar zu ihm ziehen, bis seine Tochter alt genug war.

Euphorisch klopfte Berenguela an die Tür von Hugos Schlafzimmer. In ihrer Hochstimmung ignorierte sie seinen gellenden Protest, ihn gefälligst in Ruhe zu lassen.

»Hugo, ich bin's, Berenguela!«, rief sie, so laut sie konnte. Als keine Antwort kam, drängte sie: »Darf ich hereinkommen? Ich muss unbedingt mit dir reden!« Das wiederholte sie ein paarmal. »Es tut mir ja so leid, was geschehen ist.«

»Geh fort, ich will allein sein.«

Am Ende entschied Berenguela einfach, den Raum auch gegen Hugos Willen zu betreten. Als Erstes schlug ihr abgestandene Luft entgegen. Dann entdeckte sie das Durcheinander im Raum: Auf dem Fußboden lag Wäsche verstreut, die Vorhänge waren heruntergerissen und die Schubladen einer Kommode waren gegen die Wände geworfen worden, bis sie zersplittert waren. Auf dem ungemachten Bett hockte in ein Laken gewickelt Hugo und umklammerte eine Tunika, als hinge sein Leben davon ab. Sie hatte vermutlich einst Ubayda gehört.

Jetzt wandte sich Hugo zu ihr hin und wiederholte seine Worte: »Geh fort, ich will allein sein!«

»Ich hege nicht die Absicht, wieder zu gehen«, versetzte Berenguela mit Nachdruck. »Also kannst du mir auch genauso gut zuhören.«

»Warum sollte ich? Wirst du mir etwa zurückgeben, was ich verloren habe?«

»Nein, und ich will es auch gar nicht erst versuchen, weil das unmöglich ist. Als ich von deinem Unglück erfahren habe, bin ich jedoch sofort hergekommen, um dir zu helfen.«

»Mir kann niemand helfen.«

Aber so schnell gab sich Berenguela nicht geschlagen. Sie

beschloss, Hugo mit ihrem eigenen Drama aus seiner Abgestumpftheit aufzurütteln.

»Dein Bruder müsste inzwischen schon im Gefängnis sitzen.«

»Was sagst du da?«

»Ich weiß nicht, wie er von meiner Rückkehr und meinen Plänen erfahren hat, aber er hat mich auf offener Straße entführt und mich dann sechs Tage lang in einem furchtbaren dunklen Loch festgehalten. Am Ende wollte er mich für immer verschwinden lassen, indem er mich auf einem Sklavenmarkt an der afrikanischen Küste verschachern lassen wollte.«

Diese Neuigkeiten rissen Hugo tatsächlich aus seiner Lethargie: »Mich tröstet der Gedanke, dass mein Stiefbruder endlich bekommt, was er verdient hat. Aber was du mir da noch erzählt hast … Ich kann einfach nicht fassen, dass er dich wirklich verkaufen wollte. Hat er dir wehgetan? Geht es dir gut?«

Hugo stand vom Bett auf, legte mit unendlich zärtlicher Geste Ubaydas Tunika beiseite und musterte Berenguela aus verquollenen roten Augen.

Sein Anblick rührte Berenguela so tief, dass sie ihn am liebsten umarmt hätte. Aber als sie mit ausgebreiteten Armen auf ihn zuging, wollte er davon nichts wissen. »Nicht, bitte, ich brauche deine Zuneigung nicht.«

Erschrocken wich Berenguela zurück.

»Entschuldige bitte, ich weiß selbst nicht, wie mir geschieht. Ich glaube, meine Sinne, meine Gedanken und mein ganzes Wesen gehören immer noch ihr. Sie sind mit Ubayda entschwunden, und das Leben kann mir nichts mehr geben.«

»Das stimmt nicht, schließlich wartet da draußen deine kleine Tochter auf dich, die ihren Vater braucht.«

»Ich will sie aber nicht sehen.«

Dieser Satz brach Berenguela das Herz. »Aber sie trägt doch keine Schuld! Die arme Kleine.«

»Was? Die Schuld liegt ganz bei ihr!«, rief Hugo aus, während er wieder nach Ubaydas Tunika griff und sie an seine Wange schmiegte. »Ich danke dir für deinen Besuch, aber jetzt möchte ich lieber allein sein.«

Verzweifelt fragte Berenguela sich, wie sie nur Hugos Beziehung zu Faiza verbessern könnte.

Die Amme hatte ihr erzählt, dass sie Hugo noch nie mit dem Kind gesehen hatte, er hatte es noch nicht einmal für ein paar Sekunden im Arm gehalten.

Berenguela verließ den Raum. Als sie mit der Kleinen zurückkehrte, lag Hugo mit dem Rücken zu ihr schon wieder im Bett.

Berenguela brachte Faiza zu ihm hinüber und legte sie so neben ihn, dass er seine Tochter sehen konnte. Die Kleine streckte sich und stieß ein leises Seufzen aus, dann reckte sie die Händchen und gähnte. Doch Hugo schob sie von sich weg.

»Bei Gott, du kannst doch deine Tochter nicht ablehnen! Sie existiert schließlich, weil Ubayda und du sie erschaffen habt.«

»Noch kann ich sie nicht lieben …«, erklärte Hugo mit schwerem Seufzen.

Diese Worte klangen immerhin schon vielversprechender und beruhigten Berenguela etwas. Sie nahm den Säugling vom Bett, wollte aber Hugo noch ihren Vorschlag unterbreiten, bevor sie ihn wieder allein ließ. »Ich wollte dir etwas vorschlagen.«

»Ich bin gerade nicht in der Lage, mich auf irgendetwas einzulassen.«

»Bis es dir wieder besser geht, würde ich gerne bleiben

und mich um deine Tochter kümmern. Und natürlich auch um dich.«

»Und was ist mit deinem Leben in Burgos oder bei Renata in Brügge?«

»Meine Mutter ist gut versorgt, und Renata wird das schon verstehen. Hier werde ich gebraucht, das genügt.«

Hugo drehte sich zu ihr um und schenkte ihr ein schwaches Lächeln, bevor er antwortete: »Mein Heim steht dir offen.«

16

Löwen, Herzogtum Burgund, April 1483

Es würde drei lange Wochen dauern, bis Berenguela genug Milch für Faiza produzierte und sie damit nicht mehr von Manni abhängig waren.

Einfach war es nicht. Berenguela massierte sich regelmäßig und legte sich Faiza jedes Mal an die Brust, bevor Manni sie stillte. Aber das kleine Mädchen hatte solchen Hunger und saugte so gierig, dass Berenguelas Brustwarzen am Ende schmerzhaft wund waren. Bei jedem Versuch liefen Berenguela in einer Mischung aus unendlichem Glück und unerträglichem Schmerz die Tränen über die Wangen.

Hugo bekam sie derweil kaum zu Gesicht. Er schloss sich weiter in seinem Zimmer ein und wollte seine Tochter nicht sehen. Sie wechselten nur dann ein paar Worte, wenn Berenguela ihm etwas zu essen aufs Zimmer brachte. Dann berichtete sie in allen Einzelheiten von Faizas Entwicklung: von ihrem ersten Lächeln oder davon, wie sie wegen einer kleinen Verstopfung den ganzen Tag geweint hatte. Berenguela beschrieb Hugo, wie sich seine Tochter beim Einschlafen an ihre Finger klammerte, und ahmte einmal sogar das fröhliche Glucksen nach, das Faiza beim Baden ausstieß. Sie wünschte sich so sehr, in Hugo auch nur eine kleine Emotion wachzurufen. Wenn sie darüber sprach, wie rund und mollig die Beinchen des Säuglings wurden, hoffte sie, er werde es mit eigenen Augen sehen wollen.

Hugo reagierte jedoch nicht und schien wie entrückt.

Dennoch ließ Berenguela nicht locker und unternahm alles nur Erdenkliche, um sein Interesse an seiner Tochter zu wecken. Manchmal beschrieb sie gerührt die Emotionen, die Faiza in ihr selbst auslöste, erzählte, wie sie manchmal vor Wonne schier zu zerspringen schien, doch Hugo hörte kaum zu.

Während die Tage verstrichen, fühlte sich Berenguela zwar einsam, war sich jedoch auch bewusst, welch außergewöhnliches Glück ihr hier zuteilwurde: Sie durfte all die Freuden junger Mutterschaft durchleben, ohne vorher eine lange Schwangerschaft und die Schmerzen der Geburt durchgemacht zu haben. Faiza war ihre Erfüllung, ließ sie die Vergangenheit vergessen und alle persönlichen Bedürfnisse zurückstellen.

Als Berenguela bereits vier Wochen mit Hugo und Faiza zusammenlebte, griff sie nach Pergament und Feder und schrieb einen langen Brief an ihren Schwiegervater, Hugos Vater.

Darin beschrieb sie alles, was sich seit ihrer Hochzeit mit Damián zugetragen hatte, und hielt mit nichts hinter dem Berg. Auf zwölf Quartblättern versuchte sie verständlich darzulegen, wie Damián mit seinen Listen im Interesse ihres Vaters gehandelt und damit Don Fernando geschädigt hatte. Auch die unfassbare Tatsache, dass Damián versucht hatte, Hugo durch Policarpo ermorden zu lassen, verschwieg sie nicht. Er hatte es bereits in Bermeo versucht, wo Hugo nicht etwa wegen eines Diebstahls, sondern eben deshalb geflohen war, und dann später wieder in Qastiliya.

Mit ihrem Brief wollte Berenguela den Nachrichten zuvorkommen, die Don Fernando sicher bald vom Consulado de Mercaderes de Castilla in Brügge erhalten würde, damit ihr Schwiegervater die reine Wahrheit erfuhr.

Allerdings verfolgte sie auch noch eine zweite Absicht: Sie wollte endlich klarstellen, was wirklich geschehen war, und damit Hugo entlasten, der schon seit viel zu vielen Jahren fälschlicherweise beschuldigt wurde.

Daher beschrieb Berenguela all die Orte, die Hugo in den letzten Jahren besucht hatte, die Gründe für seine Unternehmungen in Afrika und seinen zielstrebigen Aufstieg zum Glasmalermeister.

Sie erzählte aber auch von Ubayda und Faiza, in der Hoffnung, dass Don Fernando seine Enkelin so bald wie möglich kennenlernen wollte.

Berenguela sagte Hugo von diesem Brief nichts, weil er womöglich verbieten würde, ihn abzuschicken. Das hier war ihre Art und Weise, Gerechtigkeit walten zu lassen.

Während ihres ersten Monats bei Hugo kam ihre Freundin Renata dreimal zu Besuch.

Beim ersten Mal musste Renata ihr leider berichten, dass mit dem Tag ihrer Entführung auch Canelilla verschwunden war. Die Katze hatte sich auf die Suche nach ihrem Frauchen gemacht und war nicht mehr zurückgekehrt, was Berenguela tief traf.

Außerdem erfuhr sie von ihrer Freundin, was mit Damián geschehen war. Nicht nur Grosenberg hatte gegen ihn Anzeige erstattet, sondern auch ihre Zofe. Sie beschuldigte Damián, sich bei zahlreichen Gelegenheiten an ihr vergriffen zu haben. Berenguela wusste zwar nicht, ob das so stimmte oder nicht, bei Damiáns Vorgeschichte hätte es sie aber nicht gewundert.

Berenguela hörte, dass ihr Mann in Brügge im Gefängnis saß und nur einen Besucher pro Woche empfangen durfte. Diesen Termin nahm regelmäßig ein Anwalt wahr.

Seine Geliebte, Berta, hatte das große Glück, nicht selbst von der Justiz belangt worden zu sein. Nachdem sie von

Damiáns Verhältnis mit der Zofe gehört hatte, hatte sie beschlossen, ihn für immer aus ihrem Leben zu verbannen.

Bei ihrem zweiten Besuch verkündete Renata ihrer Freundin glücklich, dass sie endlich ein Kind erwartete. Sie sprach mit so lauter Stimme über ihre Schwangerschaft, dass sie damit sogar Hugo aus seinem Zimmer lockte. Der Moment ihres Zusammentreffens war etwas unbehaglich, weil sie sich ja zum letzten Mal beim leidenschaftlichen Liebesspiel in der Pension Peacock gesehen hatten.

Das dritte Wiedersehen benutzte Renata, um herauszufinden, wie es ihrer Freundin hier wirklich erging, um ihre tiefsten Gefühle zu ergründen. Berenguela hatte eine enge Verbindung zu Faiza aufgebaut und wirkte glücklich. Im Vergleich zu den letzten Jahren war sie wie verwandelt, daher fragte Renata sie ganz direkt nach ihrer Beziehung zu Hugo.

»Was glaubst du denn, wie ich mich fühle, wenn ich ihn sehe?«, antwortete Berenguela.

»Sag du es mir. Du lebst jetzt schon seit einem Monat bei ihm, und ich weiß nicht, welche Gedanken du dabei jeden Tag hegst. Einmal abgesehen davon, dass du der reinste Segen für dieses Kind bist.«

Faiza schlief mit engelsgleicher Miene tief und fest in Berenguelas Armen.

»Ich könnte ihn kaum mehr lieben …« Berenguela erschauderte, so als sei dieses Gefühl nicht wunderbar, sondern von schmerzhaften Dornen durchsetzt. »Und ihm geht es genauso, aber mit Ubayda, die er nun einmal verloren hat.« In Berenguelas Brust zog sich alles zusammen. »Wie du ja selbst siehst, scheint für Hugo die Zeit stehen geblieben zu sein. Weder seine Arbeit noch seine Tochter und am allerwenigsten meine Anwesenheit, nichts kann seinen Trübsinn verjagen. Manchmal habe ich Angst, dass er sich etwas antun wird, nur um wieder an Ubaydas Seite zu sein.«

»Und was gedenkst du jetzt zu tun? Wie kannst du nur Tag für Tag seine Nähe ertragen, wenn du doch nie auf seine Liebe hoffen kannst?«

Darüber hatte Berenguela schon so oft nachgedacht, dass ihr die Antwort nicht schwerfiel: »Morgen kommen Niclaes Rombouts und Meister van Diependaal vorbei, um mit Hugo zu sprechen. Er muss unbedingt zur Arbeit zurückkehren und sich um den wichtigen Auftrag aus Burgos kümmern. Ich habe beide Männer herbestellt, weil ich weiß, welch großen Respekt er ihnen entgegenbringt. Ihnen gelingt es bestimmt, Hugo zu einem ersten Schritt in Richtung Normalität zu bewegen, da bin ich ganz sicher.«

»Und was ist mit dir?«, fragte Renata, die nur an ihre Freundin dachte.

»Als Nächstes muss ich ihn dann dazu bringen, seine Tochter zu akzeptieren. Sie braucht ihn, aber er sie noch viel mehr, obwohl er es selbst bislang nicht weiß. Das ist ja das Schlimme. Ich will einen Platz für sie in seinem Herzen schaffen, bis nur noch sie es ausfüllt. Und ich weiß auch schon wie, dafür braucht es allerdings Zeit.«

»Aber was wird aus dir?«

»Ich gehe in das Kloster, in dem meine Mutter untergebracht ist.«

Entsetzt schlug ihre Freundin die Hände über dem Kopf zusammen.

»Warte! Ich ahne schon, was du jetzt denkst. Aber nein, ich bin nicht verrückt geworden.«

»Du weißt ja, dass ich gern geradeheraus sage, was ich denke«, warf Renata ein. Missbilligend kräuselte sie die Lippen. »Mach dir bitte nichts vor. Denjenigen, den du wirklich liebst, wirst du nicht am Altar, im Kreuzgang oder in der Sakristei finden. Damit würdest du doch beide hintergehen: Gott und Hugo …«

Auf diese entwaffnende Wahrheit wusste Berenguela zunächst nichts zu erwidern. Erst begann ihr Kinn zu beben, dann ihre Hände. Sie senkte den Blick und atmete drei- oder viermal tief durch. Als sie glaubte, ihre Gefühle wieder halbwegs im Griff zu haben, begann sie sich zu rechtfertigen: »Ich liebe ihn, seit ich ... ich weiß auch nicht, vielleicht fünf oder sechs Jahre alt war? Und dass ich jetzt hier wohne, habe ich schließlich selbst entschieden. Was soll ich sonst noch dazu sagen? Ja, das Zusammenleben mit Hugo ist für mich schmerzlich, weitaus schlimmer als die Tatsache, dass ich in seinem Herzen immer an zweiter Stelle stehen werde. Die wichtigste Person in seinem Leben füllt ihn komplett aus, und das habe ich irgendwann sogar akzeptiert. Aber es ist mir eine unvorstellbare Qual, dass ich auch nach einem Monat immer nur eine andere Frau in seinen Augen sehe! Ubayda stellt alles andere in den Schatten, lässt für niemanden sonst mehr ein Fleckchen. Das schnürt mir die Luft ab, du ahnst ja nicht, wie weh mir das tut ... Aber dafür kann ich doch Hugo nicht die Schuld geben. Und deshalb akzeptiere ich am besten die Wahrheit und ziehe mich irgendwann aus seinem Leben zurück.«

Das alles konnte Renata zwar nachvollziehen, es machte sie jedoch wütend, ihre Freundin so resigniert zu sehen. Sie griff nach Berenguelas Händen und erklärte: »Hugo steckt mitten in der Phase der Trauer, und das braucht Zeit. Aber lass ihn dabei nicht allein. Verstehst du denn nicht? Wenn du in seiner Nähe bleibst, wandelt sich eines Tages vielleicht alles, und sein Herz beginnt, im selben Rhythmus wie deines zu schlagen. Aber das wird wohl kaum passieren, wenn du dich in einem Kloster versteckst.«

»Ich kann mir nicht vorstellen, dass sich da noch etwas ändert ...«

»Und wie willst du es über dich bringen, dieses Kind zurückzulassen?«

»Das werde ich wohl niemals verwinden. Ich weiß, dass ich diesen Schmerz den Rest meines Lebens mit mir herumtragen werde. Aber es ist ja seine Tochter, ich bin nur die Tante.«

Durch das Fenster hörte man im Innenhof des Hauses zwei schrille Schreie.

»Was war das denn?«, fragte Renata.

»Aylal, Hugos Falke. Er leidet auch unter der Trennung und bringt von Zeit zu Zeit so seine Empörung zum Ausdruck. Ich glaube, der Vogel weint um Hugo genauso wie ich.«

Van Diependaal war äußerst zufrieden mit seiner Arbeit aus der Certosa di Pavia nahe Mailand zurückgekehrt. Und obgleich er in der Zwischenzeit kaum Kontakt zur Werkstatt gehalten hatte, waren inzwischen sogar zwei neue Aufträge eingegangen.

Wegen der Nachricht von Hugos Schwägerin mussten heute jedoch alle anderen Pläne warten. Van Diependaal holte Niclaes in seiner Werkstatt ab, und gegen zehn Uhr saßen beide Männer in Hugos Küche, um Berenguelas Worten zu lauschen.

»Ich kann Euch nicht sagen, wie Ihr ihn am besten überzeugen könnt. Aber eines weiß ich genau – wenn er so weitermacht wie bisher, wird er noch den Verstand verlieren. Hugo verbirgt sich den ganzen Tag in seinem Schlafgemach und kommt nie heraus. Ich höre ihn nur von Zeit zu Zeit weinen, das ist alles. Und deshalb muss er unbedingt wieder arbeiten.«

Die beiden Männer erklärten sich dazu bereit, die Aufgabe zu übernehmen. Sie wollten mit allen Mitteln versuchen,

Hugo wieder zur Arbeit zu locken. Das war vor allem für Niclaes von Interesse, da er sich ja im Moment ganz allein um die anspruchsvollen Fenster der Kartause Santa María de Miraflores kümmern musste.

»Erschreckt bitte nicht, er ist furchtbar abgemagert.«

»Jetzt holt ihn schon herein«, drängte van Diependaal ungeduldig.

Als Hugo durch die Tür trat, war er das reinste Häufchen Elend. Nein, er war nicht dünn, sondern nur noch Haut und Knochen. Berenguela hatte mit ihrer Warnung nicht übertrieben.

»Es tut mir leid, dass ich nicht zum Begräbnis kommen konnte«, entschuldigte sich van Diependaal.

»Wen schert das schon? Von Bedeutung ist nur, dass ich Ubayda verloren habe, und nicht, wer in jenen Tagen an meiner Seite war.« Hugos Stimme klang hart.

Niclaes sah Hendrik an. Mit höflichen Floskeln kamen sie hier nicht weiter, so viel war klar.

Van Diependaal hatte die halbe Nacht wach gelegen und überlegt, wie er diese Unterhaltung am besten angehen sollte. Er hatte sich vorgestellt, wie er sich wohl selbst in Hugos Situation fühlen würde. Das war nicht einfach gewesen, und wenngleich er nach den wenigen Stunden Schlaf müde war, wagte er jetzt einen Vorstoß: »Hugo, hör mir gut zu und unterbrich mich dabei bitte nicht. Ich kann am Ende gern alle Fragen beantworten, die du eventuell hast.«

Sein Schüler schwieg.

»Dabei musst du mich aber ansehen, das ist alles, worum ich dich bitte.«

Hugo tat, wie ihm geheißen, obwohl es ihm schwerfiel. Seine Augen schienen vor Schmerz wie verschleiert.

»Wer mit solchem Talent gesegnet wurde wie du, muss es auch durch seine Kunst zum Ausdruck bringen. In jedem

Werk eines Künstlers steckt ein großer Teil von ihm selbst: unser innerstes Wesen, unsere Gefühle, die Wut, die wir vielleicht in manchen Augenblicken verspürt haben, die unglaubliche Freude, am Ende das vollendete Werk vor uns zu sehen. Und wir lassen dabei natürlich auch Enttäuschungen mit einfließen, Angst, Trauer und Schmerz. Hugo, wir Glasmaler verfügen über ein ganz eigenes Mittel, um die Gefühle auszudrücken, die wir in uns tragen. In Wirklichkeit sind sie es, die uns groß oder vergänglich machen. Wenn Menschen die Fenster betrachten, die im Feuer unserer Öfen entstanden sind, lesen sie, was wir damit veranschaulichen wollten. Daher brauchen wir keine Worte: nur Glas und unsere Bilder.« Van Diependaal holte tief Luft und versuchte zu erkennen, welchen Eindruck seine Ansprache auf Hugo gemacht hatte. Obwohl er es schlecht einschätzen konnte, fuhr er fort: »Diesen großen Schmerz, den du verspürst, kannst du nicht in der Einsamkeit deines Schlafzimmers oder durch dieses Einsiedlerleben überwinden. Nein! Kehr in die Werkstatt zurück, und zwar schon morgen! Nutz deine Hände, um damit zu weinen! Mal alles, was dein Herz zu erdrücken scheint. Setzt dich an eine Gipsunterlage und ergieß in deine Fenster, was dich quält. Ich will es nicht aus deinem Mund hören, erzähl es mir durch deine Arbeit.« Ein paar Sekunden schaute van Diependaal Hugo schweigend in die Augen. »Das ist alles, was ich dir zu sagen habe …«

Hugo spürte, wie sich in ihm etwas regte. Obwohl er den Mund nicht aufmachte, war ihm plötzlich klar, dass hier durch seinen Mentor ein erster Lichtstrahl in seine dunkle Welt gefallen war. Er begriff auf einen Schlag, was zu tun war.

Und falls ihm noch letzte Zweifel geblieben sein sollten, wischte Niclaes sie mit den nächsten Worten beiseite: »Zeig uns durch deine Fenster, wer Ubayda war!«

17

Werkstatt von Niclaes Rombouts, Löwen, Juli 1483

Hugo war vor drei Monaten zur Arbeit zurückgekehrt und hatte inzwischen zwei seiner sieben Buntglasfenster fertiggestellt: das mit Mariä Verkündigung und ihrem Besuch bei ihrer Cousine Elisabet, und das mit der Geburt Jesu. Außerdem hatte er bereits mit zwei weiteren Entwürfen angefangen: dem der Verkündung der Geburt des Herrn an die Hirten und dem der Anbetung durch die Heiligen Drei Könige.

Da Niclaes in seiner Werkstatt nicht genug Platz hatte, arbeitete Hugo bei van Diependaal. Das führte zu Unterschieden durch die Verwendung von anderem Sand und Mineraloxiden, der Stil wandelte sich aber nicht.

Niclaes besuchte häufig die neuen Räumlichkeiten seines Schwagers etwas außerhalb von Löwen und verfolgte Hugos Fortschritt. Ihm entging nicht, wie sehr die Jungfrau Maria auf den vier Fenstern Ubayda ähnelte. So verewigte Hugo die Frau, die er im Leben am meisten geliebt hatte und die ja dafür verantwortlich gewesen war, dass er es überhaupt bis zum Glasmalermeister geschafft hatte. Die Ausführung der Motive war so unübertrefflich, dass es von allen Seiten Lob regnete.

Hugo schaute außerdem von Zeit zu Zeit in Niclaes' Werkstatt vorbei, um ihm dort bei der Arbeit zuzusehen, Neues zu lernen und Technik und Stil später auf seine Fenster zu übertragen. Vor allem die Perspektive beherrschte Niclaes' wie kein anderer, wie es zum Beispiel beim Fenster mit Christi Gebet im Weinberg ins Auge sprang. Dieses Werk enthielt ungewöhnlich viele farblose Glaselemente. Neben einigen grünen und roten Farbtupfern dominierten sonst blaue und goldene Töne, und Hugo beschloss, diese Verteilung in seinen noch ausstehenden Fenstern zu übernehmen. In Rombouts' Fenster, das für das erste Triforium auf der Nordseite der Kirche gedacht war, überlappten sich mehrere Szenen, die sich dabei aber nicht in die Quere kamen, sondern sich in perfekter Harmonie zusammenfügten: der Judaskuss, Jesu Christi einsames Gebet und die schlafenden Apostel zu den Füßen ihres Herrn vor dem Hintergrund eines fernen Jerusalems. Wieder einmal bewunderte Hugo hier Niclaes' meisterlichen Umgang mit den Grisaillefarben und sein besonderes Talent fürs Schneiden des Glases. Er arbeitete so sauber, dass man in seinen Fenstern kaum aus mehreren Stücken zusammengesetzte Elemente fand. Aber ihn charakterisierten nicht nur diese Fähigkeiten: Auch Maßwerk und damastartige Borten wusste er auf so vollendete Art und Weise zu gestalten, wie es nur wenigen anderen Künstlern gelang.

Hugo stürzte sich dermaßen in die Arbeit, dass er fast täglich erst nach Mitternacht heimkehrte, wenn Berenguela und Faiza längst schliefen.

Zum Leidwesen seiner Freundin sahen sie sich daher kaum.

Wenn er nachts nach Hause kam, weckte er Berenguela nicht, sondern ging direkt in sein Schlafzimmer und ließ sich dort todmüde auf seine weiche Matratze fallen.

Einmal wurde er jedoch aus dieser üblichen Routine gerissen, weil er Faiza weinen hörte. Er wartete ein paar Minuten ab, um zu sehen, ob Berenguela aufstehen würde. Da sich aber nichts rührte, sah Hugo schließlich selbst nach.

Das kleine Mädchen wälzte sich in seiner Wiege hin und her.

Hugo schaute seine Tochter an. In den vier Monaten ihres Lebens war es erst das dritte Mal, dass er sich für sie interessierte und nach ihr sah.

Weil Faiza einfach nicht zu weinen aufhörte, setzte Hugo die Wiege in Bewegung und drehte das Kind zweimal in eine andere Position. Dann berührte er ihre Stirn, um Fieber auszuschließen, und fuhr mit der Hand ihren kleinen Körper entlang. Er fragte sich, ob sie vielleicht verletzt war oder irgendetwas anderes sie störte und zu ihrem Wehklagen führte. Aber er entdeckte nichts, außer der Tatsache, dass seine Tochter über eine kräftige, gut funktionierende Lunge verfügte.

»Was plagt dich denn nur?« Am Ende holte er sie aus der Wiege heraus, aber auch das schien Faiza nicht weiterzuhelfen. »Still, ruhig jetzt. Wenn du so weitermachst, weckst du noch deine Tante!«

»Ich bin doch längst wach«, hörte er jetzt aus Berenguelas Zimmer. »Bringst du sie mir?«

Mit einer Öllampe in einer Hand und Faiza im Arm betrat Hugo den Raum. Dort lag Berenguela mit verschlafenen Äuglein im Bett und gähnte. Wegen des warmen Wetters zu Anfang des Sommers trug sie nur ein dünnes Nachthemd. Als Hugo sie so sah, blieb er mitten im Zimmer stehen und wusste nicht, ob sie aufstehen würde oder wollte, dass er Faiza bis zum Bett trug.

Aber diese Zweifel wurden schnell zerstreut. »Reich sie mir doch bitte. Sie hat Hunger, das ist alles.«

Berenguela richtete sich auf, schob sich zwei Kissen in den Rücken und knöpfte ihr Hemd auf, sodass eine ihrer Brüste zu sehen war. Sobald sie Faiza entgegengenommen hatte, begann die Kleine auch schon gierig danach zu suchen.

Verlegen trat Hugo den Rückzug an. »Ich lasse euch lieber allein.«

»Meinetwegen kannst du ruhig bleiben, das macht mir nichts aus. Es ist ja deine Tochter, und es ist eine wunderbare Erfahrung, ihr beim Trinken zuzusehen, zumindest für mich.«

»Ich weiß nicht, das erscheint mir nicht angemessen.«

»Es ist doch nicht die erste Brust, die du siehst …«, lächelte Berenguela. »Warum setzt du dich nicht hier zu mir?«

Das tat Hugo nun und beobachtete die Szene. Faiza schien nicht die erhoffte Menge Milch zu bekommen und stieß deshalb ständig mit dem Kopf gegen Berenguelas Brust, als wollte sie mehr. Ohne Unterlass saugte sie geräuschvoll.

»Ist sie immer so gierig?«

»Im Vergleich zu früher ist das gar nichts. Und du siehst ja, wie rundlich sie ist, genug zu trinken bekommt sie also auf jeden Fall. Glaub mir, die rebellische Art liegt diesem Mädchen im Blut. Gelegentlich macht sie selbst mit vollem Bauch so ein Theater. Schau sie dir doch nur an!«

Wütend schnappte Faiza wieder nach der Brustwarze, die ihr einen Moment entglitten war. Dabei knurrte sie wie ein Welpe und verkrallte sich in Berenguelas Arm. Mit schmerzerfüllter Miene bat die junge Frau Hugo, ihre Fingernägel vorsichtig zu lösen.

Das tat er schweigend, dann sah er seine Tochter an und wiederholte Berenguelas Worte: »Die rebellische Art liegt ihr im Blut … So war ihre Mutter auch, eine liebevolle Frau, aber immer für eine Überraschung gut.«

Berenguela entging das Beben in seiner Stimme nicht.

»Wie das bei Afrikanerinnen so ist, war das manchmal aber ein bisschen zu viel des Guten.« Lächelnd verlor sich Hugo in Erinnerungen. »Mal war sie mitreißend und leidenschaftlich, und nur Sekunden später so kalt wie die Nächte der Wüste, in der sie geboren und aufgewachsen war. Sie hat in sich die Weisheit eines uralten Volkes getragen, das seine Existenz seit Jahrhunderten einem lebensfeindlichen Land abtrotzt. Durch den Mangel an Feldwirtschaft hat dieses Volk etwas anderes geerntet: Es pflegt innere Tugenden wie Intelligenz und Vorstellungskraft, weiß eine gut erzählte Geschichte oder schlicht eine angenehme Unterhaltung zu schätzen. Ubayda hatte einfach alles … Ich glaube kaum, dass es auf dieser Welt einen zweiten so großzügigen Menschen gibt. Seit wir unsere Herzen vereint haben, hat sie sich immer selbst hintangestellt. Sie hat sich für uns aufgeopfert … und würde es jetzt auch für ihre Tochter tun …«

Hugo schaute Faiza und Berenguela an. Plötzlich tat es ihm leid, Augenblicke wie diesen bislang verpasst zu haben. Einen Moment lang stellte er sich Ubayda an Berenguelas Stelle vor, aber der Gedanke erschien ihm sofort ungerecht. Er hatte von Ubaydas Großzügigkeit gesprochen. Dabei hatte er nie darüber nachgedacht, was eigentlich Berenguela alles für seine Tochter tat, und sich dafür nie bei ihr bedankt. Als er Berenguela in die haselnussbraunen Augen schaute, begriff er außerdem, dass Faiza ihr Schmerzen zufügte.

»Tut es weh?«

»Normalerweise nicht, nur dann, wenn sie es übertreibt. Was du jetzt siehst, ist nichts im Vergleich zu den ersten Wochen. Ich musste mich erst an ihre ungestüme Art gewöhnen.« Zärtlich strich sie Faiza über die Stirn. »Nicht wahr, mein Schatz?«

Plötzlich spürte auch Hugo das Bedürfnis, Faiza zu liebkosen, und streckte schüchtern die Hand nach ihrem Köpfchen aus. Ihr raues Haar erinnerte ihn an Ubayda. Die Kleine schwitzte vor Anstrengung.

»Berenguela …«, begann Hugo. Seine Hand wanderte über den Nacken des Kindes, danach über seine Schultern und streichelte schließlich eins der Beinchen, die unter Berenguelas Arm hervorschauten.

Dann berührte er spontan die Wange seiner Freundin, eine winzige, flüchtige Geste.

»Danke dafür, dass du hier bist«, sagte Hugo mit tiefer, ergriffener Stimme. »Danke, dass du so große Geduld mit mir hast und Faiza deine Liebe schenkst.«

Mit feuchten Augen nahm Berenguela seine Worte entgegen. »Das mache ich doch gerne, Hugo, und deine Tochter ist es wert. Ich kann mich wirklich glücklich schätzen, mich um so ein liebes und ganz besonderes Kind kümmern zu dürfen.«

In diesem Moment fing Faiza an, wütend mit den Beinchen zu strampeln, weil sie einen Schluckauf bekam.

»O nein, bloß das nicht!«, rief Berenguela aus. Als sie Hugos verwunderte Miene bemerkte, erklärte sie: »Ein Schluckauf macht sie immer furchtbar wütend, wie du siehst. Ich weiß nicht, wie in so einem kleinen Körper Platz für so viel Zorn sein kann.«

»In ihren Adern fließt die Kraft der Wüste«, erwiderte Hugo stolz.

»Von der Wüste verstehe ich nichts, und ich weiß auch nicht, was sie für die Menschen bedeutet, die dort gewesen sind. Aber ich kann dir ganz genau sagen, was hier zu Hause falsch läuft …« Mit vielsagendem Blick schaute sie Hugo an. »Versuch doch bitte, mehr Zeit mit deiner Tochter zu verbringen. Sie braucht dich, du brauchst sie, und für mich ist es auch wichtig.«

In diesem Jahr erinnerte der Herbst in Löwen eher an den Winter. In den Häusern begann es nach Rauch vom Feuerholz und nach Eintopf zu riechen, und nachts brauchte man mindestens zwei Decken.

Faiza wurde größer, schwerer, fröhlicher und hatte nun endlich einen Vater, der sich mit vielversprechender Regelmäßigkeit um sie kümmerte. Er nahm sie auf den Arm, lachte mit ihr zusammen und entdeckte den Zauber des Kitzelns. Zwar kam er abends immer noch spät nach Hause, er versuchte jedoch, wenigstens beim letzten Stillen dabei zu sein. Diese vertrauten Momente waren für Berenguela eine ebensolche Wohltat wie für Faiza.

Hugo begann, seiner Freundin von seinem Arbeitsalltag zu erzählen, mit ihr über Probleme in der Werkstatt zu sprechen und die Freude über jedes fertiggestellte Fenster mit ihr zu teilen.

Da sie mit dem Auftrag gut vorankamen, beschlossen van Diependaal und Niclaes im Oktober, die Öfen an Sonntagen nicht mehr zu entzünden.

Auf diese Art und Weise war Hugo einmal in der Woche fast den ganzen Tag zu Hause und freute sich am Mittag über einen Kaninchen- oder Hasenbraten. Dafür ging er am Morgen mit Aylal auf die Jagd, und auch der Falke schien darüber glücklich zu sein, endlich wieder mehr Zeit mit Hugo zu verbringen.

Nach sechs gemeinsamen Jahren merkte man dem Vogel sein Alter langsam an: Aylal stürzte sich längst nicht mehr mit demselben Tempo in die Tiefe und ließ das ein oder andere Beutetier entkommen. Trotzdem belohnte Hugo sie natürlich mit einem Stückchen Fleisch, streichelte ihr über den Kopf oder sprach aufmunternde Worte, wenn sie zu ihm zurückkehrte. Immerhin war Aylal ihm ja nicht nur während der letzten bewegten Jahre eine treue Gefährtin gewesen, sondern stellte für ihn auch eine Brücke zur Vergangenheit dar. Sie erinnerte Hugo an Omar, an Azerwan und vor allem an Ubayda. Wenn er ihr in die Augen schaute, sah er darin den Glanz so vieler zerplatzter gemeinsamer Träume und auch die Bilder all der gemeinsam verbrachten Stunden in der Wüste.

Er hatte nie verstanden, warum das Falkenweibchen beschlossen hatte, sein altes Leben zurückzulassen und diesen Menschen zu begleiten, dem es selbstlos half. Durch Aylals Freigebigkeit hatte Hugo etwas zu essen gehabt, wenn ihm sonst nichts mehr geblieben war. Sie hatte am Rande des riesigen Salzsees neugierig Hugos Bilder betrachtet, ihn gegen Policarpo verteidigt und mit ihm zusammen um Ubayda geweint. Die Gründe dafür würde Hugo wohl nie erfahren, aber so war dieser Falke, sein Falke, eben.

Wenn die beiden am Sonntagmorgen von ihren Ausflügen zurückkehrten, wartete immer dieselbe Belohnung auf sie: ein üppiges Frühstück, das Berenguela vorbereitet hatte und bei dem auch das Fleisch für Aylal nicht fehlte.

Wenn die inzwischen sieben Monate alte Faiza ihren Vater mit dem Falken auf dem Arm ankommen sah, juchzte sie glücklich und streckte die Hände aus, um Aylal zu berühren.

Dass Hugo ihrem Wunsch tatsächlich nachkam, passte dem Vogel gar nicht, da Faiza ihn unbeholfen am Schnabel zog, am Hals packte oder ihm eine Feder auszureißen drohte. Aber Faiza freute sich einfach zu sehr über das Spiel mit dem edlen Falken, der diese Qual mit unendlicher Geduld über sich ergehen ließ.

Die gemeinsamen Sonntage waren für Berenguela ein Geschenk, und dabei genoss sie das Mittagessen am meisten. Zu diesem Zeitpunkt schlief Faiza nämlich, und auch Aylal ruhte, und so hatte Berenguela Hugo ganz für sich allein.

Dabei tat es Berenguela weh, dass Hugo sie nicht so anschaute, wie sie es sich erhoffte, und seine Lippen niemals die Worte »Ich liebe dich« aussprechen würden. Sie schmerzte der Gedanke an eine Zukunft ohne Liebe, vor allem aber ohne Faiza. Trotzdem sah sie keinen anderen Ausweg. Beide hatten im Leben ganz unterschiedliche Dinge mit verschiedenen Menschen erlebt, die zu völlig anderen Ergebnissen geführt hatten. Und wenn Berenguela sich selbst und Hugo betrachtete, hatten sie wenig mit dem gemein, was sie sich einst für ihre Zukunft ausgemalt hatte.

Hugo erkannte, wie gut es ihm tat, nach dem Essen beim gemeinsamen Zusammensitzen am Tisch über Ubayda zu sprechen. Es linderte sein Leid und half ihm dabei, den Schmerz zu verarbeiten, indem er ihn nach außen und nicht nach innen trug. So gelang es ihm, die besten Erinnerungen an seine große Liebe für sich zurückzugewinnen, und er konnte sich ihnen jetzt gefasster stellen. Was früher eine Qual für ihn gewesen war, wurde nun Balsam für seine Seele.

Berenguela musste das zwar akzeptieren, die Situation schmerzte sie jedoch. Sie litt, weil es in jeder von Hugos leidenschaftlichen Geschichten über seine Entdeckung der Liebe um Ubayda ging, immer nur um Ubayda …

Berenguela hörte ihm zu, machte hier und da eine Bemerkung, lächelte aber lustlos. Diese Unterhaltungen bestärkten sie bloß in ihrer Entscheidung, bald ins Kloster zu gehen.

Ende November beschlossen Hugo und Berenguela zu feiern, dass Faiza am nächsten Sonntag acht Monate alt wurde. Dafür nähte Berenguela ihr extra ein neues Kleid, in dem sie ganz zauberhaft aussehen würde. Hugo arbeitete die ganze Woche lang nach seiner Rückkehr aus der Werkstatt an einem neuen Spielzeug, einem Mobile mit verschieden großen Glöckchen, die er in einem Ofen der Werkstatt gebrannt hatte.

Als er es am Sonntag für Faiza aufhängte, war seine Tochter hellauf begeistert.

Glücklich nahm Berenguela zur Kenntnis, wie verzückt

Hugo Faiza beobachtete, gleichzeitig drängte sich ihr aber auch der schreckliche Gedanke auf, dass sich ihre Zeit mit den beiden langsam dem Ende näherte.

Durch all die fröhlichen Spiele war der übliche Moment des Fütterns längst verstrichen.

»Hugo«, sagte Berenguela, »gibst du sie mir bitte? Ich muss sie langsam stillen.«

»Natürlich! Faiza, setz dich zu deiner Tante«, sagte Hugo und reichte ihr das Kind.

Wie in den letzten sieben Monaten legte Berenguela sich die Kleine regelmäßig an die Brust, gab Faiza inzwischen aber auch schon feste Nahrung. Als sie sich nun die Bluse aufknöpfte und eine Brust hervorzog, stürzte sich Faiza gierig darauf.

Hugo wollte ihnen etwas Zeit für sich geben und nutzte den Moment, um kurz in der Werkstatt vorbeizuschauen.

»Es dauert auch nicht lange. Ich will nur ein paar Skizzen abholen, die ich gestern liegen gelassen habe und dringend fertigstellen möchte.«

»Nur keine Eile. Du siehst doch, wie glücklich und zufrieden wir beide hier sind …«

Die Tür fiel hinter Hugo zu.

Berenguela saß am Kamin und betrachtete ihr wunderschönes kleines Mädchen. An den Zauber dieses Augenblicks würde sie sich wohl nie gewöhnen, deshalb wollte sie ihn voll und ganz auskosten. Faizas Näschen ruhte auf ihrer Brust und ihre dicken Bäckchen füllten sich mit Milch.

In diesem Momenten fühlte sich Berenguela ihr so verbunden, dass sie unendliche Wonne zu durchleben schien und es bedauerte, wenn Faiza genug hatte und mit einem Milchfaden im Mundwinkel vor Erschöpfung einschlief.

So geschah es auch heute wieder nach zehn Minuten, und Berenguela konnte einfach nicht anders, als das Kind mit

Küssen zu übersäen. Sie drückte ihre Lippen auf Stirn und Köpfchen des kleinen Mädchens und bedachte es dabei mit zärtlichen Worten.

Dieser Augenblick der Glückseligkeit wurde allerdings jäh durch mehrfaches Klopfen an der Haustür unterbrochen. Vorsichtig stand Berenguela auf, um Faiza auf ihrem Arm nicht zu wecken. »Wer ist da?«

»Ich bin's, Renata … Mach auf, schnell!«

Berenguela erkannte ihre Stimme wieder, doch der gehetzte Tonfall ihrer Freundin machte ihr Angst.

Als sie den Riegel zurückschob und die Tür öffnete, kam ihr nicht nur Renata entgegen, hinter ihr stürzte mit wutverzerrter Miene auch Damián herein.

»Ich hatte es zwar gehört, wollte es aber mit eigenen Augen sehen!«, brüllte er. In seiner Tobsucht schleuderte er die im achten Monat schwangere Renata zur Seite, sodass sie auf dem Bauch landete.

»Hol Hugo!«, kreischte sie. »Oder er bringt uns noch alle um!«

Damián, der nicht wusste, ob sich sein Bruder im Haus befand, packte Berenguela und hielt ihr den Mund zu.

Stattdessen rief Renata aus vollem Halse um Hilfe, bis Damián ihr so brutal ins Gesicht trat, dass sie sofort das Bewusstsein verlor.

Dann zog er ein kurzes Messer und lauschte, es war aber nichts zu hören. »Umso besser, der Lump ist wohl nicht zu Hause.«

Berenguela wollte sich losreißen, konnte mit Faiza auf dem Arm jedoch nicht viel tun.

»Mir war immer klar, dass eines Tages die widerliche Dirne ans Licht kommen würde, die du in dir trägst. Bei mir konntest du dich prüder kaum geben, aber ich sehe schon, was sich hier abspielt. Du hast ja nicht einmal versucht, den

Anstand zu wahren. Sobald dein Ehemann hinter Gittern war, konntest du es nicht abwarten, für Hugo die Beine breit zu machen, du Hure!«

Er packte Faiza und legte ihr das Messer an den Hals. Entsetzt versuchte Berenguela das Kind wegzuziehen, schaffte es aber nicht.

»Jetzt halt schon still, oder das wird böse enden. Am Ende muss dann die Tochter meines beschränkten Stiefbruders und seiner schwarzen Hexe für alles büßen.«

Das Haus roch nach Hähnchen, und Damián fiel plötzlich auf, dass er seit vierzehn Stunden nichts mehr gegessen hatte. Er zerrte Berenguela in die Küche mit. Wenn er etwas gegessen hatte, wollte er mit ihr reden.

»Wenn du mir versprichst, nicht zu schreien, nehme ich die Hand weg.«

Berenguela nickte und löste sich dann von ihm, ohne Faiza aus den Augen zu lassen.

»Füll mir einen Teller davon auf!«, befahl Damián und deutete am Herd auf den Topf. »Wann erwartest du Hugo zurück?«

»In zwei Stunden«, log Berenguela. Insgeheim hoffte sie, er werde nicht länger als zehn Minuten brauchen.

»Perfekt, so können du und ich uns ganz in Ruhe unterhalten. Deinetwegen habe ich alles verloren, mein Geld und meinen schwer erarbeiteten guten Ruf. Aber ihr werdet für alles büßen, was ihr mir angetan habt!«

»Lass uns doch einfach in Frieden!«

»Ich denke gar nicht daran. Erst musste ich mich auf meine Flucht aus dem Gefängnis konzentrieren, aber jetzt knöpfe ich mir euch vor. Dieser Bastard Grosenberg und du, ihr werdet dafür bezahlen müssen, genau wie deine liederliche Freundin, die mich freundlicherweise hergeführt hat.«

Er griff nach einem Hähnchenschenkel und führte ihn sich zum Mund. Wie heiß das Fleisch war, störte ihn nicht, wohl aber Faiza, die bitterlich zu weinen begann, als ihr zwei Tropfen Fett auf den Arm fielen.

»Halt den Mund!«, brüllte Damián ihr entgegen, erreichte damit aber bloß, dass Faiza noch viel lauter heulte.

Als sich im Nebenzimmer etwas regte, fürchtete Damián, dass Renata die Besinnung zurückerlangt hätte.

»Bring mir einen Strick«, befahl er Berenguela, die mehrmals erfolglos versucht hatte, Faiza wieder an sich zu nehmen, »um diese Dirne zu fesseln.«

Renata kam gerade wieder zu sich, da spürte sie, wie sie jemand bei den Haaren packte, daran mitzerrte und auf dem Fußboden der Küche liegen ließ. »Lass mich, du schmutzige Ratte! Du verdammter Feigling!«

Dafür holte sie sich nur einen neuen Tritt ins Gesicht ein, der ihre Augenbraue aufplatzen und sie wieder das Bewusstsein verlieren ließ.

»Siehst du denn nicht, dass sie schwanger ist?«, rief Berenguela. »Ich hasse dich!«

»Fessel sie ordentlich, wenn du nicht willst, dass ich sie mitsamt ihrem Bastard totschlage!«

Trotz der Warnung fielen die Knoten bei Berenguela lockerer aus, als sie es bei Damián getan hätten. Ihre Aufgabe gab ihr einen Moment Zeit, sich innerlich zu sammeln, bevor sie sich ihrem Ehemann wieder stellte.

»Was hattest du denn von mir erwartet? Du hast schließlich meine Familie um ihr Geld betrogen, wolltest deinen eigenen Stiefbruder umbringen lassen und mich an die Sarazenen verschachern. Hätte ich da etwa still abwarten sollen, dass alles seinen von dir erwarteten Gang geht?«

»Du bist mir zuvorgekommen …«, antwortete er nur und hielt dem immer noch wimmernden Kind den Mund zu.

»Lass sie ihn Ruhe! Sie kann doch nichts dafür!«

Damián sah Berenguela an und hatte plötzlich einen Einfall. »Es wird erzählt, dass du ihr die Brust gibst.«

»Und das stimmt auch.«

»Dann los, still sie jetzt sofort. Wenn sie nämlich nicht den Mund hält, vergesse ich mich womöglich.« Er fuchtelte mit dem Dolch herum.

Berenguela schnappte sich Faiza, ehe er es sich noch anders überlegte. Als sie eine Brust hervorzog und sie Faiza unter Damiáns erwartungsvollem Blick anbot, drehte die Kleine jedoch den Kopf zur Seite und greinte weiter. Sie hatte keinen Hunger.

»Na komm, mein Schatz. Jetzt trink doch ein bisschen. Und sei ganz still, mein Liebling.«

»Na, sieh mal einer an, was für ein herzerweichender Anblick!«, spottete Damián.

»Eben hast du gesagt, dass ich dir zuvorgekommen bin … Was meinst du denn damit?«

»Du bist nach Burgos verschwunden, ohne mir vorher Zeit zu geben …«

»Zeit wofür?«, fragte Berenguela, die das Schlimmste befürchtete.

»Was schert es dich jetzt noch?«, fragte Damián und biss hungrig in einen zweiten Hähnchenschenkel.

Faiza weinte weiterhin, weil es Berenguela einfach nicht gelang, sie zu beruhigen. Die junge Frau wurde immer rastloser, genau wie Damián auch. Sie konnte sich schon vorstellen, was er im Sinn hatte. Insgeheim überlegte sie, wie lange sie sich ihn wohl vom Leib halten könnte, bis Hugo endlich zurückkehrte. Berenguela warf einen Blick zum Dolch hinüber, den Damián in einiger Entfernung auf dem Tisch liegen lassen hatte. Leider sah sie sich nicht dazu imstande, ihn an sich zu bringen, bevor Damián eingriff.

»Natürlich, du wolltest mich umbringen … Es wäre dir nicht schwergefallen, zu deiner langen Reihe von Verbrechen noch ein weiteres hinzuzufügen. So hättest du all mein Geld geerbt und es mit deinem Flittchen Berta zusammen ausgeben können«, sagte Berenguela.

Jetzt war wichtig, dass ihre Unterhaltung nicht zum Erliegen kam.

»Das war immer schon dein großer Fehler: Du hältst mich für dumm genug, mich erwischen zu lassen. Aber da täuschst du dich gewaltig. Sagen wir einmal, dass du einen tödlichen Unfall mit deinem Liebhaber Grosenberg erlitten hättest. Stell dir die Szene vor: eine Pferdekutsche, in der ihr beide euch nackt eurer Lust hingebt, dann bricht plötzlich auf einer Brücke über das Zwin ein Rad, und nach dem Sturz in die aufgewühlten Wasser kann euch niemand mehr helfen …«

Mittlerweile fragte sich Berenguela, ob Damián nicht womöglich vorgehabt hatte, denselben Plan auch hier anzuwenden, nur mit Hugo statt Grosenberg. In diesem Fall wagte sie nicht, sich auszumalen, welches Schicksal auf Faiza oder Renata wartete. Sie musste unbedingt etwas tun! Berenguela warf einen Blick zu ihrer Freundin hinüber. Sie war jedoch immer noch außer Gefecht gesetzt, von dieser Seite konnte Berenguela also nicht mit Hilfe rechnen. Außerdem hatte Damián jetzt das Messer wieder an sich genommen.

Da sie um diese Zeit eigentlich keinen Besuch erwarteten, wunderte es Hugo, dass vor seinem Haus ein Pferd stand. Die ganze Sache kam ihm verdächtig vor, deshalb wollte er lieber durch die Hintertür eintreten. Während er das Gebäude umrundete, fiel ihm zunächst nichts Ungewöhnliches auf, bei einem Blick durchs Küchenfenster entdeckte er jedoch seinen Stiefbruder mit einem Dolch in der Hand. Am

Boden lag reglos Renata. Berenguela sah er nur von hinten, sie rang mit Damián und trug vermutlich Faiza auf dem Arm.

Hugo griff nach einer Eisenstange und stürzte zur Tür hinüber.

Um das Kind wieder an sich zu nehmen, kämpfte Damián mit Berenguela, die es ihm aber nicht leicht machen wollte. Als der Dolch durch die Luft sauste und sie am Arm verletzte, schrie sie daher zwar auf, ließ aber nicht von ihrem Mann ab und versuchte ihm die Fingernägel in die Augen zu bohren. Er unterbrach die Bewegung mit einem neuen Messerhieb und fügte ihr einen noch tieferen Schnitt zu. Als Damián gerade nach einem von Faizas Armen gegriffen hatte und Berenguela den anderen festhielt, flog die Tür auf und Hugo stürzte herein.

»Lass sie in Frieden, du Unmensch!«

Mit erhobener Eisenstange warf sich Hugo auf Damián und konnte das Überraschungsmoment nutzen, um seinem Stiefbruder einen Schlag auf den Arm zu versetzen. Der ließ Faiza los, sodass sich Berenguela das kleine Mädchen schnappen und beiseitespringen konnte.

Damián holte aus und wollte Hugo das Messer in den Bauch rammen, sein Stiefbruder konnte aber gerade noch rechtzeitig ausweichen. Der Dolch flog durch die Luft und landete in einiger Entfernung auf dem Boden.

Nicht verhindern konnte Hugo allerdings Damiáns mächtigen Fausthieb gegen sein Kinn, der ihn wie betäubt zurückließ.

Die Eisenstange rutschte ihm aus der Hand und fiel zu Boden. Nur Sekunden später landeten dort auch die erbittert kämpfenden Brüder. Da Hugo nicht so stark war wie Damián, schaffte er es nicht, sich gegen dessen gezielte Schläge zur Wehr zu setzen. Bald lag er gekrümmt unter Damián und wurde von ihm mit einer so brutalen Reihe von Hieben gegen die Rippen traktiert, dass ihm die Luft wegblieb.

Berenguela presste sich erschrocken Faiza gegen die Brust, während sie mit der anderen Hand Renata losband und ohrfeigte, um sie wach zu bekommen. Als sie aus dem Augenwinkel zu Hugo hinüberschielte, wuchs ihre Angst.

Damián hockte inzwischen auf seinem Stiefbruder und hatte mit beiden Händen seinen Hals umklammert, sodass Hugos Gesicht zu Berenguelas Entsetzen langsam blau anlief.

Als Berenguela den Dolch nirgendwo entdecken konnte, kam ihr in den Sinn, dass sie hier ja auch ein Küchenmesser hatte, und sie schickte sich an, es zu holen.

Ihr Ehemann musste es bemerkt haben und packte sie am Knöchel, sodass sie mit Faiza im Arm stürzte. Kreischend versuchte Berenguela wegzukrabbeln, doch er hielt sie fest, ohne die andere Hand von Hugos Hals zu nehmen.

»Hugo!«, knurrte Damián. »Sieh gut dabei zu, wie diese Hure brüllt, mit der du all die Monate das Bett geteilt hast. Dazu hast du jetzt nämlich zum letzten Mal Gelegenheit. Schau nur, wie sie weint, und auch dein Töchterchen, das gleich schon wieder zur Waise wird …«

Verzweifelt trat Berenguela um sich, kam jedoch nicht vom Fleck. Aber in diesem Moment entdeckte sie den Dolch. Er war über den Fußboden gerollt und zwischen den Beinen eines Küchenschranks liegen geblieben. Angestrengt reckte Berenguela den Arm und konnte das Messer schließlich gerade eben berühren. Dreimal krümmte sie die Finger krallenartig, bis es ihr endlich gelang, den Dolch heranzuziehen. Dann packte sie ihn und rammte ihn mit aller Kraft in Damiáns Hand, die blutend zurückzuckte.

Hugo hielt es inzwischen nicht länger aus, er bekam keine Luft, und das Leben schien ihm durch die Finger zu rinnen.

Als Berenguela das bemerkte, rollte sie Faiza über den Fußboden aus dem Weg und sprang auf die Füße, um sich auf Damián zu stürzen, bevor es zu spät war.

Ihr Ehemann sah sie an und ahnte, was sie vorhatte. Ohne von Hugo abzulassen, versuchte er, ihr das Messer wegzunehmen, aber Berenguela wich ihm aus. Sie umklammerte das Heft der Waffe mit beiden Händen und richtete die Klinge auf Damiáns Hals. Dann holte sie tief Luft, brachte es aber nicht über sich. Ihr zitterten Hände und Beine, und plötzlich kam sie sich so machtlos vor, dass sie in Tränen ausbrach. Sie fühlte sich überwältigt, unterlegen und konnte keinen Muskel mehr rühren.

Ihr Schwager flehte sie mit Blicken an, endlich zu handeln.

»Hugo de Covarrubias!«, rief Damián überheblich aus, als er Berenguelas Hilflosigkeit bemerkte. »Du warst deines Namens nie wert und hast deiner Familie nie zu Ehren gereicht. Und deshalb werden wir dich schon bald vergessen, so wie dein Vater es längst getan hat. Mir bleibt nur noch, dir eine schöne Reise in die Hölle zu wünschen …«

Er nahm die zweite Hand zu Hilfe, um seinem Bruder den Garaus zu machen.

Aber er hatte dabei nicht mit Renata gerechnet. Die Italienerin war wieder zu sich gekommen und hatte mit wenigen Blicken die Situation eingeschätzt. Sie eilte Berenguela zu Hilfe und legte ihre Hände über die der Freundin. Zusammen führten sie das Messer an die richtige Stelle und rammten es Damián mit solcher Kraft in den Nacken, dass sie seine Halswirbel durchtrennten.

Tot sackte Damián auf Hugo zusammen.

18

Löwen, Herzogtum Burgund, März 1484

Als Faiza ein Jahr alt wurde, wusste Berenguela, dass nun der passende Zeitpunkt gekommen war: Sie musste gehen. Länger ertrug sie es einfach nicht, mit Hugo zusammenzuleben, ohne von ihm geliebt zu werden. Und Faiza brauchte sie ja auch nicht mehr so sehr wie zuvor. Darum verkündete Berenguela Hugo eines Tages ihren Entschluss.

Seit Damiáns Tod waren vier Monate verstrichen, aber es waren immer noch einige Angelegenheiten zu regeln.

In finanzieller Hinsicht war zum Glück alles geklärt: Als seine Witwe war Berenguela Damiáns Alleinerbin. Sein hinterlassener Besitz belief sich insgesamt auf etwa einhundertfünfzigtausend Golddublonen, den Gegenwert von drei mit Wolle beladenen Schiffen. Es handelte sich um ein wahres Vermögen, das Berenguela durch vier teilen ließ. Ein Viertel wurde für Faiza treuhänderisch angelegt. Ihre Nichte würde zu ihrem vierzehnten Geburtstag in den Besitz dieses Geldes kommen und damit finanzielle Unabhängigkeit erlangen. So wäre sie niemandem verpflichtet und würde mit ihrem Leben anfangen können, was sie wollte, ohne dass ihre Hautfarbe dabei eine Rolle spielte.

Faiza mochte nicht ihre leibliche Tochter sein, Berenguela liebte sie jedoch mehr, als sie je geahnt hätte.

Mit dem zweiten Viertel des Geldes würde Berenguelas

Mutter bis an ihr Lebensende im Kloster gut versorgt sein, so Gott denn dort ihren Platz sah.

Der dritte Anteil war für Fernando de Covarrubias gedacht. Das erschien Berenguela nur gerecht, schließlich hatte sein Stiefsohn ihn jahrelang systematisch bestohlen. Sie hatte das Geld dem Bankier Martín de Soria anvertraut und ihn gebeten, es de Covarrubias zukommen zu lassen, ohne seine wahre Herkunft zu enthüllen. Martín de Soria sollte irgendeinen Vorwand ersinnen, erfundene Schulden oder etwas Ähnliches vorschützen, damit Berenguelas Schwiegervater die Zahlung nicht ablehnte oder das Geld womöglich seiner Frau in die Hände fiel.

Die Dinge mit dem Vater der beiden De-Covarrubias-Brüder zu klären war eine der noch ausstehenden Angelegenheiten, und für Berenguela vermutlich die schmerzhafteste. Er hatte aus gesundheitlichen Gründen nicht zu Damiáns Beerdigung kommen können, das hatte Doña Urraca zumindest behauptet.

Leider wusste Berenguela alles, was sie über ihren Schwiegervater in Erfahrung bringen konnte, ausschließlich von dieser Frau, die ihr mindestens ebenso verhasst war wie Hugo.

Hugo war ihr bei der Trauerfeier am Eingang zur Kirche begegnet und wollte sie nach Möglichkeit nie wieder sehen. Seine Stiefmutter hatte für ihn nicht einmal einen Gruß übrig gehabt und sofort begonnen, ihn vor allen Anwesenden mit lauter Stimme als Mörder zu beschimpfen.

Nach Damiáns Tod hatte Hugo beschlossen, alle Verantwortung dafür auf sich zu nehmen, um die Frauen herauszuhalten. Daher ging jeder davon aus, dass Damián bei einem tödlichen Streit zwischen Brüdern ums Leben gekommen war. Zum Glück hatte Hugo auf Notwehr plädieren können, schließlich war Damián aus dem Gefängnis geflohen und dann bewaffnet mit finsteren Absichten in sein Haus eingedrungen.

Berenguela musste sich ihrer Schwiegermutter dann noch einmal im Schildpadhuis stellen, ihrem alten Wohnhaus, das ja den de Covarrubias' gehörte. Als sie nur über die Türschwelle trat, zog sich Berenguela schmerzhaft das Herz zusammen, weil lauter schlimme Erinnerungen über sie hereinbrachen. Da bloß ein paar kleinere Fragen geklärt werden mussten, die fast alle mit Geld zu tun hatten, und es nicht um persönliche Anliegen ging, wollte Berenguela nicht lange bleiben.

Doña Urraca zeigte wieder einmal, wie wenig sie sich um ihre Schwiegertochter scherte. Weil zwischen den beiden Frauen kein vertrautes Verhältnis bestand, wagte Berenguela nicht zu fragen, was ihr wirklich auf der Seele brannte: Wie Don Fernando eigentlich auf den Brief reagiert hatte, in dem sie die ganze Wahrheit über seine beiden Söhne enthüllt hatte. Berenguela ahnte ja nicht, dass ihr Schreiben Don Fernando nie erreicht hatte, weil Doña Urraca es rechtzeitig abgefangen und verbrannt hatte.

Den vierten und letzten Anteil des geerbten Geldes spendete Berenguela an den Fonds der Witwen und Waisen von Glasmalermeistern. Es war eine Geste ihrer Zuneigung für Hugo, und sie machte ihm damit wie erhofft tatsächlich eine Freude.

All das war nun erledigt. Hugo konzentrierte sich zurzeit ganz auf das Fertigstellen seiner Fenster, Faiza aß inzwischen Brei, und Berenguela hielt den richtigen Moment für gekommen, ihre Entscheidung zu verkünden.

In den letzten drei Monaten war sie täglich zur Messe gegangen und hatte viel gebetet: beim Kochen, beim Putzen oder bei ihren Einkäufen auf dem Markt. Wenn sie Faiza ins Bett brachte oder weckte, brachte sie der Kleinen ihre ersten Gebete bei.

Bei der Heimkehr nach der Arbeit traf Hugo sie abends oft mit dem Rosenkranz in der Hand an. Das konnte er nicht verstehen, vor allem weil er wusste, dass sie ihn ja tagsüber bereits fünf- oder sechsmal gebetet hatte.

»Du betest dir noch die Finger wund«, neckte er sie, obwohl er ihren Entschluss respektierte.

»Wenn ich unserem Herrn wirklich mein Leben widmen will, muss meine Liebe zu ihm noch wachsen, meinst du nicht?« Berenguela stellte diese Frage mit einem Hintergedanken, wie so viele andere Fragen, mit denen sie in den letzten Monaten Hugos Interesse an ihr einzuschätzen versucht hatte.

»Wie du meinst«, sagte er zu ihrem Leidwesen in gleichmütigem Tonfall.

Hugo glaubte immer noch nicht so recht, dass Berenguela es übers Herz bringen würde, seine Tochter zurückzulassen und ins Kloster zu gehen. An dieses Argument klammerte er sich, weil er nicht wusste, wie er seine eigenen Gefühle interpretieren sollte: Er hatte sich so sehr an Berenguelas Anwesenheit gewöhnt, dass er sie nur ungern ziehen lassen wollte.

Die einjährige Faiza war groß für ihr Alter und ein glückliches, rundes Kind. Dass ihre Augen mit jedem Tag mehr an ihre Mutter erinnerten, war für Hugo zwar die reinste Qual. Aber er beklatschte mit Berenguela zusammen gerne stolz die ersten Schritte, die Faiza in der Sicherheit ihres Zuhauses ohne Hilfe allein zurücklegte.

Was dieses Kind zu etwas ganz Besonderem machte, war sein Lächeln, so strahlend, rein und ansteckend. Faiza hatte an allem Freude, lachte fortwährend und war daran gewöhnt, stets ihre Tante an ihrer Seite zu haben. Berenguela war Faizas Leben, ihr Bezugspunkt, ihr galten ihre Küsse und Zärtlichkeiten. Berenguela hatte dafür gesorgt, dass es ihr in ihrer Unschuld nie an irgendetwas fehlte. Doch das kleine Mädchen wusste nicht, dass es nicht immer so weitergehen würde.

An dem Tag, an dem Hugo das Fenster mit der Flucht der Heiligen Familie nach Ägypten fertiggestellt hatte, sprach Berenguela abends das Thema an: »Es ist so weit, ich möchte gehen.«

Hugo erschrak, als er ihre Worte hörte. Er schaute von seinem Teller mit Erbsen auf und starrte Berenguela sprachlos an. »Schon?«, war alles, was er hervorbrachte.

»Faiza muss bereits seit zwei Monaten nicht mehr gestillt werden, sie ist ein gesundes kleines Mädchen, das problemlos heranwächst und von seinem Vater vergöttert wird. Daher werde ich hier jetzt nicht mehr gebraucht.«

»Aber was sagst du denn da? Du bist doch ihr Ein und Alles«, protestierte Hugo betroffen. »Willst du etwa einfach aus ihrem Leben verschwinden, wenn sie doch dich als ihre wahre Mutter ansieht?«

»Sprich bitte nicht weiter, du weißt doch, wie weh mir das tut«, stammelte Berenguela betroffen.

Hugo riss sich zusammen. »Verzeih mir. Du hast für Faiza so viel getan, dass ich dir im Leben nicht oft genug danken kann. Und für mich auch.« Er griff nach ihren Händen, und ein anderer, bedeutungsvollerer Ausdruck trat in seinen Blick.

Als Berenguela Hugo aus geröteten Augen ansah, wagte sie endlich auf jenen Moment zu hoffen, den sie schon so lange herbeisehnte. Hugo war ganz nah an sie herangerückt. Ob es nun so weit sein würde, ob ihre Lippen gleich zueinanderfänden?

Ein Kuss von Hugo würde alles ändern, Berenguelas Argumente null und nichtig machen. Mit jeder Faser ihres

Körpers sehnte sie sich danach, dass Hugo endlich diesen Schritt machte. Sie schwor sich, dann alles andere zu vergessen und für immer an seiner Seite zu bleiben.

Aber Hugo küsste sie nicht. »Geh bitte nicht«, bat er stattdessen mit zitternden Lippen.

»Und wieso ist es dir so wichtig, dass ich bleibe?« Sie wartete doch nur auf ein Wort, bei Gott, auf ein einziges Wort. Hugo musste doch nur »Meinetwegen« sagen.

»Wegen Faiza …«

Am 15. April des Jahres 1484 stieg Berenguela aus einer Kutsche, um an Bord eines Schiffes zu gehen. Es würde sie nach Bilbao bringen, von wo aus sie nach Burgos weiterreisen würde.

Ein Träger wuchtete drei Truhen auf eine Karre, alles, was ihr nach zehn leidvollen, verlorenen Jahren in Brügge und Löwen an der Seite der beiden De-Covarrubias-Brüder geblieben war. Der erste war ein wahres Monster gewesen, der zweite ihre Chance auf echte Liebe.

Berenguela drückte Faiza so fest, dass die Kleine zu zappeln begann. Ihre Tante ließ aber nicht von ihr ab, sondern überschüttete sie weiter mit Küssen, in denen so viel Verzweiflung lag, dass Faiza sie verwirrt anstarrte und sich nicht erklären konnte, was in sie gefahren war. Es gefiel ihr gar nicht, ihre Tante weinen zu sehen, aber das hatte sie in letzter Zeit oft getan. Faiza streckte ein Fingerchen aus, wischte die Tränen weg und trocknete sich die Hand dann am Kleid ab.

»Mein Schatz … Liebes …«, brachte Berenguela schluchzend hervor. »Versprich mir, dass du immer schön brav sein wirst. Und wenn du erst sprechen kannst, dann bitte deinen Vater irgendwann darum, dass ihr mich einmal besucht.«

Gramvoll nahm Hugo jetzt Faiza an sich. »Noch kannst du bleiben«, drängte er wieder einmal.

»Meine Zeit hier ist zu Ende, mein lieber Hugo.« Nach einem langen, gefühlvollen Kuss auf seine Wange wandte sich Berenguela ab. Sie war fest entschlossen, sich nicht noch einmal umzudrehen, weil sie die Gesichter und Gesten dieser beiden Menschen so in Erinnerung behalten wollte, wie sie sie gerade aus nächster Nähe gesehen hatte, und nicht aus der Entfernung vom Deck eines Schiffes aus, das sie in ihre alte Heimat zurückbringen und damit ein neues Kapitel in ihrem Leben einläuten würde.

Mit vorgeblicher Entschlusskraft marschierte sie voran, ohne sich umzuwenden. Daher konnte sie nicht sehen, wie Faiza ihr unruhig hinterherblickte und zu ahnen begann, dass gleich etwas Schlimmes passieren würde. Fragend schaute sie ihren Vater an.

»Ja, deine Tante geht weg … So muss es leider sein, mein Schatz.«

Bedauerlicherweise hörte Berenguela auch Faizas erstes Wort nicht, das erste eines kurzen Lebens, welches sie bisher gemeinsam verbracht hatten: »Tante?«

19

An Bord der Santa Úrsula, Nordsee, September 1484

Seit Berenguelas Weggang aus Löwen waren fünf Monate verstrichen, und Hugo klärte noch letzte Einzelheiten seiner Reise nach Burgos.

Er hatte einhundertzwei Wagen gemietet, die die siebzehn Buntglasfenster für die Kartause von Santa María de Miraflores von Löwen bis zum Hafen von Antwerpen transportieren würden.

Niclaes und Hugo überwachten das Beladen dieser Wagen mit Adleraugen und ließen den Arbeitern und Fahrern nicht die winzigste Unachtsamkeit durchgehen, weil sie mit jedem beschädigten Glaselement noch einmal ganz von vorn würden anfangen müssen.

Jedes der siebzehn Fenster wurde in zwölf Einzelteilen und in einem maßgefertigten Eisenrahmen transportiert. Diese Rahmen schützten die Elemente unterwegs und würden am Ende mit ins Fenster eingebaut werden.

Vor dem Verpacken waren die Scheiben mit einer schützenden Schicht aus Wachs und Asche eingerieben worden, die man, am Zielort angekommen, entfernen würde. Damit versuchte man Kratzer und Brüche zu verhindern. Jeder Wagen transportierte nur zwei Fensterelemente, die sich nicht berühren durften, damit nicht das eine unter dem Gewicht des anderen zerbrach. Man bettete sie auf einer weichen Schicht aus Stroh, bedeckte sie dann mit demselben Material und spannte eine Plane straff über den Wagen, sodass unterwegs nichts verrutschen konnte.

Nach sorgfältiger Vorbereitung und zwei Wochen Arbeit erreichte schließlich der letzte der Wagen mit Hugo auf dem Kutschbock den Hafen.

Die anderen waren bereits entladen, und ihr Inhalt war behutsam im Inneren der Santa Úrsula verstaut worden. Obeko, der Kapitän des Schiffes, hatte den Vorgang persönlich überwacht und dafür seine besten Männer ausgesucht, damit die zerbrechliche Fracht auch mit äußerster Vorsicht behandelt wurde.

Hugo sah beim Entladen seines Wagens zu, bezahlte dann alle für ihre Arbeit, warf sich den Beutel mit seinen Habseligkeiten über die Schulter und ging über den Steg aufs Schiff. Da er seinen alten Freund nicht auf den ersten Blick an Deck entdeckte und eigentlich sowieso keine Lust zum Reden hatte, wollte er sich in seine Kajüte zurückziehen, um sich vor dem Abendessen etwas auszuruhen.

Schwer zog Hugo die Füße nach. Er war unrasiert und ungekämmt, und seine Miene war seit seinem Abschied von Faiza in Brügge kummervoll. Er hatte sie vor sechs Tagen bei Renata vorbeigebracht, damit sich die Italienerin in seiner Abwesenheit um seine Tochter kümmerte. Diese Entscheidung hatte er sich tausendmal durch den Kopf gehen lassen und immer wieder daran gezweifelt. Aber Faiza war einfach noch zu klein, um eine derartige Reise auf sich zu nehmen. Trotzdem machte Hugo die Trennung zu schaffen. Wie sollte er es bloß so lange ohne Faiza aushalten? Ohne sie im Arm zu halten? Ohne ihre Stimme, ihr Lachen zu hören? Diese Fragen hatte er sich auf dem Weg zum Hafen immer wieder gestellt. Und dass er keine Antwort darauf fand, machte seine Qual nur noch schlimmer.

Selbst wenn keine größeren Probleme auftraten, würde es

gut einen Monat dauern, den Einbau der Fenster zu leiten und zu überwachen. Und dazu kam noch ein weiterer Monat Reisezeit über Wasser und über Land. Hugo würde also zwei lange Monate ohne seine Tochter auskommen müssen.

Bevor er in seine Kajüte trat, genoss er noch einen Moment die sanfte, nach Meer duftende Brise, die ihm seinen Abschied von Berenguela im selben Hafen in Erinnerung rief. Ihm war, als hörte er wieder Faizas erstes Wort: »Tante?« Das hatte sie auf dem Weg zurück nach Löwen ein ums andere Mal wiederholt, bis Hugo sie schließlich schlafen gelegt hatte. Eine Woche später sprach sie es weiterhin immerzu aus, von morgens bis abends, und suchte Berenguela im ganzen Haus, selbst unter dem Bett. Dieses von nun an täglich wiederholte Ritual tat Hugo in der Seele weh.

Erst zwei Monate später kam dann ein zweites Wort hinzu, nämlich »Papa«. Damit hatte sie deutlich gemacht, wer ihrem Herzen am nächsten stand. Für Faiza und Hugo war Berenguela in Gedanken an jedem einzelnen Tag dieser letzten fünf einsamen Monate präsent.

Hugo warf die Tasche zu Boden und legte sich aufs Bett. Als er die Augen schloss, stieg vor ihm wieder das Bild seiner Freundin auf, und wie schon sooft erfüllte ihn diese Mischung aus Schmerz, Trauer und Schwermut, die ihn seit ihrem Weggang begleitete.

»Warum nur musstest du gehen, Berenguela?«, murmelte er vor sich hin und ließ sich wieder einmal ihren Namen auf der Zunge zergehen. Jeden Abend sagte er vor dem Einschlafen diesen einen Satz: »Warum nur musstest du gehen, Berenguela?«

Plötzlich marschierte, ohne anzuklopfen, Obeko in die Kajüte und durchbrach den Zauber des Moments. »Na, du Schlappschwanz!«

»Also, das ist ja vielleicht eine Begrüßung.«

»Als man mir gesagt hat, du wärest ohne deine schwarze Braut an Bord gekommen, die du mir immer noch nicht vorgestellt hast, da habe ich mir gedacht: Jetzt enthält er sie mir schon wieder vor, und das alles nur, damit ich sie ihm nicht wegschnappe!«

Obeko bemerkte verwundert Hugos melancholischen Gesichtsausdruck, überspielte die Sache jedoch wie üblich, indem er seinem jungen Freund grob auf die Schulter hieb.

»Ich muss Euch etwas erzählen …«, begann der Kastilier.

»Warte, lass mich raten: Du hast sie gegen die interessanteste und bezauberndste Frau eingetauscht, der ich im Leben je begegnet bin, gegen die unvergleichliche Berenguela.« Genießerisch verdrehte er die Augen. »Falls ich richtig liege, lass mich dir nur eins sagen: Gut gemacht!«

Aber dann erzählte Hugo ihm, was sich wirklich zugetragen hatte.

»Verflucht, mein Junge … Ich hatte ja keine Ahnung!« Obeko schluckte. »Das tut mir von Herzen leid, verdammt … So eine Schande!«

»Allerdings …«

»Ich nehme doch an, dass Berenguela dir beigestanden hat, oder?«

Hugo schilderte, was seine Freundin alles für Faiza getan hatte.

»Sie hat ihr also selbst zehn Monate lang die Brust gegeben?« Von allem, was Obeko da gerade erfahren hatte, schien ihn aus irgendeinem unaussprechlichen Grund nur dieses Detail zu interessieren. Vielleicht war er ja neidisch auf Hugos Tochter.

»Genau. Berenguela war wie eine Mutter für Faiza, eines Tages hat sie uns aber verlassen, um sich in ein Kloster zurückzuziehen. Das hatte sie schon lange vor, erinnert Ihr Euch nicht?«

Obeko explodierte. »Und das hast du zugelassen? Sag mir sofort, wo sie steckt!« Er begann, in der Kajüte auf und ab zu marschieren, und trat dabei zornig in die Luft. »Habe ich dich nicht gewarnt? Ich habe dir gesagt, dass sie das fertigbringen würde. Und was hast du gemacht, um es zu verhindern?«

»Was sollte ich denn tun? Ich hatte doch an meiner Trauer schon schwer genug zu tragen.«

»Ja, das kann ich verstehen. Aber verdammt! Wenn man zur See fährt, zieht man im Wasser eine Spur hinter sich her, die so vergänglich wie nutzlos ist. Deshalb muss man stets nach vorn schauen. Verstehst du, was ich meine?«

»Ich fürchte, ja …«

»Fürchten bringt dich jetzt auch nicht weiter! Ich weiß wirklich nicht, wie du so blind sein kannst, Hugo! Was muss diese Frau denn noch alles tun, damit du endlich begreifst, dass sie bis über beide Ohren in dich verliebt ist? Ja, gut … du warst lange mit Ubayda zusammen, und Berenguela in einer schlimmen Ehe gefangen. Aber jetzt ist doch alles anders, und trotzdem fragst du dich immer noch, was du denn tun sollst? Himmel, Arsch und Zwirn, such sie und hol sie da raus! Wir dürfen doch nicht zulassen, dass ein so betörendes Wesen hinter Klostermauern versauert, da mache ich nicht mit! Berenguela ist schließlich Frau genug, um jeden Mann glücklich zu machen. Also, ich an deiner Stelle …«

Schon auf der Überfahrt von Bermeo hatte es Hugo gewundert, welchen Beschützerinstinkt Berenguela in Obeko geweckt hatte. Er hatte die beiden stundenlang miteinander reden sehen und kaum erfahren, worum sich ihre Gespräche gedreht hatten. Obekos mit Inbrunst vorgebrachte Argumente machten ihm jetzt klar, dass es wohl um persönliche Angelegenheiten gegangen war.

»Ihr glaubt also, dass sie mich liebt.« Seine Zusammenfassung der Lage war kurz und wenig optimistisch. »Leider bin ich mir aber nicht sicher, ob ich dasselbe empfinde.«

Obeko stieß zwar missmutig die Luft aus, unterbrach Hugo aber nicht.

»Ja, ich muss zugeben, dass sie mir fehlt und ich oft an sie denke, was mich wirklich aufwühlt. Aber da ich bereits einmal eine große Liebe erlebt habe, will ich mich nur ungern an einer versuchen, die … Ich weiß auch nicht. Außerdem hat Berenguela in ihrem Leben ja eine bedeutsame Entscheidung getroffen. Am besten belassen wir alles so, wie es ist.«

Er redete und argumentierte, verwickelte sich am Ende aber in Widersprüche.

Enttäuscht beschloss Obeko, die Sache selbst in die Hand zu nehmen. »Ich habe dir doch gesagt, dass ich sie da raushole, wenn du es nicht machst. In welchem Kloster in Burgos ist sie denn?«

In Bermeo wartete noch eine andere große Überraschung auf Hugo. Er hatte Obeko mehrmals nach seinem alten Bekannten Bruno gefragt, der Kapitän hatte aber nicht so recht mit der Sprache herausrücken wollen. Deshalb war es ihm eine besondere Freude, als er seinem Freund im Hafen über den Weg lief.

»Bruno! Was für ein Zufall!«

»Von wegen Zufall! Mich hat Obeko eingestellt, weil du ihn vor einiger Zeit darum gebeten hast.«

»Ja, natürlich. Wie schön, dich zu sehen!« Sie umarmten einander. »Kümmerst du dich um den Transport der Fenster?«

»Ja, mit meinen hundert Wagen.«

»Hundert Wagen? Und die gehören alle dir?«

»Sagen wir einfach, dass die letzten Jahre für mich sehr erfolgreich waren«, antwortete Bruno stolz. »Aber komm, wir gehen ein Glas Wein trinken und erzählen einander, was wir erlebt haben. Meine Männer kümmern sich schon darum, die zerbrechliche Ware aus dem Lagerraum der Santa Úrsula zu holen.« Er machte eine beschwichtigende Geste mit beiden Händen, weil er ahnte, dass Hugo ihm jetzt mit tausend Warnungen kommen würde.

»Sag ihnen bitte, dass sie bloß nichts kaputt machen sollen. Sie sollen ganz gemächlich arbeiten und jedes Stück zu viert tragen. Mit dem Stroh in den Wagen sollen sie nicht geizen und …«

»Sei beruhigt, mein Freund. Von allen Fuhrleuten der Zunft von Burgos und Soria hast du dir die allerbesten ausgesucht. Allerdings auch die teuersten …« Bruno lachte laut auf. »Also entspann dich und genieß den Moment …«

»Obeko, begleitet Ihr uns?«, rief nun Hugo zum Kapitän hinüber.

Der winkte ab. »Ich muss noch meine Heilige auf Vordermann bringen«, erklärte er und klopfte gegen den Fockmast, »damit morgen alle sehen, wie schön sie ist. Ihr wisst doch, wie Frauen sind … Rechnet also nicht mit mir. Aber etwas ganz anderes: Ich habe mir die Sache durch den Kopf gehen lassen und fahre vielleicht mit euch nach Burgos. Da wartet schließlich eine Novizin auf mich!«

Auf den letzten Satz antwortete Hugo nur mit einem finsteren Blick.

»Was sagte er da?«, fragte Bruno Hugo.

»Lass uns dieses Thema lieber auf später verschieben. Jetzt erzähl mir doch erst einmal, wie es dir in den letzten Jahren ergangen ist …«

»Uff … Wie viel Zeit hast du?«

20

Kartause Santa María de Miraflores, Burgos, Oktober 1484

Simon von Köln hatte seine Fristen nicht eingehalten. Bei der neuen Kartause mussten noch zwei Gewölbe fertiggestellt werden, und der Baumeister hatte es damit offensichtlich nicht eilig.

Als Hugo ihm gegenüberstand, schien ihn längst ein neues Projekt zu beschäftigen, nämlich eine Kapelle in der Kathedrale von Burgos, die der Konstabler von Kastilien, Don Pedro Fernandez, zu Ehren von Mariä Reinigung bei ihm in Auftrag gegeben hatte.

Der Baumeister ließ Hugos Vorwürfe gleichmütig über sich ergehen.

Wütender hätte der Glasmaler kaum sein können. »Ihr sagt mir also ganz unverfroren ins Gesicht, dass hier nur Eure persönlichen Prioritäten zählen?«

Hugo hatte etliche Nächte in der Werkstatt durchgearbeitet, um die Fenster rechtzeitig fertigzustellen, die anstrengende Reise nach Burgos auf sich genommen und wegen des aufwendigen Transports graue Haare bekommen. Vor allem aber hatte er Faiza in Brügge zurücklassen müssen, deshalb war seine Empörung durchaus verständlich.

»Vermutlich könnt Ihr das nicht nachvollziehen, aber ich bin schließlich der Baumeister der Kathedrale von Burgos und unterstehe damit dem Willen meines Bischofs, Don Luis de Acuña y Osorio. Seine Eminenz möchte nun einmal seine

Verbindung zum Konstabler stärken, und der wiederum seine Beziehung zu Königin Isabella. Die beiden haben gemeinsam eine Entscheidung getroffen, und den daraus resultierenden Auftrag kann ich einfach nicht ablehnen.«

»Aber so versteht doch – ich komme hier mit zwei Mitarbeitern aus Niclaes' Werkstatt und zweihundertvier äußerst empfindlichen Glaselementen an, die auf einhundertzwei Wagen verteilt sind. Und jetzt stellt sich heraus, dass wir die Fenster nicht einbauen können, weil die Bauarbeiten nicht abgeschlossen sind. Was soll ich denn nur tun?«

Hugo stemmte die Arme in die Hüften und wirkte alles andere als entspannt. Fast sah es aus, als wollte er sich auf Simon stürzen.

»Soll ich jetzt mit allem nach Löwen zurückkehren oder hier ausharren, bis einer Eurer Auftraggeber entscheidet, dass Ihr ein wenig Zeit für die Kartause abknapsen dürft? Könnt Ihr mir denn wenigstens einen ungefähren Zeitraum für die Fertigstellung nennen, damit ich für meine Entscheidung einen Anhaltspunkt habe?«

»Vier Jahre?«, antwortete Simon, ohne von seinen Plänen aufzusehen.

Hugo hätte ihm die Papiere am liebsten aus den Händen gerissen und vor seiner Nase zerfetzt, doch plötzlich wurde ihm ganz anders, und er musste sich erst einmal setzen.

Selbst Simon begann sich Sorgen zu machen, als er Hugos bleiche Miene und den kalten Schweiß auf seiner Stirn bemerkte. »Ist mit Euch alles in Ordnung?«

Sogar am Rand des schwindelerregenden Abgrunds, der sich plötzlich vor Hugo auftat, hätte er dem Baumeister am liebsten die Faust ins Gesicht gerammt. Er riss sich jedoch zusammen und bat um ein Glas Wasser. Nach zwei Schlucken wurde sein Atem wieder gleichmäßiger, und er fühlte sich schon besser.

»Niclaes Rombouts wollte nach dem Einbau der Fenster zur feierlichen Enthüllung herkommen. Aber wir sind natürlich von den ursprünglichen Fristen ausgegangen und hatten seine Abreise für zwei Wochen nach meiner geplant. Und genauso viel Zeit würde ich benötigen, um zurückzukehren und ihm Bescheid zu sagen, dass er gar nicht erst aufzubrechen braucht.«

Simon bedauerte die Unannehmlichkeiten. Nicht so sehr wegen Hugo, wie er offen zugab, sondern weil ihm auf diese Weise ein Besuch seines hochverehrten Niclaes Rombouts entging. Das ärgerte Hugo so sehr, dass er gekränkt aufsprang. Auf dem Weg nach draußen stieß er gegen einen Zeichentisch, der mit der einzigen Absicht hier aufgestellt worden zu sein schien, ihm einen würdigen Abgang zu erschweren, und wurde von einem plötzlichen Schwindelgefühl ergriffen.

Simon von Köln wunderte sich über Hugos heftige Reaktion und vor allem sein Schweigen. »Ihr brecht schon auf? Und was passiert jetzt mit den Fenstern?«

»Natürlich breche ich auf. Wenn ich nicht sofort die Rückreise antrete, kommt mir Niclaes womöglich auf halbem Wege entgegen, weil ich ihn nicht rechtzeitig benachrichtigen konnte.« Hugo musterte den Baumeister mit wütendem Blick. »Kann ich denn wenigstens davon ausgehen, dass Ihr überhaupt Interesse an den Fenstern habt, oder habe ich das auch falsch verstanden?«

»Setzt doch die in der Apsis jetzt ein, und den Rest nach Abschluss der Bauarbeiten. Ich werde Euch dann rechtzeitig Bescheid geben, nicht wie dieses Mal.«

»Auf keinen Fall!«, brauste Hugo auf. »Wir werden die Mönche fragen, wo wir die Glaselemente am besten lagern können. Und dort werden sie gut geschützt darauf warten, dass die Kirche endlich fertiggestellt wird. Vorher werden sie das Licht des Tages nicht mehr erblicken, denn diese Fenster sind als Gesamtwerk konzipiert worden und müssen auch gemeinsam betrachtet werden.«

»Ihr habt recht, entschuldigt bitte.« Der Baumeister holte eine Karaffe und zwei Gläser. »Darf ich Euch denn wenigstens auf einen Wein einladen, bevor Ihr wieder geht? Ich würde mit Euch gern über die Kapelle sprechen, an der ich arbeite. Die Kuppel möchte ich sternförmig zulaufen lassen, aber mit einer Öffnung in der Mitte, durch die Licht hereinfallen kann. Diesen Entwurf habe ich gerade gezeichnet und möchte ihn Euch zeigen.«

Hugo fühlte sich geschmeichelt und war ein wenig besänftigt, daher schloss er die Tür wieder und kehrte zum Zeichentisch zurück. Er betrachtete die Skizze, die Simon von Köln ihm zeigte, und ließ den Blick über die restlichen Pläne dieser verblüffenden und wunderschönen Kapelle wandern. »Dann lasst uns mal diesen Wein probieren …«

Ein paar Stunden später klopfte Hugo ans Tor des Klosters Santa María La Real de Las Huelgas. Er war froh, dass er allein gekommen war, weil es bei Obeko eine Planänderung gegeben hatte. Kurz nach dem Anlegen seines Schiffes in Bermeo hatte der Kapitän einen wichtigen Fischereiauftrag bekommen, den er nicht hatte ablehnen können. Diese Arbeit würde Obekos Schiffsmannschaft zugutekommen, machte für ihn aber jede Möglichkeit zunichte, mit Hugo zusammen Berenguela aufzusuchen.

Hugo hatte ihm trotzdem für seine noble Absicht gedankt, genau wie Bruno, der sich ebenfalls erboten hatte, Berenguela mit Wortgewandtheit aus dem Kloster zu locken. Das hatte er ihm beim Entladen der Fenster bei der Kartause versichert, doch Hugo hatte abgelehnt. Er allein konnte Berenguela vermitteln, mit welchen Gefühlen er seit ihrem Weggang zu kämpfen hatte.

»Gott schütze Euch, Bruder«, erklang nun eine liebliche Stimme durch das Sprechgitter. »Was kann ich für Euch tun?«

»Könntet Ihr vielleicht eine Eurer Novizinnen herholen? Ich muss ein paar Minuten mit ihr sprechen.«

»Das wird wohl nicht möglich sein, fürchte ich«, antwortete die Ordensschwester.

»Dann macht es bitte möglich«, flehte Hugo, »ich habe nämlich nicht viel Zeit. Sobald ich sie gesehen habe, muss ich eine lange Reise antreten ... Entschuldigt bitte, ich habe Euch ja noch gar nicht gesagt, dass ich ihr Schwager bin, Hugo de Covarrubias. Ich habe sie jetzt seit fünf Monaten nicht mehr gesehen, und da ich zufällig in Burgos bin, habe ich mir gedacht ... Wisst Ihr, ich lebe nämlich in Löwen, genau wie sie auch bis zu ihrem ...«

Seine umständlichen Erklärungen und Rechtfertigungen brachten ihm jedoch nichts, weil die Nonne jetzt mit kurzen Worten die Regeln dieses Klosters erläuterte, vor allem in Bezug auf Besucher: »Unser Orden legt großen Wert auf die Zurückgezogenheit und Sammlung unserer Schwestern, da nur ein stilles Herz die nötige spirituelle Einkehr für das Gespräch mit Gott erreicht. Wir sind ein kontemplativer Orden und suchen die Heiligkeit in der Einsamkeit unserer Zelle, die wir nur selten verlassen. Zu den traditionellen Geboten von Armut, Keuschheit und Gehorsam kommen bei uns noch zwei weitere hinzu: Wir ziehen uns auf Dauer von der Welt zurück und entsagen unseren früheren Gepflogenheiten. Deshalb verlassen wir das Kloster unter keinen Umständen und halten keinen Kontakt zur Außenwelt. Könnt Ihr das verstehen?«

»Ich weiß nicht, ob ich es gerne verstehen will ...« Hugo befürchtete inzwischen das Schlimmste.

»Für gewöhnlich akzeptieren wir keine Besucher, außer an

einem einzigen Tag im Monat. Aber auch dann nur, wenn es einen Notfall gibt, und das trifft bei Euch ja nicht zu. Darüber hinaus muss ich Euch mitteilen, dass gerade gestern einer dieser Besuchstage war und Ihr deshalb bis zum November auf die nächste Gelegenheit warten müsstet.«

»Einen Monat!«, stammelte Hugo. »Das ist mir aber nicht möglich!«

Simon von Köln hatte ihm ein Pferd zur Verfügung gestellt, mit dem er noch heute Nachmittag im Höchsttempo nach Santander reiten wollte. Dem Baumeister zufolge legte dort jeden ersten Mittwoch im Monat ein Schiff in Richtung Flandern ab. Da heute bereits Dienstag war, hatte Hugo eigentlich geplant, die ganze Nacht im Sattel zu verbringen.

»Und sie heute zu sehen, ist leider auch unmöglich …« Die Nonne wollte bereits die Klappe vor dem Gitter schließen. »Es tut mir leid.«

»Wartet! Könntet Ihr ihr vielleicht eine Nachricht von mir zukommen lassen?«

»Ja, vermutlich. Bedenkt jedoch, dass jeder Brief zunächst der Priorin zur Kontrolle vorgelegt werden muss. Gebt mir Euren Brief, und ich werde ihn weiterleiten.«

»Aber dafür muss ich ihn erst einmal schreiben, und ich habe hier leider weder Papier noch Feder.«

»Dann kehrt später damit zurück. Wenn ich nicht selbst zur Tür komme, könnt Ihr die Nachricht für Eure Schwägerin auch jeder anderen meiner Schwestern geben. Ich glaube, die nächste Schicht übernimmt Schwester Virtudes. Wen wolltet Ihr überhaupt sehen?«

»Berenguela de Covarrubias. Ach, nein, entschuldigt: Ibáñez.«

»Ah ja, Schwester Rose.«

»Wie bitte?«, fragte Hugo.

»Schwester Wüstenrose. Diesen Ordensnamen hat sie sich

bei ihrem Eintreffen hier gewünscht. Er wurde natürlich nicht akzeptiert, schließlich handelt es sich dabei um einen wenn nicht direkt heidnischen, so doch ungewöhnlichen Namen. Deshalb sind wir bei Schwester Rose verblieben, und sie wird diesen Namen nach ihrem Gelübde tragen, so Gott will.«

Hugo entfernte sich niedergeschlagen, aber nicht völlig ohne Hoffnung, vom Kloster. Der Ordensname brachte die Erinnerung an den wunderschönen Stein aus der Wüste mit sich, von dem er Berenguela selbst erzählt hatte, und an seine Liebe zu Ubayda. Ob sich Berenguela für diesen Namen entschieden hatte, um Hugos Symbol auf sich selbst zu beziehen? Das alles gab Hugo zu denken, und er fragte sich auch, ob Berenguela ihre Zeit im Kloster nicht vielleicht als etwas Vorübergehendes erachtete, als einen Ritt durch ihre ganz persönliche Wüste, durch den sie die nächste Oase erreichen würde. Ob Hugo diese Oase sein konnte?

Dafür sprach seiner Meinung nach, dass Berenguela noch nicht den letzten Schritt gegangen und endgültig in die Ordensgemeinschaft eingetreten war. War das möglicherweise ein Hoffnungsschimmer?

Er ließ sich die Sache ein ums andere Mal durch den Kopf gehen und kam zu dem Schluss, dass es vielleicht doch eine gute Idee gewesen wäre, Obeko mitzubringen. So wie Hugo ihn kannte, hätte er vermutlich einfach die Tür eingetreten und sich im Kloster auf die Suche nach Berenguela gemacht.

Hugo ritt am Ufer des Arlanzón entlang und fragte sich, wo er denn jetzt an das nötige Material zum Schreiben gelangen könnte. Darüber hinaus überlegte er bereits, wie er am besten die Zensur durch die Priorin umgehen würde, um Berenguela Nachricht über gewisse vertrauliche Angelegenheiten zukommen zu lassen.

So in Gedanken versunken, bekam Hugo kaum mit, dass er bereits die ersten Straßen von Burgos erreichte. In seinem

Elternhaus würde er heute nicht vorbeischauen, weil er davon ausging, dass sich nach Damiáns Tod jede Möglichkeit einer Versöhnung mit seinem Vater zerschlagen hatte. Das hatte ihm seine Stiefmutter jedenfalls am Tag der Beerdigung entgegengeschleudert. Sie hatte Hugo außerdem gewarnt, Don Fernandos Herz sei so schwach, dass die Erschütterung durch eine erneute Begegnung mit dem ungeliebten Sohn ihn womöglich umbringen würde.

Als er den Platz vor der Kathedrale erreichte, musste Hugo wieder an seinen letzten Aufenthalt in Burgos und sein zufälliges Zusammentreffen mit Berenguela denken. Er war ihr begegnet, als sie zusammen mit ihrem früheren gemeinsamen Beichtvater auf dem Weg zum Notar gewesen war. Hugo schätzte diesen Priester und befand sich jetzt nicht weit von der San-Nicolás-Kirche entfernt, deren Gemeinde der Mann vorstand. Hugo fiel kein besserer Ort ein, um an Papier, Feder und Tinte zu kommen und auch die nötige Ruhe für das Verfassen dieses schwierigen Briefes zu finden.

Er lenkte sein Pferd in die entsprechende Richtung, während er im Kopf noch einmal durchging, was er Berenguela alles sagen wollte. Da er den Brief schreiben, zum Kloster bringen und dann schnell nach Santander aufbrechen wollte, war seine Zeit knapp bemessen.

Zwei Tage später bekam Berenguela von einer ihrer Mitschwestern vor der Frühmesse einen Umschlag, auf dem ihr Name stand. Als sie den Absender bemerkte, blieb ihr fast das Herz stehen. Noch nie waren ihr Lektüren, Opfergaben, Geleitworte, Fürbitten und die Gebete vor und nach der Kommunion, die doch ihr tägliches Leben bestimmten, so endlos lang erschienen. Wieder und wieder schob sie die Hand in die Innentasche ihrer Tracht und liebkoste ein ums andere Mal das Papier. Sie war immer noch in Gedanken versunken, als schließlich ein Loblied aus dem Mund ihrer Kameradinnen den Gottesdienst zum Abschluss brachte.

Die Novizin wollte nur so schnell wie möglich in ihre Zelle zurückkehren, um den Brief zu lesen. Bis zum späten Vormittag hatte sie dazu allerdings keine Gelegenheit, weil sie nach der Messe zunächst an einer Gesangsprobe teilnehmen musste, mit der bereits das nächste Weihnachtsfest vorbereitet wurde.

Aber sobald sie endlich allein war, riss Berenguela mit raschen Bewegungen den Umschlag auf und zog zwei Blätter heraus. Als sie Hugos Schrift wiedererkannte, stockte ihr der Atem und sie presste eine Hand auf die Brust. Sie entdeckte ein paar von der Priorin geschwärzte Stellen und hoffte nur, der Inhalt würde trotzdem noch verständlich sein.

Burgos, den 14. Oktober 1484 im Jahr unseres Herrn

Liebe Berenguela, oder besser gesagt, Schwester Wüstenrose,
Du wirst es kaum glauben, aber ich habe heute Morgen in Deinem Kloster vorbeigeschaut, um Dich zu sehen. Leider hat man mir mitgeteilt, dass nur an einem einzigen Tag im Monat Besucher erlaubt sind. Da ich zum nächsten Termin leider nicht da sein kann, fasse ich in diesem Brief für Dich zusammen, was ich Dir gerne persönlich gesagt hätte.
Bevor ich zu anderen Fragen komme, solltest Du zunächst etwas ganz Wichtiges wissen: dass Du uns hier nämlich furchtbar fehlst, weitaus mehr, als du ahnst. Lass Dir das bitte durch den Kopf gehen.
Als Faiza Dich damals im Hafen hat weggehen sehen, war ihr Blick auf Dich und nur auf Dich gerichtet, und sie hat das erste Wort ihres Lebens gesprochen. Das allererste!
Welches Wort das war? Kein Geringeres als »Tante!«.
Kannst Du Dir das vorstellen? Sie hat es den ganzen Rück-

weg über wiederholt: »Tante, Tante, Tante!« Und es hat Tage gedauert, bis sie damit wieder aufgehört hat.
Vergiss bitte nie, dass dieses Mädchen Dich als seine wahre und einzige Mutter ansieht. Ich habe sie nur deshalb nicht hierher mitgebracht, weil ich ihr die Unannehmlichkeiten und Mühen einer so langen Fahrt ersparen wollte.
Jetzt kehre ich eilig nach Löwen zurück, um zu verhindern, dass sich Niclaes auf den Weg hierher macht. Die Fenster der Kartause, deretwegen ich nach Burgos gekommen bin, konnten nämlich bisher leider nicht eingepasst werden, und so gibt es keinen Grund mehr für seine Anreise. Die Bauarbeiten sind nicht abgeschlossen, und solange die Kirche nicht fertig ist, werden wir auch die Fenster nicht einsetzen. Wenn es so weit ist, wird man mir Bescheid sagen, und ich verspreche Dir, dass ich dann zusammen mit Faiza kommen werde. Leider kann es bis dahin noch vier Jahre dauern … Vier Jahre! Wenn ich nur daran denke, zieht sich mir das Herz zusammen, und Dir vermutlich auch …
Ich möchte aber nicht nur über Deine Nichte sprechen, sondern Dich auch etwas fragen. Es mag Dir vielleicht seltsam vorkommen, aber … Erinnerst Du Dich noch an das Buntglasfenster, das ich in Löwen hatte? Sein Glas war etwas dunkler als in unserer Heimat üblich. Du weißt sicher noch, wie sehr ich dieses Fenster vergöttert habe. Eines Tages ist es zerbrochen, sodass es in meinem Haus kalt wurde und wir ungeschützt den Elementen ausgesetzt waren … Seitdem ist viel Zeit verstrichen, und obgleich ich mich am Anfang dagegen gesträubt habe, diese Öffnung wieder zu füllen, ist nun vielleicht der richtige Zeitpunkt gekommen. In dieser Situation habe ich mich wieder an Dein Fenster erinnert. Du weißt schon, das, was Faiza so gut gefallen hat … Ich war von dem früheren Fenster wie besessen und habe deshalb vielleicht nicht gut genug hingeschaut, als Du mir Deines gezeigt hast.

Wahrscheinlich hätte ich nie zulassen dürfen, dass Du es mitnimmst.
Leider kann ich mich nicht dafür verbürgen, dass der Rahmen auch mit einem neuen Fenster harmonieren würde. Ich kann nur hoffen, dass ich seine Farben angemessen zu schätzen weiß. Aber in mir regt sich in letzter Zeit immer mehr der Verdacht, dass alles gut passen würde und wir zu Hause nur zu gern sein warmes Licht genießen würden … Deshalb bitte ich Dich inständig, dass Du bei der nächsten Gelegenheit herkommst und uns Dein zauberhaftes Fenster hierlässt, dieses Mal für immer.
Lass Dir das bitte durch den Kopf gehen, denk in deiner Einkehr gut darüber nach. Und bring Dein Herz mit ein … Ich hoffe, dass Du mich verstehst …

Dein Dich liebender Schwager
Hugo de Covarrubias

Unter seiner Unterschrift hatte die Priorin noch ein paar Zeilen hinzugefügt:

Mehr habe ich nicht gestrichen, weil ich diese Nachricht mehrmals lesen musste, um ihre Bedeutung überhaupt zu erfassen. Es war wirklich nicht einfach. Such mich doch bitte auf, wenn du es für angemessen hältst, meine Tür steht dir immer offen.

Weinend saß Berenguela vor dem Brief und wischte sich mit dem Ärmel des Habits die Tränen ab.

Sie las das Schreiben Hunderte Male – zunächst den ersten Teil über Faiza, der sie jedes Mal vor Rührung schluchzen ließ. Sie stellte sich vor, wie das unschuldige kleine Stimmchen nach ihr rief.

Dann den zweiten Teil, in dem Hugo das Sinnbild der Fenster benutzte, um die Zensur der Priorin zu vermeiden, durch deren Hände der Brief zunächst hatte gehen müssen.

Verdrossen blickte Berenguela auf die geschwärzten Stellen. Sie hatten mit Sicherheit Dinge enthalten, die noch mehr an Berenguelas Herzen rütteln würden. Dabei war das, was sie gelesen hatte, schon erschütternd genug.

Berenguela ließ sich auf das hölzerne Bett sinken und presste sich den Brief gegen die Brust. Sie schmunzelte über den Kniff, sie vertraulich als Schwester Wüstenrose anzusprechen, und brach dann schon wieder in Tränen aus, dieses Mal jedoch vor Freude.

Berenguela zitterte am ganzen Körper, lachte und weinte zugleich, ohne wirklich fassen zu können, was sie gerade erfahren hatte. Endlich liebte Hugo sie!

Das rief sie in ihrem Inneren unzählige Male voll unbändiger Freude aus. Tausend Erinnerungen schossen ihr durch den Kopf, Bilder aus der gemeinsamen Kindheit und Jugend. Dann kam lange Zeit nichts, schließlich sah sie sich jedoch mit Faiza und Hugo zusammen in Löwen.

Wie oft hatte sie davon geträumt, ihn zu küssen? Von ihm gestreichelt zu werden, von ihm mit zärtlichen Worten und Blicken bedacht zu werden?

Als nun die Glocken des Klosters zum Gebet riefen, erklangen sie für Berenguela wie Siegesjubel. Jetzt machte es ihr nichts mehr aus, aufzustehen und den Brief unter einer Bodenfliese zu verstecken. An Vesper und Lesung nahm sie mit einem so strahlenden Lächeln teil, dass es keiner ihrer Schwestern entging. Berenguelas Verzückung war derart offensichtlich, dass sogar eine von ihnen das Schweigegelübde brach, um Berenguela leise zu fragen, ob sie vielleicht eine mystische Erfahrung durchlebt hatte.

21

Löwen, Herzogtum Burgund, Weihnachten 1484

An Heiligabend sollte es etwas ganz Besonderes zu essen geben. In Kastilien war es üblich, ihn mindestens genauso feierlich zu begehen wie den Weihnachtstag. Deshalb beschloss Hugo, sich größte Mühe zu geben, obwohl er an diesem Morgen Aylal tot aufgefunden hatte.

Sie hatte schon seit Tagen kraftlos gewirkt, kaum etwas gefressen und Hugo so matt angeschaut, dass er das Schlimmste befürchtet hatte. Er hatte sich um den Falken gekümmert, so gut er konnte, und mehr Zeit mit dem Vogel als in der Werkstatt oder mit Faiza verbracht.

Aber er verstand natürlich auch, dass die Winde des Jenseits Aylal riefen und sie bald dort ihre Schwingen ausbreiten würde.

Faiza wollte gerne eine von Aylals Federn behalten, aus der ihr Vater ihr einen Anhänger für eine Halskette machen sollte.

Nachdem sie dieses Andenken beiseitegelegt hatten, begrub Hugo Aylal schließlich an Ubaydas Seite, damit sie einander im Himmel Gesellschaft leisteten.

Faiza sank neben dem Erdhügel auf die Knie und betete schluchzend. Ihr war klar, dass hier jemand Wichtiges aus ihrem Leben verschwunden war, ein Wesen, das sie beinahe als Schwester angesehen hatte.

Auch Hugo beweinte seinen Falken, dessen Verlust ihn tief

getroffen hatte. Am Ende beschloss er jedoch, Heiligabend trotzdem zu feiern.

Ihr kleines Fest würde auch eine Hommage an das Tier sein, das für ihn weitaus mehr als nur Weggefährtin gewesen war. Dieses freie Wesen hatte seiner eigenen Natur entsagt, um Hugo einige der schönsten Momente seines Lebens zu schenken.

Für Faiza würde es das zweite Weihnachtsfest werden, allerdings das erste, bei dem sie sprechen konnte und sich dessen bewusst war, was um sie herum geschah.

Am Abend half sie ihrem Vater in der Küche. Die beiden bereiteten zusammen ihren Lieblingskuchen vor, Apfelkuchen.

»Jetzt nimm schon die Finger aus der Creme!«, rief Hugo und gab ihr einen Klaps auf die Hand. »Wenn du das noch einmal machst, esse ich den Kuchen allein!«

»Neeeeeiiiiin, Papa!«

»Doch, doch, und für dich gibt es dann zum Abendessen Spinat.«

»Pffff …«, protestierte Faiza, die ihm das aber nicht abkaufte.

»Reich mir doch bitte mal die Apfelstückchen«, bat Hugo.

Obwohl das kleine Mädchen mit beiden Händen nach dem Teller griff, war er zu schwer und fiel scheppernd zu Boden.

Als Faiza vor Schreck zu weinen anfing, hockte sich Hugo neben sie und küsste sie zum Trost. »Das macht doch nichts. Wir schälen einfach noch einen Apfel, und damit hat sich die Sache.«

Durch den Lärm und Faizas Weinen hatten sie das Klopfen an der Tür nicht gehört, jetzt ertönte es aber erneut.

»Wer kann denn das sein?«, wunderte sich Hugo.

Sie erwarteten doch niemanden.

»Das ist bestimmt dein verrückter Onkel Niclaes. Oder vielleicht bringt van Diependaal wieder eins von seinen Geschenken für dich vorbei.«

Mit Faiza an der Hand ging Hugo zur Tür hinüber und öffnete sie entschlossen. Dahinter erwartete sie eine große Überraschung.

»Tante!« Faiza hatte Berenguela sofort wiedererkannt und warf sich ihr in die Arme.

»Mein Schatz …«, sagte Berenguela, »deine Tante ist wieder da. Was hältst du davon?«

»Hurra! Wie schön!«, rief das kleine Mädchen, schmiegte sich an Berenguela und wand sich glücklich unter den Küssen, die auf sie herabregneten.

Berenguela trug einen schweren Samtumhang und eine Pelzstola, mit der sie sich gegen die kalte Abendluft geschützt hatte. Jetzt begann es zu schneien.

»Juchu! Schnee!«, rief Faiza und streckte die Hände aus, um die weißen Flocken einzufangen.

Hugo stand immer noch gegen den Türrahmen gelehnt da und konnte es einfach nicht fassen. Als er Berenguelas Blick suchte, schenkte sie ihm ein zauberhaftes Lächeln.

»Und du, hast du mir gar nichts zu sagen?«, fragte sie und drückte ihm einen Kuss auf die Wange.

»Doch, selbstverständlich …« Er räusperte sich zweimal. »Ich finde es natürlich wunderbar, dass du gekommen bist, um …«

»… um zu bleiben, genau.« Sie deutete auf die drei Truhen, die hinter ihr standen.

Hugo brachte ihr Gepäck ins Haus und stellte es neben der Treppe zum ersten Stock ab.

»Wie gut es hier riecht!«, rief Berenguela aus, als ihr köstliche Aromen in die Nase stiegen.

»Komm mal mit!«

Berenguela wurde von Faiza in die Küche mitgezogen, wo auf dem großen Holztisch der halb fertige Kuchen stand. Das kleine Mädchen schob zwei Finger seiner Tante in die verbotene Creme, leckte einen davon ab und ließ sie selbst den anderen probieren.

Berenguela setzte zwar eine genüssliche Miene auf, warnte Faiza aber zugleich: »Ich weiß nicht, ob dein Vater das erlaubt.«

»Nein, tut er nicht … Mit dir wird er aber nicht schimpfen …« Faiza lachte verschmitzt.

»So ist sie immer: schlau wie ein Kaninchen und schnell wie ein Eichhörnchen …« Hugo wuschelte ihr durchs Haar und kniff sie in die Wange.

»Setz dich«, sagte er dann zu Berenguela. »Du musst doch sicher müde sein.«

»Das war ich, bevor ich euch beide gesehen habe …«

Hugo küsste sie auf die Wange. »Danke, dass du zurückgekommen bist. Ich kann mir nicht vorstellen, wie schwierig es für dich gewesen sein muss, für uns so viel zurückzulassen. Was ist mit deiner Mutter?«

»Sie ist nicht klar im Kopf und erkennt mich daher nicht einmal. Abgesehen davon, ist sie im Kloster bestens aufgehoben. Natürlich ist es mir trotzdem schwergefallen, von ihr Abschied zu nehmen … Aber was hätte ich nach deinem Brief denn anderes tun sollen? Ich musste einfach kommen und dir mein Fenster bringen.«

Die ersten fünf Monate des Jahres 1485 verstrichen so schnell, dass weder Hugo noch Berenguela wirklich erkannten, was da vor sich ging. Sie wirkten nämlich mit jedem Tag mehr wie eine Familie, auch wenn sie nicht die üblichen Schritte durchlaufen hatten, durch die Mann und Frau normalerweise zusammenfanden.

Bei ihnen hatte es kein Werben, keine Leidenschaft gegeben, keine gemeinsamen Zukunftspläne. Berenguela war einfach ganz plötzlich erschienen, und für Hugo und Faiza war es so, als wäre sie nie weg gewesen.

Hugo wurde klar, dass sich seine Tage in der Werkstatt mit einem Mal endlos in die Länge zogen, weil er die Hälfte der Zeit lieber zu Hause gewesen wäre.

Und Berenguela war zwar gerade erst zurückgekehrt und wollte Hugo alle Zeit geben, die er brauchte. Innerlich verzehrte sie sich jedoch nach mehr.

Wohl aus diesem Grund wurden bald die zufälligen, flüchtigen Berührungen immer häufiger. Mal ruhte eine Hand auf der anderen, ohne dass sich Hugo und Berenguela unbehaglich dabei fühlten, mal wurde der Körperkontakt länger hinausgezögert als üblich. Und dasselbe geschah mit intensiven Blicken, bei denen keine Worte nötig waren.

Im Juni musste Hugo für drei Wochen wegfahren, um in der Sint-Rombout-Kathedrale in Mechelen ein paar Fenster zu restaurieren. Die Stadt lag zwar in der Nähe von Löwen, aber doch so weit entfernt, dass er bis zum Abschluss der Arbeit dortbleiben würde.

Niclaes hatte gerade seine Werkstatt nach Brüssel verlegt, da es in der Gegend rund um Löwen nicht mehr genug Aufträge gab. Aus demselben Grund sah sich auch van Diependaal dazu gezwungen, Projekte in immer größerer Entfernung anzunehmen.

Hugo passte es gar nicht, seine beiden Frauen allein zurückzulassen, aus finanziellen Gründen musste er aber jede sich bietende Gelegenheit zum Arbeiten annehmen.

Als er drei Tage vor Ende des Monats aus Mechelen zurückkehrte, war Faiza nicht die Einzige, die sich ihm glücklich in die Arme warf und ihn küsste.

Auch Berenguela stürzte sich ähnlich überschwänglich

auf ihn und gab ihm einen unerwarteten Kuss auf den Mund. Für den Rest des Nachmittags wich sie nicht einen Moment von seiner Seite und lachte über jede seiner Bemerkungen. Sie versicherte ihm tausendmal, wie sehr er ihr gefehlt hatte, und erging sich in zärtlichen Berührungen, nach denen sie sich verzehrt zu haben schien.

Müde von der Reise, lehnte sich Hugo nach dem Abendessen auf seinem Stuhl zurück, während Berenguela Faiza ins Bett brachte.

Bei ihrer Rückkehr wirkte Hugo so erschöpft, dass Berenguela ihm eine Massage anbot, die er gerne annahm.

Sie bearbeitete seine Schultern und den Hals, bald wanderte ihre Hand jedoch unter sein Hemd und berührte seine Brust, wo sie streichelnd verharrte, während Berenguela ein leises Seufzen entfuhr.

Hugo genoss diese Liebkosungen und suchte mit stockendem Atem nach den Lippen von Berenguela, die ihn in Empfang nahm wie die erlesenste Köstlichkeit. Beide labten sich ohne Eile an diesem Kuss und legten ihre Seele hinein. Als sich am Ende ihre Blicke trafen, loderten darin Lust und das Verlangen nach dem anderen. Hugo und Berenguela begriffen, dass hier gerade ein Kapitel ihrer Beziehung zu Ende ging und ein neues begann.

Und aus diesem Grund verließ Hugo später am Abend auch sein Nachtlager, um Berenguela in ihrem Zimmer aufzusuchen.

Sie war noch wach und drehte sich im Bett zu ihm um. »Hallo, Hugo.«

Als Antwort stürzte er sich mit einem glühenden Kuss auf sie. Berenguela sank in seine Arme, die sie endlich umfangen wollten, und flüsterte die Worte, die aus ihrem Herzen strömten: »Ich habe dich immer geliebt, ich liebe dich, und ich werde dich bis zum letzten Tag meines Lebens lieben.«

Er suchte nach ihren Lippen, kostete davon und öffnete sie behutsam, um ihren Mund zu erkunden.

Berenguela schöpfte jede einzelne Empfindung aus. Sie hatte das Gefühl, dass sich die Haut am ganzen Körper zusammenzog, als Hugo durch ihr Nachthemd hindurch zum ersten Mal ihre Brüste berührte, aber alles wurde noch intensiver, als er seine Hände unter den Stoff schob.

Wie oft hatte sie auf diesen Moment gewartet, ihn sich erträumt und ausgemalt! Tausendmal hatte sie sich geschworen, dass in diesem Augenblick alles ganz langsam vor sich gehen würde, dass sie jede Zärtlichkeit, jeden Blick, jedes Wort, jede Empfindung ohne Eile genießen wollte.

Doch als sie zum ersten Mal zueinanderfanden, war alles anders. Gierig küsste Hugo Berenguela und presste sie aufs Bett, sodass sie sich unter ihm nicht mehr rühren konnte. Dann fuhr er mit beiden Händen ihren Körper entlang. Es war kaum eine Minute verstrichen, da schob er auch schon ihr Nachthemd hoch und brachte ihre intimsten Stellen zutage, die er hungrig erkundete.

Überwältigt nahm Berenguela ihn in Empfang, während ihr Tränen übers Gesicht liefen. Sie war tief berührt von der Erkenntnis, dass Hugo jetzt als Einziger nicht mehr nur ihre Seele kannte, sondern auch jeden Zentimeter ihrer Haut.

Sie weinte deshalb und zugleich vor Lust, erfüllt vom alles verschlingenden Lodern bislang unbekannter Empfindungen.

Und Hugo war bei ihr, wischte zwischen Keuchen und Küssen ihre Tränen weg und vereinte sich mit ihr – der Nachbarstochter, die er als Kind gekannt hatte, deren Verlangen er als Heranwachsender nicht hatte stillen können und die jetzt zu einer wunderbaren reifen, schönen Frau erblüht war. In den Armen dieser Frau waren in diesem Moment alle Erinnerungen an die Vergangenheit ausgelöscht, und ihre Vereinigung war ein Rausch des Glücks.

Als sie von Liebe erfüllt gemeinsam explodierten, berührten sie ein Stück vom Himmel.

Später fanden sie auf dem Bett ein zweites Mal zueinander. Jetzt nahmen sie sich mehr Zeit und erkundeten sich voller Zärtlichkeit gegenseitig. Leise stöhnend und hingebungsvoll flüsternd entdeckten sie ihre Körper in ihrer Gesamtheit, auch die kleinen Makel, die die Zeit hinterlassen hatte. All das wurde akzeptiert und augenblicklich vergöttert.

Dieses zweite Mal war weniger hitzig, aber gefühlvoller und inniger. Der Duft ihrer Haut prägte sich ihnen für immer ein, genau wie die Berührungen, die ganz neue Emotionen in ihnen wachriefen, oder die ins Ohr geflüsterten Worte, die so süß klangen wie nie zuvor.

Irgendwann überwältigte sie dann die Müdigkeit, und sie schliefen ineinander verschlungen und eng aneinandergeschmiegt ein, im Takt des Atems des anderen. Vielleicht hatten sie deshalb ja keine Gelegenheit mehr, einander zu sagen, was sie gleichzeitig entdeckt, aber nicht durch Worte zum Ausdruck gebracht hatten. Im Inneren ihrer Seele war etwas erblüht: die wundersame Überzeugung, dass sie von jetzt an für immer eins sein würden.

Hugo brauchte etwas länger, um das zu akzeptieren. Zunächst musste er sich dafür von allen verabschieden, die dieser Liebe jetzt ihren Segen zu geben schienen: seiner Mutter, Azerwan und sogar Aylal. Aber vor allem Ubayda, die ihm zu sagen schien: »Hugo, werde glücklich. Meine Seele ruht in Frieden.«

Ende September 1486, knapp ein Jahr nach ihrer ersten Liebesnacht, läuteten für Hugo de Covarrubias und Berenguela Ibáñez in der Sint-Pieter-Kirche von Löwen die Hochzeitsglocken. Es war dasselbe Gotteshaus, in dem Hugo direkt nach seiner Ankunft in der Stadt gearbeitet hatte.

Bevor er mit Faiza an der Hand die Kirche betrat, schaute Hugo an den Türmen rechts und links vom Eingang hinauf und erinnerte sich daran, wie er hier Korb um Korb voll Mörtel hinaufgeschleppt hatte. Allein beim Gedanken daran geriet er schon ins Schwitzen.

Dann wandte er sich zu der schönsten Frau um, die Löwen je gesehen hatte und in deren Lächeln und Augen tausend »Ich liebe dich« geschrieben standen.

Hendrik van Diependaal war Trauzeuge und stolz auf diese Ehre. Sein bester Schüler, längst selbst Glasmalermeister, war jetzt nicht mehr jener junge Bursche, der einst mit mehr Ehrgeiz als Geld oder Geduld in seiner Werkstatt vorstellig geworden war. Nun war er ein Mann von zweiunddreißig Jahren und mit einer Lebensgeschichte, die viele Narben hinterlassen hatte. Aber diese Narben versteckte Hugo nicht, weil sie ein Teil seiner selbst waren. Und er war bereit, den Bund der Ehe mit einer Frau einzugehen, deren Vergangenheit noch weniger geradlinig verlaufen war und die ihre ganze Kindheit, ihre Jugend und einen großen Teil ihres Erwachsenenalters hatte warten müssen, bis sie endlich das Glück gefunden hatte.

In der Kirche saß auch Niclaes Rombouts, der Hugo fast wie einen Bruder sah und zum größten Bewunderer seiner Glasmalerkunst geworden war. Dazu kamen alle Arbeiter der beiden Werkstätten, die Hugo durch den einen oder anderen Auftrag kennengelernt hatten.

Renata war mit Antonio und ihren beiden Töchtern gekommen und weinte so glücklich, als wäre es ihre eigene Hochzeit.

Beim Anblick der Braut kommentierte das Paar, wie schön und glücklich sie doch aussah.

»Endlich ist dein Moment gekommen, geliebte Freundin, endlich …«, schluchzte Renata.

22

Löwen, Herzogtum Burgund, Februar 1488

Für die kleine Familie vergingen die zweieinhalb Jahre nach der Hochzeit wie im Flug.

Faiza würde in ein paar Wochen schon fünf werden und ähnelte jeden Tag mehr ihrer Mutter Ubayda. Wer sie beten, spielen oder vernünftig essen lehrte, war jedoch die zweitwichtigste Frau in ihrem Leben, ihre Tante Bere. Berenguela brachte ihr auch schreiben und rechnen bei, sie wollte aus ihrer Nichte einen klugen und fähigen Menschen machen.

Im ersten Jahr hatte Hugo weniger Arbeit als im zweiten und dritten. Er hoffte allerdings jeden Tag auf die Nachricht, dass die Kirche der Kartause Santa María de Miraflores fertig war, um dort endlich die Fenster einbauen zu können, die er als sein bisher bestes Werk erachtete.

Im Jahr 1487 hatte er in mehreren Städten östlich von Löwen Restaurationen vorgenommen, den einen oder anderen Auftrag für ein kleineres Fenster bekommen und sich vor allem um Wartungsarbeiten gekümmert.

Das alles brachte zwar Geld ein, aber nicht dieselbe Zufriedenheit mit sich wie ein großes Projekt. Trotzdem erfüllte Hugo jedes Mal große Freude, wenn er van Diependaals Werkstatt betrat, um dort Glas zu blasen, es mit Blei einzufassen, einen Entwurf zu zeichnen oder Grisaillefarbe anzurühren.

Sein Leben wurde von drei Koordinaten bestimmt: den Glas gewordenen Gebeten aus der Werkstatt von van Diependaal, dem bezaubernden Lächeln seiner Tochter und der leidenschaftlichen Liebe einer Frau, die für ihn einst fast wie eine Schwester gewesen war, ihm immer als Freundin zur Seite gestanden hatte und ihm jetzt eine so wunderbare Ehefrau und Geliebte war.

Während der Weihnachtszeit bekam Hugo in diesem Jahr dann das beste Geschenk seines Lebens: Berenguela wurde schwanger.

Als sie es ihm verkündete, drückte er sie derart überschwänglich, dass ihr fast die Luft wegblieb. Faiza betrachtete die beiden verwundert, als sie vor Begeisterung auf und ab sprangen, stieß dann aber zu ihrem Tanz dazu. Über die Kinderfrage hatten sie seit ihrer Hochzeit zwar nur selten gesprochen, doch das Thema hatte beiden schwer auf der Seele gelegen. Da Berenguela in ihrer Ehe mit Damián ja nie in anderen Umständen gewesen war, hatte die Furcht vor der Unfruchtbarkeit wie ein Damoklesschwert über ihr geschwebt. Es hatte ihr Angst gemacht, dem Mann, den sie von ganzem Herzen liebte, vielleicht kein Kind schenken zu können. Aber nachdem ihre Periode bereits zum zweiten Mal ausgeblieben war, konnte sie Hugo nun stolz die Neuigkeit verkünden.

Am ersten Januar 1488 schlug van Diependaal Hugo vor, zusammen eine Werkstatt außerhalb von Löwen zu eröffnen, dieses Mal jedoch als gleichberechtigte Geschäftspartner.

Er dachte an Brüssel, weil Niclaes sich dort jede Menge Aufträge hatte sichern können. Nachdem Hugo sich die Sache durch den Kopf gehen lassen und mit Berenguela darüber gesprochen hatte, hatte er jedoch einen anderen Vorschlag. Er wollte lieber an einen Ort weit entfernt von Löwen ziehen, der ihnen aber persönlich näher war, nämlich Burgos.

Hugo wusste, dass seiner Frau die Entfernung zu ihrer Mutter zu schaffen machte, auch wenn sie sich deshalb nicht beklagte. Und das war noch nicht alles – jeder, der aus Kastilien zurückkehrte, erzählte von den vielen Kathedralen, die dort im ganzen Königreich gebaut wurden.

Wie Hugo zu Ohren gekommen war, hatte ein gewisser Arnao de Flandes zusammen mit seinen Söhnen gerade eine Glasmalerwerkstatt in Burgos eröffnet, und es fehlte ihnen nicht an Arbeit. Wenn seine Fenster erst in der Kartause hingen und den Menschen gefielen, würde er selbst vielleicht ebenfalls mit Aufträgen versorgt werden, so hoffte Hugo.

Die ersten Frühlingstage im März brachten für Berenguela Morgenübelkeit mit sich und für Faiza ein Kätzchen, das sie Canelilla nannten. Hugo musste leider wegen eines wichtigen Projektes nach Metz reisen, wo er bis Mitte Juni bleiben würde. Bei diesem Auftrag, seinem bislang bestbezahlten, ging es um die Restaurierung des wichtigsten Fensters der Kathedrale, welches die Westseite fast völlig ausfüllte und auch eine enorme Rosette beinhaltete.

Die dreieinhalb Monate, in denen Hugo die Farben der Fenster eines Künstlers namens Hermann von Münster wieder zum Leuchten brachte, stellten ihn auf eine harte Probe. Ihm fehlte seine Familie so sehr, dass er die Arbeit möglichst schnell beenden wollte und mit wenig Enthusiasmus ans Werk ging. Daher wusste er die Schönheit dessen, was da unter der Schmutzschicht zum Vorschein kam, gar nicht zu schätzen.

Als Hugo nach Löwen zurückkehrte, war Berenguela schon im achten Monat. Mit dem dicken Bauch fiel ihr alles schwer. Sie konnte kaum schlafen oder sitzen und erst recht nicht den Liebeshunger ihres frisch heimgekehrten Ehemanns stillen.

Zwei Wochen später traf dann der Brief ein, auf den sie schon seit vier Jahren warteten: Simon von Köln informierte sie darüber, dass die Bauarbeiten an der Kartausenkirche endlich abgeschlossen waren. Hugo und Berenguela begannen sofort mit den Umzugsvorbereitungen, um bald nach der Geburt des Kindes die Reise nach Burgos anzutreten.

Der 29. Juni war ein Sonntag, und Hugo fand seine Frau an diesem Morgen ganz besonders strahlend und schön. Aber nach dem Frühstück bekam Berenguela dann die erste Wehe.

Hugo holte eine Hebamme zu Hilfe, war während der Geburt jedoch wie von Sinnen. Die schmerzliche Erinnerung daran, was hier im selben Raum mit Ubayda passiert war, brach über ihn herein. Er war fest entschlossen, nicht von Berenguelas Seite zu weichen.

»Ihr sagt also, dass alles in Ordnung ist? Das Kind liegt richtig?«, fragte Berenguela, die nicht begreifen konnte, was da in ihr vor sich ging und diese schrecklichen Schmerzen hervorrief.

Die Hebamme war eine gütige Frau mit großer Erfahrung und schwor hoch und heilig, dass es keine Probleme geben werde. Zum einen deshalb, weil es stimmte, zum anderen auch, weil sie sich so den Ehemann vom Leib zu halten hoffte, der sie wahnsinnig machte. Er umrundete nämlich ohne Unterlass seine Frau, begutachtete alles, stellte unzählige Fragen und war bei jeder Veränderung gleich alarmiert.

Berenguela durchlebte derweil die rohe Erfahrung, Mutter zu werden. Sie nahm jede neue Wehe mit immer schrilleren und herzerweichenderen Schreien in Empfang, bis ihr dafür schließlich keine Luft mehr blieb, weil die Hebamme sie zum Pressen aufforderte. Berenguela gehorchte, wenngleich sie nicht verstehen konnte, wie denn ein Kind durch so eine enge Öffnung gedrückt werden konnte, ohne auf seinem Weg alles zu zerreißen.

Sie hatte wirklich Angst, dass irgendetwas schiefgehen würde. Dieser Gedanke wurde jedoch schnell durch eine ganz neue Art von Schmerz verdrängt, der immer stechender und intensiver wurde. Das Gefühl steigerte sich ins Unerträgliche, und irgendwann half es nicht einmal mehr, bewusst zu atmen oder sich mit aller Kraft in den Laken oder Hugos Arm zu verkrallen.

Berenguela sah Hugo an und bat ihn, sich den Moment gut einzuprägen, weil das auf jeden Fall ihre letzte Geburt sein würde.

Aber mit dem ersten Schrei ihres Kindes, eines Jungen, war dann alles anders. Als man ihr ihren Sohn in die Arme legte, brach Berenguela in Tränen aus, genau wie Hugo auch. Voll unendlicher Zärtlichkeit betrachteten sie das feuchte, verschrumpelte Neugeborene.

Es ähnelte keinem von beiden, aber sie hatten keinen Zweifel daran, dass im Blut dieses Kindes die ganze Liebe seiner Eltern pulsierte – eine aufgeschobene, schwierige, am Ende aber große und wahrhaftige Liebe.

»Wir nennen ihn Fernando, nach deinem Vater«, entschied Berenguela nun, obwohl sie eigentlich längst einen anderen Namen ausgesucht hatten.

»Ich weiß gar nicht, ob mein Vater das überhaupt verdient hat. Ich fände ja Mateo immer noch schöner.«

»Mein Schatz, wir ziehen jetzt zurück nach Burgos, und dort müsst ihr euch doch früher oder später wieder miteinander versöhnen. Außerdem gefällt mir der Name. Diskutier doch nach allem, was ich gerade durchgemacht habe, bitte nicht mit mir.«

»Nun gut, so sei es. Aber was meinen Vater angeht …«

Berenguela legte ihm die Hand auf den Mund und drehte

sein Kinn wieder zu seinem Sohn hin. »Lass das jetzt hinter dir und genieß die Gegenwart. Das ist unser Kind, Hugo, das Größte, was uns je passiert ist.«

Hugo schloss seine Frau und den kleinen Fernando in die Arme, als Faiza ins Zimmer gerannt kam und sich mit einem kleinen Schrei zwischen sie schob, weil sie in all die Liebe auch miteinbezogen werden wollte.

Nur Canelilla ließen sie nicht an den kleinen Jungen heran, sodass die Katze wütend maunzend wieder davonzog.

Einen Monat später fand sich die Familie gemeinsam im Hafen von Damme ein, um dort ein Schiff nach Bermeo zu besteigen. Die vier ließen viele Erinnerungen zurück, von denen nicht alle schön waren, und mussten außerdem von einer guten Freundin Abschied nehmen. Untröstlich schmiegte sich Renata, die im vierten Monat schwanger war, an Antonio und ihre Töchter. Berenguela und sie wünschten einander viel Glück und versprachen, sich bald zu besuchen. Leider blieb der Zweifel, ob dies auch möglich sein würde.

Es war einer der traurigsten Momente in Berenguelas Leben. Sie verlor hier ihre beste Freundin, die ihr in den dunklen Momenten ihrer ersten Ehe als Einzige Trost geschenkt hatte. Renata war ihr Ratgeberin gewesen und hatte ihr eine Schulter zum Ausweinen geboten. Immer und immer wieder hatte sie sich Berenguelas Sorgen, Nöte, Enttäuschungen und Ängste angehört. In Berenguelas Augen war Renata daher der beste Mensch, dem sie je begegnet war.

Sie schworen einander, dass sie sich schreiben würden, dass die Entfernung sie nicht entzweien würde, und versanken dann in einer nicht enden wollenden Umarmung. Mit zärtlichen Gesten sagten ihre Hände einander wortlos Lebewohl, während ihnen Tränen über die Wangen liefen.

Was die Italienerin am meisten anrührte, war jedoch Berenguelas Versprechen, ihre erste gemeinsame Tochter Renata zu nennen, so Gott ihnen denn weitere Kinder schenken wollte.

In Bermeo angekommen, machten sie sich sofort auf die Suche nach der Santa Úrsula. Als sie das Schiff nicht entdeckten, fragten sie im Hafen nach Obeko.

Er fischte offenbar seit drei Wochen vor der französischen Küste, und niemand wusste, wann er wieder zurückkommen würde.

Berenguela, die den kleinen Fernando im Arm trug, schlug vor, hierzubleiben und auf ihren Freund zu warten. Hugo war jedoch dagegen.

Die Kirche der Kartause sollte in der ersten Septemberwoche geweiht werden, und damit blieb nicht viel Zeit, die Buntglasfenster einzusetzen.

»Wir hinterlassen ihm einfach in Xabiers Taverne eine Nachricht und schreiben, dass wir nach Burgos zurückgekehrt sind, weiter aber nichts. Damit machen wir ihn mit Sicherheit so neugierig, dass er uns bald besuchen kommt …«

Dagegen hatte Berenguela nichts einzuwenden, denn sie konnte ihren Mann ja verstehen.

Sie setzten die Reise in einer Kutsche fort, deren Geruckel dem kleinen Fernando ziemlich zu schaffen machte. Seit sich die Pferde zum ersten Mal in Bewegung gesetzt hatten, weinte er, daher machten sie unterwegs in der Nähe der prächtigen Festung Miranda de Ebro halt, damit er sich etwas erholen konnte.

Auch Faiza freute sich über diese Pause, vor allem deshalb, weil sie heute Nacht ausnahmsweise im selben Bett schlafen durfte wie ihr Vater und Berenguela. Sie war begeistert, denn das war ihr nur selten erlaubt.

Berenguela wartete ab, bis Faiza eingeschlafen war, schob sie dann an den Rand des Bettes und küsste Hugo gierig. Sie verzehrte sich so sehr nach ihm, dass sie schnell zueinanderfanden. Die beiden liebten sich still und zurückhaltend, so als wäre es der Auftakt zu einer Vergangenheit, in die sie jetzt gemeinsam zurückkehrten.

In Burgos empfing sie am späten Vormittag ein strahlend blauer Himmel. Es war ein für die Stadt ungewöhnlich heißer August.

Auf die Suche nach einem Haus würden sie sich später machen und bezogen jetzt erst einmal ein vorübergehendes Quartier. Sobald Hugo seine Familie gut untergebracht wusste, lieh er sich in der Pension ein Pferd und machte sich auf den Weg zur Kartause, um mit Simon von Köln zu sprechen.

Unterwegs erfreute er sich am Duft frisch gemähter Wiesen und der Wärme, die ihn an alte Zeiten erinnerten. Als Kind war er oft dem Verlauf des Flusses gefolgt, den er nun entlangritt, hatte Frösche gefangen oder mit Steinen nach Vögeln geworfen, die sich hier zum Trinken einfanden. Jetzt kam er wieder an denselben Stellen vorbei, hatte es inzwischen aber zu etwas gebracht, übte ein wunderbares Handwerk aus und hatte eine Familie, die er vergötterte.

Hugo schaute zum Himmel hinauf und sah in diesem Moment plötzlich das Gesicht seiner Mutter vor sich, das mit den Jahren immer mehr verschwommen, schmerzlich undeutlich geworden war. Er dachte daran, wie gerne er sie jetzt an seiner Seite gehabt hätte, um ihr zu erzählen, dass sein von ihr gefördertes Talent zu einem Grundpfeiler seines Lebens geworden war.

Von melancholischen Eindrücken und Erinnerungen erfüllt, ritt Hugo weiter. Dieses Mal wirkte auf ihn alles ganz anders als bei seinem letzten Besuch in Burgos vor ein paar Jahren. Vielleicht lag es daran, dass er jetzt nicht mehr nur vorübergehend hier war, sondern für immer bleiben würde, um ein geregeltes, glückliches Leben zu führen.

Er konnte nicht ahnen, dass genau in diesem Moment Berenguela mit zwei Kindern auf dem Arm an die Tür der De-Covarrubias-Residenz klopfte. Sie hatte mit Hugo darüber vorher nicht gesprochen und war sich bewusst, dass er ihre Initiative womöglich nicht gutheißen würde.

Ihrer Meinung nach konnte die Sache aber nicht länger warten. Es war endlich an der Zeit, dass Hugos Vater die ganze Wahrheit erfuhr. Ein blasierter Diener machte Berenguela die Tür auf und hörte sich ihr Anliegen an. Er betrachtete Faiza mit abschätzigem Blick, wohl wegen ihrer Hautfarbe. Dann führte er die Besucher in einen kleinen Raum, wo sie warten sollten.

Berenguela war froh, dass Don Fernando zumindest zu Hause war, obgleich beim Gedanken an das heikle Gespräch Panik in ihr aufstieg. Es würde ihre erste Begegnung mit ihrem Schwiegervater seit Damiáns Tod sein, und Don Fernando würde gleich herausfinden, dass diese beiden Kinder seine Enkel waren: Faiza, die aus der Beziehung seines verachteten Sohnes mit einer farbigen Frau stammte, und das neugeborene Kind in ihren Armen, der Sohn von Hugo und dessen früherer Schwägerin. Berenguela schluckte, atmete mehrmals tief durch und strich sich vor Nervosität noch einmal das Kleid glatt.

Nun hörte sie Schritte und starrte auf den Knauf, doch wer die Tür öffnete, war nicht Don Fernando, sondern eine wutentbrannte Doña Urraca.

»Darf man fragen, was du hier zu suchen hast? Habe ich dir in Löwen nicht klar und deutlich gesagt, dass mein Mann nichts von dir wissen will?«

Jetzt bemerkte Doña Urraca Faiza und verzog verächtlich den Mund. »Was hast du denn mit diesem Kind zu schaffen? Ist das nicht Hugos Tochter? Ist er etwa auch hier?«

»Wo ist Don Fernando?«, fragte Berenguela mit lauter Stimme. Sie würde sich nicht einschüchtern lassen.

»Jetzt begreife ich! Uns ist zu Ohren gekommen, dass du das Kloster und deine Mutter verlassen hast, aber wir wussten nicht, was danach aus dir geworden ist. Du hast also das schwarze Schaf gesucht, um seine Mätresse zu werden, wie du es von klein auf wolltest. Himmel ... Er ist doch dein Schwager!«

Als Berenguela die verletzenden Worte dieser heimtückischen Frau hörte, stieg Zorn in ihr auf, aber sie riss sich zusammen. Sie war nicht hier, um sich mit Doña Urraca herumzuschlagen. Deshalb griff sie nur nach Faizas Hand, holte tief Luft, drückte die Schultern durch und ging schweigend an der Hausherrin vorbei. Sie würde jetzt dieses Zimmer verlassen und überall nach Don Fernando suchen, egal was dessen Frau und das gesamte Dienstpersonal dazu sagen mochten.

»Was hast du vor?«, brüllte Doña Urraca hinter ihr, außer sich vor Wut.

»Was ich schon vor langer Zeit hätte tun sollen«, antwortete Berenguela und öffnete die erste Tür, die sie entdeckte.

Dasselbe tat sie noch mit drei weiteren, während sich eine kreischende Doña Urraca an ihr Kleid klammerte. Hinter der letzten Tür am Ende des Flurs fand Berenguela dann schließlich Don Fernando. Er ruhte in einem Sessel und sah nicht gut aus.

»Das erlaube ich nicht!«, brüllte Doña Urraca und zerrte weiter mit aller Macht am Stoff des Kleides.

Vom Geschrei angelockt, stürzten jetzt zwei weitere Frauen herbei: Die Köchin und eine Magd wollten sehen, was sich hier abspielte. Als sie einfach stehen blieben und nicht eingriffen, verfluchte die Hausherrin sie und drohte den Bediensteten mit augenblicklichem Rauswurf, wenn sie ihr nicht halfen.

Aber es war schon zu spät. Berenguela versetzte Doña Urraca einen Stoß, sodass sie mit wirrem Haar und hasserfülltem Blick am Boden landete. Die jüngere Frau stürzte ins Zimmer, schlug die Tür hinter sich zu und schloss von innen ab.

Don Fernando kam aus dem Staunen nicht mehr heraus. Er starrte Berenguela und die beiden Kinder an und fragte: »Was willst du denn hier?«

»Euch endlich die Wahrheit über Eure Familie erzählen!«

23

Kartause Santa María de Miraflores, Burgos, September 1488

Im Atrium der neuen Kartausenkirche drängten sich die Wartenden vor den Türen zum Innenraum, die bis zum Eintreffen von Isabella von Kastilien verschlossen bleiben würden. Die Königin würde das Gebäude mit der Reihe neuer Buntglasfenster einweihen. Niclaes Rombouts war für ihren Einbau extra vor einer Woche aus Brüssel angereist, und außer ihm, Hugo de Covarrubias und ihren sechs Arbeitern hatte bislang niemand die Fenster in ihrer Gesamtheit zu Gesicht bekommen. Bisher wusste nicht einmal der Baumeister der Kirche, Simon von Köln, wie sein Werk mit den siebzehn fertigen Fenstern wirkte.

Auch Simon wartete nun im Atrium, zusammen mit den beiden Glasmalermeistern, Hugos Frau, seinen beiden Kindern, vielen ranghohen Vertretern des Königshofes und zahlreichen wichtigen Kirchenmännern aus ganz Kastilien. Dazu kamen natürlich noch die vierundzwanzig Kartäusermönche, die in dieser Kirche von nun an täglich ihre Gebete verrichten würden.

Die lange Wartezeit machte alle unruhig, vor allem die Kleinsten unter den Anwesenden. Faiza hielt nicht einen Moment still, rannte zwischen den Leuten hindurch und ärgerte zum Leidwesen ihrer Stiefmutter jedes Mal ihren Bruder, wenn sie an ihm vorbeikam. Das kleine Mädchen nahm alles unter die Lupe und machte sogar Anstalten, unter das Gewand des Bischofs von Burgos zu krabbeln, der heute die Messe zelebrieren würde. Rasch eilte Berenguela herbei und zog ihre Nichte weg.

Hugo war ganz aufgeregt, Berenguela jedoch nicht, weil sie genau wusste, dass am Ende von allen Anwesenden Lob auf ihren Mann herabregnen würde. Anders konnte sie es sich nicht vorstellen, schließlich kannte sie ja die Qualität seiner Arbeit. Und Niclaes lag durch sein Können schon seit mehr als zehn Jahren ganz Europa zu Füßen.

Rombouts betrachtete die Deckentäfelung. Einerseits war er einfach das Warten leid, andererseits prüfte er das Licht, das hier im Atrium durch die einzigen ganz durchsichtigen Fenster der Kirche hereinfiel.

»Das Wetter ist auf jeden Fall hilfreich«, sagte Hugo, der neben ihm stand. Auf Niclaes' fragenden Gesichtsausdruck hin erklärte er: »Wir haben genug Sonne, und zwölf Uhr mittags ist für uns die beste Zeit des Tages. Deshalb hoffe ich, dass wir bald beginnen können …«

»Bestimmt«, sagte Niclaes und klopfte ihm aufmunternd auf den Rücken.

»Glaubst du, dass die Fenster überzeugen werden, oder hätten wir uns vielleicht doch noch mehr anstrengen müssen? Wenn wir noch bessere Arbeit geleistet, etwas ganz Besonderes daraus gemacht hätten …«

»Hugo, warte doch ab, sie werden …«

Da Niclaes nicht sofort weitersprach, führte Hugo seinen Satz zu Ende: »Sie werden ihnen nicht gefallen, nicht wahr?«

»Gemach, nun beruhige dich. Deine Arbeit ist wunderbar und beeindruckend. Du hast eine Mischung aus Sand und Asche durchs Feuer geschickt und daraus feinstes, zartes Glas entstehen lassen, das du mit neuen, überraschenden Farben versehen hast. Darauf hast du berückende Gesichter gemalt und so jedes deiner sieben Fenster in ein Gebet mit tiefer Bedeutung verwandelt.« Niclaes legte eine kurze Pause ein, um noch zu unterstreichen, was er jetzt sagen würde: »Deine Werke werden alle begeistern, dessen kannst du sicher sein! Und falls du mir nicht glaubst, dann sieh dir ihre Mienen gut an, wenn sie eintreten und dem Zauber deiner Fenster erliegen. Ihr Blick wird von ihrer Schönheit erfüllt sein. Wenn das durch die Scheiben einfallende Licht ihre Pupillen erreicht, wirst du spüren können, wie ihre Seele auf der Suche nach Gott dem Himmel entgegenstrebt. Kann man denn Größeres erwarten, als den Geist des Menschen auf das Bedeutendste, Allerhöchste zu lenken? Denn das wird hier geschehen, du wirst schon sehen.«

Hugo war Rombouts dankbar für seine beruhigenden Worte. Er hatte jedoch keine Gelegenheit, etwas zu erwidern, weil in diesem Augenblick mit breitem Grinsen Obeko und Bruno hereinkamen. Begeistert lief Hugo zu ihnen hinüber und schloss sie in die Arme.

»Du hast doch wohl nicht gedacht, dass wir uns das entgehen lassen!« Obekos Donnerstimme ertönte im Atrium so tosend, dass sich plötzlich Stille über die Anwesenden legte. Daher waren seine nächsten Worte deutlich zu vernehmen: »Soll mich doch der Teufel holen, wenn dieser blinde Passagier heute nicht seine wahren Freunde an seiner Seite hätte.« Dann bemerkte er Berenguela, die mit glücklicher Miene und ihrem Sohn auf dem Arm herbeieilte, und begrüßte.

»Mein Herr, mäßigt bitte Eure Zunge!«, mahnte ihn in diesem Moment der Amtmann der Stadt. »Muss ich Euch in Erinnerung rufen, dass Ihr Euch hier an einer heiligen Stätte befindet?«

»Beim Bart der stinkenden Wale! Wie soll ich mich denn mäßigen, wenn ich hier gerade erfahre, dass diese beiden«, er deutete auf Berenguela und Hugo, »endlich zusammen sind und vor lauter Freude gleich ihr erstes Kind gezeugt haben!«, brüllte er dem empörten Amtmann ins Gesicht.

Berenguela packte ihn am Arm. »Lasst es gut sein und kommt lieber mit. Wir haben Euch ja so viel zu erzählen …«

Obeko folgte dem Paar in eine ruhige Ecke, wo Hugo ihm alles berichtete, was ihnen in den letzten vier Jahren widerfahren war. Bruno wurde Berenguela vorgestellt und war von ihrer Schönheit wie verzaubert. Begeistert flüsterte er Hugo ins Ohr: »Ist das etwa die Novizin, von der du mir erzählt hast? Und gibt es da, wo du sie herhast, noch mehr von der Sorte? Ich hätte nämlich Interesse!«

»Jetzt reiß dich mal zusammen!«, rügte Hugo lächelnd. »Aber danke, dass ihr gekommen seid!«

»Wir mussten beim Transport deiner Scherben so furchtbar aufpassen, und du hast mich mit all deinen Vorsichtsmaßnahmen schier in den Wahnsinn getrieben. Selbst um den besten Weinbrand der Welt würde man nicht so ein Theater machen, deshalb wollte ich die Dinger jetzt auch an ihrem Platz bewundern.«

»Und das sollst du natürlich auch. Du wirst schon sehen, was aus diesen Scherben, wie du sie nennst, geworden ist.«

Bruno und Hugo reichten einander die Hand und umarmten sich noch einmal ganz fest, als sich plötzlich die Türen des Atriums öffneten und eine Fanfare ertönte.

Alle Anwesenden wandten sich zum königlichen Gefolge um, das von zwei Pagen mit dem Banner von Kastilien angeführt wurde. Dann kamen vier Musikanten, gefolgt von sechs Hofdamen mit Fächern, elegant gekleidet und mit weißer Mantille. Vor der Königin schritten der Prior der Kartause und ihr Beichtvater, und hinter ihr ihre Leibwache aus einem Dutzend bewaffneten Männern.

Bischof und Amtmann verneigten sich tief, bevor sie Ihre Majestät begrüßten. Dann riefen sie Simon von Köln, Niclaes Rombouts und Hugo de Covarrubias herbei.

Da Hugo als Letzter vorgestellt wurde, hatte er länger Gelegenheit, die Königin in Ruhe zu betrachten. Mit ihrer zarten, hellen Haut, dem kleinen Mund und den Augen eines Kindes fand er sie wunderschön, allerdings erschien ihr Blick ein wenig traurig. Auf den blonden Locken thronte eine üppig mit Edelsteinen geschmückte Krone. Sie trug in einer Hand das Zepter und wickelte sich mit der andere eine Strähne um den Finger.

»Und hier haben wir unseren zweiten Glasmalermeister, der zwar aus Flandern zu uns gekommen ist, aber so kastilisch ist wie wir …«

Hugo trat näher und senkte das Haupt, küsste Isabella zur Begrüßung aber nicht die Hand, wie er es bei allen anderen Frauen tat. Dies war bei der Königin verboten.

»Interessant … So sagt doch, woher stammt Ihr?«

Dass jetzt die ganze Aufmerksamkeit der Königin auf ihn gerichtet war, verunsicherte Hugo. »Der Name meiner Familie, de Covarrubias, gibt natürlich über unsere Herkunft Aufschluss, obgleich ich mich selbst eher als Sohn Burgos' sehe.«

»Ihr ahnt ja gar nicht, wie sehr es mich freut, dass wir hier in Kastilien einen in Flandern ausgebildeten berühmten Glasmaler haben, dessen Ruf ihm weit vorauszueilen scheint.«

»Ich bin Eures Lobes nicht wert, Eure Majestät«, murmelte Hugo errötend.

Die Seinen stießen sich ungläubig mit dem Ellbogen an.

»Das wird sich zeigen, wenn ich gleich Euer Werk vor mir habe«, erwiderte die Königin mit herzlichem Lächeln. »Und Ihr selbst werdet es mir präsentieren. Erläutert mir doch bitte auch die Fenster Eures Kollegen Niclaes, den ich kaum verstehe, wenn er spricht. Ich wünsche mir, dass Ihr an meiner Seite bleibt.«

Hugo fand sich zu ihrer Rechten ein, sie ließ die Hand auf seinem Arm ruhen und schaute dann erwartungsvoll zu den Türen zum Innenraum hinüber.

»Das ist für mich nicht einfach nur irgendeine Kirche«, vertraute sie Hugo an. »Schließlich werden hier bald die Gebeine meines Vaters ihre letzte Ruhestätte finden. Ich habe also große Erwartungen!«

Man bat Simon von Köln, den Platz zur Linken Ihrer Majestät einzunehmen, und dann war endlich der von allen so sehnlich erwartete Moment gekommen.

Als sich nun die Türen zum Chorraum öffneten, betrachteten die Anwesenden beeindruckt den aus einem einzigen Kirchenschiff bestehenden Innenraum. Das Gotteshaus bestach durch seine Höhe und die nach den Wünschen der Kartäusermönche majestätische Schlichtheit der Einrichtung.

Dies war wirklich ein würdiger Ort für ein bedeutendes Mausoleum. Und obgleich die Wände aus nacktem Stein waren, ließ die durch Niclaes Rombouts' Fenster hereinfallende Sonne sie erglänzen.

Isabella von Kastilien bewunderte die beiden Fenster auf der Südseite. Intensives Licht strömte durch das Glas und wurde in Hunderte von kleinen Strahlen zerlegt, die auf dem Fußboden verblüffende Formen in unterschiedlichsten Farben bildeten.

»Wirklich beeindruckend«, staunte die Königin. »Die Szene stellt das Jüngste Gericht dar, nicht wahr?«

Hugo gab Niclaes' Erklärung an sie weiter. Im oberen Bereich des Werkes ging Jesus Christus mit den Menschen ins Gericht, die, von allen materiellen Gütern befreit, hoffnungsvoll herbeiströmten und ihn zusammen mit vier Engeln mit Trompete anbeteten.

»Rombouts möchte Eure Aufmerksamkeit auf die Männer und Frauen im unteren Bereich lenken, Majestät«, fuhr Hugo fort. »Ihr werdet sehen, dass dort kaum Farben oder prächtige Kleidung zu sehen sind. Mit den hellen Schattierungen, die Meister Niclaes hier benutzt hat, wollte er die Reinheit der Seele jener Menschen unterstreichen, die für den Aufstieg in den Himmel bereit sind.«

Die Königin betrachtete aufmerksam die Umsetzung der Gesichter und bewunderte die Gesamtkomposition. Sie erinnerte eher an ein Gemälde, und so etwas hatte Isabella bei einem Kirchenfenster noch nie gesehen.

»Gehen wir zum nächsten über.«

Wieder übersetzte Hugo Niclaes' Erklärungen zu dem Fenster, welches das Pfingstfest in den Mittelpunkt stellte. »Vielleicht könnt Ihr selbst erkennen, dass Meister Rombouts hier die Apsis dieser Kirche als Hintergrund gemalt hat. Sein Werk zeigt die Ankunft des Heiligen Geistes in Form einer Taube. Wie Ihr seht, ist der Vogel von Flammen umgeben, die die Apostel und die Jungfrau Maria erreichen. Rombouts möchte Euch gerne erklären, warum er einige Tuniken in kräftigeren Farbtönen gestaltet hat als auf dem vorherigen Fenster, vor allem bei den Aposteln. Es sind die Farben von Gottes Wort, welches seine Jünger später in die Welt hinaustragen werden.«

»Wie zauberhaft! Auf dem Saum einer dieser Tuniken meine ich Buchstaben zu erkennen. Ich glaube, es ist das Gewand des Apostels Johannes. Könnt Ihr mir sagen, was dort steht?«

Hugo lächelte. ›Niclaes me fecit‹ – Mich hat Niclaes gemacht. Es ist die Signatur des Künstlers.«

»Interessant ... Diese Fenster erscheinen mir in der Tat einzigartig und faszinierend, ganz anders als die, die man bisher in Kastilien gesehen hat. Dabei sind sie wirklich spektakulär und erfüllen perfekt ihren Zweck, zum Gebet einzuladen«, bemerkte die Königin, während sie den neuen Säulengang durchquerten, der sie zum zweiten Chorraum brachte.

Überall waren überraschte und beeindruckte Gesichter zu sehen, Lobpreis und Bewunderung zu hören.

Auch Berenguela und Obeko, die sich keinen Moment voneinander trennten, waren ganz verzaubert.

Der Kapitän flüsterte Berenguela ins Ohr: »Ich habe ja immer schon gewusst, dass er es eines Tages weit bringen würde. Aber ich hätte nie gedacht, dass ich es einmal mit eigenen Augen sehen würde. Da palavert er also ganz zwanglos mit der Königin von Kastilien, und sie hört ihm gebannt zu. Du musst wirklich stolz auf ihn sein.«

»Allerdings.« Viel mehr brachte Berenguela nicht hervor, weil ihr die Stimme stockte. »Das ist mein Hugo …«

»Und meiner«, fügte Obeko hinzu. »Da brat mir doch einer einen Storch, aus dem Hosenscheißer ist Großes geworden!«

Erwartungsvoll sah Niclaes dem Moment entgegen, in dem das königliche Gefolge jenes Fenster erreichte, das er als sein bestes Werk erachtete: das der Kreuzabnahme.

Und tatsächlich schlug die Königin angesichts der betörenden Komposition die Hände vor den Mund. Das Fenster wurde von Blau- und Gelbtönen dominiert und zeigte Christus in den Armen seiner verzweifelten Mutter, die ihn zärtlich ins Grab legte. Begleitet wurde sie vom Apostel Johannes und zwei Frauen, die Christus im Augenblick des Todes beigestanden hatten. Über ihnen waren die beiden anderen Gekreuzigten zu sehen. Besonders stachen hier die prächtigen Gewänder ins Auge, die Töpfe mit Öl und das akkurat ausgeführte Wappen von Kastilien im unteren Bereich.

Jetzt liefen die Anwesenden auch die anderen fünf Fenster

der Nordseite ab und bewunderten mit derselben Verblüffung ihre künstlerische Qualität. Das Aufsetzen der Dornenkrone, das Auspeitschen und der Leidensweg waren so realistisch dargestellt, dass die Seele Ihrer Majestät vom Schmerz über die Passion ihres hochverehrten Jesus Christus erfüllt wurde.

»Sagt bitte Meister Niclaes, dass die Königin kaum angemessene Worte für den Lobpreis dessen findet, was sie hier vor sich sieht. Sprecht ihm meinen Dank aus. Durch seine Fenster in Momente aus dem Leben unseres Herrn eintauchen zu können, hat mich tief bewegt. Seine Werke sind … sind einfach wunderschön.« Isabella von Kastilien schniefte und tupfte sich mit einem winzigen Taschentuch die Augen.

Hugo übermittelte ihre Nachricht an einen stolzen Niclaes, und dann näherten sie sich auch schon dem Bereich mit Hugos sieben Fenstern rund um die Apsis.

Zuvor bewunderte die Königin jedoch das Gewölbe mit dem zauberhaften Maßwerk und sprach mit Simon von Köln, um auch ihm Anerkennung für sein Werk zu zollen. Wenn erst ein gebührendes Mausoleum für ihren Vater erbaut worden war, würde König Johann II. hier in einer prachtvollen Umgebung ruhen.

Die Anwesenden ließen bewundernde Rufe ertönen, als sie der Komplexität von Simons Arbeit gewahr wurden. Er hatte acht Bogen mit dreilappigem Maßwerk und unzähligen Blättern erschaffen, die sich in der Mitte zu einer Rosette in der Form des kastilischen Wappens zusammenfanden. Es handelte sich um ein wahres Juwel der Architektur, und der Baumeister zeigte sich damit als Vorreiter neuer Tendenzen in Europa. Er hatte alle zufriedengestellt, auch die Anspruchsvollsten verblüfft und verzaubert. Vor allem die Königin war völlig entzückt und stieß mit jedem Schritt leise Laute der Begeisterung aus.

Und dann erreichte Königin Isabella endlich Hugos sieben Fenster.

Sie schritt eins nach dem anderen ab, ohne dazu Erklärungen zu verlangen. Hugo erschienen die Minuten ihres Schweigens, während derer man nur ihren Rock rascheln und ihre Halskette klimpern hörte, wie endlose Stunden. Irgendwann bat die Königin um ein Augenglas, und man brachte ihr einen runden Gegenstand, den sie sich vors Gesicht hielt. Dadurch betrachtete sie ohne Eile jedes der Fenster, ergötzte sich an den einzelnen Szenen und ließ sich vom Ausdruck der Figuren bezaubern. Sie bewunderte die feinsinnige Komposition und die weise Wahl der Farben. Schließlich verweilte sie vor der Krönungsszene und begann zu strahlen, als sie das Antlitz der Gottesmutter auf sich wirken ließ. Die Königin war wie gefesselt von ihrer Schönheit, ihrem sanften Gesichtsausdruck und der ergreifenden Präsenz der Heiligen Dreifaltigkeit, die Maria die goldene Krone aufsetzte.

Und plötzlich kam es ihr vor, als würden die Fenster aus dieser Reihe zum Leben erwachen. Der helle Schein von draußen nutzte den Augenblick, um mit den vier Engeln zu tanzen, die die Jungfrau begleiteten, um über ihr Gewand zu huschen und sie auf die Wange zu küssen. Der Königin stockte der Atem.

Der Tag schien sich auf Hugos Seite geschlagen zu haben und stellte sein Werk in günstiges Licht. Als wären die sieben Fenster ein Buch, wandelte die Sonne von Szene zu Szene, ließ sie erleuchten und glänzende Strahlen daraus entspringen. Und so lasen alle Anwesenden darin die sieben Freuden Mariens.

Inzwischen war Berenguela zu Hugo geeilt und umklammerte, ebenso angespannt wie er, seinen Arm. Beide starrten zur Herrscherin von Kastilien hinüber und wollten jetzt unbedingt ihre Meinung hören. Ihnen war es so vorgekommen, als hätte vor dem Fenster mit Mariä Verkündigung Isabellas Kinn ein wenig gezittert und angesichts der Geburt Jesu ihre Brust gebebt. Mehr als einmal hatte sich die Königin auf die Lippen gebissen, wie bei der Szene der Flucht aus Ägypten oder der Darstellung des Herrn. Nun sahen alle Isabella erwartungsvoll an, da sie die ganze Zeit kein einziges Wort gesprochen hatte.

Die Königin gab einem ihrer Pagen das Augenglas zurück und wischte sich mit einem Taschentuch die Tränen von der Wange, die nur Hugo, Berenguela und Niclaes sehen konnten. Sie drückte die Schultern durch und wandte sich dann in derselben majestätischen Haltung wie beim Betreten der Kirche zum Schöpfer der Fenster um. Wortlos schaute sie ihn an und tat ein paar Sekunden lang nichts anderes, blickte ihm einfach nur in die Augen.

Unbehaglich fragte Hugo schließlich: »Eure Majestät, haben … haben sie Euch denn gefallen?«

Als Antwort trat Isabella von Kastilien einen Schritt auf ihn zu und schloss ihn so fest in die Arme, dass beide davon überrascht waren. Während sie so dastanden, flüsterte die Königin Hugo ins Ohr: »Eure Fenster könnten schöner nicht sein … Obgleich ich nicht viel davon verstehe, möchte ich Euch aus der Tiefe meines Herzens beglückwünschen. Ihr habt aus Glas die schönsten Bilder gestaltet, die meine Augen je erblickt haben, ein Buch aus Licht und Liebe zur Heiligen Jungfrau. Es hat in mir Emotionen wachgerufen, die ich noch niemals vor einem von Menschenhand erschaffenen Werk verspürt habe. Sicher lächelt die Muttergottes vom Himmel aus zu uns herab, weil Ihr ihr das schönste Antlitz verliehen habt …«

Isabellas Worte erschütterten Hugo tief, da er an Ubayda denken musste, deren Zügen er das Gesicht der Gottesmutter ja nachempfunden hatte. Schmerzhafte Erinnerungen stiegen in ihm auf und wurden zugleich von den lobenden Worten der Königin versüßt.

Nun wandte sich Isabella zum Rest der Anwesenden hin um. »Geliebte Kastilier … Mein Herz frohlockt angesichts der Werke dreier großer Männer. Simon von Köln hat aus Stein einen prachtvollen Tempel erschaffen, eine würdevolle Stätte für unseren Herrn. Niclaes Rombouts hat ihn mit wunderbaren Bildern von der Passion Christi und der Auferstehung geschmückt, die so meisterhaft und anregend wie schön und gottesfürchtig sind. Und dieser Sohn Kastiliens, Hugo de Covarrubias, hat mit seinen Händen und seinem offensichtlichen Talent einfache bunte Scheiben in etwas Heiliges verwandelt, das in Zukunft Tausende von Seelen durchs Gebet zu Gott führen wird. Er hat nicht nur einfach Glas geblasen, sondern vom Glauben gestützt spirituelle Grundfesten errichtet, wahre Fenster zum Himmel. Ja, er hat Fenster zum Himmel erschaffen …«

Isabella begann zu klatschen und bedachte die drei Männer mit stolzen, dankbaren Blicken. Nun fiel der Rest der Anwesenden in den Applaus mit ein, während Berenguela unverhohlen schluchzte und Hugo einen dicken Kloß im Hals verspürte.

»Heute haben sich all deine Träume erfüllt, mein Schatz«, sagte Berenguela leise zu ihm. »Du hast es endlich geschafft.«

Von den Wänden der Kirche hallten Beifall, Lobpreis und die Namen der drei Künstler wider. Inmitten des Getöses erklang jedoch eine einzelne Stimme, die zunächst nur gedämpft vom hinteren Teil des Kirchenschiffs aus zu hören war, dann aber immer lauter wurde, während sie sich Hugo näherte. »Hugo de Covarrubias!«

Einige der Gäste drehten sich verwundert um.

»Hugo de Covarrubias!«

Wer diesen Ruf vernahm, hörte zu klatschen auf und bat den Nebenmann, ebenfalls still zu sein.

»Hugo de Covarrubias!« Dieses Mal ertönte die Stimme kraftvoller, war deutlicher zu vernehmen.

Inzwischen verdrehte sich fast die Hälfte der Anwesenden den Hals, um zu sehen, was da vor sich ging. Zu ihnen gehörten auch die Königin, Bischof, Amtmann und viele Geistliche. Keiner von ihnen wusste, wer da so hartnäckig rief.

»Hugo de Covarrubias!«, hallte es nun ein letztes Mal durch die Kirche, und jetzt drehte sich Hugo endlich suchend um.

»Vater?«

»Hugo!«, rief Don Fernando mit leiserer, zitternder Stimme. Ihm fiel das Laufen schwer, daher stützte er sich auf den Arm eines jungen Mannes.

Als Hugo zu Berenguela hinüberschaute, stahl sich ein verräterisches Lächeln auf deren Züge.

»Hast du etwa davon gewusst?«

»Nun geh schon zu ihm!« Sie drückte ihm einen Kuss auf die Wange.

Während die Leute beiseitetraten, um für Hugo Platz zu machen, verschwamm angesichts der auf ihn einstürmenden Gefühle einen Moment lang alles vor seinen Augen, und er geriet ins Straucheln, als er von der Apsis aus eine Stufe hinunterstieg. Zum ersten Mal seit vierzehn Jahren sahen sich die beiden Männer wieder an. Das Alter hatte Don Fernando geschwächt, ihn klein und runzlig werden lassen. Er war nur noch ein schwacher Abglanz seines früheren Selbst, aber er war Hugos Vater.

Als Don Fernando Hugo näher treten sah, zitterten seine Beine so sehr, dass schließlich die Knie unter ihm nachgaben. Zwei Männer mussten ihn festhalten, damit er nicht stürzte.

Hugo zerriss es das Herz. Sein Puls raste, Tränen standen ihm in den Augen und er hatte einen ganz trockenen Mund.

»Lasst mich!«, protestierte Don Fernando und machte sich los, um einladend die Arme auszubreiten. »Verzeih mir, mein Sohn …«

»Vater!« Schluchzend warf Hugo sich ihm in die Arme. Er spürte, wie Don Fernandos verkrüppelte Hände ihn zu drücken versuchten, schwach, aber entschlossen. Wie oft hatte er sich nach so einer Umarmung gesehnt! Während er sich an seinen Vater schmiegte, hörte er ihn sagen: »Ich flehe dich um deine Vergebung an, Hugo …«

»Natürlich verzeihe ich Euch, Vater. Aber Ihr müsst auch mich entschuldigen, weil ich Euch nicht früher besucht habe …«

Hugo schaute ihm in die Augen, deren ein wenig milchige Pupillen in einem Meer aus Tränen schwammen. Sie waren nicht nur vom Alter gezeichnet, ihr Ausdruck zeugte auch von seiner Erkenntnis, im Leben schwere Fehler begangen zu haben.

»Ich weiß inzwischen, dass du es versucht hast, und von wem es verhindert wurde.« Don Fernando umfing Hugos Wangen mit seinen Greisenhänden und sprach aus der Tiefe seines schwachen Herzens zu ihm: »Mein Junge, mir ist nun klar, dass ich dich, einen guten Sohn, zu Unrecht verurteilt habe … Und ich habe eine Frau in meinem Haus aufgenommen, die uns nicht treue Mutter und Gemahlin war, sondern durch ihre Intrigen uns beide hintergangen hat. Sobald ich die Wahrheit über sie erfahren habe, habe ich sie hinausgeworfen … Leider habe ich auch immer meinen anderen Sohn bevorzugt und unterstützt, ihm meinen Segen gegeben, obgleich er den Pfad des Bösen gewählt hatte …«

»Ich bin Euch dankbar für Eure Worte, Vater, aber Ihr müsst wirklich nicht weitersprechen …«

»Und ob ich das muss! Ich will meine Sünden vor allen beichten! Und gibt es dafür einen besseren Ort als diesen hier, den Schauplatz deines Triumphes?« Don Fernando reckte eine Hand in die Luft und ballte sie zur Faust, als könne er so ein Stück von Hugos Ruhm einfangen. »Ich bin keines Lobes wert, aber du hast dir wirklich allen Lobpreis verdient. Zum Glück bin ich gerade noch rechtzeitig hier eingetroffen, um zu hören, wie Königin Isabella ihre wunderbaren Worte an dich gerichtet hat.« Er verneigte sich vor der Monarchin und wollte sich mit der Geste zugleich für die unverzeihliche Unterbrechung entschuldigen. »Eure Majestät?«

»Sprecht weiter, Don Fernando.« Mit einer kaum merklichen Kopfbewegung erteilte sie Hugos Vater, den sie schon lange als Vorsitzenden der Universidad de Mercaderes kannte, ihren Segen.

»Ich will, dass alle es hören!« Don Fernando legte sich die Hände an den Mund, um seine Stimme noch lauter ertönen zu lassen, obwohl es ihm kaum gelang.

Die Szene rührte Hugo so sehr, dass er seinen Vater schluchzend wieder zu umarmen versuchte.

»Nein, nein! Lass mich sprechen!« Don Fernando machte sich von ihm los. »Vor vierzehn Jahren habe ich diesen Sohn aus meinem Haus geworfen und …« Keuchend holte er Luft. »… und ihn einen Versager genannt!« Die Worte schmerzten ihn so sehr, dass sie ihm im Hals stecken blieben. »Ich habe ihn als Nichtsnutz angesehen, doch er hat mir das Gegenteil bewiesen. Deshalb möchte ich nun vor Gott und meiner Königin, vor so vielen Freunden und Bekannten mit all dem Zeremoniell sprechen, das mir mein schlechter Gesundheitszustand erlaubt. Auf diesem heiligen Grund will ich verkünden … dass ich stolz auf ihn bin. Hugo ist mein Sohn! Der beste Sohn, den man sich vorstellen kann, und daher will ich ihm nun all die Liebe geben, die ich ihm so viele Jahre vorenthalten habe.« Don Fernando sah Hugo an.

Der war kaum dazu in der Lage, all die auf ihn einstürmenden Gefühle zu verarbeiten.

Nun griff sein Vater nach seinen Händen, schaute zu dem zentralen Fenster der Apsis hinüber, auf dem die Krönung der Gottesmutter im Mittelpunkt stand, und erhob mit neuer Energie die Stimme: »Hugo, mein Sohn, ich hab dich lieb!«

»Ich Euch auch, Vater ... Ich Euch auch ...«

Sie versanken in einer langen Umarmung, während die restlichen Anwesenden ergriffen zuschauten und respektvoll schwiegen. Vielleicht lag es an ihrer Rührung, dass sie das schrille Krächzen von draußen zunächst nicht hörten. Von der Nordseite der Kirche aus erklang der Laut dann noch zweimal.

Hugo bemerkte als Erster den Schatten, der in der von ihm ersonnenen inhaltlichen Reihenfolge von einem Fenster zum nächsten glitt. So flog er erst an Niclaes' Werken vorbei, dann an Hugos Fenster in der Apsis und am Ende an denen auf der Südseite.

Der Schemen schien in diesem Tabernakel aus Glas und Stein die gerade enthüllten Motive zu lesen, bis er die ruhmreichste der Szenen erreichte: das Jüngste Gericht.

Keiner der Gäste, die den Schatten bemerkt hatten, hatte dessen Bedeutung erkannt. Bis auf Hugo. Er wusste, dass es sich um einen Gerfalken, einen weißen Falken, handelte.

Er war von einem anderen Vogel, von Hugos geliebter Aylal, geschickt worden. Mit den geliehenen Flügeln dieses Freundes segnete Aylal so seine neuen Fenster. Die Fenster zum Himmel.

Nachwort des Autors

An dieser Stelle passiert mir bei meinen Buchprojekten immer dasselbe: Ich werde furchtbar traurig, weil sich hier die Beziehung dem Ende neigt, die ich im Laufe von Tagen oder Wochen zu euch Lesern aufgebaut habe. Mit ein wenig Glück sehen wir uns vielleicht wieder, wenn ich euch bei meinen nächsten literarischen Abenteuern erneut mit auf die Reise nehmen kann.

Es fällt mir auch nicht leicht, mich von den Figuren zu verabschieden, die so lange Zeit in meinem Kopf gelebt haben. Dir geht es da hoffentlich ähnlich. Wie gerne hätte ich noch mehr über sie erzählt, ihr Leben in seiner Ganzheit geschildert, letzte Zweifel zerstreut. Aber alles kommt irgendwann zu einem Abschluss. Und nun möchte ich diese letzten Seiten nutzen, um zu rechtfertigen, warum Hugo de Covarrubias in meinem Buch erst so viele andere Schauplätze besuchen muss, bevor er Zugang zu der wunderbaren Welt der Glasmalerei findet und damit das Ziel seiner Reise erreicht.

Damit meine ich die Szenen auf der Messe von Medina del Campo, Hugos Eintauchen in das Geschäft des Wollhandels und seine harte Zeit in Neufundland, wo Azerwan sein Talent entdeckt. Natürlich kommen noch weitere Stationen auf seinem Weg hinzu: seine Erlebnisse in Ifriqiya, dem heutigen Tunesien, wo er ein abgelegenes Salzvorkommen ausbeutet, und sein Leben in der Wüste, wo zwei für sein Leben wichtige Figuren hinzukommen: Ubayda und Aylal, der außergewöhnliche Gerfalke, der jedes Mal von Glück erfüllt wird, wenn seine Flügel den Himmel berühren. Dieselbe Freude erfasst auch Hugo, als er seine ersten Kirchenfenster erschafft und ihm das Privileg zuteilwird, durch zarte Glasfragmente Himmel und Erde miteinander zu verbinden.

Gegen Ende des Mittelalters herrschte noch immer die Überzeugung vor, dass jedes von Menschenhand erschaffene Werk die vier Elemente enthalten sollte: Erde, Wasser, Luft und Feuer in unterschiedlichen Proportionen.

Man glaubte jedoch auch, dass diese Urstoffe zwei Kräften unterworfen waren, die alles verändern konnten. Wir sprechen hier von der Kraft der Liebe, die erschuf und zusammenführte, und der zersetzenden Kraft des Hasses, die die Elemente wieder voneinander trennte.

Bei den Vorbereitungen zu diesem Buch habe ich mich mit dieser ein wenig speziellen damaligen Auffassung auseinandergesetzt und die Theorie mit dem Prozess bei der Herstellung von Kirchenfenstern verglichen. Denn entsteht Glas nicht aus Erde, etwa in der Form von Quarz oder Sand? Und es sind die Flammen der Öfen, welche diesen mineralischen Rohstoff in verblüffende durchsichtige Glaselemente verwandeln. Feuer ist darüber hinaus nötig, um Holz zu verbrennen und dadurch die Asche zu gewinnen, die bei dem Prozess als Schmelzmittel benutzt wird.

Ebenso braucht ein Glasmaler Wasser, um seine Farben wie Grisaille oder Silbergelb anzurühren.

Und was ist mit der Luft, die das Licht transportiert? Sie liebkost die Buntglasfenster und verleiht ihnen Farbe und Leben, wenn sie die Wände von Kathedralen schmücken.

Erde, Feuer, Wasser und Luft sind daher die Grundstoffe bei der Herstellung dieser Fenster.

Und sie sind auch die Elemente, die Hugo benötigt, um zu sich selbst zu finden. Aus einem Gleichgewicht dieser vier Bestandteile entspringt eines Tages sein künstlerisches Können.

Mitten auf den Wassern des Atlantiks erkennt er den Wert der Freundschaft, die Bedeutung eines geopferten Lebens und sein Talent fürs Zeichnen. In der Wüste, einem Meer aus Sand und Salz, beschließt er, eine Zukunft zwischen Öfen und Glas anzustreben.

Dort lernt er auch Aylal kennen, einen Falken, der ihn in den entscheidenden Momenten seines Lebens begleiten wird.

Der Zauber von Licht und Farben erfasst ihn jedoch an einem anderen Ort, nämlich in der Kathedrale von Antwerpen, wo er die Sonne durch die Fenster der Apsis hereinfallen sieht.

Und als Hugo dann in Löwen seine Lehre beginnt, wird schließlich das Feuer zu seinem Verbündeten. Er lernt es bei seiner Arbeit an den Öfen der Werkstatt von van Diependaal lieben und beherrschen, braucht es, um aus einer Handvoll Erde buntes Glas zu erschaffen.

Nichts in Hugos Leben bleibt dem Zufall überlassen, genauso wenig, wie die Abfolge von Geschehnissen in diesem Roman wahllos ist. Vor allem die Liebe führt am Ende alles zusammen.

Wir Menschen verändern uns im Laufe der Zeit, das ist die einzige Konstante im Leben. Wir treffen Personen, die darauf Einfluss haben, welchen Weg wir im Leben einschlagen. Manchmal verankern uns die äußeren Umstände fest in der Gegenwart, dann wiederum schicken uns gewisse Geschehnisse auf den Weg in die Zukunft. Gelegentlich holt uns auch ein Ereignis abrupt aus einer bereits eingeschlagenen, manchmal falschen Richtung wieder zurück.

Dass ich mich bei diesem Roman gerade für diese historische Epoche entschieden habe, hängt mit einem künstlerischen Meilenstein aus jener Zeit zusammen, von dem die letzten Kapitel gehandelt haben.

Gemeint ist der Einbau der zauberhaften flämischen Buntglasfenster, die man bis heute in der Kartause Santa María de Miraflores in Burgos besichtigen kann. Ich lege dir sehr ans Herz, diesen Fenstern einen Besuch abzustatten.

Sie bedeuteten einen klaren Bruch mit dem bis zu diesem Zeitpunkt in spanischen Kirchen üblichen Stil, wie man ihn zum Beispiel aus den Kathedralen von León oder Burgos kannte.

Die in Flandern erschaffenen Buntglasfenster läuteten den Beginn einer neuen Epoche ein, in der durch innovative Techniken und Einflüsse der gerade erst von Italien herüberschwappenden Renaissance gemalten Motiven eine größere Bedeutung als Farben zukam.

Mein Buch ist mit dem einzigen Ziel entstanden, euch Lesern die zauberhafte Welt der spätgotischen Glasmalerei vorzustellen und zu erklären. Ich hoffe, dass ihr eure Freude an diesem Thema hattet, welches in historischen Romanen nur selten behandelt wurde und mich persönlich bezaubert und fasziniert, wie ich gerne zugebe.

Im Mittelalter errichtete man aus Steinen Kathedralen als Haus Gottes, aber erst Glasmalermeister verwandelten sie mit ihren Tabernakeln aus Licht und Farbe und öffneten so Fenster zum Himmel.

Es war ziemlich schwierig, Informationen über die Kunst der Glasherstellung im Mittelalter zu finden, weil dazu nur wenige Studien vorliegen. Außerdem werden in diesen Texten die bei der Herstellung großer Fenster benutzten Techniken und Methoden auch nicht eingehend behandelt.

Ich habe mir fast alle Bücher zu diesem Thema zugelegt, mir die Finger wund gegoogelt und in dunklen Ecken alter Buchhandlungen gestöbert, um nach Hinweisen auf Arbeitsprozesse oder Materialien, einfach nach jeglichem hilfreichen Anhaltspunkt zu suchen.

Als ich bereits die Handlung inklusive des schlüssigen Endes konzipiert hatte, bin ich auf das Buch *Le passeur de lumière* eines belgischen Glasmalermeisters namens Bernard Tirtiaux gestoßen. Dieser Autor hat mit seinen Kenntnissen über die Glasherstellung viel Licht auf die eine oder andere Frage geworfen, die sich mir auch nach dem Studium der früheren ausführlichen Abhandlungen noch gestellt hatte.

Allerdings war es ein kleiner Schock für mich, dass auf den letzten Seiten von Tirtiauxs Werk ein Falke auftaucht, obwohl dieser Vogel bei ihm nicht wie in meinem Text im Mittelpunkt stand und bis zu diesem Zeitpunkt im ganzen Buch nicht erwähnt wurde.

Aylal spielt in meinem Buch eine wichtige Rolle, trotzdem habe ich hundertmal hin und her überlegt, ob ich vielleicht das Ende meines Romans ändern sollte, um mich keinen Vergleichen auszusetzen.

Nach sorgfältigem Abwägen habe ich jedoch entschieden, trotz der unglücklichen Übereinstimmung meine ursprüngliche Idee beizubehalten. Dafür möchte ich um Entschuldigung bitten, ich bin mir jedoch sicher, dass Tirtiaux es bestimmt verstehen wird.

Um mich inspirieren zu lassen, habe ich während des Verfassens des Buches mehrmals Burgos und León besucht, um die prächtigen Buntglasfenster dort nicht nur eingehend zu studieren, sondern auch direkt auf mich wirken zu lassen. Nach dieser Erfahrung werde ich diese beeindruckenden Wände aus Glas und Farben nie mehr mit denselben Augen sehen.

Aus ähnlicher Motivation habe ich auch die Kathedralen von Antwerpen, Gent und Brüssel sowie einige weitere im Roman erwähnte wie die von Brügge, Mailand und Löwen besichtigt.

Während meiner langen Recherche hatte ich das große

Glück, den Künstler Luis García Zurdo aus León kennenzulernen. Durch seine Arbeit in der Kathedrale von León hat man ihm dort den – seiner Meinung nach unverdienten – Titel »Bewahrer der Fenster« verliehen.

Ich habe viel über Buntglasfenster gelernt: mit welchen Materialien und Techniken sie hergestellt wurden, welche Ziele man dabei verfolgt und wie durch sie die bereits beeindruckenden steinernen Gotteshäuser noch weiter veredelt wurden. Bei dem ganzen Prozess ist mir klar geworden, wie wichtig diese Fenster damals waren und wie wenig Bedeutung wir ihnen heutzutage zuschreiben.

Luis García Zurdo ist ein Weiser, einer dieser wenigen Menschen, deren Wissen von überraschender Demut begleitet wird. Er hat in Bayern bei einem renommierten Lehrer und Experten für mittelalterliche Fenster namens Josef Oberberger gelernt. Oberberger hat ihm großen Respekt vor dem Prozess vermittelt, ihm mittelalterliche Techniken gezeigt und ihn dazu ermuntert, mehr Schöpfer als Restaurator zu sein. Dies hat sich García Zurdo zu Herzen genommen, was er im Laufe seiner langen künstlerischen Karriere mit Werken in ganz Spanien gezeigt hat.

Ich werde niemals die Momente in seiner Gesellschaft bei ihm zu Hause und in seiner Werkstatt in León vergessen. Damals hat er mir zum ersten Mal einen Beutel mit dem berühmten Silbergelb in die Hand gedrückt, ich habe erfahren, wie Glas geblasen wird, worum es sich bei Plaqué-Technik handelt und wie Fenster auf einer Unterlage zusammengesetzt werden.

Außerdem hat García Zurdo mir auch erzählt, wie sein Meister und er in der Kathedrale von Augsburg einen der umfangreichsten Restaurierungsaufträge der Geschichte in Angriff genommen haben.

Königin Isabella von Kastilien hat die beeindruckenden Glasfenster der Miraflores-Kartause finanziert, für die Vergabe und Ausführung des Auftrags war jedoch ein bekannter Händler und Bankier jener Zeit verantwortlich: Martín de Soria, den ich als Figur in meinen Roman übernommen habe. Er gehörte damals zu den wenigen Kastiliern, die am florierenden Wollhandel zwischen Kastilien und Flandern beteiligt waren. Geschäfte dieser Art begannen im 8. Jahrhundert und brachten tiefe Veränderungen in den Strukturen der mittelalterlichen kastilischen Gesellschaft mit sich.

Deshalb war es mir wichtig, dass Hugo de Covarrubias eine enge Verbindung zu diesen Händlern hat, die überwiegend aus Burgos stammten und mit dem Verkauf von Vliesen riesige Vermögen anhäuften. Parallel zu Hugos Abenteuern haben wir den Weg der Wolle von der wichtigen Messe in Medina del Campo bis zu den in ganz Kastilien verteilten Wollwäschereien begleitet. Nach der Reinigung brachte man die Wolle auf Wagen zu kantabrischen Häfen, von wo aus sie mit eigens dafür bestimmten Schiffen nach Brügge und Antwerpen transportiert wurde.

Ebenso haben wir die Consulados, die lokalen Vertretungen der Handelsgilde, kennengelernt, die die Interessen ihrer Mitglieder verteidigt haben, und es wurde der eine oder andere wichtige Kunde erwähnt. Für die flämischen Textilhersteller bestand damals kein Zweifel daran, dass die besten Vliese der Welt von spanischen Merinoschafen stammten.

Der Kauf erster flämischer Buntglasfenster in Kastilien und der Wollhandel gingen damals Hand in Hand. Um diese Zusammenhänge verständlich zu machen, würde ich gerne noch mehr Details dieses wenig bekannten Geschäfts darlegen.

Es mag uns heute unglaublich erscheinen, aber die Wolle der in Wanderweidewirtschaft gehaltenen Merinoschafe war Kastiliens erstes Exportprodukt und bis zur Entdeckung Amerikas seine Haupteinnahmequelle.

Im Laufe des 15. Jahrhunderts wurden jährlich zwischen fünfundzwanzigtausend und dreißigtausend Sack Wolle exportiert, vor allem nach Flandern. Das entspricht dreitausendfünfhundert Tonnen mit einem Wert von achthundertzehn Millionen Maravedi. Die Summe mag utopisch klingen, in einer bekannteren Währung ausgedrückt, würden wir damit jedoch bei rund eineinhalb Milliarden Euro liegen.

Die riesige Menge an Wolle stammte von Merinoschafen in Wanderweidewirtschaft, kontrolliert vom Ehrenwerten Rat der Mesta. Es handelte sich um das Produkt von drei Millionen zweihundertfünfzigtausend Tieren, die sich auf der Suche nach frischem Gras frei bewegen konnten.

Um zu verstehen, welch enormen Gewinn die Händler aus Burgos damit machten, möchte ich ihn gerne in Bezug zum Einkommen von Königin Isabella höchstpersönlich setzen. Ich habe mich über die Einkünfte der Krone von Kastilien im Jahr 1504 erkundigt und die Summe dreihundertfünfzehn Millionen Maravedi gefunden. Für die kleine Gruppe von Händlern sprechen wir vom Dreifachen an Geld.

Das Ganze war also ohne Zweifel für alle ein glänzendes Geschäft, führte aber auch zu einem Bruch mit alten Strukturen in einer feudalen Gesellschaft. Nun entstand ein blühendes Bürgertum, während gleichzeitig die Städte wuchsen: Es fand eine wirtschaftliche Verschiebung vom alten Adel zu reichen Händlern hin statt.

Das letzte Glied in dieser einträglichen Handelskette ist rund um das Kantabrische Meer zu finden, vor allem in den

Häfen von Santander, Laredo und Bilbao. Dort lag für den Transport der Wolle eine mächtige Flotte von Schiffen mittlerer Tonnage. Sie fassten zwischen sechzig und siebzig Tonnen, da größerer Raumgehalt in den Häfen von Brügge und Antwerpen nicht erlaubt war. Für das Wollgeschäft wurden in den kantabrischen Häfen große Lagerhallen gebaut, und es entstand eine wichtige Infrastruktur für den Bau und die Instandhaltung von Schiffen. Hier entwickelten sich im Laufe von Generationen etliche mit dem Schiffsverkehr in Verbindung stehende Berufe, die vom Wollhandel abhängig waren.

Während der letzten Jahrzehnte des 15. und der ersten des 16. Jahrhunderts legten in den erwähnten Häfen mehr als zweihundert Schiffe mit durchschnittlich hundert Tonnen Ladung ab, für deren Transport um die tausend Maravedi pro Sack bezahlt wurden.

Während sich Santander, Laredo und Bilbao auf den Transport von Wolle spezialisierten, konzentrierte man sich in anderen Häfen wie Bermeo, Motrico, San Sebastián oder Guetaria auf den Wal- und Kabeljaufang, der die Schiffe in weit entfernte Regionen bis nach Neufundland führte. Die Besatzungen, die nach Frankreich, Flandern oder England fuhren, nannte man Küsten- oder Kursmatrosen, im Gegensatz zu den Wale jagenden Hochseematrosen.

Wal- und Kabeljaufang in Neufundland

Wie ihr gelesen habt, lasse ich in diesem Buch ein paar Jahre vor Kolumbus' Entdeckung der karibischen Insel Guanahani baskische Fischer in Neufundland ankommen. Dass sich so etwas wirklich abgespielt hat, kann zwar historisch nicht belegt werden, wird aber als recht wahrscheinlich angesehen.

In den kalten Wassern von Neufundland, die die Fischer durch eine bekannte Meeresströmung erreicht haben mögen, hätten die Basken beeindruckende Kabeljauschwärme und Walschulen angetroffen. Womöglich haben sie ihre Entdeckung bewusst vor dem Rest europäischer Fischereiflotten geheim gehalten, die sich auf den Meeren rund um Island und Grönland gegenseitig ihre Beute streitig machten.

Kann man also festhalten, dass Seeleute aus Bermeo oder Guetaria noch vor Kolumbus Amerika erreicht haben? Dies muss noch weiter erforscht werden. Aber falls sie es nicht während der Zeit getan haben, in der dieser Roman spielt, dann auf jeden Fall schon wenige Jahre später.

Die Kabeljaufischerei ließ damals viele der erwähnten baskischen Küstenstädte zu Wohlstand kommen, weil Reeder und Zünfte aus diesen Orten zu den größten Fischverkäufern in ganz Europa wurden.

Durch seine Qualität und problemlose Konservierung wurde der Kabeljau zum Star unter den Lebensmitteln und landete während der Fastenzeit oder an den Tagen der Woche, an denen Fleisch aus religiösen Gründen verboten war, noch öfter auf dem Teller als Sardinen oder anderer Fettfisch.

Damals gab es im Baskenland nur zwei Quellen des Wohlstandes: das Meer und die Stahlproduktion. Durch das gebirgige Gelände konnte man nicht von der Landwirtschaft leben, weil der Anbau von Weizen nicht möglich war. Daher blieb nur, den Blick aufs Meer zu richten und dort die nötigen Mittel zu gewinnen, um für Brot Mehl aus Kastilien importieren zu können.

Aus diesem Grund hatte sich – was manchmal zeitlich mit der Wikingerinvasion in Verbindung gebracht wird – mehrere Jahrhunderte zuvor an der baskischen Küste entlang eine wichtige Schiffsbau-Infrastruktur entwickelt, die von den weitläufigen Wäldern und der großen seemännischen

Erfahrung der Menschen dort begünstigt wurde. Jahrhundertelang stand hier der Walfang im Mittelpunkt, bis durch Neufundland das große Potenzial der Kabeljaufischerei deutlich wurde.

Der größte Teil kastilischer Wolle wurde von Santander, Lareda und Bilbao aus verschifft, in diesem Roman kommen jedoch noch zwei andere Häfen vor: die in Bermeo und Portugalete, weil an ihren Kais sowohl Schiffe für den Transport von Wolle als auch für den von Walfischöl und gesalzenem Kabeljau angelegt haben.

Meine Romanfigur Obeko verstehe ich als Hommage an jene edlen baskischen Seeleute, die sich in schwierigen Zeiten mit Leib und Seele den Netzen und Sturmböen verschrieben haben und die durch ihren Mut bis zu fernen und reichen Gebieten gelangten.

Obeko ist als Rauheit verkleidete Güte, ein Mann der Berge, der sich auf den ersten Blick ins Meer verliebt hat und es nie mehr verlassen wird. Er ist hart und unerschütterlich, weil ihn der Ozean so geformt hat, wird jedoch zu einem von Hugos besten Freunden.

Die Salzvorkommen in Ifriqiya (Tunesien)

Ich habe ja bereits erläutert, wie wichtig Kabeljau durch religiöse Speisevorschriften für die Ernährung der Europäer in diesem Zeitraum war. Und nur in diesem Zusammenhang kann man die Bedeutsamkeit von Salz in jener Zeit verstehen. Das Einlegen in Salz war damals nämlich die einzige Möglichkeit, Fisch und Fleisch für den Transport zu konservieren, abgesehen davon, dass es natürlich auch als Gewürz benutzt wurde. Für die Regionen, in denen man Salz gewinnen konnte, war es im Mittelalter eine enorme Quelle des

Reichtums. Man denke nur an die Städte, die durch ihre unerschöpflichen Salzvorkommen zu einer Vorrangstellung gelangten, wie Salzburg und Hallstatt in Österreich, Wieliczka in Polen oder Berchtesgaden in Bayern. Aber auch Genua oder Venedig gewannen durch den Handel mit Salz an Bedeutung.

Hier in Spanien waren die Salzseen von Añana in Álava bekannt, und natürlich die der Bucht von Cádiz, Torrevieja und San Pedro del Pinatar.

Das im Buch erwähnte Salzvorkommen liegt allerdings in Tunesien und ist als Chott el Djerid bekannt. Diese riesige Lagune, die sich über einen großen Teil der tunesischen Wüste erstreckt und an deren Südufer Hugo und Azerwan Salzkristalle sammeln, ist heute eine wichtige Touristenattraktion.

Die Wüste, das Salz und Azerwans Geschichten beschwören eine Epoche Nordafrikas herauf, der für uns etwas Romantisches anhaftet: jene Zeit, in der lange Kamelkarawanen die Wüste von Osten nach Westen und von Norden nach Süden durchquerten. Die Verkörperung dieser Ära waren beharrliche Menschen, die unter so schwierigen Bedingungen lebten, wie man sie auf unserem Planeten an kaum einem anderen Ort findet. Damals brachte man den Islam noch nicht mit Waffen und Fanatismus, sondern mit Poesie und tiefer Spiritualität in Verbindung.

In meinem Roman ist Azerwan für Hugo zwar kein Handwerksmeister, aber ein Meister des Lebens. Er ist derjenige, der das Beste aus dem jungen Mann herausholt und ihn auf den richtigen Weg schickt, damit er seine Träume verwirklichen kann. Azerwans freier Geist, seine Persönlichkeit und Einfühlsamkeit machen ihn zu einem einzigartigen, ganz besonderen Menschen.

Kathedralen waren für ihre mittelalterlichen Erbauer eine Verkörperung des Neuen Jerusalems, von dem der Evangelist Johannes im Buch der Offenbarung schreibt, dass es zur Rechten Gottes geschmückt und schön entstehen wird. Diese Kirchen verstanden sich daher als »vom Himmel herabgefahrene Städte«, und als solche sollten sie perfekt und von strahlendem Licht erfüllt sein.

Zunächst mussten aber architektonische Einschränkungen überwunden werden, da zur Zeit der Romanik die Wände noch dick waren und es kaum Fenster gab.

Ihren wahren Ursprung hatte die Kunst der Buntglasfensterherstellung in der Gotik, als man dünnere Mauern bauen und sie mit riesigen Fensteröffnungen versehen konnte. Hier war nun die Chance für das Glas gekommen und dadurch auch die Gelegenheit, Mystik durch Licht und Farben zu erleben.

Der bekannte Experte für spanische Buntglasfenster des Mittelalters, Don Víctor Nieto Alcaide, schreibt dazu: »Farben und Steine erschaffen eine Synthese aus Dogmen, menschlichen und biblischen Geschichten, Lyrik, genialen Schöpfern, natürlichem Licht und heiligem Inhalt. In dieser Art von gotischer Kirche kreuzen sich die Wege von Pilgern und die Pfade der Transzendenz im Rhythmus einer Gott nacheifernden Schönheit, die zu ihm führen soll.«

Buntglasfenster wurden nicht bloß als schmückendes Beiwerk von Kirchen angesehen. Wenn wir sie nur als solches erachten, liegen wir falsch. Stattdessen sind sie Fenster zum Himmel, eine Verbindung zwischen Gott und Mensch. Sie verkörpern den Glanz der Wahrheit und wurden als Mittel der Glaubensvermittlung für ein des Lesens unkundiges Volk konzipiert, als Bibeln aus Glas.

Die faszinierende Welt der Kirchenfenster kann also nicht verstanden werden, wenn wir außer Acht lassen, welchem Zweck diese gläsernen Kunstwerke dienen sollten.

Im Buch Genesis wird gesagt, dass Gott am ersten Tag das Licht erschuf, es ist damit das erste stoffliche Werk von seiner Hand. Und Kirchenfenster sind ja nichts anderes, sie sind das Licht, das die Seele der Gläubigen erhellt, ein Vorbote von Gottes Glanz.

Ich kann hier gerne verraten, dass meine Liebe zu Buntglasfenstern bei meinem ersten Aufenthalt in Paris ihren Anfang genommen hat. Damals bin ich eher durch Zufall in der Sainte-Chapelle neben dem Palais de Justice gelandet, und der Anblick war so beeindruckend, dass sich diese Bilder auf ewig in mein Gedächtnis eingebrannt haben.

Seitdem achte ich in jeder neuen Kirche immer ganz besonders auf die Fenster, widme mich ihnen mit möglichst großer Andacht. Das ist manchmal gar nicht so einfach, weil sie sich vor allem in Kathedralen oft hoch oben befinden.

Was ich in der Sainte-Chapelle empfunden habe, wollte ich gerne im Kapitel über van Diependaals Parisreise mit seinem Schüler noch einmal aufleben lassen, es meinen Lesern durch Hugos Augen zeigen.

Wer dieses unglaubliche Bauwerk je betreten hat, wird die Schwierigkeit meines Vorsatzes verstehen, diese explosive Farberfahrung in Worte zu fassen. Vermutlich ist es mir nicht besonders gut gelungen.

Falls ihr die Kapelle noch nicht besucht habt, möchte ich sie euch wirklich ans Herz legen, und schaut dann auch gleich in Saint-Denis vorbei, der Wiege der europäischen Gotik.

In meiner Heimat sollte man die Fenster von Santa María de Regla in León gesehen haben, deren Bild die spanische Ausgabe dieses Buches ziert. Es handelt sich um unsere künstlerisch wertvollste Kirche, ohne dabei alle anderen spanischen Kathedralen mit ihren wunderbaren Fenstern herabwürdigen zu wollen.

In diesem Roman treten historische Persönlichkeiten wie Hendrik van Diependaal und Niclaes Rombouts auf, weil sie bei den stilistischen Veränderungen der europäischen Glasmalerkunst damals so eine entscheidende Rolle gespielt haben. Ich habe sie mir bei der Arbeit in ihren Werkstätten vorgestellt und mir auch erlaubt, sie in der heute als Flandern bekannten Region an Orte zu versetzen, die Hugo bei seiner Ankunft dort besucht. Dabei handelt es sich um eine künstlerische Freiheit, die es mir ermöglicht hat, die historisch verbürgten Figuren in meine fiktive Geschichte einzubauen.

Was ich dir zum Abschluss noch mit auf den Weg geben möchte: Ich hoffe, dass du nach der Lektüre dieses Romans beim Betreten einer gotischen Kathedrale oder jeder anderen Kirche einen Moment innehältst, um ihre Fenster zu betrachten. Über die braucht man gar nicht viel zu wissen, um sich von ihnen verzaubern zu lassen, vor allem dann, wenn womöglich auch noch die Sonne scheint. Dann komm zur Ruhe, setz dich vielleicht auf eine Bank und genieß die Gefühle, die der Moment in dir auslöst. Wenn du religiös bist, hilft das bunte Glas dir mit Sicherheit dabei, ein paar Minuten mit Gott zu kommunizieren. Wenn nicht, lass dich einfach von ihm tragen. Vielleicht beginnt so eine Reise in dein Inneres, die dein Herz mit Frieden erfüllt, oder die Fenster führen dich womöglich in eine Welt, die du bisher nicht betreten hast: das Reich der Transzendenz.

Bibliografie

Bücher

- Alonso Abad, María Pilar: *Las vidrieras de la catedral de Burgos,* Castellón 2016
- Azpiazu, José Antonio: *La empresa vasca de Terranova, Entre el mito y la realidad,* San Sebastián 2008
- Brivio, Ernesto: *Le vetrate del Duomo di Milano,* Mailand 1998
- Brown, Sarah / O'Connor, David: *Glass-Painters (Medieval Craftsmen),* London 1991
- Canova, Juan de: *Libro de cetrería,* 1650
- Cuadernos de restauración de Iberdrola: *La Cartuja de Miraflores,* Madrid 2007
- Espejo, Cristóbal / Paz, Julián: *Las antiguas ferias de Medina del Campo,* Valladolid 1912
- Friedrich II.: *De arte venandi cum avibus*
- Gómez Rascón, Máximo: *Catedral de León, Las vidrieras,* 2001
- Kurlansky, Mark: *Salt, A World History,* 2003
- Monaci cistercensi della certosa di Pavia: *La cartuja de Pavía*
- Nieto Alcaide, Víctor: *La vidriera española,* Madrid 1998
- Ramón Ruiz, Ángel: *Friso, el aprendiz de cetrero,* Huesca 2009
- Terrades, Ricardo Engelmo: *Don Nuño. Autobiografía de un halcón peregrino,* Madrid 2013
- Tiritaux, Bernard: *Le passeur de lumière,* 1993

- Basas, Manuel: *Burgos en el comercio lanero del siglo XVI*, Alicante 2015, digitalisierte Version von *Moneda y crédito*, Nr. 77, 1961
- Bilbao, Luis María / Fernández de Pinedo, Emiliano: *Exportación de lanas, trashumancia y ocupación del espacio en Castilla durante los siglos XVI, XVII y XVIII*, Alicante 2015
- Coronas Vida, Luis Javier: *Los esquileos y lavaderos de lanas en la ciudad de Burgos. Siglos XVIII y XIX, Boletín de la Institución Fernán González*, 2002/1, Jahr 81, Nr. 224, Seite 7–34
- Coronas Vida, Luis Javier: *Relaciones comerciales entre el País Vasco y Castilla la Vieja en la Edad Moderna: Un panorama de la investigación reciente, Boletín de estudios históricos sobre San Sebastián*, 2005, Nr. 39
- González Arce, José Damián: *La Universidad de Mercaderes de Burgos y el consulado castellano en Brujas durante el siglo XV, En la España Medieval*, 2010, Vol. 33, Seite 161–202
- González Arce, José Damián / Hernández García, Ricardo: *Querellas corporativas en el comercio con Europa desde el Cantábrico oriental durante la primera mitad del siglo XVI, Revista Areas*, Murcia 2015
- Guerrero Navarrete, Yolanda: *Elites urbanas en el siglo XV: Burgos y Cuenca, Revista d'historia medieval*, Nr. 9, Valencia 1998
- Lader Quesada, Miguel Ángel: *La Hacienda Real de Castilla en 1504. Rentas y gastos de la Corona al morir Isabel I, Historia, Instituciones, Documentos*, Nr. 3, 1976
- Moreno Moreno, Juan Carlos: *Los linajes de Medina del Campo en un manuscrito del siglo XVII*, Valladolid 2007
- Oliva Herrer, Hipólito Rafael: *Abastecimiento local y comercio cotidiano en Medina del Campo a finales de la Edad Media. Las ordenanzas de peso*, Valladolid 2005

- Rojo Vega, Anastasio: *Guía de mercaderes y mercaderías en las ferias de Medina del Campo. Siglo XVI*, Valladolid 2004
- Uriarte Melo, Clara: *Negocio y fiscalidad; los mercaderes burgaleses en la segunda mitad del siglo XVI*, digitale Ausgabe basierend auf dem Congreso de la Asociación Española de Historia Económica, Alicante 2005